新中国70年70部
长篇小说典藏

姚雪垠

(1910—1999)

河南邓州人，现当代著名作家。曾任中华全国文艺界抗敌协会理事、创研部副部长，上海大夏大学教授、副教务长，湖北省文联主席，中国新文学学会会长,中国作家协会名誉副主席等职。短篇小说《差半车麦秸》、中篇小说《牛全德与红萝卜》、长篇小说《春暖花开的时候》《长夜》《李自成》等曾在海内外产生广泛影响。特别是《李自成》，不仅填补了“五四”以来中国长篇历史小说的空白，而且取得了多方面的艺术成就和开创性贡献，是具有里程碑意义的文学巨著。《李自成》第二卷获首届茅盾文学奖，《李自成》全书五卷获中宣部“五个一”工程奖和中国图书奖。

新中国70年70部
长篇小说典藏

李自成

第二卷

姚雪垠——著

学习出版社
中国青年出版社

图书在版编目（CIP）数据

李自成．第二卷／姚雪垠著．—北京：中国青年出版社：学习出版社，2019.9
（新中国70年70部长篇小说典藏）
ISBN 978-7-5153-5784-3

Ⅰ．①李…　Ⅱ．①姚…　Ⅲ．①长篇历史小说—中国—当代
Ⅳ．①I247.5

中国版本图书馆CIP数据核字（2019）第180457号

策　　划　皮　钧
责任编辑　叶施水　秦婷婷
装帧设计　刘　静

出版发行　中国青年出版社　学习出版社
社　　址　北京东四12条21号
邮政编码　100708
网　　址　www.cyp.com.cn

印　　刷　山东德州新华印务有限责任公司
经　　销　全国新华书店等

字　　数　419千字
开　　本　680毫米×960毫米　1/16
印　　张　32.25　插页2
印　　数　1—5000
版　　次　2019年9月北京第1版
印　　次　2019年9月山东第1次印刷

书　　号　978-7-5153-5784-3
定　　价　87.00元

出版说明

为庆祝中华人民共和国成立70周年，全面展现中华民族的文化创造能力和文学发展水平，深入揭示新中国70年来的伟大历程、辉煌成就和宝贵经验，激励人们为实现“两个一百年”奋斗目标、中华民族伟大复兴的中国梦而不懈奋斗，我们策划出版了这套“新中国70年70部长篇小说典藏”丛书。为将该丛书打造成思想精深、艺术精湛、制作精良的精品丛书，我们成立了丛书评审专家委员会，成员均为密切关注和深刻了解我国长篇小说创作动态的资深评论家。委员会从历史评价、专家意见和读者喜好等方面对新中国成立70年来众多优秀长篇小说进行综合评定，从中选出70部描写我国人民生活图景、展现我国社会全方位变革、反映社会现实和人民主体地位、弘扬社会主义核心价值观和讴歌中华民族伟大复兴中国梦的精品力作。这些作品，大多为曾获中宣部“五个一工程”奖、“茅盾文学奖”等重大国家级奖项的长篇小说，政治性、思想性和艺术性高度统一，代表了中国文坛70年间长篇小说创作发展的最高成就。

我们致力于“把提高作品的精神高度、文化内涵、艺术价值作为追求”的使命任务，通过这套丛书的出版，在讲好中国故事、传播中国声音、阐释中国精神、展现中国风貌的同时，倡导精品阅读，引领和推动未来的中国文学原创出版。

“新中国70年70部长篇小说典藏”
评审专家委员会名单

评审专家委员会主任：李敬泽

评审专家委员会委员(按姓氏笔画排序)：

丁　帆	白　烨	朱向前	吴义勤	何向阳
应　红	张　柠	张清华	陆文虎	陈思和
孟繁华	胡　平	南　帆	贺绍俊	梁鸿鹰
董保生	董俊山	谢有顺	臧永清	潘凯雄

项目统筹：吴保平　宋　强

目　录

第一章

崇祯十二年中元节。

早晨，商洛山地区天色阴暗，浓云密布，山山岭岭都被乌云遮住。高夫人带着老营总管任继荣和一群男女亲兵骑马出寨，来到一个交叉路口，替先闯王高迎祥和起义以来无数的阵亡将士焚化阡纸[①]。南边，隔着两座小山，顺风传来了一阵阵沸腾人声。高夫人心中明白：这是麻涧[②]方面的义军和老百姓正在连夜加高寨墙，挖掘陷阱，布置鹿角和各种障碍，已经忙了通宵。她正在侧耳细听，忽然从附近的山村中传来锵锵的锣声和苍哑的叫喊声，而麻涧方面也隐约地有锣声传来。这是遵照闯王的命令，各处山寨和村落今早都得鸣锣晓谕：官军进犯，决难得逞，众百姓务须各安生业，照旧耕耘，莫信谣言，严防奸细。高夫人眼望着磐石上燃烧的一大堆阡纸，耳听着远远近近的人声和锣声，心中说：

"大战又快开始啦！"

在高夫人从崤函山区来到商洛山中同李自成会师之前，闯王得知张献忠在谷城起义的确实消息，他为着实践曾经对献忠说出的诺言，不顾自己的处境十分不利，毅然树起大旗，牵制官军不能全力对付献忠。崇祯十分着慌，严旨切责陕西、三边总督郑崇俭和陕西巡抚丁启睿"未能将余贼剿除净尽，酿成大患"；命他们迅速向商洛山中进兵，"务将李自成一股一举扑灭，不得稍有贻误！"郑崇俭和丁启睿不敢拖延，调集了陕西各镇官兵，将商洛山四面包围。

---

① 阡纸——也就是纸钱。封建社会的迷信习俗，在死者坟墓前焚化纸钱。如无坟墓，可在路口焚化。

② 麻涧——在商州城西五十里处。

他们知道李自成手下的将士多数染病，自成本人也病倒了，认为是官军"扫荡"商洛山的大好时机，遂于六月上旬急急忙忙指挥三路人马进犯，而把主力放在武关一路。高夫人在病榻前接受闯王吩咐，亲自到白羊店①，鼓励将士，帮助刘芳亮部署迎敌。多亏义军上下齐心，个个奋勇死战，加上穷苦百姓帮助，使从武关向北进犯的官军主力在桃花铺②和白羊店之间中了埋伏，损失很重，仓皇败退。同时，从商州西犯的一路被挡在马兰峪③的前边，寸步难进，而从蓝田南犯的一路也没法攻下石门谷④。这两路官军都白折了人马，扫兴地退了回去。经过这次教训之后，官军比较小心了，重新调集大军，人数比六月初增加几倍。眼看着一场众寡悬殊的大战迫在眉睫，又加上商洛山中有些山寨不稳，同官军暗中勾结，高夫人如何能心情轻松？她晚上帮助闯王筹划军事，白天为部署迎敌的事骑马到各处奔跑，忙得不可开交。尽管她侥幸不曾染病，近来却显然清瘦多了。

一大堆阡纸在磐石上继续燃烧。两个亲兵用树枝慢慢地抖开纸堆，使阡纸着得较快。纸灰随风飞向奔涌的云雾中去。过了一阵，高夫人抬起头来，向左右的将士们说：

"自从起义以来，咱们已经死了成千上万的英雄好汉。这笔血仇一天不报，死的人就不能瞑目黄泉，活着的也寝食难安。高闯王死去整整三周年，咱们该好生祭奠祭奠。要是这一回打个大胜仗，杀死几千几百官兵将士，就算是咱们在阵上拿敌人活祭高闯王！"

她说话的声音不大，但是饱含着痛苦和激动的感情，深深地感动了左右将士。任继荣说：

"夫人，你放心。近几天弟兄们都在念叨着高闯王三周年到了，该用官军的人头好生祭一祭。咱们有这样好的士气，必能杀败官军，让高闯王在九泉下高兴高兴。"

---

① 白羊店——在武关西北一百三十里处。
② 桃花铺——在武关西北五十里处。
③ 马兰峪——在商州城西三十里处。
④ 石门谷——又名石门寨，在蓝田城西南五十里处。

高夫人望着他轻轻地点点头，表示她自己也深信义军的士气不错，必能以少胜众。她吩咐一个亲兵把一捆阡纸送到两里外李鸿恩的坟前焚化，便准备同众人上马，前往麻涧。当她的右手刚搭上马鞍时，忽然听见有人骑着马向这里奔来，蹄声很急。她迟疑一下，随即从鞍上抽回右手，转过头来，朝着南边的山路张望，心中疑问："为什么这马跑得这般急？是从白羊店来的么？"不过片刻，一个小校带着两名弟兄骑着三匹浑身汗湿的战马从奔涌的云雾中出现，来到离她几丈远的地方。那小校一看见她和老营总管就赶快同亲兵们勒住战马，跳了下来。高夫人看见那小校是刘芳亮手下的一名亲信小头目，没等小校开口，抢先问道：

"刘将爷差你来老营有什么急事？是不是武关方面的官军已经开始进犯了？"

小校回答说："启禀夫人，官军已经摆好了进犯架势，只是还没动手。刘将爷差我来老营向夫人和闯王禀报：据昨晚老百姓暗送的消息和我们的探子禀报，得知确实消息，武关昨天又到了两千官军，桃花铺也到了一千多人，两处官军已经有七千多人，一两天内还会有大队官军开到。消息还说，郑崇俭一两天内就要来桃花铺，亲自督率官军进犯。如今桃花铺寨内已经替他收拾好行辕，等他来住，官军在武关和桃花铺放出风声，吹他们要在七月底以前扫荡商洛山，活捉咱们闯王爷和总哨刘爷等几位大将，也有夫人在内。这班王八蛋打仗不见得，吹牛造谣倒有一手！"

高夫人笑着问："也要捉我？"

"是的，夫人。六月初那一仗他们吃了亏，到处传说你不但智谋过人，还说你十八般武艺样样出众，所以这次非把你捉到不可。"

高夫人忍不住大笑起来，说道："哟！真没想到，像我这么一个平常的女流之辈，文不能提笔，武不能杀敌，倒被他们吹嘘成文武双全的巾帼英雄。越说越玄虚，将来还要说我会呼风唤雨哩！"

小校又笑嘻嘻地说："夫人，郑崇俭出的捉拿赏格上还有你的名字哩。"

“啊，又悬了赏格？”

小校从怀中掏出一卷纸，双手递给高夫人，说：“你看，这是咱们的探子昨日黄昏从桃花铺的寨门外揭下来的一张告示，后边写着许多赏格。”

高夫人接住告示，望了一眼便交给任继荣，要总管念给她听。那告示上说：“本镇不日即亲麾大军进剿，将残贼一鼓荡平。大军到处，秋毫无犯。凡我商洛山中百姓，莫非皇帝赤子。特谕尔等，务须各安生业，勿用惊窜逃避。过去即令供贼驱使，胁从为恶，本镇姑念其既属愚昧无知，亦由势非得已，概不深究，以示我皇上天覆地载之恩。其有豪杰之士，乘机杀贼自效，本镇论功行赏，一视同仁。倘有冥顽不灵，甘心从贼，罔恤国法，大兵到时，胆敢负隅相抗或随贼流窜，一经拿获，立置重典，全家籍没，邻里亲族连坐。”这告示的后边果然悬赏捉拿李自成和他手下的重要将领，而高夫人的名字也开列在内。总管念过以后，哈哈一笑，说：

“夫人，果然有你的名字，还写着三千两银子的赏格哩！”

高夫人也笑起来，望着小校问：“你们刘将爷还有别的事要向闯王禀报么？”

小校回答说：“我家将爷还说，官兵大举进犯只是几天内的事，龙驹寨的官军也增加了两三千人，请闯王和夫人千万不可大意。”

高夫人点头说：“我知道了。你到老营去当面向闯王禀报，也许他还要问一问别的情况。你在老营吃了饭，休息休息再回白羊店。”她又向总管说：“中军不在老营，双喜和张鼐这两个孩子也都不在闯王身边。你拿着郑崇俭的这张告示快回老营吧，不用跟我去麻涧了。闯王的身子还很虚弱。我不在老营时候，他要是想骑马出寨，你千万设法劝阻。”

任继荣答应一声，就同刘芳亮派来的小校腾身上马，奔向老营而去。人和马的影子眨眼间在云雾中消失，只听见渐远渐弱的马蹄声音。

高夫人抬头望望，只看见汹涌奔腾的乌云比刚才似乎更浓、更重，铺天盖地，从面前滚滚而来，又滚滚而去。这天色，增加了高夫人心上的沉重。她走向玉花骢，对亲兵们说："上马！"转眼之间，十几个男女亲兵都跳上战马，准备出发。张材担心马上会有恶风暴雨，而大家都没携带防雨的东西，别人淋雨不打紧，高夫人近两月来操劳过度，比往日清瘦许多，淋了雨准会害病。他勒紧马缰，望着高夫人，迟疑地问：

"这天……恐怕有猛雨吧？"

慧英也问："夫人，我赶快回寨中去替你取一件油布斗篷吧？"

高夫人斩钉截铁地说："不用耽误时间！如今军情很紧，别说下雨，下刀子也挡不住咱们办事。"

她首先勒转马头朝南，正要扬鞭出发，忽然听见从东边传过来几匹马的紧急蹄声，迅速临近。她便勒转马头朝东，向云雾中注目等候。片刻之间，四个骑马的人出现在二十丈以外的云雾中，为首的大个子青年将领是刘体纯。他原是帮袁宗第镇守马兰峪，对付商州官军，做老营的东面屏障，近来宗第病倒了，这一副重担子就挑在他的肩上。高夫人一望见他，知道他现在亲自来老营必定有重要军情禀报，便把镫子轻轻一磕，迎了上去。

两匹高大的战马相离不到两丈远，停止在山路上。乌云傍着马头奔流，在人的左右和头顶飞卷。高夫人问道：

"二虎，你是从马兰峪来的？"

"是的，嫂子。你要往哪儿去？"

"我要到麻涧去，看看那里的寨墙能不能今日完工。"她勒马迎上几步，等到她的玉花骢同刘体纯的黄骠马两头相交，停到一起，她又小声问："你来有什么急事？"

刘体纯小声说："五更前我得到商州消息，知道郑崇俭派一位监军御史昨日从武关来到商州城内，连夜与巡抚丁启睿召集游击以上将官开紧急会议，重新商定进兵方略。会议关防极严，一时探不出他们如何计议。如今商州已有五千官兵，据说还有大批官兵将于今明两日开到。粮草运往武关的很多，担子挑，牲口驮，日夜不绝。官军扬言要在月底以前杀进商洛山，昨日又在城里城外，到处张贴告示，悬出赏格要捉拿闯王和捷轩哥等几位大将。"他笑一笑，又说："嫂子，你也在榜上有名哩。"

高夫人也笑了笑，说："这个我已经知道了。"

刘体纯又挥退左右亲兵，探身低声说："咱们安置在城里的坐探，从抚台行辕中探得机密消息，十分重要，果不出你同闯王所料……"

"你说的是宋家寨同官军勾起手了？"

"听说双方正在暗中商谈。宋文富这王八蛋想要官做，丁启睿这货想要官军假道宋家寨，一旦大战开始时偷袭我们老营。"

"这消息可靠么？"

"这消息是从抚台行辕中一个师爷口中说出来的，一定可靠。还有人说：这几天宋家寨有人进抚台行辕找一位刘赞画①，十分机密。这位姓刘的是丁启睿的心腹幕僚，亲自去过宋家寨两趟，都是夜里去，夜里回。"

高夫人的两道细长的剑眉轻轻耸动，心中琢磨着敌人的阴谋活动，然后慢慢地说："敌人这一手真是厉害。幸而我们早就算到他们会有这步棋，已经做了防备。在两个月前那次官军进犯时，虽说宋文富兄弟坐山观虎斗，可是咱们已经断定他们是在等时机，观风向，迟早会撕破笑脸，露出满嘴獠牙，同咱们刀兵相见。如今，他们果然要动手了。本来么，道理是明摆着的，大家心中都有数。尽管他们近几年也吃过官兵的亏，也长了些见识，他们毕竟是豪门巨富，同官府血肉相连。眼下官军就要大举进犯，宋家寨不同官军串通一气动手才是怪事。别说是宋家寨，商洛山周围的山寨哪个不是同咱们为敌的？商洛山中的几个大的山寨，要不是咱们杀了很多人，连寨墙也给拆平了，一旦官军进犯，还能不从内里动手么？"

---

① 赞画——明代在督、抚幕中有赞画一种官名，取"赞襄谋划"之意，文职，具体职责和品级无定制。

刘体纯说:“嫂子说的是。咱们在商洛山中驻扎了快十个月,打开了许多山寨,狠狠地惩治了那些为富不仁的乡绅土豪、富家大户。这些给咱们惩治了的人家,自然咬牙切齿,恨死咱们。听说那班逃到商州城里的土豪老财都等着跟在官军后边回家来,连逃到西安去的大头子也有几个跟着巡抚来到商州的,打算一旦官军扫荡了商洛山,他们就回乡修坟祭祖,协助官府清乡。你看,这班王八蛋想得多美,好像官军注定会打赢咱们!”

“既然他们把赌注押在这一宝上,那就揭开宝盖子让他们看看。二虎,你还有别的事情要禀报么?”

刘体纯沉吟一下,特别放低声音说:“嫂子,看来射虎口干系重大,可不知王吉元是不是十分可靠。”

“你放心,他很可靠。”

体纯仍不放心,口气和婉地说:“但愿他真可靠。去年冬天,他从张敬轩那里来,一直没有在我手下待过,我跟他见面的次数不多。我只知道他是河南邓州人,在敬轩那里混的日子也不久。春天他犯过咱们的军律,差点儿被闯王斩了。他同咱们老八队素无渊源,相处日浅。人心隔肚皮,虎心隔毛翼。眼下这种局面,非同平日。万一他心怀不满,看见官军势大,经不起威迫利诱,给官军收买过去,岂不坏了大事?”

高夫人含笑回答说:“虽是吉元来咱们这里的日子浅,却是秉性诚实,不是那种心怀二意、朝三暮四的人。春天受了重责之后,他口服心服,毫无怨言,不管派他做什么事,他都是忠心耿耿。如今派他把守射虎口十分相宜,你放心,绝无差错。”

“嫂子,近一两天来闯王哥的身子又好些么?”

“又好了些,只是还不能骑马出寨。你快去老营当面向他禀报吧,他正在等候商州那边的消息哩。虽说汉举病了,可是有你在马兰峪,他很放心。这一回,就看你独当一面立大功啦。”

刘体纯说:“马兰峪地势险要,易守难攻。不管来多少官军,只要射虎口不丢掉,马兰峪万无一失。”

高夫人和刘体纯各带着自己的亲兵分头而去。走不到半里远，她听到刘体纯一群人的马蹄声已进寨门，而同时又有急匆匆的马蹄声从东北奔来，离寨门已很近了。她勒住马侧耳倾听，在心中问道："这是谁？又来禀报什么紧急军情？"她想着闯王的病还没有完全好，军情这般紧，事情这般忙，近几天他常常通宵不眠，考虑着如何打退官军的进犯，多叫人替他的身体担心！她又抬头望一望老营山寨，山寨和整个山头仍然被浓重的乌云笼罩。

从东北奔来的马蹄声到寨门口了，跟着从云雾中传过来几句熟悉的说话声。高夫人听出来这是王吉元手下的一名心腹亲兵陈玉和同守寨门的弟兄们大声打招呼。由于王吉元不敢随便离开射虎口，这人经常被派到老营来替吉元禀报军情和请示机宜。他曾在老营住过，同老营的上下人等都熟，到老营来就像是回家一样。高夫人因听见陈玉和的声音，重新琢磨着刘体纯刚才对王吉元疑心的话，暗自问道：

"难道吉元这人会不可靠么？"

她策马向麻涧走去，却心中放不下王吉元把守射虎口的事。尽管高夫人同闯王、刘宗敏和李过都相信这小伙子忠实牢靠，然而刘二虎平日遇事十分机警，闯王常称赞他比别人多长几个心眼儿，如今他担任防守马兰峪（射虎口在它的侧后方）的主将，这就使她不能不在马上将二虎的话重新考虑。想了一阵，她还是坚信王吉元十分可靠。但是她的心中也暗自感慨：要不是将领们纷纷病倒，闯王何至于派王吉元这样经验不足的小校担起来这样重担！

离麻涧愈来愈近了。虽然峰回路转，林木茂密，加上云雾满山满谷，看不见一个人影，但是嘈杂的人声、伐木声、铁器和石头的碰击声，听得很清。又过片刻，高夫人来到了麻涧寨外。由于她平日待人和气，关心弟兄们和穷百姓，所以正在修寨和布置障碍的义军和老百姓一见她来到，纷纷同她打招呼，围着她打听战事消息。人们很关心闯王的身体，问他能不能骑马领兵打仗。高夫人为要安定人心，笑着回答说："能，能。他昨儿已经瞒着我出老营寨外，在校场试马了哩。”人们听到闯王能够骑马出老营山寨，大为哄动。高夫人察看了增高的寨墙，新添的各种障碍，对大家说了些慰问和鼓励的话，便走进麻涧街里。她多么希望在这样人心惶惶的时候，闯王能骑马出来一趟，鼓舞士气！但是她害怕闯王会劳复，所以近几天总是尽力阻止闯王骑马。现在她在心中祝祷：

“唉，闯王，你赶快复原吧！打仗时候，你纵然不能够像往日那样冲杀在前，只要将士们看见你立马阵后，也会勇气百倍！”

李自成害了两个多月的病，一度十分危险，甚至外边谣传他已经死去。虽然近来他的身体已经日见好转，却仍然虚弱得很。大将中，刘宗敏、田见秀、高一功、李过和袁宗第都在病中。田见秀和高一功都是病刚好又劳复的，病情特别沉重。在目前这样时候，李自成多么想看看宗敏等几位亲密大将！他有时在夜间梦见他们，却没有机会见面。骑着战马奔驰，多少年来成了他生活的重要部分。现在他常常为长久不骑马急得难耐。有几次他说要骑马试试，哪怕是只骑一小会儿也好，不但高夫人和医生不肯同意，连左右的亲兵们也纷纷劝阻。常在黎明时候，他从床上下来，手拄长剑，走出卧房，望着皓月疏星同山头上的淡淡晨光融和，听着远近鸡啼马嘶，心情不免激动。他看看宝剑，一道寒光逼人想舞，却感到手脚仍然无力，只好立一阵退回屋内。

现在，他趁着高夫人和尚神仙不在身边，拖着仍然软弱的双腿走到老营大门外，叫亲兵将乌龙驹牵到面前。他一看心爱的战马就眼睛里焕发着兴奋的光芒，含着亲切的微笑，抚摩着乌龙驹的十分光泽的深灰旋毛。乌龙驹激动地用嘴头触一触他的肩膀，踏着蹄子，喷着鼻子，对他十分亲热。过了一阵，它忽然转过头，凝望山下，扬起尾巴，耸起修剪得整齐的鬃毛，仿佛有所感慨和抱怨，萧萧长嘶。闯王用爱抚的眼光欣赏着乌龙驹的雄骏姿态，等到它停止嘶鸣，在它的背上轻轻拍两下，对站在旁边的亲兵们笑着说：

“瞧瞧，它已经闲得发急啦！”

正在这时，任继荣带着刘芳亮的亲信小校来到了。

李自成回到老营上房，听了从白羊店来的小校禀报军情，然后又询问了那些染病将士们的情形。因为刘体纯已经来到，他便命小校退出休息。刘体纯坐下以后，没有先禀军情，却从怀中取出一个纸包，笑嘻嘻地递给闯王，说：

“李哥，这点东西昨天晚上才弄到，真不容易！”

闯王接住纸包，捏一捏，心中明白，并不打开，问道：“这东西，怎么弄到手的？”

体纯说：“我命咱们在商州城内的坐探，务须买到几两上好的人参。费了不少力气，才买到二两，你久病虚弱，如今快好啦，用人参炖母鸡汤，好生养一养，就会完全好啦。”

闯王将纸包交给任继荣，说：“总管，你赶快将这点参分送给几位害病的将领，让大家放在鸡汤中炖着喝。我已经好啦，一点也不留。”他又笑着对体纯说：“二虎，你能够操心买到这点参，咱们正需要，好，好。将领们久病虚弱，要是再多几两，就更好啦！”

任继荣和刘体纯几乎同时说：“可是……”

闯王用坚决的口气对继荣说：“拿去分了，我一钱也不留！”

刘体纯急忙说：“闯王，你身体赶快复原了好指挥打仗嘛！”

自成说：“打仗，哼，从来都不是只靠我一个人！”

任继荣和刘体纯听他的口气十分严肃，不敢再说别的话。闯王接着说：

“二虎，快说说你那里的情况吧。”

当刘体纯开始向闯王禀报商州方面的军情时，任继荣拿着人参出去了。他刚把人参分作几包，派人分送几位正在害病的大将，恰好王吉元的亲兵陈玉和走进老营大门。

陈玉和知道刘体纯正在上房同闯王说话，不敢造次，请别人替他传禀，就把吉元的一封密书交给总管，站在前院里同老营的亲兵们小声说着闲话等候。

闯王从任继荣的手中接到密书，拆开一看，将密书递给体纯，胸有成竹地笑一笑，说：

“咱们的对手果然要走这步棋！”

闯王立刻命亲兵把陈玉和叫来面前，详细问明了宋家寨的动静，然后吩咐说：

“玉和，你回去告诉吉元：丁启睿这王八蛋知道从正面进犯困难万分，很想借宋家寨这条路。你们要将计就计，打鬼就鬼。”

陈玉和说：“还有一件事要启禀闯王。昨儿下午，宋寨主的大管家派人来问：宋府上想派人牵牲口去接马三婆替大少爷下神看病，目前军情吃紧，不知是不是可以放行。”

“吉元怎么说？”

“他说这事他不敢做主，须要请示老营。”

“嗯，很好。你回去告诉吉元，要他马上派人去见宋寨主，就说我李闯王已经下令：只要是宋寨主有重要事派人进出射虎口，一律放行。”

陈玉和吃惊地睁大眼睛，说：“闯王！这样怕会……”

闯王截住说：“怕什么？你告诉吉元说，给宋寨主一个面子。不过，有什么人进出射虎口，叫吉元立刻派人来老营禀报。一到晚上，别说是人，就是一条狗也不许放行。”

“是，闯王！”陈玉和立刻退出。

李自成随手从桌上拿起来郑崇俭的那张告示，撕碎，投到地上，笑了一笑，然后听刘体纯禀报军情。他对于商州周围敌军的兵营位置，每个营寨中的驻军人数，马匹多少，欠饷几个月，将官姓名，以及他们的秉性脾气，都详细询问，与过去所得到的禀报互相验证。刘体纯除禀报了官军的情况外，也把细作们在商州打听到的关于宋家寨的消息和商洛山中有人打算响应官军的消息作为两个重要问题禀报。闯王听完，把刚才从刘芳亮那里来的消息也告诉体纯。虽然他对官军意图了如指掌，但是像平日同亲信将领们在一起商议军事的情形一样，他不肯先说出自己的意见，望着体纯说：

"二虎,你今天亲自来老营很好,我正想跟你商议商议。据你看,郑崇俭和丁启睿怀的是什么鬼胎?"

刘体纯回答说:"闯王,十天以前,你在病床上估计敌人要下的几着棋,如今都应验了。如今很清楚:第一,敌人要把大部分精兵放在南路,沿着武关大道猛攻,使咱们不得不抽调马兰峪和老营的人马驰援白羊店;第二,蓝田的官兵向南进犯,使咱们既要顾南,又要顾北,不敢从石门谷调回人马;第三,丁启睿亲率商州的官军出动,陈兵马兰峪前,使我们只好把剩下来守卫老营的一点兵力也调到马兰峪去;第四,他们在龙驹寨也增了兵,使我们担心白羊店的后路被截断,又得分兵防备;还有第五,他们想逼着咱们几处分兵,几处着眼,给咱们一个冷不防,假道宋家寨进犯咱们的老营。……"

闯王插言说:"他们想的这着棋最狠。"

体纯接着说:"他们想,这一下子就打中咱们的要害,使咱们完蛋。"

闯王连连点头,笑着说:"对,对,这就是他们正在打的如意算盘!兵法上说:'备多则兵分,兵分则力弱。'目前咱们能够上阵的战将和弟兄本来就很少,他们还想逼着咱们把人马几下里铺开,好叫他们有隙可乘。咱们偏不上当,偏不把兵力分散。正因为咱们的人马太少,咱们才更需要把能够使用的兵力都合在一起,狠狠地给他们一点厉害!尽管敌人在人数上比咱们多五六倍,分成几路进犯,我们也要把商洛山守得像铁桶一般,使敌人不能得逞。如今病号这样多,咱们行动很不便,能够往哪儿去?再说,快秋收了。无论如何,我们要在商洛山中坚守到秋收以后。"

体纯说:"咱们的将士多病,能上阵的人手很少,这一层我不担心。商洛山各处地势险固,易守难攻。这是咱们先占地利。咱们的将士,不管新的老的,都是上下一心,一提到杀官军就勇气百倍。穷百姓看见咱们真心实意地打富济贫,剿兵安民,心都向着咱们。这是咱们得人和。古人说的天时、地利、人和,三条咱们就占了两条。至于天时,咱们同官军都是一样。既然咱们占了地利,又占了人和，这商洛山就不会轻易失去。可是李哥，我也有两件事放心不下。”

闯王忙问：“哪两件？”

体纯见闯王的两个亲兵都已经退到院里，便小声说道：“第一件我不放心的是射虎口。就为这一件，我今早才亲自奔回老营见你，避免派别人传话不好。闯王，我知道你叫王吉元守射虎口的用意，可是万一吉元不是十二分可靠，卖了射虎口，咱们可就要吃大亏啦。依我猜想，敌人既然想从宋家寨假道，他们决不会没想到射虎口十分险要，离老营又近，万难攻取。看起来，他们准是想勾引王吉元献出射虎口。只要王吉元的心一动，丁启睿和宋文富都会出大价钱。”

李自成含笑点头，又问：“你第二件不放心的是什么？”

体纯回答说：“第二件不放心的是石门谷。那些杆子[①]好坏不齐，原来有一两千人，后来散了一些。我担心在目前节骨眼上，万一这些杆子们起了二心，石门谷落入官军之手，咱们就这么多一点兵力，岂不两头着慌，首尾不能相救？”

闯王轻轻点头，沉默不语，心里说：“二虎也担心这个地方！”

一个月前，黑虎星因为看见闯王手下的将士十停病了七停，怕不能应付官军来犯，招来了这些杆子，协守蓝田一路。李自成原想着等瘟疫过后，再将这一支乱糟糟的杆子队伍整顿一下，好的留下，不好的遣散，没想到半月前黑虎星因母亲病重，告假回镇安去了，而比较老成的一两个杆子首领也病了。

刘体纯见闯王在想心思，说道：“李哥，咱们既然使用这些新收编的杆子把守北边大门，黑虎星又不在，咱们得暗中防备一手才是。我想，越是南路和中路军情紧急，咱们越是对北路不能够粗心大意。杆子，跟咱们不连心啊！”

闯王说：“二虎，你想得周到。当时，我答应收编这些杆子，实

① 杆子——陕西商洛地区和河南南阳一带，从明、清到民国年间，把土寇称为杆子，拉一伙人造反叫做拉杆子。杆子本意就是一伙，所以一伙人马也叫做一杆子人马。

是万不得已。我同各地草贼土寇打了多年交道,经过的事情还少?在各地的杆子中,有的人原来就不是好百姓,流痞无赖出身,他们拉了杆子就为的贪图快活,奸淫烧杀,苦害善良百姓;有的原来也是好百姓,被迫当杆子或随了杆子,像泡到染缸里一样,染坏了,可是泡得不久的还能够回头向善;还有一种人苦大仇深,为人正派,因为没有别的路走才拉了杆子,只要有人引上正路,就能够得到正果。黑虎星招来的这些杆子也是这样。前几天听说众家杆子弟兄在石门谷一带不守军纪,骚扰百姓,我只得差李友率领一百五十名弟兄前去,明的是帮他们抵御蓝田官军,暗里实想压一压邪气。不过李友这个人,脾气暴,眼里容不得灰星,遇事不会三思而行。我很担心他在那群杆子头领中处事生硬,弄出纰漏。如今我实在抽不出另外的人,只好再等一两天瞧瞧。只要李友听我的话,心眼儿放活一点,暂时莫要同杆子闹崩,等到黑虎星回来就好啦。"

刘体纯想了一下,也觉得目前闯王除李友外确实无人可派,轻轻啧了一声,说:"大战快起了,但愿黑虎星能赶在这两三天以内回来。闯王,射虎口会出纰漏不会?"

闯王笑着说:"你放心。吉元决不会出卖咱们。"

体纯沉吟说:"我刚才问过嫂子,她也说吉元很可靠。既然你们都说他决不会有二心,我守马兰峪就不会有后顾之忧了。"停一停,他又不放心地问:"闯王,倘若宋家寨答应官军假道,情况就大不同了,吉元一个人只带领两百名弟兄在射虎口能守得住么?"

闯王说:"倘若宋家寨答应官军假道,我就派老营人马增援射虎口,决不让官军一兵一骑进来。不过,宋家寨肯不肯答应官军假道,到目前还没定局。前几年,官军从宋家寨经过,奸淫抢劫,很不像话。直到今天,宋家寨的人们提到官军就骂。他们这班土豪大户,天生的跟咱们义军势不两立。如今他们见官军势大,咱们处境危急,自然要同咱们撕破笑脸,同官军暗中勾手,狼狈为恶。他们巴不得官军得势,把咱们斩尽杀绝,至少把咱们赶出商洛山,使这方圆几百里地面仍旧是他们的一统天下!可是他们肯答应官军假道么？我看未必。你说？”

“你看得很是。宋家寨如今是又想吃泥鳅，又怕青泥糊眼。不过，闯王，为防万一，咱们得准备两手。”

“是要准备两手。即令宋家寨不许官军假道，单独出兵，我们也不要大意。”

李自成同刘体纯谈了一阵，又一起去看看李过的病。吃过早饭，体纯走了。

因为战事迫在眉睫，李自成不肯躺下休息，又去巡视了一段寨墙，看看滚木礌石准备得够不够。随即弯腰走进一座箭楼，察看里边准备的弓弩、利箭、火药、铳炮之类的防御兵器。出了箭楼，他抬头望望天色。虽然没有风，乌云却仍然迅速地向东南奔流。有的地方露出来一线青天，忽开忽合；附近，熊耳山的双峰也偶尔从云海中露出来峥嵘雄姿。他心中遗憾地说：“老百姓正需要一场透墒雨，这雨又下不成了！”本来就病后虚弱，又加上昨夜睡眠不多，此刻感到浑身酸困，头脑昏沉，两个太阳穴还有点疼痛。他走回老营，躺在床上休息。李双喜和张鼐都奉命去察看各处险要山口的防御部署，尚未回来。李强很害怕他会劳复，站在床头问道：

“我去请尚神仙来替你看看病吧？”

“别大惊小怪的，让我睡一阵就好啦。有什么军情急事，立即叫醒我。”

闯王睡得并不踏实，在梦中还不停地骑着乌龙驹指挥将士们向官军冲杀，有时也同着几位大将立马山岗上观看敌阵，商议如何进攻。后来他觉得很困倦，正在马上打盹，忽然觉得有一只手放在他的前额上。他一惊，矇眬地听见有人小声说：“还好，没有发烧。”他一乍醒来，睁开眼睛，看见是高夫人立在床前，便说道：

“啊，你已经回来了！”

今天清早，高夫人进麻涧以后，首先去看袁宗第。她一进大门就被袁宗第的妻子白氏和两个亲信小将迎接着，带进上房。袁宗第一看见高夫人，就想挣扎着从床上坐起，示意叫老婆扶他。高夫人赶快说："莫起来！莫起来！"三步两步走到床前，又说："你躺着吧，我这个做嫂子的又不是外人！"她随即向背后吩咐："替我搬一个凳子来！"立时，一把椅子搬来了，摆在离病床不足三尺远的地方。宗第等她坐下以后，问道：

"嫂子，你这么早来麻涧，有什么要紧事儿？"

高夫人笑着说："我天天都是老鸹叫就起床，没有要紧事就不可以一清早来麻涧？"

宗第在枕头上摇摇头，说："不，目前军情紧急，你一定是有事来的！"

高夫人又笑着说："你放心养病，没有什么大不了的事。你李哥要我来看看你跟玉峰的病，也看看麻涧的寨墙能不能今天完工。还有，你李哥打算在今天或是明天，接你和玉峰回老营寨中去住，要我问一问你们的意思。"

"为什么要接我们回老营寨中？"

"老神仙住在老营寨内。你们搬回老营寨中，治病会方便得多。"

袁宗第猜想到闯王要他和田见秀搬回老营寨内的真正用意，沉默一阵，心中不免感到难过，悄声问道：

"嫂子，你不用瞒我。要我同玉峰搬回老营寨中，是不是作万一准备？"

高夫人笑着连连摇头，说并没有这个意思。但是袁宗第是跟随李自成起义多年的亲密伙伴，对于自成的用兵十分熟悉。自成是那种胆大心细的人，遇着情况复杂时候，往往通宵不眠，研究万全之策，不但思虑着如何打胜仗，也思虑着万一打败了怎么办。去年在潼关南原战败之后，他越发谨慎了。袁宗第对眼下局势的严重情形，大体清楚。他猜出来自成要他和田见秀搬回老营寨内，固然也有治病方便的意思，但是更重要的用意是准备万一情况坏到不可收拾时，好带着他们突围。他没有把闯王的这个意思点破，提醒高夫人说：

“嫂子，玉峰原是住在老营寨中的，我的家眷也住在老营寨中。春天，为着这麻涧十分重要，才让玉峰来到麻涧坐镇，我的家眷也搬来了。难道如今这麻涧就不需要人坐镇么？再说，眼下谣言纷纷，人心惶惶，倘若把我同玉峰接回老营，岂不引起人们的胡乱猜疑？”

高夫人回答说：“我跟闯王也想到这一层，所以问一问你的意思。你要是认为现在搬回老营不妥，晚一两天，看情形再说也好。只是你不要担心眼下这局势会坏到哪里，安心治你的病。你李哥对战事有通盘筹划，知彼知己。天塌不了，地陷不了，官军把咱们从商洛山赶走不了。我同你李哥只巴望你同玉峰的病赶快治好！”

宗第苦笑说：“嫂子，请你回去告诉李哥说，我这个病死不了，只是害得不是时候，真窝囊！”

“汉举，害病的事儿并不由你，你怎么这样说呢？”

“真窝囊，真窝囊！”袁宗第又像自言自语地连说两遍，叹口气，用拳头在床边捶了一下。

高夫人说：“汉举，你千万别这样，好生养病。如今你李哥和捷轩都快好了，弟兄们也痊愈了不少人，决不会叫官军捡到便宜。”

“嫂子，你又拿话哄我！李哥和捷轩哥的病虽是快好了，可眼下还不能骑马上战场。弟兄们固然有不少痊愈的，可是身体弱，不能当精兵使用。如今咱们兵少将寡，正是一个人顶十个人使用时候，我偏偏病得不能起床。眼看几路官军就要大举进犯商洛山，别人都去拼命打仗，你说我急不急？唉，嫂子，让我死在沙场上，也比躺在这床上好受！”

听了袁宗第的这几句话，高夫人的心中很激动，不由地眼圈儿有点红了。幸而是阴天，屋里光线暗，没有被别人看见。她赶快勉强笑着说：

“等你病好了，打仗的时候还多着哩。”她转望着站在身旁的白氏问：“他昨儿吃过老神仙改过的单子还好么？”

白氏回答说："他昨儿上午吃了头料药，烧有些退了，神志又清醒了，稀饭也喝了两小碗。下午让他吃第二料，他忽然不吃了，叫我立刻亲自骑马到老营去见见闯王和嫂子，请求让他回马兰峪。我没有听他的话，劝他把药吃下去。他把眼一瞪，一拳把药碗打翻，把我臭骂了一顿。昨儿晚上，大家苦劝很久，说马兰峪有二虎把守，万无一失，他才肯吃药，一夜没有发烧。刚才他又在问官军消息，还要我派人请嫂子来一趟，说他有话要对嫂子说。他有什么话？还不是想当面求嫂子准他回马兰峪！嫂子，你来得正好，你劝劝他吧。"

宗第对白氏把眼睛一瞪，暴躁地说："废话！你什么都不懂，就知道烧香许愿拜菩萨！"停一停，他挥手低声说："你出去吧，让我同嫂子谈几句正经话。"

白氏退出了。连站在上房门里门外想听听时局消息的亲兵和亲将们都放轻脚步退往院里去。袁宗第请高夫人将近几天官军方面的情形如实地告他。高夫人见他的病已有起色，不打算对他隐瞒，把官军已经摆在商洛山周围的人数以及正在从河南和甘肃等地增调的人数都告他知道，也把闯王的破敌计策和兵力部署告诉了他，并询问他的意见。宗第想了一下，说：

"好，好！官军仗恃人多，分几路进犯。我们先合力杀败一路，其余各路自然动摇。只是宋家寨离老营很近，务须严防。射虎口是天险，只要王吉元这个人十分可靠，闯王的计策准行。"

高夫人回答说："吉元原是苦水里泡大的农家孩子，忠诚可靠，决不会对闯王有二心。"

宗第说："我也看吉元可靠。只要咱们在射虎口不会走错棋，我就不替老营和马兰峪担心了。"

早饭安排好了。高夫人和她的亲兵们都在袁宗第这里吃早饭。饭后，高夫人去看田见秀。因为田见秀的病势较重，关于大局的严重情况完全不让他知道，稍坐一阵，便动身回老营去了。

李自成从床上坐起来，听高夫人一五一十地谈了麻涧连夜加修寨墙和布置障碍等工作的进行情况，田见秀和袁宗第最近两天的病情和她同宗第的谈话。他听到袁宗第要带病去马兰峪，很受感动，说：

"汉举这个人，真正是赤胆忠心！"停一停，他接着说："在咱们这里，大小将领和弟兄们赤胆忠心的不在少数，就凭着这一点，咱们毫不惧官军人多。官军将骄兵惰，士无纪律，人多也不顶用。"

他转过身准备下床，却不禁打了一个哈欠。高夫人赶快说：

"你别下床，多躺一阵吧。你连着两晚上都睡得太少！"

闯王一边穿鞋一边说："现在哪有工夫躺在床上！等咱们杀败官军，我再痛痛快快地睡一整天。"

高夫人又心疼又无可奈何地说："唉，你呀，自来不知道爱惜身体！"

闯王走到外间，站在门槛里边，望望天色，许多地方的云彩已经稀薄，绽开来更多的蓝天。他失望地摇摇头，骂了一句："又是没雨！"退回两步，在一把椅子上坐下去，向跟着他走到外间来的高夫人说：

"既然麻涧的寨墙今天能够完工，今晚就命令驻扎在那儿的两百名弟兄开往白羊店。"

高夫人在他的对面坐下，说："白羊店确实要赶快多增添人马，越多越好。咱们务要头一仗就杀下去官军威风，也给郑崇俭一点教训。"

"子宜还没回来？"闯王问的子宜就是吴汝义。

"还没回来。"

"要是他们能够弄到千把人，白羊店的兵力就够用了。"

高夫人叹口气说："官军在龙驹寨增兵不少，我们却无兵可增。智亭山很重要，必须有得力将领镇守。你昨晚说打算调摇旗去智亭山，什么时候调？"

闯王沉吟说："摇旗只善于冲锋陷阵，做守将并不合宜。可是我也想不出另外的人。再等一天,势不得已,只好调他前去。你什么时候往捷轩那里?”

“我马上就去。”

“事情很急,你赶到捷轩那里吃午饭也好。”

高夫人和亲兵们的马匹本来没有解鞍,人和马都在老营的大门外等候。她走进东厢房中看看卧病在床的女儿,吩咐留在家中的一个女亲兵照料兰芝吃药,便提着马鞭子走出老营。约莫未牌时候,她从铁匠营回来,告诉闯王:宗敏对他的作战计划没有别的意见,只是很关心射虎口这个地方,怕官军从宋家寨过来,直攻老营,将刘体纯隔在野人峪使他腹背受敌。闯王听了,点点头说:

“目前的局面是明摆着的,敌人要暗中在射虎口大做文章。捷轩的担心很是,咱俩何尝不也有点担心?”

“只要王吉元十分忠诚……”高夫人的这句话只说了一半,听见有人进来,就不再说了。

第二章

商洛山中，曾被李闯王义军破过的和尚未破的地主山寨，都在暗中串联，蠢蠢欲动。特别值得重视的是宋家寨，离闯王的老营不远，地险人众。寨主宋文富正在利用马三婆这条线，加紧勾引王吉元背叛闯王。马三婆有一个侄儿名叫马二拴，素无正业，在赌场中混日子，一个月前暗奉宋文富之命投了义军，拨在王吉元手下。看起来他深得吉元信任，已经提升为小头目。诱降王吉元的事，正在由马三婆和马二拴暗中进行。

立秋那天，宋文富派人牵一匹大叫驴，把住在闯王老营附近的马三婆接进宋家寨，说是替他的痨病儿子看病。等马三婆下过神以后，更深人静，宋文富走进内宅，坐在大奶奶的房间里，屏退丫环、仆妇，同马三婆悄悄谈话。这些话关系重大，十分机密。他本来不想让他的大奶奶参与密谈，但知道她是个多心的人，不敢不请她坐在旁边。

宋文富是一个四十多岁的人，身材魁梧，三十二岁时中过武举，至今还继续每日早晚练功。他自认为是将门之后，原想在中过武举后出去做个武官，步步高升，荣祖耀宗，不废将门家风。无奈父母下世太早，家大业大，全靠他一人照料。又因兵荒马乱，倘若他出外做官，宋家寨就无人能率领乡勇保卫，本寨富户也留住他，奉为一寨之主。从看相、揣骨到批八字，都说他今年交大运，官星现，稳掌印把子。近来眼看各路官军云集，不日就要大举进攻商洛山，他认为这正是自己建立功名的时机来到。尽管他手下的乡勇染病的也很多，他却天天将没有害病的加紧操练，准备一试。现在他玩着玛瑙扳指①，瞟着马三婆鬓角上的头痛膏药，嘴角含笑问：

---

① 扳指——见第一卷二十五章此注。

“马三嫂，你看，能把王吉元拉过来么？”

马三婆皱着柳叶眉想了一阵，说：“我看能行。如今官军大兵压境，贼军多数染病，人人惊慌。王吉元不是李自成老八队的人，几月前又挨过他一顿毒打，他何苦做他的忠臣孝子？连蚂蚁还知道保自己性命，人谁不愿意趋吉避凶？如今他何尝不清楚，投降朝廷既可以保住性命，还可以升官发财，不投降就只有死路一条。我已经叫二拴拿话试探，还不知结果如何。这事不能操之过急。你想，纵然王吉元心中有几分活动，他也不会马上一口答应呀，是不是？他一定要仔细地盘算盘算，还要看看二拴这条线牢不牢靠。”

宋文富说：“这事虽说不可操之过急，但也要在几天以内有点眉目才行。看样子，官军在十天左右就会大举进攻。要是他能在官军进攻之前投降过来，就容易立功赎罪；要是等官军扫荡得手，咱就不稀罕他投降了。”

马三婆说：“寨主，劝说他投降不难，只是有一件：要是王吉元肯投降，谁能担保官府不杀降冒功，给他官做？能担保，这事情就好说话。”

“这一点，三嫂放心。我已经禀明抚台大人，只要他肯投诚，准定格外施恩，给他官做。我拍胸脯担保，决无二话。”

马三婆高兴地说：“只要你宋寨主拍拍胸膛担保，这事就好办啦。我明天叫二拴再拿话挑他一挑。只要他稍微有一点活动意思，就可以继续深谈。要是他不露出活动意思，我就想别的法子。”

“还有什么法子呢？”

“这就得寨主你先破费几百两雪花纹银，买他的冷心换热心。做贼的都是穷光蛋，黑眼珠见不得白银子，一见就心动。难道他嫌白花花的银子扎手么？”

寨主奶奶插嘴说：“可是听说他们这号人里边也有讲义气的。”

马三婆撇嘴一笑：“义气？江湖上的义气也早晚行情不同。目前大军压境，贼兵贼将各人性命难保，义气该值几个钱一斤？”

宋文富也笑一笑说：“只要你能想办法把王吉元买过来，花几百两银子我不心疼。"

"我知道你不心疼！人人说你宋大爷今年官星高照，不久就要走马上任。凭着你府上的根基，加上不日在扫荡闯贼这事上立个大功，朝廷给你的官不会小了。俗话说：'一任清知府，十万雪花银。'寨主，你就花几百两银子，还不是一本万利？"

宋文富哈哈大笑几声，随即说："马三嫂，你这话说到题外了。自从成化年间先人以办团练起家，在剿办郧阳盗[①]时候屡立战功，蒙朝廷擢升副总兵，三代世袭锦衣指挥。到了先祖父，又以武功升任郧阳守备之职。我们宋家虽然没有做过大官，总算世受国恩吧。目今流贼猖獗，我能为朝廷稍尽绵薄，早日剿灭这股逆贼，也不枉是将门之后，也算报皇恩于万一。至于出去做官的事，不要信众口瞎说。"

"哟！俗话说：运气来到，拿门板也挡不住。朝廷硬把印把子塞到你手里，你能够坚决不要，得罪朝廷么？"

"这是日后的话，到时候再说吧。马三嫂，你务必嘱咐二拴，李闯王的耳目很多，这事可不是好玩的，千万得小心谨慎。"

"这个，自然。我已经嘱咐过二拴，谈这事不能够开门见山，直来直去，先拐弯抹角儿试探一下，只要他露出一丝儿活动的意思，下一步就有门儿了。二拴这孩子是个机灵人，一肚子鬼，眨眼就是计，即令同王吉元谈不入港，也不至于自己先露馅。大爷放心。"

"马三嫂，我知道你有胆有识，肩上能挑起大事，所以才托你去办。可是李闯王不是好对付的，高桂英也不弱，这事千万得机密，不可大意。事成，你跟二拴都有大功；不成，就会有杀身之祸，也坏了大事。"

"我的好寨主，你把我马三婆当成了什么人？自从俺家马老三去世以后，这十七八年我不得不抛头露面在人场中混，乡下住，城里也住，什么困难没遇过？什么泼皮捣蛋的人没打过交道？我虽

① 郧阳盗——指明宪宗成化元年（公元1465年）刘通在郧阳府境内率农民起义。刘通起义后，称汉王，建元德胜。次年刘通被俘牺牲，其部下石和尚、李胡子等继续领导起义，至成化七年始结束。这次武装起义影响郧阳、荆州、襄阳、南阳各府，也影响到陕西各县。

说是女流之辈，可也是染房门前槌板石，见过些大棒槌。这事你只管放心。纵然事不成，也不会丢了老本。我放下金钩和长线，稳坐钓鱼台。他王吉元不上钩，算我马三婆枉活了四十岁。倘若他王吉元愿意弃暗投明，这事也只有他知道，对外人风丝不露，说动手就动手，不让他夜长梦多。怕什么？用不着替我担心。”

“好，好。我知道你马三嫂心中窟眼多，二拴也飞精飞能，不会出错。万一王吉元死心做贼，不肯投诚，咱们下一步怎么办？”

“用银子买动他的心。”

“我的意思是万一用银子买不动？”

马三婆一时回答不上来，耸动柳叶眉，转着眼珠，搜索新主意。宋文富不等她想好主意，脸色严峻地说：

“马三嫂，一条鱼不上钩，别的鱼还会上钩。你告诉二拴，要是王吉元不肯降，就勾引他手下的头目和弟兄投降，把他除掉，这是中策。不能够赚开李闯王的老营寨门，可是只要他们能献出射虎口这道门户，对咱们也有很大好处。就这么办！”

“好，就这么办。寨主，你等着好消息！”

同马三婆商量毕，宋文富回到小书房中，当下修密书一封，派人连夜送往商州城抚台行辕。抽屉中还锁着一封田见秀的书子，是黄昏前从李自成的老营中派专人送来的，下书人已经转回射虎口了。几个月来，义军方面都是以田见秀的名义同宋文富书简往还。这封书子的措词不亢不卑，劝他值此商洛山中风云紧急时日，与义军共维旧好，万勿受官府威迫利诱，助纣为恶，贻将来无穷后悔。现在他打开抽屉，将这封书信取出，重看一遍，冷笑一声，在心中恨恨地说：

“哼，田见秀，我知道你已经病得快死啦。李贼，你以为我对你老营的动静不知道？我宋文富不是糊涂蛋，瞎了你的眼睛！这几个月，老子不得已同你们这班流贼虚与委蛇[①]，其实有狗屁交情！

---

① 虚与委蛇——假意敷衍。委蛇，音 wēiyí，意即敷衍应付。

咱们这笔账也该到清算的时候了。”

他把田见秀的书子就灯上烧掉，然后提笔写封回书，措词十分客气，说他平日因官军残害百姓，切齿痛恨。如商洛山发生战争，他坚决与义军赓续旧好，保境安民，誓不“为虎作伥”。书子写好以后，他害怕将来官军破了李自成的老营，这书子会落入官军之手，随即抄了一份，准备呈报巡抚存案，说明他是用计“骗贼”。他将管事的仆人叫来，嘱他天明以后派专人将给田见秀的回书送到闯王老营，并预备两坛好酒和一口大猪作为礼物带去。

大奶奶见他迟迟不回上房睡觉，也没去两位小老婆房里，便亲自提着纱灯笼来书房看他。她见他刚打发管事的仆人出去，面露得意之色，便坐在他的桌边说：

“天下大乱，我并不巴望你出去做官。自从去年冬天李闯王来到商洛山中，好多山寨给他攻破，几百家财主大户给他弄得家破人亡，有的灭门杀光。咱们宋家寨地势险要，防守严密，又无人做内应，他不敢贸然来攻，可是我天天提心吊胆，夜间一听见寨中狗叫就心跳不止。贼人就在射虎口，咱们树大招风，这半年多就像脚踩着刀尖儿过日子。你说，这一回能把贼人从商洛山中赶走么？”

“岂但赶走？还要将他们一鼓荡平！”

“拿得准么？难道他们抵抗不住时不会像往年一样到处流窜？”

“如今李自成和他的贼兵贼将大半都在害病，不能骑马颠簸，如何流窜？这才是天亡逆贼，使他们欲逃不能。”

“唉，要是这样就好了。自从李闯王来到以后，咱家在射虎口以西的十几处庄子，一两千亩土地，十几架山，出产的粮食、棉、麻、生漆、药材，全都收不到手。这班昧良心的佃户庄客们好像有了靠山，全不把东家放在眼里，倒把应该分给东家的东西交给贼子一部分，余下的全霸占了。你说，这不是不讲王法了么？他们就不想想，迟早有水清时候。”

宋文富冷笑说：“一旦水清，我要叫这班没有良心的庄稼汉加倍交租！少交一颗粮食子儿，少交一两漆，我立刻赶走他们，叫他们全家喝西北风，父南子北，活活饿死！”

大奶奶想了一下，又说：“听说官军很恨商洛山中的老百姓个个通贼，帮贼打仗，所以这次官军扫荡商洛山，将要逢人便杀，逢村便烧，可是真的？要是这样，以后商洛山中就会没有人烟啦。”

“官军是有这个说法，丁抚台也说治乱世用重典，不妨多杀些人。我曾托城中士绅劝说抚台大人，以少杀收抚人心。再者，倘若将青壮男人杀光，以后谁做庄稼？如今各处耕地已经荒了很多，到那时庄稼活没人做，几百里商洛山岂不成了荒芜世界？于国家，于地方，都没好处，反而更成了盗贼渊薮。”

“你说得对，总得留下一些老百姓替富家大户种庄稼才是。”

夫妇二人离开书房往上房走去。上房前檐下挂了十个鹌鹑笼子，里边有斗架的鹌鹑也有圝子①，是宋文富喜爱的玩艺儿。其中有一个是今年春天花三十两银子买的，据说它斗遍了商州城郊和洛南全县的所有好鹌鹑，从未败过，所以原主人替它起名叫常胜将军。当他出惊人的高价买它时，不仅是为着要占有这个名噪一时的斗鹌，也为着都说他今年官星现，买来这个名为常胜将军的鸟儿取个吉利。现在他的心中正在高兴，提起灯笼照一照中间的那只笼子。他对着被惊醒的“常胜将军”弹几次指甲。这只爱斗的鹌鹑听见弹指甲声就激动起来，先奓着翅膀，随即奓开了全身的羽毛，在笼中来回走动，寻觅敌人，同时发出来咕咕叫声。看着“常胜将军”的这个架势，宋文富的心中十分得意，语意双关地对大奶奶笑着说：

“瞧，一出笼准定会建立奇功！”

当马三婆来到宋家寨的这天下午，马二拴见王吉元的身边没有别人，就试着同吉元谈目前的紧急局面，故意夸大官军兵力，说

---

① 圝子——音 yóu zi。被豢养的一种鸟，用它去诱捕同类的鸟。这里是指养在笼子中的母鹌鹑。

出自己想洗手不干的话，试探吉元。起初吉元只听他说，自己不做声，后来忽然叹道："像你这样的本地人好办，有窝可藏，有处可去。我就没办法，一离开闯王的义军，有家难奔，遇到官军、乡勇都活不成，只好硬着头皮干下去。"马二拴原来没想到王吉元会这么坦率地说出心里话，喜出望外，立刻进一步试探他。在言谈之间，王吉元口气游移，可以看出来他已有想脱离闯王之意。马二拴立功心急，大胆地劝他向朝廷投诚，保他有官可做。王吉元突然变了脸色，拔剑在手，骂道：

"妈的，你小子原来是个奸细！老子一向把你当人看待，没想到你是鬼披着人皮！"

马二拴吓得面如土色，慌忙跪下，磕头如捣蒜，只求饶命。

王吉元又骂道："你好大胆子，敢来劝老子投降！你活得不耐烦了？"

"小的说话不知深浅，求爷饶命。"

"你以后还敢说这样混账话么？"

"小的永远不敢了。"

"我不是看你平日老实听话，一剑下去，要你狗命；或将你捆送老营，你也别想再活。"

"我说话冒失，该死，该死。感谢爷不杀之恩，至死不忘。"

"哼，你竟然吃了豹子胆！"

"我该死。"

王吉元看着二拴丧魂落魄的样子，觉得讨厌，也觉得可笑。他踢他一脚，插剑入鞘，说：

"爬起来吧。我饶你这一遭，以后说话小心就是。今天这些话，权当给大风刮跑了，我不记在心上，也不对别人提一个字，免得你性命难保。"

"我马二拴世世生生不敢忘爷的大恩。"

"只要你日后能记着我对你的好处就行啦。"

"我要是日后敢忘爷的大恩，日头落，我也落！"

王吉元又望望二拴，没再说话，好像怀着一腔心事模样，紧皱双眉，独自往树林深处走去。

第二天，马三婆从宋家寨回村了。马二拴在黄昏前诡称母亲有病，要请假回家看看。吉元准了他的假，还给他五钱银子。晚饭后，他见马三婆的屋中没有别人，便像影子一般地闪了进来，随手将门关上。他先把昨天的事情悄悄地讲说一遍，接着说：

“三婶儿，他不肯上钩，我几乎送了命。以后，我再也不敢做这种事啦！”

马三婆下意识地用手指拢一拢松散的鬓发，又按按太阳穴上的头痛膏药。她很沉着，既不惊慌，也不焦急，更不埋怨侄儿做事太冒失。皱着柳叶眉想了一阵，她望着侄儿问：

“他到底是真恼，还是假恼？”

“我不是他肚里蛔虫，谁知道他是真恼假恼？看样子，八成是真恼了。三婶儿，不管他是真恼假恼，反正我以后决不再向他说一句劝他投诚的话。再说出一个字，他准定杀我！”

马三婆撇一下薄嘴唇，微微一笑，说：“亏你还是男子汉大丈夫，才见一点风险就吓破了胆！我原说你是银样镴枪头，果然不差；没上阵，先软了。”

“我没有活得不耐烦，为什么去捋火星爷的红胡子？”

“我不是叫你去捋火星爷的红胡子，是为着这事对你有好处。你听从三婶儿的话，弄成了这件事，为朝廷立下大功，这一辈子也有了出头之日。”

马二拴其实心中愿意做这事，却故意苦笑说：“三婶儿，侄儿到底不是你亲生的，你老人家安心拼我这个烂罐子摔。”

“说你丈母娘那腿，全不要你心口窝里四两肉！要是三婶儿不亲你，就不会把这样的机密大事交你办。日后大功告成，你得了地，大小做个武官儿，骑着高头大马，前呼后拥，耀武扬威，那时节，娃呀，你才知道我今日叫你做这事是向你哩。”

“嘿嘿，你看我这个命，还巴望一官半职！只求谋划顺利，不把老本儿丢进去就是好的。”

“你怎么不能得一官半职？只要这事成功，单凭宋寨主一力保荐，弄个官儿到手不难。你妈年轻轻就守寡，为你苦了一辈子。你媳妇儿嫁你这几年，穿没穿的，戴没戴的，吃这顿，没那顿，一年四季不展眉，天天怕饿死，一朵鲜花给穷日子糟蹋得黄皮刮瘦，不成人形。娃呀，你歪好弄个印把子到手里，一则洗刷了贼名儿，二则也叫她跟着你过几天火色日子，叫你妈享点老来福。”

“享豆腐！”二拴笑着咕哝说。

“你别笑，三婶儿说的都是老实话。自古道，将相无种。你是个飞精飞能的人，二十八九正当年，自幼儿又学过几套武艺，只要听三婶儿的话，好生干，还怕没出头之日？这事一办成，你就一步登天，你们一家人的日子也马上苦尽甜来。古话说得好：一人得道，鸡犬飞升。”

二拴被她说得满心舒展，像熨斗烫的一般，把害怕冒风险的心思驱散到爪哇国了。他挤挤眼睛，笑嘻嘻地说：

“三婶儿，你想得美，说得也美。咱们马家祖坟的风水不好，祖宗八代只会出拉鸡贼、强盗、小偷，还出你这样的神婆子，从来连一个芝麻子儿大的官儿没出过，难道到了我这辈儿会改变门风么？”

“好侄儿，常言道：六十年气运轮流转。谁敢说咱马家不能够改变门风？咱马家祖宗八代没出过排场人，轮到你捞到印把子，这就叫粪堆上生棵灵芝草，老鸹窝里出凤凰。”

“罢，罢。三婶儿，我说不过你。你真是女苏秦，凭这一张嘴就能挂六国相印。我只好甘拜下风，听你指使。下一步怎么走？”

马三婆不急着回答，在心中盘算着，用破蒲扇赶走了腿边的一个蚊子。停了一阵，她的眼睛里流露着狡猾的微笑，说：

“二拴，据我看，王吉元不是真恼。你说对么？”

“你怎么知道他不是真恼？”

“你要知道，人们笑有几种，恼也有几种。他这是皮恼骨不恼，装样子叫你看哩。要是他真恼，就不会给你五钱银子。这分明是骂了你再抚慰你，一擒一纵，又推又拉。你想，对么？”

“不敢说。”

“你说他踢你一脚，可踢得很重么？”

“不重。”

“这就是了。他拔出宝剑也好，骂你也好，踢你也好，据我看，都是做的样子。要是他真生气，还能轻饶你？不说他一脚踢死你，至少也要把你踢倒地上半天起不来。再说，他骂你是奸细，却不追根究底，也不送你去老营请功，轻轻把你放过。他厉颜厉色地骂过之后，又告你说他决不记在心上，也不对别人提一个字。这，这，难道不是故意把后门掩一半，开一半，不完全关严么？”

二拴同意她的分析，却故意说：“三婶儿，你怎么光往好的方面想？”

“不是我光往好的方面想，是因为他的心思瞒不住你三婶儿。”

“你难道袖藏八卦？”

“我虽不袖藏八卦，可是三婶儿在大江大海中漂过十几年，经得多，见得广，看事情入木三分。你想，若是他赤心耿耿保闯王，心中没有丁点儿别的打算，好比眼睛里容不下灰星儿，他听了你的话一定会暴跳如雷，恨不得一剑戳死你，岂肯反过来替你遮掩？还会准你假，又给你五钱银子？如今官兵大军压境，他要为自己谋条生路，所以对你先给杠子，后给麸子，要你老实点替他出力。娃呀，这是什么事？你乍然一说，他岂肯贸然交底？”

二拴笑着点头，说：“三婶儿说的有道理。”

“二拴，依我看，你已经有三分成功了。事不宜迟，你得趁火打铁，抓紧时机，再拿话挑他一挑。”

“我还敢拿话挑他？”

“当然敢。”

“照你看，王吉元这事可以成功么？”

“准成功。他现在之所以不肯掏出心里话，据我看，第一怕没有得力人替他作保，第二怕闯王的耳目多，万一露了风将死无葬身之地。”

二拴想了想，点头说："嗯，嗯，好三婶儿，你倒是把他的心肝五脏看透啦。"

"二拴呀，明天他要是待你像平日一样，和和气气的，不故意疏远你，这件事就有对半以上成功啦。你记着，暂不要对他再提投诚一个字，故意把绳子松一松，看他下一步。该吞钩的鱼终会自己来吞钩，用不着钓鱼人把钩子往它嘴里塞。要是他还像昨日一样，单独带你一个人出去查哨，那就是有意同你谈私话，即令他自己不提起这事情，事情也有八分成功啦。要是他谈到目前局面时忽然锁起眉头，露出心思重重的模样儿，我的娃呀，这就是说，树上的桃子已经长熟，等着你伸手摘啦。"

"倘若他自己不肯提这事，怎么办？"

"你平日一肚子鬼，并不缺少心眼儿，怎么没办法啦？你平日偷偷摸摸的干坏事怎么那样在行？那样有办法？"

"嘻嘻……"

"你别嘻嘻。你在外边做的事，能瞒住你妈同你媳妇儿，别想瞒住我。我现在不同你谈这个，还是言归正传吧。你见他那样，也只可旁敲侧击，若有意若无意地拿话挑逗，不可直然点破题。"

"三婶儿，你说得真好，以后呢？"

"等一天以后，他自己会忍不住拿话探你的。到那时，我的好侄儿，你可不要再害怕，赶快把钓竿猛一提，这条大鱼就扑棱扑棱地到你手里啦。"

"万一他不拿话试探我，怎么办？"

"只要他不疏远你，就是他心里肯。你一步深一步，拿话挑他，不愁他不对你说出心腹话。"

"好吧，我照着三婶儿的话去办。"

"还有，他看你人微言轻，肩膀窄，挑不起重担，即令他松动口气，也不会爽利地答应反正。你这时就得说出来宋寨主，劝他同寨主私下会面。宋大爷当面说句话，不愁他不凭信。至于以后如何用计袭破闯王老营，为朝廷建立大功，由宋大爷同他当面谈，你甭管。”

“对，宋寨主轻轻咳嗽一声，比我马二拴打个炸雷还响。”

马三婆给侄儿几钱碎银子，说是宋寨主赏的酒钱；一旦事情有了眉目，宋寨主定有重赏。好像门外有轻微的脚步声，她吓了一跳，赶快悄悄隔着门缝向外望望，听听，没有发现有人偷听，稍觉心安。她又嘱咐几句，叫二拴快走。当二拴走出茅屋时，她把他的袖子扯一下，使他退回门槛里边，凑近他的耳朵悄声说：

“啊，我忘记一句重要话。虽说王吉元准会投诚，也要防备他三心二意或中途变卦。你一面要做他的活，一面也要背着他做他手下人的活。倘若他三心二意或中途变卦，就把他收拾了，免得他碍手碍脚，也免得他出卖了你。”

马二拴点点头，影子一闪出了门，朝着树木的黑影中消失了。

中元节这天下午，大约申末酉初时候，马三婆骑着大叫驴来到宋家寨，明的是替宋府的大少爷下神看病，暗的是与宋寨主商量机密大事。

宋文富正坐在书房中，小声吩咐他的兄弟宋文贵带几个心腹家人和刀马精熟的家丁，借口巡查道路，乘马出寨，奔往商州路上，到二十里铺迎接巡抚行辕的赞画刘老爷。文贵问他事情在今夜是否能够定局。他猜想今晚还会同刘赞画讨价还价，但是他胸有成竹，不觉微微一笑。等文贵走后，他匆匆地走回内宅上房。马三婆正在同大奶奶谈论少爷的病，见他进来，赶快起立相迎。宋文富挥退站立在上房门里门外的丫环和仆妇，坐下说：

“我今天差人将马三嫂接来，是因为官军大举进剿即在眼前，抚台大人急于要知道咱们这边如何效力。倘若王吉元投诚的事不能十分确定，我就不好对抚台大人回话。”

马三婆笑着说：“请寨主放心，王吉元的事包在我身上。不但他本人会率领射虎口的二百人马投诚，他还情愿串通李闯王老营中弟兄，临时来一个里应外合，把住在老营寨中的大小贼首一网打尽，交给你宋寨主去献给朝廷请封侯之赏。”

宋文富心中大喜，但竭力保持冷静，拈着胡子说道：“马三嫂，这是军情大事，非同小可。你对我说话务必一是一，二是二，千万不能开半句玩笑。”

“嘿，我的好大爷！你是宦门公子，又是举人老爷，现为堂堂宋家寨一寨之主。我是甚等之人，怎敢在你面前开半句玩笑？”

“昨天我派人去问你，你不是说王吉元还在漫天要价，未必肯马上反正么？”

“买卖看行情，早晚价不同。如今大军天天增加，不由他王吉元不赶快替自己寻条活路。今早二拴回家一趟，说王吉元昨夜同他私谈，口气已经变了，答应投降，还说他情愿串通老营的守寨弟兄做内应。只是他想的官大一点，钱多一点。只要抚台大人以商洛山大局为重，为着这一方早日太平，在官和钱两个字儿上莫太小气，答应了他，他就会全心全意倒向咱们这边来。”

“他想要什么官？”

“他说，要得他死心塌地投降朝廷，必须给他做个参将的官，外给他五千两银子。”

“仍然是漫天要价！”

“乱世年头，朝廷赏他做参将还不划算？”

“小贼毛子，在闯贼手下才不过是一名小校，怎么一步就做到朝廷的参将？”

“将相本无种，小贼毛子只要替皇帝老子立大功，为什么不能做将军？寨主呀，他能够献出射虎口，赚开闯贼老营，帮你宋寨主建立大功，他就值得你在抚台前竭力保荐，赏他做个参将，外加五千银子。”

宋文富沉吟说：“这个……是他自己要这么大的价钱？”

“寨主，你这话问得奇怪。难道是我马三婆想做参将？可惜我没有生成男人！”

宋文富笑一笑，说：“我不是疑心你马三嫂帮他要价，是想着这样大的价钱，我不好向抚台大人吐口，也不会蒙抚台大人答应。”

“哟,我的寨主！乱世年头,你和抚台大人在给王吉元什么官职上何必钉是钉,铆是铆的！如今这屋里除大奶奶外没有别人,我们不妨说实话。你以为官军众多,就能一战成功么?”

宋文富的心中一动,沉吟不语。

马三婆接着说:“据我看,倘若你宋家寨按兵不动,王吉元不卖射虎口,官军想仗恃人多取胜很难。李闯王的老婆高桂英有勇有智,可不是好惹的。上月官军已经领过她的教,知道她的厉害。再说,更可怕的是,李闯王的病已经快好啦,可以亲自谋划指挥,纵然有十个郑总督、丁巡抚,在智谋上能比得上他?何况,山中的大户都给踏在脚底下不能动弹,那班庄稼汉穷鬼们跟贼一心啊！我敢说,光靠从武关和商州来的两路大军,加上从蓝田来的一支官军,别想取胜。不信?我敢打手击掌。总督和巡抚也心中明白,所以才来求你宋寨主出兵,又求你招抚王吉元投降朝廷。倘若王吉元忠心保闯王,死守射虎口,我的寨主啊,你纵有通天本领也近不得闯贼老营！事情是明摆着的:一则你同王吉元在这一次战争中举足轻重,二则你不叫王吉元这小子称心满意,你纵然流年大利,官星高照,也仍然好事难成。你同王吉元都应该要大价钱,千万不要误了行情!”

宋文富觉得马三婆的话很有道理,心里说:“这母货真厉害!”但是摇摇头,淡然一笑,拈弄着短胡子,装作满不在乎地说:

“三嫂,你不明白我的心思。我只求效忠朝廷,帮官军扫荡流贼,至于‘利禄’二字,素不挂怀,说不上我为自己要什么大的价钱。”

马三婆笑着说:“大爷,你虽然淡于利禄,不肯替自己要大价钱,可是行情在看涨啊。只要许了王吉元做参将,外给五千两银子,买他个真心投降,你宋寨主就会稳做大官！即令攥不到总兵印把子,拿到副总兵印是顺手牵羊。大奶奶,你说是么?”

寨主奶奶满心高兴,但她故意叹口气,摇头说:“他如今已经讨了两个小老婆,还闹着要将一个丫头收房。等他做副将大人,不知得讨多少小老婆，还有我的好日子！”

宋文富赶快望着马三婆说：“今晚巡抚行辕有人来，让我同他商量商量看。”

“二拴嘱咐我明日一早回去，他在射虎口等我，将你的回话转告王吉元。事不宜迟，免得夜长梦多。”

宋文富点头说：“今夜决定。”说毕就起身走了。

一更以后，巡抚行辕的赞画刘自豫从商州来到了。他是进士出身，曾做过一任知县，因赃被劾，丢了纱帽。后来花了几千银子，在吏部买了个候补知州，分发陕西候缺。丁启睿因他是归德（今商丘地区）同乡，邀他来行辕帮忙，保荐他赞画军务，以便在“剿贼”大捷后以“出力有功人员”得到优叙[①]。自从丁启睿派他同宋文富两次接谈以后，他做官的胃口更大了。他认为只要能够买动王吉元投降，从宋家寨直捣李自成老营，建立奇功，莫说知州，实授知府也大有指望。今夜，是他第三次亲来宋家寨。他自认为官运如何，决于此行。

宋文富将贵客迎进二门内的三间书房中，立刻命仆人摆上已经精心准备的酒肴，边吃边谈，连宋文贵也不令作陪。听宋文富谈了王吉元的情形以后，刘赞画放下酒杯，带着老谋深算的神气，将长指甲在桌面上轻轻弹着，想了片刻，暂不谈王吉元要的价钱，慢吞吞地问道：

“目前军情紧急，马三婆经常来到宝寨，难道能够瞒得住闯贼的耳目么？”

宋文富很有把握地微笑着，说：“请刘老爷放心。一则闯贼和几个大头目都在病中，二则马三婆平日常来敝寨，所以尚不会露出马脚。射虎口由王吉元驻守，只要他不泄漏，别人谁会泄漏？”

“不，凡事以缜密为佳。虽说闯贼等均在病中，但听说贼妻高氏也并不容易对付。王吉元是不是受了高氏密计，假意投降？”

---

① 优叙——议进官职和评奖功劳叫做“叙”。从优叙功叫优叙。

宋文富的心中稍微一动，想了想，笑着说道："不会，不会。高氏虽然甚是精明，但近来内外大事都得她操心，到处奔波，每日筋疲力尽，暂时还不会留心到马三婆身上。至于王吉元，他本来是张献忠的人，四月间曾被李自成打了一顿，久已怀恨在心。他愿意投诚是出自真情，绝不是高氏设的密计。"

"宋寨主，自古兵不厌诈，可不要上当啊。"

"请刘老爷放心。贼中情形，文富十分清楚。"

"倘若老兄敢担保王吉元并非假降，愚弟今夜回城，明日当向抚台禀明，予以自新之路。至于官职，顶多给个千总，外赏两千银子。你想，翻山鹞高杰投诚后才做到游击，他系无名小贼，何能与高杰相比？"

宋文富笑着说："倘若抚台大人珍惜国家爵禄，执意不肯给王吉元一个参将职衔，此事就难办了。王吉元不投降，文富纵有众多练勇，莫想攻进射虎口这道天险，更莫说袭劫闯贼老营。官军与李自成一旦交战，文富无路效力，只好作壁上观①了。"说毕，又轻声嘿嘿一笑，赶快为客人执壶斟酒。

刘赞画笑一笑，说："兄台为王吉元讨参将职衔可谓尽心帮忙！"

宋文富说："阁下误矣。文富之所以如此替王吉元说话，实际上是为商洛山中大局着急，也为丁抚台的前程担心。"

"如何说丁抚台的前程？"

"请刘老爷不必瞒我，有些机密事在下也略有所闻。上月官军进攻失利，郑制台②与丁抚台掩败为胜，虚报战绩，虽然暂时哄住了朝廷，但皇上英察多疑，耳目众多，断难使他长受蒙蔽。听说十天前制台与抚台两大人又奉到皇上密旨，口气十分严厉，责他们劳师糜饷，畏怯不前，上月虽有小胜，但未获清剿实效，而所奏战功，语多欺饰。皇上责令制台、抚台两大人迅速进兵，务期将商洛山中残

---

① 壁上观——站在寨墙（壁）上看两军交战，却不参加。典出《史记·项羽本纪》。

② 制台——对总督的一种尊称。

余流贼一鼓荡平，不得贻误戎机。请你想想，如这次进剿又无结果，丁抚台的乌纱帽能保得住么？倘若皇上震怒，不惟会丢掉乌纱帽，恐怕还有不测之祸！”

“皇上陛下的这一道密旨，老兄何以得知？”

宋文富笑着说：“世上没有不透风的墙。西安、商州两地缙绅中，文富尚有几位亲戚、世交，衙门中的机密大事岂能瞒住在下？此次进兵胜利，对抚台大人有大大好处，对刘老爷也有大大好处。否则……”他故意不说下去，拿起筷子在一盘焦炸子鸡上晃一晃停住，说：“请！请！我们只顾说话，快凉了。”

刘赞画心中吃惊，暗想着宋文富确实厉害，不怪他几个月来能够周旋于官军与李自成之间，应付裕如。他夹了一块焦炸子鸡在盘子边蘸点椒麻盐，放到嘴里一边嚼着一边思忖，决定向宋文富稍作让步，以便在今夜将事情说定，免得误了督、抚两大人的用兵方略。他吐出一节鸡腿骨，隔桌子将身子向前探探，低声说：

“宋寨主，你我虽系新交，却是一见如故，情同莫逆，肝胆相照，无话不可交谈。皇上近日严旨督责，事属机密，本非你我所当窃议，所以我未敢向兄台泄露一字。既然老兄已从别处闻知，则泄露机密之责就不在愚弟了。皇上确实责令督、抚两大人克期进兵，将商洛山中残寇一鼓荡平。督、抚两大人深体皇上焦急心情，所以一面使用重兵从武关和商州两路并进，还有一支偏师自蓝田相机南来，一面也想晓谕王吉元趁机反正，以便出闯贼不意，奇袭他的老营。据愚弟看来，督、抚两大人这次用兵，计虑周详，胜利如操左券①。即令王吉元投降之事不成，亦无碍各路大兵齐进，使闯贼无从应付。但如王吉元能够反正，当然更好不过。”

宋文富奸诈地拈须一笑，说：“刘老爷还是将文富当外人看待，并没将心里话和盘托出。”

“不然，不然。弟适才所言，全是实话，望勿对外人泄露一字。”

宋文富又笑着说：“既然督、抚两大人计虑周详，胜利如在掌

---

① 如操左券——很有把握。古代的券（契约）分左右两半，从中分开，债权人执左边一半。

握，在下就不再多费周折劝说王吉元投降了。刚才为丁抚台担心的话，请恕我冒昧直言，千万不要使抚台知道。”

“这话自然也不能泄露出去。”

有片刻工夫，他们饮酒吃菜，都不谈招降王吉元的问题。刘自豫心中明白，宋文富故意拉硬弓，替王吉元要高价也就是替他自己要高价。但是如不对宋文富再作让步，今夜就会不得结果，而总督和巡抚都在等候着王吉元投降的消息。虽然总督和巡抚也檄令从蓝田进兵的将领设计招降替李自成把守石门谷山寨的杆子头目，但是杆子中并不齐心，而且那地方离李自成的老营过远，不像王吉元投降后可以致闯王死命。由于总督和巡抚给了他权宜处置的指示，所以他想了一阵，忽然说道：

“我看，王吉元的官职和赏银，由兄弟大胆承担吧。只要他实意投降，答应献出射虎口，可以给他做游击将军，外加赏银三千两。倘若能袭破闯贼老营，不管能否活捉闯贼夫妇，都将另行叙功，额外重奖。至于老兄有意要个副将职衔，实授商州守备[①]，弟已与抚台谈过，抚台也问过了制台，已蒙两大人答应，保奏老兄以参将衔实授商州守备。本朝定制，一州守备没有挂副将衔的，挂参将衔已经够高了。我兄以商州人做商州守备，虽在知州之下，然而兵权在手，实为一州之主，连知州遇到大事也得惟老兄的‘马首是瞻’。请恕我说一句粗俗的话，这就叫‘强龙不压地头蛇’。”说毕，哈哈一笑，举杯回敬主人。

宋文富心中满意，与刘赞画同干一杯，然后说：“王吉元那边，我当尽力劝说，想来可以真心投降。至于文富自己，世受国恩，自当粉身碎骨，报效朝廷，决不贪一官半职。能够实授商州守备，使文富有职有权，容易做事，也只是为保卫桑梓着想，至于挂何等官衔，无足计较。”

客人连连点头，说：“我知道老兄同我一样，淡于名利，只是处

---

① 守备——在明朝，负责镇守一城一堡（堡是北方边防上的重要军事据点）的武官称做守备，类似现代的地方警备司令或城防司令，未有一定品级。清代定为武官正五品。

此乱世,想替朝廷略效微力而已。"

"是,是。"

客人又说:"抚台还是担心,单有足下率领的乡勇进入射虎口,加上王吉元的降贼二百,未必能攻破李贼老营,致其死命;最好让官军假道宝寨,同乡勇一同夺取闯贼老营,方不致万一贻误戎机,影响全局。"

宋文富顿时摇一摇头,说:"此事前日已拜托刘老爷回禀抚台大人,断然不能奉命。三年前,敝寨曾遭官军洗劫,烧杀奸掳甚于流贼,至今寨中父老言之痛心。今日即令小弟肯让官军假道,父老们也不肯同意,所以这话请不必再提了。"

客人恳切地说:"我此次动身来宝寨时候,抚台大人一再面谕,望兄台能使官军一千人假道宝寨,定然秋毫无犯。抚台愿作担保,万无一失。"

宋文富说:"目前将骄兵惰,军纪败坏,故百姓不怕贼而怕兵。他们连朝廷老子的话都不听,岂肯听巡抚的话!万一敝寨重遭兵灾,使文富将有何面目再见寨中父老?"

客人说:"既然足下如此不放心,那么官军不在寨中停留,只穿寨而过如何?"

宋文富轻轻地摇摇头,说:"弟虽是武科出身,读书不多,但也知道'假道于虞以伐虢[①]'的故事。我纵然想做虞公,无奈全寨父老不肯假道,也是枉然。"他捋着短须哈哈一笑,又连连拱手说:"万恳刘老爷俯谅苦衷,在抚台大人面前代为婉言禀明,不胜铭感。"

客人也只好笑笑,说:"足下将官军假道宝寨的事比做'假道于虞以伐虢',此言差矣。弟今晚连夜回城,请示抚台之后,一二日内当重来宝寨。假道之事,另作商议。"他端起酒杯,接着说:"弟借花献佛,借足下的酒恭贺足下马到成功,前程万里。干此一杯!"共同

① 假道于虞以伐虢——春秋时候,晋献公假道虞国去灭虢国。灭了虢国之后,回来时顺便将虞国也灭了。虞国在今山西省平陆县东北,虢国在今河南省陕县东南。虢,音guó。

干杯之后，宋文富正要斟酒，刘赞画又说："足下报国恩，救桑梓，立大功，在此一役。"

"谬蒙抚台大人与刘老爷青睐，过为期许，使文富感愧莫名。文富碌碌，倘能为朝廷建立下涓埃微功，均出于抚台大人栽培之恩与刘老爷多方提携之力，自当永铭不忘。"

"哪里！哪里！我兄太过谦了！"

酒足饭饱，刘赞画连夜坐轿子回城复命。他上两次来，宋文富都有厚礼相送，这次送礼更重，除送给他三百两银子外，还送了几件名贵字画和古玩。刘赞画一再推辞，却使眼色给一个跟随仆人收下。宋文富将客人送出寨外，随即兴冲冲地回到书房，将好消息告诉了前来问信的宋文贵，转回内宅。大奶奶还没有睡，愁眉苦脸地对他说起儿子的痨病加重的事，担心凶多吉少，挨不过秋后，抱怨他不很挂心，没说完就滚下眼泪。他望着大奶奶，却没有听清她说的什么，高兴地说：

"好，好。果然盼望到了！"

第三章

七月十七日仍然是密云不雨的天气。高夫人一早就带着双喜、张鼐和一群男女亲兵离开老营。因为闯王和刘宗敏等几位亲信大将染病未愈，她身上的担子特别沉重。她的女儿兰芝也病了许多天，如今还不能下床走动。她既要照顾丈夫和女儿的病，还要处理全军各种大事，常骑着玉花骢出去奔跑。幸而双喜和张鼐都不曾染上时疫，每日跟在身边，十分得力。昨天听说商州城新到的官军很多，所以今天闯王要她亲自去商州附近察看敌人动静，同时看一看义军的防守部署。

李自成眼看商洛山中风声紧急，大战说不定在两三天内就会爆发，而自己仍不能骑马出寨，心中十分焦急。高夫人走了以后，他站起来在屋中来回地走了一阵，一扫眼看见挂在床头墙上的花马剑，便取了下来，站在门槛里边，抽出宝剑闲看。那宝剑闪着青白色的寒光，清楚地照见了他的仍带病色的面影。他忽然在心中感慨：多少年来，他总是骑着乌龙驹，挂着花马剑，东西南北驰骋作战，如今却困守在商洛山中，等着挨打！他轻轻地叹了口气，将花马剑插入鞘中，挂回原处，然后背抄手，缓步走出老营，在附近的小树林中散步。他近来不能骑马走下山寨，每到无聊或烦闷时便来到这里散步，或者坐在一个很大的石块上，默默地瞭望山下或瞭望周围群山，想着心事。在这个小树林中，他曾经考虑过许多大事：考虑和决定过斩他的堂弟鸿恩；回想过十年起义的种种往事，其中包括着很多难忘的经验和教训；设想过他将来出了商洛山以后如何行动，甚至还设想过倘若他有朝一日得了天下，如何将普天下敲剥百姓、欺压平民的豪强大户和贪官污吏等民贼严加惩治，使穷苦百姓都能过好日子。有时他的情绪很坏,坐在这里想着许许多多随他起义而死去的亲族、朋友、爱将,不禁心中酸痛。如今他又坐在那块青色的大石头上,心情特别沉重,眉头拧成疙瘩。商洛山中的安危,全军的胜败存亡,种种问题,都缠绕着他的心头。

在目前将士多病和马匹不全的情况下,李自成实在没有力量从商洛山中撤走,像往年一样到处流动。再四思忖,他只能按照既定决策,不离开商洛山,用一切力量抵挡住官军的各路进攻。倘若义军能打个大胜仗,商洛山中又可以稳定一时。只要再有三个月的休养,交到冬令,时疫就可以完全过去,部队又会恢复元气。可是,眼前的风浪并不寻常,万一打败了呢?……

两个秋娘[①]在树上一递一声地叫唤。几丈外有一匹战马在树林边啃着白草和野苜蓿。一只啄木鸟贴在一棵大树的杈丫上,发出均匀的啄木声,好像有人在远处缓慢地敲着小鼓。李自成几乎没有听见,或者只是偶尔隐约地听到了,却不曾搅乱他的沉思。看见他的心事很重,李强轻脚轻手地从他的身边离开,同两名亲兵站在树林外,不让一个闲杂人走进林子,也不让什么人在附近大声说话。

闯王在大石上坐了很久,把早已准备好的作战方略重新考虑一遍,然后慢慢地走出树林,向李强问道:

"射虎口有人来么?"

"没有人来。"

李自成的脸上没有表情,心中却有点焦急。他急于想知道各路官军将要大举进犯的确切日期,以便自己更适当地使用兵力。那个刘赞画前天晚上又悄悄来宋家寨一趟,当夜赶回商州,以及马三婆昨天上午从宋家寨回来,路过射虎口时与马二拴咕哝了几句什么话,这些情况,他都知道了。遗憾的是,关于官军将要进犯的确切日期,竟一直探听不到!李自成怀着很不轻松的心情,向高一功住的宅子走去。

① 秋娘——一种较小的蝉,秋天出现,书上称做"寒蜇"。

高一功正在发烧，躺在床上十分委顿。李自成在他的床边坐了一阵，临走时对一功的家人和亲兵们再三叮咛：不许把目前的紧急情况向病人透露。他又去看看李过和另外几个患病的将领，转回老营。因为他昨夜同高夫人商量迎敌之策，深夜未眠，今早醒得又早，所以回老营后十分困倦，倒头便睡。当他睡得正酣的时候，被一阵很不寻常的争吵声惊醒了。

争吵的声音是从二门外边传来的。两个人的声音小，隐隐约约地难以听清，另一个人却声音苍老，粗声粗气，怒不可遏。李自成仍很困乏，不能睁开眼睛，但争吵声听得更清了。那个大发脾气的人嘴里不干不净地说：

"你们这群小王八蛋，老子跟随闯王造反的时候，你们还在穿开裆裤子玩尿泥哩，今天敢挡住老子进去见闯王？你们连胎毛还没褪，敢对老子打官腔，真是岂有此理！娃儿们，你们大伯在战场上流的血比你们尿的尿还多，知道么？闪开！尿泡尿照照你们的影子！"

两个声音恳求说："王大伯，你老莫高声嚷叫，惊醒闯王……"

"老子有紧急事，偏要叫醒闯王。你们还要挡老子的驾，休怪老子的拳头不认人。给闯王知道了，他也会用鞭子教训你们。闪开路！……"

李自成完全清醒了，知道是谁在吵嚷，于是虎地坐起来，跳下床，来不及穿上鞋，一边趿拉着鞋子往门口走一边说：

"快进来吧，长顺。我正想找你来，你来得正好。"

王长顺已经推开那两个年轻人，打算不顾一切往里闯，猛然听见闯王的声音，看见闯王出现在堂屋门口，不禁对自己的鲁莽感到吃惊。但看清闯王并未生气，脸上挂着笑容，就马上放心了。他连二赶三走到堂屋门外，说道：

"闯王，莫怪我老不懂事，故意惊了你的驾。我可是有几句要紧话要向你禀报。"

"赶快进来坐下说话吧，别跟他们一般见识。"自成转望跟在王长顺背后的两个年轻亲兵，脸色忽然变得很严峻，责备说："我不是嘱咐过多次么？只要是咱们老八队的老人儿，不管是谁，随时来见我都行。何况长顺是跟随我十年的老弟兄，你们敢不让他进来见我？这还了得！李强在哪儿？"

王长顺赶快说："请闯王息怒，他俩没有一点错。是咱们尚神仙来了一趟，嘱咐李强，任是天王老子地王爷御驾亲临，也不许打扰你睡这一觉。刚才他们告我说：在我来之前，刘明远将爷也来看你，听李强一说，人家回头就走了，不像我这样不知天高地厚，同他们大吵大嚷。他们没有错。要我王长顺是你的亲兵，也一样听从老神仙的话，别说我不许一个人进来打扰你，连一个苍蝇也不许飞进二门。"

闯王又对亲兵们厉声说："明远到哪里去了？快快替我请来！"

正在这时，李强走进二门。所发生的事情他已经明白，胆怯地回答说：

"明远去看望总哨刘爷，我送他到寨外。他说他看了刘爷就回来，要在老营吃过晚饭走。"

闯王狠狠地瞪亲兵们一眼，说："以后不许你们再这样！再有这样情形，我决不轻饶你们！"

他把王长顺叫进堂屋，随即命亲兵们去吩咐伙房替长顺弄东西吃。王长顺赶快对李强说：

"我早饭已经吃啦，就是一路马不停蹄地跑，你们快替我把马饮饮，端一碗井拔凉水①给我。"他笑着加了句："原来我就口干舌渴，刚才跟你们吵嚷几句，越发他娘的喉咙眼儿冒火。"

堂屋门后的大瓦壶里盛有甘草桔梗茶，壶口上坐着一口小黑瓦碗。闯王随手把瓦壶提来给王长顺，说："喝这个，也是凉的。"王长顺不用小碗，双手抱起大瓦壶，探着上身，仰起脖子猛喝，喉咙里发出咕咚咕咚的连续响声，茶水从两边嘴角流出，扑嗒扑嗒地滴落

① 井拔凉水——北方井深，井水冬天较暖，夏天较凉。夏天刚从井中汲出的水叫做井拔凉水，特别凉。

地上。他把大半壶甘草桔梗茶喝干了才痛快地嘘口长气,放下壶,用手背擦了擦嘴角和胡子上的水珠,笑着说:

"有这么一壶冷茶,给我朝廷老子我也不做!"

闯王拉一把小椅子放在门槛里边,以便凉爽的千里风从大门口吹到身上。他自己先坐下去,叫王长顺坐在他对面的小椅子上。但王长顺没有往小椅上坐。他出身赤贫,十岁前拉棍讨饭,后来扛长工,对于坐椅子和凳子自幼不习惯,到如今四十多岁了,说话和吃饭仍然喜欢蹲在地上或坐门槛。如果遇到吃酒席,他就蹲在椅子上,说是坐在高椅子上吃东西觉着"吊气"。现在他很想身上多吹点凉风,便倒坐在门槛上,正要向闯王禀报一个重要军情,忽然从老营外传过来一阵马蹄声,随即看见中军吴汝义匆匆地走进院来。闯王虽然想知道王长顺有什么重要消息,但是他更急于想知道吴汝义和马世耀昨天出去奔跑的结果如何。他挥一下手,说:

"长顺,你等一等,让我先听听子宜的禀报。你不要动,就坐在门槛上。我同子宜谈的话不怕你听。"他转向走近来的中军问:"子宜,眉目如何?"

在商洛山中,凡是庶民百姓,不论是种田的、当长工的、做手艺的、做小买卖的、薄有田产的,各色人等,既怕官军打进来奸掳烧杀,无恶不作,也害怕那些被惩治的富豪大户和他们的恶霸庄头等在官军到来时进行报复。早就有谣言说,官军杀进来以后要血洗商洛山,鸡犬不留。近日来很多人在私下纷纷议论,彼此商量着如何抵抗官军的事,单等着闯王老营的一声召唤。而那些老年人、妇女们、害着病的人以及有家室之累的人,无不忧愁得眉头紧皱,心上像压着石头。

昨天上午,吴汝义和马世耀奉闯王命离开老营山寨,同本地起义头领牛万才、孙老幺等分头奔走,号召老百姓随闯王抵御官军。从昨天中午开始,从老营的山寨往西,往北,往南,大约二十多里以内,山路上奔着急使,村子里敲着铜锣,荒山僻岭中间到处飞送着粘有鸡毛的指定丁壮集合地点的传单。尽管商洛山中人烟较稀，病的又多，但是不到黄昏就召集到四五千人，分在几个地方集中。其中有一部分是一个月前当官军第一次进犯时随着义军打过仗的，从中挑选了四百人，由孙老幺率领，连夜动身，开赴白羊店。又经过严格挑选，将那些身体比较虚弱的、年纪较大的，还有一些孤子，都劝他们回家了，只留一千二百人，连同那已经开往白羊店的四百人，统称为义勇营，由牛万才和孙老幺做正副头领。吴汝义和马世耀帮助牛万才将一千二百人的队伍整编好，确定了大小头目，忙了一夜。早饭以后，马世耀留在义勇营中，吴汝义奔回老营复命。

听了吴汝义的详细禀报，李自成十分满意。在两年前高迎祥死后不久，他曾担任过十万以上的联军首领。但是如今正在困难时候，突然看见增加一千多人，比当年看见增加上万人还要高兴。他笑着说：

"果然又编成一支人马！"这时恰好老营总管任继荣进来，他吩咐说："你赶快命人给新弟兄送十天粮食，再送去两头猪，二十只山羊，两担烧酒，让大家快快活活地吃喝一顿。他们在家中吃糠咽菜，不少人吃树皮草根，把肠子都饿细啦。既然要去打仗，今后不说让大家吃得很饱，总得跟老弟兄一样吃个八成饱。"

"是，我现在就去办。"老营总管转身走了。

闯王向吴汝义问："子宜，如今官军势盛，谣言很多，你看这一批新弟兄的士气管用么？"

吴汝义回答说："我看管用。老百姓很怕官军来，一听到闯王呼唤大家打官军，群情十分踊跃。要不是瘟疫流行，十停人病了七停，一两万人不难召集。自然啦，害怕打仗的人也不少。那些老年人、妇道人、平时日子过得去的人、家中有妻儿老小拖累重的人，一想到要打仗就发愁。至于一般穷家小户的年轻汉子，平日做牛马，受饥寒，处在这乱世年景，正是他们出头的日子，只要有人领头造反，他们没人怯战。可惜的是，看来官军在这两三天内就会大举进犯,来不及让新弟兄们好生操练。”

闯王说:“近几天谣言很多,光吹嘘官军如何势盛,咱们如何势弱,准备逃跑。你嘱咐牛万才们,好生把弟兄们的士气鼓得足足的,莫听谣言。咱们虽然人数少,可是占了地利,以逸待劳,上下一心,又加上我和捷轩的病已经好了,可以亲自主持军事。既然咱们六月初在最困难的时候就能够杀退官军,这一次绝不会叫官军占了便宜。”

吴汝义说:“乡下的谣言确实很多。昨天不知是什么人造的谣,说你的病又重了,烧得昏昏迷迷,不省人事。我每到一个地方,熟识的老百姓都打听你的病到底怎样了,将士们也不断向我打听。”

“你没有对大家说我的病已经好了?”

“我说了。可是谣言太盛,大家看不见你的面,总不肯信。”

闯王笑着说:“看起来我得骑马到各处走走啦。唉,你们总是不让我骑马出寨!”

吴汝义说:“老神仙昨晚还对夫人和我说,你的身体还很虚弱,病没有完全好,千万不能让你骑马劳累。他说,即令官军同时几路进犯,到处战鼓敲得震天响,也不能让你骑马出寨。他说,大病之后,劳复了不是小事。他还说……”吴汝义没有说出口,苦笑一下。

“他还说什么?”

“他,他说,即令商洛山咱们守不住,也要让你坐在轿子里,大家保护你突围。”

自成用力将脚一跺:“胡扯!哼,你们就知道听子明的话!我自己的身子我知道,莫听他的!你现在就去新弟兄们那里,同牛万才们把各哨小头目招到一起,告诉大家说我的病已经好啦。传下去我李闯王的话:莫说是郑崇俭老狗亲自来,即令是老天爷叫天塌下来,我也能率领咱们老八队的将士们把天顶起来,绝不会有突围的事!”

“是,天塌下来也能顶住!咱们绝不会有突围的事!”

“你就在牛万才那里吃午饭。午后你赶往射虎口一趟,看宋家寨有什么新的动静。”

吴汝义走后,闯王喝了半碗冷茶,向王长顺笑着问:

“老王,你要告诉我什么军情?”

“闯王,咱们的军心有点不稳啦,你可知道么?”

“你怎么知道军心有点儿不稳?”闯王小声问。虽然他对全军的情形相当清楚,猜到了王长顺的话头所指,但心中仍然不免惊疑。

王长顺回头看看身后没有别人,只有李强站着,小声说:“闯王,黑虎星不再回来了,你知道么?”

自成注视着他的眼睛问:“你怎么知道他不再回来了?”

“本来近几天人们都这么猜想,我一直不肯信,昨天我去清风垭给黑虎星的人马押运粮草,在他们那里住了一夜,听那里的弟兄们在私下嘀咕,说有人得到确实音信,黑虎星不回来了。闯王,要是果真黑虎星一去不回,他留下的那些将士也会拉走。在目前这个节骨眼儿上,咱们可不能大意!”

闯王没有马上说话,心上打了几个转,然后含着微笑问:“长顺,据你看,黑虎星会不会一去不回?”

“我看……他八成是不回来了。”

“怎见得?”

“俗话说老鸹野雀旺处飞①。如今他看见咱们困在此地,有翅难展,他自然要另打主意,不肯回来。”

李自成尽管脸上挂着微笑,心中却在认真地琢磨着王长顺所说的事。黑虎星在五月初带回来的三百人,近来驻扎在老营以南三十五里的清风垭,是通往武关和龙驹寨的一个险要山口。一个半月前,刚打退官军第一次进攻之后,黑虎星因见闯王的义军半在病中,能作战的人员太少,禀明闯王和高夫人,跑回镇安县境,号召

① 老鸹野雀旺处飞——乌鸦和麻雀喜欢宿在小的城镇和人烟旺盛的村落,黄昏飞来,天明飞去。越是人烟旺盛的村落,投宿的乌鸦、麻雀越多。

众家杆子共约一千五百多人来投闯王，驻扎在石门谷，又名石门镇。这地方属于蓝田县境，距蓝田城只有五十里，距李自成的老营将近一百里，是抵御蓝田官军从北路进攻商洛山的第一道重要门户。这新来的一千五百多人名义上由黑虎星率领，实际上他交给两个同他换帖的杆子首领窦开远和黄三耀招呼。二十天前，他得知母亲害病，重回镇安家乡。李自成深知黑虎星是一个有情有义的硬汉子，说一不二，肝胆照人，商洛山中的处境越艰险他越会回来。但是他并没有派人送回音信，究竟何时归来，不得而知。近来由于黑虎星杳无消息，驻扎在清风垭的三百名弟兄纷纷猜疑，军心浮动，这情形李自成在昨天已稍有所闻，王长顺的报告证实了确有其事。他近来还听说，驻扎在石门谷的杆子军纪很坏，不听从窦开远的约束，有一部分人打算拉走。李自成不得已于六天前命令驻扎在大峪谷的李友率领一百五十名弟兄前往石门谷，与杆子协同防守。现在听了王长顺的禀报，他既担心南边的清风垭，也担心北边的石门谷，但是他没有流露出不安神色，含着微笑说：

“长顺，你莫要隔门缝看扁人，担心黑虎星不回来，也不要听信清风垭弟兄们的胡言乱语。我昨天晚上得到黑虎星派人捎来的口信儿，说他几天内就会回来。过几天你就会知道黑虎星到底是赤金还是黄铜。”

王长顺快活地说：“既然黑虎星今日已有口信儿捎到，说他快回来，我就放心啦。”他又想了想，接着说：“唉，闯王，我不怕你心烦，还有个情况要向你禀报。”

“说吧，是什么？”

“近日，风声一紧，有不少人沉不住气，在背后瞎嘀咕，说咱们的仗难打，担心翻船。”

“为什么担这号心？”

“他们说，去年冬天咱们奔往潼关南原时，男女老少有一万多人，轻彩号也能打仗；可是如今将士们病了大半，不算杆子，能打仗的不足两千多人。这且不讲，最要命的是你同总哨刘爷都病了，几位大将，只剩下两位没病倒。其余战将，没有害病的三停不到一停。人们说，没有柱子和大梁，光有檩条、椽子、瓦，顶屁用，天好的房子也撑不起来。你瞧，还没有看见敌人影儿，他们就先存个败的意思，心中惊慌。闯王，我跟着你天南海北闯了十来年，大风大浪过了七十二，可不能在这商洛山中翻了船。请你下令：目前大敌当前，有谁敢再说一句丧气话动摇军心的，砍他的脑袋，活剥他的皮。闯王，事不宜迟，你得赶快想办法稳定军心，准备迎敌。商洛山地势险要，只要大家沉着气凭险死守，我不信官军能占到便宜！"

李自成被这位老弟兄的话深深感动，点头说："你说的很是。我马上想办法稳定军心。长顺，别看咱们目前吃了瘟疫同疟疾的大亏，能够打仗的将士不足两千人，连黑虎星新叫来的杆子弟兄和百姓义勇营加在一起也只有四千多人，可是我包管咱们在商洛山中翻不了船！我虽说病了很久，可是如何迎敌作战的事，早就准备好了。"

"闯王，我不是担心官军来犯，是担心有些弟兄们的心不稳，官军没来犯就暗中惊慌。"

"我会叫他们一个个遇见官军像猛虎一样。咱们老八队如今剩下的这点老根儿都是铁汉子，经得起艰难困苦，大风大浪。像沙里淘金淘出来的这些人，只要我的大旗往前一指，前边有刀山火海他们也敢闯。难道对这些多年来同生死共患难的弟兄你还信不过？"

王长顺同一般老八队的老弟兄有一个共同的特点，不管在什么时候都相信李闯王，他说出一句话就如同在他们的心上立了一通碑。刚才来的时候，王长顺的心上十分沉重，眼前仿佛有一团乌云笼罩，如今心上顿觉轻松，眼前的乌云也散开大半。关于闯王将如何迎敌，那是军机，他自然不敢打听，反正闯王自来说话是铁板上钉钉，不放空炮。他从门槛上站起来，正要退出，闯王忽然站起来，走近他的身边，小声问：

"长顺，你要往石门谷押运粮食么？"

“要去,总管已经吩咐下来,要我明天一早往石门谷押运粮食。我想夜间凉爽,又有月亮,现在去睡一阵,三更以后就起身。”

“夜里上路也好。一连两天,老营里不得石门谷的音信。我听说黑虎星招来的那些杆子们纪律很不好,很担心会闹出事来。你的人缘熟,到那里看看情形,倘有三长两短,速速回来禀报。”

“闯王,既然这样,我二更就押着骡驮子动身。”

“那,你就太辛苦啦。”

“如今是什么时候? 还想安逸!”

王长顺走后,李自成的心中更加烦闷。他知道,由于他害病日久,外边一度传说他死了,后来这谣言虽然渐渐平息,却一直传说他卧床不起。目前既然商洛山中人心惊慌,军心也有点不稳,他必须骑着马出寨走走,安定众心。昨天高夫人不在老营时,他要骑马出寨,不料被尚炯知道,慌忙跑来,夺住马缰,把他苦劝下马。现在高夫人和尚炯、中军和老营总管等常在身边的将领都不在寨内,正是他出寨的好机会。吃过午饭,停了一阵,李强怕他疲惫,劝他睡阵午觉。没想到他站起来吩咐说:

“赶快备马,多带几个亲兵随我出寨。”

李强大吃一惊,劝阻说:“你的身体还没复原,万一劳复了……”

“别啰嗦,赶快准备出发!”

“老神仙说在几天内千万不能让你骑马出去。”

“我是闯王,他老神仙也得听我的将令!”

李强不敢违拗,为自己没办法劝阻闯王而心中叹息一声。李自成匆匆地穿上一件蓝色镶边单箭衣,戴一顶在乡下常见的莛子篾[①]编的凉帽,有两根带子系在下巴颏。他从墙上取下花马剑和箭袋挂在腰间。知道自己病后无力,他取一张高夫人常用的软弓背在身上。装束完毕,他又吩咐李强拿一些散碎银子和几串制钱[②]装在马褡子里。他深知老百姓对于不同制钱的爱憎心情,看见李强

① 莛子篾——用高粱穗的柄刮的篾子。莛,音 tíng。

② 制钱——官府所铸的铜钱。因形式、文字、重量和铜的成色都有定制,故称制钱。

取出的制钱不好，命他赶快换成好的。不等人马到齐，他大踏步走出老营，等候出发。片刻过后，除去患病的亲兵外，二十几个精壮的小伙子身带弓、箭、刀、剑，牵着高大的战马，集合在他的面前。他纵身上了乌龙驹，鞭梢一扬，冲在前边，说了一声："起！"一阵马蹄声响出山寨。

尽管商洛山中人心惶惶，谣言一日数起，但因为正是农忙季节，闯王曾有严令不许百姓把地荒了，所以老营周围十几里以内的村庄，凡是没有病倒的人们差不多都在地里做活。但是由于村落稀疏，男人们大部分染病，小部分参加了义勇营，所以田地里很少见人。今年这一带山区虽然还是干旱，但比较商州往东的旱情轻一些。立秋以后几天，商洛山中普遍下了一场四指雨，旱情稍微减轻，已经半蔫了的秋庄稼又稍微支楞起来。这时天气放晴，太阳已经偏西，岗陵起伏的田野上吹过阵阵清风，高粱和包谷的嫩叶子不住摇动，有时轻轻地刷啦做声。从黑豆、黄豆和绿豆地里，从乱石堆和荒草里，到处有吱吱叫声，互相应和，分不清哪是蚰子，哪是蟋蟀。

从去年冬天到今年春天，李自成差不多每天都骑马出寨，打猎，练兵，或看将士们耕种，而夜间坐在灯下看书，有时也学着仰观星象。自从害病以后，这是他第一次骑马出寨，心中有说不出的高兴和新鲜感觉。尽管他的身体还虚弱，但是他一出寨就在崎岖的山路上策马疾驰，故意让别人看见他的身体已经复原，又可以领兵出战。乌龙驹从主人害病以后，常常因闲散而觉得无聊，脾气格外暴躁，动不动就对走近它的生人乱踢乱跳。虽然马夫经常替它鞴上鞍子，牵出寨外溜达，骑几趟，但总是不能够鼓起来它的兴致。有时当马夫骑到它的身上时，它就跳呀，踢呀，打转呀，用后腿立起来，直到狠狠地挨了几下鞭子，才勉强服从操纵。可是今天不同。今天它被牵到老营大门前，看见闯王走到它的身边，一只手还没有搭在鞍子上，就勾回头，亲热地向闯王的箭衣闻一闻，喷喷鼻子，随即昂起头，奓开长鬣，欢快而兴奋地萧萧长鸣。一出寨，它一会儿平稳地急走，一会儿快步小跑，一会儿四蹄腾空地飞奔，都完全符合主人的心意。

李自成率领亲兵们来到一座小山脚下。这儿地势险要，小路旁有三间草房和一个箭楼，驻扎着一小队义军，是一个盘查奸细和保卫老营背面的重要关卡。隔着一道深沟，约摸一里多远，是一座残破的大庙和两百多间茅庵草舍。这里驻扎着今早开来的义勇营，马世耀和牛万才也驻在这里。从义勇营去老营山寨，也要从这一道关卡通过。

守关卡的小头目和二十几名弟兄一见闯王来到，大出意外，蜂拥奔到闯王马前，顾不得叉手行礼，围着马头，争着问候他的身体，一个个感情激动，眼中滚着热泪。有三个弟兄在沟对岸砍柴。其中有一个人从林莽中探头一看，看见是闯王骑在乌龙驹上，大声叫道："闯王来了！闯王来了！"另外的人们闻声跳出，同时欢呼："是闯王！是闯王！闯王来啦！"他们扔掉锯子、斧头，跳跃着奔过桥来。

李自成本来是要到破庙前边去看看牛万才的义勇营，如今被守卡子的弟兄们围在离桥头不远的山路上，没有下马，含着亲切的微笑，打量着大家的激动的笑脸，回答着他们的问候。他们大半是老八队的旧人，一部分是在商洛山中参加的新人。李自成对手下将士有着惊人的记忆力，不要说是老弟兄，就是新弟兄只要同他见过一两次面，经他亲自点过花名册或问过姓名，隔了几年，他都能一见面就认出他们的面孔，甚至能叫出名字。现在他一一叫着马头前一群弟兄的名字，询问他们的病是否完全好了，嘱咐他们打一点野味补养补养，当然也勉励他们准备着同官军厮杀。一个弟兄大声说：

"闯王，今天看见你骑马走出老营，就像是连阴了两个月，忽然看见日头从东边出来啦。只要有你闯王在，官军就是比我们多十倍，我心上一点不含糊。"

另一个插话说："就是他们多二十倍，也不会吓掉咱一根汗毛!”

那分散在几个地方的义勇营弟兄们听说闯王来到,乱纷纷走出树林,争着往闯王驻马的地方跑,也是一边跑一边欢呼:“闯王来啦! 闯王来啦!”这些农民,只有一部分曾经看见过闯王,大部分不曾有机会看见。不论他们过去是否看见过闯王,这时都急于尽快地到闯王面前。牛万才很想使弟兄们整好队去迎接闯王,大声呼喊着叫大家不要乱跑,但是在这一刻,谁也不肯听从他的呼喊。他先对马世耀摇摇头表示没有办法,又望着左右的伙伴笑一笑,也朝着闯王跑去,甚至跑得比别人更快。有些人虽然随着别人往前跑,但心中还多少有些怀疑:昨天还听到谣言说闯王病重,怎么会突然骑马来到这里? 莫非是别人吧? 等他们过了林木葱茏的土丘,看清楚沟南岸,巍峨的悬崖下边,那匹特别高大的深灰色骏马上骑着的大汉时,不由地叫出来:“是闯王! 是闯王!”同时眼睛里充满了欢喜和激动的热泪。

李自成看见义勇营的弟兄们都往他这边跑,便赶快跳下马,大踏步迎上去。李强留下四个亲兵照顾战马,率领着二十名亲兵紧跟在他的身后。李自成过桥去走不远便被最先跑到的义勇们包围起来,愈围愈厚,大家拥着他向庙前走去。走不多远,前边的路被堵塞住了。自成笑着停下来,等待前边的人们让开路使他过去。但是前边的人们不但没有让开路,反而拥挤的人更多了。地方狭窄,草木茂盛,山石嶙峋。那些跑来稍迟的,看不清闯王的面孔,有的用力往前挤,有的踮着脚尖拉长脖子望,有的爬到大的石头上。马世耀深知闯王平日爱同穷百姓见面谈话,所以只笑着跟随在人群后边,又因见闯王能骑马,高兴得噙着泪花。牛万才怕人们挤到闯王身上,一面用两手分开众人往前走,一面大声叫:“不要挤! 不要挤!”他满头大汗来到闯王面前,行个叉手礼,质朴地说了一句:

“闯王,你病好啦。”

人声稍静了,等候闯王说话,但是还在从周围向闯王的身边拥挤。牛万才急了,把双眼一瞪,骂道:

“挤什么？又不是来吃舍饭的！”他忽然感到这句话说得不恰当，又向大家骂道：“你们这些小杂种，没规没矩！大家心中爱戴闯王，看见了就行啦，还挤个屌哩！后退！后退！不要挨近闯王！”

闯王笑着说：“万才，莫骂大伙弟兄们。我今天出来就是要看看大伙弟兄们。既然大家都想见见我，就让大家挤近一点吧，不碍事的。”

牛万才说：“闯王，你说的是。大家都是穷百姓，害怕官军杀进来，把你当成靠山。今日第一次见你出寨，果然病好了，都想亲近你，看个清楚。只是你的身体虚弱，这地方太窄，把你围得不透风，汗气熏人，又热。请你往前边再走几步，站到前边那个小山包上。”

堵在前边的人们一听说请闯王站到前边的小山包上，立刻闪开一条路。牛万才走在前边，不断把人们往路旁推。李自成跟在他的背后，再后边是李强率领的一群亲兵和马世耀。李自成登上前边十几丈远的一座光秃秃的小山包，这小山包登时被众人围了半圈，水泄不通。人们望着他的带有病容的脸孔，望着他的一双浓眉下深沉、发光的大眼睛，等候着他说话，同时也想从他的眼神里判断出他对待目前局势的态度。自成两个月来第一次看见这么多的老百姓围立在他的面前，看见这么多质朴的笑脸对着他，而且有很多眼睛里涌出热泪，有的泪滚到脸上。他懂得大家的心情。他自己的心中同样激动。向全场望了一遍，他向大家笑着说：

“弟兄们，官军快要来进犯啦，这一回要打个大仗。你们大家原是做庄稼的，种山场的，打猎的和烧炭的，乍然上战场，矢石如雨，炮火纷飞，白刀子进去，红刀子出来，眨眼就有死伤，心中害怕不害怕？”

人们笑着摇头，但不说话。有谁在人群中小声说：“打仗总得死伤人，是孬种就不会来，害怕个屌！”这话引起来一阵笑声，连李闯王和牛万才也笑了。自成看见这说话的是个二十二三岁的青年庄稼汉，他因为在闯王面前不自觉说了粗话引起来一片笑声，满脸通红。闯王用赞赏的眼光望着他，问：

“小伙子，听说官军人马众多，你真的一点都不怯么?”

小伙子的脸越发红了，腼腆地回答说：“人家要来奸掳烧杀，血洗商洛山，咱怯有啥用？咱越怯，人家越凶。人都只有一条命，流血一般红。大家齐心跟他们拼，他们就凶不成啦。打仗嘛，不光靠人多，还要看肯不肯舍命上前。”

自成说：“你说得好，说得好。你姓什么？叫什么名字?”

“我叫白旺。”

自成问站在他身边的牛万才：“他打过仗么?”

牛万才回答说：“六月初他跟着我打过官兵，是个有种的小伙子，所以我现在叫他做个小头目。”

自成点头说：“既然是个好样的，往后好生提拔他。”他又望着大家说：“大伙弟兄们，我李自成已经造反十余年，你们如今也随着我造反了。既然咱们敢造反，就得豁出去，把打仗当做喝凉水，白刃在前连眼皮也不眨。刚才白旺说的很对，打仗不光靠人多，还要看肯不肯舍命上前。这就是俗话常说的：两军相遇勇者胜。”

有人憋不住冲出一句话：“头落地也不过碗大疤瘌！只要有你闯王领头儿，别说打官军，咱连天也敢戳几个窟窿！”

自成点头，哈哈大笑，说：“对，说得对！我从前是闯将，如今是闯王，别的没长处，就是敢闯。时机来到，别说我敢把天戳几个窟窿，我还敢把天闯塌，来一个改天换地！你们说靠我领头儿，可是我也靠你们大家相助。俗话说：独木不成林，一个蛇蚤顶不起卧单。倘若没有我的手下将士和你们大家出力，我李自成纵然有天大本领，也是孤掌难鸣。这次咱们抵挡官军进犯，只能胜，不能败。胜了，大家都好；万一败了，商洛山就要遭一场浩劫，遭殃最苦的还是百姓。只要咱们大家齐心协力，就是来更多的官军，我们也一定能杀败他们！”

李闯王的话说得很简短，但是充满着信心，十分有力，句句打在新弟兄们的心坎上。他的面前，人头攒动，群情振奋。他又说了几句慰劳和鼓励的话，下了小山包，向大庙走去。义勇营的弟兄们蜂拥跟随，都回到庙门前边。他看了看弟兄们在大庙中和一些草房中住的地方，向马世耀和牛万才嘱咐几句话，然后回到沟南岸，同亲兵们跳上战马，向送过桥来的牛万才和一群大小头目们挥鞭致意，催马往西南而去。走了一里多路，他在马上回头一望，看见义勇营的弟兄们仍站在庙前高处和桥头望他。

李自成同亲兵们边射猎边向前走。他们射死了十来只野鸡和几只兔子，挂在马鞍后边。

又走了两三里路，穿过一片漆树林，又过了一道平川，到了他们从前常来射猎的荒山坡上，赶起来成群的野鸡、兔子，还从灌木林中惊起一只公獐子。李自成的马比较快，像闪电般地追上去，弓弦一响，那獐子头上中箭，猛跳一下，栽倒下去。几乎同时，亲兵们又从深草中赶出来两只獐子，向左逃跑。自成把缰绳轻轻一提，乌龙驹绕个弧线，截住獐子去路。两只獐子因四面有人，在片刻间抬头望着自成，惊慌发愣，不知如何逃生。自成举弓搭箭，忽然看清楚是一只母獐和一只不足月的小獐，心中一动，不忍发矢。那只茫然失措的母獐又犹豫一下，随即带着小獐蹿过马前，又蹿过小路，向一片灌木林中逃去。一个亲兵正要策马追赶，被闯王挥手止住。他无心在此地久留，带着亲兵们上了小路。忽然望见路旁的灌木林丛中有人影一闪，闯王勒住马大声喝问：

“那谁？出来！”

从灌木丛中走出来一个四十多岁的汉子，穿着半旧蓝色夏布长袍，跪在马前连连磕头，恳求饶命。自成问：

“你是哪村人？藏在这儿干什么？”

“回闯王的话，小的是前边不远曹家岭的人，因看见闯王来到，一时害怕，躲藏起来。求闯王饶命！”

“好百姓是不怕我的。你是做什么的？叫什么名字？”

“小的名叫曹老大，一向在宋家寨做小买卖。因家中有个六十岁的老娘，染病在床，没人侍候，特意回家来侍候母亲。”

自成猛然想起来曹家岭有一个曹子正，家中薄有田产，不务正业，依仗宋家寨的势力，在乡下欺压良民，做了许多坏事。今年正月间因怕义军杀他，逃到宋家寨去了……莫非就是他么？他把自称曹老大的人又通身上下打量一眼，冷不防大叫一声：

"曹子正！"

"是，闯王。……啊，我不是曹子正，我是曹老大。曹老大。"

自成冷笑一声，说道："你再不说实话，老子活剥了你的皮！我问你，你从宋家寨回来做什么？"

"小的实实在在因老娘卧病在床，回来侍候。你看，这是我替老娘带的药。"

他的手中确实提了两包药，而闯王也知道他确实有老娘住在曹家岭，还听说他虽然平日欺孤暴寡，霸占田产，包揽词讼，强奸民女，什么坏事都做，却偏偏对寡母有一点孝心，少年时曾有孝子之称。可是，闯王决心杀他，问道：

"有许多百姓告你的状，你知道么？"

曹子正叩头哀告："求闯王饶我一死。我母亲熬了几十年寡，膝下只有我一个儿子，如今她又正在害病。闯王杀了我也就是杀了她。请闯王高抬贵手，饶我这条狗命。以后我决不敢再做一件对不起邻里的事。倘若我再做一点坏事，甘愿剥皮实草①。"

"不。我今天饶了你，以后就找不到你了。李强，把他斩了！"

曹子正叩头流血，哀求饶命，并且说道："闯王，我刚才看见你对獐子尚有恻隐之心，不忍杀死母獐。你把我也当做獐子吧，当做畜生吧。你今日杀了我，我娘明日必死。你行行好吧，权当我是一个畜生吧。"

闯王说："可惜你不是畜生。我不杀獐子，它不会祸害邻里。我不杀你，善恶不明，祸害不除。李强，快斩！"

当李强将曹子正拉到几丈外跪下，正要挥剑斩首时，闯王忽然叫将曹子正带回，神色严厉地审问：

---

① 剥皮实草——明初的一种酷刑，是将罪人剥了皮，再用草填实人皮。

“曹子正，眼下官军就要大举进犯，人心惊慌，你暗中回来做什么?”

曹子正跪在地上，一口咬死他是回家来看他的老娘。闯王又问：

“你是怎么过了射虎口的?”

“回闯王大人，没走射虎口。小的向北绕了二三十里，走一条人们不知道的悬崖小路回来。实际上没有路，有些地方用绳子往下系。”

“你离开宋家寨时，宋文富对你怎么嘱咐的? 实说!”

曹子正猛一惊，连连磕头说：“我没有见到宋文富。他什么话也没有对我说。我是回来看老娘的，看老娘的。我对天发誓，决不说半句谎言。……”

闯王因风闻有几个被他破过的山寨十分不稳，所以对曹子正在这时候回来的事越想越疑。他望着曹子正冷笑一声，说：

“不叫你吃点苦，你决不会老实招供!”他转向李强吩咐：“派两个弟兄将他押到老营，等我回去仔细审问!”

李闯王决定赶快去麻涧看看，就转回老营审问口供。从这里往麻涧去，要比从老营直接去绕道十几里。但是这样绕道，可以多经过一些有人烟的地方，让老百姓看见他确实病好了。

他们经过一个地势比较开阔的地方，有不少人正在锄地。他的出现，使百姓们大大地感到意外。尽管他是闯王，但是由于去冬和今春的几次放赈，也由于他自来衣着十分朴素，对百姓态度和气，所以这一带的百姓见了他都不害怕，有些离得稍远的人们还扔下锄头，特意跑到路边望他。可是不管大家看见他第一次骑马出来有多么高兴，精神鼓舞，都想同闯王招呼说话，却没有多的话说，不是说：“闯王，你的病好啦?”便是说：“闯王，你出来看看?”还有人想不起更适当的话，向闯王结结巴巴地说：“闯王，你下马来歇歇吧。”闯王对众百姓也没有别的话，只是问问旱情，问问庄稼。大家眼前最关心的是打仗的事，对着闯王议论起来。一个老人说：

“只要你闯王爷病好了，能够领兵打仗，官军虽是人多，我看打不进商洛山来。”

闯王笑着点点头。又谈了几句话，然后上马向麻涧奔去。

麻涧原驻有几百义军，如今凡是能够打仗的都调往白羊店去，留下的都是病员、眷属，以及田见秀和袁宗第的少数亲兵。山街上十分萧条，老百姓留在山街上的也多是老人、病人、妇女和儿童，能够下地做活的人们都不在家。这里因为每日过往人多，消息灵通，而许多谣言也常常是从此地传开。自成在街中心下了马，立刻就有害病的弟兄、眷属和老百姓围拢上来。他叫李强把沿途猎获的野味分散给病员和眷属，自己又从马褡子里掏出来一些散碎银子和十几串制钱，交给本街管事人散给穷苦和有病的百姓。当一个老头子拿到一大把制钱后，端量一阵，感慨地说：

“唉，看看闯王爷散给咱们的这些钱，真是实心实意待咱穷百姓，没有半点儿虚假！”

原来，明代由朝廷（宝泉局）所铸的钱，俗称黄钱，也称京钱；由各省所铸的钱，钱小而薄，且往往因铜的质量坏而带有麻子，俗称皮钱。在崇祯年间，黄钱和皮钱在市面的实际的比价相差很远，例如当黄钱七十文值银子一钱时，皮钱一百文才值银子一钱。崇祯末年银价腾涨，铜钱更贱。崇祯因财政困难万分，不得不滥行铸造，“崇祯通宝”的质量愈来愈差。江南如全国闻名的棉布产地嘉兴一带，民间拒绝使用晚期铸造的崇祯钱。近两三年来乡下百姓看见的多是皮钱，现在看见闯王散给众人的钱都是厚墩墩的万历和天启黄钱，别说没有外省皮钱，连近一二年的“崇祯通宝”也很少，所以人们拿到黄钱以后，说不出有多么喜欢。一位老婆婆拄着拐杖，拉着孙子，颤巍巍地走到闯王面前，把他的脸色打量打量。自成久病之后，本来脸色发黄，但因身体虚弱，骑马在崎岖的路上奔跑，不免脸颊发红，汗津津的。老婆婆看不清楚，只以为他已经完全复原，高兴地说：

“闯王，只要你的病已经好啦，我们的心就放下啦！你是穷百姓的救命恩人，老天爷会看顾你哩。”

自成恍然记起，在去冬破张家寨的前一天，他在老营附近集合的乱纷纷的人群中曾经看见这奶孙二人。他为这老年人的依然没饿死和病倒而感到高兴，笑着问：

“从张家寨运回来的粮食，他们分给你了吧？”

“分给啦，分给啦。要不是那一回分到一些粮食，春天你闯王又放赈，莫说我这把老骨头早已保不住，连我们三门头守的这棵孤苗儿也不会活在世上。老天爷怕人烟稠了挤破世界，隔些年就降一次大劫，剔剔苗儿。要人们死得白骨堆山，血流成河，十字路口搁元宝没人去拾，老天爷才肯收劫。你闯王是天上的星宿下凡，福大命大。俺们这一带山里人得了你的福，老天爷另眼看待。虽说瘟神也撒了瘟毒，病倒的人像地里躺的麦个子[①]一样，可是死的不算多。万历末年有一次传染瘟症，比今年还凶，许多家都死绝啦。如今多亏你闯王爷福星高照……”

老婆婆正在絮絮叨叨地往下说，旁边一个四岁的小孩子在母亲的怀中一乍惊醒，哇一声哭了起来。瘦弱的母亲赶快把半枯皱的奶头塞给孩子，但孩子睁开眼睛看见了生人，哭得更凶。母亲一边轻拍着孩子的臀部，一边柔声地哄着说：

“乖乖别哭，别哭。你看，闯王来啦，打富济贫的闯王来啦，穷人们的恩人来啦。”

但孩子并不懂母亲的话，依然大哭不止。母亲无可奈何，吓唬他说：

“你还哭！瞧，官军来啦，快别做声！”

小孩子恐惧地睁眼望一下，赶快把脸孔深深埋在母亲怀里，不敢再哭。闯王哈哈地大笑起来。周围的人们也都笑了。

李自成去看了看田见秀和袁宗第，劝他们好生养病，不必为战事担心。田见秀今天略微退烧，他像宗第一样，最不放心的是射虎

---

① 麦个子——刚割的麦子捆成捆子，叫做麦个子。“像地里躺的麦个子”，意思是躺下（病倒）的人多。

口一路，请闯王万勿疏忽大意。探视过这两位大将以后，李自成率领从人离开了山街，继续朝着龙驹寨和武关的方向走了几里，立马在一座山头上向远处望望，才往回走。太阳快要落山了。田间的农民都回村了。白脖山老鸹哑哑地啼叫着向林中飞去。李自成想快点回老营审问曹子正，但是他更关心今天商州方面的官军动静，所以他不顾疲劳，在离老营大约有五六里远时，没有直接回老营，而是转往野人峪的方向，迎接高夫人。他登上了一道岭脊，回头西望，见老营的山寨巍然耸立在一座小山头上，而西边，日脚下熊耳山的两座奇峰突兀地高入天际。他正在察看这一带的险峻地势，忽然听见一阵马蹄声从东边响着响着近了。他勒转马头向东边瞭望，但因为树林茂密，晚烟苍茫，看不见人马影子。他猜不到这是什么人在策马走来，便决定立马在岭上等候。乌龙驹把尖尖的双耳向响着马蹄声的方向转动两下，静静儿听一听，突然快活地昂头长嘶，四围山谷都响着萧萧回声。紧接着，从一里远的林间小路上也发出一声熟悉的马嘶，分明是回答乌龙驹。闯王左右的人们听着这两匹战马用雄壮的鸣声互相召唤，都不禁相视而笑。

第四章

高夫人出去了一整天，弄清楚商州方面的官军情况，如今回来了。

商州管辖着商州、商南、洛南、山阳和镇安五县地方。它是陕西省东南地区的行政中心，如今又成了进攻商洛山的官军根据地。武关虽然也极重要，但兵马和粮草的补给都须要经过商州。就军事地理说，从春秋战国以来商州就十分受到重视。已往的战争史迹不用去谈，且看清代初年一位研究军事地理的学者顾祖禹对它的评论："州扼秦楚之交，据山川之险，道南阳而东方动，入蓝田而关右危；武关巨防，一举足而轻重分焉。"因为商州城是这般重要，所以从去年十二月间开始，李自成就派袁宗第率领一支人马驻扎马兰峪，整修寨、栅，加筑碉楼，抵御官军来攻，并利用这个地方经常派人去到商州城内，打探官军消息以及商州以外的重大新闻。在今年五月以前，商州城内官军人数单薄，袁宗第经常派小股义军出没于商州城郊，有时亲自前去，向土豪大户打粮，弄得商州天天戒严，一夕数惊，小股官军不敢走出西门五里以外，衙役不敢下乡催征钱粮。五月以后，商州官军众多，情况变化，但是无形中以城西数里处的高车山为界：义军的游骑活动于高车山的西边，官军的游骑活动于山的东边。

但是马兰峪这个重要地方，由于官军势大，闯王已经下定决心要暂时放弃了。他的这个不得已的决策，如今对众将秘而不宣，对刘体纯也在瞒着，怕的是过早地泄露出来会影响守军士气并引起种种猜测。这决定还只有高夫人和刘宗敏二人知道。高夫人在马兰峪听刘体纯详细禀报了一天来商州官军的动静以后，就叫体纯带着她在寨里和寨外各处走走,对将士们道着辛苦,鼓励士气。但是想着这用大石修补得又高又厚的寨墙和碉堡都要拆毁,房屋得烧光,寨外的木栅和鹿角也得拆除,免不掉心中难过。她暗自想道:两个月来,正因为这地方地势险要,防守严密,使商州的敌兵不敢从这一条路上进犯,而如今却要在敌兵来到前不战而退,让官兵去占,假若不是将士多病,宋家寨捣鬼,何至如此!

高夫人和刘体纯带着一百名左右的骑兵,沿着丹水峡谷往东,深入商州附近,立马在草木葱茏的高车山上,察看官军动静。如今商州果然是大军云集,气象和往日大不相同。城头旗帜很多。城西门外新扎了三座营盘,每座营盘中有一根旗杆比树梢还高,大旗在空中飘扬。从营寨里隐约地传过来人唤马嘶,并且有阵阵的金鼓之声。凭经验,高夫人判断每座营盘驻扎有千人以上,同刘体纯派探子探明的人数相符。她望了很久,经刘体纯一再催促,才勒马回走。刚离开高车山不到三里远,遇见了官军的小股游骑。隔着一道深谷,互射一阵,各自走开。

奔波了差不多一整天,如今高夫人一行人马正在往回走,离老营不远了。忽然从前面传来一声熟悉的马嘶,随即高夫人的玉花骢也竖耳,振鬣,高声嘶鸣。她心中奇怪:“他怎么会在这儿?”慧梅在马上高兴地说:“夫人,是乌龙驹的叫声!”高夫人没有做声,只是在马上加了一鞭。她不相信是闯王来到岭上,而猜想着也许是别的一匹声音相似的马,也许是马夫骑着乌龙驹来这里遛马。片刻之后,高夫人的一行人马穿过密林,登上岭头,才看见果然是自成带着一群亲兵立马在漆树林中等她,不觉一惊,赶快问:

“出了什么事儿?”

自成含笑回答说:“什么事儿也没出。我很久不骑马,也没出过寨,闷得心慌,今天随便骑马出寨看看。”

“随便骑马出寨看看?劳复了怎么好?”

“骑马出来走走对身体有好处,不会劳复的。商州那边有什么新动静?”

高夫人淡淡一笑，说："看样儿，官军在两三天以内就要大举进犯啦。"

自成并不细问，也没有特殊表情，只是点点头，随便说一句"回去谈吧"，策马而去。高夫人把缰一提，镫子一磕，紧随在他的背后。看见他骑在马上的模样有点疲困，分明是强作精神，她不免暗替他的身体担心。

马队下了岭头，踏上一段青石路，转入峡谷，蹄声特别响，从对面的峭壁上荡出回声，而两岸松涛澎湃，与蹄声相混。走完青石小径，转出峡谷，看见吴汝义带着一个亲兵飞马迎来，闯王和高夫人都觉诧异。等吴汝义来到面前，自成问道：

"有什么事？"

吴汝义没有说话，催马更近一步，把一封书子呈给闯王。闯王看了书子，脸色一寒，浓眉一耸，随即把书子揣进怀中。高夫人小声问：

"什么事？"

"没有什么，回去商议。"

高夫人不好当着众人多问，心中明白一定是发生了意外变故，对义军很不利，但又猜不出到底是什么变故。

"明远在老营么？"闯王向中军问。

"在，总哨刘爷也同他一起来了，等着见你。"

"怎么，捷轩也来了？"

"他不听别人劝阻，发了一顿脾气，要来看你。听说左右人见他发了火，不敢再劝，请刘夫人出来劝他。刘夫人抓住缰绳，不让他走出铁匠营。他用鞭子狠狠地一抽，使得她只好丢手。"

高夫人笑着说："捷轩这个人，害这么大一场病，火性儿一点没退。"

吴汝义又说："刚才老神仙来到老营，抱怨刘爷和闯王都不该骑马外出。刘爷大声说：'子明，我的病已经好啦，你莫要把我当成个纸糊的人！他妈的官军快要大举进犯啦，你这个老神仙还要我坐在家里养病！难道人家闻见药味道就会退兵么？如今情况十分吃紧，我刘宗敏可不能听你的话坐在老婆身边，放下打仗的事儿不管！’老神仙对他干甩手，苦笑着，没有别的话说。”

自从李自成同宗敏害病以后，他们就没有见过一面。近来要商量什么重要事情，总是派高夫人、李双喜、老医生或吴汝义来回传话。如有绝顶机密的话，就只让高夫人一人去谈。李自成本来打算明天一早就骑马去看宗敏，不料宗敏先来了。听了中军的话，李自成高兴地笑着说：

“捷轩说的很对嘛。郑崇俭和丁启睿这两个王八蛋巴不得我同几位大将没有一个人能够扔下药罐子骑马理事！你到了射虎口，有新的动静么？”

“有些重要消息，王吉元说今晚向你面禀。”

“那个曹子正你看见了么？”

“我从射虎口回来以后，正要审问他，恰好刘爷和明远来啦。我们三个人一起审问了他。他起初不肯吐实话。后来打得皮肉开花，死去活来，他支撑不住，才将他这次偷偷回来的意思说了出来。他的口供十分要紧，回老营向你禀报。”

闯王将鞭子一扬：“走，咱们快回老营！”

大家策马望老营的山寨奔去。在苍茫的暮色里，一溜烟尘滚滚，马蹄声疾。

匆匆地吃过晚饭，屏退了男女亲兵，连双喜和张鼐也回避到厢房去，堂屋里只剩下李自成、高夫人、刘宗敏和刘芳亮。在一盏豆油灯下，他们把眼前的局势仔细研究。根据高夫人和刘芳亮谈的情况，现在十分明白：官军为防止义军突围往湖广与张献忠会合，把重兵摆在武关，并且有一个总兵官率领两千人进驻桃花铺，粮草也日夜不停地向桃花铺运送。陕西、三边总督郑崇俭已经到了武关，看来官军的主要进攻目标是白羊店，沿着从武关往西安的大道北进。另外，商州和龙驹寨两地都集中了很多官军，蓝田的官军也在向南移动，峣岭[①]已到了一千多人。显然，官军看准了义军兵力单薄的弱点，几处同时都动，使义军多处挨打，力量分散，不能够互相策应。郑崇俭和丁启睿还有一着狠棋，就是收买王吉元叛变，在战争进行到最吃紧时候，突然从宋家寨出动乡勇和官军，袭破闯王老营。

李自成的怀中还揣着从石门谷来的紧急书信，没有让刘宗敏和刘芳亮知道。在吃晚饭的时候，他已经听了曹子正的口供内容，看了吴汝义记录的一张名单，共有十几个人。这些人有的已经同曹子正暗中勾手，有的是曹子正打算勾引的人。曹子正遵照宋文富的指示，在官军开始进犯以后，几处放火起事，响应官军。自成临时想起来这件事必须急办，将吴汝义叫进来，吩咐他派人将这张名单送给马世耀和牛万才，命他们在今夜天明以前将所有在名单上的人捉到斩首，不许逃脱一个。吴汝义怕自己没有听清楚，问道：

"曹子正想去勾引的人也杀么？"

刘宗敏不等闯王回答，不耐烦地说："管他是不是已经勾上手了，都不是善良百姓。如今是特别吃紧关头，宁可多杀几个，免留祸患！"

闯王摇头，沉吟说："你斟酌办，只杀那些想为官军、乡勇做内应的。"等吴汝义走后，他望着刘芳亮说：

"如何保住商洛山不落入官军之手，我这一两天已经想好了主意，也告诉捷轩知道了。目前咱们的战兵很少，只能将主要兵力摆在南路，交你使用，要在白羊店以南对郑崇俭亲自督战来犯的官军迎头痛击。这是打蛇先打头之策。虽然这从南路来犯的官军人数多我几倍，可是从桃花铺到白羊店之间八十里山高林密，到处可以埋伏，可以截断官军后路。明远，你无论如何要在白羊店南边给郑崇俭一点教训。这头一炮极关重要，就等着你放响了。"

---

① 峣岭——又称峣山、峣关，在蓝田县城南二十里处。古代由武关进取关中，须经蓝田，而峣岭是蓝田的最后一道门户。

刘芳亮说:“我将尽一切力量给郑崇俭一点教训。可惜,我的人马还嫌少了一点。倘若……”

闯王不等他说完,笑着说:“如今就指望你以少胜多啊! 孙老么不是已经带着四百名义勇开往白羊店去了么?”

“我在路上遇见了。”

闯王想了一下,又说:“好吧,还有一千二百名义勇,全数给你,老营一个不留。另外,我已经决定从马兰峪抽调四百人,星夜开往白羊店,交你指挥。你必须在白羊店南边打个大胜仗。你打了胜仗,挫了郑崇俭的锐气之后,立刻将大部分人马撤回。从白羊店往商州去有一条人迹罕到的小路,你知道如何走么?”

“我已经派人去寻找过这条小路,有几个地方没法骑马。”

“没法骑马的地方,想办法牵着马走过去。”

“叫我从白羊店去进攻商州么?”

“不是。商州的官军一旦向西进犯,刘二虎从马兰峪向后撤,将官军引到野人峪的前边。你要率领人马走那条人迹罕至的小路插到商州和马兰峪的中间,直奔马兰峪。等你杀到马兰峪,二虎从野人峪杀出去,将丁启睿这一股官军杀败。等杀败了丁启睿,你走麻涧和智亭山的大路回白羊店,再打郑崇俭。如果能使郑崇俭再吃一个大败仗,我们在商洛山中半年内可以平安无事。半年之后,瘟疫过去,将士们的病都好了,咱们就可以突围出去,大干一番。”

刘芳亮说:“你这个用兵方略,捷轩已经对我讲了。我担心的是,龙驹寨的官军已经增加到两千左右,可是防守这一路的义军能战的只有四百人,且无大将指挥。倘若这一路有失,白羊店的后路被截断,你的全部妙计都吹了。从南到北,我军在商洛山中占据的地方有两百里以上,有些地方,东西只有几十里宽,是一个长条条。一处有失,首尾不能相救。”

闯王说:“我们原来因为商洛山中人烟稀,不得不沿武关去西安的大道多占领一些地方,免得粮食和兵源困难,也使官军不容易四面合围。目前官军调集来的人马多了,咱们占的地势就显得很不利了。我想,官军从中间进攻,不外三路:一是从马兰峪往西来,过野人峪进攻我们老营;二是从宋家寨过射虎口来攻老营;三是从龙驹寨往西攻智亭山,截断白羊店的后路。前两路你都不要担心,老营可以万无一失。龙驹寨那一路,确是要紧。我已经调摇旗从山阳境内星夜赶回。他手下有五百人。调他带三百人驻扎智亭山,防御龙驹寨的官军进犯。三百人自然太少,但智亭山往东去地势险,另有四百人马驻守。合起来共有七百人马,摇旗又是一员战将,只要在官兵开始进犯后三天以内能守住智亭山寨,一盘棋都活了。”

“摇旗……你最好叫他去白羊店,对郑崇俭猛冲猛打,将智亭山交给我守。有这七百人,我敢立下军令状,保白羊店的后路万无一失。”

“不。我这次叫你回老营来,就是为着一则当面告诉你作战机宜,二则当面任命你做南路征剿官军主将,摇旗为副,以便把白羊店和智亭山两地的指挥统一起来。”

刘芳亮沉吟半晌,笑着摇摇头,说:“闯王,你的主意很好,只是一件,请不要派我做南路主将。萝卜掏宝盒,我不是合适材料。”

刘宗敏把双眼一瞪,说:“怎么,老弟,害怕挑起来这副担子?哼,闯王还没有叫你立军令状,你就想打退堂鼓!”

刘芳亮是一个容易红脸的人,听了这句话,登时脸红得像倒血一样,回答说:“刘哥,看你说的,好像我真的怕挑担子,怕立军令状。如今局面艰难,正是我出力拼命时候,怎么会在敌人面前夹起尾巴往后缩?你这话,可把你老弟笑话扁了!”

“那么你为什么要推辞主将不干?”

“我知道自己不是主将材料,怕挑不起这副担子,坏了大事,倒不如只做一员战将为好。”

刘宗敏把又粗又硬的浓胡子一捋,哈哈地笑了两声,说道:“你说的算个鸡巴!老弟,别胡扯啦。将士们爱戴你,闯王信任你,你怕什么?你不想干,难道你想叫我带病上阵么?嘿,真是!”

李自成看出来刘芳亮心中有话不愿说出口，赶快笑着插言说：“捷轩，你莫把明远想推辞主将的话认得太真。他是个细心谨慎人，又很谦逊，如今把关乎商洛山中安危的重担子交给他，他自然要推辞推辞。军令大似天，你还怕他会不服从军令么？”他转向刘芳亮，说：“明远，白羊店的路程远。军情紧急，我不留你。要是你没有别的话，现在就动身走吧。”

芳亮不敢耽误，立刻告辞起身。自成把他送出大门，拉着他的手，屏退左右，低声说道：

“明远，你跟我起义多年，我知道你能够担起重担。如今咱们不能带着大批害病的将士往别处去，更不能让商洛山给敌人扫荡。尽管咱们的人马很少，可是只许胜，不许败。败了，什么都完了。”

虽然李自成的声音很轻，但每句话、每个字都震动着刘芳亮的心。眼前局势的严重他非常清楚，但是自成像这样在大战前对他叮咛，却还是第一次。在老八队中，他是那种自成叫他去死他连头也不回的将领之一，不需要这般叮咛他也愿为闯王洒热血，抛头颅，舍死向前。此刻他的心中十分激动，眼睛直直地望着闯王，一时找不到适当的话，只是连连点头，表示他心中明白。过了片刻，他喃喃地说：

“李哥放心，我按照你的计策去办。”

闯王又说：“刚才在捷轩面前，我看见你好像有什么话不敢说出口，是不是？”

“捷轩的脾气急躁，所以我有句话不敢说出。”

“一句什么话？”

芳亮苦笑说：“闯王，你已经下令把郝摇旗调来同我一起领兵作战，当然是再好不过。不过，我怕他做我的副手心中未必服。倒不如让他做主将，我听他的，免得坏事。”

关于郝摇旗可能心中不服的问题，闯王在事前也有点担心，但倘若派郝摇旗做南路主将，问题更多，所以他反复考虑，只能如此决定。听了芳亮的话，他没有多做解释。回答说：

"你只管放心好啦。我限定摇旗明天一早赶来老营，当面同他谈谈。摇旗的身上有毛病，我清楚，可是我的话他还听从。"

芳亮不好再说什么，准备上马动身，但是手已经搭上鞍子时忽然缩回，转过脸来望着闯王，小声说：

"李哥，目前是咱们从潼关南原大战后遇到的最坏局面。武关一路，我一定遵照你说的话办，只是老营空虚，射虎口这一路叫我很难放心。万一敌人从射虎口进来，老营岂不危险？"

自成说："你只管全力对付从武关来犯的官军，给郑崇俭老狗迎头一棍，然后回兵马兰峪。老营和射虎口的事，你莫担心，我自有妥帖安排。"

芳亮放心地一笑，上马走了。李自成把几件火速要办的事交代吴汝义立刻去办，然后回到上房。刘宗敏向他问道：

"明远又说了什么？"

"他别的没说什么，就是担心摇旗未必肯听他指挥。"

"扯屌淡！家有家规，军有军规。只要闯王有令，谁敢不听指挥？好吧，既然他俩平日面和心不和，怕临时闹别扭坏了大事，我替你去督战吧，看谁敢不齐心！"

闯王忍不住笑起来，说："明远不敢在你面前露出那个话，正是怕你发了茅草火性子，要带病亲自督战。果然给他看准了。"

宗敏把小簸箕似的右手猛一挥，说："大敌当前，咱们的兵力有限，偏他们两个人尿不到一个壶里。你我都不去，这个仗怎么取胜？"

"你现在不用着急。明天摇旗来见我，倘若他对明远做主将果有不服之意，你我再决定谁去不迟。"

高夫人说："我对摇旗也不很放心。他不像一功、补之、明远这些人规规矩矩，要他们往东他们决不肯往西。就以去年冬天摇旗离开商洛山那件事说，虽然他今年过了端阳又回来了，可是我心中总觉不好。别人都能够留在你的身边吃苦，熬过那几个月，他为什么不能？这一点就不如一功他们！"

自成说:“世上人形形色色,秉性各自不同。对摇旗这号人,不要多挑小毛病。也不要只觉得咱们几个亲近的人是金不换,别人全是生锈的铁。”

宗敏接着说:“这话也对。纵然是生锈的铁,百炼也成钢。对朋友嘛,不要只说人家一身白毛翼,不说自己是旱孤桩①。”

高夫人听他们两人这么说,就不再说别的了。宗敏站起来要走。自成想把藏在怀中那封紧要书信掏出来同宗敏商量,但又想着他的身体还很虚弱,怕他会动肝火,犹豫一下,决定暂且瞒住他,就叫高夫人取出来一件棉衣,交给宗敏披在身上,把宗敏送出寨门。闯王曾经嘱咐过老营中几个管事的将领,为着宗敏的脾气不好,使他在病中少操一些心,少动肝火,遇到重大事件不经他事先同意不许擅自让宗敏知道,所以李友从石门谷送来一封紧急书信的事,刘宗敏毫不知情。临上马时,他对闯王说:

“眼下幸好是石门谷还没有出娄子,使我对北边这一头还勉强放心。听吴汝义说,王吉元今夜要来老营。我本想等等他,可是两个太阳穴痛得很,我只好不等了。我最放心不下的也就是射虎口这一路!”

闯王说:“你快回铁匠营安心睡觉,不要劳复。我等着王吉元,大概他马上会来到了。”

当刘宗敏对李闯王提到石门谷时,石门谷山寨中的情况正在迅速恶化。……

高夫人在黄昏回到老营时,悄悄地问过中军,得知那一封书子是从李友那里送来的,情况严重。看见自成一直瞒着宗敏和芳亮,明白他的用意,她自己也一字不提。等自成送走宗敏回到上房来,她迎着他问:

“李友来的书子说杆子们要鼓噪,这事非同小可。你打算怎么

① 旱孤桩——民间对旱魃的俗称。因为迷信传说的旱魃(引起旱灾的怪物)只有二三尺高,头和身子一统笼,像根桩子,所以称做旱孤桩。又传说它长了一身白毛。

处置?”

自成把脚一跺,骂道:“这群王八蛋,指望他们在北路堵挡官军,没想到贼性不改,扰害百姓,坏我闯王名声,还打算挟众鼓噪!我很不放心,那个挟众鼓噪的坐山虎说不定是受了官军勾引,才在这个节骨眼儿上闹腾起来。”

高夫人劝道:“在这样紧要时候,你千万要忍耐,设法把乱子平息下去。等打过这一仗,黑虎星也来了,再从长计议。这些人都是没笼头的野马,任性胡为惯了,凭着你闯王的名望高,也凭着黑虎星竭力号召,来聚在你的大旗下边,有几个人真懂得咱们剿兵安民的宗旨?如今咱们的人马有限,已经是面前起了火,万不能再让背后也冒烟。万一激出变乱,咱们就没法全力对付官军,这商洛山中怕也不能够立住脚啦。如果是坐山虎真的起了投敌之心,就赶快想办法将他除了,越快越好。”

闯王虽然气愤,但是也认为暂时只能用安抚办法把大事化为小事,度过目前一时。听了夫人劝告,正合乎他的心意。他点点头,叹了口气,转向一个亲兵说:“请中军快来!”

吴汝义刚才遵照闯王的吩咐,派出紧急塘马,传送调兵遣将的紧急军令。办完以后,他亲自在寨中巡察一周,怕的是守寨的弟兄们疏忽大意。寨墙上今晚增加了守寨人,其中有一部分是罗虎的孩儿兵。星月下可以影影绰绰地看见寨墙上有一些大小旗帜在微风中飘动,近寨边树影摇晃。守寨的人影儿倚着寨垛,枪尖和刀剑的雪刃偶尔一闪,但是听不见说话声音,几乎连轻微的咳嗽声也听不到。节奏均匀的木梆声沿着寨墙一边走一边响着,同附近义军驻扎地的木梆声互相应和,使秋夜显得分外寂静,气氛也分外严肃。吴汝义巡视完,回到老营,听说闯王叫他,就赶快往上房走来。

李自成坐在灯下把信写好,打个哈欠,抬起头来,看见吴汝义站在旁边,随即站起来说:

“子宜,你立刻动身,越快越好,赶到李友那里。差不多有一百里远,明天吃早饭时你能赶到么?”

“一路快马加鞭，我想可以赶到。”

“现在人心惶惶，你只带三四个亲兵去，免得路上招摇，使人们胡乱猜疑。都挑选最好的马，务须在早饭以前赶到。”

“是，一定赶到。”

“如今黑虎星没有回来，那一千多杆子弟兄，情形有点不稳，也不守纪律，不断骚扰百姓，近几天，打家劫舍和奸淫妇女的事儿连着出了几宗。昨天夜里李友得到百姓禀报，知道有几个人正在一个村庄里强奸民女，带着弟兄们去赶他们走，不想他们竟然同李友动起手来，当场给李友杀死了两个，又捉到三个，都重责一顿鞭子，割去耳朵。今天上午，杆子中群情汹汹，扬言要找李友报仇。你看，偏偏在这个节骨眼儿出了岔子！”

“闯王，我到了那里怎么办？”

“李友的脾气太暴躁，叫他立刻滚回来，免得激出变故。你留在那里……”

吴汝义一惊：“我……”

“你只要能够在五天以内同杆子们相安无事，就算你立了大功。五天以外天塌下来与你无干。”

“要是他们不听约束，仍旧抢劫奸淫呢？”

“我给窦开远和黄三耀写了一封书子，你带去亲自交给他们。”自成把书子交给汝义，接着说：“我在书子上嘱咐他们想法约束部队，以剿兵安民为宗旨，不可扰害百姓。我还告诉他们目前局势紧急，商州和武关的官军一二日内就将大举进犯，蓝田的官军也有从峣关进犯消息，嘱他们务必齐心齐力，杀败官军。至于昨夜的事，等杀败官军之后，我一定亲自前去，查明实情，秉公处理。”

“听说窦开远是个老好人，黄三耀自己手下没有几个人，威望也不高，近来又染病在床。黑虎星托付他俩率领众家杆子，可是众家杆子并不真正服从他们。万一他二人弹压不了……”

闯王挥手说：“你去吧。万一下边鼓噪，他俩弹压不住，或者知道有人暗降官军，你火速回来禀报，我另想办法。窦开远这个人深明道理，黄三耀也很有血性，只能靠他们安抚众人。那个诨号铲平王的丁国宝，原来不是坏人，起小就吃苦受折磨，几个月前才拉杆子的。看李友的书子上说，他跟着坐山虎一道鼓噪，纵部下抢劫奸淫。你去石门谷，要想办法单独见他，晓之以大义，劝他回头。他手下的人多，只要将他拉过来，坐山虎就无能为力了。你快走吧。稍迟一二日，官军进入石门谷，事情就难以收拾了。"

"闯王，王吉元已经来了，有要紧情况禀报。"

"叫他进来！"

吴汝义走到院里，向王吉元招一下手，匆匆地走出老营，吩咐四个亲兵赶快备马。

王吉元由李强带着，走进上房。闯王没等他开口就急着问道：

"宋家寨有什么新动静？"

王吉元回答说："回闯王，听说今天上午丁巡抚又派了那位姓刘的官员来到宋家寨，密谈很久。中午宋寨主设宴款待。这个官员后半晌才回城去。据说是丁巡抚说的，只要宋文富助官军进攻老营，就保举他实授商州守备之职，挂参将衔。他龟孙贪此前程不赖，又不离开家乡，就满口答应啦。他自己手下的乡勇多病，又不愿官军进寨，打算明天从商州城边两个山寨中各借三百名乡勇。另外，他杂种巴不得我上他的钓钩，今天黄昏以后，重新对我许愿，下了大的赌注。"

高夫人笑着问："又许的什么愿？"

王吉元说："我先不说杂种们许什么愿，先说说马二拴的事。今天前半晌，我按照夫人你的计策，把马二拴叫到僻静处，对他说：'二拴，如今风声十分吃紧，一天变几个样，由你家三婶儿来回传话太绕弯儿，多耽误事！再说，如今不是平常时候，我放她随便来往，倘若老营知道，起了疑心，我的脖子上可只有一个脑袋，你三婶儿的脑袋也不多。你去宋家寨找宋寨主，传我的话，从今天起用不着再绕弯儿，你就是我的心腹人，有什么话由你传递，这样就直截了当，不会误事，也不会漏风。守关口的和路上巡逻的全是我心腹弟兄，他们决不会泄露出去。你只管把狗心放在驴肚里，大胆来往。宋家寨有什么动静，你得老实告我说，不许把我蒙在鼓里。你要是隐瞒不报或者所报不实，兄弟，休怪我对不起你。你得罪了我，纵然你自己能逃脱我的手，可是逃了和尚逃不了寺，你的家搬不走，你的老娘和老婆别想逃脱我的手。给，二两银子，拿去花吧。'该死的，高高兴兴往宋家寨去了。黄昏时他回到射虎口，除带回宋文富对我许的愿，还把宋家寨中的新动静告诉了我。"

闯王哈哈大笑，说："俗话说打鬼就鬼，你们倒是很会用鬼。"

吉元接着说："马二拴说，只要我肯率领手下人马投诚，引乡勇前来袭破老营，他就给我三千两银子，还保荐我做个游击将军。倘若能捉拿住你们二位，官加三级，赏银加倍。闯王，夫人，你们说，这杂种不是鬼迷了心么？"

闯王点点头，说："看起来，他这一宝是押在你的身上啦。你已经答应了么？"

"我还没有答应。我说这事太大，让我再同几个亲信商量商量。我还说，我虽然原是八大王那边的人，可是自从去年冬月间来到闯王这里，闯王待我恩重如山，人家亲叔伯兄弟犯了罪就推出斩首，我犯了死罪不但饶了一命，还蒙他推心置腹，重用不疑。如今要我拿三千两银子就出卖闯王，我的良心实在说不过去。马三婆的侄儿说：'你在李闯王这儿不过是个小校，一投诚就成了将军，前程无量，荣身耀祖，还不便宜么？你还想什么呢？难道你瞧不起游击将军也是朝廷的堂堂武官？'我说，'屎！乱世年头，你别拿官位来打动老子的心！这几年跟着八大王南杀北战，老子见过些大世面，也亲手宰过几个朝廷的堂堂命官。说实话，我根本不把这职衔放在小眼角。如今宋寨主自己还不是朝廷命官，答应保举我做游击，哼，巡抚大人给的札子[①]在哪儿？我可不愿意买后悔药吃，不愿意画饼充饥！'他听了我的话，就说他回寨去向宋寨主回话，保举游

① 札子——明、清时代，委任状叫做札子。

击的事决不会落空，只要我答应帮助宋寨主袭破老营，要银子有银子，要官有官，一切好说。闯王，夫人，我看宋寨主明天早晨一准差他再来，定会满口保我黑子红瓤①，不惜加官加银，掏大价钱买我。我特来请示：是不是明天就佯装答应？”

闯王问：“你今晚来老营，有人知道么？”

“我只带一个亲兵，装作到山口巡查，从小路来的老营。”

“如今万万不能给宋家寨知道你是反间之计。倘若事不机密，你就要吃他们的大亏，咱们想将计就计也瞎了。”

“请闯王放心，我看他们并没有疑心。”

“好，既然这样，明天你就答应。你务必弄清楚他们打算什么时候来偷袭老营，共出动多少乡勇，宋文富是不是亲自前来。吉元，要是能引虎出山，把宋文富兄弟诱到老营寨外，就不难把他们活捉过来。宋家寨是插在咱们肋巴上的刀子。捉到他们，就能够破宋家寨，纵然破不了，也不能为害了。”

“闯王，宋文富已经死心塌地同咱们为敌，像吃了迷魂药，一心来破老营立大功，诱他到老营寨外不难。只是我那里只有二百弟兄，力量单薄……”

“你身边人手少，不用担心。到时候，老营的人马全出动，由我亲自指挥，决不会让他漏网。如今要紧的是不要叫宋文富看出你的破绽，不要得罪马三婆，引起她的疑心，还要千万哄住马二拴，玩得他在咱们手中陀螺转。明天你不要再来老营。我派尚神仙明天上午去你那里为弟兄看病，你把话悄悄告诉他好了。”

王吉元不敢在老营多耽搁，仍从小路回去。整个商洛山所处的危险局势他不十分清楚，也不愿多打听，他认为天塌下来有闯王顶着，他自己奉命活捉宋文富，只要把这个活儿做好，也不枉半年来受闯王另眼看待。听了闯王的指示，他要活捉宋文富的信心更

---

① 保我黑子红瓤——意思是保我一定如意。西瓜不熟，子是白的，好西瓜多是黑子红瓤。卖西瓜的常对买主说：“我保你黑子红瓤。”就是说这个西瓜确是熟的，子是黑的，瓤是红的。

强了。

但是，在王吉元走后，李自成很觉放心不下。有很长一阵，他坐在小椅上，同高夫人相对无言。从去年冬天到今年春天，义军同宋家寨维持着井水不犯河水的关系；直到上次官军进犯，宋文富兄弟还抱个站在高山看虎斗的态度。直到五天以前，自成还想同宋家寨敷衍一时，用田见秀的名义给寨主宋文富写了一封书信，说明义军志在剿兵安民，诛除贪官污吏，愿与宋家寨和好相处，各不相犯。宋文富当即回封书子，也假意说些好听的话，申明他决不与官府勾结。现在这个宋文富受了官府商州守备之职，倘若纠合乡勇很多或放一部分官军假道，老营岂不危险？

沉默了很长一阵，高夫人说道："说来说去，豪绅大户总是同官府同根连枝。宋家寨一向不敢得罪咱们，只好心里怀恨，脸上挂笑。如今宋文富见官军人多势众，又许他官做，怎能不趁机动手？幸亏咱们早就猜到他会有这一手，暗中做些安排。如今老营这点人马，再也不能随便派往别处啦。"

李自成点点头，没有做声。他从怀里把李友的非常潦草而简单的书信掏出来，凑近灯光，一个字一个字地仔细看，想从字里行间多看出一些问题。高夫人望望他的病后虚弱的脸色，生怕他会劳复，低声说：

"已经半夜啦，你还不上床歇息么？"

停了一会儿，闯王转过头来，语气沉重地说："如今是四下起火，八下冒烟。我很担心，石门谷的乱子会闹大。万一那里闹出大乱子，怎么好呢？"

高桂英的心中也有同感，但是勉强微微一笑，小声说道："看你，专会往坏处想！汝义这个人心眼儿活，机灵非常，不像李友那样红脸汉，动不动发起火性，只会走直路，不懂得见机行事，该转弯就转弯儿。只走直路，难免不一头碰到南墙上。同杆子们在一起，没有几副面孔和几个心眼儿能行么？有时做婆婆，也有时得做媳妇！再说，本来不是派他去做婆婆，他倒以婆婆自居。前天就有人告我说他到石门谷以后同杆子们处得不好，一则我想不出什么人可以替换他，二则一时事忙，所以没有多在意，也没敢告你知道。我想，只要子宜一去，找到窦开远他们几个管事人，话是开心斧，照理路劈解劈解，又有你的亲笔书子，众怒是会平息的。”

闯王站起来，说：“但愿石门谷在五天以内不出大乱子，让咱们一心一意地杀退官军！”

他走到院里，挥手使李强等都去休息，独自在院里踱了一阵，闷腾腾地回到屋中就寝。他刚刚睡熟，刘体纯就从马兰峪来到老营。马跑得浑身淌汗，一片一片的湿毛贴在皮上。他不仅是奉命来接受作战机宜，也是来向闯王和高夫人面禀紧急军情。高夫人被一个值夜的女兵唤醒，慌忙来到院里，向体纯小声问了几句，感到情况紧急，就去把闯王叫醒了。

第五章

李自成毕竟是久病初愈，经不起劳累。昨天第一次骑马出寨，在崎岖的山山谷谷中颠簸半日，晚上又熬到三更以后，所以睡在床上，只觉得浑身酸困，尤其两胯和腰部特别困疼。为着不使桂英为他操心，他没有发出来一声呻吟。加上心中有事，他在床上辗转反侧，折腾很久，才开始矇眬入睡。正在梦中同官军厮杀得难分难解，听有人在耳边呼唤，他忽地坐起，一边探手抓到花马剑，一边带着睡意问道：

“什么事？是官军进攻了么？”

“不是，是二虎来啦。”

自成怔了一下，完全醒了，把手中的宝剑往床上一扔，自己也觉得好笑。他正要下床，刘体纯已经进来，躬着身子说：

“闯王，你不用起来。听了你的指示，我马上就赶回马兰峪。”

自成虽觉浑身酸困，但还是跳下床来，问道：“我叫你抽出四百人增援白羊店，已经去了么？”

“已经动身了。”

“夜间官军有什么动静？”

“据探子报称，黄昏时候从潼关又来了六百官军，连原有的算起来，在商州共有三千七百人。抚台行辕的人们扬言说，还有五千官军将在一二日内从河南开到。一更时候，又有五百多官军开出商州西门，去向不详。今日午后城里传说宋文富已经受了商州守备之职，同官府合成一气，答应官军假道。我很担心这五百多官军是潜往宋家寨去的。要是果然如此，不惟老营须要小心，我在马兰峪也会两面受敌。”

体纯把夜间所得到的军情禀报一毕，等候着闯王说话。但自成并没有立刻做声，却站在灯下低头盘算。沉默一阵，他望着体纯含笑问道：

“如今你手下连马夫算上只有五百多人，你打算如何迎敌？”

“倘若官军从商州来攻，我就凭险死守。马兰峪的寨墙很好，布置得也挺周密。只要我刘二虎在，决不使敌人攻占马兰峪。”

“要是宋文富从你的左边过来，抄断你的后路呢？”

“现有王吉元率领二百弟兄防备宋家寨。请闯王再派三百人去帮助他，死守山口。只要宋家寨这条路敌人过不来，我的后路就不会断。”

闯王收起笑容说：“如今咱们老营也空虚。倘若宋家寨让官军假道，不惟马兰峪后路会截断，老营也有危险。我叫你来老营没有别的指示，就是当面告诉你：必须赶快从马兰峪向后撤，死守野人峪。宋家寨从前吃过官军大亏，纵然宋文富官迷转向，不顾利害，决心同咱们作对，我看他未必肯答应官军假道。不管怎样，我现在正用计对付宋文富这个王八蛋。倘若我的计被他识破，你已经撤到野人峪也就不怕他抄断后路。只要你能守住野人峪，同老营容易呼应，一旦宋家寨出动人马，就好对付。”

“马上就撤退？没有看见官军的影子就往后撤？”

“对，撤。一定要在官军进攻之前就撤退，免得临时且战且退，乱了脚步，还受损失。”

“这半年我们把马兰峪的山寨修得很坚固，丢给官军……”

“你们在撤退之前，把寨墙拆毁，不要留给敌人。人手不够，就叫附近老百姓都来拆，把乱石堆在路上。如今火药很金贵，不许放进①。撤到野人峪以后，官军来攻只许你施放炮火弩箭，或用滚木礌石打他们，却不许你出战。等到明远在武关一路取胜，我自然会下令出击，还要亲自督战。到那时你杀得越猛越好，让你一直杀到商州城边。”

---

① 放进——即用火药轰毁寨墙。

刘体纯完全猜出了闯王的作战意图，不禁心中一宽，从眼睛里闪出一丝笑意，说道："闯王放心，我一定坚守野人峪，万无一失。"为着军情十分紧急，他当即告辞，到老营大门外同亲兵们上马走了。

离天亮还早，公鸡才叫头遍。高夫人劝闯王再去床上睡一阵，但是他摇摇头，皱着眉头在房里徘徊。过了会儿，高夫人又劝他躺下休息。他停住脚步，看见身边没有别人，脸色沉重地望着夫人，悄悄问：

"你看，宋家寨会不会让官军假道？王吉元是不是受了宋文富的骗？"

高夫人回答说："咱们宁可多向坏处打算，多加提防，不可有一分大意。"

自成点点头，没有再说话。他心中暗想：如今诸处需要兵力，而兵力如此单薄，倘若有一处失利，商洛山中的局面就会不堪收拾。忽然，他想到吴汝义去石门谷的事，非常盼望他此行顺利，把一场风波平息，但是又担心会生出意外变故。他怀着七上八下的心情，躺到床上，等候天明。过了不久，乌鸦开始在树上啼叫，窗色泛青。他一跃而起，跳下床，匆匆漱洗完毕，正要亲自去找老医生谈件事情，忽听见一阵纷乱的马蹄声来到了老营门外……

许多天来，郝摇旗防守在山阳附近。那儿只有一千多官军，并没有力量进犯，而义军也没有力量进攻山阳城，暂时平静无事。摇旗总觉得自己不被重用，心中郁闷，常常喝酒骂人。昨夜忽得闯王派人传令，要他火速带一部分人马开往智亭山，并在队伍出发后亲来老营听令。他知道郑崇俭于几天前到了武关，大批官军已经出了武关向商洛山区进逼，白羊店十分紧张，所以听到闯王传谕，想着一定是闯王派他去抵御郑崇俭，不觉从椅子上一跃而起，猛拍了一下大腿，说："好啦，闯王到底认识咱郝摇旗是一个有用的人！"至于为什么派他去智亭山而不去白羊店，他开始也觉得有点奇怪，但随即他猜想一定是因为闯王认为智亭山是通往武关和龙驹寨的咽喉，主将驻守这个地方才容易两面兼顾。他立刻点齐三百精兵交给一个偏将，自己便连夜往老营来了。

郝摇旗一到老营的大门外边，一片肃静的气氛登时大变。他平素不拿架子，吊儿郎当，不如意的时候动不动骂人打人，而高兴的时候又不管对什么人都要开玩笑，只有对闯王、高夫人和刘宗敏等极少数几个人比较规矩。这时他看见人就亲热地打招呼，粗喉咙大嗓子地骂两句。双喜、张鼐和一大群男女亲兵正在大门外分作两团练武功，他笑着骂道："你们这些姑娘、小伙子，平日不用功，清早只会他妈的睡懒觉，如今要打仗了才练武艺，这可不是临上轿时才缠脚么？中屁用！"一句话，逗得满场的姑娘和小伙子哈哈大笑。而他就在笑声中向院里走去，脚步踏得地皮咚咚响。

闯王迎到天井里，拉着他的手说："摇旗，你来得真快！人马都动身了么？"

"人马已经上路啦。怎么，马上要厮杀么？"

自成点点头，拉着他走进上房，说道："摇旗，又得你辛苦一趟。"

"辛苦？咱当武将做的就是这号买卖，一到打仗的时候就精神来啦。嫂子，你说是么？"郝摇旗转向笑着迎他的高夫人问。

高夫人一边替他拉小椅子一边说："锣鼓已经响起来，这出武戏就等着你唱啦。"

坐下以后，自成说："摇旗，目前这个大战是咱们在商洛山生死存亡之战。听说郑崇俭将到桃花铺，南路的官军就由他亲自督战……"

不等自成说完，摇旗就接着说："我操他姓郑的八辈儿老祖宗，让他狗日的亲自来试试吧，没有便宜叫他捡！"

自成笑着说："老弟，你也不要大意。这次郑崇俭调集了一万多人马，其中有从榆林调来的两千边兵。从西安、三原各地调来了三千多训练有素的人马，不可等闲视之。要杀退他们的进犯，须要经过几场恶战，并非轻而易举。"

"屌！榆林来的边兵也是一个鼻子两只眼睛，我知道他们一顿能吃几个馍，刀砍在身上一样流血，并不是铜头铁额，刀箭不入。难道他们手里拿的刀能够杀人，咱们手里拿的刀只管切菜?”

“老弟，你说的很对。他们手里拿的兵器是铁打的，咱们手里拿的兵器也不是木头削的。不过目前咱们困难的是人马太少，还得几下里应付敌人。”

摇旗跳起来说：“李哥，你，你不要担心咱们的人马少嘛！官军虽说人多，一到打起硬仗时，狼上狗不上，有几个真心卖命的？你李闯王手下的人，谁不是一听见杀声起就奋勇向前，丢掉脑袋连眼皮也不眨？我说，李哥，别担心咱们人少。这里地势窄，不像平地，人马少啦厮杀起来反而不至于互相拥挤，互相碍事。以少胜众，就靠一个勇字。”

李自成笑着从小椅上站起来，拍着郝摇旗的肩膀说：“妥啦，有你这员猛将，我对武关这一路就不用担心啦。”

“李哥，南边这一路，我郝摇旗包下啦。倘若抵挡不住，让郑崇俭这个婊子养的攻进来，你把我的这个吃饭家伙砍下来，挑在枪尖上游营示众。”

自成笑着点点头，正想向摇旗说明已经决定命刘明远做南路主将，看见李来亨走进二门来，就把冒出嘴边的话咽了下去。等来亨走到上房门外，他沉着脸色问道：

“来亨，大清早，你不好生练功，来做什么?”

来亨规规矩矩地立在门槛外边，说着：“我爸爸一夜不放心，不断问官军有什么动静。全家上下都瞒着他，只说官军没有什么新动静，一时还不敢向商洛山中进犯。刚才他发了脾气，把全家上下骂了一顿，叫我立刻来问问二爷、二奶，务要把真实军情问清楚，不许我回去隐瞒一句。”

自成想了一下，决定不再对李过隐瞒。但是军事机密，他不愿使来亨传报，也不愿全部让摇旗知道。他转过头去，望着高夫人说：

“你去当面对补之说清楚吧，也问问他的意见。你顺便找到子明，把王吉元那里的事情告诉他，请他一吃过早饭就辛苦一趟，到吉元那里替弟兄们看看病。"

高夫人没有说别的话,到厨房里嘱咐一下,同来亨一起走了。

"摇旗,"闯王含笑说,"明远从崤函山中回来以后,一直防守武关一路,地理熟悉,也深得将士爱戴。昨天他回到老营来商议军事,请求派你去帮助他。虽然他是正,你是副,可是他对你十分尊敬。如今全军安危,商洛山中的祸福吉凶,都挑在你们两人的肩上。你去到智亭山千万同明远和衷共济,使这一仗旗开得胜。明远十几岁就跟我一道起义,跟你也是老朋友。他对人谦虚和气,一定会同你处得很好。昨天他提出来让你做主将,我同捷轩都认为临敌易帅不大好,没有答应。"

郝摇旗感到心中很不愉快,问道:"捷轩的身体已经复原了?"

"还没有完全复原。"

"能够骑马出来了?"

"昨天是他第一次骑马出来。"

"慢慢骑马活动活动也好,听医生的鬼话光闷在屋里也不是他娘的好办法。闷得久了,不见见太阳吹吹风,人也会发霉的。何况是捷轩那号人,怎么不闷得慌?"

看出来郝摇旗的神色不像刚才高兴,又见他把话头扯到别处,李自成也就不提这一章了,只把作战方略扼要地告诉他,随即就谈起别的问题。等高夫人回来,老营中就开饭了。

平日吃饭,双喜、张鼐、老营的中军、总管和其他头目,都同闯王和高夫人坐在一起,有时男女亲兵们也抱着碗蹲在周围,像一个大的家庭一样。但今天早饭却较清静。高夫人为不妨碍闯王和摇旗谈话,叫别的人都不来上房吃,连一个亲兵也不让在身边照料。自成叫桂英取了二斤烧酒,款待摇旗。老营中的伙食一向不好,今天早晨特意为摇旗杀了一只公鸡。自成替摇旗斟满一杯酒,替自己斟了半杯。他们各自用中指在杯中蘸了一下,向桌面上点了三点[①],然后举起杯来。自成说了一声“请!”看着摇旗把满杯酒一饮而尽,自己却只用嘴唇在杯口咂了一下。高夫人赶快替摇旗斟满杯子,跟着用筷子夹了一块鸡大腿送到他面前,笑着说:

“摇旗,你知道咱们老营中平日是什么生活,并不比弟兄们多用一分。自从你李哥大病回头,能够起床,为着他将养身体,只炖过一只乌皮母鸡,以后他就不许再为他杀鸡子。本来么,老营中害病的将士很多,你李哥多年来都在吃穿上跟将士们同甘苦,怎肯在养病中独自特别。每逢老营中打到野味,都分给大家吃,有时我们也分到一点。今日因为你要上阵,我特意吩咐杀一只鸡子款待你。”

郝摇旗说:“嘿,李哥,你真是!身体是本钱。咱们要在马上打江山,没有好本钱能行么?病后要好生保养,别说炖一只鸡子,就是给你炖十只鸡子——嗨,炖十只凤凰也应该!”

郝摇旗见闯王夫妇对他这么好,又喝下去几杯烧酒,心中舒畅,恢复了初到老营时的精神。他夹起一块鸡翅膀,连骨头喀里喀嚓地嚼碎,咽下肚里,左手端起来满满的酒杯,右手拍拍敞开衣服的、带着几处瘢痕的光胸脯,大声说:

“李哥,你放心。自从咱们高闯王死后,我谁也不佩服,就只佩服你李闯王一个人。我郝摇旗虽是粗人,还知道什么是朋友义气。你待我一尺,我报你一丈。你既然叫我做刘明远的副手,我决不会三心二意,遇事给他小鞋穿。你放心好啦!”说毕,把酒一口喝干,自己掂起壶来斟。

闯王笑着,连连点头,又同高夫人交换眼色。他们的心放下了。

但是郝摇旗走后不久,闯王的心又放不下了。他想,万一在紧急时候,郝摇旗任起性来,同刘芳亮意见不合,怎么好呢?他把自

---

① 点了三点——这是一种古老的民间礼俗,或用筷子蘸酒点三点,也是一样。倘若是黄酒,一般是在饮之前向地上倾一些。这一礼俗的含义是表示感谢生产五谷的后土之神。

己的担心告诉高夫人，而桂英也有同感。想了一下，他说：

“兰芝还在病中，我本来不打算让你离开老营，可是，可是……”

高夫人说：“你别吞吞吐吐啦，快吩咐吧。如今是什么时候，我还能老守在女儿的病床旁边！”

“你去白羊店督战好不好？”

“你的意思是，有我在那里，摇旗不至于不听明远的指挥？”

闯王点点头。

“好吧，”桂英说，“我现在就动身。可是你得听我一句话，你千万要听从。”

“一句什么话？”

“你的身体还没有完全复原，像这样夜里不睡觉，日夜操心劳累，怎么得了？我走之后，你千万睡一觉，千万不要再骑马乱跑。”

“好，我马上就睡觉。我浑身酸困，两边太阳穴也疼痛，马上睡觉。”

高夫人稍事准备，把双喜和张鼐留在闯王身边，把慧英留在老营陪伴兰芝，率领着张材和慧梅等一群男女亲兵上马出发了。

闯王吩咐总管，立刻准备两只山羊、一口肥猪、两坛烧酒，派人送往清风垭，犒劳黑虎星留下的三百弟兄，并通知说，他下午将亲自去慰劳他们。他又告诉双喜和亲兵们，不管是石门谷方面有什么新消息或老神仙从王吉元那儿回来，都立刻叫醒他。然后，他躺下睡了。他做了许多离奇古怪的梦，有一半梦是在打仗。听见耳边有人呼唤，他一乍而醒，睁开眼睛，见双喜立在床前。

“老神仙回来了么？”自成连忙问。

不等双喜说话，尚炯在当间回答道：“闯王，我回来多时啦。看见你睡得很好，我不让他们惊动你的驾，到补之那里坐坐又来。”

闯王一边下床一边问：“什么时候了？”

双喜说：“已经晌午啦。”

“石门谷有消息么？”

“我吴大叔走到大峪谷时派一个人回来禀报，刚才飞马赶到。”

李自成赶快来到当间，问老神仙王吉元那里有什么新的消息。尚炯说：

“今天一清早，马二拴引着二寨主……”

“什么二寨主？”

“就是宋文富的叔伯兄弟宋文贵，人们都称他二寨主。他们对吉元说，夜间得巡抚大人钧谕：只要吉元实心投诚，带领官军同乡勇袭破闯王老营，就立予重赏，实授游击，外赏纹银三千两，其余投诚立功的大小头目，一体分别叙奖。倘若能擒斩闯王夫妇，另行重奖。”

“怎么还有官军？”

“宋文富因怕自己力量不足，乡勇又不曾经过硬仗，已经要求官军派二百人到宋家寨。不过这二百人要听他的指挥，以他为主，与官军假道不同。他怕尾大不掉，不敢要多的官军。他自己的寨中除留下守寨的能够出三百乡勇，再从别的寨里借六百乡勇，共有九百上下。加上二百官军，共约一千一百人之谱。”

“决定什么时候来袭取老营？”

“宋文贵说时候就在一两天内，到时候巡抚将亲自下令。”

自成不再问下去，转向在院中侍候的李强说：“把那个从大峪谷来的弟兄引来见我！”

那个弟兄原是驻扎在大峪谷的。据他说，昨天夜间听说石门谷出了变故，但是消息很乱，到他动身时还没有弄清到底是怎么回事。中军吴汝义到了大峪谷，知道石门谷的情况已乱，并听说官军已经有一千多人马过了蒉山①，向石门谷进逼，就派他飞马来老营禀报。闯王问道：

“吴中军现在哪里？”

“他在大峪谷稍停一停就往石门谷去了。”

闯王挥手使来人退出，留下尚炯吃饭。在吃饭时，他同医生把宋家寨方面的情形研究一下，请尚炯饭后就去铁匠营，把石门谷和

① 蒉山——在峣山东南五里。蒉，音 kuì。

宋家寨两地的新情况告诉宗敏。他说:“子明,我本来不想让捷轩多操心,可是事已至此,完全瞒住他也不好。你对他说的时候,只说石门谷的事不会闹大,吴汝义一到就会平息。”医生一放下碗,赶快骑马往铁匠营去了。自成想趁医生离开老营山寨,立刻往清风垭去安抚军心。但是他对石门谷的情况极其放心不下。想了一阵,他把双喜叫到跟前,神色严峻地望着双喜的眼睛,低声说:

“双喜,你今年已经十八岁了,也是个有出息的孩子。我想命你去独自担当一面,不知你能不能行。”

“我能行,爸爸!”双喜回答说,声音感动得有点打颤。

“目前我们的处境十分不利,大概你也清楚。”闯王说到这里,稍微停顿一下,似乎还在考虑是否把一件重大的任务交给义子。随即他不再犹豫,接着说:“如今咱们的精兵都在白羊店,老营和野人峪只有很少人。原没有想到驻石门谷的杆子鼓噪。他们是否会给官军勾引去,我不知道。纵然他们不投官军,官军也会趁机来攻。万一官军从这一路攻进来,咱们在商洛山中的大势就不可收拾啦。大峪谷原驻有我们三百五十个人,李友率领一百五十个人去石门谷同杆子驻扎一起,还余下二百人,缺少一个得力的人去率领。你立刻前去,率领这二百人马凭险死守,等候我的命令。倘若万一杆子哗变,投降官军,引着官军从这条路上进犯,你就是死在那里也不许后退一步,失掉关口。当地穷百姓跟咱一心,痛恨官军,他们会帮助守寨。”

双喜回答说:“爸爸放心。只要孩儿不阵亡,大峪谷决丢不了!”

“好,军令无私亲。倘若失了大峪谷,你不要活着见我!”

打发双喜走后,李自成命张鼐暂代中军,留在老营,然后不顾自己的身体多么困乏,立刻带着亲兵们上马出寨,奔往清风垭去。

黑虎星在清风垭留下的三百弟兄,见闯王派人送来犒劳的猪、羊和烧酒,又听老营的来人说黑虎星给闯王带口信说日内即回,异常振奋。李自成亲自来到,大家简直欢喜得像要发狂一般,连带病的也扶杖奔来，拥拥挤挤地把闯王包围起来。闯王进到屋中坐下，大家就拥挤门口，有看不清楚的就拼命往前挤。人们纷纷向闯王问好，也向闯王问李过的好。因为李过同黑虎星是结拜兄弟，是李过引他们来投闯王，走上正路，所以这里的大小头目和弟兄对李过很有感情。听闯王说李过的病快好啦，大家特别高兴，请求闯王将李过派来这里坐镇。闯王来不及一一回答，只好笑着频频点头。几个大头目怕闯王嫌大家不懂规矩，又怕妨碍闯王谈话，连着三次叫大家散开，大家才陆续离去。一群大小头目都向闯王表示，他们宁肯上刀山也要留在闯王的大旗下决不离开。闯王说这清风垭是从智亭山过来的一道重要门户，勉励他们加意防备。人们把他留下吃晚饭，用大盆子猪、羊肉款待他。大家知道他平素不喜饮酒，且是久病初愈，并不勉强，却对他的亲兵们着实劝了几杯。正在欢饮中间，忽然小将张鼐从老营派一名弟兄飞马来到，说有紧急事，请闯王即速回去。闯王心中大惊，但并不问出了什么事，也没有马上起来，而是用满不在乎的口吻说：

“蹲下喝酒吧，急什么！横竖不过是商州的官军已经出动，屁大的小事情，早在我的意料之中，也值得派人来请我回去！”

又待了一会儿，他困乏地打个哈欠，对大家告辞。大家把他送出寨门，恋恋不舍。闯王再三慰勉，才同亲兵们上马而去。约摸走了半里远，他才向来人问道：

“是什么紧急事儿，你知道么？”

“听说驻扎在石门谷的杆子都哗变了，把李友包围在一座庙里，正在攻打。”

闯王厉声问：“这消息确实么？”

“确实。是王长顺从石门谷逃回来报的消息。”

“长顺回来了？”

“他逃出石门谷的时候，左臂上中了一箭，腿上也挨了一刀。幸而马快，冲了出来。流血过多，如今在老营躺着不能动。跟他一道去的三个运粮弟兄，十匹骡子，都没有逃回来。听他说，他还砍死了几个人。”

“吴汝义呢？”

“我没听说吴中军的消息，不知道。”

李自成一直担心的事情果然出现了。他没有再问别的话，只对前边的亲兵说一句：“把马打快！”路上他遇见一群一群开往白羊店去抵御官军的百姓义勇，有的拿着兵器，有的拿着打猎用的弓箭、鸟铳和三股叉，有的扛着锄头，同时腰里别着砍柴用的斧头或砍刀，还有的拿着冲担和白木棍子，形形色色，样样都有。因为山路窄，李自成一行人时时得勒马路边，让他们走过。马世耀带着几个亲兵骑马走在义勇队伍的后边。他显然已经知道了石门谷发生的事情，当他遇到自成时，在马上叫声“闯王！……”但自成不等他说下去，小声问：

“杆子哗变的事你知道了么？”

“我临离开老营时听总管说了。”

“你听说吴汝义的下落么？”

“没有听到。”

“你带的这些老百姓可知道这个消息？”

“都还不知道。”

“你们不要走漏消息，记清！”

马世耀和几个亲兵同声回答：“是！”

离老营十几里远的时候，又有两个弟兄飞马迎来，其中一个是吴汝义随身带去的亲兵，从石门谷逃回来。张鼐派一名弟兄同他一起来迎接闯王禀报。自成不等吴汝义的亲兵开口，问道：

“吴汝义现在哪儿？”

“禀……禀闯王，他……他被杆子们捆起来了，如今不知死活。我是……”

“李友的情形怎样？”

“他带着手下百把人给围在一座庙里。”

“那座庙能守住么？”

“我不知道。听说庙里没有井，怕守不多久。”

李自成勒马冲到亲兵的前边去，在乌龙驹的臀部猛抽一鞭。乌龙驹腾跃起来，随即向老营的山寨飞奔而去。月色下群山寂静，愈显得这一小队马蹄声响得紧急。

第六章

自从黄昏时王长顺逃回老营,老营山寨的气氛就变得十分紧张,但对吴汝义的前去石门谷进行安抚还抱着不少希望。大家想着,杆子头领看见闯王的中军持他的亲笔书信抚慰,总可以心中服帖,将大事化为小事,小事化为无事。谁知不过一顿饭时候,吴汝义的亲兵逃回一个,报告闯王的书信被当场撕毁,吴汝义被杆子扣押,四个亲兵当场被杀死了两个,一个被捆绑起来,一个侥幸骑马逃回,身上负伤。老营的将士们到这时完全明白:事情已无可挽救,剩下的只有动武了。

老营中群情激愤,谈论着石门谷的杆子哗变,咬牙切齿,恨不得将他们斩尽杀绝,以示严惩。在极度愤怒中,大家也看见商洛山中的局面更加危险。石门谷出了变故,面向蓝田的大门已经敞开。倘若峣关和蒉山的官军闻风前进,招纳叛贼,占领石门谷,乘胜进攻大峪谷,李双喜身边只有二百弟兄,很难久守。目前,对大峪谷必须增援,沿途还有几道险关一向缺少守军,也必须立即添人把守。可是老营并没有多的人员,仅剩下的一点人马和孩儿兵必须留下来防护老营,对付宋家寨的进攻,必要时还得增援野人峪。总之,老营中一些有经验的将士都看得出来:由于石门谷的杆子哗变,大局突然变化得不易收拾,义军能不能再留在商洛山中,两天内就要见分晓。

张鼐奉闯王命暂代吴汝义做中军,如今总管任继荣也不在老营寨内,他是寨中惟一的负责首领。向王长顺问明白发生的事情之后,他把长顺留在老营医治,不许老营人员将石门谷的事告诉寨中百姓,同时派人骑马去清风垭向闯王禀报,还派人到大峪谷见双喜，诡称闯王就要派人马前去增援，以稳定双喜手下的军心，并要双喜将吴汝义到石门谷以后的情况赶紧探明，飞报老营。因为高一功、田见秀和李过都在病中，刘宗敏昨天骑马劳累，今天身子很不舒服，可能劳复，所以张鼐决定暂时把这个重大消息瞒住他们，等待闯王回来再说。不过老神仙正在刘宗敏处，张鼐却派人去请他回来，这是因为在张鼐看来，这位老人不仅是一位能够起死回生的外科医生，也是久经战场、胸有韬略的非凡人物，可以帮闯王想些主意。老营总管因帮助刘体纯的撤退，黄昏前亲自往野人峪去，也被张鼐派飞骑前去请回。为着应付非常变故，也为着闯王回来后会有所派遣，张鼐下令老营中所有能够打仗的人员和孩儿兵立即做好战斗准备，在老营大门外集合待命。

当吴汝义的亲兵逃回老营时，老营中已经做好了战斗准备。张鼐估计闯王已在回来的路上，便派一名小校带着吴汝义的亲兵过麻涧迎接闯王。他趁着尚神仙和总管尚未回来，在寨中巡视一周，然后回到老营，等候闯王。为着对手下人表示镇静，他也模仿闯王样子，坐在灯下写大字。当笔画用力时，他紧闭的嘴唇和颊上的小酒窝都随着笔画在动。他一边写仿，一边想着闯王回来后会用什么办法来解救当前危机。想来想去，他认为闯王可能采取的惟一有效办法是趁着商州和武关的官军尚未大举进犯，连夜派老营的全部人马，包括孩儿兵在内，飞驰石门谷，给杆子一个措手不及，将叛变镇压下去，救出李友和吴汝义，使后路门户不落入官军之手。他又想，闯王一则身体尚未复原，二则需要坐镇老营指挥全局，那么派谁领兵去石门谷呢？想来想去，想着目前老营无人，十之八九会派他领兵前去。平日他只恨没有机会让他独自领一支人马冲锋陷阵，建功立业，为闯王效命疆场。如今这机会突然来到，他的心中是多么的激动和兴奋！他写完一张仿，就按照平日惯例，在大字中填写小字。他太激动了，直觉得热血沸腾，重复地写着“杀”字，仿佛他正在驰马冲阵，舞剑杀敌。他不觉把笔放下，拔出腰中宝剑，在灯下看了又看，想了又想，几乎忍不住跳起来到院中舞它一阵。过了一阵,他的心头稍微冷静一点,继续想道,倘若他能独自率领一支人马去石门谷镇压叛乱,救出李友和吴汝义,杀败官军从峣山的进犯,也不枉闯王和高夫人几年来把他待如子侄,用心教导。

他正在想着去石门谷打仗的事,忽然从大门外传来两个人的争吵声音。他立刻叫亲兵去看看发生了什么事情。亲兵看过后回来禀报:是两个头目在互相说笑话,争论谁的马好,声音不觉大了一点,并非真的争吵,现在已经住口了。张鼐把眼睛一瞪,说:

"把他们带进来!"

两个小头目给带进来了。他们都是老八队的老弟兄,眼看着张鼐长大的,所以站在张鼐面前并不感到害怕,眼睛笑眯眯的,心中不高兴地说:"这孩子,才几天不流鼻涕,就摆起将爷身份啦。"张鼐看见他们脸上带的那种满不在乎的神气,心中更不舒服,问道:

"你们知不知道犯了军律?"

两个头目看见张鼐的脸色严峻,问话的口气很硬,感到不妙,互相望一眼,但仍然带着老行伍的油滑神气,笑嘻嘻地分辩说他们是闲谈谁的马好,并没吵闹。张鼐把桌子一拍,大声说:

"还敢强辩!倘若是闯王和总哨刘爷叫你们站队,你们敢随便大声说话么?倘若是高舅爷和我补之大哥叫你们站队,你们敢如此目无军纪么?你们今晚违反的不是我张鼐的军纪,是违反了闯王的军纪。按军纪本当重责不饶,只是念你们都是老八队的旧人儿,随着闯王多年,且系初犯,打你们每人五军棍,以示薄惩。倘敢再犯,定不轻饶!"他向亲兵们一摆头:"拉到大门外,当众各打五棍!"

两个头目脸色大变,不敢求饶,只好随着张鼐的几名亲兵到大门外当着众人受刑。挨过打以后,他们重被带到张鼐面前,垂手而立,不敢抬头,更不敢嬉皮笑脸。张鼐问道:

"你们还敢违反军纪么?"

他们齐声回答:"回小将爷的话,不敢!"

“好，下去休息！只要你们知过必改，作战立功，我一定禀明闯王，按功奖赏！”

“是！”

两个头目走后，张鼐的亲兵头目对他们的背影看了看，回头来对张鼐小声说：

“这两个宝贝平日喜欢卖老资格，吊儿郎当，连吴中军都不好多管他们。刚才每人打五棍子实在太少了，至少打二十棍子才能压压邪气。”

张鼐把眼一瞪：“你嘀咕什么？不应该你说的话你莫多嘴，给别人听见了成什么体统！”停一停，他又说：“如今一个人顶十个人用，把他们打重了还能骑马打仗么？死心眼儿！”

过了一阵，他想着闯王一时赶不回来，老让大家站队等候会平白地消耗精神，于是又下道命令，要大家都到老营旁边的草地上休息，但是人不许解甲，马不许卸鞍。这道命令下了不久，老医生和总管同时回到老营了。

尚炯和任继荣是在老营山寨附近的路上遇到的。继荣先知道石门谷的消息，悄悄地告诉医生。他们很担心闯王和高夫人都没在家，李过和高一功卧病在床，老营无主将，会出现一片慌乱景象。等他们到了寨门外，只见寨上肃然，寂无灯火，也没有一点纷乱的人语声，但闻打更人的木梆声缓慢而均匀，不异平日。他们不禁诧异，同时也放下了心。叫开寨门进去，他们看见不但秩序如常，反而更为肃静，越发觉得诧异，但是也不约而同地在心中说：“张鼐这孩子，真是少不更事[①]！在这样要紧关头，还不赶快吩咐弟兄们做好打仗准备！”他们正在心中责备着，已经来到了老营附近，看见足有两百名弟兄都在月光下的草地上休息，有的坐着，有的躺着，静悄悄的。他们还看得很清楚，弟兄们都不解甲，马也没有卸鞍。总管不觉向医生瞟了一眼，而医生的眼角流露出别人看不见的欣慰

① 少不更事——年少没阅历，没经验。

笑意。

一见医生和总管进来，张鼐就迎着他们，干脆扼要地说："石门谷的杆子哗变了，李友给围在庙里，吴中军给他们绑起来，死活难说。我已经派人去清风垭禀报闯王，他得到消息会马上赶回。如今大小将领们不是去抵御官军，便是在害病，弟兄们也剩的不多。请你们赶快想一想应该怎样办，等闯王回来时好帮他拿定主意。"

尚炯问："王长顺的伤势如何？"

"他的伤你老人家不用操心，已经有你的徒弟替他上药啦。"

任继荣在草墩上坐下说："怕的背后冒烟，果然就背后起火！操他八辈儿，吴汝义是闯王的中军，又带着闯王给他们的亲笔书信，他们竟然连他也绑了起来，还有啥说的，除掉动武没有第二个办法！他们无义……"

他的话没有说完，忽然看见一个人提着宝剑，穿得很厚，旁边有一个弟兄扶着，走进二门，就不再说下去了。随即看清了是吴汝义的兄弟，他问：

"汝孝，你怎么起床了？"

吴汝孝走进上房，喘着气说："我听说石门谷出了事，我哥生死不明，想来问问怎么办。老营人马少，各家亲兵还可以集合二三百人。没有人率领，我情愿带病出征，收拾这班杂种。要是张鼐兄弟去，我情愿听从指挥。"

张鼐马上说："我当然去，当然去。"

"好，有种！不怪闯王和夫人把你当亲儿子一般看待！"吴汝孝转过头去对扶他来的那个亲兵说："快回去，叫咱家的亲兵们立刻披挂站队，准备出发，病不要紧的一概出战！"

这个亲兵回答了一声"是！"转身就走。老神仙正要劝吴汝孝回家休息，忽然一群人拥了进来。他们全是害病很久的将领，最近虽然病已好转，但还在休养中，不能劳累。谷英走在前边，一窝蜂似的来到上房。有的挤不进来，就站在门槛外边。老神仙从椅子上跳起来，慌张地挥着手说：

“你们是病得不耐烦了,存心同身体打别扭还是怎的?夜深,秋风已凉,好人还怕感冒,你们带着病拥到这里,明天一个个发起烧来怎么办?难道你们苦水还没有灌够么?”

谷英大声说:“火烧着屁股了,谁还能像没事人儿样在床上挺尸!趁闯王没回来,咱们大家先商量怎么打仗;等他回来时,问起咱们有什么好主意,免得这个一言,那个一语,忙中无计,耽搁时光。”

“对!对!大家赶快商量!”许多声音同时乱嚷。

总管向大家说:“家有千百口,主事在一人。难道咱们老八队如今成了没王蜂么?石门谷这股邪火,闯王当然要马上扑灭,可是到底怎样用兵,派谁前去,他心中定有主见。咱们在一起瞎嚷嚷,能够代替他决定大计么?老哥老弟们,大家赶快回家休息,劳复啦可不是玩的!”

人群中一个瓮声瓮气的声音说:“什么劳复不劳复!逢到这样时候,我宁死在战场上,也不死在床上!”

谷英又大声说:“老任,你别给我们吃定心丸,叫我们回家去。如今兵没兵,将没将,我们这群人不来保闯王谁保闯王?闯王纵有妙计,他一只手怎能把一千多杆子娃儿们镇压下去?再者,只要大家想出好主意,闯王没有不采纳的。每次军事会议,他都是听着大家说话,只要有好意见他就采纳。”

人群中那个瓮声瓮气的声音又说:“我的意见是赶快把各家的亲兵都集合在一起,三更造饭,四更出发。大家说行不行?”

一片声音回答:“行!行!……”

张鼐兴奋得脸孔涨红,说道:“总管,尚老伯,大家的主意是马上集合各家亲兵,你们看怎么样?要是谷大叔能够领队前去,我愿意做他的副手;要是谷大叔的身体不行,我自己领兵前去。”

谷英嚷道:“小鼐子,我身体怎么不行?我要是不能去,难道我是来这里放空炮么?咱俩一同去,没二话。带领人马打仗,你谷大叔到底比你多吃几年饭。”

人群激动起来，一片声地催促快决定。忽然一个体格魁伟的青年和一个腰挂绿鲨鱼鞘宝剑、浓眉大眼、英气勃勃的少年挤过人堆，进入上房。那位青年是高一功的亲兵头目，向总管和老医生急急地说：

"我家将爷还不知道杆子哗变。他很不放心石门谷。刚才他醒来，问我石门谷有没有什么消息。我不敢对他说出实情，只说那里平静无事。我说，我说……"

医生截住说："你瞒住他很好。快回去吧，不用往下多说了。"

"我没有说完。我跑得太急了，让我喘口气。……我说，我们全家亲兵除下害病的还有十五个人，大家商量决定：留下五个人在家，其余十个人已经悄悄披挂，马上就牵着马匹来到老营。有两个在养病的弟兄也要跟我出战，我不许他们动。"

人群中纷纷叫好，还说："不愧是高舅爷的亲兵！"称赞声还没绝口，那位英气勃勃的少年趋前一步，童音琅琅地说：

"总管、尚爷爷、小鼐爹，我爸爸已经知道杆子哗变的消息，命我把家中的十八个没害病的亲兵带来老营。不管我闯王二爷派谁领兵去石门谷，我都听从指挥，与贼决一死战。我爸爸还说，我若违反军纪，该斩则斩，该打则打，请千万不要轻饶。"

张鼐伸手抓住少年肩膀，大声叫道："好啊，小来亨，真有出息！"

谷英接着说："不愧是将门之子！"

人群不住称赞李来亨，形成一片啧啧和嗡嗡之声。老神仙被大家的赤诚忠心感动得满眶热泪，鼻孔发酸，忘掉了他应该劝众病号回家休息，猛然把脚一跺，大腿一拍，大声说：

"事到如今，只有赶快镇压叛乱才能够保住商洛山。等闯王回来，我同你们一道上阵！"

他的话音刚落地，有人在二门外叫着"闯王回来了！"同时一阵纷乱的马蹄声来到了老营门外。大家嗡一声转过头去，让开中间一条路，等候着闯王进来。

当李自成在路上乍听到石门谷事件以后，心中怒火高烧，恨不得把老营中所有能够出战的将士，包括孩儿兵和各家亲兵，立刻集合起来，由他亲自率领，连夜出发，马踏石门谷，痛惩无义贼。他还想过，趁官军尚未进攻，立刻改变作战方略，从白羊店暗暗抽回一半人马，先扑灭石门谷的叛乱，再回头对付官军。但是一路上他反复考虑，愈考虑愈觉得使用兵力去平乱是个下策。那样办，第一，在时间上会迟误；第二，会使石门谷的杆子更容易被官军勾去；第三，白羊店一旦空虚，会给郑崇俭可乘之机；还有第四，在目前宋家寨与官军勾结好要袭取老营的情况下，老营的人马一个也不能调开。想着想着，他完全放弃了刚才的打算，另外想别的主意。直到他进了寨门，新主意尚未想出，只是他的心情已经冷静下来。

回到老营的大门外，自成看见草地上有一支人马整装待命，一部分将领家中的亲兵也已集合，而且仍在陆续赶来。他没有看见孩儿兵的队伍，但是在苍茫的月色中看见全身披挂的小罗虎急急地向老营的大门走来。他刚跳下马，罗虎已经来到面前，神气英武，口齿流利地说：

"启禀闯王，童子军[①]早已奉命准备停当，随时可以出战。"

"奉谁的命？"

"奉代理中军张鼐哥哥的命。"

"你现在来做什么？"

"听说各位将领都带病前来请战，我也来老营请战。"

李自成没有说话，大踏步走进老营。一进二门，看见上房门里外果然挤满了带病的将校，群情激动地等候着他的归来。他的情绪突然沸腾起来了。用兵力去扑灭叛乱的念头又一次在脑海中盘旋。他进了上房，转身对着大家，一手按着剑柄，没有马上说话，愤怒和杀气腾腾的目光在大家的脸上慢慢地扫了一转。人们以为他就要下令出征，屏息注目，气氛十分紧张。可是他迟迟不做声，又

① 童子军——"童子军"一词是官称，"孩儿兵"一词是昵称，也是俗称。第一卷第八章已经提过孩儿兵的旗上是"童子军"三字。

用眼睛把大家扫了一遍。当他的眼光同吴汝孝的焦急的眼光遇到一起时，他赶快回避开了。谷英见他不说话，趋前半步，大声说：

"闯王，事不宜迟，请赶快下令吧！"

吴汝孝跟着说："请快下令，我也要带病前去！"

许多声音同时请求："请赶快下令！"

自成明白，在这千钧一发的危险时刻，一步棋走错就会全盘输掉，所以他尽管非常愤怒和激动，却不肯马上下令。他向大家挥挥手，竭力用平静的声音说：

"都不要急。我马上就要下令。你们都到厢房去，等候命令。"

人们大部分都拥向西边厢房，只有谷英和少数几个将领退出上房后不肯离开，站在天井中等候。吴汝孝连上房也不肯离开，等闯王又向他挥挥手，他才出去。如今上房中除闯王自己外，只剩下总管、医生和张鼐。闯王向他们看了看，然后单向总管和医生问道：

"你们看应该如何决定？"

任继荣回答说："事到如今，别无善策，少不得同他们动动刀兵。只是，咱们老营的兵数太少，必须立刻从白羊店调回几百精兵才行。"

闯王转向医生，用眼光催促他发表意见。

老神仙慢慢地说："倘若能不用武，当然是最好不过。只是我一时想不出不用武能够平定叛乱的上策。"他稍微低头沉吟一下，又抬起头来说："闯王，是不是可以这样办：你一边调兵，我一边先去石门谷走一趟？"

闯王的眉毛一耸，眼睛里闪出疑问的神色，但未做声。医生望望他，觉得自己的主意可能被采纳，接着说：

"吴汝义毕竟年轻，也许怪他没有把你闯王的意思说圆，自己先动火，把事情弄崩了。我去一趟，用好言抚慰，说不定会使大事化为小事。"

"……"

见闯王慢慢地转着眼珠盘算，仍不做声，医生又说："半月前我去石门谷看病，在那里住了几天，同几家杆子的大小头目都见过面，也治好了不少人。不说他们得过我的济，只凭我是你闯王的好朋友，又有这一把花白胡子，在全军中还受尊敬，说出话来也许能打动他们。"

闯王摇摇头说："不，没有多大把握。我不能既丢掉李友和吴汝义，又把你老神仙赔了进去！"

李自成说过这句话，背起手来，脸色铁青，紧闭嘴唇，低着头，慢慢地走来走去。尚炯和自成的亲信将领们都知道，从前每次逢到较难解决的大事，他如果不同意别人的意见，总是这样焦灼地低着头走来走去，走过一阵之后准定会拿出新鲜主意，立刻就霹雳火闪地行动起来，决不迟延。如今看见闯王的这种神情，站在屋内屋外的人们都肃静地望着他，等候着宣布决定。除了闯王的轻微而缓慢的脚步声音外，什么声音也听不见。那些在西厢房中等候的人们知道这种情形，也登时哑默静悄了。当闯王转身时，不知怎的，他腰中挂的花马剑哗啦一声蹿出来三寸多长，随即吧嗒一声落进鞘中。李自成自己没注意，继续在边走边考虑问题。可是这件极其偶然的小事竟使别的人都吃了一惊，认为这是他要亲自出征和手斩叛逆的先兆。尤其是谷英等几个站在上房门外的将领，他们不经常随侍闯王身边，只听到军中传说闯王的花马剑"通灵"，夜间拔出来，往往有一道异光上射斗、牛之间，凡是懂得望气①的人们都能看见，而往往在闯王要亲自出战或有刺客来近之前，这把花马剑会连着发出啸声，还会跳出鞘外。如今这个偶然小事件使他们不能不暗暗地兴奋鼓舞。

尚炯的建议虽然被闯王拒绝了，但是这个建议却给了李自成一个启示：打算自己单身前往，不动一枪一刀而平息叛乱。这事自然要冒风险，倘没有太大把握，不但去了白搭，反而他自己有性命

① 望气——我国很古的一种迷信，在《史记》中已有记载。这种迷信是观望云气以定吉凶征兆。

危险，甚至会被叛贼出卖给官军，换取高官重赏。总之，此一去，成则可以救出吴汝义、李友以及一百多个弟兄，可以使商洛山中全盘棋危而复安，不成则不堪设想。在很长一阵，他在心中反复盘算，估计此去究竟有多大风险和多大把握。有时他想丢掉这个新主意，但是这个新主意很有吸引力，实在丢不掉。在他幼年读私塾时候，他常听先生同别人谈到米脂县郭王庙①的来历时，讲起郭子仪单骑见回纥②的故事，深深地印在他的脑海里，使他多年来对这位有名的古人十分钦敬。崇祯八年正月间向凤阳进兵时，路过颍州，在一个大乡宦③的府第中盘了一宿，弟兄们拿家具和字画烤火，被自成看见，随手拾起一件，打开一看，是个手卷，上边画着许多人物和战马，似是番王和番将打扮的一群人向一个老将下跪，而这位老将去掉铜盔，露出白发。画上题着“免胄图”三个较大的字，用较小的字又题着“仿龙眠山人④笔意”。画家没有落款，只有两方图章。他不识篆书，所以不知道画家是谁，只见纸色古老，装潢十分讲究，想着必是出自名手。在灯下看了很久，他恍然明白这画的正是郭子仪单骑见回纥的故事。他把手卷交给一名亲兵放在马褡子里。后来这个亲兵同战马一起阵亡，画也失去，但是画中郭子仪的英雄气概却常常浮现在他的眼前。现在当他盘算着是否可以不动刀兵平息石门谷的叛乱时，不由地又想起来郭子仪的故事，得到不少鼓励。他仔细想了几股大杆子的内部情形，良莠不齐，更不是坐山虎一个人说了算数。不但窦开远和黄三耀为人比较正派，平日对部下约束较严，同坐山虎是两条路上的人，而且那个自号铲平王的丁国宝虽然只同他见过一面，也给他留下了比较好的印象，不应该死

---

① 郭王庙——在米脂县北城外，旁有大石，上刻“大富贵，亦寿考”六字。民间传说，郭子仪做天德军节度使时，一日单骑出巡，在此地遇见仙女。

② 单骑见回纥——唐代宗永泰元年（公元765年）吐蕃与回纥（hé）等部族受唐朝叛将仆固怀恩勾引，大举入犯，长安大震。郭子仪统兵防御，知众寡不敌，难以力胜，遂亲自单骑至阵前面晤回纥可汗之弟，劝说他与唐修好，攻击吐蕃，大获成功。吐蕃闻之夜遁。

③ 乡宦——官僚解职后回到故乡，称做乡宦。

④ 龙眠山人——李公麟，字伯时，晚年居龙眠山庄，自称龙眠山人。他是北宋有名的画家，并擅长金石文字，也是诗人。

心塌地跟着坐山虎叛变。他也不相信,坐山虎手下的几百人都跟坐山虎一样不可救药,其中必有不少愿意回头的人,只是在坐山虎的挟持下没有办法。此时李自成还不知道坐山虎已经同蓝田的官军搭上了手,但是他猜想到这个坏蛋既然挟众鼓噪叛变,必然会投降官军。反复思忖,他认为必须抢在官军进攻石门寨和坐山虎攻破大庙之前赶到,用霹雳手段将叛乱镇压下去,除掉坐山虎及其亲信党羽,使石门寨危而复安。想着那些杆子的内部情形,也想了自己平素同众家杆子的关系,以及自己的威望等等,他下定决心了。他停住脚步,转身对尚炯和总管说:

"这么办吧……"

他的话刚开头儿,双喜的一名亲兵匆匆地走进老营,直到上房的门槛外边站住。这个亲兵名叫王铁牛,才只十六岁,聪明伶俐,不久前从孩儿兵营中提出来跟随双喜。他睁着一双水漉漉的大眼望着闯王,急急地说:

"禀闯王,双喜小将爷差我来禀报军情:现今杆子们仍在围攻李友将爷,庙中无水,情势十分危险。吴中军给叛贼关在一间小屋里,尚未被害。杆子们扬言说:要等龟孙们攻破庙院,擒住李友将爷,拿他和吴中军的头祭奠给李友将爷杀死的杆子头目。"

闯王问道:"这些消息确实么?"

"回闯王,这些消息是吴中军的一个亲兵向双喜小将爷禀报的,十分确实。"

"这个亲兵在哪里? 他怎么逃出虎口的?"

"听他说,他暗中挣断绳索,一脚将看他的贼兵踢翻,夺得一把宝剑,又夺了一匹战马,逃出山寨。双喜小将爷见他身带重伤,将他留在大峪谷,派我回来。"

"难道窦开远和黄三耀也在围攻李友么?"

"听吴中军的亲兵说,他们两人不肯叛变,可是黄三耀卧病在床,窦开远一个巴掌拍不响,手中兵力弱,压不住众家杆子。挟制众人哗变的是坐山虎刘雄,给李友将爷杀死的是他的把兄弟,也是他的二驾[1]。”

听了王铁牛的禀报，李自成更加决心立刻去石门谷，免得大庙被攻破了局面将变得不可收拾。他吩咐铁牛出去休息，但马匹不要卸鞍。随即，他望着谷英说：

“子杰，叫大家都来吧。”

所有的将校立刻拥挤在上房门口。罗虎和李来亨也站在人堆后边。大家想着闯王决定要讨伐杆子，所以都竭力向前挤，把一部分人挤到门槛里边。李自成用冷静的声调对大家说：

“我已经有了平定叛乱的好办法。你们都安心回去休息吧。”

吴汝孝说：“闯王，派什么人前去平定？”

“我自己去。”

“部队呢？”

“自然有部队。”

“部队在哪里？从南边抽调么？”

“部队在石门寨的大庙里，也在众家杆子里。”

“闯王！你带的人马少了不行，还是叫我们带着各家的亲兵都去吧。”

众将校纷纷嚷嚷，请求同去。罗虎着了急，加上李来亨推了他一把，他就从人群背后踮起脚尖高声请求：

“闯王，孩儿兵早已准备停当，愿意前去！”

对众将校和罗虎的慷慨请战，自成十分感动，但是他胸有成竹，对大家挥手说：

“都不要再说了，我做主帅的自有安排。都走吧，安心休息！”

众将校后退几步，站在天井里不肯走开。自成明白，倘若大家不离开老营，他就别想单独往石门谷。想了一下，他走到门口，重新把手一挥，说：

“都快回去，在家稍等片刻，听我的命令行事。”

[1] 二驾——杆子的副首领。

众将校不敢违令，开始纷纷退出，各回自己的窝铺去等候命令。罗虎和来亨互相使个眼色，手拉手躲到天井角落的黑影中，不肯走开。谷英原来是站在众将的最前边，退出时反落在最后。尤其是他心中疑惑，故意把脚步放慢。当他的一只脚刚跨出二门门槛，忽听闯王叫他一声："子杰，你回来！"他答应一声"是！"立即转身走回到上房门口。闯王又望着黑影中问：

"那是谁还没有走？"

"是我！"罗虎和来亨同时回答。见闯王并不赶他们走，他们大着胆也回到上房门口。

老神仙走前一步说："闯王，派什么兵将去平定叛乱，事不宜迟，就请你火速下令。不过你的身体受不住劳累，决不可亲自前去。"

闯王果断地回答说："不用兵将，我单独去见见那些哗变的杆子头目和弟兄，叫他们不要跟着坐山虎胡闹，斩邪留正，救出李友，守住石门寨，打退官军进犯。"

"你……？"

不仅老神仙骇得张口结舌，说不出话来，所有站在他周围的人们都骇了一跳，目瞪口呆。闯王接着说：

"如今官军势强，数路围攻，加上……"他本来要说出宋家寨已经同官军勾成一气，但不愿使罗虎和来亨这两个孩子过早知道，说到这里顿了一下，接着说道："郑崇俭亲自到桃花铺督战，咱们万不能等闲视之。老营的这一点看家本钱决不动用，白羊店的兵将更是一个也不能抽调。石门谷的事，兴师动众去剿杀是下下策，何况咱们目前也没有人马可派。即令我手头有人马，我也不能那样做。要是派人马前去剿杀，恐怕他们远远望着旗帜飘动，不但会先把子宜杀害，也要拼命攻破庙院，使李友和一百多弟兄们一个不留。我想来想去，只有我单独前去处置，才是上策。"

任继荣慌急地说："闯王！你千万不能去！他们扣留了吴中军，撕了你的亲笔书信，十分无情无义。你独自去，万一有个好歹……"

闯王说:"我对他们许多人无冤无仇,就是坐山虎手下的弟兄们也定非一鼻孔出气,铁了心都干坏事。只有我亲自前去,才能够相机处理,以正压邪。"

尚炯恳求说:"闯王,你千万不要急,三思而行。现在不如派我先去看看,等我回来后你再去不迟。"

"不,子明!那样,不是把你扣留,就会耽搁时间,不等我们平定叛乱,峣岭的官军就会杀了进来。"闯王转向院中叫道:"李强,准备动身!"

谷英大声说:"闯王,你决不可冒险前去,还是派我同张鼐率领老营的人马去平定叛乱为是!"

张鼐跟着说:"派我们去吧!派我们去吧!"

闯王喝道:"胡说!别说目前万万不能对他们用武,即令我同意你们用武,你们带领两三百人去能平定叛乱么?"

张鼐回答说:"我们能!万一不能平定他们,死我一百个张鼐也不足惜,只要你不落到龟孙们手里就行!"

闯王又神色严厉地问:"你们去同杆子厮杀,峣岭的官军乘机杀来怎么办?这局面你们可曾通盘想过?"

谷英扑通跪下说:"闯王,不管怎样,我宁死也不让你亲自去!"

张鼐、罗虎和李来亨都一起在他的面前跪下,恳求他不要单独前去。闯王连连顿脚,摇头苦笑,不理他们,吩咐总管快给他取四百两银子带上使用。任继荣见谷英和张鼐等劝不住,自己也赶快跪下说:

"闯王,如今想同他们和解已经迟了。你单独去凶多吉少,请千万三思!"

闯王大怒,一脚把来亨踢翻,大喝一声"滚开"!接着说:"谷英、张鼐、总管、罗虎起来听令!"

跪下的人们都只好起来,垂手肃立。李自成把他们看了看,先对谷英说:

“子杰,我知道你的身体很虚弱,还不如我。可是我手边没有旁人,只好要你随同出发。你快回去,挑选五名亲兵带在身边,其余的留给老营。”

谷英听完命令,满心振奋,说声“遵令!”转身离开。尽管他是大病初愈,尚在将养,却浑身提起劲来,迈开大步走出老营。闯王随即望着罗虎说:

“不到万不得已,我不肯使用你们孩儿兵。如今王吉元带了二百弟兄扎在射虎口,力量单薄。你马上带领一百五十名孩儿兵悄悄出发,到射虎口和野人峪之间的深山密林中埋伏起来。在射虎口东南二里处有一个山洞,洞口有一个小庙,还有泉水,你们就潜藏在那个洞中。白天做饭不许冒烟,晚上不许露出火光。万一有打柴的或打猎的老百姓瞧见你们,你们就把他留在洞里,免得走漏消息。两三天以内就会用上你们,到时候王吉元会传达我的命令。”自成停了一下,又嘱咐说:“这地方不能骑马作战,你们把战马都留在寨里,每人除弓箭和短兵器之外,再带一杆长枪。另外,你们要带去十几把斧头,多带一些麻绳,到时候很有用处。余下的孩儿兵由小四儿统带,归张鼐指挥。趁现在半夜子时,火速出发,不要迟误!”

罗虎赶快走了。虽然他明白闯王交代他的事十分重要,但是因为他不能跟随闯王出征,又对闯王去石门谷很不放心,所以临离开闯王时禁不住热泪满眶。闯王又接着对张鼐吩咐:

“现在的局面你很清楚,用不着我多说。你要小心守寨,不可疏忽。速速传令:各家亲兵凡能作战的,三个抽两个,限天明到老营报到,听中军指挥。你已经不是小孩子,所以我把这一副担子交给你,凡事不要大意。还有,你立刻派亲信妥当人去告诉王吉元:一旦宋家寨的人出动,诸事依计而行,不得有误。”

三年来,每逢闯王亲临战阵,同官军白刃相交,矢石如雨,张鼐总是同双喜紧跟在闯王身边,生死不离,而现在闯王冒着极大的风险前往石门谷,却把他留在老营。听了闯王的吩咐,他的一双大眼睛滴溜溜地望着闯王，不肯离开。他竭力要镇静自己，要再一次提出来他要与闯王同去的恳求，但是他不能镇静，而且喉咙壅塞得说不出话。当闯王又用眼色催他离开时，他鼓足力气，急急慌慌地吐出几个字：

“闯王，你让我……”

闯王把眼睛一瞪：“什么?!”

“请你让我跟着你。让我带五十名骑兵跟着你……”

闯王厉声喝道：“胡说！走，快出去办你自己的事！”

张鼐不敢再说话，噙着两眶热泪走了。李自成立刻叫总管把银子取来，并预备三十个人的两天干粮和三十匹战马的两天麸料，又嘱咐说：

“张鼐年幼，凡事你多操心。我给总哨刘爷留下一封书子，等天明后你亲自送去，请他来老营坐镇，指挥一切。宋家寨的事他已知道，将来一旦……”说到这里，闯王凑近总管的耳朵咕哝几句，然后接着说：“老营要紧，请刘爷多多在意，依照我的计策行事。你还告诉他：我留下张鼐这一支人马做看家本钱，千万不能调离老营。”

老神仙见闯王亲自去石门谷已经是无法劝阻，他等闯王把几道命令下过后，说道：

“自成，既然你坚决要亲自去石门谷，我跟你一道去吧。至少，你身体有什么不好，我能够随时照料。我同你也算是生死之交，请你答应我这个请求。”

自成望着他犹豫片刻，摇头说：“不，你不用去。白羊店那里更需要你，你去明远那里吧。”

“不，自成。那里好歹已经有两个医生，我不去也可以。去冬你去谷城是我陪你去的。今日你去石门谷，要比去谷城会张敬轩危险十倍。你用脚踢我我也要随你同去。如果杆子们对你下毒手，我活着也没意思，就同你死在一道！”

“你说的什么话？……我不要你去！”

“闯王，自成！我这么一把长胡子，你难道还要我跪下去恳求么？好，我给你跪下！”

李自成赶快搀住老医生，说道：“好吧，好吧，我答应了。快去备马，咱们马上就动身。”

医生出去，而自成也进到里间，取出一张白麻纸，坐在灯下给刘宗敏匆匆写信。

自从李自成打清风垭回到老营，到他坐下写信，慧英一直站在东厢房的门槛里边，靠着门框，注视着事情的发展，既没有走出来，也没有说一句话。倘若是慧梅，大概会跑进上房，同张鼐和来亨等一同跪下，谏阻闯王只带少数亲兵去石门谷。然而她不这样，当她看见张鼐、罗虎、来亨甚至连谷英和总管都在闯王的面前跪下时，她激动得两颊痉挛，胸脯紧缩得不能透气，跑去跪在闯王面前的念头猛地在心上打个回旋。但是她立时打消了这个念头，仍立在门槛里边没动。她尽管常在两军阵上跃马弯弓，挥剑刺杀，但总是认为自家是姑娘，遇事不愿多开口，更不愿在众人面前多言多语。尤其在遇到重大事情时，她能够竭力使自己镇静，这一点很像高夫人。这时，她既赞同闯王不用兴师动众办法平定叛乱，又担心闯王只带少数亲兵去会有风险，在心里祝告说：

“老天爷，你睁睁眼，千万保佑闯王马到成功吧！”

当闯王在灯下写信时，慧英转身离开门口，从自己床下放的马褡子里摸出来一包银子，到院子里递给李强，小声说：

“你把这二百两银子带在身上，说不定会有用处。”

“这是谁的银子？”李强问，感到奇怪。

“这是几年来夫人陆续赏我同慧梅的，俺俩都没有家，没处用，积攒成这个整数。如今老营很缺钱，把这拿去给闯王用吧。”

李强迟疑说：“已经请总管取四百两，大概够用了。”

“不，快接住。钱到用时只恨少，拿四百两银子中什么用？你带上，到石门谷时对闯王说一声。”

李强接住银子，说：“慧英，你真是……”他不知道下边说什么好，而慧英不待他说完就轻脚轻手地往上房去了。

她进了上房，找到一件薄棉衣拿在手中，静静地站在闯王背后。闯王把书子匆匆写好，看了一遍，改了错字，抹去几句，只留下主要的一段话：

> 杆子哗变，后路门户洞开，致全军处境，万分危急。愚兄决计轻装简从，亲去抚定，挽此危局。全局吉凶，在此一行。请吾弟坐镇老营，全盘主持。抚绥有成，兄即归来，望勿为念。临行草草，不能尽宣。又，如南边战局吃紧，可速命补之侄带病去清风垭坐镇。

等闯王把书子叠好，装好，从椅子上站起来，慧英把薄棉衣披到他的身上，说：

"已经过了中元节，五更山风很凉，你把这件棉衣穿上，白天热的时候脱下来塞进马褡子里。"

闯王心中有事，连望她一眼也没有，急急把棉衣穿上。她把扔在桌上的马鞭子拿起来递给他，又说：

"闯王，我有句话不知敢说不敢说。"

自成这才注意到她，望着她轻轻地"嗯"了一声。

慧英避开了闯王的眼睛，低下头去，一字一板地说："要是夫人在老营，她一准会叫张鼐兄弟带领五十名骑兵跟你一道去，以防不虞。"

自成仿佛不曾听见她说的什么，大踏步向外走去。在院里，他把信交给总管，吩咐李强将总管取来的银子放进马褡子里，随即出了老营。他自己的亲兵只带二十名，加上医生、谷英二人和他们的亲兵，一共只有三十骑。王铁牛被叫来，在前带路。闯王上了乌龙驹，刚刚勒转马头，小来亨突然出现，举手拉住马缰，大声叫道：

"二爷！二爷！别慌走，别慌走。我爸爸马上就到，他有话要同你说！"

闯王把眼睛一瞪，喝道："畜生！你爸爸重病在身，你跑回去叫他来做什么？不懂事的畜生！"

李来亨还没有来得及说话，闯王的鞭子已经打在他的手上。

他一松手，闯王跟着向乌龙驹抽了一鞭，乌龙驹跳起来，向着寨门奔去。来不及等待父亲由亲兵搀来，李来亨追在闯王的一起人马背后跑着，但等他追到寨门，这一小队人马已经消失在半山腰间的茫茫晓雾中了，只听见马蹄声渐渐远去。过了一阵，马蹄声若有若无，最后只剩下山那边惊慌的犬吠声断续传来。

第七章

向石门谷去的马蹄声渐渐消逝，从另一个方向来的马蹄声由隐而显，响着响着临近了，吸引着寨上人们的注意。顷刻之间，马蹄声已到山腰。一片林海，晓雾茫茫，但闻蹄声，不见人影——这是谁这么早前来老营？寨上人正要呼问口号，突然，有人从马上打一个响亮的喷嚏，随即又咳嗽一声，把附近成群的山鸟惊起。守寨的弟兄们互相望望，不用说话，都明白是总哨来到。

昨天睡了一天，刘宗敏的精神恢复了。对于目前局势，他没有一刻忘怀。特别使他关心的是南路。细想着刘芳亮背着他对闯王所说的话，又想着郝摇旗平日同芳亮等将领相处得不很融洽，越想越觉得放心不下。智亭山这地方十分重要，万一出了事岂不很糟？可是他也想不起来有什么适当人可以派去代替郝摇旗。夜间，他在床上睡不着，决定天不明就去老营见闯王，让他亲自到智亭山察看情况，留在那里坐镇。

鸡叫二遍，刘宗敏带着亲兵们上马出发，奔来老营，没想到晚来一步，李自成离开老营已经将近半个时辰了。他进寨的时候，老营总管任继荣牵着马正要出寨，两个人遇在寨门里边的一棵大树下。总管趋前说：

“刘爷，我正要到你那里……”

“有什么要紧事儿？”

总管又趋前一步，傍着他的马头，放低声音说：“闯王去石门谷啦。他给你留下一封书子，叫我在天明后亲自送给你，请你来老营坐镇。”

宗敏一惊：“石门谷出了什么事？为什么他去得这样急？”

“杆子哗变，将李友围在庙中。吴中军拿着闯王的亲笔书信前去抚慰，狗日的将书信撕毁，将吴中军扣留，要等待攻破大庙时同李友一齐杀害。吴中军身边的四个亲兵已经杀了两个，另外两个带伤逃回。”

宗敏不听则已，一听禀报，登时心中火冒三丈，双眼圆睁，胡须根根奓开，连头发也几乎直竖起来。然而他忍耐着没有破口大骂，咬着牙沉默片刻，向总管问道：

“闯王带多少人马去了？”

“他只带二十个亲兵前去。另外谷子杰和老神仙也跟他同去，一共不过三十个人。”

宗敏十分放心不下，正要再问，忽然坐下的雪狮子不安静地走动一步。他扣紧缰绳，狠狠地抽它一鞭。雪狮子猛然跳起，后腿“人立”，打了两转，才把前腿落地，愤怒地喷着鼻子。又挨了一鞭，它才安静。

“这件事都是什么人知道？”宗敏又向任继荣问。

“寨内将士多已知道，只是老百姓尚不清楚，高舅爷因病势较重，尚被瞒着。”

“总管，你替我传令，不许任何人将此事传出老营寨外。军民人等，不许随便出寨；有敢出寨乱说的，查出斩首！……闯王还留下什么话来？”

继荣使眼色叫亲兵们退后几步，小声说：“闯王说，宋家寨的事你都知道。一旦宋家寨兵勇出动，就由王吉元将狗日的诱至老营寨外，不让他们一个逃脱。他说，老营要紧，请刘爷多多在意。他还特意嘱咐：张鼐的这支人马是老营的看家本钱，千万不可调离老营。”

闯王想活捉宋文富兄弟的计策，刘宗敏是知道的。现在他一心悬挂在闯王身上，生怕闯王到石门谷有性命危险，所以他对宋家的事不很在意。听完总管的话，他把缰绳稍微一松，雪狮子急躁地向前一蹿，奔向老营而去。老营大门外的广场上有不少弟兄在练功，还有些带病的将校来打听消息。大家看见总哨来到，感到振奋，想着他一定会一面派人追回闯王，一面点齐老营人马，亲自率领去剿平叛乱。当他跳下马时，一大群带病的将校都围拢过来，准备同他说话。他用大手一挥，使众人闪开道路，大踏步走进老营。有人在二门外刚洗过脸，木脸盆尚未拿开，水也没有来得及倒掉。刘宗敏大概嫌它挡路，一脚把它踢了丈把远。到了上房，他转身过来，急不可耐地等着总管追进来，随即瞪着眼睛问道：

"书子呢？快给我！"

任继荣慌忙从怀中取出闯王的书信，双手呈上。宗敏虽然幼年读书很少，但他是一个十分聪明的人，近几年在李自成的义军中地位重要，逼得他事事留心，遇到有关系的文件，不仅要别人读给他听，他自己也拿在手中反复看，反复推敲，因而锻炼得粗通文墨。他把自成的书信仔细地看了一遍。虽然"抚绥"的"绥"字是个拦路虎，但意思他是明白的。他重把"抚绥有成，兄即归来，望勿为念"这三句话看了两遍，产生了一个不好的预感，在心中暗暗地说："倘若王八蛋们不听从你的话，你难道就不回来了么？"他轰地急出了一身汗，一边把书信往怀里揣，一边厉声问道：

"闯王走有多远了？能追得上么？"

"现在闯王至少走出二十里以外，追不上了。"

"你为什么不劝他多带人马？"

"大家苦劝，他不听从。"

"你为什么不早点禀报我？"

"我，我……"

刘宗敏不管老营总管的地位有多么高，而且是闯王的亲信爱将，是跟随闯王在潼关南原突围的十八个英雄之一，一耳光扇过去，打得总管嘴角出血，踉跄几步。他跟着把脚一顿，大声喝道：

"跪下！"

总管扑通跪下，一句话不敢辩白，也不敢动手揩嘴角的鲜血。宗敏又踢他一脚，恨恨地骂道：

“如今众将染病，吴汝义又走了，老营事差不多都交给了你。遇到这样大事，你看着闯王去冒风险，既不想法劝阻，也不及时向我禀报，要你这个王八蛋的老营总管吃白饭的？闯王若有好歹，老子要活剥你的皮！小鼐子在哪儿？”

总管回答说：“张鼐去集合各家亲兵，就在老营寨内。”

宗敏向院中吩咐：“快把小鼐子替我找来！”

立刻有几个弟兄走出老营，去找张鼐。尽管去叫张鼐的人走得很快，刘宗敏却仍嫌他们走得慢，向站在二门内的人们吩咐：

“叫他们跑快一点，别一脚踩死一个蚂蚁！”

张鼐已经召集齐老营寨内和附近的各家亲兵，编制成队，指派了大小头领。听说刘宗敏来到老营，他赶快向老营走来，同去找他的两个弟兄在路上碰见。知道老营总管已经挨了打，总哨雷霆火爆地派人找他，他吓得心头怦怦乱跳，三步并作两步往老营赶。进了上房，他在总管一旁垂手立定，屏息待命。刘宗敏的一双怒目好似燃烧的火炬，瞪着他，厉声问道：

“你这小杂种，为什么不率领人马和闯王同去？”

张鼐慌慌张张回答一句。刘宗敏没听清楚，一耳光把张鼐打个趔趄，喝令跪下。他望望垂头跪在面前的小张鼐，从桌上抓起马鞭子扬了扬，然后想着这不是责打的时候，又喝道：

“起来！”

等张鼐从地上站起来，刘宗敏望着他说：“你这个小杂种，竟敢离开闯王，我权记下你一颗脑袋。你去挑选三百匹好马，率领三百个精壮弟兄，身披铁甲，火速出发，一路上马不停蹄，拼命赶路，到石门谷保护闯王。进了石门谷，不许你离开闯王一步。倘若杆子有害闯王之意，你小杂种先动手，保闯王杀出石门谷。能救出李友和吴汝义他们，当然更好；万一救不出他们，只要你保住闯王平安，我不罪你。倘若闯王有一点差池，你休想活着见我！你听清了么？”

“听清了。倘若闯王有一点差池，我决不活着见你！”

张鼐转身要走，刘宗敏把他叫住，又说：“你路过大峪谷时，替我传令给双喜：你从前边走，他就率领五十名弟兄带着云梯从后跟，不许耽搁。倘若杆子们放闯王进石门谷以后把寨门关闭，你们叫不开门，就立刻爬云梯往里灌。凡畏缩不前的，立刻斩首。你们一旦呐喊进攻，李友的人马必会里应外合，破寨不难。攻不进去，老子要把你们全体斩首，一个不留！听清了么？”

“听清了！”张鼐大声回答。

“去吧，小鼐子，一刻也不能耽误！”

张鼐猛然转身，跑步奔出院子。随即大门外响起来呜呜角声，并且有人高声传呼：

“老营将士听真！凡是没有害病的速速披挂，各穿铁甲，自带干粮，牵战马来老营听点！”

宗敏叫老营总管起来，问道：“夜间宋家寨有什么新的动静？”

总管回答说：“没有听到什么动静。射虎口也没人来。”

“你派个妥当人去王吉元那里一趟，秘传我的口谕，要他务必弄清楚宋家寨准备在何时动手，人马多少。”

“是，我马上派妥当人去。”总管并不立刻出去，踌躇一下，喃喃地提醒说：“刘爷，闯王临走时特意嘱咐，张鼐这一支人马是老营的……”

“我知道。少说废话！”

任继荣不敢再说，赶快出去。老营的司务小校来到上房门外，问刘宗敏是否开饭。宗敏抬头一望，见太阳已上屋脊了，吩咐立刻拿饭。但是他的心中却在盘算：张鼐这一走，老营越发空虚，倘若有大股官军从宋家寨来，如何是好？早饭已经端上来，他好像没有注意，提着马鞭子走出老营。司务小校望着他不敢言声。他的亲兵们也不敢提醒他饭已端到，跟着他往外走去。

张鼐走后，老营的看家人马只剩下不足一百人，全在守寨；加上新集合的各家亲兵不足二百人，王四率领的孩儿兵不足五十人，这是老营山寨中的全部兵力。由各家亲兵编成战斗部队开始于潼关南原大战的时候，是高桂英在情况紧急时想出的一个办法，也是农民军的一个创举。在那次大战中，亲兵们很起作用，牺牲也大。如今集合起来的亲兵不如上次多，这不仅因为染病的多，也因为驻扎不在一处，一时不易统统召集，而且整个义军实力也比潼关大战时又减少多了。就这不足二百人的亲兵队伍，还有大半不是原来的久经战场的亲兵。

刘宗敏先去看看集合起来的队伍，见大家精神饱满，盔甲整齐，马匹精壮，稍微感到满意。他想这一支人马没有一个名号很不方便，就替它起名叫老营亲军。从老营亲军集合的院子出来，他转往孩儿兵驻扎的院落。孩儿兵正在吃早饭，人人穿着绵甲，披挂齐全，马匹都上好鞍子，准备随时奉令出发或投入战斗。看见刘宗敏来到大门外，守卫在大门口的两个孩子高声传呼："总哨驾到！"院中的孩子们立刻放下碗筷，虎地站起，在屋里的孩子们也立刻跑出，分在甬路的两边肃立。宗敏缓步进来，看见孩子不多，也没有看见罗虎，便向王四问道：

"你们孩儿兵怎么这样少？"

王四回答："回总哨，孩儿兵除害病的以外，昨夜罗虎带走了一百五十名，尚余四十八名。"

"小虎子带孩儿兵往什么地方去了？"

"系奉闯王之命，半夜出发，不知开往什么地方。"

刘宗敏有点诧异，问："怎么连你也不知道？"

"回总哨，闯王有令，不许泄露机密，所以罗虎哥不曾告我说开往何处，我也不敢打听。"

刘宗敏对于王四的回答感到满意，又把王四看了一眼，心里说："这孩子，长大了一定不凡。"他走出孩儿兵的院子，正要往李过处商议大事，老营总管从后边追来。他停住脚步，等总管走近，问道：

"什么事？"

继荣走到他的面前小声回答:“智亭山一带可能出了变故,请总哨速回老营。”

宗敏吃了一惊:“什么变故?”

“清风垭派人飞马来报:约在四更以后,智亭山一带突然火光冲天,隐隐有喊杀之声,详情尚不知道。”

“来的人在哪儿?”

“现在老营。”

刘宗敏赶快回到老营,亲自询问从清风垭来的弟兄,所答与总管复述的话没有差别。他想,郝摇旗那里出了事已无可疑,目前必须向最坏处设想,那就是智亭山失守,白羊店后路截断,占领智亭山的官军分兵进犯清风垭,或与桃花铺的官军合力夹攻白羊店。白羊店的安危且不去管,料想在一两天内还可死守,使他最担心的是清风垭。那儿只有黑虎星留下的三百弟兄,既没有同官军打过硬仗,近来又听说军心不稳。倘若官军大股来犯,虽然还有辛店和麻涧两个险要去处,却无将士把守;官军乘虚直入,岂不动摇老营的根本重地?这样一想,他决定派老营亲军全数驰援清风垭。可是,万一有大股官军从宋家寨过来,如何应付?他沉默片刻,挥退左右,只把老营总管留下,悄悄问道:

“夜间小罗虎率领一百五十名孩儿兵到什么地方去了?”

总管小声禀明,使宗敏对宋家寨这一头略觉放心。他立刻下令老营亲军驰援清风垭,又派人传令铁匠营的各色工匠,不管是打铁的、做弓箭的、做盔甲的,除去害病的和几个老师傅之外,一齐来老营听候调遣。刚下过这两道命令,他正要呼唤开饭,刘体纯派一个小校飞马来到,报告说商州的官军已经在五鼓出动,如今离马兰峪不远,从野人峪的山头上可以望见火光。宗敏问:

“官军出动了多少人?”

“回总哨爷,据探子回来禀报,官军出动的有两千多人,另有从商州以东来的乡勇一千多人,共有四千上下。他们每到一处,任意烧杀,奸淫,抢劫,火光从高车山的西边一直红到离马兰峪不远地方。”

“我军从马兰峪撤完了么?”

“昨天黄昏前已撤退完毕,只留下少数疑兵。”

“回去对你们将爷说,没有我的命令,不许出野人峪山寨一步。官军只要不攻寨,寨墙上只留少数弟兄,其余的一律休息,躺在树下睡大觉。有敢出寨同官军作战的,斩!”

刘宗敏吩咐开饭,随即同亲兵们和老营总管蹲在一起,连二赶三地吃早饭。因惦念闯王吉凶难料,食物难以下咽,肚中不知饥饱,所以吃不多便扔下碗筷,独自先起。他刚站起来,一抬头看见李来亨急步走进二门,连忙问道:

“小来亨,什么事?”

李来亨到他的面前站住,恭敬地说:“刘爷,我爸爸请你去一趟,有话商量。”

“智亭山的事,你爸爸知道么?”

“他已经听说了。现在他等着刘爷去商议军情。”

“商州的官军也出笼啦,前锋已近马兰峪,你爸爸知道么?”

“他还不知。”

“回去对你爸爸说,我马上就去见他。还有,小来亨,回去对你爸爸说了之后,你就去叫王四快来见我,并告他说孩儿兵要准备出发。”

李来亨刚出老营,王吉元派一个心腹小头目骑马来到。老营总管派去的那个人同他遇在半路上,随着回来。总管把他带进上房,向刘宗敏禀报军情。据他说,由商州来的二百官军和调集的各寨乡勇,后半夜陆续地到了宋家寨。今日四更以后,宋家寨的二寨主宋文贵亲自来到射虎口,代表宋文富对王吉元的“弃暗投明”说一番嘉奖和勉励的话,并送来二百两犒赏银子。但是宋家寨打算在何时动手,却十分诡秘,不肯事前泄露。王吉元起初问宋文贵,他只说到时候“上峰”会有指示。他害怕走漏风声,没有多停留,趁天色不明就返回寨内。直到送他出射虎口时,王吉元还旁敲侧击,想向他探出来一点口风，无奈他对军机守口如瓶，只回答："丁抚台尚无明示，不敢瞎猜。"

听了这个小头目的禀报，刘宗敏起初不免纳闷，但随即心里明白，不觉骂道："妈的，打什么如意算盘！"他猜想，一定是丁启睿和宋文富等南路官军大举进攻清风垭，东路官军进攻野人峪，义军正两面应付不暇的时候，才命宋家寨的人马突然出动，进袭老营。敌人这一手十分毒辣。显然他们认为这样可以十拿九稳地袭破老营，万一袭不破老营也可以在高山放火，占领几个山头，使野人峪和清风垭的义军军心摇动，难以固守。刘宗敏没有将自己的猜想说出口来，挥手使总管和小头目一齐退出。他正在寻思对策，清风垭第二次派人飞马来报，说探得智亭山确已失守，郝摇旗率残部仍在同官军混战；有一小股官军从智亭山向北来，似有窥探清风垭模样。刘宗敏气愤地问：

"他妈的，龙驹寨以西的几个险要处都有咱们的人防守，官军怎么能飞到智亭山？难道是他妈的从天上掉下来的？"

"回总哨爷，详情不知。据智亭山附近逃出的百姓传说，官军大约是从一条少人知道的隐僻小路偷袭智亭山，使我军措手不及。"

"官军有多少人马？"

"官军起初有约一千多人，后来不断增加，天明后已经有两千多人。后来望见一群一群乡勇也从龙驹寨出动，往智亭山一带蜂拥而来，十分众多，确数没法约摸。"

刘宗敏骂道："哼，狗日的抬起老窝子出动啦！"

他没有在口中骂郝摇旗，但在肚子里恨恨地骂了一句："该杀！"随即他吩咐清风垭的来人，立刻回去，传下他的命令：倘有官军尖队来到近处，立刻剿杀，不使一个活着逃回；倘若大队来到，只许凭险固守，不许出战。他又说：

"你回去对大小头领和弟兄们说，我总哨刘爷说啦，你们是英雄还是狗熊，这一仗要见分晓。可不要把黑虎星的面子丢了。我正在调集人马。等人马调齐,我要亲自到清风垭,夺回智亭山,把杂种们赶回龙驹寨老巢里去!”

清风垭的来人一走,刘宗敏就吩咐一个亲兵去叫老营总管。他现在充分地看清楚局势有多么凶险,而拯救危局的主意也拿定了。

不过片刻工夫,老营总管三步并作两步地来到上房。刘宗敏命总管去将老营寨内所有能够拿起武器守寨的男人——包括患病初愈的、轻微残废的、年老的、管杂务的,以及能够抽调的马夫和火头军,赶快召集一起,编成一队,听候调遣。

任继荣刚刚退出,王四来到老营,李来亨紧跟在他的背后。这时,智亭山出了变故和商州官军开始大举进犯的消息已经传开。王四以为总哨要派他率领孩儿兵去清风垭或野人峪,特别感到振奋,进老营时精神焕发,行走带风,脸色矜持,同小来亨一前一后,俨然是两位英武的少年战将。在上房的门槛外边站定,他依照童子军近半年学习的军中规矩,大声说:

“启禀总哨刘爷,童子军副头领王四前来听令!”

刘宗敏慢慢地在王四的脸上和身上打量一眼。平日他就喜欢王四的勇敢和伶俐,说他同罗虎在一起活像是双喜和张鼐。现在这孩子身穿宝蓝绵甲,腰挂宝剑和朱漆箭囊,背挂角弓,另外在腰带上插着一把匕首,雄赳赳,气昂昂,使宗敏越发喜爱。他含着微笑说:

“小四儿,官军已经向咱们进犯,你带的这几十个孩儿兵使用上啦。”

“回总哨,我们孩儿兵一切准备停当,只等你一声令下,立刻出战。”

“好,好。只要你们娃儿们有种就行。你现在率领孩儿兵开到麻涧,要携带一天干粮,准备夜间前去清风垭。到了麻涧之后,人解甲,马卸鞍,好生休息,不许乱动,只派几个孩儿把守寨门。”

“黄昏后就动身往清风垭么?”

“不要急,黄昏后你们孩儿兵立刻准备停当,等候我的将令行事。我的将令不到,不许离开麻涧。”

王四听说确实要他率领孩儿兵在夜间去清风垭同老营亲军和黑虎星的人马一起,想着是一定要夜袭敌营,夺回智亭山。说了一声“是!”回头同李来亨交换了一个兴奋的眼色,转身便走。来亨所猜想的和他相同,紧跟着他的背后走出老营。刚才来亨的父亲因目前情势紧急,打仗需人,已吩咐来亨不用在家侍候父母的病,立刻重回童子军,听从王四指挥,所以他一出老营就奔回家披挂去了。

刘宗敏忙过了这一阵,正急着去找李过,忽见慧英匆匆地走出东厢房,来到上房门口。他知道她被高夫人留在老营陪伴兰芝,现在看见她的神气和平时不同,还以为兰芝病情有了变化,不觉眉头一皱,问道:

“兰芝怎样了?”

慧英很激动地说:“兰芝没怎样。刘爷,你派我做什么?”

一听说她不是为着兰芝的病来见他,宗敏放了心,不在意地回答说:

“高夫人在白羊店,我没有什么事叫你做。你还是给兰芝做伴吧。”

“不,总哨爷。兰芝很懂事,她刚才对我说,今天战事很紧,用不着我留在她的身边做伴。”

“你想做什么?”

“总哨爷,目前情势紧急,老营空虚。各家眷属住在老营寨中的较多,除去害病的还有百人以上。大家虽系女流之辈,但多年随军起义,都能骑马,多少会些武艺的不在少数。至不济也能搬砖抬石,手执木棍,守护寨墙。请总哨下令,我去传知各家年轻眷属,火速来老营集齐,听候调遣。”

刘宗敏一边跨出门槛向外走一边说:“算了吧。打仗是男子汉的事，婆娘们不是打仗的材料。”

慧英的脸颊绯红，拦住他的路反问一句：“总哨爷，难道花木兰、樊梨花、穆桂英都是男人？”

刘宗敏受了抢白，但没生气，望着慧英笑一笑，说：

“那是戏上编的，谁见过？像你和慧梅这些姑娘们，都是自幼经高夫人调理出来的，在咱们义军中也不多哇。你现在把一大群婆娘弄到一起，没看见敌人时嘁嘁喳喳乱说话，看见敌人时一哄而散，各逃性命。哼，靠婆娘们打仗，顶屁用！”

“刘爷，请你莫把话说老了。咱们各家眷属都是从枪刀林里闯出来的，马鞍把大腿磨出茧子，纵然没经过好生调理，武艺不如男人，可是每到敌人杀到面前时，很多人不肯白白地等着受辱，等着死，也知道拿刀剑往敌人身上砍。如今闯王去石门谷，吉凶莫测；高夫人在白羊店，腹背受敌；老营是根本重地，十分空虚，不得不召集有病的将士守寨。把年轻有力的妇女编成一队，即令不能冲锋陷阵，守寨总可以助一臂之力。刘爷，请你莫怪我同你犟嘴，这不是平常时候！”

这是刘宗敏第一次看见慧英毫不畏怯地同他犟嘴，说出的一派话干净利落，句句在理，使得他答不上来。他心中很赞成这姑娘的一片忠心和慷慨陈词，但又不相信婆娘们能够有多大用处，不耐烦地挥挥手，说：

“好啦，好啦。只要兰芝能离开你，你去召集她们成立个婆娘队吧，我派你做婆娘队的头领。”

慧英得到允准，十分高兴，用委婉的口气说：“刘爷，你别急，听我再说两句话。第一，这个队应该叫做娘子军，不叫婆娘队。第二，头领是高夫人，不是我；只是因夫人不在老营，蒙你总哨指派，我暂且代夫人招呼招呼。”

“好，好，你说咋好就咋好。没想到你这个大姑娘有这么多的板眼！”

刘宗敏带点无可奈何的神气笑一笑，出老营找李过去了。

李过很担心黑虎星留在清风垭的人马同才开去的老营亲军不相统属，难望齐心，而所谓老营亲军又尽是各将领的亲戚、族人、小同乡，最难指挥。如今清风垭非常重要，不但是老营南边屏障，也是一道进出大门。必须确保清风垭，才能够出兵夺回智亭山和解救白羊店。因黑虎星的头目们同他较熟，他坚决要亲自去坐镇清风垭。宗敏见他的病势才回头不久，身体十分虚弱，不能骑马，不同意他马上前去。宗敏认为，李过纵然可以坐篼子前去，但路上的颠簸和指挥的操心他也受不了。无奈李过坚持要去，而闯王在信上也留有话，目前情况确实吃紧，宗敏便不再劝阻，只好将闯王留的书信给他看看，让他前去。当望着李过只有四名亲兵随护，坐上篼子，离开山寨时候，刘宗敏的心中很不好过。他想，如果石门谷不出事，自成在老营主持，他自己就可以前去清风垭，何用李补之带病出征！

任继荣已经把勉强可以作战的伤、病和杂务人员集合起来，编成一队，带到老营前边，共有一百二十余人。刘宗敏剔下去一批身体较弱的，留下的大约有一百人，吩咐他们分作三班，轮班协助守寨，不上寨的就好生休息，不许离队。总管禀道：

"总哨，寨中百姓知道情况吃紧，都要上寨。我说，官军一时还打不过来，用不着他们上寨；等需要大家上寨时，自然会鸣锣传知。"

"对，现在还用不着百姓上寨。"

继荣又小声说："还有，刚才有一个百姓来对我说，马三婆准备中午往宋家寨去。"

"啊？"

"她说宋家寨昨天就派人捎话，要她去下神治病。我看，她准是知道闯王去石门谷，老营十分空虚，打算去密报宋文富，拿治病做个托词。这个半掩门儿①烂婆娘自从咱们来到这里就做宋家寨的坐探，今天不能让她逃掉。总哨，我派人去把她收拾了，行么？"

① 半掩门儿——暗娼。

刘宗敏略一考虑，果断地说："不行。让她往宋家寨下神去，不许动她一根汗毛。"

"可是总哨，目前咱们不应该粗心大意。这破鞋一到宋家寨，会把咱们老营的底细全说出去。"

"让我再粗心大意这一次吧，不怕她说出咱们的底细。还有，趁这时官军距离还远，叫老百姓随便出寨砍柴，不要禁止出入。"

"刘爷，让寨门随便出入，寨中底细不是更会泄露出去么？"

刘宗敏把眼睛一瞪："难道怕官军来劫寨么？小心多余！"

总管提醒刘宗敏："今天清早，刘爷你才进寨的时候，我已经传下你的严令：军民人等，不许随便出寨……"

"休啰嗦！那时我严禁出寨，现在我取消那个禁令。你重新替我传令：从现在起，到酉时以前，寨中男女百姓可以随便出寨办事，只不许携带包袱，不许逃迁。倘有私自逃迁的，东西充公，全家斩首！"

总管咂咂嘴唇，退到一旁，口中不敢争执，心中却极不赞成。他心中说："要是闯王在老营坐镇，岂能如此粗心大意！"他还想对宗敏说什么话，恰好慧英来到面前了。

慧英已经将年轻的妇女们传齐，凡是体弱的、平日胆小的、丈夫和儿女患病较重的，一概不要，只挑出七十个人。这些妇女虽全是大小头目的妻子，但慧英竟能使她们个个听话，踊跃应召。她们看惯了排队点兵，所以一经慧英传知，立刻各牵战马，携带兵器，在慧英指定的地方集合排队，肃然不乱。她对大家嘱咐几句话，就来找刘宗敏禀报。

刘宗敏并没想到慧英会这般快把眷属们传齐并编成队伍，也不曾把这事放在心上。他正想上马往野人峪，慧英来到面前，向他禀报说娘子军已经编成，请他点验。他看见左右的亲兵们一个个的眼梢和嘴角藏着笑意，使他简直不知道去看好还是不看好。慧英见他只顾摇动马鞭，不说什么，大有不屑一看的模样，就郑重其事地又请一遍。刘宗敏只好跟着她走到一个碾场前边，拿眼一瞧，出他意外的部伍整肃，精神抖擞，并没有一个人忸怩作态。他心里说：“行。管用。”慧英因平日校场点兵，闯王或总哨往往对将士们说一些训诫的话，现在见他神色和蔼，就壮着胆子说：“请总哨爷说几句话。”宗敏突然喊声口令：“上马！”妇女们飞身上马，控辔注目，等待第二声口令。他点点头，望着慧英笑一笑，表示赞许，随即对大家说：

“我没有别的话说，只要你们遇到敌人时不替咱们李闯王和高夫人丢脸就行。俗话说，家有家规，军有军规。平日慧英向你们或叫婶子，或叫嫂子，对你们都很尊敬。今日成立了娘子军，高夫人不在老营，我命她代高夫人做头领，你们都得听她的，不管谁犯了军规，休怪她不讲私情。咱们李闯王的军规你们是晓得的！”

他望望慧英，又望望大家，想不起别的话说。倘若这是一队男子汉，他会有许多话讲，也不妨带出几句粗鲁的话，用不着话未出口还得挑选词儿。如今面对着一队女人，而且不是兄弟媳妇便是侄媳妇，其中还有少数姑娘，更使他说话拘束。停了一阵，他忽然命令：

“下马！”

妇女们迅速下马，各在自己的马头左边立定，依然行列整齐。只有一个人下马时稍微慌张，碰着箭囊，一支箭跳出半截。她自觉不好，又害怕受责骂，脸蛋儿突然通红。倘若她是个男的，刘宗敏一定会走近去拳打脚踢。现在一看她是李弥昌的老婆，是个侄辈媳妇，只对她望一眼，连一句责骂的话也不好出口。他嘱咐慧英带大家到寨外校场操练，等候调遣，便离开娘子军，回到老营门外，把任继荣叫到面前说：

“大峪谷和石门谷两个地方有什么消息，你立刻派人禀报我。铁匠营的人们一到，你就叫他们骑马到麻涧休息，准备今晚去清风垭。如今老营没有中军，你就是总管兼中军，我离开老营时，这全寨的人马由你指挥。”

吩咐毕，他带着亲兵们跳上战马，奔往野人峪去。

官军害怕中埋伏，还没有进入马兰峪。站在野人峪的高山头上，可以清楚地望见马兰峪以东有许多地方都在冒烟；有两处地势较高，浓烟冲天。有一个村落在岭脊上，可以望见浓烟中火舌乱卷。成群的百姓扶老携幼，牵牛赶羊，逃过马兰峪来。有的逃近野人峪才停下来，呼儿唤女，哭哭啼啼。据老百姓对义军哭诉：官军早就扬言商州以西遍地是“贼”，连妇女小孩都通“贼”，所以他们今日进攻，见男人就杀，割下首级报功；见女人就奸淫，不从的就被杀害。大姑娘、小媳妇只要落在官军手中，受了辱还要抢走。官军和乡勇见财物就抢。官军拣轻的和稍微值钱的东西抢，乡勇来到就不管粗的细的一扫光，犁、耙、绳索、锄头、镰刀……无物不抢。每一队乡勇后边都跟一群专拿东西的人，乡勇在前边抢，他们在后边把东西往城郊和东乡运。

刘宗敏派人把几个逃难的百姓叫进野人峪，亲自问明情况，气得短胡须不住支奓。刘体纯请求让他率领二百弟兄出马兰峪给敌人一点教训，被宗敏狠狠地骂了几句，并且再次严令：除非官军和乡勇来攻野人峪，没有他的命令绝不许同敌人接仗。他吩咐体纯派人多烧开水，送到附近的树林中，凡是逃来的难民都暂时在树林中休息，不许放进野人峪。

在野人峪吃过午饭，刘宗敏带着亲兵们到了射虎口。这里距宋家寨有五六里远，距老营有十二三里。山口很窄，两边是峭壁，守军驻扎在山口一旁的半山小寨中。刘宗敏叫王吉元带着他巡视了防守情形。趁着亲兵们离开稍远，他小声问道：

“宋家寨什么时候动作？”

“还是不知道。”

“闯王去石门谷的事你们这里知道么？”

“知道了。也知道智亭山失守的事。”

“是谁告诉你们的？”

“这里老百姓的消息很灵，不知怎么这些消息突然在前半晌哄传起来，还说老营十分空虚，只有害病的人和妇女守寨。孩儿兵和临时成立的老营亲军都开往清风垭，连李将爷也带病前去了。”

“宋家寨知道这些情形么?”

“我想宋家寨不会不知道。刚才马三婆来到这里，口称要去宋家寨替寨主少爷下神看病。我本想把她扣押，可是又怕会打草惊蛇，只好放她过去。我想她准是去给宋文富报信儿的。”

“好，好，正需要她这一报。”

王吉元吃惊地望望宗敏，不明白这话是什么意思。宗敏接着说：

“吉元，你仍然照闯王的计策行事。倘能在今夜将宋文富诱出洞来，诱到老营寨外，就是你立了大功。宋文富有出洞消息，立刻去老营向我禀报。”

“总哨爷，如今宋文富有官军和别寨乡勇相助，不是少数人可以对付得了。我担心老营空虚，刘二虎的人马又不敢从野人峪抽回……”

“我没有苇叶不敢包粽子，你少操这号心！记住：一定要在今夜把宋家寨这股脓挤出来，免得它妨碍咱全力去对付官军。你报闯王，立大功，就在今夜！”

王吉元又担心地说：“咱们的兵力少，多捉活的不方便。我看，如果宋文富兄弟亲自出来，不如一刀一个，杀掉干脆，免得给王八蛋们逃脱。”

“不，要捉活的。闯王叫咋办咱们就咋办。你放心，只要诱他们到老营寨外，纵然他们插翅膀也别想飞走。”

刘宗敏暂时不把罗虎的行踪告诉吉元。他叫吉元带着他出了山口，走了约摸三四里路，站在高处观望宋家寨的守备情形。除他自己带来的十来个亲兵外，王吉元又挑选了三十名精骑跟随，以防不测。宋家寨上的守寨人远远地认出来骑白马的大汉是刘宗敏，登时在寨墙上拥挤了很多人，并且越来越多，隔墙垛指指点点。宗敏正看着，忽然叫声“不好”，身子一晃，栽下马来，口吐鲜血，不省人事。

大家慌了手脚，又要抢救宗敏，又要提防宋家寨趁这时派出官军和乡勇来攻。亏得王吉元是一个遇事尚能沉着的人，他一边叫人用指甲狠掐宗敏的人中，同时连声呼唤，一边指挥人马向东列队，控弦注矢，准备迎敌。宗敏的人中被掐得疼痛，呻吟出声，微微把眼睛睁了一下。吉元因此地不敢久留，立刻吩咐三个大汉，轮流背负刘宗敏，他自己率领骑兵在后保护，回到射虎口的小寨里边。人们把宗敏背进吉元住的草屋中，轻轻放在床上，只见他昏昏沉沉，闭着眼睛，呼吸时而短促，时而变得很细。王吉元凑近他的耳边唤道："总哨！总哨！"他不答应，却神神鬼鬼地说几句含糊不清的话。大家原以为他是病后虚弱，骑马中暑，现在就纷纷小声议论，说他可能是中了邪。这儿没医生，众人救他心切，偏生忙中无计。有人出个主意，说总哨刘爷可能是撞着山神野鬼，既然马三婆正在宋家寨内，距此甚近，不妨派人速去请来。宗敏的亲兵头目深知他的脾气，首先反对，说：

"屎！我们将爷平日看见谁下神弄鬼就要骂，他怎么会叫马三婆替他治病？再说，从前遇到过许多算命的江湖异人，都说我家将爷上应星宿，不是凡人。山神野鬼见了他也得让路，怎么敢给他罪受？你们莫找没趣！"

有人又说："虽说咱们总哨刘爷上应星宿，身带虎威，平日诸邪退避，可是要知他如今是久病之后，身子虚弱，一时正不压邪，受山神野鬼捉弄也是有的。这事不可全信，不可不信。趁他昏迷不醒，请马三婆来驱驱邪，只有好处，没有坏处。"

王吉元拿不定主意。他不仅害怕刘宗敏会怪罪他请神婆看病，而且不愿让马三婆亲眼看见刘宗敏病重，将消息传给敌人。他正在作难，刘宗敏把眼睛睁开一半，小声问道：

"你们在说什么？"

王吉元赶快把大家商量请马三婆的事向他回明。他闭起眼睛沉默一阵，然后睁开眼睛，有气无力地说："好，请吧。"王吉元立刻派一个会办事的人骑匹马，牵匹马，去宋家寨请马三婆。

宋文富兄弟和官军的带兵千总刚才在寨墙上看见似乎是刘宗敏模样的人栽下马去，被众人急救回射虎口，正在一道商议，打算派人去王吉元那里打听实情，忽得下人禀报，说王吉元派人来说刘宗敏突然中邪，病势沉重，特来请马三婆前去治病。宋文富等心中十分高兴，认为是上天相助，今夜袭取李自成的老营定可唾手而得。他们平日都知道刘宗敏性情粗犷，在战场上慓悍异常，却不像李自成那样细心谨慎，多谋善断。原来在午饭后，马三婆骑着驴子来到宋家寨，对宋文富等报告刘宗敏如何不禁止老营寨中百姓出入，不怕泄露老营底细，不信官军会来劫寨。宋文富拍着大腿哈哈大笑，对左右说："今夜就要叫刘宗敏吃他粗心大意的亏！"但是尽管知道刘宗敏大病之后，身体尚未复原，宋家寨的人们震于他的威名，仍不免有点顾虑。如今见刘宗敏突然患了急病，口吐鲜血，不省人事，这点顾虑一扫而光了。

宋文富一边派人护送马三婆前往射虎口，探明刘宗敏害病实情，一边派人飞马奔往商州城，将提前在今夜三更进袭李自成老营的事禀报巡抚，请巡抚务必于明天一早指挥大军进攻野人峪。据他估计，到天明以前，宋家寨的乡勇和官军就可以占领李自成的老营和麻涧一带，并把刘宗敏、高一功、田见秀和袁宗第等大小"贼将"全部擒获，夺得大战首功。使他感到美中不足的是，李自成、高桂英和李过都不在老营，不能全由他一网打尽。

刘宗敏要水漱了口中鲜血，但又陷入昏迷状态，有时喘着粗气，有时说几句模糊不清的胡话。大约过了两顿饭时，马三婆来到了。这时刘宗敏又清醒过来，急着要回老营。王吉元见他不能骑马，赶快命人用门板绑成担架，护送他离开射虎口。马三婆带着应用"法物"，骑马跟在后边。刘宗敏被抬出射虎口山寨不远，又大叫一声，昏迷过去。王吉元望着担架在骑兵的保护下匆匆向西去，心如刀割。马三婆故意深锁柳叶眉，摇头叹气，却在肚子里念动咒语，要宗敏病势加重。马二拴心中十分高兴，别有深意地对吉元微微一笑，告辞回宋家寨去。

任继荣看见刘宗敏病势不轻，急得像热锅上的蚂蚁一样。他把病人安置在老营的上房正间，吩咐马三婆赶快下神驱邪。自从上午到现在，闯王那里还没有回来一个人，吉凶不明，而刘芳亮身负重伤，白羊店陷于重围，已经得到报告。如今总哨刘爷突然病倒，怎么好呢？他立刻决定，从寨中派出一批弟兄，将通往宋家寨和野人峪的大小路径一概卡住，只许人进来，不许人出去，以免走漏消息。倘有出去的，不管何人，必须验明老营的令箭才准放行。他认为，如今保老营比什么都要紧，不管石门谷的事情如何，必须请闯王速速回来。随即，他派了一个机灵可靠弟兄，飞马出发了。

第八章

在奔往石门谷的路上，李自成忽然想起来今天正是高迎祥在黑水峪不幸因病被俘的三周年。高迎祥被解到北京后是哪一天死的，李自成不清楚，所以过去两年他总是把迎祥被俘的日子作为忌日，于军马倥偬中同高夫人望北祭奠。原来他们打算在三周年时隆重地祭一祭，近来因大战日迫，就只好把这个打算放下，甚而他竟然忘记今天就是七月二十日了。现在忽然想起，心中一阵痛楚。尤其是想着三年来很多将士、亲戚、朋友们死的死，散的散，到如今他的处境仍然十分艰危，深觉得辜负当年高闯王对他的期望，也辜负了一批一批跟他起义、受伤和阵亡的人。想到这里，他越发决心打好这一仗，同时对坐山虎等人的叛变更加愤恨。

马不停蹄地向前赶路，只有一次稍停片刻，让人和马饮点泉水，吃点干粮。李强担心闯王病后在路上喝生水会受不了。在临动身时特别找了一个装满冷开水的军持[①]挂在腰间，这时取下来递给自成。将近中午时候，这一小队人马赶到了大峪谷。

目前这个小小的山寨中一片准备厮杀的景象，对着石门谷那面的寨墙上旗帜整齐，架着火铳，摆满了滚木礌石；将士们有的凭着寨垛瞭望，有的坐在树荫下休息。有几百逃反的老百姓露宿在大树下和屋檐下，全是老人、妇女和孩子，携带着破烂衣物，狼狈不堪。有些不懂事的孩子正在啼哭，有些老人和妇女在唉声叹气。看见李双喜迎接一起人马进寨，大家都用吃惊的眼光望着，不敢再做声。随即大家知道是闯王来到，在心中出现了希望，仿佛有了靠山，纷纷起立相迎。李自成没有工夫同老百姓多说话，直向面对石

---

① 军持——古代旅行时带在身上的陶瓷水瓶，形略扁，有双耳可以穿绳。

门谷的寨墙走去。

大峪谷正同石门谷一样,都是保卫蓝田和西安的门户,所以对武关方面的地势险恶,对蓝田方面的地势却不是那么险恶。幸亏半年来义军为保卫商洛山区,把这两个山寨重新修筑,使面向蓝田的寨墙特别高厚,寨门外另设了一道栅门,栅门外的山路挖断,上架木板,随时可以拆去。李自成察看了地势和防御设施,感到满意,然后用一只脚踏着两个寨垛之间的缺口,向石门谷方面凝视许久。隔着重重山头,有二三股浓烟上升,冲入云霄。他暗暗吃惊,用鞭子指着浓烟问道:

"这是怎么回事儿?是杆子把石门谷寨中的大庙点着了么?"

双喜回答说:"杆子从昨天起就在石门谷附近村庄里奸淫掳掠,焚烧房子。刚才他们又烧了几个小村庄,不是烧的大庙。"

闯王恨恨地骂了句:"他妈的!"向双喜驻扎的宅子走去。路过一群难民前边时,一个老头子赶快踉跄地走到他的面前,高叉手[①]哀求说:

"闯王,你救救我们吧!这几年我们受够了杆子和官兵的苦害,自从你闯王老爷的人马来到商洛山中……"

闯王不等他说完就回答说:"我明白,你不用说啦。我正在想办法,不许这些王八蛋苦害你们。"

他没有更多的话安慰难民,也没有工夫多说话。可是难民们纷纷跪下,拦着他的去路。许多女人们因为家中死了人,烧了房子,对着他放声痛哭。那些离得稍远的难民也都跑来,向他诉说从昨天以来杆子们奸掳烧杀的情形。李自成向大家说道:"都不用说啦,我替你们伸冤就是!"说毕,从另外一条路上走了。到了双喜住处,他坐下向双喜问道:

"怎么逃反的都是些老弱妇女,年轻的男人们都没看见?"

双喜说:"年轻的男人们纠合二三百人守住离石门谷几里远的一座山口,名叫红石崖,使杆子不能过山这边。我怕他们顶不住,

① 高叉手——古人的叉手礼就是抱拳拱手。抱拳拱手高与额齐叫高叉手。

已经派了五十名弟兄前去。”

自成点点头，又问道：“石门谷有什么新消息？”

“刚才探子回来禀报：坐山虎还在包围着大庙，攻不进去，已经有二十几个人被李友射死。庙里的人们射法很准，又有两支火铳，使杆子们进攻不能得手。还有，杆子们人心不齐，狼上狗不上，有的在围攻大庙，有的趁机到左近村庄里奸淫抢劫，还有的明的也在围攻李友，暗中同庙里的弟兄打招呼，箭向天上射。”

“我就断定不会一千五百多人都跟着坐山虎哗变，果然如此。”

“没有都变。听说窦开远和黄三耀就不肯哗变，只是他们自己力量小，三耀又在病中，受坐山虎兵力挟制，没有办法。还有些人是受了坐山虎的胁迫叛变，并不愿替他卖命。”

“既然窦开远没有变，出了这样事，他为何不派人向我禀报？”

“听说坐山虎一叛变就把寨门夺去。窦开远派过两个人出来送消息，都在出寨时被捉了。窦开远一度被软禁，今天上午才释放。”

自成觉得事情更有把握了，在心中说：“幸而我及时赶来，尚不迟误！”随即又向双喜问：

“吴子宜的下落呢？”

“还在被坐山虎扣押着。他身边的亲兵除掉逃出来的两个，其余的都死了。”

“庙里的人们死伤如何？”

“不清楚，只知道庙中断水已经两天了。”

“峣岭的官军有动静么？”

“不清楚。”

闯王从椅子上霍地站起，吩咐说：“快吃午饭！吃过饭我就去石门谷收拾这个烂摊子，免得官军一到就来不及了。”

双喜大惊：“爸爸！……”

李自成没有理他，转向谷英说：“子杰，我怕双喜初次单独作战，阅历不足，所以叫你带着病来到这里，同双喜一起守大峪谷。

倘若敌人来犯，你们见机行事，或坚壁不出，或是你守寨，双喜出战。”他又对双喜吩咐说：“你子杰叔比你大几岁，也比你阅历多。遇事多听他的话，不要自作主张。”

谷英和双喜又劝他不要去石门谷，说既然双方已经死伤了许多人，仇恨更深，不多带人马去不惟收拾不了已经叛乱的局面，反而有很大风险。但李自成主意坚决，怒气冲冲地说：

“废话！你们休再拦我！目前这事，千钧一发。稍一迟误，必至牵动全局，没法收拾。既然知道是坐山虎挟众鼓噪，并非所有杆子都死心塌地与我李闯王为敌，我更应该赶快前去。一旦峣岭官军弄清实情，向石门谷大举进攻，还能够来得及么？说不定坐山虎已经同官军勾了手，等候官军前来。不要耽误，快拿饭来！”

亲兵们取饭去了。

谷英和双喜仍不死心，都望着医生，希望他再劝一劝闯王。但是尚炯明白，凡是闯王已经决定要行的事是很难劝阻的，并且觉得闯王的这个决定也许是惟一拯救危急的办法，除此别无善策。他深深地锁着眉头，慢慢地拈着花白长须，沉吟片刻，随后望着闯王，面带微笑说：

“闯王，商洛山中安危，确实将决定于呼吸之间。坐山虎既敢挟众鼓噪，就敢投降官军。纵然现在尚未投降，可是一旦峣岭官军得知实情，大举进犯，到那时，坐山虎十之十投降官军。咱们吃过饭就去石门谷，好，要抢在官军前头！只是我有两个愚见请你听从，以备不虞。”

“什么高见？”

“古人说‘有文事者必有武备’，何况今日是前去平乱，并非文事。以你闯王的声威，此去定能成功，但是也不可不防万一。我看，既有子杰在此，双喜可以随你我前去，至少再挑选五十名精兵带在身边。”

闯王想了一下，回答说：“双喜去可以，也让他长点阅历。但人马带的多啦会引起他们疑惧，最多只能带二三十个人。”

“好,这一点我不勉强。除你自己带有二十名亲兵,加上我同双喜各带在身边的亲兵,另外再带二十名,合起来差不多有五六十人,缓急之际也可以厮杀一阵。”

“不,除我带来的二十个人外你同双喜的亲兵各带五名,决不要多带一个人。有二三十个亲兵足够,多带人我反而不安全。”

医生的微笑变成苦笑,无可奈何地摇摇头,接着说:“还有一个愚见,就是马上派个人飞马去石门谷,告诉众家杆子说你要亲自来见他们,天大的事儿听候你秉公处分;还说明你随身只带了二十名亲兵,要大家不必多疑,安静等候,莫再胡闹。”

闯王高兴地说:“对,子明,应该先派个人去传谕大家。双喜,你马上派一个会传话的人,不要耽搁!”

匆匆地吃过午饭,李自成就带着尚炯、双喜和三十名亲兵出发。在上马之前,老医生假装去茅厕,拉着谷英的手,凑近他的耳朵低声叮咛几句。谷英连连点头,回答说:“我明白,决不有误。”上马以后,尚炯看见闯王鬓角淌汗,两颊发红,他的心更加沉重。他不仅担心到石门谷对闯王会有凶险,也担心闯王的身体会支持不住。只有他最清楚,自成在久病之后身体有多么虚弱,如今是用多大的毅力在不眠不休,忍受鞍马劳顿!

到了红石崖的时候,由双喜派往石门谷传谕的小校尚未转回,不知众家杆子听到闯王的传谕后有什么动静。老医生极不放心。为着等候小校回来,他要求闯王在红石崖稍作休息,又陪着闯王同防守山口的百姓谈了一阵,询问两天来杆子在附近村庄的骚扰情形。但李自成似乎不理解他的用心,一心只想着趁官军进攻前赶快去平定叛乱,救出吴汝义、李友和一百多名将士,保住石门寨不落入官军之手。在红石崖没有多停留,闯王又上马动身了。

乌龙驹精神焕发地走在最前。又走了不到二里,忽然有一队奔跑的马蹄声迎面而来。转瞬之间,从曲折的山路上出现了一小队人马,不过二三十人,奔在最前边的是李双喜派去的小校,第二个是窦开远,跟在背后的是窦的手下人。窦是一个不到二十五岁的青年,陕西三原人,曾读过几年书,没有考上秀才,因受村中大户欺压,愤而拉杆子,半年前辗转来到了秦岭山脉,同黑虎星成了结拜兄弟。他生得面貌和善,拉杆子从不妄杀一人,人们替他起个外号叫窦阿婆。一个半月前他听从黑虎星的号召,投了闯王,随众杆子驻扎石门谷。黑虎星曾带他去拜见闯王,在老营住了两天。现在他离闯王还有十来丈远就翻身下马,急步趋前,拦住乌龙驹双膝跪下,大声说:

"闯王!坐山虎挟众哗变,我没有法子弹压,对不起你,请你把我斩了。你没有多带人马,石门谷你千万不要去!千万不要去!"

闯王勒住马缰说道:"起来!石门谷是我手下将士抛头颅,洒鲜血,从官军手中夺下的险要去处,为什么不让我去,难道你们要让官军进去么?"

"是这样,闯王,坐山虎已经叛变,什么事都做得出来。黑虎星没回来。我是三原人,强龙不压地头蛇,手下亲信又不多,怕万一保不了你的驾。刚才是坐山虎想叫我劝你不进石门谷,才放我出来。你既然没有带多的人马来,千万不要前去。"

闯王说:"我抚心自问,没有亏待大家的地方,愿意随我起义的是大多数,不信大家都甘心坐视坐山虎背叛了我。你起来,让我过去!"

窦阿婆跳起来,牵住乌龙驹的缰绳说:"闯王!你千万去不得!坐山虎已经扬言说不让你进寨,正在纠合人马出寨挡驾。我窦开远粉身碎骨不足惜,可是我求你退回大峪谷,不要前去!"

自成扬鞭大喝道:"丢手!我要看一看坐山虎能不能挡住我走进寨里!"

"闯王!闯王!请你听我说,听我说!……"

"说什么?"

开远略微放低声音说:"我刚才听说,坐山虎已经同官军勾手,要献出石门寨投降。你千万不要进寨!"

这事虽不出闯王所料，但是果然成为事实，仍不免使他的心中一惊，赶快问道：

“确实么?”

“坐山虎的两个亲信头目在私下交谈，不提防给我手下的一个弟兄听到，所以这件事十分确实。”

“那个自号铲平王的丁国宝，同他一起向官军投降了么?”

“不。坐山虎暗中投降的事还在瞒着大家，铲平王同我们一样坐在鼓里。看样子，坐山虎想等官军攻寨时，再以兵力挟持我们大家投降，不从的就杀掉。”

“铲平王为何跟他一起哗变?”

“铲平王手下的小头目也有率领弟兄出寨扰害百姓的，给李友抓到了，他不同铲平王打个招呼，全数痛打一顿鞭子。铲平王去要人，虽然李友放了他的人，却当面雷暴火跳地责骂他不能够约束部下。当时丁国宝看在闯王的面子上，没有还嘴，可是窝了一肚子气。坐山虎知道了，马上就百般挑唆，煽风点火，硬是把丁国宝说变了心，跟着他鼓噪起来。”

“官军现在何处?”

“听说已经过了峣岭。”

李自成觉得自己进石门寨平定叛乱更加有了把握，冷笑一声，说：“我来得正是时候!”但窦开远抓住了他的马缰，仍劝他不要进寨。他将鞭子一扬，大声说：

“随我进寨！我看他坐山虎能不能献寨投敌!”

鞭子打在乌龙驹的臀部，它猛一纵跳，挣开了窦阿婆牵着缰绳的手，擦着路边向前跑去，越过了窦阿婆带来的亲信骑兵。医生、双喜和亲兵们紧紧地跟在背后。窦阿婆飞身上马，拔出剑来向他的骑兵一挥，高声叫道：

“弟兄们，都随我来！倘有谁敢犯闯王的驾，对闯王动动指头，咱们跟他狗日的拼上！咱们谁不舍命保闯王，不是人生父母养的，天诛地灭!”

李自成和他身后的少数忠心将士刚转过一个山头，就看见有五六百杆子已经拥出寨门，刀、枪、剑、戟一片明，乱哄哄地叫嚷着。医生和双喜大惊，都迅速拔出剑来。刹那之间，所有的刀和剑都拔了出来。老神仙想着自己同杆子们毫无嫌怨，并且曾来石门谷替许多人治过病，便用力把镫子一磕，奔到闯王前边，可是闯王用命令的口气说：

“子明，退后！”

乌龙驹仍然走在最前。望见一里外那么多人和那么多刀光剑影，并听见乱哄哄的嚷叫，它以为马上就进入战场，感到无限兴奋，忍不住振鬣长嘶，又响亮地喷着鼻子。

鼓噪哗变的杆子留下一部分人包围大庙，一部分登上寨墙，一部分由坐山虎率领着拥出寨外，威胁李自成，不许他进寨。这出寨来的五六百人拥挤在山路上和路的两旁，密密麻麻，挡住了李自成前进的路。他们有的人敞开胸，有的人光着上身，有的人用红布包着头。刀和剑的柄上带着尺把长的红绿绸子，明晃晃的枪尖下围着红缨。路上有一条大汉扛着一面红绸大旗，上边用黑丝线绣一只踞坐山头的猛虎。大旗下站着一条二十五岁上下的黑脸大汉，两道浓黑的扫帚眉，一双凶暴的牛蛋眼，方口厚唇，张口露出一对虎牙。他穿着一件紫色箭衣，腰间束一条黄绸战带，右手拿一把鬼头大刀，战带上插一把出鞘的攮子。他用黄绸包头，右鬓边插一个猩红大绒球。这些打扮在杆子中并不特殊，特殊的是他的左鬓边垂下来一大绺白色纸条，像戏台上扮演鬼魂的装束一样。

这些对抗闯王的人们，当闯王刚转出山包时，一片吵吵嚷嚷。但当他们看清楚闯王一马当先，渐渐来近，背后并没有多的人马，感到疑惑和惊骇，吵嚷声变成了窃窃私语。等闯王走到半里以内，连窃窃私语也停止了。人们都摸不准会发生什么事情，紧紧地握着兵器，注视着态度沉着和神色冷峻的闯王，屏息无声，只有临近的马蹄声和人群中发出的短促呼吸声。

大约离哗变的人群不到二十丈远，李自成跳下乌龙驹，跟随在后边的人们都随着下马。他把马缰递给一名亲兵，向窦开远问：

“站在那面大旗下边的可是坐山虎？”

“正是坐山虎这个混小子。”

“他的左鬓角为什么戴一绺白纸条子？”

“前天夜间李友杀了他的二驾，是他的把兄弟，他立誓报仇。不料昨天攻大庙又死伤了二十多名同伙，所以他更加愤恨，戴了一绺白纸条子，意思是他倘若不能报仇，决不再活下去，权当他已经亡故。”

李自成冷笑一声，骂道：“什么东西！”随即大踏步向坐山虎面前走去。老神仙紧靠在他的左边，双喜紧靠在右边，一步不离地跟着前进。离坐山虎十步远时，双喜、李强和窦开远不约而同抢在闯王前边，仗剑卫护闯王。闯王命令说：“退后！没有我的命令不许动手！”双喜等只得退到两旁，让闯王走在中间稍前。闯王走到离坐山虎四五步远的地方停下，用严厉的目光把坐山虎打量一下，问道：

“你要干什么？”

坐山虎的心头怦怦乱跳，瞪着眼睛说：“我要替我的把兄弟和手下弟兄们报仇，要李友和他的手下人偿命。”

闯王逼近一步说：“要李友们偿命不难。我这次亲自来就是要秉公处置，平息众怒。假使李友该斩，我李自成向来大公无私，决不姑息，定然将李友斩首示众。走，随我进寨！”

“我正在围攻李友，决不让你进寨。”

李自成厉声问道：“我们俩谁是闯王？”

“你是闯王。”

“既然你知道我是闯王，就应该听我的令，这山寨是我打下的，我想进就进。只有我命你滚开，没有人能禁我进去。”

坐山虎横着刀说：“我就是不让你进去。”

自成又问：“你已经投降了官军么？”

坐山虎回答说:“我没有投降官军,可是我不让你进寨。”

李自成大声说:“闪开路! 既然你仍是我麾下战将,就不许你挟众鼓噪,阻止我走进山寨! 闪开!”

窦开远和双喜都以为闯王已经怒不可遏,一定会刷一声拔出花马剑把坐山虎劈为两半。但是闯王怒目注视着坐山虎的眼睛,挺着胸,背着手,大步前进。坐山虎对着这么一个威严、倔强、正气凛然的人物,感到茫然失措。在看见闯王之前,他想着他不许闯王进寨可能有两个结果:一个是闯王见他人多势众,只好灰溜溜地走掉;另一个是闯王动起手来,展开一场厮杀,他依恃人多把闯王杀败。但现在这两种预料的情形都没出现,他慌急中想不出对付办法。闯王缓缓前进,他横着刀缓缓后退,而他的背后,人拥着人,都不得不一步一步后退。最后边的人群开始乱起来,纷纷嚷叫,有的人叫着不要往后退,而有的人叫着:“不要伤害闯王! 不许动武!”坐山虎心中更慌,把鬼头刀举到闯王的鼻子前边,向他的党羽大叫:

“弟兄们,挡住闯王进寨,不许后退!”

许多明晃晃的刀、剑和红缨枪突然从李自成的面前举起,密密地对着他的脸孔。医生、双喜、窦阿婆和李强等众亲兵都在刹那间举起兵器,抢上前卫护自成。兵器格着兵器,发出铿锵之声,眼看要开始互相屠杀。闯王挥手对保护他的人们大声说:“后退! 不许动手!”又向对方大喝道:“后退! 不许动手!”双方互相接触的兵器登时分开了。在鼓噪哗变的人群背后又有许多声音叫喊:“不许伤害闯王! 不许碰着闯王!”在坐山虎背后的远处传过来愤怒的叫声:“快替闯王让开路,不许挡驾!”李自成继续前进,逼着坐山虎和他的亲信党羽步步后退。走了几步,突然又有许多红缨枪尖举到他的胸前。他冷笑一声,用手向左右一荡,荡开了几杆红缨枪尖,其余的都缩了回去,同时让开了中间的路。他的沉着和威严的气势使人震慑,没有人敢认真用兵器碰他一下。坐山虎心中慌乱,和他的亲信党羽以及他的大旗也不得不退到路旁。李自成所到之处，人们纷纷向两旁闪开，路两旁形成了人和各种兵器的墙壁。人们在极度紧张的气氛中怀着惊异和敬佩的心情肃静无声，注视他从面前走过。他的后边紧跟着双喜和李强，然后是一群牵着战马的亲兵。尚炯因对落在后边的坐山虎不放心，对窦阿婆使个眼色，和窦的三十个心腹弟兄走在闯王的亲兵后边。有很多人同尚炯见过面，有的曾请他看过病，这时看见他走到面前，争着用点头、招手或微笑向他招呼。他也向他们含笑点头，好像在冰冻的日子里开始有一丝春风出现。闯王和窦阿婆的这一小队人马刚一过去，后边的杆子像潮水般跟了过来，把坐山虎卷在里边，拥着他前进。他大骂左右和后边的人，但是再也不能随心所欲地威胁和指挥众人。

寨里的大庙前有几座古碑，几棵合抱粗的古树。一座古碑从石龟上倒下来，折为两段，横在地上。李自成进了寨门以后，直到大庙前边停住，跳上石龟，横眉怒目，冷然无语，面对着拥来的杆子。那几百包围大庙的和登上寨墙的，以及在屋中休息的刀客，也都跑了过来，把他面前的空地站满，挤得水泄不通。坐山虎和他的党羽还在一心想替自己的伙伴报仇。那些虽非他的党羽但平日对李友的管束心怀不满的人，还有那些从昨天以来混水摸鱼、扰害了百姓怕受惩罚的人，都想依仗人多势众来威胁闯王，使他屈从大家的意见，放任他们胡作非为。如今大家趁着他尚未开口，先闹哄哄地吵嚷起来。有的人带着酒意，放肆地攘臂谩骂，有的人凶恶地乱挥着手中兵器。窦开远大声喝叫众人肃静下来听闯王说话，却没有多少人肯听他的命令，喧嚷如故。这种鼓噪情形，如果不立刻压服下去，很可能闹出变故，不可收拾。双喜和李强同二十几名亲兵迅速地在闯王前站成一排，窦开远也使他的亲信人紧围在闯王的两边和背后。黄三耀的手下人和平日靠近窦开远的人们看见局面在变化，也都从人群背后向前挤，大声骂那些过于放肆的人。于是群众更混乱了，眼看就要互相砍杀起来。

李自成镇定而威严地向全场慢慢地看了一遍。奇怪，仅仅这么一看,嚷叫和谩骂的声音落下去了,骚动的人群静下去了。当然,这是紧张中的平静,可能很快就会发出新的飓风和海啸。所有的眼光都集中在李闯王的脸上,等待他开口说话。闯王竭力抑制着愤怒,说道:

“自从我李自成起义以来,这还是第一次我的部下鼓噪。眼下官军就要分几路向商洛山中大举进犯,你们不但不赶快想办法抵挡官军,偏在这节骨眼儿上鼓噪起来,围攻自家兄弟。你们难道想叫官军来占领石门寨么?你们既然随我李闯王起义,就该走打富济贫、剿兵安民的正路。只要你们跟随我顺着正路走,都是我的好弟兄,别的话都好说。你们要听信坏人挑唆,叛变了我,投降官军,我决不答应。只是一时受了挑唆,糊涂了心,跟着别人鼓噪起哄,从现在起不再鼓噪,听从我的将令,齐心剿杀官军,纵然做了围攻自家兄弟的错事我可以既往不咎。倘若有人受了别人挟持,打算投降官军,一只脚踏在岔路上,只要立刻将那只脚收回来,继续跟我走正路,也一概既往不咎。我李闯王自来说一不二,句句话出自真心。”他随手从腰间拔出一支雕翎箭,接着说:“倘若我李自成出言反复,犹如此箭!”只见他双手一撅,箭杆折为两段,投到众人面前。

全场情绪紧张,肃静无声,注视闯王。但有的人回避了他的眼光,低下头去。窦开远用右手高举宝剑,左手拍拍胸脯,声音洪亮地说:

“弟兄们,你们随闯王起义的那股正气给狗吃了?你们问过自己的良心没有?大敌当前,咱们抵挡不住官军进犯就会一起完蛋,可你们先在自家窝里咬起来,活像是一群疯狗!”

李自成对窦阿婆点点头,又用眼睛向全场扫了一圈。人头在浮动着,有的互相交换眼色,有的互相窃窃私语,但没有一个人再大声嚷叫。自成用手揩一下额上的汗,接着说:

“凡是随我起义的,不管新人旧人,我一视同仁,不分远近。今天我带病前来,就是要弄清是非,秉公处置。你们是谁挟众鼓噪,为什么鼓噪,照实说出。有苦有冤,我来伸雪。说吧!”

众人的眼光都转向坐山虎。坐山虎气势凶猛地推开旁人,向前挤进两步,粗鲁地骂李友欺压他,又杀了他的二驾和手下弟兄,要闯王替他出气。在他的怂恿之下,跟着有两三个杆子头儿诉说他们来这里是要随闯王造反,不是要受李友的窝囊气。李自成又问别人还有什么状要告,连问几遍,却不见有人做声。他向众人说道:

“上有皇天,下有后土,我李自成倘若对这个案子不一秉至公,天地不容!我现在把话讲明:第一,两三天来你们有些人扰害百姓,奸淫烧杀,我本该将你们个个斩首,可是我决定痛责自己失于教导,对你们既往不咎,只要你们从现在起不再违反我的军律就行。倘再有犯军律的,即令他是天王老子地王爷,定斩不饶!第二,从现在起,你们该守寨的守寨,该把卡的把卡,该哨探的哨探,该休息的休息,无事不准乱动,更不准寻衅报怨。倘有谁敢再寻衅报怨,随便动武,不管是大头领、小头领,也不管是主犯、从犯,一律斩首!第三,我把李友派驻在这个地方,他没有把我交给他的事情办好。我现在就把他叫出来,先当着众人的面责打他四十军棍。然后你们举出几个公正人,马上替我查明谁是谁非,不许有一分徇私。我知道你们有些人想杀死李友报仇,好吧,倘若查明后说他该杀,我李自成对他决不会有半分姑息,不到明天早上我就把他的人头挂在此处!”

人群一直屏息静听,到这时忽然大大地激动起来,有的不自觉轻轻点头,有的互相碰一下,推一下,交换眼色,而到处是嘁嘁喳喳的说话声。李闯王提高声音说:

“你们快替我举出几个公正人来!”

人群中突然寂静片刻,随即纷纷嚷叫,一共说出了十来个名字,其中有窦开远和一些比较公正的人,也有少数是同坐山虎走得近的。李自成叫他们来到前边。出大家意料之外,他深深作了一揖,然后说道:

“是非曲直，不查不明。你们是大家公推的，务必凭着公心办事。只有你们查得公正，我才能执法公正，使该斩的人死而无恨，也能使众人心服。今晚，你们就把查的结果禀报，不得耽误。”他转过头去，望着庙门的上边喝叫：“李友！快把庙门打开，给我滚出来！”

自从闯王来到寨外以后，李友就站在鼓楼上，注视着寨外动静，同时命守在房坡上的弟兄们同围攻的杆子弟兄攀谈，将闯王的起义宗旨和大公无私的为人讲给大家听，包围在庙外的杆子有些不是坐山虎的人，知道闯王来到，自然都不肯再放一箭，即令是坐山虎的人，也开始对攻打大庙事三心二意。寨外动静，全在李友眼中。他已经准备好，倘若坐山虎竟敢对闯王动手，他就率一百名精兵呐喊冲出，抢占寨门，一定可以使坐山虎的人们惊慌大乱。由于寨外地势狭窄，人又拥挤，他的一百士兵可以迅速射倒大批的人，而坐山虎也不难给他射死。后来看见闯王平安进入寨内，到了山门外边，他感到放心了，立刻从鼓楼下来，把三十个最好的射手调集在山门的屋脊上和山门两边的墙里边，露出半截身子，同他一起控弦注矢，留心着人群动静。另外，他把二十个精强的牌刀手埋伏在山门里边。假使坐山虎和他的党羽们敢对闯王有不利举动，李友和这三十名射手只在刹那间就会把坐山虎和他的左右心腹党羽射死，而那二十名牌刀手将同时打开庙门冲出，和双喜等一起保护闯王。现在听到闯王命令，李友在屋脊上高声答应了一声：“是！”过了片刻，庙门大开，先走出来大约二十名弟兄，分一半站在庙门的台阶下，一半站在台阶上，向会场怒目注视，提防哗变的人们乘机冲入大庙或杀害李友。庙门里也站着一群人，准备随时跳出厮杀。李友毫不畏怯地挺胸走出，分开众人，来到闯王面前，躬身叉手，肃立待命。闯王严厉地看他一眼，问道：

“李友，你知罪么？”

李友不替自己辩解，抬起头来说：“回闯王，我平日不知多方开导，使大家严守军律，遇到事头上又不善处置，激出变故，这就是我的罪。请闯王把我严办,即令砍我的头,我决无半句怨言。”

闯王喝令左右:“替我绑起来!用军棍狠打!”

李强怔了一下,立刻同一个亲兵把李友五花大绑。但是等李友趴倒地上后,有人按脚,有人按头,他却迟延着不去找棍子,也不吩咐亲兵动手打,等待着窦开远和别的人替李友讲情。闯王大喝:

“快替我着实打!打四十军棍!”

李强还在迟疑,仍希望有人讲情。李友趴在地下催促说:“兄弟,快打吧,别让闯王生气。”李强没办法,只好从站在附近的一个刀客手中借来一杆红缨枪,交给一个亲兵,颤声说:“快打!”这个亲兵用枪杆代军棍,噙着热泪,打了起来。

闯王看着亲兵们打李友,脸上异常严峻。在入寨前,密密如林的刀、剑和枪尖举到他的鼻子前时他没有失去镇静,如今从众人看来他仍然是镇静的,没有人知道当红缨枪杆第一下砰一声打在李友的两条大腿上时,他的垂着的双拳猛然握紧,随后颊上的肌肉轻轻痉挛,若有若无的泪花在愤怒的眼中闪动。他又大喝道:

“狠打!不准留情!”

李友没有求饶,咬着牙不肯呼叫。枪杆打得他皮开肉绽,鲜血染得枪杆红。所有老八队的将士们都心中不平,但不敢替李友求情。尤其李友的手下人更是难过万分,泪向腹中流,对坐山虎一伙人痛恨得咬牙切齿。杆子方面,除去坐山虎的少数死党,多数人虽然曾一度在坐山虎的挟制下跟着鼓噪,这时既敬佩闯王的大公无私,也替李友感到委屈,而对于坐山虎一伙人很不同情。窦开远虽然明白闯王的军令森严,但实在忍耐不住,向闯王大声请求:“请不要再打!不要再打!”许多人跟着呼求。闯王脸色激动,但没有下令住打。李友挨打毕,自成下令将他押在庙中,等候发落,然后转向大众说:

“不管什么人,只要愿意站在我‘闯’字大旗下边,有功必赏,有过必罚。家有家规,营有营规。军无纪律,便是乌合之众。从今以后,各位谁愿意随我打江山的都得遵守军纪,不能再像从前拉杆子那种样子。谁不愿遵守军纪,请不要留在我的大旗下边。斑鸠嫌树斑鸠起,任诸位远走高飞,我决不相留。朋友们好合好散,更不必结成仇人。”他稍微停顿一下,望着坐山虎,神色威严地斥责说:“坐山虎,快把你鬓角上的白纸条条取下来!人不像人,鬼不像鬼,什么玩艺儿!你是在我闯王军中,要对谁决一死战?……立刻取掉!”

全场一千多人的眼光都望着坐山虎,尤其是望着他挂在左鬓角的那一绺白纸条。他自己还在迟疑,旁边的一个亲信头目立刻伸手替他取下,扔到地上。李自成接着说道:

“你们都归黑虎星指挥,在石门谷镇上只能树黑虎星的大旗,不能树别人大旗。家有千百口,主事在一人。每个人都树起自己的大旗,岂不是乱蜂为王?你们在这里是我李闯王的义军,不是杆子,不许乱七八糟。坐山虎,把你的大旗卷起来!”

虽然李自成并没有使用多大的声音,但站在坐山虎左右前后的党羽却觉得他的话就像有雷霆万钧之力,使他们心惊胆寒,面面相觑。从群众里边发出来一阵叫声:“卷起来!卷起来!”还有人叫道:“把你的坐虎旗拿回家做尿布去!”坐山虎看见打旗的大个子在望着他等待命令,他对打旗的踢了一脚,喷着唾沫星子骂道:

“快替老子卷起来!我操你奶奶的,愣怔什么?卷!”

李自成看着坐虎旗卷起以后,又向坐山虎说:“我的中军吴汝义现在哪里?你立刻放他出来!”

坐山虎叫他的两个手下人去放吴汝义,全场都在紧张地等待着闯王还要说什么话,不知这出戏将怎样再演下去。闯王没有说一句话,只是用眼色催老神仙快到庙里去替李友治伤,继续神色威严地站在大石龟上等候吴汝义。过了片刻,吴汝义来了,而且宝剑也还给了他。人群嗡一声动荡起来,替他闪开了一条路。等他走到面前,闯王用一只手向全场一挥,重申命令:

“现在该守寨的守寨,该把卡的把卡,该巡逻的巡逻,该休息的休息,准备迎敌。还有,坐山虎,你快把运送粮食的人和牲口都放出来！把吴中军和亲兵的马匹送还！”

人群一哄而散开。坐山虎带着自己的手下人也离开了。他的心中很不服气，边走边喃喃骂道：

“操他八辈儿，老子今天栽了跟头！老子等着瞧，我的人不能白死。如果他李闯王不替我报仇，放走李友，我决不答应。我怕个屎，砍掉头不过碗大疤瘌！”

李自成望着众人散去，暗暗松了一口气。窦开远等许多人都庆幸李自成毕竟赶在官军进犯前来到此地，挽回了几乎不可收拾的局面。闯王吩咐窦开远赶快派人打探官军动静并约同几位公举的公正头目查明李友杀人的真情是非。随即，他带着双喜等走进大庙。虽然围攻的杆子已经散去，庙中周围仍然在严密戒备。大门内外仍站着二十名牌刀手，而大门的屋脊上仍有人控弦瞭望。除掉趁机会打水的士兵外，没有人敢随便走动。闯王到各处看了看，问了问伤亡情形。当他知道庙中只死了五个人，伤了七个人，他于痛心中略觉宽慰。在庙中巡视一遍，他来到李友身边，看见他的棒伤已经由尚炯敷了药，包扎起来。他心中酸痛，叹口气说：“你还没有学会办事，偏偏在目前这当口激出乱子！”李友看见闯王心中难过，不敢申辩，又惭愧他自己没有能耐，惹闯王带病前来，突然眼圈儿红了起来。闯王赶快转身，向庙外走去。

吴汝义和李双喜紧跟在他的身后，不知道他将如何处理这案子。吴汝义忍不住愤愤地说：

“闯王，难道就这样拉倒不成？”

自成回头问：“什么拉倒了？”

汝义说：“坐山虎挟众鼓噪哗变，围攻我们的人，又撕毁你的亲笔书子，杀了我们的弟兄，倘不申明军律，将为首肇事的斩首，以后如何可以服众？如何……”

自成不等他说完，说道：“晓得了。坐山虎鼓噪哗变的事，等到查明实情，我自然会秉公处理。”

“闯王！这件事明摆着是坐山虎鼓噪哗变，何必等待再查？不如趁这时他张皇失措，并无准备，被他要挟的人们已经离心，你给我五十名弟兄，突然出其不意，将他和他的几个死党一齐擒住，当场宣明罪状，斩首示众，其余胁从不究，有敢反抗者杀不赦。我管保能做得干干净净，除此一条祸根。”

李自成继续向前走，出了山门，既不表示同意，也不表示不同意。汝义又说：

“我们还有十匹骡子和几个押运粮食的弟兄扣留在坐山虎那里，你刚才叫他放回，我看他未必就放。”

自成说：“到时候自然会放回来的。”

“闯王，你看坐山虎会安分了么？”

闯王用鼻孔冷笑一声，说：“你不晓得，他已成了叛贼，暗同官军勾手。这包脓今晚非挤不可！”他在一棵大树下停住脚步，回头对双喜吩咐：“你回庙里去挑三十个精壮弟兄拿着我的令箭在寨里巡查，禁止人们聚众生事；两道寨门，叫窦阿婆赶快把坐山虎的人换成可靠的弟兄把守，不许人随便出入。倘有违反军纪的，轻则申斥，重则抓来见我。”

吩咐之后，李自成走到面对崤山的北寨墙上，察看地势和防守情形。这儿摆放着成堆的滚木礌石，守寨的弟兄也最多。两天来这儿几乎没有人守寨，自从他刚才在大庙前压下了坐山虎的嚣张气焰，如今每个寨垛里边都摊到两个弟兄。见闯王来巡察，一个个肃立无声，秩序井然。闯王对大家说了几句勉励的话，就吩咐一半人留下守寨，一半人回窝铺休息，不见敌人来到寨边用不着都上寨墙。这时窦开远派手下亲信大头目来向他禀报，说离石门谷十里外已经到了一支官军，人数不详。闯王命他再探，并叫李强取二百两银子交给他，要他立刻买猪羊白酒，犒赏守寨将士，让大家今夜饱餐一顿，痛快杀敌。他吩咐犒赏时声音较大，左近的守寨弟兄全都听见，高兴非常，于是一传十，十传百，没有多久，全寨的弟兄都知道了。

李自成下寨以后，叫李强到庙中去问李友，庙中还存有多少现款。李强回答说：

“不用到庙里问，我们来时带了六百两，还有四百两没有动用，大概够了。”

“怎么是六百两？”

“慧英知道老营缺银子用，我们临动身时，她把她同慧梅几年来积攒的体己银子二百两交给我，以备急需。”

闯王点点头，从眼角流露出一丝微笑，问道：“这四百两银子在什么地方？”

“都在马褡子里。”

“快去取来，分开给两个人带在身上。”李强一走，自成一边向前慢慢走，一边向吴汝义问：“听说有一个铲平王丁国宝，你可认识？”

“见过。他跟着坐山虎鼓噪哗变，围攻大庙，也是十分可恶。”

“是坐山虎的死党么？”

“不是死党，不过如今他们拧成一股绳儿。要不是他黑了心，坐山虎势孤力单，也不敢这么嚣张。”

闯王又走了几步，沉吟地说：“正统年间福建省有个邓茂七起义①，自称铲平王。丁国宝这小子替自己起个诨号也叫铲平王，原听说他在起手拉杆子时也有心打富济贫，铲尽人间不平。”

“反正这个混小子如今跟着坐山虎叛变，围攻李友，纵兵殃民，无恶不作，从根到梢都坏了。”

闯王没再做声，缓步往山街上走去，想着心思。这时他还不晓得，就在他从老营动身时候，官军开始几路进犯，南边局势发生了意外变化。他只是想着官军在今天或明天可能动作，因此他必须至迟在明天天明以前离开这里，赶回老营坐镇，应付官军；尤其想着峣关的官军已来到离石门谷十里之外，说不定明天拂晓就会来犯，除掉寨内的祸根刻不容缓，还必须将活儿做得干净利索，决不能打虎不成反被虎伤。他边走边想着万全之计……

---

① 邓茂七起义——邓茂七，江西人，佃农出身，明英宗正统十三年（公元 1448 年）秋天在福建延平一带起义，攻陷二十余县，自号铲平王。次年二月兵败牺牲。

第九章

黄三耀的绰号叫黄三鹞子，曾同窦开远一道由黑虎星带到老营，见过闯王。现在李自成由吴汝义领路去探看他的病，坐在床边说了几句宽慰的话。谈到坐山虎挟众鼓噪，黄三耀又气又愧，声音打颤地说：

“闯王！我同黑虎星哥哥是把兄弟，也算是你的侄儿。不管论公论私，即使把小侄的骨头磨成灰，小侄也要保你打天下。只是小侄如今大病在身，起不得床，手下的弟兄们也多给瘟疫打倒，有心无力。要不然，小侄同开远哥哥合起手来，我操他娘，早已同龟孙们白刀子进去，红刀子出来，见个死活。唉，他妈的，我这个病！……”

黄三耀说不下去，又是喘气，又是痛心地抽咽。闯王安慰他说：

“我既然来到这里，天大的乌云也会散去。贤侄好生养病，不要难过，也不要把这事放在心上。”

黄三耀挥手使闲人从屋里出去，小声说：“闯王，不杀几颗人头，这乌云不会散去！”

闯王立刻俯下头去，小声问：“你看，应该杀些什么人？”

黄三耀咬牙切齿地说：“坐山虎非杀不可。他的一群亲信挟众鼓噪哗变，断没有饶恕之理。倘若不杀了这群杂种，一则祸根还在，二则以后别人会跟着他们学，事情更加难办。趁你在此，杀了他们，我看没有人敢随便动弹。”

闯王没有做声，在想着如何除叛。吴汝义小声说：

“可是坐山虎自己手下有五百多人，铲平王手下有三百多，其余的杆子跟他一鼻孔出气的也不少。”

黄三耀又对闯王说:“这活儿要做得干净,做得他们措手不及。有你在此,一正压百邪,事情好办。头一步先稳住他,使他不防,然后在酒宴上掷杯为号,收拾他们几个为头的。蛇无头不行。杀了几个为头的,下边谁敢动?万一鼓噪也好收拾。我同窦阿婆手下的弟兄,有你在此,都肯卖命。别的杆子,跟着坐山虎趁火打劫,混水摸鱼,却跟他同床异梦,心中也怕他挟制。你只要说出不怪罪他们,许他们立功赎罪,谁个那么傻,放着河水不洗脚,故意往烂泥坑里跳?”

闯王问:“能不能把铲平王同坐山虎拆开来?”

“不行,闯王。他俩近些日子勾得很紧,只要坐山虎说往东,铲平王决不往西。要杀,一齐杀,不要杀了一只虎,留下一只狼,纵它伤人。”

“他原来并不很坏,是吧?”

“原来比坐山虎好得多,近来却跟坐山虎的样儿学,像鬼迷了心一样。窦阿婆曾劝过他,他不但不听,反受坐山虎挑唆,几乎要干掉阿婆。这人很难回头,万不可留。”

“他同坐山虎是拜身①还是同乡?”

“一非拜身,二非同乡,只是近几天来十分亲近,互为利用,如鱼得水。”

李自成从床边站起来说:“你休息吧。咱们如今要迎敌官军,必要先除内患,可是也不宜造次行事。让我想一想,再做决定。”

“你今天明天暂不要打草惊蛇,先稳住他们的心。过两三天以后给他们个冷不防,突然下手。”

李自成不肯说出坐山虎瞒着众人投降官军的事,也不肯说出他自己必须在今夜返回老营,微微笑一下,走出屋子。

如今事情确实难办,既要除掉内患,还要留下这一千多人马抵御官军,而时间仓猝,不许他稍微耽搁。他一边在寨中巡视,一边考虑万全之策。走了几个地方,看见寨中秩序粗定,心中稍觉安

---

① 拜身——米脂县方言称结拜兄弟做拜身。

慰。他正在走着，双喜带着几个弟兄匆匆迎面而来，使他的心中猛打一个问询："又出了什么岔子？"双喜很快地到了他的面前，兴奋地小声禀道：

"爸爸，咱们的人马已经来到，现在红石崖等候命令。要不要他们即刻进寨？"

闯王十分诧异，问道："从哪里来的人马？"

"是小鼐子率领三百骑兵来石门谷护卫爸爸。路过大峪谷时，我子杰叔怕他年幼莽撞，亲自同他前来，又添了五十名骑兵，带有攻寨云梯。走到红石崖，因知道爸爸进寨后平安无恙，他们不敢造次进寨，引起杆子疑惧，所以停在红石崖，派人来请示行止。"

"张鼐？他……我临走时不许他离开老营，是谁命他来的？"

"我不知道。"

自成猜想准是李过正在病中，对目前局势不完全清楚，不知道老营不能不留下人马，不等着同刘宗敏商量就派张鼐率老营的看家人马追赶前来。他把脚顿了一下，问道：

"从红石崖来的人呢？"

"我怕会走漏消息，引他们到庙中等候，不许出来。爸爸，要不要把人马开进寨来？"

闯王还没有来得及回答，忽见窦开远从背后出现，快步向前走来。他迎上去叫着开远的表字问道：

"展堂，查明实情了么？"

"回闯王，这件事不查自明，所以大家到了一起，异口同声，都说坐山虎的人马确实不守军律，扰害百姓。他的二驾独行狼带着几个亲兵正在强奸民女，李友前去捉拿，互相格斗，当场给李友杀死。坐山虎不问是非，挟众鼓噪，围攻李友，使双方都死伤了一些弟兄。事情就是这样，众口一词，并无二话。"

"大家果真都是这么说？"

"果真都是这么说。连平日同坐山虎靠得近的几个人也不敢卷起舌头说出'不然'。不过，闯王，"开远低声说，"听说坐山虎已经放出口风：倘若闯王不杀李友，他决不罢休。从庙门外回来他就把铲平王丁国宝叫去，商量对付办法。刚才我看见丁国宝从坐山虎那里回自己驻扎的宅子去，脸色十分难看。他两个合起来有八百多人，想马上收拾他们很不容易。”

“唔……打探官军有什么动静？”

“已经派了几个探子出去，还没有一个回来。不过据山下百姓哄传，离此十里远的地方到了两千多官军，今夜不来攻寨，明日必然前来。”窦开远趋前一步，放低声音说：“如今不怕官军来攻，怕的是里应外合，官军来到时先从内里破寨。”

闯王说道：“你去对各位头目说，李友遇事处置不善，激成兵变，我决不轻饶。今晚准备迎敌要紧，万勿懈怠。”

“是，我去传谕。”开远说毕，转身就走。

李自成心中责备李过不该派张鼐前来，但又想张鼐既然来了，不妨今晚暂时留下，帮助平乱，事毕就赶快命他回去。这么一想，他立刻对双喜说：

“你赶快命红石崖来的人火速回去，传令张鼐等偃旗息鼓，藏在山圪塄，不许使寨中杆子望见；一更过后，悄悄将人马开到寨外候令，不得有误。”双喜正要走，闯王又说：“还有，倘若老营有人前来禀报军情，立刻引来见我。”

他担心丁国宝等人畏罪心虚，受坐山虎煽惑欺哄，还在同坐山虎拧成一股绳儿。他已经认定，要在今晚除掉坐山虎，丁国宝是关键人物。将双喜打发走，他就要去见铲平王丁国宝，叫吴汝义替他引路。汝义大惊，小声谏道：

“闯王，丁国宝不是个好东西。窦开远刚才说坐山虎离开庙门前时曾拉他去私下商议，不知商议些什么名堂。你现在身边没有多带亲兵，还是不去的好，免得万一他操个黑心。”

“我心里有谱儿，如今正需要我亲自找他谈谈。”

汝义苦劝道：“闯王！你是全军主帅，在这样时候，不怕一万，只怕万一。”

自成把眼睛一瞪："小心过火！坐山虎本人我还想去瞧瞧，何况丁国宝仅仅是受了他的挟制才鼓噪胡闹。"

"可是……"

李自成挥一下手，阻止吴汝义再说下去，大踏步向着丁国宝驻扎的宅子走去。十分偶然，有一只乌鸦从头上飞过，哑哑地叫了两声，停一下又叫一声。李自成似乎没有听见，但吴汝义和众亲兵却都心中吃惊，认为这是个不祥之兆。有人不自禁地仰起头来，望着空中的乌鸦影子连呸三声。

在寨内的一角，离开坐山虎驻扎的地方不远，孤零零地有并排儿两座两进院落的砖瓦宅子，旁边还有两三家茅庵草舍。在一座黑漆大门前边竖立一面不大的红绸旗，上绣"铲平王"三个黑字。两天来丁国宝跟随着坐山虎鼓噪哗变，派出一部分弟兄围攻李友，而一部分弟兄趁机会在附近的村庄抢劫，奸淫，随便烧杀。今天上午他的手下人替他抢来一个姑娘，如今窝藏在他的屋里。为着怕李闯王派窦开远等来收拾他，他的两座宅子的房坡上都站有放哨的，大门外守卫着一大群人。尽管这群人队伍不齐整，有的站着，有的蹲着，却都是刀不离手，弓不离身，准备着随时厮杀。

铲平王的手下人突然看见李自成带着少数亲兵来到，又吃惊又十分狐疑，但是不敢阻挡他走进大门。自成挥手使亲兵们退到后边，态度安闲地穿过前院，一直向后院走。正在两边厢房中赌博和聊天的人们，看见闯王进来，一跳而起，拔出兵器从屋中跑出，站在两边厢房檐下，望着闯王。等他们看清楚闯王的态度安闲，身边没带多的人，登时松了一口气，大部分人暗暗地把刀剑插入鞘中。已经有人飞快地奔往上房，向铲平王禀报闯王驾到。

铲平王丁国宝刚从坐山虎那里回来，心事重重，情绪很坏。坐山虎知道窦阿婆和举出来的众头目查的结果一定会于己不利，要求他今夜三更同自己一起拉走，到终南山中自树大旗或投降蓝田官军，这只是拿话对他试探，还不肯直然告诉他已经同官军通了气，官军将在明日拂晓攻寨。他拒绝了今夜拉走的要求，但同意等过了这一夜，瞧瞧李闯王如何处置，再做决定。他既不愿投降官军，也不愿拉出去受坐山虎的挟制，还怕留下来难被闯王饶过。他在屋中坐不是，站不是，深悔不该跟随坐山虎鼓噪。手下人替他抢来的那个闺女坐在床沿上，眼泡哭得红肿，仍在低头流泪，不时地抽咽一声。当她上午才被送来的时候，丁国宝见她生得不错，原想不管她愿不愿意，强迫成亲。不料这个姑娘年纪虽小，性情却很刚强，宁死不肯受辱。丁国宝几次拔出腰刀说要杀她，她都不怕。午饭她什么也不吃，甚至连一口水也不肯喝，只是低头啜泣。午后不久，丁国宝忽然听说闯王快到石门谷，就顾不得逼她成亲了。现在他看看这个闺女，不知道应该如何处置。他既不愿意放她回家，又怕闯王知道了会罪上加罪。在焦急与无聊中，他走到床边说道：

"妈的！半天啦，你尽是哭哭啼啼，没跟老子说过一句话！……"

他的话没有说完，忽听手下人禀报说闯王已进了二门。丁国宝的脸色一变，慌忙向外迎接，但刚走两步，急忙退回，慌慌张张想把姑娘往床下藏。这姑娘平日常听说李闯王不贪色，不爱财，行事仁义，又见铲平王如此怕他，登时生了个求闯王搭救的心，任死不肯躲藏，双手抓紧床沿，坐在床上不动。丁国宝来不及逼迫她躲藏起来，李自成已经来到了上房门外。他一眼扫见了屋里有个女人影子，就退后一步，停在门槛外边，回头对丁国宝的手下人说：

"这搭儿很凉快，不用进去啦。快搬几把椅子来，就坐在这搭儿歇歇。"

丁国宝最后慌张地向姑娘做个威胁的眼色和手势，从屋中跑出，躬身叉手，喃喃地说：

"我不知闯王大驾来到……"

闯王抓住他的胳膊说："不用讲礼，快同我坐下来随便说话。"

有人替闯王搬来一把圈椅，也替铲平王和吴汝义搬来两把椅子，替李强等亲兵们搬来了几条板凳。闯王先坐下，疲乏地向后一靠，神气坦然，仿佛压根儿不知道铲平王心怀鬼胎，也不知道这上房里窝藏着良家闺女。像这样的事,他遇见的太多了,所以他尽管当时心中一动,却能够做到丝毫不流露出来。摆在他面前的最紧迫的问题是要在这次见面中拆散坐山虎和铲平王一伙,并将铲平王拉回自己身边,稳住寨中局势,其他事只能以后再说。

丁国宝又惶惑又恭敬地坐在他的斜对面,拉吴汝义坐在另外一边。但吴汝义把椅子一搬,坐在闯王身后。李强不肯坐下,立在闯王背后,手按剑柄,提防不测。二十名亲兵都立在阶下,不肯往板凳上坐。丁国宝的手下人有的站在近处,有的站在天井中和两边厢房檐下。尽管李闯王面带笑容,但双方将士都没有丝毫的轻松心情,简直连每根汗毛都是紧张的。闯王见丁国宝十分疑惧,就对自己的亲兵们一挥手,说:

"你们都去二门外休息去吧,用不着站在这里。"

亲兵们遵令后退,但不敢远离,更不敢去二门外边。闯王又回头向李强看一眼,挥一下手。李强退到台阶下,相距大约五步,不肯远离。闯王向全院扫了一眼,对丁国宝笑着说:

"国宝,叫你的弟兄们都去休息。我想同你谈几句私话,用不着许多人站在这儿。"

丁国宝见闯王确无恶意,而另外更无人来,开始松了口气,对他自己的手下人粗鲁地骂道:

"妈的,都快滚出去!滚出去!用不着站在这儿!"

人们一部分走出二门,一部分回到东西厢房,只留下十几个人站在院里。李自成打算从闲话扯起,慢慢地谈入正题,含笑问道:

"国宝,你的台甫怎称?"

丁国宝的脸色微红,回答说:"俺是讨饭的孩儿出身,混江湖也没多久,还没有遇到读书人替俺起个草字。"

"既然还没有台甫,我就叫你国宝啦。"闯王又笑着问:"国宝,你为什么起个诨号叫铲平王?"

丁国宝不好意思地说:"没意思,没意思,惹闯王见笑。"

"我看你这个诨号倒很好,怎么说没意思?"

丁国宝笑一笑，说："不瞒闯王，我因为看见人间富的太富，贫的太贫，有的骑在人头上，有的辈辈给人骑，处处都是不平，所以起义时就替自己起了这个诨号。闯王，惹你见笑。"

"很好，要铲尽人世不平……"

闯王刚说出半句话，那个被抢来的姑娘突然从屋中跑出，扑到他的脚下，大声哀呼：

"闯王爷救命！闯王爷救命！"

自成吃了一惊，还没有弄清是怎么回事，丁国宝一跃而起，右手刷一声拔出腰刀，左手抓住姑娘的头发，把她向外拉，同时喝道：

"老子宰了你这个小婊子！"

姑娘死抱住闯王的一条腿，不再哭泣，叫着："闯王救命！"丁国宝见拉不开她，举刀要把她砍死在闯王脚下。闯王把他的手腕一挡，厉声说：

"住手！"

丁国宝没有砍下去，闯王已经跳起来，向他的胸前猛推一把，使他后退两三步。他重新扑上来，举起刀要杀姑娘。闯王已经拔出花马剑，只见寒光一闪，同时铿锵一声，几点火星飞迸，雪亮的钢刀被格到一旁（事后铲平王才看见他的宝刀被花马剑碰了一个很大的缺口）。在刹那间，吴汝义从闯王的背后跳到前边，李强一个箭步从院中蹿上台阶，要不是李闯王大声喝住，两口宝剑同时向丁国宝劈刺过去。他们虽然突地收住宝剑不曾劈刺，但吴汝义抓住了铲平王的右腕不放，宝剑仍举在他的头上。李强用左手当胸揪住他的衣服，右手中的宝剑直指心窝，相距不过四指，气得眼睛通红，射着凶光，咬着牙根骂道：

"你龟孙子只要敢动一动，老子就从你的前胸捅到后胸，给你个两头透亮！"

吴汝义迅速地夺下来丁国宝的腰刀，转身抵抗从天井中扑上来的几个刀客。刹那之间，全院大乱。闯王的二十名亲兵飞奔过来，站在台阶下排成一道人墙，将闯王护住，也把丁国宝包围在内。

丁国宝的人从四处奔来,有的一边跑一边叫着:“动手啦！动手啦!”还有人吹着唿哨召集大门外和隔壁驻扎的人。他们把天井院站得满满的,但看见李强擒了铲平王,随时都会把他一剑刺死,而闯王又镇定地用怒目望着大家,谁都不敢向前逼近。李强向他们威胁说:

“看你们哪个敢动手！你们再走近一步我就先捅死丁国宝这个畜生!”

院中突然异乎寻常地沉寂,只有从密集的人群中发出低沉而急促的声音:“冲上去！冲上去！把掌盘子的夺过来!”但是站在前排的人们却没有动,只是用兵器威胁着闯王的亲兵。李自成对李强厉声喝道:

“松手！不许你伤害国宝!”见李强松开了抓住丁国宝的手,李自成又望着天井中的人群说:“都后退！都给我滚出二门去！我李闯王在这里,谁都不许胡闹。天大事情听我处置,用不着自家人动起刀枪。”

李强见众人不肯后退,又抓住丁国宝的一只胳膊,把宝剑指向他的心窝,剑尖和衣服相距不到一指。李自成用力将李强一推,推得他踉跄后退,松手不及,只听刺啦一声,把丁国宝的短褂前襟撕破一块,同时李自成厉声喝道:

“不许动手！丢开!”他又对吴汝义说:“快把腰刀还给他!”

丁国宝刚才在刹那之间心中一凉,想着“完了”,只等着李强的宝剑从心窝刺入。如今突然李强松手后退,吴汝义又将宝刀还他,他感到一点糊涂,但看出来闯王确实无意害他。他向院中把脚一跺,挥着宝刀大声说:

“弟兄们,都后退几步！哪个敢动手,老子操你祖宗万代,非砍掉你们的脑袋不可!”

丁国宝的人们哄一声向后退去。李自成一脚把那个姑娘踢翻,骂道:

“为着你险些儿动了刀兵!”

姑娘立刻被吴汝义拖下台阶，往天井中间一搡。她不哀呼救命，也不哭泣，跪在地上，自己动手把松下的长发拉到前边，咬在嘴里，伸直脖颈等死。有几个丁国宝的手下人叫着："杀死她！杀死她！不要留下祸根！"也有的说："不关她的事，不要伤害无辜！"但因为闯王不下令，吴汝义持剑站在姑娘身边，叫着杀她的人并不敢真的动手。闯王原以为这姑娘会重新扑到他的跟前哭求饶命，没想到这姑娘以为他真的不救她，竟是个不怕死的硬骨头，跪地上引颈待斩，一声不做，身上连个寒战也不打。他感到惊异，提着花马剑，慢慢走下礓礤子，来到姑娘面前，把她通身打量一遍，口气温和地问道：

"你想死想活？"

"想死！"姑娘回答说，没有抬头。

"想死？为什么？"

"既然你不能救我回家，我情愿人头落地，死个痛快，死个清白！"

闯王越发惊奇了。宁死不辱的女子他见过不少，可是像这样临死镇静，出语爽利的少女，却不多见。于是他接着问道：

"你家里还有什么人？"

"有爹娘、奶奶，还有一个兄弟。"

"兄弟有多大了？"

"才只五岁。"

"你多大？"

"十五岁。"

"父母是种庄稼的？"

"种庄稼的受苦人。"

"许过人家没有？"

"自幼许了人家。"

"婆家是什么人家？"

"也是种庄稼的受苦人。"

李自成将花马剑插入鞘中，向铲平王问："国宝，你说如何处置？"

国宝回答："听闯王吩咐。"

李自成目光炯炯地环顾满院大众，问："你们大家说，如何处置？"

全院鸦雀无声，只有人互递眼色。恰在这时，老神仙匆忙进来，神色紧张。他刚才听说闯王来到丁国宝这里，很为闯王的安全担心。随后听说坐山虎和他的亲信们正在秘密商议，可能作孤注一掷，先下手杀害闯王，所以他带着随身的五个亲兵奔到丁国宝驻扎的宅子中，要设法使闯王赶快离开。因为他同丁国宝的手下弟兄有不少认识的，一进大门就全部知道了刚刚发生的事，越发惊骇，担心闯王对丁国宝责之过严，马上会激成大变，不可收拾。他看见丁国宝手下的头目和弟兄全不做声，气氛紧张得像拉满的弓弦，医生的心提到半空，打算赶快走到闯王面前，使眼色请他"通权达变"，在这时不要为一个姑娘误了大事。当他离闯王还有几步远时，闯王忽然说道：

"你们大家跟我一样，原来都是无路可走的小百姓。你们的父母也都是做庄稼的受苦人。我李自成起小替人家放过羊，挨过鞭子。长大以后，生计困难，去银川驿[1]当驿卒，常受长官辱骂，有时也不免挨打。朝廷裁减驿卒，夺了我的饭碗，只得去吃粮当兵。当兵欠饷，偶尔朝廷发来一点饷银又被喝惯兵血的长官吞去。有些当兵的活不下去，便去抢劫平民，习以为常。带兵官睁只眼合只眼，不敢多问，实际上是纵兵殃民。我李自成没忘记自己是穷百姓出身，同百姓苦连苦，心连心，决不做扰害百姓的坏事。后来我忍无可忍，就纠合几百人在行军中鼓噪索饷，杀了带兵长官赵义。我起义之后，严禁部下骚扰百姓，不许奸淫，不许杀害无辜。我常对将士们说：杀一无辜百姓如杀我父母，奸一妇女如奸我姐妹。倘若忘记了百姓的苦，反而苦害百姓，那不是跟官军一样了？跟许多草

---

① 银川驿——明代的银川驿，在米脂县城内。

寇一样了？那，那，还算什么起义？起个屎！”

他将话停一下，又向全院的头目和弟兄扫了一眼。他的目光也同尚炯的目光遇到一起。他说话的口气像谈家常一样平静，既不严厉，也不激动，却使人听了感动。老医生在人们中间有意地点头说：

“闯王你说得对，说得对。老八队就是纪律好，不许杀害平民，不许奸淫妇女，不许掳掠。”

许多人附和老医生，点头说：“说得对，说得对。”

闯王望着丁国宝问：“国宝！你的父母也是种庄稼的受苦人，你也是穷人家的子弟，如今你到底是要做一个顶天立地的起义英雄，还是要做一个苦害百姓的草寇，永远同坐山虎等杆子头儿一样？”

丁国宝被问得很窘，不敢正视闯王的眼睛，低下头叫道：“闯王！……”

闯王又向众人说：“你们大家都是受苦人家的子弟，都有姐妹。看见这个姑娘，你们难道不想到自己家中的姐妹？你们人人皆知：我李自成一不贪色，二不爱财；一心要剿官兵，安良民；除强暴，救百姓；推倒朱家江山，整顿出一个四民乐业的新乾坤。倘若你们愿意跟我李闯王打江山，你们就从此不奸淫，不烧杀，做到真正起义，不再有草寇行径。倘若你们想拉杆子祸害百姓，现在就从我的眼前拉出石门寨。两条路你们拣着走！”

全院寂静，没有人不感到李闯王果然是正气凛然，说的极是。

闯王又问丁国宝：“国宝，你说！两条路你走哪一条？”

国宝羞惭地说：“闯王，我不做坏人！”

“好，好。只要你真心跟我起义，就是我的爱将。你家里有女人没有？”

丁国宝赶快回答说：“回闯王，我是穷光蛋出身，从前连自己还养不活，哪里来的钱讨老婆！自从去年架杆子，才想娶个屋里人，可是一直没看上对眼的。”

闯王说："你想娶个老婆也是正当的，可是不要抢人家的姑娘成亲。目前杀败官军要紧，婚姻事应该从缓。等过了这一阵，咱们的随营女眷中有的是好姑娘，难道找不到你合意的？难道不可以在农家姑娘中替你找一个，正正经经地结为夫妻？为什么偏在官军压境的时候不想着打仗的事，匆匆忙忙地抢一个姑娘做老婆？等过这一阵就老了么？"他微微一笑。许多人都不觉露出笑容。他接着说："牛不饮水强按头，尚且不行，何况是婚姻大事？她是许了人家的闺女，又是个宁死不辱的烈性女子，纵然刀架在脖子上她不从，你除非杀了她，有何办法？纵然强迫成了亲，难道她不会寻无常？退一步说，纵然不寻无常，难道她就跟你一心了？强摘的瓜不甜啊，国宝！"

丁国宝说："闯王，我不要了。我差人将她送走，送她回家！"

医生高兴地说："好！这才是好办法！"

闯王满意地点点头，又说："国宝，近几天，你这儿也有头目和弟兄受别人勾引煽动，出去抢劫，我已经说过既往不咎啦。抢劫确实不好，我李闯王手下的义军不兴这样，一向严厉禁止。可是我也明白，你们有些头目和弟兄家中或有父母，或有妻儿老小，生计无着，实在急需捎回去一点钱救命，出于不得已才去抢劫。目前老营也穷，一时关不出饷。今日我来，带有少数银子，我们分用。李强，取二百两银子出来！"

李强赶快从背上解下一个青布小包袱，取出三锭元宝和几个大小不同的银锞子。李自成接住银子，用眼色召唤丁国宝走近一步，说：

"把这二百两银子分给大家用。家中有父母妻小的，困难较大的，多用一点。这一锭元宝留给你。你是一营掌家的，手中不可无钱。我知道你当头领的困难，只是因为老营近来也困难，一时对你照顾不周。先给你留下这五十两银子，等打败官军以后就好办了。"因丁国宝没有马上接银子，闯王催促说："快接住银子，接住！"

丁国宝将银子接住，交给他的一个护驾的，转给二驾。他手头确实很困难，也知道闯王的老营困难，不知说什么好，只是感动地叫了一声："闯王！"闯王接着说：

"你同黑虎星是朋友，黑虎星同补之情同手足。从今往后，你要记着：按公，你是我的部将，有令则行，有禁则止，万不要受旁人挑唆勾引；按私，你和黑虎星一样，在我的面前如同子侄。过了这一阵，你的婚姻我会操心。目前，只望你一心打仗！"

丁国宝手下的弟兄们十分感动，有的发出啧啧声，有的欢呼，还有的打唿哨。国宝噙着热泪，想说话，但嘴角抽搐几下，说不出一个字。这个二十三岁的杆子头儿，起小死了父亲，母亲守了三年寡，被族人卖到远处，他一个不满七岁的孩子在孤苦伶仃中讨饭和替人家放羊长大，很少尝到过人间的温暖，如今出乎意料地受到闯王这般对待，在手下人们的欢呼声中他不由地扑通跪下，热泪奔流，半天说不出一个字来。欢呼声停止了，唿哨声停止了。众人心情激动地望着铲平王，非常肃静。他的嘴唇嚅动一阵，终于抽咽说：

"闯王！这，这两三天，鬼迷了我的心，叫我跟坐山虎鼓噪，抢劫，围攻李友，实在对不起你，对不起你。从今往后，我丁国宝别无话说，纵然上刀山，下火海，我也要站在你的大旗下，赤心耿耿保你打江山。倘若我丁国宝再做出对不起你的事，天诛地灭！"

闯王拉他起来，笑着说："能够这样，才不辜负你那个诨号铲平王。"他已经看清楚丁国宝是真心实意回头，心中异常高兴，随即吩咐国宝派妥当人将那个姑娘送到一单独小屋中，给她饮食，找一位邻居大娘做伴，严禁有人调戏，等明天打过仗以后派几个弟兄送回她的村庄。丁国宝诺诺连声。忽然有一个小头目从大门外慌慌张张跑进来，用两手分开众人，直往丁国宝的身边挤。国宝从神色上看出来他有要紧的事情禀报，不让他在众人面前开口，使个眼色，把他带进了西偏房。这事情引起大家狐疑。闯王和尚炯都暗中诧异，而吴汝义和李强更是暗中做了应变的准备。

当李闯王走进铲平王驻扎的地方时，坐山虎立刻得到了报告，十分不安,生怕丁国宝会变卦,同他分手。继而得到报告说丁国宝的手下人已经把闯王围起来,动了刀兵,他高兴得一跳八丈高,大声叫道:“弟兄们,马上出动,不要让闯王逃走!”他一声吆喝,全体弟兄一哄而起,各执兵器,乱哄哄地拥出大门。但是他的人马还没有走出巷口,第三次探事人回来禀报,说是情况变了卦:从铲平王院子里传出来欢呼声和唿哨声,而不是喊杀声,守卫在大门以外的弟兄们也没有慌乱情形。坐山虎登时感到进退都不好,事情变化得使他糊涂。手下一个亲信头目建议他不可造次,自愿去见见铲平王,问清实情。丁国宝的把守大门的小头目怕引起吴汝义疑心,没让这个人进来见丁国宝,用几句话把他打发走,就跑进来向国宝悄悄禀报说:

“操他娘,耳报神真灵,刚才的事情已经给坐山虎知道啦。他派了一个人来察看实情,说他正在率领人马前来,马上就到。我说:‘回去告你们掌盘子的说,我们这里没有屁事,用不着你们的人马帮忙,请千万不要前来。倘若叫闯王知道你们仍不安分,惹出了祸事休指望我们帮一把。’”

“好,好,说得不错。快去把大门把好,不许坐山虎那里一个人进来。谁敢强往里边来,不管他是天王老子地王爷,刀枪不认人。如今闯王在这儿,你们放一个坐山虎的弟兄进来,我立刻叫你们吃饭的家伙搬家!”

“可是,掌盘子的,坐山虎这小子是一个刚出窑门的生红砖,心一横,什么事儿都做得出来。他的人多,万一抬起老窝子来寻事,咱们光靠十几个守大门的弟兄也顶不住。最好让大家做个准备,免得临时吃亏。”

“你去吧,我吩咐二驾准备。”

丁国宝随即把二驾叫到面前,把情况告诉他,叫他立刻率领五十个人去把住街口。二驾一走,他就到闯王面前,一五一十地据实禀报。闯王笑一笑,说:

“坐山虎迟了一步。你快把二驾叫回来,街口不要站一个人,免得叫坐山虎看出来你在防备他。据我看,他派来的头目回去一禀报,他准定泄了气,不会来惹祸。只要大门口留几个人稍加提防就够了。”

丁国宝立刻亲自追出大门,把他的二驾唤回。闯王望望老神仙,说:

“子明,听说坐山虎那里有十几个彩号,有的是箭伤,有的是刀伤,没有药,也没有医生给治。另外,还听说有一些染时疫的人。你的药带在身上?”

“带在身上。”

“请你辛苦一趟,去替他们治一治。见到坐山虎,就说我今晚事忙,不能同他长谈。明天我到他那里吃早饭,顺便谈点私话。”

尚神仙猜出了闯王派他去的用意,连连点头,转身就走。但刚走三四步,马上转回,望着闯王的脸色和眼神,恳求说:

“闯王,我求你赶快回庙里睡一觉,莫要劳复了。这般劳累,别说是病后虚弱的身体,就是铁汉子也撑持不住。回庙里去吧,哪怕只躺一个时辰也是好的!”

自成微微笑着,重新坐在上房前檐下的圈椅里,连说:“我撑得住,撑得住。”挥手催医生快去给坐山虎的人们治病。医生一走,他又同丁国宝拉闲话,拉着拉着,眼珠直打旋,眼皮沉重,不久就头一仰,眼皮一合,轻轻地扯起鼾声。

丁国宝找一件夹衣搭在闯王身上,把闲杂人撵出二门,拉着吴汝义轻脚轻手地走到二门里边的石头上坐下,小声扯闲话,亲自看着,不许人进院里来惊醒闯王。闯王的亲兵们都在天井中坐下休息,随即都栽起盹来,只有李强还勉强挣扎着,不肯合眼皮。随后他走到丁国宝的面前,紧紧抓住国宝的一只手,笑嘻嘻地小声说:

“兄弟,我叫李强,是闯王的近门侄儿,现当他的亲兵头目。咱们如今成了好朋友、好兄弟啦。刚才我是不得不那样,请兄弟不要记在心上。”

丁国宝回答说:“嘿!李哥,看你把话说到茄棵里啦!你兄弟是吃五谷杂粮长大的,不是吃屎喝尿长大的。从今以后,咱俩就是生死弟兄,一条心保闯王打江山,有鲜血只洒在敌人前,哪畜生才记着刚才的事儿!”

这时已经将近黄昏了。丁国宝吩咐手下人替闯王们预备酒饭,恰好窦开远和李双喜一同走来。窦开远捉到了官军的一个细作,审出了坐山虎确实已经同官军勾了手,也问出了官军将要进犯石门寨的确实时间,而双喜是见到了从老营派来的一个弟兄,要向闯王禀报紧急军情。吴汝义悄悄地问了几句话,知道军情严重,但是他不许他们叫醒闯王,斩钉截铁地说:

“纵然是天塌下来,也得让闯王略睡片刻!”

第十章

晚饭以后，大约有一更时候，李自成回到大庙，在禅房中召见从老营来向他禀报紧急军情的人。当这个人开始禀报官军已经于今日黎明从商州西犯时，李自成是冷静的，因为这方面的官军进犯在他的意料之内。当听到报告说智亭山失守的事，他不禁大惊失色，忙问：

"郝摇旗在哪里？他不在智亭山么？"

"那儿的情况不明，有消息说他仍在智亭山同官军混战，也有消息说他退守莲花峰。"

"白羊店一带的情况如何？"

"白羊店的后路已被截断，只听说那里的战事紧急，详情不明。"

"有敌人向清风垭这边进犯么？"

"清风垭还算平静。总哨刘爷已经将各家亲兵编成一队，开往清风垭了。"

"宋家寨有什么动静？"

"只听说宋家寨与官军勾结，没听说详细情形。"

李自成问了问老营情形，总觉很不放心。但想着既然刘宗敏在老营坐镇，必能应付危局，老营不至于被宋家寨方面的敌人袭破。不管怎样，他必须在今夜把石门谷的事情办完，火速回去。他挥退从老营来的人，低头盘算。原来他打算今夜杀坐山虎一伙时要使用张鼐的兵力以防不测，如今只有让张鼐去解救白羊店之危了。想到郝摇旗，他又气又恨又后悔。后悔的是，平日高一功和李过都说郝摇旗不可重用，桂英和刘芳亮对于派郝摇旗守智亭山也不放心；他不听众人的话，致有今日之败，动摇全局。如今是否会全盘输掉，就看能不能夺回智亭山，救出桂英和芳亮所率领的主力部队。

禅堂内鸦雀无声。老神仙、吴汝义和双喜站在闯王身边，面面相觑，一言不发，都一时想不出好的主意。李强和几个亲兵按剑立在门外，屏息地注视着闯王脸色。过了片刻，自成忽然抬起头来，向双喜问道：

"张鼐同子杰来到了么？"

"已经来到了，埋伏在寨门外边。"

闯王转动着眼珠沉吟片刻，把右手猛挥一下，自言自语说："好，就这么办吧！"随即他向双喜说：

"你赶快亲自去把他们叫来见我。务必机密，不许让坐山虎的人们看见。去！"等双喜跑出禅房，闯王又向医生问："你到坐山虎那里替彩号们治了伤，他们怎么说？"

"我说是闯王命我去治伤的，大家都很高兴，称赞你闯王的心胸宽大，不念私仇。坐山虎问我你打算把李友如何处置……"

"对，你怎么回答？"

"我说李友激变军心，闯王决不会轻饶了他。后来，在你睡着时候，丁国宝去了一趟，说你闯王如何宽宏大量，如何有情有义，又如何惦念着坐山虎手下的伤病弟兄。虽然坐山虎本人还不放心，可是我看他左右的亲信头目倒有不少人心中感动。"

闯王点点头，望着门外的亲兵们说："把那个细作带来！"

被捕获的官军细作马上给带了进来。这是一个二十多岁的车轴汉子，农民打扮，上身短布褂扯得稀烂，脸上和胸脯上都有青紫伤痕。李自成狠狠地看他一眼，问道：

"你想死想活？"

细作回答说："我落到你们手里就不打算活着回去，再过二十几年又是一条好汉。"

"只要你说实话，我可以饶你狗命。"

“黄昏前我对窦阿婆说的全是实话。”

“我再问你,官军打算什么时候来攻石门镇?”

“今夜五更。”

“坐山虎已经鼓噪两天,官军为什么不早点来攻?”

“一则等候商州和武关两处先动,二则等候从蓝田调集多的人马。”

“如今峣关一带到底有多少官军?”

“大约三千人。”

“官军知不知道我李闯王现在此地?”

“一丝风声也没听到。都说你大病在身,已经有两个月卧床不起。”

李自成突然问:“这寨里的杆子头目都是谁向官军暗中投降?”

“只有坐山虎一个人向官军投降。”

“坐山虎是什么时候投降的?”

“昨天才接上头。”

“接头的人是谁?”

“不知是谁。”

“哼,你还是不说实话!……拉到院里斩了!”

细作被两个亲兵正要推出月门,猛然回头叫道:“闯王饶命!小的愿吐实话!”

“把他带回来!”等亲兵把细作带回面前,闯王说道:“快说实话。只要你说实话,我就饶你。”

“小的是镇安县人……”

“你对窦阿婆怎么说是蓝田人?”

“那是瞎话。我现在说的是实话。”

“好,说下去!”

“我是镇安县黄龙铺人,坐山虎是苇园铺人,相离不到十里远。我同他在家认识,是赌博场上的朋友,只是最近几年没多见面。他手下的头目,我也有认识的。我这次来,不瞒闯王,实因坐山虎给我捎了口信,说他情愿投降,将石门寨献给官军。倘若别的杆子不从,就来个里应外合,打开寨门放官军进来,杀掉那些不肯投降的人。总兵王大人十分高兴,答应保他做游击将军,特意差小的来,设法混进寨中,将王总兵保他做游击将军的话告他知道,约定明早天快亮时破寨。”

“王总兵现在何处?”

“离此不过十余里,有一座小寨名叫陈家峪,他在那里指挥兵马,准备五更进攻石门谷。”

“你是王总兵手下什么人?”

“小的官职卑微,只是镇标营中的一个把总。总兵答应破了石门寨之后将我破格提升千总。”

“你说的这些话都是真的?”

“小的说的话句句都真,不敢有半句谎言。”

李自成冷笑一声,说:“你们想不费一刀一枪拿下石门谷,原是一着妙棋,可惜走迟一步!好吧,你既然肯说实话,我就饶你狗命。坐山虎马上就来。我这个人情要卖给坐山虎,让他出面救你,我才放你走。”说到这里,闯王望一眼亲兵:“把他带走!给他点东西吃!”

两个亲兵把细作带走以后,闯王将马上就处置坐山虎及其党羽的事,对李强小声吩咐几句。李强立刻准备去了。

李双喜引着谷英和张鼐进来了。

李自成很担心老营空虚,会有闪失,向张鼐怒目注视,脸色十分严厉,问道:

“谁叫你离开老营?是你补之大哥派你来的么?”

“不是。是总哨刘爷派我赶来。”

“是他?……”闯王转望着医生问:“子明,你昨天下午没有把宋家寨的事对捷轩说明?”

“怎么没说呢?都说啦。”

自成有点放心了,说:“只要总哨明白宋家寨的事就好,如今咱们先顾白羊店这一头吧。小鼐子,智亭山已经给官军袭破,咱们在白羊店一带的大军腹背受敌,同老营断了线儿。要火速把智亭山夺回来,莫让官军在智亭山站稳脚跟。如今我想派你前去,可是又怕你……”

“闯王,你放心,我不管怎样也要把智亭山夺回来,把官军撵走。”

“你打算怎样夺回智亭山?”

“据我想,只要我摇旗叔没阵亡,不挂重彩,一定会不离开智亭山,苦战待援。我率领三百名骑兵连夜前去,明天前半晌可以赶到,出敌不意,一阵猛杀,必可杀败官军。倘若敌人同我摇旗叔尚在混战,里应外合,更易成功。”

医生在一旁插言:“先救出摇旗倒是个正着。”

自成摇摇头,说:“不,这个办法不行。第一,摇旗的情况咱们一点也不知道。第二,纵然他还在同官军苦战,可是官军人多,必然一面围攻,一面准备好迎击老营救兵,占好地势,以逸待劳。第三,龙驹寨官军偷袭得手之后,必然倾巢而出,云集智亭山下。我们只有这三百骑兵前去,众寡悬殊,又先失地利,万难取胜。这一点看家本钱,万不可孤注一掷,输得精光。”

听了闯王这么一说,大家都一时没了主意,面面相觑,又都望着他,等待他说出办法。他略停片刻,说道:

“小鼐子,你立刻率领着这三百骑兵奔往商洛镇①,路过老营时不许耽误。此地离商洛镇大约有一百五十里,限你明天早饭时赶到,能够么?”

“我能,闯王!刚才已经把马匹都喂饱了。”

闯王点下头,说:“好,你可得一定赶到!商洛镇,一向官军没有驻重兵。咱们因为它离龙驹寨太近,也没有打算去攻它。现在

① 商洛镇——在商州与武关之间,离商州九十里,离武关一百二十里。原是古代的商州或商县所在地,金朝废为商洛镇。

龙驹寨官军必然是倾巢而出,后路十分空虚。加上官军各路进攻得手,又欺负我们人马很少,万不料我们会突然攻取商洛镇。我命你明天巳时以前赶到,出敌不意攻进商洛镇。倘若敌人有备,你就不要强攻,将商洛镇周围的村子烧毁,打开大户粮仓让百姓自己去抢。然后你赶快转到龙驹寨,照样办。遇到少的官军你就剿杀,遇到多的你就避开,遇到穷百姓入伙你就收下。你要一直在龙驹寨周围闹到夜间,不接到我的命令不许退回。记住了么?"

"记住啦。我现在走么?"

"等一等。"闯王转向谷英说:"子杰,你也走吧。你把大峪谷的一百多骑兵交给张鼐一百人,其余留在你身边,率领百姓守寨,等天明后你随我一道赶回老营。对百姓只说此间已经平静无事,老营那边正在痛剿官军,所以把人马抽调回去,天明后另有一起人马调来。你马上同张鼐走吧,不要引起大家惊慌。"

"遵令!"

谷英和张鼐正要转身退出,闯王拍拍张鼐的肩膀,在他的脸上和眼睛上端详,好像还有许多话要嘱咐却又不肯说出来,仅仅说道:

"去吧,凡事随机应变,不可疏忽大意!"

张鼐猛地车转身,同谷英大踏步向外走去。医生忽然想起来一件大事,叫他们稍等一下,向闯王小声问:

"闯王,这寨里的事儿你打算如何处置?"

自成用果断的口气低声说:"今晚一定要割去烂疮。"

医生说:"既然这样,我劝你把张鼐稍留一时。坐山虎手下的弟兄多数都是亡命之徒。倘若万一杀虎不成,反被虎伤,如之奈何?不如留下张鼐和这一起人马在此,以保万全。等事情一过,他们就可启程。"

"不,子明!白羊店能不能转危为安,就看张鼐这一着棋。胜败决于呼吸之间,一刻也不能耽误。这寨中正气已经抬头,我自有除虎斩蛟之计,让张鼐他们走吧。"

他挥了一下手,使张鼐和谷英立刻动身,然后对肃立一旁的吴汝义说:

“你去叫窦开远来,同时替我传令:全体将士,除守寨的和伤病的以外,今夜二更,听到一通鼓赶快站队,二通鼓齐集山门前边,看我处分李友之后准备迎敌。倘有听到二通鼓不来到山门外的,以违抗军令、临敌畏缩论罪,不论大小头目,定斩不饶!”

吴汝义说声“遵令”! 转身就走。李自成挥退门口侍立的一群亲兵,单把尚炯、双喜和李强留下,低声吩咐几句,大家匆匆离开禅房,分头执行他的密令去了。

快到二更了。大庙里响过了一通鼓声。山门大开,原来由李友率领的将士有一大批从里边走出来,全副披挂,十分整齐,拿的都是适宜于夜战和巷战的短武器,如刀、剑之类。李友也被带出来,绑在山门前的一棵树上。尽管月色皎洁,大树下也不算暗,却故意在李友旁边点着火把,照得树下通明,使人人都能够看见他身带棒伤,又被五花大绑。

不等二通鼓响,各家杆子都纷纷来到,按照窦开远指定的方位站定。自从闯王来到,强迫坐山虎收起了坐虎旗,声明窦开远是全寨的总头领之后,窦开远的威望大大提高,所以他现在能够依照闯王的意思布置将士,没有人敢不听从。跟着,丁国宝率领着自己的人马到了,也依照窦开远指定的方位站定。如今只有坐山虎的人马还没有到,但是已经站好队,就要由尚神仙陪同前来。李强从寺里走出,直来到国宝面前,拉着他的手,低声说:

“兄弟,闯王请你到里边去。”

国宝在乍然间有点心惊,但看见李强的神气十分亲切,就马上释去疑虑,同李强肩并肩向庙里走去,背后跟了五个精壮的小伙子。走到二门口时,李强回头对丁国宝的五个护驾的说:“有军事机密,请你们各位在此稍候。”丁国宝又暗吃一惊,但只好使随从留下,怀着七上八下的紧张和狐疑心情跟着李强进去。进了禅房,看见闯王面带笑容，离座相迎，他的心情才有一半落实。他局促不安地对闯王躬身叉手，说：

“听说狗日的官军要来攻寨，请闯王吩咐怎样迎敌。我要不卖力杀退官军，不是人生父母养的。快吩咐吧，闯王！”

闯王笑着问：“那一百五十两银子你分给有困难的弟兄们了么？”

“今日来不及分给他们，明日打完仗就分，决不耽误。”

闯王又说道：“等过了这几天，打退了官军，你要去老营住几天，咱们细谈。”

“一定去，一定去。”

闯王又说：“国宝，你既然情愿跟我起义，从今后你就是我的心腹爱将，可不要辜负了我的期望。”

“请闯王放心，我不是吃屎长大的。”

“我知道你不会辜负我的期望。这几天，你跟着坐山虎做了不少坏事，纵容部下殃民，还替你抢来良家幼女，还帮坐山虎围攻李友。按军律，有这一条罪就该斩首，何况是数罪齐犯。我今天……”

丁国宝颤栗失色，说道：“我这几天鬼迷了心，请闯王从重处分。”

“你不要怕，我说不咎既往就不咎既往。我今天因想着你年轻无知，随我不久，少受教调①，杆子习气未改，又受了坐山虎的怂恿，才做出许多坏事，所以不追究你的罪。又看见你原是个没有父母的苦孩子出身，起义时也抱着个好宗旨，想铲尽世上不平，我越发不想斩你，把你另眼看待。你的诨号叫铲平王，可是随着别人做坏事，祸害黎民，掳掠民女，这算是铲尽世间不平？你自己可在心上想过么？”

丁国宝低头不语，又羞又愧，恨不得打自己几个耳光。

闯王接着说：“你这几天做的事是铲无辜百姓，不是铲人间不平！”

---

① 教调——调理，教育。

丁国宝仍然低头不语，心中难过。闯王微微一笑，用温和的口气说：

“从今后你要记清：你是跟着闯王起义，不是拉杆子。起义，就得把路子走正。不用难过，快去叫你的手下人站好队，待会儿同大家进来议事，我有事交代你。”

丁国宝心情沉重地离开闯王，回到山门外他自家的队伍那里，把那些蹲在地上的和乱哄哄说话的弟兄们骂了几句，使大家站成了整齐的队形，精神也登时抖擞起来。这时，坐山虎率领着全部手下人来到了，被窦开远引到空场的中间，一边是丁国宝的人，一边是窦开远和黄三耀等人的人。他很怕中了闯王的计，来之前曾暗中嘱咐手下的大小头目们随时准备着，一旦有风吹草动就先下手，拼死厮杀，倘若不胜就夺路杀出寨去。因此，他的手下人站的队也较整齐，并且兵器都拿在手里，神情紧张。尚神仙对坐山虎打个招呼，进大庙去了。

第二通鼓响了。李自成从庙中出来，身边只带了吴汝义和两个亲兵。他从各股队伍的前边走了一趟，对头目们点头，对弟兄们道“辛苦”，但不停留，只是到了坐山虎的面前时才站住问道：

“你那儿的彩号都治了么？”

坐山虎回答说：“多谢闯王，都治了。”

自成又对他手下的弟兄们连说了几句“辛苦”，便继续往前走。巡视完毕，他走到石龟前边站住，面向全体将士。吴汝义跳到石龟上，高声说道：

“闯王有令，大众听真！今日黄昏，抓到官军细作一名，已经审出口供，知道官军要在五更时候前来攻寨。请各家头领，立即到寺中商议迎敌大计。凡是统带五十个弟兄以上的捻子①，不管是掌盘子的还是二驾，都请进庙中议事。凡能想出妙计的，重重有赏。一俟商议完毕，人马立时出动。另外如何处分李友，也要在会议中决

① 捻子——与杆子、股头同义。土匪拉杆子又叫做拉捻子，同伙儿叫做一捻儿。清末的捻军，其名称的起源也是从拉捻子而来。

定。闯王向来军令森严,大公无私;今年春天他的叔伯兄弟李鸿恩犯了法尚且不饶,李友又算得什么东西!请进去议事吧,各位掌盘子的!"

李自成向坐山虎和丁国宝招一下手,自己先进去了。窦开远率领着他自己的和黄三耀的手下头目,跟着进去。那些下午被举出来调查李友一案的所谓公正头目和那些心中没有鬼的头目,也纷纷进去,不敢耽搁。坐山虎和他手下的十几个大头目都在迟疑,恰好丁国宝走到面前,一把拉住他说:

"伙计,大家都进去了,你还迟疑什么?放心吧,人家闯王待人宽宏大量,心口窝里跑下马,哪跟咱弟兄们一般见识!"

坐山虎仍不放心,只好把所有二驾留下,带着六个大头目,硬着头皮跟丁国宝往庙里走去。走了几步,他回头一看,骂道:

"妈的,护驾的都死了么?快来几个!"

坐山虎和他手下的大头目都有不少护驾的,听了这句话,登时跟上来二三十个人。丁国宝发了急,对坐山虎说:

"你不懂得规矩么?我们到庙里商议机密大事,一个闲杂人都不许进去,你怎么能够带护驾的进去?窦阿婆他们一大群头目都不带一个护驾的,你带鸡巴护驾的做什么?岂不要自找没趣?"

坐山虎唠叨说:"我把他们带进院里,只要不带进议事的屋里就是。"

丁国宝凑近坐山虎的耳朵说:"别找没趣!我刚才进去见闯王,带的几个亲兵都不许走进二门。其实,闯王决不是怕人行刺,他是怕泄漏军机。这是规矩,对谁都是一样。你的这些护驾准要挡在二门外,弄得自己脸上没光彩,还惹出别人对你不放心,何苦呢?"

坐山虎觉得丁国宝说的有道理,他想,等官兵一到,献出山寨,游击将军就到手了。如若能把闯王捉住,功劳更大,还可官升两级,岂能因小失大!于是摆摆手,挥退了一群护驾的。他紧紧拉着国宝的手,悄声央求说:

“国宝，你如今在闯王面前吃香，被他看重。倘若我进去后出了他娘的什么事故，你可不能坐视不理啊。”

“你放心。”

坐山虎带着他的六个大头目随着丁国宝一群人走进大庙，看见山门和二门戒备森严，心中十分发毛，暗中后悔进来，但也不好退出。又进了一个月门，来到一个偏院，上首是三间禅房。因为禅房小，且中间有隔扇分开，不能容纳多人，所以在小院中摆了两行长板凳，前檐下的台阶上摆了一把太师椅。进来的杆子头领都依照吴汝义的指引，按照地位和威望大小，在长板凳上落座。有些本来是一个杆子的人，很自然地分散开来，丝毫没引起人们多心。吴汝义让坐山虎挨着窦阿婆的肩膀坐下，丁国宝坐在对面，却让他们的手下头目都坐在靠近月门的空板凳上。窦阿婆和黄三耀的二驾都属于大首领，并膀坐在坐山虎的紧下首。等大家全都坐定，闯王从禅房中缓步走出。众首领由窦开远带头起立，躬身叉手。坐山虎原是不懂得这种礼节，也跟着大家肃立叉手。闯王向大家含笑拱手，说声“请坐”，自己先在太师椅上坐下，然后众首领纷纷就座。吴汝义退到台上，侍立闯王身边。双喜和李强侍立闯王背后，手按剑柄，虎视全场。

一进小院，坐山虎就机警地四下瞧看，没看见可疑地方，只疑心禅房中埋伏有人。等闯王带着双喜和李强从禅房出来，他看出禅房中只剩有老医生坐在灯下，不像有多人埋伏。至于月门外边，也只有闯王的一两个亲兵。但他是从刀枪林中滚出来的人，对于做黑活①经多见广，所以除一度随众人向闯王叉手行礼外，他的右手始终不肯离开剑柄。特别是闯王出来之后，满院中肃静威严的气氛压得他透不过气来，使他自称为坐山虎的人第一次看见了大将的“虎威”。他的心提到半空，等候闯王说话，暗想着如果闯王要杀他，他已经没法逃脱，对自己下狠心说：

“老子先下手为强，杀他们一个就够本儿，杀他们两个就有

① 做黑活——暗杀、行刺。

赚头。”

这样想着，他的手把剑柄握得更紧。

等大家重新坐定，李自成声音平静地说：“黄昏前捉到了一个细作，说官军要在五更来犯。如今在开始议事之前，我想把官军的细作带来让大家看看，也许你们中间有认识他的，更好审问出他的真情。”他向月门外望一眼：“把细作带来！”

月门外大声回答：“是！带细作！”

小院中一片寂静，所有的眼睛都转向月门。片刻之间，五六个亲兵把细作推了进来，跪在院子中间，而月门外也增加了几个亲兵，分明是防范细作逃走或发生其他意外。自成向全体杆子首领和头目问：

“你们谁认识这个人？”

坐山虎大吃一惊，但愿这人没有供出实话。他首先说他同这个细作是邻村人，自幼认识，但从他拉杆子以后就再无来往。跟着，他手下的头目里边有三个人都说认识。李自成转向细作问：

“你是不是来找他们几个人的？”

细作赶快回答说：“回闯王的话，小的是来找他们的。”

“找他们做什么？”

“他们已经投降了官军。”

坐山虎和他的六个大头目猛地跳起，拔出兵器。但在刹那之间，坐在他左边的窦开远跳起来将他抱住，坐在他右边的两个人同时跳起来，一个夺下他的兵器，一个照他的腰里刺了一攮子，共同把他按到地上，捆绑起来。那六个头目刚把兵器拔出，就被闯王的亲兵们从背后刺倒两个，全部被擒。有一个被擒后破口大骂，但他刚骂出一句就被一剑刺死，其余的都不敢做声了。坐山虎咬牙切齿，但没有骂，只说道：

“好，我死到阴曹也要报仇！”

当事情发生时，所有坐在板凳上的大小头领都一哄而起，各拔兵器，准备自卫。同时，藏在禅房中和月门外的弟兄们一拥而出，从两头把小院子包围起来。尚炯也从屋中提剑奔出，站在台阶上。李自成稳坐不动，小声喝道：

“不许动！都坐下！这事与大家无干！”

众杆子头领凡是与窦开远和黄三耀平日接近的，一听闯王的话，都明白是怎么回事，虽甚惊骇，却遵令纷纷落座。但有的平日同坐山虎走得较近，仍紧握兵器不肯落座，也不敢有所动作。李强走到丁国宝的面前，在他的肩上拍一下，说道：

“兄弟，快坐下！”

铲平王一坐下，所有的杆子头领都坐下了。有的坐下后仍甚惊慌，两腿发抖，茫然四顾。李自成望着他们说：

“各位放心，都收起家伙。”

有些人仍不真正放心，但没有人敢不服从，纷纷地将刀剑插入鞘中。

闯王一摆手，细作被一个弟兄带了出去。他从太师椅上站起来，望着大家说：

“官军今夜五更将来攻寨，我必须先除掉寨内祸根。坐山虎和他的几个亲信头目狼心狗肺，犯下了六条该死的罪：他们对老百姓奸淫烧杀，一该死；挟众鼓噪哗变，围攻我的人马，二该死；想杀害我的中军吴汝义，撕毁我的亲笔书信，三该死；挟众威胁我，阻我进寨，四该死；黄昏前，我在丁国宝驻的宅子里，坐山虎派人前去，打算对我下毒手，五该死。他犯下这五条该死之罪，我念他归我不久，还想从宽治罪。无奈他暗投官军，打算里应外合献出石门寨。这是第六条罪。这第六款特别可恨，叫我万难轻饶。你们各位……”

坐山虎骂道：“你要杀就杀，何必多说？要不是你李闯王来得快，这石门寨就是老子的天下！”

李自成将下颏一摆：“暂且留下坐山虎，把别的都斩了！”

坐山虎对丁国宝恨恨地说：“老子本来不想进来，上了你小子的当！”

他和手下的头目们正要趁死之前对闯王高声叫骂，但是他们的喉咙突然被人们从背后用手卡住，随即往他们嘴里塞进棉花和破布疙瘩。弟兄们把他们推出月门，在月光下用宝剑刺死，割下首级，并把六颗血淋淋的人头提进来扔到众人面前，吓得那些平日与坐山虎等走得较近的、这两天随着鼓噪的众杆子首领毛骨悚然。李自成向地上的首级看一眼，吩咐将坐山虎拉出月门等候，然后接着刚才未说完的半句话说下去：

"你们各位，不管近来做过什么对不起我李闯王的事，从此刻起一笔勾销。我小时替人家放过羊。每逢羊群不听话，走错了路，我只打头羊。要不是坐山虎带头，你们就不会闹出事来。你们不管谁做了坏事，我说不记在心上就不记心上。你们倘若不信，不必远看，可看看我待丁国宝是什么样儿。近几天他受了坐山虎的怂恿，做的坏事比你们都多。可是只要他情愿学好，情愿死心塌地跟我打江山，我就不咎既往，从今后他就是我的爱将。现在我对你们各位不勉强。有人想离开我的，今晚就把人马拉走，我决不给你们为难。倘若你们愿意留在我的大旗下边，决不许再做出这样错事。倘若你们有人再苦害百姓，挟众鼓噪，有几个我杀几个，一个不饶。至于叛变投敌，我自来对这种人恨入骨髓，更要加重治罪。"停一停，他用冷峻的目光扫着大家问："你们有没有不愿再跟我起义，要拉走重当杆子的？光明正大地走，我不强留。有没有？"

所有到会的杆子首领和头目都不做声。过了一阵，闯王又问：

"是不是都愿意跟着我打江山？"

人们纷纷回答愿意，有的还发誓赌咒。李自成向侍立在小院中的亲兵吩咐：

"拿酒来！"

亲兵们把事前准备好的一坛子烧酒抱了出来，还拿出来一个大瓦盆，几只瓦碗，都放在院子中间，还有一个亲兵抱来了一只大白公鸡。双喜把坛子中的烧酒倒进瓦盆。吴汝义接过公鸡，拔剑斩了公鸡头，将鸡血洒在酒中。李自成走下台阶，舀起来大半碗鸡血酒，望着众杆子首领和头目说：

“我李自成率众起义，诛除无道，剿兵安民，不论千艰万难，誓不回头。各位愿意随我，共保义旗，我李自成十分感激。今后我李某倘有对不起各位之处，天地不容！”

说毕，他将酒浇一半在地上，余下的一半一口喝干。窦开远也弯身舀了一碗鸡血酒，说道：

“我窦开远对天发誓：保闯王，打江山，生是闯王旗下的人，死是闯王旗下的鬼，倘有三心二意，马踏为泥！”

说毕，他也照样将酒浇一半在地上，一半吃下。跟着，丁国宝等依次都对天明誓，喝了鸡血酒。有的说了几句话，有的只说一句话，还有的一只手端鸡血酒，一只手拍拍心窝，说：“俺同你们大家一样！”等大家都起过誓，李自成说道：

“诸位既如此齐心，纵令有十倍官军前来，石门谷也万无一失。现在各位随我到山门外边，向全体弟兄们宣告坐山虎等人罪状。我已经在事前做好布置，以防万一。倘若坐山虎手下弟兄不再生事，我决不妄杀一人；倘若他们胆敢鼓噪生事，你们听我的号令动手，不要迟疑，将带头生事的人乱刀砍死。倘若全体鼓噪反抗，就全体斩首，不许逃掉一个。走吧，随我出去！”

大家簇拥着闯王向外走，亲兵们提着六颗血淋淋的人头紧紧跟随。窦开远和丁国宝担心会发生变故，各带着自己的手下头目抢在闯王的前头出去。当李自成刚跨出二门的青石门槛，看见一个人牵着战马走进山门，闪在路旁，迎着他叉手叫道：

“闯王！”

在月色中李自成一眼就看清楚这个人不是别人，正是刘芳亮手下的一名小校，绰号王老道。去年十二月间从崤函山区扮成云游道人来商洛山中送消息的便是此人。王老道满身尘土，衣服扯破了几个口子，带着斑斑血污，但他自己显然并未挂彩。他的枣红战马浑身淌汗，站在他背后喘息，十分疲惫。自成问道：

“你是从哪里来的？”

“从白羊店来的。”

“嗯？……”

“夫人派我杀出……”

“不用急着禀报，我知道你们那儿杀得很得手。到后边歇息去吧。”

李自成大踏步向山门外走去，好像他并不重视王老道的来到，但是他的心中却十分惊骇。他一边向外走一边想着：王老道是她派出来求救的，那么芳亮是阵亡了还是身负重伤？将士们损伤得惨重么？……

第十一章

山门外边，各股杆子都在等候着庙里边的会议结束，这儿那儿不断有悄声谈话，情绪很不安定。有的人在猜想着会议结果，心中生出种种狐疑，就把他们的狐疑用眼色传给别人。坐山虎的部下狐疑更甚，不断地交头接耳，暗中商量。他们很担心坐山虎和六个头领进到大庙去落入圈套，凶多吉少。有几个是坐山虎的心腹小头目，蹲在黑影中嘀咕一阵，分头煽动，准备必要时杀进大庙，把坐山虎等人救出。

窦开远和丁国宝各带着自己的几个亲信大头目从庙中出来了。正在狐疑着的人们看见他们神情紧张，脚步很急，登时骚动起来，纷纷站起，把兵器拿在手中，准备应变。丁国宝挥着雪亮的大刀叫道："都不许动！都不许动！谁敢动一动人头落地！"他一边叫一边走进自己的队伍中间，瞪着眼睛监视着坐山虎的队伍。窦开远也回到自己的队伍中。他自己不惯于起高腔，就叫他的二驾高举宝剑，大声叫道："都坐下！快把刀剑插入鞘中，不许动！"话刚落音，闯王走出山门。

李自成巍然站在大石龟上，面对众人，神色十分威严。李双喜和李强站在石龟前边。吴汝义跳到石龟一旁的断碑上，高声叫道：

"闯王有令！大众一齐坐下，静听训示。不许交头接耳，不许擅自走动，违者斩首！"

大众纷纷将刀剑插入鞘中，原地坐下。随即全场寂静，静得连个别人的心跳声也听得出来。

李自成咳了一声，开始讲话。他愤怒地列举了坐山虎的六大罪状，特别着重指明坐山虎投降官军一款，使他非常愤恨。他说：

“坐山虎这个败类，贼性不改，刚刚来到我李闯王的大旗下边，马上就叛变了。他伙同几个死党，瞒着你们大家，投降了蓝田官军，情愿献出石门寨做进身之礼。倘若不是我及时赶到，今夜五更，官军一来，他就挟制你们大家投降，谁不从他就杀谁。他围攻大庙，妄图要杀尽我派驻石门寨的一百五十名将士，又扣留我的中军，都是为他的投降开路，你们大家都蒙在鼓里，没有看出来他的狼心狗肺，连你们也出卖给官军！”他向一旁命令：“将那个细作和叛贼一齐带出来！”

细作和坐山虎从山门内带出来了，站在火把下边。坐山虎看见他手下的几百人坐在场子中间，并且同他的亲信党羽（包括护驾的）的目光遇到一起，希望他们立即动手砍杀，将他夺走，即令他活不成，也希望在一场混战中杀了闯王，使他没有白死。这幻想在刹那间就被闯王的威严的目光和声音打断了。闯王向细作厉声喝道：

“坐山虎投降官军的事，你当着大家照实供出，不许隐瞒！”

细作吓得两腿发抖，说：“坐山虎情愿投降官军，献出石门寨。只等官军前来，坐山虎将寨门打开，放进官军。王总兵已答应保他做游击将军，今儿差我来同他约好今夜五更攻寨。以上所供，句句是实。”

闯王问：“别的杆子不愿投降怎么办？”

细作说：“坐山虎说，到时候他用兵力挟制大家投降，谁不投降就杀谁。”

闯王望着坐山虎：“他供出你已经投降官军，准备献出石门寨，你还有什么话说？”

坐山虎故意不回答，急等着他的人动手。

李自成望着大家说：“坐山虎投降官军，答应献寨，罪恶滔天。他的六个大头目同他结成死党，一起密谋投降，已经在庙里斩首。现在将坐山虎……”

坐山虎的一个亲信小头目忽地跳起，拔刀向前扑来。双喜眼疾手快,一剑从他的前胸猛刺进去。他的刀尚未落下,忽然身子一斜,仰面倒下。又有三个人跳起来向他们的一伙大叫:“杀呀!杀呀!”但他们都没有扑近闯王,被吴汝义和李强一剑一个劈倒地上,丁国宝也同时砍倒一个。坐山虎拼死大叫:“弟兄们,都快……”突然有刀背打在他的头上,登时他的眼前一黑,栽倒下去,身上又挨了一脚。坐山虎手下的人们,一部分因为怵于威力镇压,一部分因为对坐山虎很不同情,没有一个乱动。李闯王冷冷一笑,用充满杀气的、威严难犯的目光望着坐山虎的人们说:

“还有人起来反抗么?……没有了?好,大家既不反抗,我决不多杀一人。按照你们近来的罪孽,我即令不将你们全体斩首,也应该至少杀你们五十个人,可是我想你们原来都是没有上过笼头的马,撒野惯了,一时难望个个收住野性,所以只杀几个为首的人。况且私勾官军这桩事,也只有他们几个人知道,与你们大众无干。我李自成做事,是非分明。你们只要自己心中没鬼,不要害怕。”他向旁望一眼:“将坐山虎这个叛贼斩首!”

一个弟兄将坐山虎从地上拖起来,喝令跪好,一剑下去,头颅落地。

闯王对吴汝义说:“将官军细作带回庙中,加意看守,听候发落!”等细作被带走后,他转回头望着大家说:“坐山虎虽然有罪被斩,他的孩子尚幼,老婆并不知情,不许任何人伤害他们一根汗毛。等一二日内打败了官军之后,派妥当人送他们回到家乡。现在你们谁不愿留在这里的尽可以走,我决不强留。愿意留下的,分在窦开远、丁国宝、黄三耀三人手下,从今后和他们三个人的老弟兄一样看待,有功同赏,有罪同罚,不分厚薄。倘若你们留下之后还贼心不死,不听他们的将令,或想替坐山虎报仇,我要加倍治罪,休想饶命!有谁愿意离开的?”

坐山虎的部下没有一个做声的。纵然有少数人想离开这里,回到镇安县境内拉杆子,也不敢说出口来。闯王又问了一遍,仍然没人回答。吴汝义知道冯三才是坐山虎手下的头目,平日比较正派，得到大家尊敬，在他被拘留的这两天对他也不错，就叫着冯三才的诨号问道：

“一杆旗，你是愿留下还是愿走?”

冯三才站起来回答说：“我留下。坐山虎行事霸道，随了闯王后杆子习性不改，我早就觉着不好，可是他活着我既不敢劝说，也不敢跳枝儿。如今他有罪被斩，闯王开恩，不杀我们。我又不是他的孝子，为甚要走？我以后留在闯王大旗下感恩图报，决不三心二意。”

自成说：“好，好，这才叫明白道理。还有谁愿意留下?”

众人一片声地说愿意留下，连那些心中希望离开的人也跟着别人随口附和。自成的怒气略消，用稍微温和的眼睛把大家来回扫了两遍，说：

“我知道，你们中间有些人跟坐山虎沾亲带故，有些人受过他的好处，是他的心腹弟兄，还有些跟着他做了许多坏事，心中有鬼。你们这些人口说愿意留下，心中实不愿留。我李闯王的心中能行船跑马，决不怪罪你们。眼下把话说清：倘若你们留下，过去的事既往不咎。我今后对你们一视同仁，这一层请你们放心。倘若你们把我李闯王的好心当成驴肝肺，面前一套，背后一套，放着阳关大道不走，自走绝路，打算暗投官军，背叛义军，到那时休怨我闯王无情，把你们斩尽杀绝，一个不留。以后你们想走也可以。只要你们不暗通官军，遵守军纪，手上干净，不管什么时候想走，我都答应。好合好散，也留下日后见面之情。日后你们有了困难，想再来跟我，我还收下，决不责备你们，更不会一脚把你们踢到崖里。”

这一派话有情有义，使坐山虎的旧部不能不暗暗点头，就是少数十分疑惧的死党也开始有些安心。李自成转向窦开远，亲切地呼着他的表字：

“展堂!”

“在!”

“你马上把坐山虎留下的弟兄一半安插到你的手下，一半分开安插到丁国宝和黄三耀手下。”他又转向全体，提高声音说：“众位大小头目和弟兄们听清！如今祸根已除，就不怕官军拂晓时前来攻寨。大家如今该守寨的守寨，该休息的休息，务须恪遵军纪，不许乱动，随时听窦开远的将令，抵挡官军。有不遵军纪，不听将令，临敌畏缩不前的，立即斩首！”

他说这后几句话的声调特别有力，大众为之震动，屏息地注视着他的脸孔。他跳下石龟，正要转回大庙，忽然望见李友仍在山门外的一棵树上绑着，于是他重新跳上石龟，接着说：

“黄昏前，十个公正的头目向我回禀了李友杀死坐山虎二驾的经过。坐山虎的二驾率人抢劫，强奸民女，李友去捉他时他竟敢恃强对抗，实在死有余辜。李友当场把他杀死，做得很对。倘若他坐视不管，我派他来做什么的？可是事前李友没把我的军律向大众讲清楚，知道有人做坏事又不随时向我禀报，防患未然，临时激出变故，他身上也有不是。我已经打了他四十军棍，不用另行处罚。现在我当众把他释放，以后也不许他留在这儿。”他转过头去大声喝问：“李友！你知道自己也有不是么？”

“回闯王，我知道也有不是。”

“混账东西！……把他解了！”

李自成跳下石龟，匆匆地走回庙中。他急于想知道白羊店和智亭山一带情况，一进二门就连声问道：

“白羊店来的人在哪里？王老道在哪里？”

李闯王在禅房一坐下，王老道就被一个亲兵带到他的面前了。他说：

“坐下，老道。夫人叫你来禀报什么？”

“回闯王，夫人因后路被官军截断，白羊店一带人马退不出来，情况十分危急，所以派我带一名本地向导绕过智亭山，从一条隐僻小路奔回老营，请你派老营人马火速救援郝摇旗，夺回智亭山，杀退从龙驹寨来的一支官军。”

“刘明远现在哪里?”

“武关的官军人马众多,从桃花铺漫山遍野向我军进攻。刘将爷在白羊店以南拼死抵挡,身负重伤,已经回到白羊店寨内。”

闯王的心中一惊,继续问道:“智亭山是怎么失守的?郝摇旗如今在什么地方?”

“听说他晚上吃了酒,正在睡觉,不提防官军突然来到,袭破山寨。我来到的时候,听见智亭山东边仍有喊杀声,大概他还在同官军厮杀。”

“马世耀现在何处?”

“他们刚过智亭山几里,智亭山就给官军袭破。马世耀回救郝摇旗,同官军厮杀一阵,无奈官军已得地利,老百姓又连夜走得困乏,没救出郝摇旗,反而死伤很重,败了下来。我离开白羊店时,听说他身边只剩下几百人,派人向夫人禀报。夫人已经命他择险死守,等候救兵。”

“你到老营可见到了总哨刘爷?”

“官军逼近马兰峪,总哨刘爷已经前往野人峪,所以我到老营时没有见到他。见到总管任爷,他叫我来此见你。”

“你为什么不把白羊店的情况禀报补之?”

“我在清风垭这边的路上遇见侄帅,禀报过了。”

“在清风垭这边的路上?”

“是。他躺在篼子上,只带了四个亲兵。”

“他是往清风垭去么?”

“是。”

“清风垭什么情形?”

“情况很紧,等着官军来攻。”

“补之说什么话?”

“侄帅听我禀报之后,只说:‘我知道了。你到老营休息吧。’我见他精神很坏,没敢多向他请示。”

闯王沉吟一下,说:“你今天骑马跑了差不多两百里路,休息去吧。”王老道退出后，他望着医生和吴汝义说：“补之坐篼子往清风垭去，必是清风垭十分吃紧，捷轩才按照我在书信中留下的话派他去的。明远受了重伤，白羊店必甚危急，咱们不能在此耽误，天不明就动身，火速赶回老营。”

“今夜就动身么？”中军问道。“留下谁代替李友？官军来攻时这寨里会不会再出变故？”

“什么人也不留。只要把坐山虎的手下人安插好，此地在眼前可以万无一失。你现在到山门前去看看窦阿婆们安插坐山虎的手下人顺不顺利，帮他们赶快安插就绪，然后带着窦阿婆、丁国宝、冯三才，还有黄三耀的二驾快来见我。你出去时，传我的令：大小捻子，如今立刻造饭，四更以前吃毕，准备出战，不得有误。”

医生望着吴汝义出去后，在一旁提醒闯王说：“李友和几个受伤重的弟兄不能骑马，得用人抬。”

闯王转向李强说：“你快去叫弟兄们绑几副门板，立刻抬李友和重伤的弟兄动身，到大峪谷寨中等我们。除李友自己的几个亲兵以外，另派一个精明小校带领十名弟兄护送。”李强出去后，闯王又向院中问：“坐山虎扣留的那十匹骡子和几个押运粮草的弟兄都放回了么？”

院中回答：“已经放回了。”

禅房中剩下李自成、医生和双喜。他们谁都不说一句话，而每个人都在想着目前的全盘局势。过了很长一阵，尚神仙对闯王说道：

“虽说明远已经挂彩，你用不着替白羊店过分担心。夫人久经战阵，沉着果断，深得将士爱戴。既然有她在白羊店，必能凭险固守，等待救兵。万一两三日救兵不到，她也会率领将士们杀出重围，平安无恙。我看，你不如现在睡一阵，免得身体吃不消。”

“不。咱们在马上睡觉吧。”

吴汝义带着窦开远和丁国宝等几个重要头领进来了。窦开远

向闯王禀报他们把坐山虎的手下人都安插好了。自成听了,随即向冯三才说:

“老弟,你原是坐山虎手下的头领,他手下人的情形只有你摸得最清。从今往后,请老弟多费心,引导大家走上正路,同心协力剿兵安民。秦桧还有三个相好的,坐山虎们七个坏东西自然也有亲朋近族在杆子上,平日狐假虎威,如今见他们几个被斩,一则会心中不甘,二则会兔死狐悲,心怀疑惧。我今夜没工夫找大家说话,请老弟替我加意抚慰,解开他们心中疙瘩。倘若他们还不放心,高低不情愿留在我‘闯’字旗下,想远走高飞,各听其便,任何人都不许给他们为难。可是他们只能明走,不许暗走,暗走便是私逃,抓到了军法不容。凡是愿意留下的,再不许强拿人家一草一木。倘若贼心不改,把我的军令当成耳旁风,轻则打,重则斩,决不容情。这些话,老弟你好生对他们讲说清楚!”闯王想了一下,又嘱咐说:“虽然坐山虎尚有一些余党不会心服,但眼下以安定军心为主,不宜多杀。只要有心向善,就当宽容。”

“请闯王放心。话是开心斧,木不钻不透。我一定用话开导,解开他们心中疙瘩。真是不愿留下的,让他们滚蛋好啦。”

闯王又说:“官军拂晓打算来攻,你们说怎么办?”

丁国宝首先回答说:“龟孙们只要敢来,咱就美美地收拾他们一顿,不叫他们轻松回去。”

冯三才接着说:“对,龟孙们占不了咱们的便宜。他们还没有同咱们杆子交过战,这一回叫他们知道铧是铁打的。有你闯王坐镇石门谷,弟兄们勇气百倍,别说官军来,天塌下来也不怯气。”

自成笑着转向窦开远和黄三耀的二驾,等候他俩开腔。黄三耀的二驾在闯王面前有点拘束,本来觉得前边有两个人已经说出了他心里的话,不想再张嘴,可是闯王一直望他,窦开远又用胳膊肘儿碰碰他,他憨厚地笑一笑,说:

“杂种们的消息不算灵,来迟了一步。闯王,你下令呀,说咋办就咋办,用不着问俺们。”

窦开远跟着说:“对,请闯王赶快下令,俺们大伙儿遵令行事。”

闯王又点点头,随即对窦开远吩咐说:“展堂,你去替我传令:凡是不上寨的将士务要真正休息,不许吃酒赌博,不许随便出入窝棚,不许脱衣,一听见战鼓声立即站队,不许迟误。凡是上寨的,务须各按旗号站定,不许擅自离开,不许大声说话,不许睡觉,违者斩首。”

“遵令!”窦开远大声回答。

“国宝,官军不来,你督率弟兄守寨;官军来近,你听展堂的将令行事。现在你先到寨上巡查一遍,不许有一点疏忽。庙门外一通角声吹动,全体用饭;二通角声吹动,我亲到寨上察看。那时你同展堂、三才都到山门前边等我,随我查寨。”

“是!”

闯王随即转向黄三耀的二驾,拍一下他的肩膀说:“你不必等候吃早饭,如今就率领一百名弟兄出寨,走到五里之外,埋伏在路两旁的树林深处,故作疑兵,不妨露出一两点火光让敌人远远望见。倘若官军来攻,你们先呐喊,然后放火焚烧树林,退回寨里。倘若官军不来,你们在天明时回寨吃饭,吃毕饭好生休息。还有,倘若有人出寨,你们务必严拿,不许漏掉,除非是展堂派亲兵拿令旗送出。”

“遵令!”

李自成把窦开远等四个人送到月门外边,回到禅房后向李强问道:

“把李友他们送走了么?”

“送走啦。”

“有没有人看见?”

“没人看见。守寨门的早就换成了窦阿婆的人,只有他们知道。”

闯王转向吴汝义:“弟兄们只留下十个人把守庙门,其余的全部休息,不许解甲,一听角声就吃饭。我一出去查寨,你就下令将骡子上驮、马上鞍，全体将士在院中站队，不许迟误。我从寨上回来，火速动身。还有，一切要严守机密，不许使那个细作猜到我今夜会离开这里。细作押在什么地方？”

“单独锁在一个小屋里。”

“看守好。外边的一切行动不许使他知道。”

吴汝义答应一声就出去了。尚炯走到闯王面前，小声说：

“闯王，我别的不担心，就担心咱们走后，坐山虎的那些人心中不服；倘若官军来攻，他们会树起白旗，替坐山虎报仇，事情还会从窝里烂起。”

自成说：“我也担心这一层，所以要想办法使官军在三天以内不敢来攻。”

“有办法么？”

“试试看。”

医生很相信闯王的智谋，放心地点点头。他又望望自成的脸色和眼睛，看见他的眼窝塌得很深，劝道：

“你赶快躺一躺吧，哪怕只歇息半个时辰也是好的。天明以后，你的事情还多着哩。”

自成走到小院里，抬头望望月亮，又望望横斜的淡淡天河，知道已经三更过后了。他吩咐一个亲兵去传令守大门的小头目，立刻点起一支更香①，当更香三停灼一停时吹第一次角声，灼到一半时再吹一通角声。吩咐毕，他打个哈欠，转回屋中，看看双喜，对医生笑着说：

“子明，咱们同双喜就在椅子上靠一靠，用不着躺下去了。”

但是他们刚刚坐下，又有一个人从老营来到。他也是一个久病初愈的人，身体虚弱，眼窝深陷，病色未退，经过鞍马劳累，两颊像火烧似的发红。没有等他开口，闯王问道：

“是谁派你来的？有什么紧急禀报？”

“禀闯王，是总管派我来的。他派我来看一看这里的乱子是不

① 更香——从前为着夜间按时打更，特别造一种线香，每燃完一支恰是一更，故称更香。

是平了，不管如何，请闯王速回老营，不可在此耽搁。”

“老营怎样？”

“总哨病重，各路军情又十分吃紧，请闯王火速回老营坐镇。”

“总哨刘爷怎么了？”

“总哨后半晌从野人峪到了王吉元驻扎的山口视察，又命王吉元带他到宋家寨附近观察地势。正看着，忽然从马上晕倒，口吐鲜血，不省人事。”

“如今总哨在哪里？”

“已经在下半晌抬回老营。”

“吃药了？扎针了？还是昏迷不醒么？”

“总哨一抬回老营，总管就派我飞马上路，限我在半夜赶到，说是把马跑死也不要在路上停……”

“简短捷说！我问你总哨刘爷的病！”

“是，我说的就是总哨。因为我走得急，详情不知道。只听说他有时清醒，有时昏迷，还说邪话。大家都说他中了邪，把马三婆请到老营，替他下神除邪。”

“混账！是谁想的这个主意？”

“不知是谁想的这个主意，只知道是王吉元派人到宋家寨请来的，事前请示过总哨刘爷，他点了头。”

“糟了！”闯王顿一下脚，从椅子上站起来，又问：“你在路上遇见张鼐了么？”

“在大峪谷那边遇见他，也许在天明以前能赶到老营。”

李自成使来人出去休息，向尚炯问：“你看，捷轩的病要紧么？”

“这是病后虚弱，过分劳累，加上中午骑马奔波，不免中暑。倘在别人身上，病来得还不至于这样猛。捷轩是个脾气暴躁的人，看见各路战况不利，局势险恶，而将士多在病中，中怀愤懑，郁火攻心，以致马上晕厥。但如今尚不知道他吐的血是从内脏吐出，还是晕厥时自己咬破了舌头，也不知吐血多少。”

“好治么？”

“只要不劳复，吐血不多，单只这个病，来势虽猛，治愈不难。我近来因将士病后虚弱的人多，制了一种药酒，以生地黄为君，潞参、茯苓为臣，埋在地下有半月之久，已经可以启用。等我们回到老营，从地下起出，让捷轩服几次，自然痊愈。这个药酒，也请你同各位病后虚弱的将士都用，颇为有益。”

闯王焦急地说：“子明，我原来预料，官军进攻野人峪时，宋家寨必然要动。如今捷轩病倒，老营无人坐镇，而王吉元年幼无知，又让马三婆来老营下神，泄漏底细。宋家寨这一头，很叫我放心不下。”

“虽然变出非常，对我们十分不利，但老营失守还不至于。你目前只能先安定了石门谷，再顾老营。纵然宋家寨的乡勇同官军能够收拾了王吉元和小罗虎，奔到老营寨外，想袭破老营尚难。张鼐一到，内外夹击，必会转危为安。”

闯王虽然明知尚神仙说的是宽慰的话，但也不无道理。他点头说道：

“好，先安定了这搭儿的事情再说。”

大家都不再合眼，在禅房中等候角声。

第二遍角声吹过之后，还不到四更天气。李自成叫亲兵们把细作带到他的面前，说道：

“我已经答应饶你狗命，现在就放你回去。可是你回去之后，寨中实情，不许说出。你可以对官军禀报说坐山虎仍然把李友围在寺中，双方死亡了许多人，相持不下。你肯照这样说话，我就放你回去。”

细作双膝跪下说：“谢闯王不杀之恩！小的回到营中，见了长官，倘若不照闯王的吩咐回禀，乱箭穿身，马踏为泥！”说毕，连磕响头，如同捣蒜一般。

“起来，随我出去。我命人送你下山。”

李自成在亲兵和亲将的簇拥中，带着细作走出大庙。窦开远、丁国宝和冯三才各带少数护驾的，在山门以外恭候。这三个首领，只窦开远小时候念过三年书，也略知军中规矩，那两个全是一身杆子习气。当黑虎星在这儿时，虽然他们都是他的手下头领，却见面时没大没小，没上没下，说话时满口屎、蛋、操娘，指手画脚，往往把脚蹬在黑虎星面前的桌掌上纵声大笑。大家过惯了草莽生活，只要意气相投，谁也不会说这样的上下关系有什么不好。但是很奇怪，不知是一种什么力量，竟然使他们在不到一夜之间发生了显著变化。特别是冯三才，昨天下午他在坐山虎的指挥下还是那样嚣张，带着他的护驾，几乎把刀、剑指在闯王的鼻尖上，如今他们却随着窦开远毕恭毕敬地肃立道旁。李自成望望他们，轻声说：

“随我到寨上看看，先看西寨。”

他的声音虽轻，但是他的话刚落音，立刻响起一阵急促的脚步声。窦开远等三个大首领奔到闯王面前，替他带路，从西寨向北寨慢慢走去。有时他对守寨的头目和弟兄们慰问一两句，大家都恭而敬之地叉手回答。有一个十六七岁的小伙子，生得浓眉大眼，一脸稚气，手中拿着一根红缨枪，腰中挂一口宝刀，十分英武，但当闯王来到面前时却禁不住浑身紧张，呼吸急促，心头扑通扑通直跳。自成把他通身打量一遍，觉得他很像双喜，便问道：

“你练过枪法么？”

“练过。”

“单刀呢？”

“也练过。”

“你把枪法练一手让我瞧瞧。”

小伙子略显忸怩，下到寨里练起枪法。刺，挑，抵，拦，动作干净利落；纵，跳，进，退，腿脚稳捷合度。闯王立在寨上看，频频点头微笑。等他练完一套，重回寨墙上，闯王拍着他的肩头说：

“你练的这枪法还有些根底。这是杨家枪法加上一些变化，只是这变化的地方全是花枪。花枪看着好看，实不顶用。过几天，不打仗了，你到老营去住几天，请刘芳亮将爷指点指点，去掉花枪，回到梨花[①]正宗。有些架势你做得不错，可惜还不够圆。手中拿一根长枪，不圆就是一根棍子；只有练得透熟，才能心忘手，手忘枪，也就是人们常说的‘得心应手’。”

左右的人们都知道官军很快就要前来攻寨，没料到闯王却有闲心看这个半桩孩子练完一套枪法，还不慌不忙地指点几句，然后才向前巡视。走到北寨，沿路寨垛里边都站的有人，个个精神抖擞，肃静无声。寨墙上不但摆满了滚木礌石，还有鸟枪火铳。闯王正在感到满意，忽然从三十丈外的寨墙转角处传来了两个人的争吵声。闯王站着没有动，向丁国宝看了一眼，问道：“已经传过军令，什么人还敢随便说话？”丁国宝带着几个亲兵向寨墙的转弯处跑去。闯王把一只脚踏在两个寨垛之间的缺口上，向着寨外瞭望，用手指着黑沉沉的几座山头，向窦开远询问名字。不过片刻，丁国宝提着两颗人头回来，对闯王说道：

“闯王，我把这两个小子斩了。”

李自成点点头，没有说话，却把眼睛转向被弟兄们押着跟在后边的官军细作，仿佛这一阵把他遗忘了似的。细作见李自成的军纪如此森严，正在心中惊惧，一见闯王冷眼向他一望，不觉魂飞天外。他抢先跪下恳求说：

“恳闯王爷爷开恩，放小的回去！”

自成向亲兵们吩咐：“把他的绳子解开，剁去右手，放他滚蛋。”

一听说要剁去右手，细作赶快磕头求饶。但闯王并不理他，而一个亲兵不管三七二十一把他从地上拖起，解开了背绑着双手的麻绳，砍去他的一只右手。李自成对窦开远说：

“你派一个亲兵拿着令箭，送他走出我们的地界。”

细作一送出寨，李自成带着窦开远、丁国宝和冯三才立刻回到大庙。开远等看见大庙中的人马整装待发，不禁暗暗诧异。自成带他们走进禅房，屏退从人，对他们说道：

“郑崇俭兵力不足，原不想从峣岭来攻，只是峣岭官军听说石

---

① 梨花——即梨花枪，亦即杨家枪法。

门谷起了内讧，又因坐山虎愿意投降献寨，才打算来拾个蹦蹦枣儿[①]。如今我把细作放回，官军知道我亲自来到石门谷，内乱已除，军令整肃，防守严密，必不敢贸然来犯。我不能在此多停，要立刻动身，赶回老营。李友的弟兄我也要全部带走，只把庙中存的粮食留给你们。防守石门谷的千斤重担就交给你们各位了。俗话说：家有千百口，主事在一人。今后这石门谷的防守主将就是展堂，凡事以展堂为主。国宝，你同三才要好生做他的膀臂，听他的号令行事，一心一意守住这个关口，杀退官军。展堂，你遇事也多同他们商量；有做不了主的事儿，随时派人禀我，我替你做主。"

窦开远说："请闯王放心。只要我们大家一条心，石门谷万无一失。"

丁国宝和冯三才同声说："请闯王放心。"

李自成将李强带的最后二百两银子留给窦开远，又嘱咐说："不怕官军来攻，只怕窝里自乱。如今虽说坐山虎等几个祸根已除，可是如何安抚军心，树立军纪，还得你们各位多多操心。刚才有两个弟兄在寨上争吵，我叫国宝将他们一齐斩首，也是为的替你们树威。你们这儿的一千多将士都是新近才不当蹚将，吊儿郎当惯了，又加上有这两天坐山虎几个人挟众鼓噪，不狠心杀几个人就没法树立军纪，压住邪气。古人说：'治乱世用重典。'咱们治乱军也是如此。不过，光有威也不行，还得恩威并施，缺一不可。树威也不是光靠杀人。你们自己行事正正派派，处处以身作则，平日赏罚分明，毫不徇私，就能树起威来。倘若不能使众人又敬又服，只知道一打二杀，也会坏事。中军，传令人马起身！"

人马立时起身了。李自成带着老神仙和双喜走在最后。窦开远等把他送出寨外，还要远送，但被他阻止了。上马以后，他又嘱咐窦开远搬进大庙，以便指挥。嘱咐毕，拱拱手，勒转马头，踏着月色而去。

---

① 拾个蹦蹦枣儿——意即捡别人的便宜。别人打枣，落在地上还在地上跳动，而另外的人却毫不费力，趁机会捡到手中。

人马匆匆赶路，话声稀少，重山叠嶂中但有松涛和着马蹄声。李自成和尚神仙虽然挂心着全军吉凶，但他们毕竟太疲倦了，都禁不住在马上摇摇晃晃地朦胧睡去。过了一阵，闯王突然叫道："捷轩！捷轩！"一惊醒来，知道自己是在做梦。他想着刘宗敏和老营，心中焦急，再也不能够合上眼皮。

第十二章

刘宗敏从射虎口抬回老营大约两个时辰,寨中已经打更了,依然时而清醒,时而沉睡。

全老营寨中的军民人等,不论男女老少,都感到万分焦急和发愁。在闯王去石门谷以后,人们把他当做一条擎天柱。如今他突然得病,这危局靠谁主持?老营的山寨兵无兵,将无将,如何坚守?老百姓都认为官军和乡勇必来攻寨,大祸即将临头。男人们都在黄昏时上了寨墙,协助义军守寨。妇女们留在家中,不敢睡觉,惶惶不安地等候消息,只要寨外什么地方有狗叫,大家都屏息静听,把心提到半空。有些半桩孩子和老头子,还有胆大身强的妇女,把石头和棍棒运到房坡上,准备在官军进来后拼命对打,决不坐着等死。几乎家家都在神前烧了香表,许了大愿,祈祷老天保佑官军不来攻寨,也祈祷刘宗敏赶快病好。一些有大闺女和小媳妇的人家,担心万一破寨后要受辱,有的母女相对哭泣,有的把剪子、刀子和绳子准备停当,打算一旦官军攻破寨就立刻自尽。

自从刘宗敏被抬回老营,任继荣猜想宋家寨十之九会在今夜动手,所以在黄昏前就下令将老营寨门关闭,只许人进来,没有他的令箭任何人不许出去,以免走漏消息。王吉元那里,他派了一个妥当人前去传话,只要宋家寨有一点风吹草动,火速禀报。他又叫慧英把娘子军扎在老营外边的小树林中,以备随时调遣,同时把守卫老营和暗中监视马三婆的事,统统交付给她。上午,刘宗敏把王四的几十名孩儿兵和一队病愈不久、身体尚弱的将士都派到麻涧休息,原说黄昏后他将亲自率领,开往清风垭,夺回智亭山。现在总管见宗敏既然中邪昏迷,没法向他请示,就自己下令,把麻涧的人马调回，分作两支埋伏在老营寨外，而将马匹全部送回寨中。他还怕王四年纪太小，不够沉着，特意亲自去孩儿兵埋伏的树林中对王四和李来亨嘱咐一番。他从寨外转回时，去射虎口的人已经奔回，并且有王吉元的一个心腹头目跟来。他们告他说宋文富已经通知王吉元，要在今夜三更袭劫老营。吉元派他的心腹头目是来看看总哨的病情是否回头；如总哨神志清楚，就问问是否仍按原计而行，另外还有什么吩咐。总管立刻带着王吉元派来的心腹头目进寨，匆匆地望老营而来。

为着使病人清静，慧英自己守候在病榻旁边，另外刘宗敏的亲兵头目倒坐在门槛上，其余的亲兵都守候在上房以外。慧英正在为总哨刘爷的病况发愁，忽见宗敏睁开双眼，眼光依然像平时一样有神，转着眼珠瞅她。她赶快向病榻前走近一步，小声问道：

“刘爷，要喝茶么……要吃东西么?”

宗敏没有立刻回答。因为他下午睡了个又香又甜的大觉，刚刚醒来，仍有余困，不觉打个哈欠，伸个懒腰，然后问道：

“总管在哪里?”

慧英俯下身子悄声说：“去寨外布置去了。”

“马三婆呢?”

“坐在院里。”

“叫她来替老子过阴[①]!”

不等慧英说话，几个亲兵已经催促马三婆快去上房替病人下神驱邪。马三婆吓了一跳，慌忙取水净手，扭着倒跟脚走进上房。

自从马三婆来到老营之后，她还没有得到机会下神，也不能随便走动，只允许她在上房和二门之间的天井中起坐。她同外边的联系完全掐断了。看见总管十分忙碌，黄昏后很少进老营，马三婆猜出来老营山寨正在做紧急防守的安排。但是她的心中干着急，没法将消息传送出去。她自己肚里有鬼，看见慧英等对她看守很严，深怕事情败露，反而赔了老本。越想心中越毛，只恨无计脱身。

---

① 过阴——巫婆装做神鬼附体叫做过阴，意思是从阳间过到阴间，也叫“下神”。

有一次她借故去茅厕,想看看有没有机会逃走,可是慧英竟手提宝剑跟随。她解过手,大着胆子笑嘻嘻地问:“姑娘,我是来替总哨刘爷治病的,并无外意,好像你们对我很不放心,是吧?”慧英回答说:“眼下军情紧急,一切外人都不能随便走动。这是总管的吩咐。”她只好又回到天井里,心中七上八下。晚饭她勉强吃了一点,不能多吃,倒要了半茶盅烧酒吃下,借酒壮胆,等候今晚的事情如何结局。在李自成手下的大将中,她平日最怕李过和刘宗敏。现在她进入上房,看见宗敏神志清醒,既不像中邪,也不像中暑,心中奇怪。她正要向宗敏问好,只见宗敏目光炯炯地看她一眼,吓得她倒抽一口气,心头狂跳,不敢做声,不自觉地用右手指尖按一下鬓角的头痛膏药。

刘宗敏忽然坐起,冷冷地说:“马三婆,快过阴吧,我要看看你捣的什么鬼。”

马三婆脸色灰白,两腿发软,勉强赔笑说:“总哨刘爷原是天上星宿,下界来替天行道,纵然遇见野神野鬼,也不敢碍你刘爷的事。既然刘爷的身子好起来,我就不必请九天娘娘下凡了。”

“别说废话,快把你的九天娘娘请下来让我看看。”

马三婆明知中了刘宗敏的计,凶多吉少,却不敢违拗,只好重新打开桌上的黄布包袱,挂好神像,点上蜡烛,焚化香表,跪下叩头,坐在方桌一旁,低头合眼,手指掐诀,嘴中念咒,随即寂然无声,身子前后摇晃,如入梦中;又过一阵,突然浑身哆嗦,大声吐气吸气,如同患了羊痫风一般;又过了一阵,渐渐安静,说了声:“吾神来也!”然后尖声唱道:

香烟缭绕上九天,
又请我九天玄女为何端?
拨开祥云往下看,
……

刘宗敏起初脸带嘲笑,冷眼看马三婆装模作样;到了这时,他再也忍耐不住,虎地跳起,一把抓住马三婆的脑后发髻,说声:“去你妈的!”把她搡出门外,跌了一丈多远。只听“哎哟”一声,跌得马三婆口鼻流血,半天缓不过一口气来,也不能说话。宗敏从后墙上扯掉神像,撕成碎片,扔在地上,然后向慧英看一眼,说:

“把这个半掩门儿拉出去收拾了!”

马三婆刚开始从地上挣扎着爬起来,一听说要杀她,就连忙磕头如捣蒜,哀求饶命。慧英去拉她,她只顾伏地磕头,不肯起来。慧英平日就非常讨厌她下神弄鬼,不三不四,近来知道她是宋家寨的坐探,更加恨得咬牙切齿,所以由不得她怕死求饶,装孬耍赖,左手抓着她的发髻用力一提,右手用雪亮的宝剑向她的脸前一晃,喝道:

“起来! 好生跟我出去,不然我先挖你的眼睛,再割掉你的鼻子、耳朵,再挖出你的心肝,叫你死得很不痛快。是明白的跟我出去!”

这时,刘宗敏的几个亲兵都拥到周围,争着要杀马三婆,还说要把她乱刀剁死。马三婆见这一关逃不过去,浑身打颤,两腿瘫软,艰难地站起来,向周围哭着说:

“我出去,我出去。求各位积积德,不要乱刀剁,叫我一剑归阴,死个痛快!”

慧英推着她说:“好,快走!”

一个大个子亲兵把慧英推一下,说:“慧英,让我去收拾她,这不是你姑娘家干的活儿。”

慧英望他一眼,用鼻子哼了一声,说:“别小看姑娘家! 姑娘家既然能够在千军万马中同你们男人家一样杀敌人,做这个活儿手脖子也不会软。”

刘宗敏用一只脚踏着上房门槛,望着院中说:“快派人找总管回来!”

“是,派人找总管回来!”几个声音同时回答。因为大家明白了总哨的急病是假装的,登时老营的人心振奋起来。

总管带着王吉元派来的心腹小校正在这时走进了老营大门,

看见慧英一手仗剑一手推着马三婆向外走,并听见里边传呼找他,他没有工夫向慧英问什么话,赶快向院里走去。

据王吉元的心腹小校禀报,宋家寨集合的乡勇和官军将由宋文富亲自率领,三更出动,四更到达,妄想袭占老营。他们商定由王吉元在前带路,假称捉到一批乡勇送来老营,赚开寨门,大队跟在后面蜂拥而入。这个小校还说,宋家寨因得知刘宗敏突然得了急病,不省人事,十分高兴,认为是天亡李闯王,今夜袭占老营不难。黄昏前杀猪宰羊,准备宴席,预祝马到成功,对每个乡勇和官兵都有酒肉犒劳,还怕吉元的心不稳,又送来四百两犒赏银子。坐在小床上听完小校禀报,刘宗敏把大腿用力一拍,高兴地大声说:"好哇,果不出老子所料!"只听小床腿喀嚓一声,他一顿脚,霍地站起,把一只脚蹬在方桌掌上,一边下意识地挽着袖子(每逢出战前,倘不穿甲,他总是挽起双袖或袒着右臂),一边对小校问道:

"你从射虎口来老营,有人知道么?"

"有。马三婆的侄儿就在射虎口,我吉元哥故意当着他的面命我来老营探探情况。"

"好。你火速回去,对王吉元说,仍按原计行事,务将龟孙们引到老营寨外,不可有误。在众人面前,你只说我还是昏迷不醒,病势沉重,马三婆正在下神,不很见效。倘若有谁问你老营寨中情形,你就说孩儿兵、老营亲军和害病才好的将士们,都开往清风垭抵御官军,老营中只有妇女老弱守寨,十分空虚。还有,你悄悄对吉元说:凡是咱们的弟兄都要暗藏白布一方,夜战时立即取出,缠在臂上,以便识别。你走吧,把马打快,不要误了大事!"

小校答应一声"是"! 转身就走。刘宗敏正要同总管说话,忽见慧英站在门外,便问道:

"收拾了?"

"收拾了。还有什么吩咐?"

"你等等,有重要活儿派你。总管,闯王有消息么?"

“还没有消息。”

“哼,还没有消息来！你……”

刘宗敏忽然瞥见马三婆的桃木剑仍在方桌上,一把香仍在瓦香炉中点着,轻烟袅袅。他厌恶地把粗大的浓眉一耸,先抓起桃木剑一撅两截,抛出上房门外,跟着抓起炉中香投到地上,用鞋底狠踏几下,完全踏灭。

“你是怎么布置的?”他望着总管问。

任继荣把自己的布置对总哨回明。他因为自作主张从麻涧把人马撤回老营寨外,深怕会受到宗敏责备,一边回禀一边心中七上八下。但是出他的意料之外,宗敏用一只手照他的肩上一拍,高兴地说:

“行,老弟,布置得不错。我就知道你不是草包,所以很放心,趁机好睡一觉。哎,老弟,我到底是大病之后,受不了劳累,到野人峪就感到浑身困乏,又转到射虎口,腰疼背酸,头昏脑涨,真他妈的！要不睡这一大觉,实在支持不住。好啦,让宋文富这个王八羔子今夜来袭取老营吧。”他感到还有余困,把两条粗胳膊伸了伸,从关节处发出喀喀吧吧的响声。随即拿起茶壶,咕咚喝了一口,漱了漱,吐在地上,轻轻骂道:“妈的,还有点腥气！要不是老子行苦肉计,咬破舌头,王八蛋们还不会上当哩。”

继荣激动地笑着说:“你这一计,可把我们吓坏了。”

宗敏好像没听见,一口气把大半壶凉茶喝干,随即把空瓦壶往桌上一放,没想到用力过重,只听铿然一声,竟把壶底碰破。他不去管它,用手背揩揩胡子,对总管说:

“你快派人到小罗虎那里传令:三更以前,孩儿兵悄悄到射虎口附近的树林中埋伏,只等宋家寨的人马过尽,就赶快占据射虎口,用树枝把道路塞断。要防备宋家寨方面增援,也防备宋文富这班杂种们逃出射虎口。再派一个人飞马到野人峪向二虎传令:立刻抽出两百骑兵,臂缠白布,务必在三更以前赶到,埋伏在校场附近。等敌人大股逃到校场,方许出来冲杀。从铁匠营调来的弟兄们现在哪里?”

“现在老营寨中候令。”

“好,你快去派人往刘二虎和小罗虎那里传令去吧,铁匠营的弟兄由我亲自安排。”刘宗敏猛一下在脖子上拍死了一个哑巴蚊子,然后大声呼喊:“快点拿饭!”

寨里的将士们都已经在黄昏时用过晚饭,准备随时出动迎敌,只有老营中的人们因总管忙得没工夫吃饭,大家也只好等着。这时只听一声传呼,老营中开饭了。刘宗敏一向不习惯单独吃饭,他这时就像乡下一般下力人一样,用左手三个指头端着一只大黑瓦碗,余下的无名指和小指扣着两个杂面蒸馍,右手拿着筷子,又端着一碟辣椒蒜汁,走到院中,同亲兵们和老营将士蹲在一起。厨房里替他多预备的两样菜,有一盘绿豆芽,一盘炒鸡蛋,他全不要,说:“端去叫大家吃,我不稀罕!”他把辣椒蒜汁碟儿放地上,呼噜呼噜喝了几口芝麻叶糊汤杂面条,掰块馍往辣椒蒜汁中一蘸,填进嘴里,几乎没有怎么嚼就咽下肚子。但是正吃着,他忽然口中吸溜一声,几乎要把碟子摔出几丈外,喃喃骂道:“妈的,忘记今天咬破了舌头,辣得好疼!”亲兵们赶快替他换了一碟绿豆芽。这时总管也端着碗走过来,蹲在他的面前,对他说去传令的两个弟兄已经骑马出发了。宗敏在总管的左脸上瞅了一眼,虽然在星光下看不出仍有浮肿,但想着自己在早晨可能打得不对,心头上泛起来一股歉意。

吃毕饭,宗敏带着慧英和亲兵们走出老营,上寨巡视。总管也追了来,随在宗敏身后。老营的山寨有东、西两道寨门。出东门,一条路通野人峪、马兰峪,前往商州;向东北一条羊肠小路通射虎口和宋家寨。凡是南去麻涧、清风垭和白羊店,北去大峪谷和石门谷,也都从东门外走,是一条曲折盘旋在万山之间的南北大道。往西去十里是铁匠营,往山阳县境也从西门走。北寨外一部分是悬崖峭壁,一部分虽非峭壁,却是怪石嶙峋,草木蒙茸,不易攀登。宗敏决定把人集中在东寨墙上,只留下很少数人守其他三面寨墙。

他把守寨百姓的年轻汉子编成一队，集中在寨门上，也一律臂缠白布，同义军一样。他看着所有的守寨人都各就哨位，弓、弩、火药包、鸟铳、滚木、礌石，样样准备停当，却叫大家坐下去，不许露头，不许大声说话，无故不得站起。把守寨事情交给总管，刘宗敏又指指寨外的一个地方，叫慧英率领娘子军前去埋伏，并要她们多带挠钩、套索。现在娘子军已经有一百一十多人，其中有一部分是住在麻涧的义军眷属，今日下午闻风骑着战马赶来，参加作战。

从铁匠营来的工匠，自从上午来到老营寨内，一直在小树林中休息。大家每日工作惯了，今天长日无所事事，等得心焦闷倦。黄昏后知道总哨刘爷今天的紧病只是一计，大家的情绪才振奋起来，急切地想看见刘爷，接受命令。等到现在，才看见有人跑来传令，说刘爷叫他们到东门里边听令。他们立刻站队，火速前去，踊跃异常，顷刻之间，来到了东门里边。刘宗敏没有想到，弓箭老师傅曹老大和铁匠老师傅包仁也都来了。他向两位老师傅说：

“哎呀，你们俩怎么也来了？今天晚上是要打仗，可不是耍手艺。你们何必跟年轻人一道来？”

两个老师傅在从铁匠营动身前就同年轻人们打过一次嘴官司，早料到刘宗敏会说什么话，心里边已有准备。弓箭老师傅抢先回答说：

“嘿嘿，刘爷，你家刘玄德不嫌黄忠老，封他为五虎上将。我同包师傅都才是五十出头的人，你怎么可嫌我们老了？再说，我这弓箭可全是新造的，一点不老。我做弓箭做了大半辈子，每做了一张新弓总要自己先试试，也练就一点准头，虽不说百步穿杨，百步射人倒不会有错儿。可惜我还从来不曾射过人，你让我今晚开开荤吧。你放心，今晚我站在你刘爷大旗下，尽管多射死几个人，也没谁叫我偿命。”

铁匠包仁接着说：“刘爷，你看我掂的什么家伙？是打铁的大锤！你知道它有多重，打在脑壳上准定不会只起个枣大的青疙瘩。虽说我武艺不佳，可是同敌人厮杀起来，一锤一个，用不到第二下。

要是来唱小生，我不敢逞能，人们拉我来我也不来。今晚正需我包仁抡大锤，这活儿俺不服老。”

刘宗敏听得高兴，用两只手同时照两位老师傅的肩上一拍，说道：

“好啊，老伙计，这才叫虎老雄心在！你们留下吧，咱们今晚美美地收拾他们！”

他叫总管发给大家每人缠臂的白布一块，然后派一个亲兵把那些箭法比较好的工匠送到慧英那里埋伏，归慧英指挥，其余的都埋伏在东门以内。布置已毕，他暂回老营上房，等候消息。

宋家寨中，今天晚上认为胜利已经握在手心，人心振奋。下午宋文富去祠堂上香，求祖宗保佑他今夜出兵顺利。看祠堂的老头养了一群鸡，看见众人进来，有的带着刀枪棍棒，惊得满院乱叫乱跑，有三只鸡吐噜吐噜地飞上墙头。宋文富的脸色一寒。跟在他身边的秀才族叔连忙说道：“好，好，这预兆贤侄将连升三级。”宋文富听了为之一喜。二更时候，寨主叫大家饱餐一顿，然后在寨主大门外的空场上集合站队，看他祭旗。大门的东西两边本来有两根高大的旗杆，平日却只有一面鲜蓝大旗悬挂在东边的旗杆上。因为习惯上所说的乡勇在公事上叫做练勇，组织这种地主武装叫做办团练，所以旗上绣了个斗大的“练”字。现在又在西边的旗杆上升起了一面杏黄旗，上绣一个斗大的“宋”字。阵阵秋风吹来，两面大绸旗在空中舒卷飘扬，呼啦做声。尽管宋文富的商州守备之职尚未正式扎委，不知何日才走马上任，但今晚这大门口的摆布却大异平日。把藏在后楼上的祖父时代的两个虎头牌取了出来，摆在大门两边，一边虎头牌上写着“守备府第”，另一边写着“回避肃静”。虎头牌前边摆着两只很大的白纱灯笼，上边都有今天才写的一行朱红扁体宋字：“崇祯癸酉科武举参将衔陕西省商州守备宋”。另外还有几个如狼似虎的家奴挂着腰刀，拿着水火棍，禁止小孩们在门口乱跑。

宋文富同他的兄弟文贵在一群爪牙的簇拥中出来了。后边推出来两个陌生男人，都被脱光上身，五花大绑，胸脯和脊背上带着一条条紫色伤痕。其中有一个就是附近人，姓刘，靠打猎为生，曾对着别人骂过宋文富兄弟是地方恶霸，还说别看宋家寨的大户们眼下兴旺，欺压小民，迟早会有人来攻破山寨，替黎民百姓出气。这些话早已传进宋文富和十几家大户耳朵里，都认为他暗通“流贼”，迟早会跟着“流贼”造反，成为一方祸害。今天趁他因替母亲抓药来到寨内，将他逮捕，诬他个替“流贼”暗探军情的罪名，也不行文书上报州县，就决定用他的脑袋祭旗。另一个被绑的人姓李，是个从外县来的逃荒的，硬说他要去投奔闯王做贼，酷打成招，私定死罪。姓刘的毫不惧怯，挺着胸，一边走一边破口大骂。姓李的吓得直哭，到现在还不断哀求饶命。他们被推到场子中间，喝令跪下。片刻之间，两颗血淋淋的人头摆在两根旗杆下边。两根旗杆中间摆着一张方桌，上有用黄阡纸写的旗纛之神的牌位和四色供飨。宋文富兄弟在牌位前焚香叩头，颇为虔敬。只是为着不使寨外知道，不曾使用鼓乐。气氛虽不热闹，却很肃穆。祭毕旗，宋文富回到宅中，在供奉的关公像前焚香叩头，默祝神灵保佑他旗开得胜，马到成功。然后他匆匆披挂，率领人马出发。

王吉元早已准备停当，等候宋家寨的人马来到。他知道罗虎的孩儿兵就在附近埋伏，所以只派二十名弟兄守护射虎口的病员、粮草和辎重，其余的全部披挂站队，每人身藏白布一块。大家知道刘宗敏的紧病是假的，今夜将活捉宋文富兄弟，个个勇气百倍。过了不大一会儿，马二拴骑着一匹瘦马奔来了，告诉王吉元说宋寨主已经动身，叫他赶快准备迎接。王吉元随即上马，带着两名亲兵，走出射虎口外，立马恭候。

宋文富正要走出寨门，忽然一个手下人慌忙赶来，叫他停住，说抚台衙门的刘老爷来到寨中，请他稍候。说话之间，几盏纱灯引着一乘小轿来到。宋文富赶快上前迎接。刘老爷从轿中走出，拱拱手，随即拉宋文富走往路旁几步之外，小声说道：

“抚台大人得足下密禀，知刘宗敏突患紧病，口吐鲜血，不省人事，认为是天亡逆贼。除派人往武关飞禀制台大人外，已传令黄昏前占领马兰峪之官军三更出发，四更到野人峪寨外，奋勇进攻；另外传令占领智亭山之官军连夜往清风垭进军，以为牵制，使李过不敢分兵回救老营。抚台大人口谕，一旦足下袭破闯贼老营，即请在高山头上点起一堆大火，使进攻野人峪的官军能够望见。抚台大人今夜也要亲至马兰峪，以便就近指挥。”

宋文富回答说：“小弟袭破贼巢之后，不但要谨遵抚台钧谕，放火为号，还要回师向东，从背后进攻野人峪，迎接官军进来。”

客人笑着说：“只要足下放把火，余贼军心一乱，野人峪就会不攻自破。”随即向左右一望，收了笑容，凑近宋文富的耳边小声说：“宋先生，今夜虽然胜利在握，但流贼多诈，仍望多加小心。王吉元是否可靠？”

“十分可靠。”

“会不会中了刘宗敏的计？”

宋文富哈哈一笑，说：“倘若是李自成或李过在贼的老营，小弟自然要加倍小心。如今我们的对手是刘宗敏，此人作战时慓悍异常，但从来没听说过他会用什么诡计。请阁下务必放心，勿用多疑。”

“好，好，但愿刘宗敏只是个一勇之夫。弟今夜在宝寨秉烛坐候，翘盼捷音。”

宋文富把站在附近送人马“出征”的秀才族叔叫到面前，嘱托他陪刘老爷在他的客厅中吃酒闲谈，等候捷报。他的这位族叔也是一位乡绅，连忙答应，又悄悄地附耳叮嘱：

“贤侄，你七弟尚在西安，一时赶不回来。你破了贼巢之后，务请在呈报有功人员的文书中将你七弟的名字也填进去。倘得朝廷优叙，也不负愚叔半生心愿。”

宋文富匆匆回答说：“你老人家放心，七弟的名字自然要填写进去。”

大约过了一顿饭时候，宋文富兄弟来到了射虎口外。他们共搜罗了一百多匹战马和走骡，编成一支骑兵，走在前边。后边跟的乡勇全是步兵，最后的二百名官军也是步兵，只有带队的千总和他的四名亲兵骑在马上。宋文富让官军走在最后是有私心的。这样，在袭破李自成的老营之后，官军就没法同乡勇争功，而重要俘虏、妇女、战马、甲仗，各种财物也都首先落入乡勇之手。官军的千总明白宋文富的用意，毫不争执，因为他也有一个想法。他同李自成的义军作过战，懂得他们的厉害。他认为自己的人马走在最后，万一中计，逃走比较容易；倘能真的袭破闯王老营，这功劳也有他一份，再在抚台左右花点银子，把功劳多说几句，提升为将军不难。他明白宋家寨是主，他是客，所以他但求不冒风险，压根儿不想同乡勇争功。

看见王吉元在马上欠身拱手相迎，宋文富略一拱手还礼，随即说道："抚台知道你诚心归顺，十分嘉许。现值国家用人之际，只要你好生效力，步步高升不难。"

吉元回答说："多蒙寨主栽培，今夜努力报答。"

宋文富说："请以后不要再叫我寨主，我已经是商州守备了。闯贼老巢中有何动静？"

吉元说："回守备大人的话，黄昏时我派一亲信头目前去老营探看，刚才回来，说刘宗敏仍是昏迷不醒，马三婆替他下神驱鬼，尚未见效。"

"内应之事如何？"

"众弟兄见大势已去，老营难保，多愿做我们内应。我已同守东门的小校说好：我军到时，先向寨门上放一响箭。要是看见寨门楼上挂起两盏灯笼，便只管大胆前进，他会开门相迎。凡是愿降的将士一律臂缠白布，以便识别。"

"这样很好。事成之后，我要在抚台前竭力保荐，从优奖赏。"

"多谢守备大人栽培。"

宋文富见王吉元态度恭顺，心中颇为高兴。他叫王吉元的骑兵在前带路，立刻向李自成的老营前进，并且传知全体兵勇，看见臂缠白布的人不许伤害。三更时分，人马来到了离老营三里开外的一个小山窝里，前队暂时停住，等待后边的步兵跟上。王吉元下了马，走到宋文富的马头前边，躬身说道：

“禀守备大人，转过这个小山包就望见老营山寨。寨中有的人已经说过愿做内应，有的人尚不知情。只怕夜深人静，马蹄声传到寨中，反而不妙。”

“你的意思是……”

“依小的看来，为求机密，不妨把所有的马匹骡子都留在此处，留下少数弟兄看守。再说，山寨中地方小，房屋、帐篷和树木很多，万一厮杀起来，只利短兵步战，不利骑战，有马匹反而成了累赘。”

宋文富想了想，一边下马一边说：“你说的有道理，就把牲口留在这里最好。我留下二十名弟兄看守牲口，你也可以留下几名弟兄。”

“是，大人，我也留下十名。”

留下牲口，全体步行，继续前进。不要多久，前队来到了校场附近，离寨门不过二里路程。这时下弦月已经从东南边山头上出现，淡淡的清辉照着苍茫的群山和东边寨墙。寨墙上不见灯火，寂静异常，只有打更的梆子声和守寨妇女的单调叫声：“小心劫寨，都莫瞌睡！”宋文富听一听，对他的兄弟说：“你听，果然闯贼的老营十分空虚，守寨的多是妇女。”兄弟二人更加胆大，催兵快步前进。又走片刻，宋文富叫马二拴去告诉王吉元，先派人到前边放一响箭。随即有一支响箭射出，直到寨门楼的前边落下。箭声刚落，便有两个白灯笼从寨门楼的前边并排儿高高悬挂起来，微微摆动，同时有几个人影从寨垛上露出，向下窥望。王吉元并不说话，抽出宝剑，直向寨门奔去。马二拴立功心切，跟着王吉元寸步不离，走到最前。等他们走近寨门，两扇包着铁叶子的榆木门正在打开，门洞中每边各站了十名弟兄，臂缠白布。马二拴向为首的小校问：

“刘宗敏现在何处？”

小校回答："还在老营睡着。"

王吉元率领弟兄们一进寨门，直向老营奔去，后边紧跟着宋文富兄弟和他们率领的大队乡勇。王吉元的弟兄们一边跑一边把白布取出，缠在臂上。马二拴连忙问道："你们为什么也臂缠白布？"一语方了，忽然寨门上一声锣响，从寨墙上到寨里边，一片战鼓齐鸣，喊杀动地。只在刹那之间，马二拴的脑袋已经落地，同时王吉元的部队反身掩杀，大叫着："捉活的！捉活的！"宋文富兄弟率领的乡勇只进来二百多人，一见中计，吓得心胆俱裂，队伍大乱，无心迎战，只知簇拥着两位主人夺路逃命，纷纷被义军杀死和活捉，竟不敢举手抵抗。

宋文富兄弟在众人簇拥中仓皇奔到寨门里边，忽然面前出现了几支火把和一面"刘"字大旗；有一高颧、短须、浓眉、巨眼、长方脸孔的大汉手握双刀，立在大旗前边。他的背后有几十条好汉，一个个臂缠白布，手持明晃晃的兵器。倘若这一起人立即截杀，宋文富和他身边的乡勇一个也活不成。但是他们没有动手，只像墙壁似的堵住去路。宋文富一看，认出来那位在大旗前边的大汉正是刘宗敏，登时在心里说："完了！"回头就跑。但是他一回头不但遇见王吉元的一起义军追来，同时从左右也出现了大群义军。这时从四面八方把宋文富兄弟包围得无路可走，一片声地叫着捉活的。乡勇们抛掉兵器，跪下哀求饶命。宋文贵吓得两腿瘫软，尿了一裤裆，随着乡勇跪下。宋文富仍想逃脱，向北冲去，几只手同时抓住他，夺掉他手中兵器，将他绑了起来。

当寨门上锣声响时，守在寨墙上的义军和百姓，男女老少一齐跃起，滚木礌石、鸟铳、火药包、弩箭、砖石，像一阵雨点似的向寨外落下。乡勇登时死伤很多，纷纷溃逃。有一小股靠近寨门，退不出去，便蹿进寨门洞中，被站在寨门洞里边的义军截住，一阵乱砍，全部死光。埋伏在小山窝密林中的义军，一闻锣声，呐喊杀出，同王吉元留下的十个弟兄将宋家寨的二十名乡勇杀光，夺了骡马，向老营东门杀来。那埋伏在路边的娘子军和射手，到处擂鼓呐喊，施放乱箭。有的地方，其实只有两三个人埋伏，吓破了胆的乡勇和官兵看见火把摇晃，听见鼓声和呐喊声，却疑心有千百义军杀出，往往把荒草和树木的黑影也当成了埋伏的义军。大家在很窄的山路上互相拥挤、践踏，因而有不少人坠崖摔死和摔伤。很多兵勇见通往校场那一面的山路修得较宽，没有火把，也没有鼓声和喊杀声，便争路向校场逃去。不防埋伏在校场两边的骑兵一声呐喊，突然冲出，又是砍杀，又是践踏。这一群兵勇一部分死伤，一部分逃散，余下的做了俘虏。

不过半个时辰，结束了这场战斗。检点俘虏，不见官军的那个千总。到底他是在混战中被杀死了还是逃走了，不得而知。刘宗敏巡视了一下战场，回到老营，把宋文富叫到面前，先打了他几下耳光，打得他鼻口流血，然后询问他丁启睿的作战计划，并且咬牙切齿地说："你王八蛋只要敢说出一句瞎话，老子立刻叫人给你来个大开膛，取出你的心肝喂狗！"吓得宋文富叩头求饶，说出来丁启睿今夜亲到马兰峪，指挥官军在四更时候进攻野人峪，另一路官军由智亭山进攻清风垭，并与他约定，倘若他袭破闯王老营，就在高山头上放起一堆大火，然后从背后夹攻野人峪。刘宗敏又问道：

"还有别的么？"

"我只知道这么多，其他一概不知。"

宗敏对左右一摆头："把他押下去！"

寨中公鸡啼叫，大概已到四更。听听东方，隔着重叠山头，传来炮声、喊杀声和紧急的战鼓声。他命令从野人峪来的二百骑兵飞速回去，并说他自己马上就到；命王吉元率领手下骑兵立刻携带干粮出发，驰援清风垭，不许耽搁；又命任继荣坐镇老营，将俘获的官兵全部杀掉，免得消耗粮食，并赶快派人搜山。总管问道：

"那些乡勇杀不杀？"

"暂时都不杀，留待闯王回来处置。"提到闯王，宗敏问道："石门谷和大峪谷都没有消息来么？"

"很奇怪，一个人也没来，什么消息也没有。"

宗敏沉吟一下，想着既然无人回老营报信，闯王可能没有危险，不过事情定很棘手，所以留在那里。他对总管说：

“你赶快派个人去向闯王报捷。带一面锣，进石门谷时，敲锣高声报捷，让人人都知道老营里打了个大大的胜仗。”他转向亲兵说：“叫慧英！”

慧英正打着火把在寨外的山坡上搜索逃敌，听见有人站在寨墙上大声呼唤，说总哨刘爷找她，不敢耽搁，赶快来到老营。宗敏问道：

“你的娘子军有伤亡没有？”

“娘子军没有伤亡。”

“现在哪里？”

“正在搜山，又捉到二十几个兵勇。”

“你们不用搜山了。快点回营站队，赶到野人峪吃早饭。我在野人峪等着你们，不许迟误。”

“遵令！”

刘宗敏踏着大步走出老营，说一声“把我的大旗带上！”随即同亲兵们跳上战马，向着东方奔去。

四更时候，官军曾经向野人峪的山寨猛攻几阵。但每次都因刘体纯手下的义军人人奋勇，凭险死守，矢石如雨，使官军无法得逞，白白地在寨外抛下许多尸体。等到天色微明，官军仍然望不见李闯王老营一带有火光冲起，就猜到宋文富八成中计。这时官军不但对进攻野人峪山寨失去信心，反而担心闯王的老营人马在收拾了宋文富之后会立即增援野人峪，开关杀出。丁启睿也看出来宋文富大概是凶多吉少，一面派人飞马去宋家寨询问消息，一面亲自从马兰峪前进到离野人峪二里地方，以观究竟，并鼓励士气，趁义军的援军未到，再向野人峪进行一次猛攻。他坐在一个小山头上，背后是一把红罗伞和一面帅旗，对野人峪的山寨望了一阵，悬出重赏务必破寨。随即一声令下，号角齐鸣，鼓声和呐喊声震天动地，大群官兵抬着几个云梯向山寨下边拥去。

刘宗敏在这次官军发起进攻前来到野人峪。不久，慧英率领的娘子军也跟着赶到。刘宗敏和慧英站在寨墙上望了望，看见了丁启睿的红罗伞和帅字旗，知道官军必然即将有一次进攻。刘体纯站在他的身边，指着丁启睿所在的小山头说：

“总哨，让我带三百名骑兵去把他撵走好不好？”

宗敏回头来看了体纯一眼，说：“趁现在敌人没来，你的全部人马赶快下寨去休息，吃饭，不许耽搁！”

体纯问道：“那么守寨的事……？”

“交给娘子军。有我在这里，错不了。”

寨墙上只剩下慧英和她的一百多名娘子军、刘宗敏和他的十几名亲兵了。他叫大家都蹲在寨垛内吃早饭，不许露头，不许擂鼓，不许呐喊。寨墙上登时变得十分寂静，在官军看起来好像是一座空寨，守寨的人们已经撤走，只留下一些旗帜在晨风中招展。官军呐喊着进攻到几十步以内时，仍不见寨上有任何动静，相信义军大概已经放弃了野人峪，一面破坏鹿角障碍，一面向寨上施放鸟枪、火铳和箭。娘子军都放下饭碗，准备从寨上跃起。刘宗敏做个手势，使她们赶快伏下身子。慧英弯着身子跑到他的面前，急急地说：

“刘爷，敌人已经在拆除鹿角了！”

“让狗日的替咱们拆除鹿角好啦。没有我的令，不许射箭！”

刘体纯听见敌人的鼓声和呐喊声已近寨边，立刻率领二百人要奔上寨来，忽见刘宗敏做个手势，他只好停留在礓礤子上，而大部分弟兄都拥挤在寨根。宗敏叫着他的小名说：

“二虎，停在那里等候！没有我的令，不许上寨！”

官军因寨上没有抵御，顺利地拆了路上的障碍物，抬着云梯向寨门拥来。在几尺宽的山路上互相拥挤，都想争取首功。宗敏隔着箭眼，看得清楚，大声说：“快射！”娘子军和他的亲兵们登时向三十步以内拥挤前进的官军乱射，敌人纷纷中箭。慧英看见一个军官身穿铁甲，头戴铜盔，青铜护心镜闪闪发明，一手执刀，一手拿令旗在后边督战，亲手将后退的士兵斩了两个，看神气官职不小。她忽然从寨垛上露出头来，略一瞄准，一箭射去，正中这个人的喉咙，仰面倒地。左右人抢了他的尸首，反身就跑。众人跟着溃退，互相践踏，只有十来个人冲到寨墙下边，都被滚木礌石打死。刘宗敏左手摸着短须，右手拍着大腿，连声说好，哈哈大笑。体纯知道官军败退，请求出寨追杀。宗敏说：

“不用，二虎，让狗日的再来一次。慧英，你们娘子军站起来擂鼓呐喊，叫狗日的见识见识。”

娘子军全从寨垛上露出身子，擂鼓呐喊，嘲笑官军。官军见寨墙上全是妇女，便都不再跑了。丁启睿知道这种情况，十分生气，对站立在左右的将领们责备说：

“定是刘体纯率领人马回救老营，只留下妇女守寨。你们从四更攻到现在，损兵折将，竟为妇女所笑，太不像话！你们赶快再去，务必一鼓破开贼寨。倘再畏死不前，本抚院决不宽容。参将以上拜本严参，参将以下就地正法！”

官军重新进攻了。这次因一则丁启睿下了严令，二则都认为只有百十个妇女守寨，所以将士们特别踊跃。路上的鹿角已经破坏，这也使进攻的官军比过去几次都容易接近寨墙。不管寨墙上箭如雨下，官军像潮水般地踏着死伤的士兵前进，同时抬着三个云梯奔近寨墙。刘体纯知道十分危急，不管三七二十一，把宝剑向后一挥，大声叫道：“弟兄们赶快上寨！”他首先一跃上寨，弟兄们纷纷跟着上来。刘宗敏把一个两百多斤重的树榾栎[①]双手举起，扔出寨垛，顺寨墙滚了下去，回头来对体纯喝道：

“快下去，全体将士上马站队，听我的命令杀出寨去！”

刘体纯立即跑下寨，下令全体上马，在寨门内站队候令。有四个弟兄紧靠寨门站着，只等一声令下，他们就抽掉腰杠，移开顶石，把寨门打开。

---

① 树榾栎——一段树干。

尽管官军死伤枕藉，有两个云梯都被滚木砸坏，但第三个云梯还是靠上寨墙。有一个军校非常矫捷，像猴子似的爬着云梯上来，左手已经攀着寨垛，右手用剑砍伤一个妇女，正要跃上寨墙，慧英眼疾手快，横砍一剑，将他砍落寨下，但是她自己也因用力过猛，又绊住受伤妇女，踉跄跌倒。随即有一个军校，头戴铜盔，口中噙着大刀，左手拿着盾牌，右手攀援，飞速上来。慧英从地上跃起，猛刺一剑。军校用盾牌一挡，一面骑上寨垛，一面取大刀在手。刘宗敏一个箭步跳到，举刀猛砍，同时说一声"去你妈的"！把这个军校头盔和盾牌全砍坏，从头顶劈到下巴，翻身落下，将云梯上另外两个跟着上来的士兵也砸了下去。跟着，宗敏的亲兵们连扔两个滚木，将云梯砸倒，并将云梯旁边的一群士兵砸得不死即伤。

丁启睿进到离山寨一里远的地方督战，看到三个云梯都毁，死伤众多，只好鸣锣收兵。攻寨的官军都退到百步之外，同娘子军互相对骂。

一个骑马的人到了丁启睿的面前，不知说些什么，只见丁启睿甩甩双手，在一个大石边来回走动。宗敏猜想，这个人准定是把宋文富中计的消息禀报他了。这时，三四里外的山坡小路上又出现了许多旗帜和人马影子，大约有两千官军向这里增援。刘体纯听说官军增援，也来到寨上观看。刘宗敏说道：

"慧英，你留这里守寨，不可大意。二虎，咱们马上出寨，把官军撵回商州。"

体纯说："总哨，刚才杀出去正是时候，现在官军增援的人马已到，怕不行吧？"

"胡说，现在杀出去正是时候，快跟我下寨上马！"

体纯拦住宗敏说："总哨，你大病之后，万万不可出战，让我自己杀退官军好啦。"

宗敏并不说话，把体纯向旁一推，走下寨墙，跳上白马，大声说：

"快开寨门，大旗走在前边！"

刘体纯抓住他的马缰恳求说："总哨，你出战也可以，只是请你不要骑这匹白马，不要打你的大旗，也换掉你的衣服！"

宗敏厉声问："为什么？"

体纯慌忙说："自古主将临阵，以不使敌人识出为宜。我们如今出战的不足五百人，而官军有几千人，另外尚有乡勇数千，万一敌人认出你来……"

"你说的算狗屁。正因为今日敌我人数悬殊，我才故意叫人们知道我刘宗敏亲自出战。休啰嗦，火速出寨！"见刘体纯还想劝他，他一脚蹬开体纯，大声命令："开寨门！擂鼓！"

正在野人峪寨外休息的官军，完全没想到刘宗敏会在野人峪，突然看见他率领着人马杀出，拔脚就跑。丁启睿平日震于刘宗敏的声威，此时慌了手脚，赶快上马，由一群亲兵亲将保护着逃走，在山路上冲倒了不少士兵。新到的援兵因前边溃退，立脚不住，回头就走。从东乡和城郊来的几千乡勇，原是乌合之众，一见官军溃退，登时如鸟惊兽骇，只知夺路逃命，别的一切不顾，把一部分尚能勉强保持队形的官军也冲乱了。那些躲藏在密林、深草、山沟和石洞中的逃难百姓，有的妻女被奸，有的房屋被焚，有的被抢劫一空，有的家人或亲朋被杀，这时看见刘宗敏率义军追杀官军，到处呐喊而起，争杀官军和乡勇报仇雪恨。那些不能杀敌的妇女和儿童也到处挺身站起，替百姓和义军呐喊助威。往往几个妇女和儿童站在山坡上喊叫几声，会使落荒而逃的成群官军和乡勇扔下兵器，回头就跑。人们纵然平日没有见过刘宗敏，只要望见他的大旗，听说那一匹奔在前边的雪白战马上骑的大汉就是他，连平日胆小的人也都胆壮起来。山山谷谷，到处是胜利的欢呼和呐喊声、嘫吼声，震天动地。

刘宗敏一直把官军追过马兰峪，正在继续追杀，有一名小校奉任继荣之命从老营飞马赶来，向他禀报：

"禀总哨，官军的那个千总和十几名兵丁都在射虎口给罗虎的孩儿兵捉到，已由小来亨押送老营。张鼐小将爷率领几百骑兵于五更时从老营寨东门外经过，未曾进寨停留，向清风垭疾驰而去。”

“什么！小鼐子……”

“他率领几百骑兵向清风垭疾驰而去。”

刘宗敏原计划杀败了这路官军之后，自己立即奔往清风垭，夺回智亭山，解救白羊店之危。现在听说张鼐率领几百骑兵向清风垭疾驰而去，想着必是闯王已经顺利地平定了杆子叛乱，派张鼐去会同清风垭的人马进攻南路官军。他放了心，同时也松了劲。又向前追杀一里多远，他觉得浑身酸困，头晕目眩，心口狂跳，很难再支持下去。他告诉刘体纯，再追杀一段路赶快收兵，守住马兰峪，休兵待命，于是他自己率领亲兵回老营而去。路过野人峪，休息一阵，喝点面汤，心才不跳，头晕得也稍轻一点，重新上马。回到老营，他对总管说：

“派人去告诉补之和小鼐子，赶走智亭山的官军之后，立刻把郝摇旗这个该死的家伙抓来见我！”

说毕，他倒在床上，没过片刻，呼呼入睡。

第十三章

对商洛山中的农民军来说，野人峪和马兰峪是它的东战场，而宋家寨方面是东战场的一翼。如今既然刘宗敏已经彻底消除了宋家寨的威胁，又以几百人的男女义军击败了从商州向西进犯的数千官军和乡勇，从而打破了郑崇俭和丁启睿的几路围攻扫荡商洛山的苦心筹划，大家的关心就转向南战场了。

李过昨天坐篼子来到清风垭，已经是中午时分。他问了问智亭山一带消息，知道那里情况依然混乱，似乎郝摇旗既未阵亡，也未被俘，仍在智亭山的附近同敌人厮杀。从智亭山到龙驹寨附近原有几个险要去处，共有几百义军驻守。现在听说这几个地方还有一个不曾被人攻破，其余的都失陷了；失陷以后，守军是否全部被杀或被俘，尚不知道。另外值得重视的是，清风垭以外已经发现了官军的斥候小队，看情形分明是想探清虚实，大举向北来犯。李过在清风垭吃了午饭，并不坐镇清风垭，等待官军来攻，而是把黑虎星的人留下一半防守山寨，把其余的一半和老营亲兵全都带上离开清风垭，向智亭山方向进发。当时大家都认为官军人多势盛，义军在清风垭只可凭险死守，不可贸然前进，但这个意见都不敢对李过说出。路上遇到官军的两股斥候队，都是远远望见义军就自动退走，并不抵抗。李过很想捉到一个敌人，问清楚智亭山的实际情况和官军人数，却总是不能捉到。进到离智亭山十里地方，遇到一个荒凉的小寨，李过叫部队停下休息，一面布置防御，一面准备埋锅造饭，在此过夜。另外派出小股游骑向智亭山方面侦察。这个破烂的小寨中原住有十几户人家，近来因害怕打仗，都逃光了；农民军因此地并不险要，且兵力不够分配，所以不曾派人驻守。现在大家都担心此地离清风垭远，过于逼近敌人，孤军深入，不宜宿营。李过分明看出来几个头领的疑惧心情，也不解释他选择此地扎营的用意，躺在门板上呼呼入睡。

不过一顿饭时候，果然有一千多官军擂鼓呐喊而来。众头领见官军比义军多几倍，士气甚盛，不免心虚，赶快把李过叫醒，向他禀明，并问他是死守还是退避。李过略微睁开眼皮，含着睡意回答说："让他们随便呐喊胡闹，不要管他们。敌人不到百步以内，不许叫醒我。"说毕，转个身，又呼呼入睡。官军相离一百步时，全体农民军已经准备同官军决死一战，小部分倚着颓圮的石头寨墙，拉满弓，准备射箭，大部分藏在寨门里边，准备突然打开寨门杀出。一个亲兵把李过叫醒，告他说敌人已经冲到寨边。李过从门板上坐起来，隔着箭眼一看，下令说：

"沉着气，不要慌张。快挑出五十名会使长枪的弟兄准备好，等候命令；其余的全拿弓箭，没有我的命令不许乱射。"

官军已经进入百步以内，箭如飞蝗般地越过寨墙，射得树叶和树枝纷纷落下。敌人见寨中毫无动静，生怕中了埋伏，有片刻迟疑不前，只是擂鼓、呐喊、射箭。左右头领们急不可耐，频顾李过，希望他赶快下令向敌人还射，打开门杀出。但李过出人意外的冷静，对大家轻轻摇手。敌人又继续前进，转眼间离寨墙只剩五十步了。李过又一次向将士们做个手势，同时说道："沉着气，不许动！"将士们紧张地屏息无声，隔着箭眼和门缝注视着敌人蜂拥来近，进到三十步内，又进二十步内，正在拉开临时布置的障碍物。有一个头领焦急地问李过是否动手，却见他又轻轻地把手一摇。等敌人拉开了堆在路上的大树枝子还没有来得及向寨墙上猛扑，李过猛地站起，同时把右手一挥，大声命令：

"射！"

刹那之间，官军有很多人在箭雨中纷纷倒地，有的回身逃命，队伍混乱。李过又大声命令：

"停射！长枪杀出！擂鼓！"

五十名长枪手突然杀出，使正在混乱中的敌人措手不及，登时被戳死一堆，在后边的一哄溃逃。官军将领想用力制止士兵溃退，但不可能，连他自己也被崩溃的人流推拥着向后奔跑。官军愈不能组织抵抗，愈容易被义军的长枪戳死戳伤；愈死伤惨重，愈要夺路逃命；势如山崩，互相践踏，有不少人被挤落悬崖，一片呼叫，到处抛下兵器，谁也不敢回头看看到底有多少义军在背后追赶。李过又派出三十名骑兵随在长枪队背后，遇机会就将官军射死一批。大约追赶有三四里，李过叫鸣锣收兵。随即骑兵掩护步兵，缓缓退回。沿途有许多受伤未死的官兵，不是被补了一枪，便是被补了一刀，只留下三名俘虏带回。

李过审问了三个俘虏，知道高夫人已经率领一支人马到了智亭山东南十里左右，前队在莲花峰山下扎寨。官军向高夫人进攻两次，都未得手。郝摇旗虽已挂彩，却仍旧率领残部忽东忽西，咬住敌人不放，敌人也把他没有办法。李过本来非常气郝摇旗，听了俘虏的口供，气稍微消了一点。他自己率领一支孤军深入此地，主要用意是牵制敌人，使他们不敢从背后进攻白羊店，其次是想拒敌人于清风垭的大门之外。他明白高夫人的用兵不但是想牵制官军不能进犯清风垭，威胁老营，也是想使敌人不能从背后进攻白羊店。这种用意，同他是不谋而合。现在他很想和高夫人沟通声气，但是崇山峻岭，深谷险峰，附近又无人烟，找不到一个老百姓做向导，想派人绕过智亭山通消息非常困难。时已黄昏，今晚暂时不作此想了。

他派出几个人骑马往北去，沿路每隔一二里处点几堆火，使智亭山的敌人站在高山一望，好像有很多义军前来增援，沿路埋锅做饭。为着怕俘虏夜间逃跑，泄露虚实，他吩咐将他们杀死，抛尸谷中。吃过晚饭，他知道大家很担心官军今晚会来报复，把大小头领叫到面前，对他们说：

“用兵好比用钱，钱多有钱多的用法，钱少有钱少的用法。咱们如今必须以少胜众，一个人顶十个人用。黄昏前官军来了一千多人,你们知道我为什么只派五十名长枪手杀出寨去?”

人们起初互相观望,后来有人回答说:“你看准了官军虽多,不是咱们的敌手。”

李过笑一笑,说:“这里头有个道理。寨前边这条大路最宽处只能并骑行走,步兵并排儿只能走三四个人,一般窄处只能走两个人。不遇开阔地方或丘陵地带,兵多也无用处。敌人虽有一千多人,实际能够同咱们交上手的只有走在最前边的几个人,顶多几十个人。只要能把前边的少数敌人杀败,后边的大队人马就可以不战自溃。我不叫长枪手过早杀出,是不想让咱们的弟兄中箭伤亡,也不想使敌人看清楚咱们的人数。等他们来到二十步内,替咱们拉开树枝,突然乱箭射出,长枪手跟着杀出,敌人箭不能放,枪不及举,已经倒下一片,一定会乱了阵,仓皇溃奔。”

黑虎星手下的一个大头目不觉赞叹说:“你李将爷不愧是闯王的嫡亲侄儿!”

李过接着说:“我开始起义的头几年,只知道猛冲猛打,所以别人给我起一个绰号叫一只虎。后来吃了不少亏,打仗也学乖了,知道用计。这点本领,拿钱是买不来的,是拿无数鲜血买来的。”

人们笑着说:“所以跟着你准打胜仗,不怕人少。”

李过见大家明白用计就能够以少胜众,不再担心孤军深入,趁机把三百名将士分作三班,一班守寨,两班去轮流扰乱敌人并互相接应。他又对大家说:

“去吧,弟兄们。你们越是大胆去扰乱敌人,他们越是摸不透咱们虚实,不敢前来劫营,也不能安生睡觉。先使龟孙们惊惊慌慌,疲惫不堪,明天咱们同夫人通了声气,两面夹攻,就会把他们赶跑。去吧,胆子放大,随机应变,多用几个心眼儿!”

这一夜,高夫人也采取同样办法,派出小股人马轮流袭扰敌营。郝摇旗更是亲自带着手下人摸到一处敌人驻扎的树林中,杀死了十来个正在酣睡的敌人,等敌人包围上来时,他却从密林中退走了。直到天明,智亭山一带不断有喊杀声、战鼓声,也不断有火光出现，闹得官军和乡勇彻夜惊慌不安，不能休息。

太阳出来以后，李过命令全部人马休息，只派出少数人侦察敌人动静，又派一个弟兄回老营，询问老营和闯王情形并报告智亭山一带战况。他继续派人寻找一个能够做向导的老百姓，以便派人绕过智亭山去见高夫人。约摸巳时左右，这个人方才找到，带着他的一名老营亲兵出发。而这时，他得到消息，说在通往龙驹寨路上惟一坚守着的关口因义军死亡殆尽，在早晨被官军攻破。如今官军从智亭山到龙驹寨可以任意来往，不需要再走那一条十分艰险的荒僻小路。李过正在皱着眉头，忽然从清风垭飞马来报，说张鼐奉闯王之命率领四五百骑兵从石门谷回来，已从清风垭奔往商洛镇去。又说已探得老营在四更时候将宋文富率领的一千多乡勇和官军全部消灭，总哨刘爷在天明以前就赶往野人峪去了。昨天刘宗敏装病的事，因为老营总管严令不许将消息传出，所以李过竟毫无所知。但是他既担心闯王去石门谷的风险，也担心老营空虚，万一有失。从昨天迄今，他在表面上十分冷静，实际上却常常心神不宁。现在听了报告，他忽地坐起，好像胸有成竹，对左右说：

“咱们已经胜利啦。立刻拔营前进，到智亭山五里以内的地方扎营！”

刚刚拔营前进，忽然从智亭山方面隐约地传来一阵战鼓声和喊杀声，夹着断续的炮火声。凡是较有经验的人都能够听出来，这是在进行大战，与夜间的战鼓声和喊杀声大不相同。李过在担架上翘起头来听一听，重新发出命令：

“传！加速前进，同高夫人在智亭山下会师！”

却说郑崇俭在昨天黎明督率大军向北进犯的时候，刘芳亮在白羊店以南二十里的地方迎战，高夫人在白羊店寨中坐镇。到了早饭后，差不多同时，她得到了智亭山失守和刘芳亮受了重伤的坏消息；紧跟着，马世耀的一个亲兵飞马来报，说马世耀率领的一千多庄稼汉同官军在智亭山南边打了一仗，没有救出郝摇旗，反而损失了二三百人，请高夫人赶快派兵增援，以便将敌人赶走。马世耀还叫派来的亲兵悄悄告诉高夫人：石门谷的杆子已经哗变，李友正在被围攻，闯王派去的中军吴汝义左右被杀，他本人也被扣押，性命难保。不幸的消息一时间纷至沓来，高桂英纵然平日遇事镇静，也禁不住脸色一变，出了一身热汗，感到这局面难以应付。特别是在智亭山和石门谷的消息太可怕了。这两处情况突然变得如此之坏，差不多使义军固守商洛山的部署全盘打乱，首尾不能相救。她明白，从白羊店到智亭山一向不曾设防，也没有一支义军驻扎。如今侥幸有马世耀率领的一起义勇营在智亭山附近堵挡官军，如不赶快想办法，一旦官军在智亭山站稳脚步，集中力量将马世耀杀败，官军一定会从背后进攻白羊店。还有，石门谷的杆子已经哗变，说不定会勾通官军。自成仍然在老营坐镇么？万一自成离开老营，智亭山的官军分一支往北去攻陷清风垭，老营岂不万分危险？这一切想法全是刹那之间在她脑海中打个回旋。她一面想主意一面走近玉花骢，从一个亲兵手中接过来鞭子和缰绳，打算上马。但是，刘芳亮受了重伤，郑崇俭正在凶猛进犯，她应先去救哪一头呢？

经过片刻迟疑，她吩咐一位小将立刻率领二百骑兵驰援马世耀，并命令马世耀凭险死守，等待她下午亲自前去。她又派王老道找一向导，设法绕过智亭山去老营向闯王禀报军情，然后同男女亲兵上马，率领五百援军出白羊店往南奔去。

刘芳亮率领一千五百将士在白羊店以南二十里的地方设下埋伏，迎击官军。官军虽然前队中伏，损失很大，但后边的部队源源赶到，向农民军猛烈进攻。刘芳亮正在督战，打算狠狠给官军严重杀伤，再按照预定计策缓缓后退。不料几个官军躲在几棵松树后向他连放火铳，登时打死了他的战马，并使他身受重伤。他的左右亲兵拼命杀退敌人，把他抢回。官军见义军没有主将，趁机猛攻，杀败义军，一气追赶五里。沿途义军死伤枕藉，有许多被官军俘去。幸有一支义军及时赶到，出乎官军不意，从树林中冲杀出来，杀退了前边的官军，夺回来大部分被俘的义军，也活捉了不少官军。官军经此挫折，差不多将近一个时辰不敢再贸然前进。等他们探清楚义军的人数不多，并无别的埋伏，才敢继续追赶。这时义军已经退到离白羊店十多里的险要地方，严阵以待。

这地方是保卫白羊店的头道门户，义军在这里筑有寨栅，居高临下，可以用滚木礌石阻击敌人。这里惟一的弱点是有一边的山势不够险峻，敌人可以分出一部分兵力攀援草木，绕攻侧翼。来到这里以后，刘芳亮已经从昏迷中醒来，炮火打伤了他的肋部和腿部，特别是一条大腿血肉模糊。到了这里，亲兵们虽然替他敷了金创急救神效散，又侍候他用温开水服下去七颗止血解毒镇痛丸，血不再流了，但疼痛并未止住。他竭力不呼痛，甚至也不呻吟，可是人们见他呼吸短促，又见他蜡黄的脸上不断地冒出来豆大的汗珠，便知道他在忍受着多大的痛苦。白羊店有尚神仙的一个姓丁的徒弟，军中都称他丁先儿。大家要赶快把他抬回白羊店医治，免得耽误久了会无法救活。听见大家在小声商议，他深怕自己一离开，这头道门户就会跟着失守，于是慢慢地睁开眼睛，断断续续地说：

“我就躺在这里，不要抬我走。快去禀报高夫人，把医生接到这里。”闭起眼睛停了片刻，他听见远远而来的战鼓声和号角声，知道官军又要进攻，重新睁开眼睛，看看环立身边的大小头目，说道：“赶快派五十名射手埋伏在右边山坡上。你们都离开我，准备迎敌！”说毕，一阵剧痛，使他又昏迷过去。

高夫人率领援兵来到时，官军的第一次进攻已被打退。医生先她一刻骑马赶到，看见刘芳亮失血过多，生命垂危，赶快煎了半碗独参汤加苏木、红花，给他灌了下去，以挽回他的生命，同时将他的创伤重新洗净，敷以止血的如意金刀散，然后将伤处用白布重新紧紧包扎。但是刘芳亮受伤太重，灌下独参汤以后虽有转机，仍然昏昏迷迷，情况十分不妙。高夫人站在他的身边看了看，叫了两声：“明远！明远！”刘芳亮没有做声，好像在梦中似的喃喃说：“守住这道门户，莫退，莫退。……”只见他的嘴唇还在动，似乎在继续叮咛什么话，却一个字也听不清楚。高夫人把医生叫到附近一棵枫树下边，小声问道：

“你看，明远还有救么？”

年轻的医生回答说：“不瞒夫人说，要是我师傅不及时赶来，凭我这个本领，看来是凶多吉少。”

高夫人心头一凉，鼻子一酸，半天说不出话来。年轻的医生又说：

“夫人，我说出一句实话，请你不要见怪。明远将军的肋巴被打伤一大片，露着肋骨，半条大腿的肉都给打烂了，打飞了。伤太重，流血太多，如今除非神仙才能救活他的命。纵然我师傅及时赶来，未必能起死回生。何况，何况智亭山给官军占去，我师傅如何能及时赶来？我看，不如把明远将军赶快抬回白羊店，一面设法医治，一面替他准备后事。”

“你看他能够支持到什么时候？”

“要是照料得好，不再流血，伤口不化脓，顶多可以支持三天。要是不然的话，连三天也支持不到。”

“好，我马上派人送他回白羊店。丁先儿，三天以内他死了我惟你是问，三天以后他死了与你无干。”

想着刘芳亮十几岁就跟随闯王起义，高夫人禁不住簌簌地滚落热泪。她正要命人将芳亮送走，忽然官军又开始呐喊进攻。她立刻擦去眼泪，走上寨墙，隔着墙垛向外张望，见敌人正在蜂拥呐喊而来，不过只有五六百人，分明仍然是想要试探虚实。她命令将士们不要擂鼓，不要呐喊，等待敌人来近。当敌人爬上半坡，离寨墙二十步左右时，高夫人一声令下，登时弓、弩乱射，滚木、礌石齐下，战鼓声和呐喊声震天动地。官军死伤甚众，仓皇后退。高夫人又一声令下，大约二百名精壮的汉子开门冲出，把官军追杀了一里多路，鸣锣收兵。刘芳亮被战鼓声和喊杀声惊醒，睁开眼睛问道：

“杀退了么？杀退了么？”

高夫人已经回到他的跟前，回答说：“把官军杀得大败，暂时不敢再来进犯了。明远，咱们安心回白羊店吧，这里没有事了。”

刘芳亮到这时才真正清醒，定睛向高夫人看看，伤口又疼痛得使他忍受不住。他没有呻吟，只是皱着眉头，鬓角上滚下汗珠。沉默片刻，他轻轻地叹口气说：

“嫂子，我挂彩太早啦，便宜了郑崇俭。”

高夫人立刻命人们将芳亮送走，随即挑五百精兵留下，其余的大队人马全回白羊店。她对留下的小将李弥昌说：

“据我看，白天官军不一定进犯，说不定夜间会来。这右边的山坡要多加小心。倘若今晚官军不来，明早必然大股来犯，说不定郑崇俭会亲自督战。你能守就守，不能守就赶快退到第二个关口。那里地势险要，另有人马接应，千万不能再退。”

“请夫人放心，就是这头道关口我也不想扔给官军。”

“好，你斟酌办。倘能以少胜众，在这里能坚守两天，就算你立了大功。”

高夫人回到白羊店，没有多停，率领五百骑兵奔往智亭山南边的莲花峰下，到了马世耀扼守的险要地方。从智亭山通往白羊店的大小路都被马世耀用树木塞断，派人把守。官军正忙于打通往龙驹寨的路，又因郝摇旗出没无定，使他们暂时不能全力向世耀进攻。她向马世耀问明了郝摇旗和官军情况，就派出几股义军向官军和乡勇袭击，但并不与敌人硬拼。经过几次骑兵和步兵的袭击，她看出了敌人的破绽是官兵与乡勇各不相顾，不同团练的乡勇遇紧急时也互相观望，常不能同心协力，所以官兵和乡勇虽有数千之众，并不可怕。她决计先使官军不敢向北去进犯清风垭，逼近老营，然后想办法把敌人杀败，夺回智亭山。她明白，夺回智亭山，事不宜迟。但是官军人多，倘得闯王派人前来，南北夹攻，方有十分把握。她不知道石门谷的杆子哗变之后闯王如何应付，也不知道他现在在什么地方。从目前情况看，她断定闯王未必能分兵前来。想来想去，如今只有从她这边赶快向敌进攻，夺回智亭山，方可挽救当前的危急局面，也才能及时请尚炯来救活刘芳亮。然而环顾左右,她手下的人马不多,而大将没有一个,小将中也只有马世耀一个较为得力,这使她不禁暗暗心酸。

已经黄昏了。她知道从清风垭有一支义军出来,在北边什么地方同智亭山的官军交仗,得了小胜,这使她心中一喜。这是谁带兵前来?尽管她明白来的人马绝不会多,但这股人马却给她夺回智亭山很大帮助。在淡淡的暮霭中她立马营门外不远的小山头上,对敌阵瞭望很久,特别是想从那些散布在许多地方的野灶炊烟判断出敌人的宿营情况。正在观望,刘芳亮的亲兵头目来到面前,翻身下马,神色凄楚,向她说道:

"大夫派我来启禀夫人:刘将爷的情形不好,怕支持不了三天。有一种药老营还有一点,请夫人想办法派人取来。"

高夫人转望马世耀:"如今有办法派人去老营取药么?"

"不行,夫人。上午敌人初到,情况混乱,所以王老道由一名向导带路,绕道过去,听说路上也遇到少数敌人,几乎冲不过去。如今敌人把大小路径都截断,冲不过去了。"

高夫人想了一下,用十分坚定的口气对来人说道:"你回去告诉大夫:请他悉心救治,倘若不能保你们将爷支持三天,至少得保他支持到后天早晨!他是外科医生,倘若这一点办不到,小心我剁掉他的双手!"

刘芳亮的亲兵头目含着眼泪,上马走了。高夫人继续瞭望敌营,不时用鞭子指点着询问马世耀。等到暮霭沉沉,看不清路径时,她才策马回营,对马世耀说:

"赶快传令吃饭,吃罢饭,将校们和义勇首领齐来听令!"

高夫人并没有把目前商洛山中的危险局势向大家隐瞒。她知道大家对石门谷杆子的哗变和宋家寨的勾通官军都已经有所风闻,心中惊慌,窃窃私议,所以索性对大家谈个明白,然后说出来占领智亭山的官军和乡勇的一些弱点,杀败敌人不难。她说,只要杀败敌人,夺回智亭山,白羊店和清风垭的义军就可以抽出人马去保护老营，闯王也不难腾出手去平定杆子哗变。她又说，倘若智亭山在明天夺不回来，一旦敌人站稳脚步，又从龙驹寨调到援军，再想夺回来就较困难。智亭山夺不回来，白羊店同老营首尾不能相救，商洛山就会全部失陷，义军会被分割包围在几下里，被杀得七零八落，而老百姓也跟着遭受浩劫，处处家破人亡。她的一番话说得大家都觉得只有在智亭山下同敌人决一死战，杀败敌人，才能够使局势转危为安，才能避免商洛山遭到血洗。

这天晚上，高夫人叫人写了几封简单的书信，射入乡勇驻扎的几个营盘。信中说明义军的宗旨是剿兵安民，只剿官军，不愿与乡勇为敌，劝乡勇安心睡觉，明日回家，两不相犯；倘若乡勇敢助官军为虐，向义军寻衅，休怪义军不再留情。到了二更以后，她派出去几小股人马轮番向官军袭扰，同李过和郝摇旗的活动不谋而合，闹得官军彻夜戒备，不断迎战，不断搜山，不得休息。有两次，高夫人派出的小股部队从乡勇的营盘附近通过，乡勇一则害怕中伏，二则知道义军并非来进攻乡勇，佯装毫无觉察。一直到天色微明，高夫人才命令担任夜袭的义军回营休息。

夜间，官军打通了由智亭山通往龙驹寨的大道，所以从天亮起就有军粮源源不断地从龙驹寨向西运送，并有几百名从河南调来的客军[①]增援。高夫人明白，通往龙驹寨大道上最后一座关口的失陷，给官军增加了许多便利，使义军夺回智亭山增加了困难，但是她的决心不变。这时在她手下的有两次从白羊店抽调来的精锐义军共七百人，另外就是马世耀和牛万才率领的义勇百姓，经过昨天一场厮杀，如今剩下的不足八百人。孙老幺已经阵亡，牛万才负了轻伤。刚才得到禀报，郑崇俭已经在拂晓时亲自督率大队人马向白羊店的第一门户猛攻，战况十分激烈。是否可以为争夺智亭山过多地调动白羊店守军的兵力呢？一步棋走错就会造成难以挽回的失算。她在一棵大松树下踌躇难决，把细草和落地的干松针踏得沙沙响。在焦灼中她仰视蓝天，万里无云，惟见一只苍鹰在高空

① 客军——从外省调来的军队称做客军。

盘旋。

“张材,什么时候了?”她向亲兵头目问。

“如今天明得早,大约刚交辰时不久。”

“世耀,今天我身边只有你是得力战将,这里的全部人马和义勇百姓交你指挥。立刻让大家饱餐一顿,悄悄站队,准备厮杀。我现在亲去白羊店看一看,马上返回。等我回来,立即出战。倘若在我回来前官军进攻,你只可坚守营栅,派出小队人马与敌人周旋。”说毕,她走近玉花骢,腾身跃上。看见亲兵们纷纷上马,她又说:“张材,你只带四名亲兵随我一道。慧梅,你同男女亲兵留下,对将士们只说我出去察看战场,马上就回。”

马世耀说:“夫人,你一夜未眠,还没有吃一点东西。”

“别管我,等杀败了敌人吃饭不迟!”

从扎营地方到白羊店有十几里路,虽系山路,但几个月来经过义军整治,可以并骑奔驰。高夫人只恨不能一步赶到,连连加鞭。玉花骢仿佛深知主人的焦急心情,四蹄腾空飞驰。这时红日渐高,从山腰中蒸腾起团团白云,有的冉冉上升,有的被晨风吹送着缓缓流动。玉花骢和后边紧紧相随的五匹骏马有时冲入白云,完全消失踪影,但闻空山中蹄声很急,有时马还在云雾中,但马头和马上的人影已经不很分明地出现,突然鞭梢一挥,只见一点红缨在阳光下一闪而落。到了白羊店,高夫人问明了战况,知道官军第一次进攻已被杀退,在第一道关口前遗弃了许多尸首。此刻双方都在吃早饭,大概不久就重新厮杀。她根据今晨的战况,把最坏的变化都想了想,然后把辛思忠叫到面前,命令他代替刘芳亮指挥白羊店的全部人马,对他说道:

“贤弟,我把这副重担暂且交给你,不许有一点差池!看来李弥昌还能够坚守一阵。万一不行,就退守第二道关口,你自己前去增援,好让他的人马休息。现在快挑选五百精兵给我。传知全体将士,不用担心,我现在去夺回智亭山,下午就率领人马赶回。”辛思忠立刻点齐五百精锐骑兵,交给高夫人。当送高夫人上马时,他悄悄说道：

“夫人，如今白羊店也很空虚，你下午务必回来！”

高夫人挥鞭使五百骑兵出发，然后对他说：“我下午一定赶回！”

回到莲花峰下的扎营地方，已交巳时。高夫人让新来的人马稍作休息，将一部分骑兵改作步兵，立刻下令打开栅门，步骑同时杀出，而以长枪步兵为主，骑兵分在两翼，留下一部分骑兵暂时不动。这里有大片浅山丘陵，骑兵也能够发挥威力。他们撇开乡勇营盘，向官军的营盘呐喊前进。官军也早有准备，由主将亲自督战，列阵相迎，在一座小山脚下展开激战。官军依仗人多，又有火器，开始时向义军反扑，非常凶猛。后来因李过和郝摇旗也向官军进攻，使官军不得不分兵应付，对高夫人这方面改取守势，却督促乡勇抄袭义军营栅。不防义军预伏的一支骑兵冲出，乡勇乌合之众被杀得大败逃回。这支骑兵将乡勇赶杀一阵，就加入对官军的猛攻。

高夫人骑在马上督战，在杀声震天和矢石如雨中和将士们一同前进。由商洛山中穷苦百姓组成的义勇队，一为保家，二为平日恨透官府、官军、土豪大户和土豪大户手下的乡勇，一天来杀得十分卖力。现在见高夫人亲自督战，越发奋勇向前，勇猛异常。他们中间有不少是好的猎手，惯会使叉射箭，近则叉挑，远则箭穿，又惯于走山路，在战场上大逞威风。官军主将原来只把李自成的义军看作劲敌，这时才明白了这些老百姓难以对付。义军借着义勇百姓的坚强支援，骑兵首先从左右冲破敌阵，经过短促混战，把敌人赶过一个山坡，逃进营盘，凭着寨栅对抗。别处官军见主将的营盘被攻，从两翼前来增援。进攻的义军步兵和百姓使用枪、叉、锄、刀、白木大棍，骑兵使用刀、剑，没有火器，都不适宜攻寨。官军在寨栅内有不少火器，连放铳炮，火光闪闪，硝烟滚滚。攻寨的步兵和百姓前排纷纷倒下，被迫后退。官军趁机杀出，同时两路增援的官军赶到，双方重新展开混战。高夫人看见百姓们虽然十分勇敢，但是没有经验，生怕影响全局，所以她不顾危险，冲到前边督战。一个敌将率领二十几个人突然冲到她的面前，举刀就砍。慧梅眼疾手快，未等刀落下来，一剑将敌将刺倒。几乎同时，三支长枪从不同方面向她刺来。她用剑格开了迎面刺来的长枪，同时，在马上将身子一闪，从右边来的一支枪刺了个空，从左边来的一支枪刺伤了她的左臂。她转身一剑将左边这个拿长枪的官兵杀死。慧珠差不多在同一瞬间，也杀死了一个扑近高夫人身边的敌兵。其余的官军被别的男女亲兵杀得不死即伤，只有少数逃散。马世耀知道敌人已经认出高夫人，策马奔来，对她说：

"这里太危险，你赶快后退！"

高夫人回答说："今天只有前进，没有后退，后退一步就完。世耀，这儿地势较平，你赶快率领骑兵向敌人猛冲！"

"是，夫人。你小心。我去了。"

高夫人又对慧梅说："慧梅，你挂彩了，下去！"

慧梅策马奔出战场。片刻之后，她已经撕破衣服将左臂缠好，重新挥剑跃马而来，保护高夫人前进。敌人看见高夫人亲自督战，派几名射手躲在附近的几棵大树后向高夫人射箭。因为高夫人的战马不住走动，那些射手总是得不到适当机会；倘若不能一箭射中，他们也不肯轻易暴露形迹。后来，高夫人随着人马前进，离那几棵大树只有六七十步。几个敌人同时举弓瞄准，突然向她射箭。慧梅听见弓弦响，一支箭已到高夫人面前，她用剑一格，那箭铿然落在马旁。就在这刹那间，她发现几个敌人的射手正向桂英发箭，大叫一声："夫人躲箭！"同时她将自己的战马一横，用自己的身子遮蔽桂英。高夫人同左右亲兵听见她的叫声都将身子向马上一伏，躲过了一阵飞箭。慧梅的右边大腿中箭，翻身落马，身子冲着高夫人的玉花骢，使玉花骢猛然向后一跳。又一支箭恰在这时从高夫人的脸前飞过。马世耀率领一队骑兵站在附近，也发现了这些射手。他大喝一声，跃马冲到，连砍死三个人，还有两个人抛下弓箭向荒草中没命逃去。

高夫人吩咐左右赶快把慧梅抬回营盘，敷药包扎，原以为是一般箭伤，没有特别重视；况当时战事正在激烈进行，胜败决于顷刻，她也不可能对慧梅的箭伤格外注意。她一面吩咐人救走慧梅，一面策马奔到马世耀立马督战的地方，匆匆问道：

"骑兵准备好了么？"

"准备好了。"

"现在可以冲进敌阵么？"

"我本来想直向敌人的主将冲去，将他杀死，将他的大旗夺回来，敌人定会溃败。可是，你看，不知为什么敌人的主将已经退回寨内，这里只是一部分官军在拼死抵抗，大部分官军都在寨中站队，收拾东西，十分匆忙，似有撤退模样。他们还没有真正战败，为什么要急急撤退？"

马世耀所站的地方是在一个山坡上，地势较高，所以刚才高夫人望不到的情形站在这里都可以清楚望见。她向各处一望，见各营盘的敌人果然在准备撤退，而乡勇的队伍已经仓皇地撤出栅寨。高夫人正在疑惑不解，忽听一阵喇叭声从官军的大营传出，于是大营的人马整队而出，各营随着出动，另有一队官军用弓、弩、火器掩护着同义军对峙厮杀的队伍脱离战场，跟着撤退。马世耀向高夫人问道：

"狗日的确是逃了，赶快追吧？"

高夫人回答说："别急。官军的队伍马上就乱，等他们的队伍一乱，咱们再追杀过去。"

果然，各股官军一离营盘，都怕义军追赶，互相争夺道路，乡勇也同官军争路，秩序大乱。高夫人回顾马世耀，轻声说道："追吧。"马世耀把宝剑一举，大声说：

"传令！马步军一齐追杀，不要让一个敌人逃脱！"

突然鼓声大作，喊杀声起，义军步骑兵争先恐后地向敌人追杀过去。通往龙驹寨的正路只有一条，宽处只能并骑，窄处只可单行；官军来袭占智亭山时所走的路本来不是什么路，要攀越悬崖绝壁,所以连一匹骡子也不能过来(官军中现在有少数骡马,一部分是夺取义军的,一部分是今天清早从龙驹寨送来的)。现在他们还是从这两条路上逃走,见义军追杀,更加争夺道路,有的互相推坠路旁山谷,有的甚至互相砍杀,更不用说互相拥挤和践踏了。军需、骡马、兵仗、盔甲,遗弃满地,彩号全部抛掉,这样他们还怕逃不脱性命,有很多人离开了路,攀援藤葛往山上逃去,或是滚下山谷,企图从谷中逃命。成群的官军和乡勇一见义军追到,也不管来的义军是多么少,一齐跪下磕头求饶,任凭义军斩杀也不敢拿起武器抵抗。往往一两个义军押着一大群俘虏送回营盘,竟没有人敢中途逃跑。

高夫人正勒马高坡,看着义军追杀敌人,忽见远远的有一小队义军,只有几十个人,骑着马,突入敌人中间,一路砍杀,从混乱的敌人中间冲开一条血路,直向龙驹寨方面而去。高夫人认出来那为首的大汉是郝摇旗,赶快派人去追他回来,却没追上。"难道摇旗要逃往河南么?"她心中正在疑问,一个人骑着淌汗的战马奔到面前,说道:

"禀夫人,李弥昌将爷挂了重彩,我军撤退到第二道关口。辛思忠将爷在第二道关口督战,也受重伤。如今官军正对第二道关口猛攻,我军死亡惨重,坚守待援,请夫人快发救兵!"

高夫人的心中一惊,立即镇静地回答说:"知道了。你立刻回去,说我军在智亭山大获全胜,救兵马上赶到。"

来人答一声"是"! 拨马加鞭而去。高夫人望着天空,才知道太阳已经偏西了。她望见马世耀正在追杀溃散的敌人,赶快派亲兵把他叫来,命他立刻集合八百骑兵同她回救白羊店,其余的义军和百姓义勇一部分继续追杀敌人,一部分清扫战场,收拾敌人遗弃的粮食、军器、骡马、帐篷、各种物资,并搜杀逃散在这附近山中的敌人,免留后患。她刚吩咐毕,又一个弟兄骑马奔来,向她禀报说慧梅伤势很重,恐怕性命难保。她的脸色一寒,问道:

"大腿上中了一箭,怎么会马上就死?"

“回夫人,她中的是一支毒箭,毒性极烈。我们这里无药可治,看情形活不到今天夜间。”

她不禁脱口而出:“嘿嘿,我的天呐!”她随即转向马世耀,说:“什么人追敌,什么人搜山,什么人收捡军需,你快去安排,然后率领八百名骑兵出发,越快越好。我要耽搁一下,随后赶去。”

她本来想嘱咐马世耀到了白羊店问问丁先儿,倘有解毒办法,请他自己飞马前来,或派人把药送来。但是她又怕战事紧急之际,马世耀会一时忽忘,就把这件事交代较大的女兵慧琼,命她立刻到白羊店去。

因慧梅性命垂危,高夫人心如刀绞,吩咐一毕,策马向义军营盘奔去。离开栅寨还有半里远,忽听北边一阵欢呼夹杂着唿哨之声。她勒马回头,却被浅山、林莽隔断,望不见发生了什么事情,使将士们如此快活。一个亲兵驰上高处一望,对她大声禀报说:

“禀夫人,有一支人马从北边山口杀出,同咱们会师了。”

高夫人这时还不晓得闯王已去石门谷,心中说道:“难道是他亲自来了么?”于是她对张材说:“你快去看看,告诉来的将领,我在这里等他。”

她到了栅寨外边下马,负责照料慧梅的女兵慧珠正在栅门外边迎她,哽咽说:

“夫人,请你快去,我慧梅姐刚才醒来,知道她自己活不成了,说是想见你一面,不住地问你来了没有。”

“她在哪里?”

“在那棵大松树下边躺着。”

高夫人一边向松树走去,一边忍着泪说:“慧梅,我来了。”

这儿,既没有帐篷,也没有床。人们在松树下铺了厚厚的荒草和落的松针,把慧梅放在上边。高夫人叫男人们站到别处,让女亲兵把慧梅围起来,然后亲手轻轻地解开慧梅的裤带,看见右边整条大腿,向上将至小腹,已经变得乌紫,并且发肿。凡是毒气尚未侵入的地方依然皮肤嫩白，而毒气与好的皮肉接近的地方则呈现淡紫或淡红色。高夫人知道这毒气还在迅速扩大，不禁心头发凉。她按着乌紫地方，问慧梅有什么感觉。慧梅说只是麻木，内里有点像火烧一般。她身上带有最好的金创药，尽管这种药不能治毒箭，但是希望它能够万一收到一点意外奇迹延长慧梅的生命。她亲自照料她用温开水服下一包，又亲自替她把全部乌紫的地方涂抹一遍。然后，她一面替她结好裤带，一面对她说：

"你不要害怕。如今往老营这条路已经畅通，我马上派人去请老神仙。等他一到，这毒就容易解了。"

慧梅是随着高夫人在战争生活中成长的姑娘，打起仗来十分勇敢，对死亡已经看惯，并不害怕。在这个世界上，她没有一个骨肉之亲，没有别的值得留恋，只有高夫人是她的恩人和亲人。她知道尚神仙未必能及时赶来，这种烈性毒药正在向她的内脏侵入，不久她就要死去。此刻她心中最觉得难过的是，从此以后，她再不能够跟在高夫人的身边，遇到紧急时自己跃马挥剑，舍身保护她了；另外，慧英姐不在此地，永远不能同这位情同骨肉的女伴再见一面了。望着高夫人，她一句话说不出来，泪珠在眼中滚动。高夫人替她把身上的衣服盖好，转过身来呼唤一个男亲兵，吩咐说：

"你立刻骑一匹快马去看看老神仙是否随着前来会师的将爷来到，倘若他没来，你就尽快奔往老营，把慧梅和刘明远的受伤情形对老神仙说明，务请他在今夜三更以前赶到，千万不可迟误！"

望着这个亲兵换乘一匹备用的骏马，扬鞭飞驰而去，高夫人离开慧梅，望着栅门走去，急于想知道前来会师的将领是闯王不是。按照平日经验想，老神仙也许今日又随着自成亲临战场。要是他这时赶到，该有多好！

忽然，张材骑马从半里外的小山包下转出，背后跟随着一副篼子，篼子后只跟着几名亲兵。高夫人看出来是侄儿李过，心中一则以喜，一则怅惘，不由地喃喃自语："尚神仙并没有来！"李过来到近处，相离还有五六丈远，笑着说：

“二婶，你这两天辛苦啦。”

高夫人一面向前迎去，一面说：“补之，你大病未愈，你二爹怎么叫你带兵上阵？”

“不是谁叫我上阵，是我自己要来。”李过下了篼子，拄着宝剑站起来接着说：“老营中只剩下总哨刘爷一个人，我不来怎么行？”

“你二爹到哪里去了？”

“石门谷杆子哗变，正在围攻李友，扣留吴汝义，杀死吴汝义身边亲兵。我二爹看没有别的办法，前日夜间亲自往石门谷了。”

高夫人猛一惊，赶快问：“叛乱可平息了么？”

“还没有得到确实消息，只知小鼐子昨夜奉我二爹之命从石门谷率领数百骑兵赶回，天明以后从清风垭往东去，奔袭商洛镇和龙驹寨，扰乱官军之后。想来石门谷的乱子大概不要紧了。”

高夫人恍然说：“啊，怪道这里的官军尚未战败就仓皇溃退！”她微微一笑，立刻又问：“老神仙现在何处？”

“他跟着闯王去石门谷了。”

“怎么，他也去石门谷了？”

李过见高夫人的脸色沉重，忙问：“二婶，听说明远受了重伤，很危险么？”

高夫人没有马上回答，转向她的亲兵头目说：“张材，我刚才已经派人去请老神仙，你现在跟着去，不必进老营山寨，抄近路奔往石门谷，见了老神仙，请他立刻赶来。唉，快去吧，不管来得及来不及，咱们只好尽人事以听天命！”她对张材一挥手，回头来对侄儿说：“据大夫说，明远只能支持到明天，再迟一步，纵然老神仙赶到，怕也救不活了。这里，慧梅为救护我先中一枪，后中毒箭。这是少见的烈性毒箭，看样儿这姑娘熬不过今天夜间。怎么好呢？唉，我的心难过死了。这里离石门谷有一百四五十里山路，已经来不及了，来不及了！”

“请二婶不要太难过了……”

“补之，你的身子能支撑得了？”

“我能支撑,只是两腿无力,不能骑马。有什么事,请二婶赶快吩咐。”

“这样吧,补之,你赶快坐篼子往白羊店去。那里没有大将,辛思忠和李弥昌都挂了彩,官军攻得很猛,第一道关已经失去,第二道关的情况也很紧急。本来我要亲自回白羊店坐镇,如今既然你来了,就请你辛苦一趟吧。我很疲倦,心中又乱,这里敌人才退,往龙驹寨的几道关口没有派人把守,样样事毫无头绪,我今天就留在这里主持。你带来多少人?”

“我带了三百人来,只伤亡了二十几人。”

“快点带着他们去白羊店。刚才我已命马世耀率领八百人去了。这里离龙驹寨不很远,我马上再派人去调张鼐回来,也交你指挥,大约他在黄昏后也可以赶到白羊店。”

“好,我此刻就去。”李过上了篼子,忽然问道:“怎么不见摇旗?”

“他……当敌人溃逃时候,我看见他率领几十个人在乱军中闯开一条血路往东奔去,不知何意。我派人追赶,没有追上。”

“这就越发该死!他准是害怕闯王治罪,趁着混乱之际,逃往河南去了。”

高夫人叹气说:“但愿他还不致混账到这种地步。”

打发李过走后,高桂英又派人往龙驹寨附近去寻找张鼐,然后走进栅寨。她从昨夜到现在尚未吃东西,这时感到很饿。但是当亲兵们拿来杂面窝窝和一碗开水,她刚吃了几口,听女兵们说慧梅身上的毒气往上去已到了肚脐下边,往下去已到小腿,她登时不再吃了。慧梅已经昏迷不醒。她走到慧梅身边,揭起慧梅的衣服向肚脐下边望望。她身边原来有十来个像慧梅这样的好姑娘,经过去年一年的苦战,只剩下慧梅和慧英二人,其余的姑娘全是几月前在崤函山中参加的,遇到紧急之际很难得济,而如今慧梅又要死了。她心中痛楚,含着眼泪,从慧梅的身边离开,茫无目的地在栅中走着。后来她猛然想起来还有许多要紧的事等她处理,便跳上玉花骢，奔出栅寨。

高夫人对防守智亭山和通往龙驹寨的道路做了必要的布置，又查看了夺得的粮食、牲口和各种军需。因为清扫战场和搜山的工作仍在进行，暂时还没有人力分别往清风垭和白羊店运送。她吩咐都送进智亭山的山寨中，派一支部队看守。俘虏很多，有一部分已经被农民军杀死。她吩咐将余下的一部分也拘在山寨里边，等明天再作处理，不许继续乱杀。义军和百姓义勇阵亡了一部分，挂彩的也不少。高夫人也亲自去看看他们，嘱弟兄们对彩号好生照料，还亲自替几个人洗了伤，敷了药。尽管她十分忙碌，但是她仍然时时地想着慧梅。看看太阳落山了，暮色在背阴处浓了起来，到处是苍茫烟流，只有东边的高山头上还留着一片夕阳，西边的山头上却望不见太阳落在何处，只是有几缕晚霞很明，抹着晴空。高夫人实在疲惫，又挂念慧梅，勒马向营盘缓缓走去。离营盘没多远，听见背后有马蹄声飞奔而来，回头一看，便立马道上等候。来的是一员小将，因今天义军打了个大胜仗，十分高兴，离几丈远就孩子气地叫道："夫人，我回来了。人马扎在那边山脚下，共割了二百首级。"

高夫人淡淡一笑，说："小鼐子，你补之大哥已经去了白羊店，那里情况很紧急，我们的战将只世耀还管用，你不要停，快率领你的人马去吧。割的首级，扔到山沟里。快去吧。"

"是，遵命！"

张鼐刚拨转马头，高夫人又叫道："小鼐子，慢走。"

张鼐见她的脸色不好，欲言又止，感到奇怪，忙问道："夫人，什么事？"

"慧梅中了毒箭，已经昏迷不醒，看样儿活不到今夜三更。你们都是在我的身边长大的，情如兄妹，在战场上生死不离。你去看她一眼，也算是替她送行。不要叫醒她，免得她看见你心中难过。还有……"高夫人再也说不下去，对张鼐一挥手，跟着用袖子擦着眼泪。

张鼐乍听说慧梅中毒箭快要死去,只觉脊背一凉,鼻子猛一酸,喉咙壅塞得不能透气。他随即跳下马,将丝缰绳扔给背后的一个亲兵,匆匆地跑进栅寨。慧梅的战马同许多马都拴在路旁。别的马都在吃草,只有慧梅的战马一动不动地立着。它望见张鼐走近,向他迎来,萧萧地叫了几声。平日这匹马的叫声十分雄壮,此刻它的叫声却好像十分悲哀。张鼐望望它,随便在它的脖子上摸了一下,擦着它的身子走了过去。

由于男女有别,张鼐没有看慧梅大腿上的箭伤。慧珠告诉他,毒气已经离肚脐不远了。虽然他多希望同慧梅说句话,但是遵照高夫人的嘱咐,他不敢叫她,只是俯下身子端详慧梅的紧闭的眼睛。慧梅恰在这时醒来,慢慢睁开双眼,向他看了一阵,轻轻说:“宝剑!”慧珠赶快取下来挂在她头边松树上的青龙剑,跪下去,放在她的右手能摸到的地方。她动作迟钝地抓住宝剑,恨恨地叹息一声,递给张鼐,声音微弱地说:“你留下……杀敌!”张鼐明白了什么意思,接住宝剑放在她的头边,忍着眼泪说:

“慧梅,这口宝剑我不要。你的伤会治好的。这是夫人心爱的一口宝剑,她特意赏给你的。你还要用它打仗的。”

慧梅的脖颈僵硬,勉强摇摇头。她这时不仅浑身疼痛,四肢麻木瘫软,而且头晕眼花,视力模糊,连张鼐的脸孔也看不分明。她没有叫苦,从嘴角露出来一丝微笑,闭上眼睛,昏迷过去。张鼐以为她就要断气,哽咽叫道:

“慧梅！慧梅!”

慧梅又醒了。睁开眼睛,只看见身边有人,却比刚才更加模糊。张鼐又叫她。她想回答,但舌头僵硬。她的心中还有点儿明白,想道:“我中毒这样厉害？就这样死去么?”忽然她想起来战场,想着高夫人还在战场上,不知敌人已经战败逃走,也忘记高夫人曾经来看过她的伤,心中一急,说出了一句话:“你快去杀敌,保护……夫人!”

她说完这句话又昏迷过去。张鼐望了望她,转过身,哽咽着走了。当他走过慧梅的战马时,那马依恋地向他追了几步,几乎把韁子挣断。

高夫人下了马,仍站在栅门外边。她告诉张鼐说,下午已经派两个人飞马去请老神仙,说不定会来得及,嘱张鼐安心打仗。张鼐跳上战马,离开高夫人。他不再像孩子一般流泪了,咬牙切齿地对自己说:“我要到白羊店杀败官军,杀死几百王八蛋替慧梅报仇!”高夫人望着他去远了,抬头望望天空,远处有一颗星星在蔚蓝的天空眨眼。她觉得熊耳山和老营似乎都在这一颗星星下边。她担心尚炯纵然在老营,赶到此地救慧梅也未必来得及了,不由地叹了口气。

第十四章

李自成把双喜和谷英留在大峪谷，把从石门谷大庙中撤出来的一百多人马留给他们，而把李友抬回老营养伤。闯王的一行人马沿路赶得很快，只在大峪谷略作停留，约摸中午刚过，便回到老营寨内。这时刘宗敏刚刚回来，躺在李自成的床上，鼾声如雷。听总管禀报了刘宗敏如何用计收拾了从宋家寨来的乡勇和官兵，活捉了宋文富兄弟等人，如何打败了丁启睿指挥的数千官军，收复马兰峪，直追到高车山下，李自成十分高兴，对医生说：

“子明，捷轩的这两着棋真是高着儿，今日商洛山又转危为安了。官军只传说捷轩很慓悍粗犷，没料到他会用计。咱们同他相处日久，深知道他有大将之才，并非一勇之夫。这一次，可让敌人领教领教，认识认识咱们的总哨刘爷并不简单。”说毕，与医生一同哈哈大笑。笑声与刘宗敏的鼾声相应和，但没把宗敏惊醒。

他不许唤醒宗敏，同医生吃过晚饭，坐下休息，吩咐人将马匹喂饱。这时老营中已经知道李过指挥三百人的小部队昨天黄昏逼近智亭山扎营，高夫人昨天下午也到了莲花峰下扎营，也知道今日上午智亭山一带有大战，但战况如何，还没有得到禀报。大家想着，一旦张鼐的骑兵冲到商洛镇和龙驹寨，智亭山的官军必然惊慌溃退，所以老营中充满了兴奋愉快气氛，只等从南路送来捷报。现在惟一使李自成挂心的是不知道刘芳亮的创伤什么情形，也不知道两天来南路将士的伤亡是否严重。他本来想早点动身往智亭山，但看见医生正谈着话矇眬入睡，想着尚子明的年纪较大，两天来特别辛苦，只今天在马上打了个盹儿，所以不忍叫醒医生，就暂缓动身了。其实他自己也够辛苦了，加上病后虚弱，早感浑身疲倦，头脑沉重。在医生睡熟后不到片刻，他也不由地闭上眼睛，沉沉入睡。总管派人守在院里，不许人随便走进二门，不许在大门口高声说话，对全老营的将士们下道严令，任何人不许惊醒闯王、总哨和老神仙，让他们三个人痛快地睡一大觉。下过命令，他自己也趁机会睡觉去了。

太阳快落山了。智亭山的战事已经结束，有三个骑兵在落日苍茫的群山中向北疾奔。第一个骑兵是李过派往老营报捷的，他在见到高夫人之前就把第一个报捷的人派出了。第二个骑兵是高夫人派往老营请老医生并报捷的。第三个骑兵是她的亲兵头目张材，奉命直奔石门谷去找医生。这三个骑者都不住地马上加鞭，恨不得马身上生出翅膀。后两个骑兵的心中更急，一边策马疾驰，一边在心中嘀咕：老神仙在哪儿，恐怕来不及了！

刘宗敏在梦中还是同敌人厮杀，突然他的雪狮子打个前栽，把他摔下马来，跌进路旁的一道沟中。一个敌将率领一大群官兵一拥而来，站在沟岸上用长枪向他猛刺。他挥动双刀左格右挡，只听一片铿锵声响，使敌人没法刺中，趁机会大吼一声，一跃上岸，同时用左手中的大刀格开乱枪，右手中的大刀猛向敌将砍去。他被自己的吼声惊醒，同时感到自己的身子从床上跃起来半尺多高，而右手也把床板捶得咚的一声。一睁开朦胧睡眼，知道自己是在做梦，便大声问道：

“智亭山有人来么？把官军杀败了么？”

坐在二门口的亲兵听见他的吼声和床上响声就向堂屋走来，到堂屋门口又听见他的大声问话，赶快轻声回答说：

“智亭山还没消息。闯王回来了。”

宗敏从床上忽地坐起：“什么？闯王回来了？”

闯王被他的声音惊醒，从椅子坐起来，笑着说：“捷轩，我同子明回来半天了。”

宗敏跳下床，赶快问石门谷的乱子是如何平定的。听李自成简单一谈，他连声说：

"杀得好！杀得好！要是我去,至少得杀他娘的二三十人!"

自成正在使眼色要宗敏小声,老神仙已经醒来,用手在脸上一抹,睁开眼睛,望望太阳,吃惊地说:

"啊呀,没想到闭起眼皮矇眬,一下就睡这么久！闯王,你留在老营休息,我赶往智亭山去。那里想着有不少将士挂彩,缺少医生。再说,明远的伤势如何,还不知道。一旦智亭山打通,我就往白羊店去。"

宗敏说:"别急,吃过晚饭再去！白羊店有你的一个得意门生,用不着你替明远的性命担忧。吃了饭去!"

"不,我从石门谷回来时,为着明远受了重伤,一路上心中不安。我的徒弟有多大本领我清楚,有些重伤必须我亲自去治。"他转过头去,向二门大声吩咐:"赶快替我备马!"

闯王说:"好,还是咱俩一道去。李强,叫大家赶快备马!"

李强答应一声:"是!"向外跑去。刘宗敏想替闯王去,但闯王不让他去,说:

"你近来的身体比我虚弱,又连打两仗,中午从野人峪回来到如今还没有吃东西。我决不让你去。捷轩,别逞你的牛性子,替我留在老营坐镇吧。瞧你的脸色多黄!"

刘宗敏确实感到两鬓胀疼,也不勉强。尚炯叫留在老营的一个徒弟快把他泡的药酒从地下取出来,让宗敏喝了一茶杯,自己同闯王也都饮了一杯,并嘱咐宗敏每日饮三次,然后带着他的外科百宝囊同闯王出了老营。宗敏把他们送出老营大门,小声对自成说:

"闯王,郝摇旗这个混小子失去智亭山,几乎弄得咱们没法收拾。你到智亭山找到他,务将他斩首示众,以肃军纪。"

自成回答说:"等我弄清楚情况再说。"

刘宗敏不以为然地说:"哼！派他守智亭山,他丢掉智亭山就该砍头,何况他还是因酒醉误事!"

自成点点头,没有再说话,跳上马去。他明白,倘若这一次不杀摇旗,众将就不会心服。

这一行人马走到麻涧时，太阳已经落山了。闯王决定赶到清风垭打尖，然后再走。过麻涧几里，遇见了李过派来的报捷小校，知道智亭山已经夺回，正在追杀官兵。闯王大喜，命这个小校去老营向总哨禀报，随即同医生催马前进。又走几里，遇到高夫人派来的第一个亲兵。又走几里，遇到了高夫人派来的第二个亲兵。这时，天色已经黑暗了，到处是暮霭沉沉，而谷中几乎暗得什么也看不见，自成因知慧梅中了烈性毒箭，心中更加焦急，向医生问道：

“子明，还来得及么？”

“从这里到莲花峰下边还有六十里，山路崎岖，不晓得能否来得及。要真是烈性毒箭，也许不到三更，毒气就会入心。毒气一旦入心，别说我是个假神仙，真神仙也难救活。”

“子明，来，你骑我的乌龙驹，尽力赶路，越快越好，无论如何你要在三更以前赶到莲花峰，救了慧梅就立刻去白羊店。快，换马！”

“换马？”

“是，别迟疑，立刻换马。”自成先下了乌龙驹，同尚炯换了马，又说：“尚大哥，明远同慧梅命在垂危，如今救人要紧，你不要心疼我这匹战马，一路加鞭，使它拼命飞奔。把马跑死，我决不会抱怨一个字。”随即他替医生在乌龙驹的屁股上猛抽一鞭，打得它腾空一跃，快如流星而去，把一行人马撇在背后。

一更过后，高夫人为了能够居中坐镇，移驻智亭山寨，同时把慧梅也抬了去，单独放在一座帐篷里，派慧珠等两三个姑娘小心照顾。慧梅的情况愈来愈不济事，整个右腿都变乌紫了，左大腿也开始肿，开始变色。小腹已肿到了肚脐以上，继续向胸部发展。她的脉搏已经微弱，呼吸短促，脸色苍白，四肢发凉。高夫人正忙着处理军务，听说这般情形，立刻跑来。她揭开慧梅的衣服看看，吓了一跳，轻轻地唤了两声，没有听到答应。“难道就没有救了么？”她心中自问，非常难过。

忽然帐外有马蹄声，随即有人叫道：“药送来了！药送来了！”

高夫人猛一喜，忙问：“什么药送来了？”

女兵慧琼走进帐来，把一个大瓷瓶子放在地上，从怀里掏出来一包药和一个鸭蛋大小的火罐，匆匆说道：

“禀夫人，我到了白羊店，见了丁先儿，把慧梅姐中毒箭的情形对他说了。他说刘明远将爷性命危险，他没法亲自前来。再者中毒箭的创伤他没治过，只是他身上有老神仙配的一种药，说是能够解毒的，不妨试试。这瓶子里装的是醋，这药分两次吃。先灌她一大碗醋，然后把这药用温酒冲服，没有酒就用开水。另外，他说用这火罐儿拔创口，把毒拔出来。只是，他又说，既然是烈性毒箭，怕毒气已入内脏，吃这药和用火罐拔都不一定来得及了。”

高夫人说：“什么来不及！慧珠、慧芬，快拿大碗来，帮我替慧梅灌药！”

她坐下去，把慧梅的头抬起来抱在怀里。在慧珠等几个女兵的帮助下，用筷子撬开慧梅的牙齿，先灌了醋，停一停又灌了药。然后她放下慧梅的头，将她的裤子褪掉一半，点着火纸扔进火罐，迅速盖在创口上。过了一阵，把火罐一取，果然拔出来一股黑血，似有腥臭气味。她连着用火罐拔了两次，看见用这办法吸出的毒血不多；再看慧梅的神情，仍是老样。她扔下火罐，走出帐篷，向男亲兵们问道：

“如今什么时候了？”

“已经过二更了。”一个亲兵回答。

她把慧琼叫出来，问道：“白羊店战事如何？”

“听说官军黄昏后自己退去，我军也不猛追。”

高夫人的心思又转到慧梅身上，想着她大概活不到五更了。但是她仍未断了救活慧梅的希望，又派出一个亲兵，命他到路上迎接老医生，免得老医生同张材误奔莲花峰去。打发这个亲兵上马去后，她的心情沉重，倚着一株树，仰望天空。下弦月徘徊于南山的松林之上，银河横斜，星空寂寂，北斗星灿烂下垂，斗柄紧接着北边高峰。她不由地想起来，不知有多少像这样的星月深夜，她率领着慧梅等一干男女亲兵，随着闯王的千军万马在群山中奔驰，在荒原上奔驰。有时突然遇到敌人，一声惊弦响过，随着是呼声动天，飞矢如雨……

她正在沉思，一个小校来到她的面前，慌张地禀报说有几十个俘虏暗暗解开绳子，从地上摸到石头木棍，打算冲出院子逃跑，幸而及时发觉，将他们砍翻几个，一齐逮住，重新绑牢。高夫人镇静地问道：

"要逃跑的一共有多少人？"

"回夫人，有六十多个人。"

"里边有军官么？"

"有一个货是千总，还有几个小军官。"

"啊，他们准是知道咱们这里人马不多，并无大将，我又是个女流之辈，所以才如此大胆。你立刻去传我的令：叫所有几百个俘虏一齐站队，将那些想逃跑的人，拉到他们面前，不论是官是兵，全部斩首，一个不留。"她又把一个小将唤来，对他说："你点齐二百名弟兄去帮助他们，把杀人的场子围起来，赶快行刑，逃掉一个俘虏我惟你是问！"

两个人说声"遵令"！从她的身边离开。她在帐篷前走来走去，恨恨地说："哼，不用霹雳手段，显不出菩萨心肠，莫让这些人误认我们软弱可欺！"她不放心，又派一个小将前去监斩。过了一阵，两个小将同时转回，向她禀报说，六十三个要逃跑的俘虏业已斩讫，其余的仍旧原处看管，未曾逃掉一个。她轻轻点点头，说道："知道了。你们歇息去吧。"怀着忧愁的心情，她又走进慧梅的帐篷，看看慧梅的情形仍无变化。她不愿多看，回到自己帐中，坐在灯下，暗暗伤心。由于疲劳过甚，不觉合上眼皮。她刚刚朦胧入睡，便在梦中看见尚炯飞驰而来。她一乍醒来，果然有一阵马蹄声已经走近。"啊，慧梅有救了！谢天谢地！"她在心中说，赶快走出军帐，快步向寨门迎去。

十几个人在寨门口下了战马，为首的是一员小将，一进寨门就给高夫人看清了。她心中猛一失望，不等来将禀报，抢先问道：

“小鼐子,你回来干什么?”

“回夫人,进攻白羊店的官军已经后退,我补之大哥怕你身边没有得力的人,命我回到这里。”

“啊……”停了一阵,她忽然又问:“你今天可看见郝摇旗么?”

张鼐一怔:“他现在还没回来?”

“一点影儿也没有。你可看见他了?”

“看见了。他想亲手捉住官军的主将好立功赎罪,一直追到龙驹寨西门外不曾追上。他看见我,对我说:‘小张鼐,我把人马交给你,我独自回老营见闯王请罪去。’我见他身上挂了几处彩,双眼通红,勇敢追赶敌将,不觉心软了,怕他遇到总哨刘爷会丢掉脑袋,就吩咐他说:‘郝叔,闯王不在老营,你到白羊店去见夫人请罪吧。’他明白了我的意思,把剩下的人马留给我,只带一个亲兵转回来了。奇怪,怎么到现在他还没有回来呢?”

“你确实看见他往西边来了?”

“我亲眼望着他往西边来了。”

“你下午为什么不把这件事向我禀报?”

“我急着往白羊店去,又因为……一时把这件事忘得无影无踪了。”

高夫人略微想了一下,对张鼐说:“小鼐子,看来摇旗说不定在路上遇到大队溃逃官兵,被乱兵杀害,或者跌入路旁山谷,不死即伤。你现在率领几十名弟兄,不要骑马,手执灯笼火把,沿路去找,不管死的活的,务须找到。我知道你也是两天两夜不曾合眼,可是有什么法子呢?再去辛苦一趟,等找到摇旗下落,回来大睡一觉。”

“是,我马上就去……”

“你还迟疑什么?”

“夫人,慧梅还有救么?”

高夫人叹口气说:“怕是没有救了。我身边的得力姑娘,前年死了三个,去年一年死了七个,如今又要去了一个!……”她的眼睛一酸,不能继续说下去,挥手使张鼐走开。

张鼐走后，高夫人又回到帐中休息，告诉女兵们说，一旦慧梅醒来，立刻叫她。她相信慧梅在死之前会醒来一次向她辞别的，正像有些病人在死之前“回光返照”，忽然清醒，看看亲人。过了一阵，她的玉花骢在帐篷外边突然萧萧地叫了几声，同时山寨中正打三更。她心中焦急，走出帐篷，却听见从远处的山路上传来紧急的马蹄声。玉花骢又一次向着马蹄声处昂首振鬣，萧萧长鸣，兴奋地刨着蹄子。她疑心是闯王来到，但又转念，他既然在石门谷，如何能这时赶来？莫不是郝摇旗回来了？可是，玉花骢为什么连叫两次，这么高兴？她心中慌乱，匆忙地走向寨门，登上寨墙，扶着寨垛，向山路凝望。有的地方月色苍茫，有的地方山影昏黑，望不清奔来的人马影子，只听见马蹄声很快临近。她对一个亲兵说：

“出寨去看一看来的是谁。”

来的马奔得很快。高夫人的那个亲兵刚下寨墙，骑者离寨门只有二十丈远了。只听亲兵大声叫道：

“快开寨门，老神仙来到了！”

高夫人喜出望外，在寨墙上说：“唉，尚大哥，可把你盼到了！”

尚炯在寨门口跳下马，说：“要不是骑闯王的乌龙驹，这时还在清风垭哩！”

高夫人立刻把尚炯带进慧梅的帐篷中，拉起慧梅右腿裤脚，让他看看小腿的颜色，告他说往上去已经乌到腹部，离胸口也不远了。他一边询问慧梅的受伤时间和他来之前的医治情形，一边打开外科百宝囊，取出剪子，照着箭伤的地方剪开裤子，看看伤口，用银针深深地探了一阵。他又看看慧梅的眼皮，并且掰开眼皮看看她的瞳孔，然后切脉，一言不发，脸色沉重。高夫人心中七上八下，等他切过脉，小声问道：

“还有救么？”

尚炯沉吟回答：“不瞒夫人说，我在军中几年，还是第一次看见这么毒的箭创。这是用南方毒蛇的浸液制药，含在箭头之上，非一般毒箭可比。有一半箭头折断，嵌入慧梅腿骨，故箭虽拔出，毒源仍存。看慧梅这样神志昏迷，眼睑下垂，瞳孔放大；脉象纷乱，细微之甚，名为‘麻促’之脉，盖言其细如芝麻，急促纷乱。总之，毒气已入内脏，十分难治；有此脉象，百不活一。幸而从白羊店取来的药用量较多，使毒气稍受抑制，不然这姑娘已经死了。”

高夫人说：“尚大哥，你无论如何得把她救活！”

医生默默地取出一个葫芦式样蓝花瓷瓶，倒出来一些药面，同从白羊店取来的药面一样颜色，又从一个白瓷瓶中倒出来一种黑色药面，又从一个冰裂纹古瓷小瓶中倒出一点药面，异香扑鼻。他把三种药面用半碗温开水调匀，取出一只银匙，叫慧琼等赶快灌入慧梅口中。高夫人怕姑娘们慌手慌脚，她自己重新坐在铺上，把慧梅的头放在怀里，用筷子撬开牙关，亲自灌药。灌毕，医生叫把慧梅仍旧放好，然后他从百宝囊中取出一小张白绵纸，卷成长条，将一端用清水蘸湿，再蘸一种黑色药面和异香扑鼻的药面，插入箭创深处，对高夫人说：

“夫人，咱们暂且出去，只留下一个姑娘守护。再过一刻，倘慧梅一阵发急，便是毒气攻心，药力无效。倘若一刻之后她慢慢醒来，就是毒气已被药力所制，不能进入心脏，她的性命就有救了。”

高夫人同众人踮着脚尖儿退出帐篷，心中难过，惴惴不安。她想到刘芳亮，小声向医生问道：

“明远的伤势很重，能不能保住性命？”

“他的伤势虽重，只要我明日清早赶到，尚不为迟。”随即，他从百宝囊中取出一瓶药酒，递给夫人，说：“请夫人命人赶快送到白羊店，交给我的徒弟，每半个时辰替明远灌一酒杯。只要这药酒先送到，按时照料服用，我就是去晚一点也不碍事。”

高夫人问：“这是什么仙酒妙药？”

“此系用家传秘方金创止血还阳丹外加人参、三七，泡制药酒，颇有奇效。”

高夫人派人把药酒送走，又到慧梅的帐篷门口，探头望望，知道药吃过后尚无动静，便退回原处，向医生问起来自成现在何处，如何平定了杆子叛乱。正说话间，慧珠从帐中出来，小声禀说慧梅并未发急，呼吸很匀，眼皮微动，有似乎要醒来的样子。高夫人和老神仙赶快蹑脚蹑手地走进帐篷，守候在慧梅铺边。尚炯蹲下去，在慧梅的脸上望一望，又切了一阵脉，脸上微露欣慰之色。高夫人悄声问：

"怎么样？"

"脉象已变，已有回生之望。"

高夫人猛然一喜，赶快问道："可以救活？"

"如今脉细而微，若有若无；来往甚慢，一呼吸脉乃三至，且有时停止不来。此谓'结脉'。有此脉象，病势虽险，尚可活也。"

满帐中似乎充满春意。姑娘们激动地交换眼色，随即屏息注视着慧梅动静。高夫人轻轻握一握慧梅的手梢，感到已有一些温暖。老医生凝神注视着慧梅的鼻息，同时用左手拈着疏疏朗朗的花白长须，慢慢往下捋，最后停留在两根最长的胡子梢上。过了很长一阵，慧梅的眉毛动了几动，微微睁眼看看，随即闭住，发出呻吟。尚炯猛一高兴，站直身子，嘘口长气，说道："好了！好了！真有救了！"当他高兴站起时，左手不自觉地向下一甩，把两根长须扯断，自己一点儿也不觉得。高夫人的眼圈儿忽然一红，喃喃地笑着说：

"幸而你骑着闯王的乌龙驹……"她激动得喉头壅塞，没有把话说完。

尚神仙又将刚才的三种药面配了一服，由高夫人亲自照料替慧梅灌了下去。他先替慧梅臂上的枪伤换了金创药，然后从慧梅的箭创中拔出解毒的药捻子，换一个新的药捻子。高夫人在一旁问道：

"这是麝香，那黑面儿是什么药？"

"这黑面儿是生犀角加五灵脂。我用的这犀角很不易得，不惟是雄犀角，而且系角尖，故药力特别强。要不是这姑娘几年来出生入死,屡立战功,今日又替你负伤,我真舍不得用这么多。”

为使慧梅安静,大家又走出帐篷。这时天已快明,残月西斜,启明星特别明亮。高夫人因等待闯王和等待慧梅醒来,不去休息。但两腿和身上十分困乏,又无凳子可坐,石上全是露水,便抽出宝剑,倚剑而立。凉风徐来,清露润衣。大战后山野寂静,偶尔听到马嘶。一切都化险为夷,好似一天乌云散去,她开始感到心中轻松。医生留下几片生大黄,嘱咐慧琼:等慧梅醒来后让她喝一碗大黄茶,使内毒随大小便排泄出来;让病人喝过大黄茶以后,再给她喝一碗稀稀的面疙瘩。对慧琼嘱咐毕,医生转向高夫人,说他要去白羊店给刘芳亮医治创伤。高夫人说:

“子明,慧梅的性命亏你救了。等她好了以后,我让她在你面前磕个头,认给你做个义女。”

医生笑着说:“我要是认这么好个义女,真是平生快事。不过,不瞒夫人说,这姑娘的性命如今只算救活一大半,还有一小半仍然可虑。”

高夫人猛然一愣:“怎么可虑?”

医生说:“此箭毒性猛烈,且毒气蔓延甚广,药力不能完全奏效。断镞入骨,祸根犹在。毒气受药力所迫,收敛到腿上,如不赶快破开创口,拔出箭头,刮骨疗毒,洗净周围肌肉,则数日后必致化脓溃烂,重则丧命,轻则残废。”

“你什么时候动手?”

“等我从白羊店回来动手。”

这时天色微明,星光稀疏。高夫人望着尚炯走出山寨,上马动身。她正要转回帐中望望慧梅,恰好闯王来到。他们才说几句话,忽有亲兵来禀,说望见张鼐同郝摇旗回来,快到寨门口了。高夫人见闯王的脸色铁青,浓眉紧皱,问道:

“你打算斩摇旗么?”

闯王没有回答,低着头在松树下走来走去。

郝摇旗身上带了三处伤，虽说都不是重伤，却也流血不少。他为要拖住敌人不能从背后夹攻白羊店，也不能往北去占领清风垭，裹创再战，不断地袭扰敌人。他的左右亲信都知道李自成的军纪极严，失去了智亭山决没有活的道理，有人劝他逃走，却被他大骂一顿。他说："老子死也要死个光明磊落。打完仗以后，该死该活，任凭闯王发落；决不逃跑，让别人说咱孬种！"在龙驹寨附近把残余的人马交给张鼐以后，他就回头往智亭山寻找高夫人。中途遇到一起溃兵，把他同亲兵冲散。那个亲兵究竟是被乱兵所杀还是跌到谷中，他不知道，而后来也无踪影。他自己实在疲倦，十分瞌睡，饥饿难熬。遇到一道泉水，他下去喝点凉水，又从一个官兵的死尸上找到一袋干粮，趁着泉水吃下，肚子里才不再咕噜噜地叫。又走了一段路，他找到一个不容易遇到溃兵的隐僻地方，把马拴在树上，坐下休息。谁知他刚往草中一坐，便睡熟了，睡得那么死，纵然山塌下来也不会把他惊醒。

张鼐带着几十个人，分成许多小股，打着灯笼火把，到处寻找，总是寻找不到。后来偶然听到一匹马打喷嚏的声音，向着声音发出的地方找去，渐渐听见马吃草的声音和人的鼾声，终于把摇旗找到，大声唤他醒来。摇旗听见人声，一跃而起，拔刀就砍。多亏张鼐手快，用剑格开。摇旗接着连砍几刀，都被宝剑挡住，只听铿铿锵锵，火星乱迸。张鼐的两个亲兵从背后扑上来，将他抱住，大声告他说是小张爷前来寻他。他定睛看看，完全醒来，笑着骂道：

"小杂种，你可把老子吓了一跳！"

同张鼐回到智亭山，听说闯王已经来了，郝摇旗来到闯王面前，扑通跪下，说道：

"李哥，我生是你闯王旗下的人，死是你闯王旗下的鬼，任你处治，决不会有一句怨言！"

自成冷冷地看他一眼，继续在松树下边踱着，不说一句话，也不叫他起来。正在这时，有人前来禀报，说黑虎星来了。自成猛地转过身来，又惊又喜地大声问：

“黑虎星在什么地方?”

“在山下,快上来了。”

黑虎星在这时突然而来,完全出李自成的意料之外。他吩咐张鼐派人将郝摇旗送往老营看管,听候发落,便同高夫人赶快往寨门走去。郝摇旗想着见到刘宗敏准没活命,站起来拍着自己的脑壳说:

“这可真完了。怪好的吃饭家伙,要给刘铁匠砍掉了!”

闯王同高夫人走出寨门时,黑虎星的一杆人马离寨门还有二十丈远。大家一望见闯王夫妇,立刻下马。黑虎星快步前走,到了闯王夫妇面前,双膝跪下,巴巴打自己两个耳光,说:

“闯王叔,婶娘!都怪侄儿不好,思虑不周,临离开商洛山时没有安排好,让坐山虎挟众哗变,惹你们二位操心生气。我糊涂,我糊涂……”

他又要举手打自己耳光,被闯王双手拉住,连说:“不许这样!不许这样!”搀他起来。看见他身穿重孝,闯王问道:

“你这孝……?”

黑虎星说:“侄儿回到家乡以后,老娘的病就一天厉害一天。我日夜服侍老娘,也没有派人给叔、婶捎个书信。大前天,老娘落了气儿。我风闻坐山虎在石门谷很不安分,又听说官军分成几路进犯咱们,我当天就将老娘装殓下土,连忙彻夜赶回。到了石门谷,恰好叔父刚走,我又查出来坐山虎的两个头目仍不心服,打算闹事,就杀了两个狗日的。现在赶到这儿,请叔父治我的罪。”

自成说:“坐山虎等挟众哗变,你在家乡怎能管得着?快不要说这个话!没想到你老娘病故,我这里也没有派人吊孝。我们天天盼望你来,总是不得音信。前几天,谣传说你不来了。你留在清风垭的将士们也怕你不再回来,一时心思有些不稳。我当时扯个谎话,说你托人带来了口信儿,不日即回。你到底回来,没叫我在将士们面前丢面子。”

“怎么能不回来呢?把我的骨头磨成灰,也要跟着叔父打天下。”黑虎星转回头去叫道：“黑妞儿，你傻什么？快来给叔父、婶娘磕头，快！”

从一群战马和弟兄中间走出来一个身穿重孝、十分腼腆的姑娘，背着角弓，挂着宝剑，一脸稚气，身材却有慧梅那么高，一条又粗又黑的大辫子绾在头顶，趴地上就给闯王夫妇磕头。高夫人赶快搀她起来，拉着她的手，笑着问黑虎星：

“曾经听你说有个小妹妹，就是她么？”

“就是她。给我娘惯坏了，全不懂事！”

“几岁了？”

“别看她长个憨个子，才十五岁。”

“会武艺？”

“跟着我学了一点儿，也能够骣骑①烈马。婶娘，如今我老娘死了，家中别无亲人，我把她带来跟着你。以后请婶娘把她同慧英、慧梅一样看待，有了错，该打该骂，不要客气。打仗时候，让她跟在婶娘身边保驾，武艺说不上，倒是有些傻胆量。”黑虎星转向妹妹说：“你给婶娘带的礼物呢？怎么忘了？傻妞！”

小姑娘立刻从马上取出一张又大又漂亮的金钱豹子皮，双手捧给高夫人。

她微笑着，咬着嘴唇，却不肯开口说话，回头望望哥哥。黑虎星不满意地瞪她一眼，只好代她说：

“婶娘，这是去年冬天她亲自射死的一只大金钱豹。请婶娘把这件礼物收下，替玉花骢做一件皮褥子，倒是很好。”

高夫人十分喜爱这个小姑娘，把她搂到怀里，又叫亲兵取来十两银子作为见面礼，一定要小姑娘收下。小姑娘又跪下去磕了头，因见高夫人对她很亲，不由地想起死去的母亲，眼圈儿红了起来。高夫人拉着她的手，发觉她的右手中指和食指的第一节指肚皮肉粗糙，特别发达，心中奇怪，笑着问：

“这姑娘练武艺，怎么这两个指头肚生了老茧皮？”

---

① 骣骑——不用鞍子骑马。骣，音 chǎn。

小姑娘不好意思地咬着嘴唇,不肯回答。黑虎星笑着回答说:"婶娘,她这指头,只能习武,别想学绣花啦。十岁时候,有人告她说,用两个指头每天在砖墙上或石头上划三百下,在玉米口袋中插三百下,会练出惊人本领,打仗时用这两个指照敌人身上一戳,就能戳死敌人;倘若照敌人的头上划一下,敌人也吃不消。她一直背着我练到现在,倒有一股恒心。"

"她天天练?"

"可不是!天天除练正经武艺外,就练这个笨功夫。婶娘,你说这妞儿傻不傻?"

高夫人大笑起来,说:"难得这姑娘在武艺上肯下笨功夫,练别的武艺一定也十分专心。"她拿起黑妞的右手仔细端详了两个结着厚茧皮的指头肚,问道:"你听了谁的话,在两个指尖上下这么大的苦功夫?"

黑妞只是腼腆地低着头,继续咬着嘴唇,大眼睛里含着天真纯朴的笑,不肯说话。黑虎星知道她肚里藏着一个有趣的小故事,笑着怂恿她:

"你说呀!你快对婶娘说出来呀,害怕啥子?嗨,你在家乡,连老虎、豹子都不怕,出门来看见了生人就不敢说话!"

高夫人和身边女兵们越发觉得这小姑娘有趣,撺掇她快说出来她的故事。她终于抬起头来,不敢多望别人,玩着扎有白头绳的粗辫梢,对高夫人说:"婶娘,是一件真的事儿!俺小时听老年人说古今,说俺那里从前有一个苦媳妇……唉,以后我对你说吧,可有趣!"突然她把头一低,偎在高夫人身边,不肯说了,引起周围人一阵哄笑。高夫人抚摩着她的健壮的胳臂说:

"好,我记下你欠一个有趣的故事,等闲的时候再叫你说。"

黑虎星兄妹的来到,可算是对各路义军的胜利锦上添花,喜上加喜。智亭山现在不缺少粮食,又有许多受了重伤的马匹。闯王下令:今早宰杀马匹,向各队分散马肉和粮食,犒劳将士,同时在智亭山的老营中为黑虎星兄妹接风。黑虎星请求立刻派他去白羊店同官军作战。自成说：

“你奔波了三天三夜，在此地好生休息吧。只要你来到，就如同我增加几千人马。再说，你补之哥用兵很稳重，大概白羊店不会有大战了。”

黑虎星不相信，说：“我补之哥用兵稳重？我路过清风垭时，听弟兄们说前天下午他只率领三百弟兄一直逼近智亭山扎营，自己又病得不能打仗，也够担险了。今日郑崇俭的败局已定，他难道不率领人马猛追猛杀？”

闯王笑起来，说：“前日他一则为要牵住官军不敢全力向你婶娘进攻，二则也料就官军无力包抄他的后路，所以直逼智亭山附近扎营。昨夜郑崇俭得知智亭山与龙驹寨的消息，必然趁黑夜整军而退，于险要处设下伏兵。你补之哥怕损伤自己人马，决不会冒冒失失地向前猛追。”

正说话间，李过派人来到，禀报闯王说官军在五更前已经退完，他已命马世耀五更时率领一支义军小心搜索前进，沿路收集官军遗弃的兵器、粮食和掉在后边的零星部队。闯王问道：

“刘将爷的伤怎么样了？”

来人回答说：“听说老神仙正在替他治，详情我不知道。有人说他的伤势太重，怕治不好了。”

李自成的心头一沉，不再问别的，不由地啧了两声。吃过早饭，太阳移向东南。慧梅完全醒来，在慧琼等照料下喝了一碗大黄茶，停一停，又吃了稀稀一碗面疙瘩。高夫人到她的身边看了看，见她神志清楚，只是浑身疼痛，脖颈仍然僵硬。她亲自照料她解了大便，回到自己帐中。她自己很是困乏，看见自成的气色不好，操劳过度，劝他躺下去睡一觉，同时也劝黑虎星同众人去休息。但是闯王急于去白羊店看刘芳亮，黑虎星也急于去看李过，把一些紧要事略作安排，便一同出寨。他们正要上马，忽然一个亲兵向路上指道：

“那不是老神仙同他的徒弟来了？”

尚炯看见黑虎星，他觉得喜出望外。他跳下马先同黑虎星拱手招呼；见黑虎星勒着白头，穿着白鞋，全身衣服沿着白边，赶快收起笑容，问明是给母亲带孝，便说了些慰解的话。然后，他告诉闯王和高夫人，如今不但已经把刘芳亮的性命保全，还担保他在百日之内能重新上马打仗，请闯王和夫人不必挂心，留在智亭山好生休息。闯王万分高兴，问道：

“子明，你又使了一手什么绝招？”

尚炯笑一笑，说：“也没有什么绝招。当外科医生的只要心细、眼准、手熟，加上药好，就能多治好几个病人。夫人，慧梅吃了东西么？”

高夫人回答说：“刚才又吃了一碗多稀饭，你留的药也给她吃了。”

尚炯带着徒弟走进慧梅的帐篷，闯王和高夫人跟在后面。黑虎星把妹妹和大部分随从留下，只带几个亲兵往白羊店去。

慧梅的精神比黎明前好得多了。老医生摸摸她的脉，看看她的瞳孔，满意地点点头，又问她箭伤疼不疼，转回头向高夫人问慧梅大小便是否畅通，以及小便颜色。高夫人怕尚神仙有话不便开口，便说道：

“尚大哥，虽说慧梅是个未出阁的大闺女，可是俗话说病不瞒医，再说她也和你自己的女儿差不多，要不要让我揭开她的上衣你瞧瞧？”

医生说：“用不着，用不着。慧珠，她身上的毒气消了多少？”

慧珠说：“原来乌到肚脐以上，刚才我看了看，已经退到肚脐旁边了。”

高夫人说：“你说清楚，在肚脐上、肚脐下？”

“还在肚脐以上，可是比原先低下去二三指了。”

老神仙叫取来一杯温酒，然后从百宝囊中取出一个白瓷小瓶，红纸签上写着“华佗麻沸散”。倒出一银匙药面放进杯中调匀，对慧梅说这是另一种清血解毒散，照料她吃下肚去。慧梅有点怀疑，低声问道：

“尚伯伯，吃下去这杯药就能解毒么？”

“能，能。”

“我往后还能骑马打仗么？”

“当然能！不出半月，包你能骑马打仗！”

等慧梅吃下华佗麻沸散，医生使眼色叫闯王、高夫人、两个女兵和他的徒弟都退出去，让慧梅安静地睡一睡。独自留在帐中片刻，直到看见慧梅并无心中烦躁感觉，双眼半闭，露出朦胧欲睡的样子，他才从帐中走出，告诉慧珠说：“叫弟兄们快去预备半桶开水。待会儿你进去看看，要是慧梅睡得很熟，你立刻告我。”他离开闯王和高夫人，走出十几丈外，来到一棵大树下，背抄着手，有时低着头走几步，有时抬起头望望蓝天，仿佛有什么不愉快的心思似的。高夫人望见他的神情同平时不很一样，心中发疑，想道：“难道慧梅的右腿要残废么？”她叹口气，走回自己的帐中坐下。闯王也看见尚炯的心情不好，虽然一点没有联想到慧梅可能残废，但是也心中深觉奇怪。他走到尚炯跟前，低声问道：

“子明，你怎么很不愉快？是身上不舒服么？”

医生摇摇头，回答说：“我不是身上不舒服。我今天给明远医治炮伤，虽然侥幸救了他一条命，可是我深感到自己医道尚浅，做一个好医生多不容易！”

“怎么？他会落个残废么？”

“一则没有损伤骨头，二则我治得还算及时，不至于落个残废。”

“那么你愁的什么？为什么怨恨自己的医道不深？”

尚炯苦笑说：“闯王，我们全军上下都称道我的医术，叫我做老神仙，可是都不明白我每次遇到疑难症候和棘手创伤，心中在想些什么。倘若人救不活，我自然心中难过。即令救活了，我有时心中也并不轻松。就以今日为明远治创伤说，我的心中直到此刻还乱纷纷的！”

“这是为何？”

“明远的创伤，一在右边肋间，一在右边大腿，而以大腿的伤势最重。尽管官军施放的是鸟枪小铳，火力不大，弹丸小如黄豆，入肉不深，但是一大片皮肉都被打烂，血肉模糊。这样创伤，如何能够早日痊愈，使明远少受痛苦，我现下只能靠一二种秘方药物。我曾经查遍了古人医书、医案，对此类重伤，未见有速效治法。古人有‘剜肉补疮’一语，只是一句比喻，并无其事。几年来我曾试过几次，都未生效。有些人重伤之后，常因失血过多而死。即令我能及时治疗，用药止血，也往往因已经流血过多，仍然难救，或者因身体衰弱，复原艰难，虽药物可以补血，但是缓不济急。倘若人能窥造化之奥秘，穷天人之妙理，做外科医生的能够以肉补肉，以血补血，则救死扶伤，造福人群，岂不大哉！可惜我已是望五之年，今生将不及见此神医妙术了。”

闯王笑着说：“从我们众人看来，你在外科上已经是神乎其技，所以都叫你老神仙。不料你竟如此不自满足，想得这么高，这么远！”

闯王因事匆匆离开以后，老医生继续默默地思索着如何能“窥造化之奥秘”的问题，却看见慧珠跑到他的背后叫他，对他说慧梅已经睡熟了。老神仙猛转过身子，看一眼慧珠，匆匆地向慧梅的帐篷走去，同时向他的徒弟招一下手。进了帐篷，老医生看看慧梅的面部，轻轻呼唤两声，不听答应，一边挽自己的袖头一边回头说：

“拿温开水来！拿盆子来！”

他净了手，用剪子把箭伤地方的裤子破口剪大，一刀子将创口割开三寸多长，又重复一刀，深到腿骨，左手将创口掰开，右手探进钳子，用力一拔，将深入骨头的半截箭头拔出，扔到地上。他立刻换把刀子，将中毒的骨头刮去一层，然后用解毒的药倒进温水中，一次一次地冲洗创口，乌紫的血和水流了一盆。洗过之后，他用药线缝了创口，但不全缝，留下一个小口让毒血水继续流出。用白布包裹的时候，他也留下来那个小口。手术做完，他用袖子揩一下前额的汗，净了手，取出豌豆子大三粒红丸药交给慧珠，说：

“一个时辰后慧梅醒来，必然叫伤口疼痛，你就服侍她用开水将这药吃下一粒，以后再疼时再吃下一粒。”

当他给慧梅动手治箭创时,递刀子,递钳子,用盆子接血水,全是他的徒弟。两三个女兵吓得不敢走近。高夫人进来在医生的背后站了一下,感到心中疼痛,随即噙着眼泪退了出去。虽然她在战场上看惯流血死伤,但她不忍看医生在慧梅的腿上割开一个大口子,刮得骨头嚓嚓响,也不忍看慧梅露出的一片大腿乌紫得那么重,血和毒水不断流。等尚炯走出帐篷,她迎着他小声问道:

“尚大哥,你说实话,这孩子会残废么?”

“哪里话!我包她十天长好伤口,一月内骑马打仗,一如往日。你现在快放心休息吧。这几天把你累坏了,应该好好地睡上两天!”他转向徒弟,吩咐说:“你去看一看受伤的弟兄们,该换药的换药,该动刀子的动刀子,弄完了快回白羊店。我要找个地方睡一觉,没有要紧事不要叫我。”

没有过过戎马生活的人,很难体会到大战胜利之后的休息和睡眠有多么香甜。在智亭山寨和山脚下的几座营盘中,只有少数人在守卫营寨和按时巡逻,大部分将士都睡了,到处都可以听见粗细不同的鼾声。李闯王勉强挣扎着去几个营盘看看受伤的将士和百姓义勇,回来倒下去就睡了,睡得十分踏实。一只蜜蜂飞进帐篷,在他的脸上嗡嗡地盘旋一阵,又落在他的前额上走几步再嗡嗡飞走,他竟毫无所知。黄昏时候,因军中请示夜间口号,一个女兵进帐来把高夫人叫醒。她不惊动闯王,自己发下口号之后,到慧梅的帐中看看,见她睡得很熟,又去看看老医生,看看张鼐,看看黑虎星的妹妹和女兵们,个个都睡得很熟。她不想吃东西,走回自己同闯王的帐篷,倒下去又睡了。

一天以后,闯王把白羊店交给马世耀,智亭山交给黑虎星,派张鼐驻守清风垭,命百姓义勇营开回麻涧整顿,随即同高夫人率领着一起人马返回老营。

李过仍坐在篼子上,刘芳亮和慧梅都躺在用绳床绑的担架上,一同回老营将养。黑虎星的妹妹骑着一匹大青骡,紧跟在慧梅的后边。如今大家都很喜欢她，她也很喜欢这种热闹的、威武的集体生活。她刚刚抛开了万山丛中的只有几户人家的小村庄，乍一进入李闯王的起义军中，样样事都感到新鲜。她原以为自从母亲死去以后，她在这世界上成了个孤苦伶仃的小姑娘，没有人再疼爱她；哥哥是个男子汉，一向对她很严，纵然心中很疼爱她也不肯轻易露在外面。完全没想到，来到义军以后，高夫人把她当亲女儿一般看待，高夫人左右、男女亲兵和将领们没一个不关心她，平空增添了一大群叔叔、伯伯、哥哥、姐姐。她觉得自己并不是来到一群陌生人里边，而是来到一个亲热的大家庭中，她的思念母亲的悲伤心情顿然减轻了。

当慧梅被抬上担架时，听见有人在近处小声谈论她的箭伤，带着惋惜的口气说她以后大概不能再骑马打仗了。尽管语气极其轻悄，却像晴天霹雳，震撼她的全身。她最怕的是这个问题。倘若伤治好后不能够再骑马打仗，自己活着有什么意义呢？她强自忍耐，但是忍耐不住，用被子蒙着头，伤心痛哭。后来高夫人和尚神仙一再保证她一月后就能够骑马打仗，她起初半信半疑，后来终于破涕为笑。高夫人用鞭子捣捣她，对医生说：

“你瞧瞧，虽说她虚岁十八了，到底是个女孩子，动不动就哭！”

过清风垭不远，就遇见吴汝义前来迎接。李自成吩咐吴汝义，最近几天内派人去接丁国宝来老营住几天，对百姓义勇营伤亡的要多给抚恤。他想，如今把宋文富兄弟全捉到，还捉了一大批宋家寨和别的两个寨的人，今后不但宋家寨不敢为患，几个月内银钱和粮食也不愁了。两个月来他常常想到牛金星，但因为他自己处境险恶，无力营救。如今打了个大胜仗，他的病也好了，商洛山中至少在半年内没有危险，应该设法搭救牛金星才是。在马上，他时时为这事打着主意。

到了麻涧，人马稍作休息。吴汝义想知道如何处治郝摇旗的罪，悄悄问高夫人。高夫人问道：

“捷轩怎么说？”

吴汝义说："总哨刘爷一看见他就狠狠地踢他一脚，把他臭骂一通，说要砍他的八斤半。可是没有闯王的命令，他倒不敢擅杀大将。如今郝摇旗在老营严加看管，等候闯王回去发落。"

高夫人走到闯王面前，问道："回老营后，你打算把郝摇旗怎么发落？真要将他斩首么？"

自成在同医生商量打救牛金星的事，听桂英这么一问，他虽然早已成竹在胸，却望望李过和医生，沉吟不语。尚炯明白了他的意思，淡淡地说了一句：

"这个人留下来，日后还有用处。"

高夫人见自成默默不语，替摇旗讲情说："失去险要，按理该斩。不过他失去智亭山之后，身带三处伤，始终咬住敌人不放，尽力牵制敌军。明知有罪，决不逃走。从这些地方看，可以从轻发落。再者，高闯王留下的许多战将，死的死，降的降，只剩下摇旗一个人。我看，你回老营后同大家商量商量，能够不杀就不杀。为人不经一事，不长一智。让他受受挫折，多磨练磨练，慢慢会走上正路，不再任性胡为。补之，你看怎样？"

李过本想杀郝摇旗以肃军纪，但看见高夫人想救摇旗，只好说："一则看在高闯王的情分上，二则念他带伤后继续同官军鏖战，戴罪立功，不杀他也好。不过要重责一顿，永不重用。"

大家都把眼光注视在闯王的脸孔上，等他说话。闯王又沉默一阵，说道：

"等我回去审问之后，再决定如何发落吧。"

闯王又同老神仙小声商量打救牛金星父子之策。尚炯因金星是他从北京邀来的，落此下场，早有救金星父子之心，这时就提出来让他回河南一趟。自成怕他回河南会落入仇家之手，坚不同意。尚炯皱着眉头想一阵，又说：

"倘若牛启东已判为死刑，也许到冬至方能出斩。况且这种案子，启东一口咬定是路过商洛山中被你强迫留下，一时也难断为死罪。即让卢氏知县将他判为死罪，案卷层层上详，也须数月之久。

如今咱们不必在卢氏县想办法，也不必在河南府想办法，赶快到开封托人在抚台、藩台、臬台三衙门想办法，将死罪减轻，能保释则保释，不能保释则拖延几个月，等到将士病愈，我们打出商洛山，打破卢氏城，把他从狱中救出。至于他的儿子尧仙，原不知情，想来不会判何等重罪。”

闯王问道：“我们在开封素无熟人，如何托人办事？”

尚炯说：“我们在开封虽无熟人，但牛启东在开封倒有一些朋友。只是如今他犯了重罪，有身家的朋友避之惟恐不及，未必肯出力帮忙。肯帮他忙的必须是宋献策这样的人，闯荡江湖，素以义气为重，又无身家之累。听启东说，宋献策在开封熟人甚多，只要咱们派人找到他，救启东不难。”

“这位宋先生会不会在开封呢？”

“今春听说宋献策送友人之丧去开封，然后赴江南访友，到江南以后稍作勾留，即回大梁卖卜。如今他是否已回开封，我们不得而知，且不妨派人前去找找。倘能遇到，岂不甚佳？至于银子，我们在西安尚存有数千两。必得我亲去一趟，暗中嘱咐清楚。将来一旦宋献策在开封需要用钱，可由陕西当铺兑去。”说到这里，尚神仙拈着胡子沉吟地说：“只是，只是，如今蓝田和商州都驻有官军重兵，路途不通，我怎么到西安府，倒得想想。还有，倘若我不能去，那派往开封去的人必须十分精明能干才行，派谁去呢？”

李自成想了半天，忽然转忧为喜，说声“有了！”凑近尚炯的耳朵说：“宋文富兄弟现在咱们手心里，还担心没有路？派谁出去，回去商量。”

尚炯笑着说：“我看，还是让我去吧。”

“你？不，我不能让你担这样风险。”

“不，你一定得让我去。别人去，我倒是很不放心。”

闯王没有回答他的请求，微微一笑，把手中的鞭子一扬，对大家说：

“上马！”

第十五章

回到老营之后，李自成不管全老营将士如何为胜利欢喜若狂，他自己却因义军和百姓义勇伤亡了一千多人，官军的包围形势并未打破，所以仍有一大堆难题压在心上，一直在冷静考虑。晚饭后，他向总管询问了一些情况，然后同刘宗敏商量了今后的防御部署和如何处置宋家寨的俘虏。因为身体虚弱，又很疲劳，不到三更就就寝了。

次日，天色未明，李自成对高夫人交代几句话，便走出老营，等候亲兵们备好战马。晨星寥落，乌鸦在树上啼叫。平日，这时已经有大队人马出寨去校场操练，而老营门外的空场上也有不少人在练功。今天却冷清清的，只有几个人。他派人将老营总管和中军叫来，问道：

“为什么没有人出来练功?”

中军回答说：“大家因大战才过去，都想歇息几日，所以没有出来练功。”

“校场里也停止操练了?”

总管说：“也停止操练了。”

“这是谁当的家，叫大家歇息几天，蒙头睡懒觉?”

“……”任继荣不敢做声，低下头等候挨训。

“是谁下的命令?”闯王又问，脸色更为严峻。

吴汝义吞吞吐吐说：“谁也没下命令，只是大家疲劳了几天，因见官军已经给杀得大败，不觉松了劲，不约而同地都想歇息几天。”

“哼，好个‘松了劲’！一切事都坏在‘松了劲’这三个字上！战事已经过去两天啦，大家还没有休息够么？难道还不该开始操练？难道这次打个大胜仗就从此天下太平，可以高枕无忧么？不要忘记，如今天下还不是咱们的，官军还在四面围困着咱们！即使有朝一日得了天下，我们也不能睡懒觉。卧薪尝胆，兢兢业业，能创业，也能守成；一旦松了劲，什么事都要弄坏。本来是补之管练兵，他病了两个月，我把老营练兵的事交给你俩代管一时，没想到你们竟放任大家早晨睡懒觉，不操练，坏了我的规矩！”

在闯王训斥总管和中军的当儿，高夫人和刘宗敏的亲兵们已经走出老营来练功。看见闯王为操练事在训斥他们两人，大家吓得不敢吭气，各自找地方练去。刘宗敏同闯王一样是个爱起早的人，这时也从院中走出，立在闯王背后，听了听，明白是怎么回事儿，说道：

“闯王，你不是要往二虎那里去？你走吧，这件事交我来管。”

闯王回头瞅一眼刘宗敏，又望望备好马匹的一群亲兵，继续对任继荣和吴汝义说：

“我们看一个人，看一个人家，别的不用看，就看有没有兴家立业的气象。有，就是有出息；没，就是没出息。打江山，守江山，也是这一个道理。上下不振作，没有兢兢业业的劲儿，纵然看来是几百年的一统天下，也会亡国。上下一心，日夜兢兢业业，勤勤恳恳，发愤图强，又常想着如何为百姓兴利除弊，纵然力量小，颠沛流离，也不可轻视。自古豪杰起事，哪一个不是由小到大，由弱变强？汉高祖起事时才只有几百人，比咱们今天差得远哩！”

李自成也想到大家的疲劳和大战后诸事纷乱，责任不全在老营总管和中军身上，所以没有太动火，说完这些话就同亲兵们上马走了。

李自成走了以后，刘宗敏回头瞪着眼睛狠狠地把总管和中军看看，吓得他们的心头怦怦跳。他们深知总哨刘爷的脾气与闯王不同，至少会对他们痛骂一顿。但是出他们意外，宗敏好像体谅他们的辛苦和事情太多，只把脚一顿，吩咐说：

“传我的令：从明日起，该到校场操练的操练，该在寨中练功的练功，倘再同今天这样，不管是头目或是弟兄，一律重责。有人敢睡懒觉，连你俩也脱不了干系！”

李自成刚走出寨门不远，忽有骑着战马的一条大汉在身后出现，紧紧追来，大叫一声“闯王”！自成回头一看是郝摇旗，勒住乌龙驹，神色严峻地将摇旗打量一眼，说：

“我叫你暂时住在老营，听候处分，你急的什么？”

摇旗说：“闯王！我犯了军律，失了智亭山，是砍头，是留下我替你立功报效，求你赶快发落。我怕你事情太忙，把我撂在老营，不杀不放。你知道我郝摇旗喜欢痛快。你要决定杀我，今日就杀，要重重地打我一顿，也求你快打；要是你还想用我，那你早点对我说一声。不管怎么着，都请你快点发落！”

闯王想了一下，说：“好吧，你先回老营去，一二日我派人找你。”随即策马下山。

天色已明，开始有农民在山坡上锄芝麻、绿豆。虽然这里人烟稀疏，耕地也不多，李自成看见的也只是寥寥数人，却使他十分欣慰。如今商洛山中转危为安，不仅将士们可以从容养病，百姓们也可以暂时安居，等待秋收了。

马蹄在晨风中继续嘚嘚前进。李自成一路上回想着几天来的惊涛骇浪，不觉到了野人峪。慧英先前得到在西寨上放哨的妇女禀报，走出寨门，站在路旁恭迎。在高夫人身旁的一群女兵中，慧英在举止行事上本来就比别的姑娘沉着，有办法。现在李自成觉得她离开夫人这几天似乎更像成人了，不，俨然是一员英俊能干的青年女将。他下了马，随她走进寨中，略一询问娘子军的情况，当着众人着实称赞几句她和娘子军的功劳。慧英毕竟是未出阁的姑娘，在众人面前一听闯王称赞，不知说什么好，脸颊通红，低下头去，下意识地玩弄着宝剑柄上的红丝穗子。闯王又对大家说：

“如今抽不出人马来接替你们，请你们娘子军再辛苦几天。”

一百多个妇女都说“好”。有人说在这里驻扎一个月也情愿。还有人要求娘子军永远不要解散，让她们跟着慧英认真习武艺，以后同男人一样打仗。自成心中认为成立娘子军只是一时权宜之计，往后怎么个办法，他还没有想妥当，所以对这个请求笑而不答。慧英和妇女们都听说慧梅的箭创很重，纷纷询问。听闯王回答说她多亏老神仙救治，一月后就可以骑马打仗，大家十分高兴。慧英很想回老营看看慧梅和高夫人，但因军务在身，没有说出口来。

李自成看看寨墙上的防御布置，又看看寨外准备的鹿角和拒马。虽然一切布置大体依照从前的做法，但自成也看出来慧英是一个善用心思的人，把易受攻击的女墙加高，能够靠云梯的地方挖了陷阱，正在将离东寨墙一百五十步以内的大小树木全砍光。他口中不说，心中却很满意，并且想道："这姑娘真是了不起！"

在野人峪没多耽搁，李自成同亲兵们继续前进，奔往马兰峪去。

刘体纯正在同将士们吃早饭，听说闯王来到，立刻丢下碗筷，慌忙带着几个重要头目奔出寨门迎接。自成满面堆笑，拉着体纯的手，说："你们以少胜多，杀得很好，很好。"随着体纯走进寨内，向将士们道了辛苦，就同大家蹲在一起吃饭。自从他五月下旬害病以来，将士们已经有两个月没有看见他了。如今在大捷之后又看见闯王，并且同他们蹲在一起吃饭，简直没法描绘出大家的高兴和振奋心情。倘若这时候再有十倍的敌人前来进犯，只要闯王轻轻说一句："弟兄们，把王八蛋们赶走！"这些将士们会立即跳起，拔出刀、剑，冲出寨门，不会有一点踌躇。

马兰峪是面对商州的头道门户，所以李自成在早饭后向刘体纯询问了许多问题，对防御布置也视察得特别仔细，看见有一点点不足的地方，他就立刻指示刘体纯加强布置。原来拆毁的寨墙、箭楼和房屋，正在重修。自成把寨上视察毕又出寨视察，一边走一边对刘体纯说：

"虽说官军受了挫折，暂时不一定再来进犯。可是一旦商州城调到援军，必会再犯，这儿离商州只有三十里，离我们的老营也只有二十来里，是一个双方必争的吃紧地方，千万叫将士们不要因这次打败了官军就稍存轻敌的心，在防守上疏忽大意。兵法上说：'无恃其不来，恃吾有以待也；无恃其不攻，恃吾有所不可攻也。'务要常记住这两句话，才不会吃疏忽大意的亏。智亭山的失守，就失在郝摇旗太大意了。"

刘体纯唯唯答应。带着闯王在寨外察看过几个设防的险要地方，体纯说道：

"闯王，有一件事，我本来打算今天上午亲自去老营向你禀报……"

"什么事儿？"

体纯用手指一指："闯王，你看。"

顺着体纯指的方向，闯王看见一个山窝里密密的尽是树木，树梢上有几缕轻烟冒出，似乎有人影和火光藏在林中。闯王感到奇怪，问道：

"是什么人在那边山圪崂里？"

"他们都是商州城外的好百姓，一共有四五百人，有的在家中被逼无奈，有的家人受了官军和乡勇残害，气愤不过，昨天陆续跑来，恳求我收容他们入伙。我说商洛山中粮草欠缺，不能收容他们。他们苦苦哀求，赌死不肯回去。我没有办法，把他们安置在那个树林里，答应他们我今日上午亲去老营向闯王请示，再做决定。"

"走，带我去瞧瞧！"

藏在树林中的老百姓有的在用砂吊子煮草根和野菜，有的煮柿子皮加谷糠，有些人带有别的干粮，等着开水下咽。看见刘体纯来到林边，大家蜂拥而出，争着询问是否答应他们跟随闯王。体纯笑着说：

"闯王亲自来啦，你们向他恳求吧。"

大家惊疑地望着刘体纯身边的那个高鼻、大眼、颧骨隆起、面色和气的大汉，见他穿着粗布箭衣，甚至比刘体纯的衣服还旧，在刹那间不相信这个人就是闯王。但是从这个大汉的举止和神气上看，却不像一般头目，而且看见刘体纯在他的身边是那样恭敬，更可知他不是等闲之辈。一刹那间的疑问过去之后，立刻有几个人带头，跟着几百人纷纷拥到闯王身边，黑压压的一片。自成眼中含着笑说：

“大家有什么话快对我说。”

在片刻间鸦雀无声，有的望着闯王，有的互相观望，希望别人快点说话。站在人中间的两个都轻轻推他们面前的一个带着腰刀和弓箭的、瘦骨嶙峋的高个儿，小声催促：“你快说，快说。”于是高个儿青年代表大家说：

“闯王爷！我们都是来投你的，请你收下我们。从今以后，我们死心塌地跟随你。你指到哪里，我们杀到哪里，倘有三心二意，天诛地灭，鬼神不容。闯王爷，请你老收留我们在你的旗下当兵！”

自成问道：“造反是提着头过日子的事儿，你们为什么要来随我？”

高个儿青年回答：“回闯王爷，我们这些受苦人，各人都有一肚子黄檗汁儿，血一把泪一把磨蹭日子。如今再也磨蹭不下去，走投无路，才拼着命趁夜间逃出官军和乡勇的手，前来投你。要不是官军和乡勇把守得紧，差不多把所有的大小山路都卡断了，逃来的人还要多几倍哩。”

自成笑着问：“你们为什么不早点来投？是不是看我打了个大胜仗才来投我？”

高个儿青年说：“不瞒闯王爷，我们有的人原来是做庄稼老实人，走树下怕黄叶打头，踩脚下跺三跺不敢吭声；另外有的人虽说敢造反，可是谁没个家？不到万不得已，总不肯走造反的路。如今官军同乡勇来到商州西乡，奸掳烧杀，无恶不为。我们这些人差不多都是家败人亡，才把心一横，走上梁山。既然在家活不成，何如投到你闯王爷大旗下边，轰轰烈烈地干一场，就是死也死个痛快。倘若得到机会，还可以报血海深仇。我说的全是心中话，闯王爷倘若不信，请你问问大家。”

自成已经收了笑容，又向高个儿青年问："你是哪里人？家中还有什么人？"

高个儿青年的眼圈儿一红，说："我是高车山这边的人。我已经没有家，——家破人亡了。"

"家破人亡？"

"是的，闯王爷，我已经家破人亡！"青年叹口气，接着说："我家人老五辈儿给城里财主种地，替人家做牛做马，一年到头挨饥受冻。前年春天，我奶奶活活饿死。去年年底，我大①因还不清阎王债，眼看日子没过头，上吊死了。他一死，财主就逼着俺娘，把俺妹子要去抵债。俺娘见俺大被逼死，俺妹子又被抢去做丫头，呼天天不应，求人人不管，哭了三天没吃东西，连气带饿，到第四天就死了。她临断气前把俺哥、俺嫂子跟俺叫到床前，说：'老天爷闭着眼，这世界没有咱们穷家小户的活路。妈先你们走一步，在阴曹里等着你们……'"

高个儿青年哽咽得说不下去，抱着头放声痛哭，李自成的脸色沉重，一言不发，一边等候着他哭过一阵后继续往下说，一边拿眼睛向众百姓扫了个圈。但见百姓们个个"鹑衣百结"，有的骨瘦如柴，有的浑身浮肿。因为高个儿青年这一哭，他们有的眼泪汪汪，有的低头叹气，有的忍不住小声抽咽，有的虽然默不做声，却频频以手揩泪。过了片刻，高个儿青年擤了一把酸鼻涕，用手背揩揩眼泪，抽咽着继续说道：

"俺妈才死三天，官军就带着乡勇来打商洛山。龟孙们路过俺的村庄，说高车山以西的百姓全通贼，先抢鸡、羊、牲口，又抢家具，然后一把火把村子烧光。俺大伯年纪大，没有逃，在家看门。他跪下哀求龟孙们莫烧房子，给一个当兵的一脚踢倒。俺大伯挣扎着爬起来，想夺住他点房子的火把。他照俺大伯的肚子上就是一刀。老头子的肠子流出来，倒在地上，知道自己不中啦，狠狠地骂了几句。这个兵又在俺大伯的胸脯上补了一刀。老人家就，就……"

① 大——父亲。读阳平声。

高个儿青年又哭得说不下去。群众中抽咽的声音更多了。闯王转过头去问刘体纯：

“这小伙子叫什么名字？”

“他名叫白鸣鹤。”

“学过武艺？”

“我问过他，他说他学过，只是不精。别的老百姓都说他箭法不错，也有胆量，是个打猎能手，一个人射过老虎。”

自成点点头，将白鸣鹤通身上下打量一眼。白鸣鹤揩揩眼泪，又接着说：

“俺哥躲在树林里，看见村庄起火，走出树林看，给官军抓住，逼他挑东西，可怜俺哥饿得皮包骨头，身上没一把力气，挑了两里就走不动，又勉强走了两里，一头栽到路旁的山沟里摔死了。俺嫂子藏在树林深处，没看见我哥给官军抓走，还以为他是奔回村庄救火。等这起官军过去，她也哭着叫着奔回村子救火，不想给后边又来的一起乡勇抓到，几个人将她糟蹋。她想扑到火中自尽，被乡勇拉住，刀架在脖子上把她抢走，如今不知下落，也不知死活。我同邻村的一群小伙子逃到深山密林中，等到回来，屋没屋，人没人了。听邻居们一说，我去找到俺哥的尸首，挖坑埋了，就约了一起邻居来投你。闯王爷，你收下我吧！你收下我吧！”白鸣鹤哭着，趴下去连连磕头。

李自成劝白鸣鹤不要再哭，又叫大家都坐在地上说话。等大家都坐下以后，他也坐在草地上，问了几个人的情况。他们对他诉说了各自的悲惨遭遇，说着说着，引起全场一片哭泣之声。他不再向大家问下去，对他们说：

“好吧，你们都留在我这里吧，如今强凌弱，富欺贫，官绅兵勇拧成一股劲儿残害黎民，又加上天灾连年，看来非改朝换代不会有太平日子。你们都是被逼得走投无路的人，各人都有一肚子血泪冤仇，跟着我一起干吧。既然来随我，就是起义兵，诛灭残暴，可不要当成是拉杆子。家有家规，军有军规，不要嫌我的军规严。随我之后，可不要扰害百姓。你们现在举出两个人做总头领，今天就开到马兰峪，帮助重修房屋。以后驻扎何处，如何操练，如何编制，随后再说。现在就举出来正副头领吧。”

大家立刻举出来白鸣鹤做总头领，又举出来一个叫做蓝应诚的小伙子做副头领。这两个青年农民就是几年后被人们所知道的蓝、白二将军。当李自成从襄阳进攻西安时，他们随着袁宗第的一支大军由邓州过内乡，攻破商州。

李自成命刘体纯派专人照料这一支新弟兄如何解决住处和吃饭问题，开往寨内驻扎。他先回到马兰峪山寨内，从那里转往射虎口。当刘体纯送他出寨时，他拉着体纯离开亲兵们十几步远，小声说：

“二虎，你把这儿的防御加紧布置就绪，不可耽误。三天以后，我派人来接替你。”

体纯一惊：“接替我？”

自成点头说：“是的，有重要差事派你。你准备一下，得暂时离开军中。”

体纯更加诧异：“得离开军中？什么差事？”

自成笑一笑：“三天后再详细告诉你。你现在先别管，也别让左右知道，赶快把这里的防御布置好就成了。”

刘体纯不敢再问。把闯王送走后，一个天大的疑问揣在他的心里。自从起义以来，他还没有离开过部队哩。

在李自成出去巡视防务的时候，有不少老百姓来控告宋文富兄弟和其他被义军捉获的宋家寨的大小恶霸，以及他们手下的许多爪牙。因为刘宗敏回铁匠营，高夫人因事去麻涧，这些来告状的人大多由吴汝义接见，乡下缺少识字人，所以没有呈文，尽是口诉。多亏吴汝义在这一带已经很熟，人们说出的名字和村落他一般都知道。王长顺已经能到处走动，有时站在汝义的身边。他的人缘很熟，乡下事知道的最多，遇到吴汝义不认识的人他就介绍，听不明白的事他就帮忙说清楚。有的老百姓害怕将来义军拉走，宋家寨会进行报复，不敢公然告状，而是装作替义军送柴的、送野味的，来到老营，悄悄求吴中军转禀闯王和总哨刘爷，替他们伸冤报仇。也有的不进老营，而是在寨中找到一个相识的义军头目，把自己控告的事说清楚，请这个头目转禀闯王。

刘宗敏在铁匠营没吃午饭就转回老营。他刚在上房坐下，吴汝义就到他的面前禀报老百姓告状的事。还没听吴汝义禀报完，他忍不住把脚一跺，恨恨地骂道：

"这些恶霸，这些披着人皮的畜生，老子非活剥他们的皮不可！"

刘宗敏和闯王想活捉宋家寨的大小恶霸已经很久了。他们很清楚这些大小恶霸平日横行乡里，欺压良民，霸人产业，淫人妻女，放青苗账、印子钱，高利盘剥，逼死人命。宋文富兄弟更以寨主身份，私设法堂，杀生由己，俨然是商州城西的土皇帝。宋家寨的狗腿子依仗主人势力，在乡下百姓前如狼似虎，作恶多端。如今宋家寨的这一群恶霸地主和狗腿子落入义军之手已经三天，倘若不是李闯王别有谋划，刘宗敏早已将他们杀光了。继续听吴汝义把百姓们的控告叙述完，他大声说：

"你去对那些告状的老百姓们说，咱们闯王爷一定替穷百姓伸冤报仇。有冤有仇的，大胆来告，不要害怕！"

吴汝义出去不久，刘宗敏正要亲自去拘押俘虏的宅子看看，先杀一批人，打一批人，使宋家寨的恶霸们尝尝滋味，忽然有一个小校进来禀报，说宋家寨派来两个人求见闯王，并有一群伙计挑了许多礼物。小校还说明这两个人的前来送礼，一则是想探明白宋文富等人的死活，二则是想探询闯王口气，能不能拿钱赎命。宗敏用鼻子冷笑一声，随即问道：

"王八蛋们送来些什么礼物？"

"回总哨，我看见他们挑来的是四只肥猪，八只肥羊，四坛子酒，一挑子绸缎布匹，还有一挑子礼物是两只箱子，大概是装的金银和贵重东西。”

“你带他们到一个院子里歇歇。告他们说，闯王出去啦，叫他们老实等候，不许随便走动。你再找总管回来，同这两个来人谈谈，问清来意。”

刘宗敏本来可以自己传见宋家寨的来人，用不着等候闯王。他现在不见他们，只是想先杀了几个人，打了宋文富等，然后接见他们，他们就不敢讨价还价。小校一退出，他就站起来，带着几个亲兵出老营。在老营大门外，他向宋家寨的送礼人只用眼角扫了一下，好像压根儿没有把这些人啦礼物啦看在眼里。宋家寨的人们平日震于宗敏的威名，又知道他的脾气暴躁，看见他大踏步走出，躲避不及，只好屏息恭立道旁，不敢抬头。有人胆子较大，敢偷偷地看宗敏，但是当宗敏的目光扫到他的脸上时，不期然同他的眼光接触，吓得他脊背发凉，身子打个哆嗦，心中狂跳，赶快把眼睛垂下。宗敏在亲兵们的簇拥中，背着手昂然而过，只听一阵刷刷的脚步声，走往附近的一个大的院落。

捉获的官兵和宋家寨的人一共有几百，都用麻绳捆绑着，分开锁在各屋中，十分拥挤。老营中派吴汝孝率领了五十名弟兄看守。他的身体还很虚弱，但因他是个细心人，而老营中别无偏将可派，所以前天就由宗敏派他担起了这件差事。看见刘宗敏走进大门，吴汝孝赶快迎接，让他进大门旁的耳房中去坐。宗敏说：“我还有事，就坐在这院里吧。”吴汝孝的亲兵立刻替他搬来一个凳子，但他不坐，提起右脚踏在凳子上，吩咐把宋家寨的人全部带出来。不过片刻，锁在前后两院各屋中的地主和乡勇全部带出，以宋文富为首，齐排儿跪在他的面前。他看看宋文富和宋文贵，冷冷一笑，说：

“啊，咱们今天是第二次见面，已经是熟人啦。那天晚上你们光临敝寨，我没有好生接待，这两三天事太忙，也没有来看你们，务请包涵。”

宋文富兄弟面无人色，不敢抬头，浑身打颤。刘宗敏又冷笑一声，骂道：

“我操你娘,你们宋家原是官宦之家,有钱有势,人老几辈儿骑在百姓头上,做梦也不会想到竟有今天!”

他吩咐把捉来的官军不论是官是兵全带出来,也在他的面前跪了一大片,十几个当官的跪在最前。这个院落不算小,如今却被几百俘虏跪得满满的。刘宗敏向跪在前边的人们问:

“你们这些千总老爷,把总老爷,还有什么官官儿,平日在老百姓前耀武扬威,如今你们的威风到哪儿去了?”

千总知道他是刘宗敏,磕头说:“两国兴兵,各为其主,恳刘爷高抬贵手,放我们回家为民。从今往后,我们决不再与义军为敌,不为朝廷做事。”

宗敏说:“你说什么?想求我高抬贵手?你们这些做军官的,见老百姓奸淫掳掠,杀良冒功,捉到义军没有活的,何曾高抬过你们的贵手?有来有往,才算公平。”他向亲兵们一摆下颌:“送这些军官老爷回老家去,一个不留!”

亲兵们把十几个大小军官从地上拖起来,推出大门,一齐斩首。刘宗敏又望着那些当兵的,说:

“你们吃粮当兵,虽说也到处扰害百姓,多做坏事,个个该杀。可是我们李闯王念起你们都是贫苦人家出身,有钱有势的子弟不会吃粮当兵,再说,你们都是小兵,听人指挥,有时做坏事也不由自己做主,决定饶了你们的命。你们愿意随闯王起义的就留下,不愿意的就滚蛋。放你们走之后,你们只可还家为民,不许再吃粮当兵。倘若再去当兵,下次落到我们手里,乱刀砍死。都是谁愿意留下?”

这些当兵的原以为死在眼前,忽听刘宗敏这么一说,喜出望外,都说愿意留下。其中有少数想走的人,也因为害怕刘宗敏不会真放他们走,只好暂不提想走的话,等日后伺机逃跑。恰好中军吴汝义这时赶来,宗敏吩咐他把这些当兵的带出去,安插各队。办完了这些事,宗敏才在凳子上坐下去,命弟兄们将宋文富的衣服扒掉,用鞭子狠打。宋文富伏地求饶,刘宗敏哪里肯听?他历数宋文富残害百姓的大罪，每数一款打十鞭子。行刑弟兄一腔仇恨，用力狠打。只打到几鞭子，已经打得宋文富皮开肉绽，鲜血染红皮鞭。宋文富越是哀呼求饶，刘宗敏越叫狠打，并且骂道：

“你婊子养的，在家中私设法堂，不知有多少无辜良民受你酷刑拷打。老子今天也叫你尝一尝受刑的滋味。”

打到五十皮鞭以后时，宋文富的脊背上一片血肉模糊。刘宗敏看了哈哈大笑，骂道：

“我操你娘，我以为你是武举出身，皮肉比别人结实，原来也不顶打！今日打死你婊子养的，叫商洛山一带千家万户高兴。”他回头对亲兵说：“我从害病以后就没喝过酒，今天太痛快，快去老营替我拿酒来！”

刘宗敏又连着说完了宋文富的三大罪款，吩咐再打，恰好亲兵把一壶黄酒拿到。宋文富有气无力地哀呼着。刘宗敏大口大口地喝着酒。等这三十鞭子打毕，他狠狠地说：

“不算你祖上老账，单说你自己，坑害死的百姓不知有多少。老子今天打死你是替老百姓伸冤报仇，是叫你替老百姓偿命。你想做商州守备，祸害一州四县，老子送你到阴间去上任吧！”

他又说出来两条大罪款，命令再打二十，凑一百整数。打完这一百鞭子，宋文富昏迷过去，不省人事。他叫用凉水把宋文富喷醒，叫着他的名字说：

“宋文富，我操你八代祖宗，今日你也尝尝皮鞭的滋味！你以为只有穷百姓的皮肉主贱，生就的挨打材料？别说你这样的一寨之主，就是皇亲国戚，龙子龙孙，有朝一日，落到我刘铁匠的手里，我也不会轻饶一个。你是商州人，我是蓝田人，前世无仇，今世无冤，这一百鞭子全是为了商洛山中的穷百姓出一口气。至于你勾结官军与闯王为敌，暗袭老营，这笔账今日暂且不算。今日老子数你十大罪也只算点出题目，不是细账。细账慢慢算，你王八蛋赖不了，逃不了。哼！”刘宗敏把方下颌一摆，示意行刑的弟兄们把宋文富拖到旁边，然后喝道：“把宋文贵拉出来，重打八十！”

宋文贵早已吓得尿了一裤裆，这时被拖出来，完全瘫在地上。行刑的弟兄们扒掉他的衣服，狠打起来。等打完宋文贵，刘宗敏对吴汝孝大声命令说：

“不论恶霸，乡勇头儿，也不管是宋家寨的或是外寨的，一律每人打三十鞭子。以后每隔一天打一次，外加拶指①、压杠、火烫，凡是恶霸土豪们给老百姓用过的酷刑，都叫这些杂种们尝尝滋味。”

叫吴汝孝监视弟兄们对其余的人们拷打，刘宗敏同吴汝义带着亲兵回老营了。走到老营门口，百姓义勇营头领牛万才向他迎来。刘宗敏一看见他，心中的余怒登时散开，挥着大手笑着说：

“快到里边坐，快到里边坐。你们的人马开回来了么？”

牛万才回答说：“回总哨刘爷，我的义勇营今日才能从智亭山动身。闯王命我们开到麻涧暂驻，所以我叫副头领带着队伍走，我自己昨夜动身，今日先到麻涧把驻扎的地方安排一下，顺便来老营向闯王和刘爷禀报。不知刘爷还有什么训示？”

“到里边坐下谈吧。闯王不在家，你就在这里吃午饭，等着他回来。”

宗敏拉着牛万才的手，走进老营。在院里遇见老营司务，他吩咐准备点酒肉款待客人。到屋中坐下以后，他对牛万才说道：

“你们义勇营这一次在智亭山立了大功，闯王要重重犒赏，那些阵亡的也要给他们家里送点钱。你们驻扎在麻涧好生操练几天。以后是让弟兄们各回各家，还是合在义军中不再散开，闯王说看你们大家的意思决定。”

牛万才赶快说：“刘爷，我们已经拿定主意啦。”

“你们拿定的是什么主意？”

“我们拿定主意不再散开，永远跟着闯王的大旗走。”

“可是我们不久就要杀出商洛山，你手下的弟兄们肯离乡背井，抛撇父母妻子么？”

① 拶指——明代官府常用的一种酷刑。用绳子穿着几根小木棒，行刑时将小棒夹住手指，用力收紧绳子，使受刑者痛不可忍，往往手指为之残废。拶，音 zǎn。

“我把三心二意的人剔下来，有大半数人愿意随闯王杀出商洛山。我牛万才领着这些人跟随闯王的大旗走。大旗远走天边，我们跟到天边，决不回头。”

“确实有大半人拿稳主意了？”

“经过这次打仗，老百姓比上次帮义军打仗时大不同了。如今确实有大半人拿稳主意。刘爷，你用棍子打也不会把他们打散回家。”

刘宗敏把大腿一拍，哈哈大笑，说道：“妥啦！只要你们拿定主意长远跟闯王，闯王就不会劝你们各自回家！”

吴汝义走了进来，对宗敏说：“刘爷，你什么时候见一见宋家寨来的两个人？”

宗敏问：“你问过他们的来意么？”

“我问过了。他们来的意思是想探探咱们这边的口气，看能不能把咱们捉到的人一齐赎回。”

“谁派他们来的？”

“宋文富的老婆。”

“啊，商州守备夫人！送来的什么礼物？”

“这里有一份礼单。”

总管把一张红纸礼单呈给总哨。宗敏略一过目，只见上边开着猪、羊、烧酒、各种布匹、各种绫罗绸缎，另外有纹银千两、金银首饰和玉器等等。他无心细看，说：

“你收下吧，带他们来见我。”他又对老营中军说：“你去传令汝孝，从捉到的宋家寨狗腿中挑两个油水小的，就说有老百姓控告他们，立刻斩首。”

总管和中军都匆匆出去，亲兵们都拔出刀剑，在院中站成两行。刘宗敏搬一把椅子坐在门槛里边，等候宋家寨的说事人来见，牛万才拔出宝剑，恭立在他的背后，小声说：

“刘爷，千万莫答应他们把宋文富兄弟赎回。”

刘宗敏冷笑一声，说：“你放心，他们把黄金堆成山也别想赎回活的！”

两个说事人被带进来了。离刘宗敏还有两丈远，只听亲兵们齐声大喝：“跪下！”两个说事人浑身打个哆嗦，扑通跪下。刘宗敏不等他们开口，声色俱厉地说：

“今日你们来得很好，再晚来一天，你们只能看见尸首。你们回去告宋文富的老婆说：‘倘再放一个官军进宋家寨，我把捉到的人全部斩首。要是想赎回宋文富兄弟，需要拿五万两银子、两千石粮食。要是把全体人都赎回，再加五万两银子、两千石粮食。少一两银子，少一颗粮食子儿，休想开口！’”

一个人颤声恳求说：“恳刘将爷开恩！如今连年兵荒天灾，实在拿不出这么多……”

刘宗敏不等他说完，大喝道：“滚！李闯王是要为民除害，不是架票[①]。你再讲价钱，我当着你们的面先宰了宋文富。我的话说完了，你们走吧。”

这个人又说道：“恳刘将爷恩典。将爷的话，我们一定带回去。求将爷开恩，让我们见一见寨主兄弟。”

“好，我叫任总管带你们去。”

另一个人壮着胆子说：“还有一件事请将爷开恩！那些乡勇，多是穷家小户，长工佃客，如今被义军捉到，家中父母妻子日夜哭哭啼啼，实在可怜。他们平日衣食无着，自然也拿不出一钱银子。恳求将爷恩典，把他们放回去吧！”

刘宗敏回答说：“我知道他们大半都是穷人，受寨主逼迫，才做乡勇。我限你们寨主婆子三天之内，先拿出二百两黄金和三千两银子把这些乡勇赎回。三天不赎，我要全体杀光，叫那些父母妻子围着你们寨主婆子索命。别寨来的地主和乡勇，暂且不谈，我等着他们的寨中来人。你们看过宋文富兄弟之后，替我顺便带点小礼物回敬你们寨主婆，是两颗人头，我们老营中军吴将军会交给你们。”

---

① 架票——即绑票。

两个人听见说要带回两颗人头，不知是谁被杀，又吓得浑身一颤。刘宗敏把一只大手一挥，立刻由任继荣催促他们起来，带他们出去了。

李自成去了几个地方，回到老营时已经太阳西下了。听了刘宗敏处理宋文富等人的事，他十分满意。虽说基本宗旨是由他决定的，但宗敏见机行事，把死宗旨变成活的。他叫李强去告诉吴汝孝，对宋文富等恶霸该给药的给药，莫使一个死去。从明天起，对伤重的暂时不再用刑，对其余的隔一天打一批。

商洛山中到处哄传李闯王要杀宋文富兄弟替百姓出气，已经把他们打得死去活来，人心为之大快。平日胆小怕事的人们看见报仇伸冤的日子来到，纷纷来老营告状。他们不但控告宋文富兄弟，也控告所有被捉到的宋家寨大小地主和狗腿子。闯王对告状的老百姓用好言抚慰，还叫总管给那些孤儿寡妇一些周济。义军在宋家寨中本来就有“底线”，暗中替义军做事，通风报信。经过这一战，宋家寨的当权人物大部分落入义军手中，寨中的“底线”就暗中活动起来，串连一些对恶霸地主们苦大仇深的人，打算在义军攻寨时作为内应。甚至在宋文富的家生奴仆中也有人受到串连，愿意在破寨后引导义军掘出主人埋藏的金银珠宝。牛万才虽不知“底线”的暗中活动，但是他巴不得攻破宋家寨，打碎压在这一带百姓头上的一块大石。有一次来老营禀报军务，他悄悄地向闯王建议破宋家寨，并说他愿意派本地人混进寨中做内应。闯王微微一笑，小声说：

“自从捉到宋文富以后，宋家寨就在咱们的手心中，什么时候想破不难。如今留着它有些用处，等到时候再说吧。”

牛万才不知闯王有什么神机妙算，不敢问明，但他相信闯王迟早会破宋家寨的。他心中快活，对自成说：

“闯王，啥时候破了宋家寨，抄了宋家一族的老窝子，也算是替这一带百姓做了件天大的好事。到时候，我打头阵！”

过了两天，宋家寨果然送来了二百两黄金和三千两纹银，把二三百名乡勇赎回。其他山寨也来人说情，要求将各寨被捉的人员赎回。李自成想着他的一些计谋应该赶快进行了，便吩咐刘宗敏如此如此。宗敏叫吴汝义去将宋文富的另外两个狗腿子当着宋文富兄弟的面斩首，然后将宋文富一个人带来老营。宋文富的伤尚未痊愈，一听说刘宗敏提他去老营，以为必死无疑，浑身瘫软像一团泥。吴汝义吩咐两个弟兄把他从地上架起来，拖往老营，命他跪在宗敏面前。宗敏脸上杀气腾腾地问：

"宋文富，你想死想活？"

宋文富脸色煞白，伏地磕头，恳求饶命。宗敏冷笑一声，说：

"你到底也只有一条狗命！既然你想留下狗命，须得听从我三件事，否则我立刻将你凌迟处死！"

"请刘爷吩咐。只要饶我狗命，我件件都依。"

"好，你听！第一，我们闯王的人马不进宋家寨，可是你决不能让一个官军再进宋家寨。第二，你要告诉你的总管，暗中替我们做事。我们今后派人出商洛山，来回都要从宋家寨经过，你家总管要给各种方便。倘若有一点差错，我惟你是问！第三，勒限一月之内，你家必须送来五万两银子，一千担粮食，三百匹棉布，五十匹骡马。以上三件，你答应么？"

宋文富不住磕头，说前两件他都答应，只有五万两银子他实在拿不出来，恳求"恩减"。刘宗敏又冷笑一声，对站在旁边的中军吴汝义说：

"他家世世代代敲剥百姓，鱼肉乡里，这笔账非清算不可。你去取一样东西来，叫他看看！"

吴汝义去了片刻，提着一颗血淋淋的人头回来，扔到宋文富的面前。文富吓了一跳，瞥了一眼，正是他的兄弟文贵的头，登时瘫在地上。刘宗敏将桌子一拍，厉声问道：

"你鳖儿子还敢还价钱么？你究竟想死想活？你倘不老老实实，我刘宗敏你是知道的，老子会立刻将你吊在树上，唤来本地各村百姓，一人剐你一刀，将你千刀万剐，以泄民愤！”

宋文富磕头如捣蒜，一切答应，只求留下他一条狗命。他心中明知如今拿出五万两现银绝不容易，骡马也差不多都给王吉元夺去了，再交出五十匹骡马也实在不易，但是他此刻宁愿倾家荡产，同时哀告各家亲戚相助，也不愿丢了性命。刘宗敏站起来，照宋文富踢了一脚，说：

“下去！你立刻写封书子，叫你家总管今日黄昏前亲来老营，你当面将我的三件事向他嘱咐，一一照办，不得有误，顺便将你兄弟的尸首领回！”

宋文富一押出老营，李闯王立即派亲兵将尚炯和刘体纯找来。闯王向刘体纯问：

“去开封救牛先生的事你准备好了么？”

体纯笑着说：“一切都准备妥帖，只等着宋家寨肯不肯给我出进方便了。”

“宋家寨今日黄昏会有人来，你的一班子人今夜三更随着宋文富的亲信总管动身吧。务必早日平安到达开封，依计而行。办完事情，早日回来。”

“请闯王放心。只要那位宋先生现在开封，我一定能够找到。开封情况和宋先生的行止，老神仙已经对我讲清楚啦。”

刘宗敏立刻吩咐拿酒，为体纯饯行。闯王对刘体纯带着一班人往开封去很不放心，一再嘱咐他处处小心谨慎，不要露出马脚，方好带着原班人平安归来。

第十六章

九月中旬的一天下午，淡黄的斜阳照着桅樯如林的汴河，照着车马行人不断的州桥①。这桥在小纸坊街东口，横跨汴河之上，在宋朝名叫天汉桥。因为这桥建筑得拱如玉带，高大壮观，水面又低，船过不必去桅，汴梁人士喜欢在此赏月，遂成为汴梁八景之一，即所谓"州桥明月"。现在有一个大约三十八九岁的矮汉子从小纸坊街出来，右腿微跛，正要上桥，忽然遇见河南按察使坐着绿呢亮纱八抬大轿，差役执事前导，前呼后拥，迎面而来，一路喝道上桥。他就赶快向路北一闪，躲入石牌楼旁边的开封府惠民局的施药亭内。这一起轿马官役正要过完，有一走在后边的官员身穿八品补服，向施药亭中望了一眼，忽然勒住丝缰跳下马来，向矮汉子一拱手，笑着问道：

"宋先生，在此何干？"

矮汉子赶快还礼，说："适才登门叩谒，不期大驾随臬台大人因公外出。可是去相国寺拈香祈雨么？"

"非也。今日是周王府左长史王老爷五十生日，臬台大人与各衙门大人前去拜寿，留下吃酒，如今才回。我上午就随侍臬台大人前往周府，又使老兄枉驾，恕罪，恕罪。"

"哪里，哪里！鲁老爷太过谦了。"矮子趋前一步，小声问道："数日前奉恳之事，可有眉目？"

"敝衙门中几位办事老爷，似可通融。但此案关系重大，恐怕还要费些周折。"

"鲁老爷何时得暇，山人登府叩谒，以便请教？"

---

① 州桥——崇祯十五年（公元1642年）开封被淹毁后，汴河淤填，日久州桥遗址不存。

“台驾今晚来吧。贱妾大前天生了一个小子，请兄台去替他批批八字。”

矮子连忙作揖，满面堆笑说：“恭喜，恭喜。山人今晚一定登府叩贺，并为小少爷细批八字。”

这位八品文官匆匆上马，追赶轿子而去。矮子走上州桥，一则从对面拥来一群灾民，二则他心中有事，他没有停下来眺望汴河景色，就沿着一边石栏板走过桥去。这桥东头有一座金龙四大王[①]庙。矮子刚过庙宇不远，看见两个后生正在争吵，一个是本地口音，一个是外乡口音。外乡人是个江湖卖艺的，肩上蹲着一只小猴子，腰里别着一条九节钢鞭，手里牵着一只小狗，提着一面小锣。争吵几句，本地后生突然抽出腰刀砍去，外乡后生抛掉小狗，用九节钢鞭抵挡。本地后生步步进逼，外乡人却只是招架，并不还击。本地后生越发无赖，挥刀乱砍不停。街上围了一大片人，但没人敢上前劝解。矮子从小饭铺中借一根铁烧火棍，不慌不忙，架开腰刀，又喝住了本地后生。但本地后生是个泼皮，怪他多管闲事，又欺他是个矮子，又是个瘸子，飞起一脚向他踢来。他把身子一闪，躲开这一脚，却随手抓住对方踢起的脚后跟向上一掂，向前一送，这泼皮后生仰面朝天，跌出五尺以外，引得围看的人们哄然大笑。泼皮从地上挣扎起来，又羞又恼，抢上一步，对矮子挥刀就砍，恨不得将矮子劈为两半。矮子将烧火棍随手一举，只听铿锵一声，火星飞迸，将腰刀挡开一旁。他并不趁势还击，却满不在乎地说：“这下不算，请再砍两下试试。”泼皮尽管震得虎口很疼，还是不肯罢休，重新举刀砍去。钢刀尚未落下，忽然一个挤进来的算卦先生喝道：

“住手！不得无礼！”等候泼皮迟疑着将刀收回，算卦先生又说：“这是宋献策先生，绰号宋矮子，三年前曾在汴梁卖卜，江湖上十分有名，你难道就不认得？他是好意劝架，你怎么这样无礼？”

---

① 金龙四大王——相传宋朝人谢绪于宋亡后投水而死，成为河神。明太祖造谣说，他同元兵在徐州以东吕梁湖打仗时，谢绪帮助他战胜敌人，遂封谢绪为金龙四大王。开封临近黄河，故明代对所谓金龙四大王较为迷信，至清代亦然。

泼皮后生已经领教了这位瘸矮子的一点本领，听了算卦先生王半仙的介绍，虽然他不大知道宋献策的大名，却也明白此人有些来头，松了劲，把腰刀插入鞘中。但因他余怒未息，咕嘟着嘴，并不向宋献策施礼赔罪。宋献策似乎并不生气，对泼皮后生说：

"这位玩猴子的后生为混口饭吃，离乡背井，来到汴梁，人地生疏。你有本领何必往外乡人身上使？欺负外乡人算不得什么本领。"他又对玩猴子的后生说："强龙不压地头蛇，你何必同他争吵？以后遇到本地泼皮后生休惹他们。宁可自己少说几句，忍受点气，吃个哑巴亏，不要打架斗殴。不管伤了人伤了自己，如何转回家乡？"

玩猴子的后生十分感激，深深一揖，说声："多谢先生！"牵着小狗转身离开。宋献策赶快把他叫住，问道：

"你可是从陕西来的？"

"不是。我是阌乡县人，同陕西搭界。"

"啊，你走吧。听你的口音好像是陕西人。"

玩猴子的后生又向宋献策打量一眼，望州桥而去。泼皮后生的怒气已息，自觉没有意思，对王半仙和宋献策一拱手，转身走了。王半仙向宋献策说道：

"数日前听说兄台自江南回来，但不知下榻何处，无缘趋访，不期在此相遇！仁兄住在哪家客栈？此刻要往何处？"

"如今弟没住客栈，在鹁鸽市一位友人家中下榻。刚才从臬台衙门看一位朋友回来，此刻要往相国寺找一个熟人。"

"倘若无要事急着料理，请移驾光临寒舍一叙如何？"

"弟确有俗事在身。今日天色已晚，改日再专诚奉访。"

王半仙今日的生意不好，并不强留献策。献策将烧火棍还给饭铺，同王半仙拱手告别而去。

一连三天，有一个陌生人每天都去鹁鸽市他的寓所找他，偏偏他为着牛金星的事奔走托人，总不在家。这个陌生人既不肯留下姓名，也不肯说出住址，只知道是一个魁梧汉子，年纪大约在二十五岁上下，带着陕西口音。起初他以为是陕西商人慕名来找他算命看相，并不在意。今日中午他回到寓所，却听朋友大嫂言讲：这个人上午又来了，说明是有人托他带给他一封重要书信，非当面不肯呈交。这个人还说出他新近从陕西来此，从今日起每天下午在相国寺打拳练武，卖跌打金创膏药，说不定三天后就要离开。献策简直如堕五里雾中，猜不透是怎么回事。遍想陕西方面，他没有一个好友；江湖上虽有几个熟人，不过是泛泛之交。什么人给他写的书信？而且是重要书信？为什么托一个江湖卖膏药的人带来，连姓名住址都不留下？如此神神鬼鬼，却是何故？午饭后，他去抚台衙门和臬台衙门一趟，如今趁着太阳未落，要去相国寺找一找这个江湖卖膏药的。州桥离相国寺不远。不要一顿饭时候，宋献策就来到相国寺了。

说起相国寺，在我国可是大大有名。这地方原是战国时代魏国的公子无忌（即信陵君）的住宅。北齐时在此处建成一座大寺，称做建国寺。唐睿宗①时将废寺重建，为纪念他自己是以相王入继大统，改名相国寺，所以直到崇祯十五年大水淹毁之前，山门上还悬着睿宗御笔所书“大相国寺”匾额。寺门前有大石狮子一对，三丈多高的石塔两个；院内殿宇巍峨，神像庄严，院落甚多，僧众有二三百人。每日烧香的和游玩的多得如赶会一样，肩摩踵接，人声杂沓。院中有说书的、算卦的、相面的、玩杂耍的、打拳卖药的……百艺逞能，九流毕备。过了地藏王殿的后院中还有卖吃食等项僧人，专供过往官员、绅士及大商人在此摆酒接妓，歌舞追欢。所以这相国寺虽系有名禅林，却非清静佛地。

宋献策一路想着心思走来，不觉到了山门外右首的石狮子前边，忽听有人叫道：“那不是宋先生么？”宋献策转过头去一看，喜出望外，慌忙前去施礼，说道：

“啊，大公子，没想到在此地拜晤金颜，真是有幸！几天前，弟

① 唐睿宗——名李旦，中宗之弟，武后时封为相王；在位二年，禅位于其子隆基，即玄宗。

听说公子已回杞县,正拟将俗务稍作料理,即往杞县尊府叩谒,不想大公子也在开封!"

这位公子拉着宋献策的手说:"弟上月拜家岳母汤太夫人之寿,来到汴梁住了半个多月。回去之后,因为红娘子的一件事情,于前天又来汴梁。"

"可是那个跑马卖解、以绳技驰名江湖的红娘子么?她出了什么事?"

公子笑一笑,说:"正是此人。事情很可笑,此处不便细谈。老兄,古人云一日不见如三秋,此言不虚。与兄上次握别,弹指三年,不胜云树之思[1]。常记与兄酒后耳热,夜雨秉烛,纵谈天下大事及古今成败之理,高议宏论,时开茅塞。虽说三载暌违,鱼雁鲜通,然兄之音容笑貌,时时如在左右。兄何时驾返大梁?"

献策答道:"弟来此已有十天,上次与公子话别,原以为不久即可重瞻风采,不想弟萍踪漂流,行止靡定,竟然一别就是三载。公子说别后不胜云树之思,彼此一理。"

公子说:"贱仆牵有两匹牲口在此,请兄现在就一同上马,光临敝寓。晚上略治菲酌,为兄接风,并作竟夕之谈,如何?"

献策说:"弟此刻要到寺内找一江湖朋友,并已约定晚饭后去臬台衙门见一位朋友商谈一件急事,今日实不能到尊寓畅叙。明日上午请公子稍候,一定趋谒。公子仍在宋门大街下榻?"

"还是那个地方。你我不用客气,明日弟在敝寓恭候,务望光临!"

"一定趋谒,并有一事奉恳公子相助。"

"何事?"

宋献策见左右围了许多闲人看他同公子说话,还有成群的灾民围过来向公子求乞,不便将事说明,回答说:

"谈起来话长,明日慢慢奉告吧。德齐二公子现在何处?"

"舍弟一同在此。他也常常提到老兄,颇为思念。方才我们同

---

[1] 云树之思——朋友久别后的相思之情。详见第一卷二十六章此注。

来相国寺拜谒圆通长老，他因有事先走一步。”

“弟半年前听说圆通长老在嵩山少林寺闭关[1]，何时来到这里？”

“圆通长老于上月闭关功满，因周王殿下召他来主持一个‘护国佑民、消灾弭乱、普救众生法会’，于前日来到开封。长老年高，一路风霜，身体略感不适，故今日尚未进宫去朝见周王。弟三年前曾许诺将家藏一部唐写本《法华经》赠他，特偕舍弟前来探候，并将《法华经》送上。老兄明日上午可一定光临敝寓，愈早愈好！”

“一定，一定。”

宋献策与公子拱手相别，望着公子同仆人上马，奔上寺桥[2]，才转身往山门走去。一位在东边石狮子与山门之间摆拆字摊的朋友站起来对他拱手问道：

“献策兄，同你说话的这位公子是谁？”

献策回答说：“这是杞县李公子。”

“有一位李公子名信表字伯言的可就是他？”

“正是这位李公子。”

“啊！久闻他的大名，果然英俊潇洒，谈吐爽快，虽系世家公子，却无半点纨袴习气，倒是一位极其热情的人，弟有一位穷亲戚是杞县人，常听他说李公子最喜欢周济穷人，救人之急。一身文武双全，就是淡于功名，也不喜欢与官府来往。”

宋献策因见天色不早，只怕找不到那个卖膏药的，便不再说话，拱手一笑，匆匆进了山门。山门里边，甬路两旁有摆摊子算卦的、看相的、揣骨的、代写书信和庚帖的。这些江湖上人，有的是三年前就在此摆摊子，同宋献策认识，赶快站起来拱手招呼，让他坐下叙话。献策因为有事在身，对这些泛泛之交的江湖熟人都只笑着拱手还礼，随便寒暄一二句，并不留步，匆匆地登上二门石阶。

---

① 闭关——有些较有地位的和尚为要静修佛法，独居一小院中，以三年为期，不与外界往来，叫做闭关。

② 寺桥——明代开封人对相国寺桥的简称。桥在相国寺山门外东边不远地方。

二门五间，两边塑着巨大的四大天王坐像。有些游人正在看天王塑像。当献策从中间走过时，忽然听见一个游客一边看天王像一边对他身边的朋友说：

“本朝二百八十年，举人投贼的这还是第一个，所以非定成死罪不可。其实，即凌迟处死亦不为过。”

献策的心中一惊，打量这两个说话的人一高一矮，都是儒生打扮。他也装做停住脚看天王像，听他们继续谈话。那位高个子游客唔了一声，小声问：

“会不会有人在省城替他说话，从宽定罪？”

“他在省城中并没有有钱有势的至亲好友。一般泛泛之交，像这样举人投贼的谋逆重案，谁肯替他说话？况且卢氏白知县原是山东名士，抚、按两大人十分器重。他已经询明口供，人证物证确凿，判成死罪，申详到省，抚、按两大人岂有驳回之理？我看，除非有回天转日手腕，方能救他一命。”

高个子游客轻蔑地一笑说：“虽然此人尚有一点才学，但竟然到商洛山投了流贼，真是荒唐之至。看起来他是枉读诗书，甘心背叛君国，死有余辜！”

这两个游客离开了二门，走往里院，下了甬路，向东一转，观看钟楼。献策跟在他们的背后走了几步，听他们已经转了话题，便离开他们，继续向里走去。想着这两个人都是豫西口音，必然对牛启东的案子知道较多，宋献策的心头上感到沉重。

二门里边，游人众多，除有各种做小生意的、算命看相的、卖假药的、说书卖唱的之外，在甬路两边还有坐地要钱的瞎子、瘸子、打砖的、排刀的①。这些人在叫化子一行中属于坐乞②一门，经常在此坐地求乞。凡属于叫街一门的各种叫化子都不许进入山门以内，

① 打砖的、排刀的——有一种职业叫化子名叫“打砖的”，光赤上身，手执半截砖打击胸、背，皮肉红肿，隐现紫血，打时运气作沉重哼声，打一阵停下来呼求施舍。另有一种叫做“排刀的”，手拿两把长刀，用刀的侧面交替平打胸脯，类似打砖。

② 坐乞——职业叫化子分“坐乞”和“叫街”两大类。坐在固定的地方不动，乞求施舍，叫做坐乞。

违反者由他们乱棍打出，交给龙头（叫化子头儿）惩办。这寺院中的一切风物、人事和声音，宋献策久已看惯听惯，一概对他引不起什么兴趣，所以他低着头直往前走。到了丹墀下边，正要登上台阶，忽然听见有一个熟悉的声音叫他："献策往何处去？"献策蓦然抬头，看见丹墀左边，那座两丈多高的北宋重修相国寺碑的前边站着抚台幕中的清客相公尹宗浩和一个陌生的外地人。献策赶快走过去，笑着拱手说："巧遇，巧遇！正思登门拜候，不料在此相遇！"尹宗浩介绍说："这位是抚台大人的一位乡亲，新来大梁，小弟今日陪他来相国寺看看，不期与老兄邂逅相遇！"献策赶快同客人互相施礼，寒暄几句，陪着他们一起向大殿走去。这大殿九明十一暗①，十分雄伟，纯用木料攒成，不用砖石，上盖金黄琉璃瓦，匾额是元朝不花丞相亲笔所书"圣容院"三个大字。当那个客人怀着惊奇和赞叹的心情细看大殿的建筑时，尹宗浩拉着宋献策退后一步，小声说：

"前几日老兄所嘱之事，弟已问了一下。这案子因系举人投贼，情节十分严重。幸好是抚台大人的舅老爷知道此人是兄台的朋友，愿意替他在抚台大人面前说话。我想，只要这位舅老爷肯帮忙说话，事情就有转机。"

"舅老爷及抚台衙门各位老爷关照救护之恩，不惟敝友将结草衔环②以报，即愚弟亦感激不尽。如今困难的是，这位遭事的朋友出身寒门，在开封也没有至亲好友。弟新从江南回来，听到此事，激于朋友义气，替他奔走营救。老兄明白，弟半生书剑飘零，寄食江湖，囊中不名一文。对各方如何酬谢，深感惭愧，奈何？"

"老兄在江湖上名声素著，新从江南漫游归来，衙门中各位老爷都想请你细批八字或看一看相。处此乱世，吉凶变化无常，谁不想向高明如兄的人问问流年，以便趋吉避凶。所以在这件事上，虽

① 九明十一暗——表面看是九间那么大，实际是十一间大。

② 结草衔环——结草的典故是死后报恩的意思，出于《左传》。衔环的典故是报答救命之恩的意思，出于《后汉书·杨震传》注。两个典故常被连在一起使用。

然要多少花几个钱，却也不会花得太多，请兄放心。那位舅老爷的八字你批了没有？”

“已经批好，拟于明日下午亲自送去。”

“好，好。你明日下午先到敝处，我陪你一道见他。他近来官心很重，打算花几千两银子做一任知府或同知①。老兄可不要铁口无情，浇他冷水。”

献策点头，哈哈一笑。因为尹宗浩要陪着客人到大殿里边看，献策就同他们拱手告别，往后院去了。

相国寺大殿的后边是高阁三间，为开封周王所建，上坐大慈悲菩萨。阁前边有一群人在看打拳，宋献策一听那打拳的是河北口音而不是陕西口音，便将头一摆，继续前行。转过地藏殿的背后，他看见那里仍像往年一样热闹，到处是摆地摊的、卖当的、说书的、玩杂耍的，还有两三处玩枪使棒和打拳卖药的。宋献策注意那些江湖卖药的，都不是陕西口音。到了最后一个地方，看见围观的人特别多，从人堆中不住地大声叫好。他挤进去一看，也是卖膏药的。一个魁梧后生正在舞剑，确实剑法精熟，与一般常见的江湖艺人不同。献策心中疑问：“难道就是他么？”等了一阵，这后生把一套剑法舞毕练毕，收剑入怀，在周围一片称赞声中连连拱手，说道：“见笑，见笑。”

宋献策的心中猛然一喜，暗暗说：“就是他！陕西口音！”

陕西口音的后生也向献策打量一眼，又向全场说道：“各位君子，各位看客，小人初来汴梁，人地生疏，承蒙青眼看待，对小人半精不熟的武艺，谬加称赏，使小人愧不敢当。小人吃了二十多年白饭，身长六尺，纵然能练几套武艺，也值不得各位过奖。现在让我们小伙计练几套武艺请各位看看，练得好了各位笑笑，练得不好请各位包涵，不要见怪。”他转向一个十四五岁的孩子问道：“小伙计，今日来到中州地面，你敢不敢练几套武艺让各位君子看看？”

小孩高声答道：“我敢练！”

---

① 同知——这里指的是府同知，其职位等于副知府。

后生说道："你好大的胆！这中州地面，四通八达，乃是藏龙卧虎之地，英雄荟萃之区，非同小地方可比。在场君子，经多见广，什么耍武艺的不曾见过？你这小娃儿不知天高地厚，敢在鲁班门前耍斧头，难道不怕列位看客笑你武艺不佳，一哄而散么？"

小孩子向全场拱手施礼，说道："列位看客！众位叔伯大爷！请恕我小孩家年幼无知，胆大献丑。有钱帮个钱场，没钱帮个人场。小人练的不好，请各位不要一哄而散；练得好了，请各位龙爪插到虎腰里，哗啦一把，哗啦一把……"

后生问道："这是干吗呀？"

小孩子回答说："掏赏钱嘛，你连这也不知道？"

后生："嘿！小小孩家，只长前（钱）心，不长后心！小伙计，今日咱们初来相国寺中献艺，一则同各位看客结个朋友，二则请各位看客指点，不要钱啦。"

小孩子说："不要钱，咱们吃西北风么？"

后生："拿我的裤子当去，反正不要钱啦。"

观众哄笑。连宋献策也笑了。

小孩子接着说："不要钱就不要钱。伙计们，敲锣打鼓！"

背后的锣鼓响了。小孩挽挽袖子，伸伸胳膊，踢踢腿，在中间立定，开始来个懒扎衣出门架子，变下势霎步单鞭，正要继续往下练，后生忽然叫道："小伙计，莫慌往下练，我先问你：古今拳家众多，各有其妙，你练的是哪家拳法？"

小孩子："我练的是俺家拳法。"

"什么安家拳法？我倒不曾听说有什么安家拳法。"

"我说是俺家拳法，不是安家拳法。"

"怎么叫俺家拳法？"

"俺爷爷教给俺老子，俺老子教给俺哥，俺哥教给俺，所以就叫做俺家拳法。"

众人一阵哄笑。后生又问：

"你家拳法有何妙处？"

“不敢说，集古今众妙之长！”

“好大口气！怎么说集古今众妙之长？”

“古今拳家，宋太祖赵匡胤有三十二势长拳，又有六步拳，猴拳，囮拳，名势虽有不齐，而实际大同小异。至本朝有温家七十二行拳，三十六合锁，二十四探马，八闪番，十二短，都很著名。吕红八下虽刚，未及绵张短打。山东李半天的腿，鹰爪王的拿，千跌张的跌，张伯敬的打，少林寺的棍，杨家的枪……”

“算啦，算啦，你已经吹出边儿啦，还要吹哩！”

“我怎么吹出边儿啦？”

“这少林寺的棍，杨家的枪怎么也变成拳法了？”

“嘿，我说溜了嘴啦。”

观众又一次发出哄笑。后生说：

“小伙计，时光不早，休说废话，你还是练一套拳法请列位高明君子指点吧。”

“好，伙计们，重新敲锣打鼓！”

小孩子重新活动手脚，站好姿势，由懒扎衣开始，势势相承，变化多端。观众们静悄悄的，看得呆了，只偶尔小声喝彩。宋献策因一腿微跛，年轻时不能精练武艺，但是他见得多了，颇知其中道理。如今他一面注目观看，频频含笑点头，一面心中想道，这是集南北诸派之长，自创一套拳法，合雄健刚猛与绵密紧凑于一炉而冶之，既长于进攻，也足资防守，和戚继光的拳法有不少近似之处，看来这几个卖膏药的决非一般的江湖中人。但是他们到底有什么来头，他一时猜想不出，只增加了心中疑问。小孩练完拳法，面不改色，气不发喘，又取宝剑在手，准备练剑。后生走上前去拦住，说道：

“小伙计，天色不早，这剑法不必练了。”随即他转向看客，作了一个罗圈揖，赔笑说道：“本来想叫我们这个小伙计再练几般武艺，请求列位高明指点，只因天色不早，只好明日再练。在下现有祖传跌打损伤金创神效膏药……”

看客不等后生说完，争呼要小伙计继续要一套剑法看看。后生无奈，只好同意。小孩的剑术又博得人人称好，使宋献策更加诧异。一套剑法练完虽然黄昏已临，不免有少数人离场而去，但大部分人仍不肯去，想知道陕西人卖的是什么别致膏药。后生重新拱手施礼，取出一把膏药说道：

"在下今日初次与列位君子见面，拿出五十张膏药赠送，分文不要，一则传名，二则结缘。俗话说，'萍水相逢，三生有幸'。拿这几十张膏药奉赠，聊表江湖敬意，正是千里敬鹅毛，礼轻仁义重。有哪位君子要的？"

小孩对后生说道："慢着。我们虽是初来乍到，却也闻得这中州地方，不乏驰名膏药。比如这开封城内学署前有接骨庞家，安牙骨，上胯骨，跌打损伤，药到病除，他家也自制祖传膏药；彰德府[1]姚家狗皮膏药，也是远近驰名。你这膏药，有甚好处，怎敢奉送列位君子？"

后生："我这膏药，与别家膏药不同。"

小孩："有何不同？"

后生："别家膏药，贴在背上，只听出律一声，从脊梁沟溜到屁股沟。我这膏药，贴在你的身上，如同鹰抓一般，这就是它的好处。"

小孩："你骂人呀！怎么用鹰抓兔子打比。"

后生："不说不笑，怎得热闹？好，说正经的。"他转向观众，接着说道："敢告列位君子，我这膏药专治各种金创，确有奇效。有些刀砍箭伤，已经化脓，历久不愈，只要贴我这膏药，包他三日见轻，五日痊愈。倘若骨头折断，先将断骨接好，外贴膏药一张，也能早日使骨头长好，不致残废。倘有多年寒气腿，每逢阴雨，关节疼痛难忍，夜不成寐，常贴我的膏药，包他永远断根。北至榆林，南至汉中，西至甘州、宁夏，提起西安府李家金创膏药，无人不知，无人不晓。今日天色已晚，五十张散完为止。哪位君子想要？"

---

① 彰德府——府治即今安阳。

许多手同时伸出，争要膏药。宋献策冷眼观察，心中暗想：从来没听说西安府有什么驰名的李家膏药，难道他们是李自成派出的人，来汴梁搭救牛启东的？

霎时间，膏药散完，众人开始离去。宋献策故意走往旁处；等看客散尽，折转回来，与后生四目相对，各露微笑。献策单刀直入地问道：

"连日去鹁鸽市找一位卖卜先生，可是你么？"

后生笑道："先生可是贵姓宋？"

献策点头，并不问那封书信，却语意双关地问道："请问你，找我可是为自己询问流年？还是亲朋有病或有官司纠缠，欲知吉凶，请求指迷？"

后生向左近望一眼，回答说："在下为朋友官司，欲求先生指迷。此地人多，愿借尊寓请教。"

献策想了一下，说："鄙人暂时借寓朋友家中，谈话亦有不便。你们住在何处？"

"南门外吊桥南边路东，王家安商小客栈。"

"啊，你们那里住客乱杂，且离此甚远，也很不便。这样吧，你叫伙计们先回客栈，你一人同我去一清静酒馆叙话如何？"

"如此甚好。"

一语方了，从前院大雄宝殿中传来一阵钟、磬、木鱼之声。献策不再说话，也不回头看，背着手出相国寺后门而去。后生在后边跟随，若即若离，并不言语。

第十七章

出相国寺后门不远有一条南北街叫做小山货店街，即现在的山货店街。街中间路东有一酒饭馆，生意不很兴隆，比较清静。三年前宋献策在开封卖卜时候，常同一二知己好友来此吃酒谈心，同这家掌柜的和伙计们都成了熟人，前几天闷怀无聊，也曾独个儿来此小酌。现在快走近这家酒馆门口时，他才转回头来同卖膏药的后生说话，一同进去，叫堂倌替他们找一个没有客人的房间坐下，要了四样菜、一壶梨花春、一壶秋露白①，八十个韭菜猪肉水饺。堂倌一走，献策正要问后生尊姓大名，来自何处，却看见胖胖的刘掌柜笑嘻嘻地进来，就赶快把话打住。

这刘掌柜一向很迷信宋献策的六壬神课、奇门遁甲、占星望气、麻衣相法，且知献策足迹半天下，在江湖上比较有名，所以每次献策来到，他总要亲自殷勤照料。倘若看见献策独自闲饮，他便趁机会询问流年，或随便说出一字，请献策断某事是否顺利，有何吉凶。现在宋献策正心中有事，晚饭后还要去臬台衙门朋友处谈一件重要事情，这位刘掌柜却偏偏进来说话，未免感到厌烦。恰好梁上有一对老鼠咬架，发出唧唧叫声，且有灰尘落下。刘掌柜问他这主何吉凶。他笑着随口答应道：

"刘掌柜，请莫见怪。令正与如夫人不仅争风吃醋，也各自想把你的钱要到手里，不免时常吵嘴打架。说不定此刻又在厮打，惊动四邻。"

刘掌柜脸色不悦，问道："宋先生，可是真的？"

---

① 梨花春、秋露白——明末开封流行的两种名酒。梨花春产于开封附近的中牟县，秋露白为开封本城所产。

献策又笑着说："女人属阴，鼠亦属阴。两鼠相斗，岂非女人打架之兆？只是卦理微妙，有时不尽合乎人事，山人姑妄言之耳。"

刘掌柜说："一定是这两个贱人又在打架。怪好一个人家，给这两个贱人闹得天昏地暗，不得一日安宁！失陪。我回舍下看看。"说罢，拱拱手，匆匆走了。

这时堂倌已经把酒菜拿来，见客人没有别的吩咐，也就退出。献策斟酒已毕，小声问道：

"仁兄尊姓大名？从哪里来的？带来什么书信？"

后生欠身答道："小弟以实话相告，是为牛举人的官司，特意从陕西来的。"

宋献策大吃一惊，心中叫道："果然被我猜中！"他走到门口望望，退回来重新坐下，大声让酒，与客人同饮一杯，然后低声问道：

"可是从商洛山中来的？"

后生微笑点头。

"仁兄尊姓大名？"

"不敢。贱姓刘，小名体纯。"

"台甫怎称？"

"草字德洁。"

"啊……请酒，请酒。"

又喝了半杯酒，吃了几口菜，宋献策的心情稍微平静下来，就请刘体纯把什么人写给他的书信取出。刘体纯回答说：

"小弟奉闯王与老神仙之命……"

"老神仙何人？"

"老神仙姓尚名炯字子明，卢氏县人，与牛举人自幼同学，娃娃相交。因他外科医道如神，在我们那里极受尊敬，都称他老神仙。"

"我曾听牛启东谈过此人。最近也听人说，启东本不愿往商洛山去，是因尚子明一再劝邀，才去商洛山中一趟。"

"闯王久闻牛举人之名，很想一见，所以托尚神仙以厚礼相邀。"

"你方才说奉他们二位之命，来大梁寻找山人，莫非是为牛举人的事么？”

“正是为的此事。闯王本想亲笔写封书子交小弟带上，后因怕给沿途关卡查出，一则对先生不便，二则也会坏了牛举人的事，就不写了。所以实未带来书信，只带来他们二位口信，向先生问好，请先生速谋搭救牛举人之策。”

宋献策沉吟片刻，说道：“山人与牛启东只是泛泛之交，久已不通音信。且我多年以卖卜为生，身似闲云野鹤，遨游江湖，与本省达官贵人素少来往。牛启东的案情重大，山人亦有所闻，实在爱莫能助。你们为何不寻找旁人？”

刘体纯笑道：“我们也知道牛举人在汴梁有一些朋友，只是像这样案子，朋友们谁不想赶快避开？如今人情薄，肯以义气为重、古道热肠、肝胆照人的人毕竟不多。我们闯王和老神仙想来想去，才决定派我来汴梁寻找先生。牛举人在敝处时常常谈到先生，倘若不是牛举人回家出了事，加上后来军情十分吃紧，闯王与老神仙又相继病倒，我们闯王也要派人以重礼邀请先生前去。听先生适才所说，原来先生也是个怕事的人。”

“你们怎么知道我在开封？”献策又问。

“春天时候，牛举人在我们那里，曾说先生送一位朋友的灵柩来开封，随后将去江南访友，在江南不多停留仍转来开封。我们计算时间，先生大概已经转来。关于搭救牛举人的事，先生倘以江湖义气为重，肯为设法，所需银钱，不用先生费心；倘先生害怕与自己不便，不肯设法，也就算了。”

献策又故意沉吟片刻，说道：“我半生书剑漂泊，四海为家，虽然庸碌无才，尚能急朋友之难。即使素昧平生，只要一言相投，不惜断臂相助。何况与牛启东有一面之缘，也深知他是个人才。只是弟初回汴梁，与官场中素少瓜葛，实感力有未逮。既然仁兄奉十八子与尚子明之命，不远千里来访，以此相托，我也不好断然置之不理。此事今晚就谈到这里为止，让我回去想想，明日再作计较。”

“明日在什么地方相见？”

“明日晚饭以后，请到敝寓一晤。此事山人能否相助，明晚一言决定。”

“好，好，一定准时趋谒。弟由西安来时，因路途不靖，且恐被关卡查出，未敢多带银两。只要能救牛举人，所需若干，弟星夜赶回西安，由当铺[①]汇给先生。另外，小弟设法带来一点黄金，明晚送往尊寓，聊表闯王对先生敬慕之意。”

“这个，山人万万不敢收下。倘若如此，牛启东的官司山人就更不敢插手了。”

这时堂倌把水饺端来，并端来两碗饺子汤，在开封又叫做饮汤。宋献策因晚饭后有约会，也不多劝吃酒，狼吞虎咽地吃起水饺来，只偶尔谈一下武艺和金创膏药。看看水饺将尽，刘体纯显然尚未吃饱，宋献策赶快又要了十个猪肉大包。晚饭已毕，宋献策掏钱会账。刘体纯只道声谢，并不争着开钱。二人走到小山货店街南口，一拱手，分道而去，都消失在黄昏后的灯火与人流之中。

二更过后，宋献策才回鹁鸽市的寓所。关于营救牛金星的事，经过几天来的奔走，已经有了眉目。看起来减轻定罪不难，只是至少得花费几百两银子。这天夜里，献策在床上精神振奋，想了许多问题，几乎彻夜不眠。他虽然听说李自成很礼遇牛金星，但没有想到对他如此看重和凭信，特意派人从商洛山中来开封找他，以搭救牛金星的事相托。今天是他第一次同堂堂正正的起义军发生接触。这件事在他的心中激起来巨大波澜。刘体纯的名字他过去未曾听说，想来必是一员无名小将。但这个无名小将不但露出的一两手武艺看来很不平常，尤其他的沉着机智，落落大方，出言得体，处处都使宋献策感到意外。刘体纯和那个小伙计的影子总在他的眼前晃。他在心中赞叹说：“可见李自成手下人才济济！”忽然，一个半年来百思不解的重大问题出现在他的心上，竟然同李自成连

① 当铺——明末到清代中叶，有些山西商人开设的大当铺兼营汇兑业务。后来出现了票号和钱庄，经营汇兑。银行到清末和民国初年才出现。

在一起了。

当半年前到太原送朋友袁潜斋的灵柩回江南时，这位亡友的妻子取出一个用绸子包着的、一直珍藏在箱子中不让人见的古抄本《推背图》残本，说是潜斋临死前特意嘱咐留交给他，不可随便泄露天机。从纸料看来，可以断定是五代或北宋初年抄本。宋献策对于袁天纲和李淳风①是十分信仰的，遗憾的是多年来他游历各地，遍访江湖异人，想找一部古本《推背图》而杳不可得。原来这《推背图》是伪托袁天纲和李淳风共同编写的预言书，每页有图，有诗，意思在可解不可解之间。据说当编完第十六图时，袁推推李的脊背说"可以止了"，所以书名就叫《推背图》。唐末藩镇割据，演变为五代十国，在这个军阀混战时期，每一个想争夺天下的人都想利用《推背图》蛊惑人心，宣传自己是上膺天命，见于图谶，就把这部书加以修改。赵匡胤夺到天下以后，一方面他自己要利用这部书，加进去对自己有益的图谶，一方面又要防止别人再利用它，就颁发了一部官定本《推背图》，而把各种版本统统禁止。但是，正如他不能取消阶级斗争和政治斗争一样，这本书他怎么能禁止得住呢？依然不断有新的修改本在民间出现，暗中传抄。宋献策从亡友手中所得到的残抄本上，画着一个人踞坐高山，手执弓箭，山下有一大猪，上骑一美人，中箭倒地而死。这幅图像的题目是坎上离下的八卦符号，即☵☲，下缀"既济"二字。"既济"是古《易经》中的一个卦名，也就是坎上离下的卦。按照古人解释，坎是水，离是火，这个卦表示水火相交为用，事无不济，也就是无不安定。图像下写着三言四句诗谶：

红颜死，
大乱止。
十八子，
主神器。

① 袁天纲和李淳风——他们都是隋末唐初人，受知于唐太宗。前者仅以占卜看相出名，后者除占卜外精于天文、历算。

谶后又有四句七言颂诗：

龙争虎斗满寰区，
谁是英雄展霸图？
十八孩儿兑上坐，
九州离乱李继朱。

倘若遇到一个熟悉历史而头脑冷静、不迷信“图谶”的人，很容易看出来这是李存勖僭号以前，他的手下人编造的一幅图谶。李存勖是李克用的儿子，也就是历史上有名的后唐庄宗。李克用一家本是沙陀族的人。克用的父亲帮助唐朝镇压庞勋起义，赐姓李氏；克用又帮助唐朝镇压黄巢起义，受封晋王，割据太原和西北一带。克用死后，存勖袭封晋王，势力更强。当时朱全忠篡了唐朝江山，国号梁，史称后梁，建都开封，后迁洛阳。李存勖一心想“取而代之”，所以他的手下人就造了这幅图谶。谶语中所说的“红颜死”，影射朱氏灭亡；所说的“十八子，主神器”，影射晋王李氏应当做皇帝。但兑是西北方，太原在洛阳的正北，方位不合。无奈这一句为唐末以前流传的诸本所共有，指唐朝建都长安而言，人尽皆知，只好保留，而着重用伪造的第四句写明“李继朱”。在封建社会中作为政治斗争工具的《推背图》，经过五代、南北宋、金、元和明初几百年，人们又编造许多新的图谶，删掉了一部分图谶，这一幅却在一种稀见的抄本中保留下来，在民间秘密流传。《推背图》每经过一次增删，次序就重新编排一次。五代的时间短促，事情纷乱，离明朝又远，所以到了明朝初年，民间对五代的历史已不很清楚，更不会引起关心，人们关心的只是压在他们头上的朱明皇朝。因为有这样情形，加上人们看见诗句中有“李继朱”三个字，就把这幅图谶的位置排列在有关明朝的几幅之后。永乐年间，朱元璋的第十八个儿子朱楒①迷信“十八子，主神器”一句话，阴谋叛乱。成化

① 朱楒——封谷王，本是朱元璋的十九子，因朱元璋的第九子朱杞只活了两岁，所以他不把朱杞算在内，自认为是十八子，与谶书相合。

年间，有一个叫做李子龙的人，十分迷信“李继朱”这三个字，以为自己上膺“天命”，合当夺取朱家天下，就勾结一个太监打算入宫刺杀皇帝，宣布自己登极。密谋泄露，这个糊涂家伙和他的一伙人都被杀了。从那以后，凡有这幅图谶的《推背图》都被称为妖书，有收藏的就算是大逆不道，一被告发，满门抄斩。但人民痛恨朱明皇朝，惟恐天下不乱。百年以前，有人在一个深山古寺的墙壁中发现了有这幅图谶的《推背图》，将它转抄在旧藏北宋白麻纸上，封面用黄麻纸，题签上不写“推背图”三个字，却写着“谶记”，以避一般人的眼睛。书名下题了两行小字：“秘抄袁李两先生真本，天机不可泄露。”这个本子不但骗住了袁潜斋，也骗住了宋献策，竟然使他们都相信是个真本。半年来他一直在揣猜这位“十八子”和“十八孩儿”指的什么人，现在好像猛然恍悟：这也许就是李自成！那么“兑上坐”怎么解释呢？平时他对《推背图》上的话也不完全相信，他之所以珍藏这个旧抄本，多半是因为他认为这本《谶记》对他可能十分有用。现在由于那幅图谶同李自成的姓氏偶然相合，尤其是关联着他自己的出路和半生抱负，以及他认定朱明江山必亡，所以开始相信那预言指的是李自成要坐江山。他何曾知道，李存勖当日伪造这幅图谶时，所谓“十八孩儿兑上坐”一句话在地理方位上不对头，放在李自成身上就更不通了。他苦于不得其解，就勉强解释为指李自成出生米脂，米脂是在北方，而不管那个“坐”字指的是坐江山，并非指的出生，而米脂在京城的西方，不能称为“兑方”。他个人的政治抱负和强烈的主观愿望使他这个聪明人物将“兑上坐”解释得驴头不对马嘴，而不自觉其可笑。由于这幅图谶中还有“十八子，主神器”一句话和“李继朱”三个字，从字面上看十分明确，纵然宋献策也感到“兑上坐”很不好解，却对李自成将夺取朱家江山这件事越想越增加信心（生在明末的封建士大夫们，因“李继朱”三个字太刺眼，讳而不谈）。

宋献策本来是一个精神健旺、胸怀开朗的人，很少有失眠情形。今晚因为出现的事儿太不寻常，太使他感到兴奋，加上他想的问题太多,竟没有一点瞌睡了。

十年以来,宋献策走过了很多地方,广交三教九流人物,留心察看朝廷和全国各种情况,愈来愈看清明朝的江山不会支撑多久,用他的语言说就叫做“气运已尽”。他是一个喜欢纵横之术的策士派人物,自认为隐于星相卜筮,待机而动,梦想着能够“际会风云”,随着所谓“上膺天命”的真英雄干一番轰轰烈烈的事业。他现在很敬佩牛金星识虑过人,能够识英雄于败亡困厄之中。他自己也仿佛开始看见远处有一点亮光。

他和牛金星出身不同,经历不同,但是因为都对当今世道和自己的现况不满,有近似的抱负,并有近似的奔放不羁的性格,所以就成了知己朋友。十天前他从江南回到开封,去巡抚衙门看一位管文案的熟人,听到牛金星在卢氏县吃官司的详细本末。他当时大吃一惊,想着牛金星在省城并无一个有力量的至亲好友,便决定由他自己出面奔走,第一步尽力将金星的死刑减为流、徒,保全性命。这完全是出于对朋友的江湖义气,并没有往李自成的身上多想。今晚的情况突然不同了。他开始去想,倘若李自成确实应了图谶,那么,牛金星日后就会是一位了不起的开国功臣。他反过来又想,以牛金星那样的有学问,有见识,倘若李自成是一个泛泛的草莽英雄,他何必在自成溃败之后前去投他?既然牛金星在他于潼关南原大败之后去商洛山中投他,足见他是个非凡之人。

他越想越使他心情增加兴奋。他想,几天来奔走营救牛金星的事不仅做得很对,而且不料竟使他同李自成在暗中牵上了瓜葛。

在遇到李信之前,他对于如何筹措一笔款子营救牛金星是深感吃力的,曾打算去杞县一趟向李信求助。现在既然李信来到开封,他可以不发愁了。他决定不用李自成一两银子,使这位“名应图谶”的英雄对他更加尊重。

鹁鸽市离鼓楼很近。每交几更,鼓楼上敲几下鼓声,全城都能听见。宋献策在床上数着三更、四更、五更。五更的鼓声刚停,大相国寺的钟声就锵然而鸣,声音洪亮而清越,散满百万人口的汴梁城，并且向四郊传去。今天不逢节气，也不是初一、十五，只因连日为禳灾祈雨做法事，每早都撞大钟。开封人传说这钟声在霜天的早晨听得最远，所以把“相国霜钟”列为汴梁八景之一。如今正是九月深秋，五更寒意侵人。献策披衣而起，开门仰视，星斗稀疏，残月在天，瓦上有淡淡白色，不知是薄霜还是月光，只觉得钟声比平日格外响亮，也格外好听。他点上灯，匆匆漱洗，为牛金星的官司再卜一课，是个好课，心中越发高兴，随即坐在灯下观看兵书。

早饭后，宋献策换上一身玄色汴绸夹道袍，内套丝绵坎肩，出鹁鸽市，穿过第四巷，从鄢陵王府的东边走上宋门大街，望着李信的住处走去。

开封城有两个东门：在北边的叫大东门，因为是通往曹州府的大道，所以俗称曹门；在南边的是小东门，因为是通往归德府的大道，而归德是古宋国所在地，所以俗称宋门。要往陈留、杞县、太康、睢州各地，也出宋门。李信的家在开封城内有三处生意，开设在宋门大街东岳庙附近的是一个酱菜园，字号菜根香。他每次来开封都住在这个酱菜园内，一则取其来回杞县方便，二则当时重要衙门多在西半城，他有意离远一点，避开同官场往来太多。

菜根香的掌柜的、账先儿、站柜的伙计们，差不多都认识宋献策。一见献策来到，一齐赔笑相迎。掌柜的一面施礼让座，一面派小伙计入内禀报。不一会儿，从里边跑出一个仆人，垂手躬身说“请”，于是仆人在前引路，宋献策起身往里走去。到了二门，二公子李侔已经走出相迎。他是一个二十多岁的青年，从外表看，风流洒脱略似李信，只是身材比李信略矮。他一面拱手施礼一面赔笑说：“失迎！失迎！”献策赶快还礼，随即拉住李侔的手说：

“二公子，去年弟在京师，听说二公子中了秀才，且名列前茅①，颇为学台赏识，实在可贺可贺。”

① 前茅——据说春秋时代楚国军队在作战时以茅草为标志，引导军队向前。因此，在科举时代，人们把榜上名字在前的称为名列前茅。

李侔说："小弟无意功名，所以一向不肯下场。去年因同学怂恿，不过逢场作戏，偶尔得中，其实不值一提，何必言贺。"

献策又笑着说："二公子敝屣功名，无意青云，襟怀高旷，犹如令兄。然乡党期望，师友鞭策，恐不许二公子恬退自守。今年己卯科乡试，何以竟未赴考？"

"天下扰攘，八股何能救国？举业既非素愿，故今年乡试也就不下场了。"

宋献策哈哈大笑说："果然不愧是伯言公子之弟！"

他们边说边走，不觉已穿过三进大院落，来到一个偏院，有假山鱼池，葡萄曲廊，花畦中秋菊正开，十分清静幽雅。坐北朝南有三间花厅，为李信来开封时下榻与读书会友之处；上悬李信亲书匾额"后乐堂"，取范仲淹名句"先天下之忧而忧，后天下之乐而乐"的意思。李侔将献策让进后乐堂，让座已毕，说道：

"家兄因今早汤太夫人偶感不适，前去问候，马上即回。与老兄一别三载，家兄与小弟时在念中，却不知芳踪何处，有时听说兄遨游江南，有时又听说卖卜京师。老兄以四海为家，无牵无挂，忽南忽北，真可谓'逍遥游①'了。"

献策说："惭愧！惭愧！说不上什么'逍遥游'，不过是一个东西南北之人耳。"

"江南情形如何？"

"江南如一座大厦，根基梁柱已朽，外观仍是金碧辉煌，彩绘绚丽。没有意外变故也不会支持多少年；倘遇一场狂风暴雨，必会顷刻倒塌，不可收拾。"

"江南情形亦如此可怕么？难道一班士大夫都不为国事忧心忡忡么？"

"目下江南士大夫仍是往年习气，到处结社，互相标榜，追名逐利。南京秦淮河一带仍是花天酒地，听歌狎妓。能够关心大局，以国事为念的人，千不抽一。那班自命风雅的小名士，到处招摇，日

---

① 逍遥游——原是《庄子》中的一个篇名，此处借用。

夜梦想的不过是‘坐乘轿，改个号①，刻部稿，娶个小’。俟大公子回来，弟再详细奉闻。”

“如此甚好，家兄感念时事，常常夜不成寐。我们总以为北方已经糜烂，南方尚有可为。如兄所言，天下事不堪问矣。”李侔叹口气，又说：“今日略备菲酌，为兄洗尘，已经派仆人们到禹王台准备去了。”

献策忙说：“实在不敢，不敢。怎么要在禹王台？”

“有几位知己好友，昨晚来说，重阳节虽然过去，不妨补行登高，到禹王台赋诗谈心。家兄想着这几位朋友都是能谈得来的，所以就决定在禹王台为兄洗尘，邀他们几位作陪。”

献策说：“啊呀，这怕不好。我平生不善做诗，叨陪末座，岂不大杀风景？”

李侔笑着说：“不要你做诗，只要你谈谈江南情形就好。”

宋献策和李侔随便谈着闲话，等候李信。这个后乐堂他从前来过几次，现在他打量屋中陈设，同三年前比起来变化不大，只是架上多了些“经济”之书。三年前朋友们赠送他的几部《闱墨选胜》、《时文精髓》、《制义正鹄》之类八股文选本，有的仍放在书架一角，尘封很厚，有的盖在酒坛子上，上边压着石头。墙上挂着一张弓、一口剑、一支马鞭。献策平生十分爱剑，就取下来抽出一看，不禁点头叫道：

“好剑！好剑！”

李侔笑道：“家兄近两三年来常住乡下，平日无他嗜好，就是爱骏马、宝剑、经世有用之书。上月来汴，除买了一车书运回乡下，还花了一百五十两银子买了一口好剑。”

“什么宝剑这样值钱？”

“一家熟识的缙绅之家，子孙不成器，把祖上留下的好东西拿出去随便贱卖。这是宋朝韩世忠夫人梁红玉用的一口宝剑，柄上

① 改个号——封建时代，文人们除有表字之外，还有别号。一个人可以有几个别号。有别号表示风雅。

有一行嵌金小字:‘安国夫人梁’。据懂得的人说,这口古剑倘若到了古玩商人之手,至少用三百两银子方能买到。”

“这口宝剑现在何处?快请取出来一饱眼福。”

“家兄买到之后,想着这原是巾帼英雄之物,就派人送给红娘子。谁知红娘子怕留下这口宝剑在身边容易惹祸,退了回来。后来趁着派仆人往乡下运送书籍,将这口宝剑也带回杞县去了。”

“啊,啊,无缘赏鉴,令人怅惘!说起红娘子,听说她近来轰动一时,可惜我回大梁晚了几天,她已经往归德府卖艺去了。既然令兄如此看重,必定色艺双绝,名不虚传。”

“献策兄,近三年来你不常在河南,不怪你对红娘子不甚清楚。红娘子虽然长得不丑,但对她不能将色艺二字并提。讲到艺,红娘子不仅绳技超绝,而且弓马娴熟,武艺出众。关于这些,弟不用细说,将来仁兄亲眼看见,定会赞不绝口。家兄之所以对她另眼相待,不仅因为她武艺甚佳,更因为她有一副义侠肝胆。遇到江湖朋友困难,她总是慷慨相助。手中稍有一点钱,遇到逃荒百姓便解囊救济。所以江湖上和豫东一带百姓提到红娘子无不称赞。可是有些人总把她当做一般绳妓,在她的身上打肮脏主意。其实,她原是清白良家女子,持身甚严,并非出身乐籍①,可以随便欺负。去年敝县知县的小舅子和一个缙绅子弟想加以非礼,被她打了一顿,几乎酿出大祸。幸而家兄知道得快,出面转圜,她方得平安离开杞县。从那次事情以后,她对家兄十分感激,家兄也常常称赞她不畏强暴。”

献策忙问:“昨日闻令兄谈到上月红娘子又出了一点事,可是什么事?”

李侔问:“商丘侯家的几个公子你可知道么?”

“你说的可是侯公子方域?”

李侔正要回答,一个仆人跑来禀报陈老爷到,随即看见一位三十多岁的瘦子迈着八字步跨进小院月门。李侔赶快出厅相迎。来

① 乐籍——籍隶官府的各类妓女,即官妓,统称乐籍。

客随便一拱手，笑着说道：

“我是踢破尊府门槛的人，算不得客，所以不等通报就闯了进来。德齐，伯言何在?”

“家兄因事往汤府去了，命小弟恭候台驾。请大哥稍坐吃茶，家兄马上就回。”

来客走上台阶，见一矮子在门口相迎，赶快向矮子一拱手，刚问了一声“贵姓?”李侔忙在一旁介绍说：

“这位就是家兄昨晚同大哥谈到的那位宋献策先生。”又转向献策说：“这位是陈留县陈举人，台甫子山，是家兄同窗好友，也是我们的诗社①盟主。”

二人赶快重新见礼。陈子山也是洒脱人，不拘礼节，拉着献策说：

“久闻宋兄大名，今日方得亲聆教益。弟原来以为老兄羽扇纶巾，身披鹤氅，道貌清古，却原来是晏平仲②一流人物；衣着不异常人，惟眉宇间飒飒有英气耳。”说毕，捻须大笑，声震四壁。

李侔觉得陈子山有点失言，正怕献策心中不快，而献策却跟着大笑，毫不介意地说：

“愚弟只是宋矮子，岂敢与晏婴相比！”

正谈笑间，一个仆人来向李侔禀道：“大公子命小人来禀二公子，大公子在汤府有事，一时尚不能回来。他说倘若宋先生与陈老爷已经驾到，请二公子陪同前往禹王台，大公子随即赶到。另外的几位客人，恐怕已经去了。”

李侔听说，立刻命套一辆轿车，鞴一匹马。他让宋献策同陈举人坐在轿车上，自己骑马，带着两个仆人出宋门而去。当他们从演武厅旁边经过时，看见低矮的围墙里边有一千左右官军正在校场

---

① 诗社——明末士大夫结社之风甚盛，其中少数有政治色彩，而多数只是附庸风雅的诗社、文社。

② 晏平仲——姓晏名婴，字仲，死后谥平，故后人称他为晏平仲。他是春秋时代的著名政治家，曾为齐相多年，著有《晏子春秋》一书。晏婴是个矮子，故陈举人说宋献策是晏婴一流人物，既是捧场，也是开玩笑。

操练,很多过路百姓站在墙外观看。宋献策一扫眼看见昨天在州桥附近遇到的那个玩猴儿的后生也挤在人堆中看,嘴角似乎带有鄙视的笑容。他的心中突然冒出来一个疑问:他怎么不在街巷里玩猴儿赚钱,倒站在这里闲看?

第十八章

从汤府出来，李信骑着马，带着两个仆人，一名马夫，也不回家，直往宋门走去。虽然秋收刚毕，但开封街道上到处是逃荒的，扶老携幼，络绎道旁。差不多家家门口都站有难民在等候打发，哀呼声此起彼落，不绝于耳。李信两三天来见开封城内的灾民比一个月前多得多了，想着到冬天和明年青黄不接的大长荒春，惨象将不知严重到何等地步，将不知有多少人饿死道旁。这豫东一带在全省八府十二州一百单六县中，战乱还算比较少的，天灾也还算比较轻的，如今也成了这样局面，茫茫中原，已经没有一片乐土！万一再有人振臂一呼，号召饥民，中原大局就会不堪收拾。为着朝廷，也为着他自己，他都不希望中原大乱。现在他一边往宋门走一边心中忧愁，脸色十分沉重。

刚出宋门，过了吊桥，看见十字路口聚了一大堆人。他策马走近一望，看清楚是一个小商人在狠狠地打一个骨瘦如柴的逃荒孩子，为的这孩子从他的手中抓了一个烧饼就跑。这孩子已经被打得鼻口流血，倒卧地上，他还在一边用脚踢一边骂道："你装死！你装死！老子要打得叫你以后不敢再抢东西吃！"李信喝住了这个商人，跳下马来，分开众人，走近去看看地上的逃荒孩子，抬起头来严厉地瞪了商人一眼，说道："为着一个烧饼你用着生这么大的气？他瘦得不成人形，经得住你拳打脚踢？打出了人命你怎么办？"商人看看李信的衣服和神气，又见他骑着高头大马出城，跟着仆人和马夫，吓得不敢说话，从人堆中溜走了。李信又看看地上的孩子，不过十三四岁，讨饭用的破碗被打得稀碎，一只手拿着打狗棍，一只手紧紧地攥着已经咬了两口的烧饼，睁着一双眼睛望他，好像又怕他，又感激他的救命之恩。李信问他是哪里人，才知道他是从杞县逃荒出来的，居住的村庄离李信的李家寨只有二十里远近。李信随即命仆人将这个孩子扶到路北关帝庙门口坐下，替他买碗热汤和两个蒸馍充饥，再替他买一个讨饭的黑瓦碗。

这时大批人把十字街口围得密不通风，有爱看热闹的小商小贩，过路行人，也有成群的逃荒难民拥来。这群难民中有好些是杞县人，还有人曾经见过李信。人场中马上传开了，都知道他就是一连两年来每年冬、春设粥厂和开仓放赈的李公子。难民老的、少的、男的、女的，挤到前边，愈来愈多，把他团团围住。有的叫着："李公子你老积积福，救救我们！"有的伸出手等他打发。刹那之间，在他的面前围了一大片。李信身上只带了二三两散碎银子，掏出来交给一个仆人，叫他买蒸馍烧饼，每人打发两个，对年老的和有病的就另外给几个黄钱，让他们能买碗热汤。吩咐一毕，他就分开众人，准备上马离开。当他刚从马夫手中接过马缰时，忽然听见人群中有谁小声问道：

"这是哪位李公子？"

另一个声音答道："是杞县李信。他老子李精白曾做过山东巡抚，首先替魏忠贤建生祠，十分无耻，后来又挂了几天什么尚书衔。今上登极，魏阉伏诛，李精白以'又次等'定罪，不久也病死了。此人因系阉党之子，不为士林所重，故专喜赈济饥民，打抱不平，做些沽名钓誉的事，笼络人心。"

李信听毕，猛地转过头去，恨不得三拳两脚将这两个谈论他的人打死。这时看热闹的人正在散开，不少人边离开边回头看他。人群中有两个方巾儒生背着手缓步向吊桥而去，并不回顾。他猜想必是这两个人中间的一个对他恶意讥评，但是他想起来《留侯论》中的几句话①，忍了一口气，跳上马，抽了一鞭，向南扬长而去。

---

① 《留侯论》中的几句话——《留侯论》是苏轼的一篇散文，此处指下边几句："古之所谓豪杰之士者，必有过人之节。人情有所不能忍者，匹夫见辱，拔剑而起，挺身而斗，此不足为勇也。天下有大勇者，猝然临之而不惊，无故加之而不怒，此其所挟持者甚大，而其志甚远也。"

他本来心中就很不愉快，这个人的话更狠狠地刺伤了他。国事和身世之感交织一起，使他对世事心灰意冷，连往禹王台的兴趣也顿觉索然。当天启三年，东林党人开始弹劾魏忠贤的时候，他父亲李精白在朝中做谏官，也是列名弹劾的一人。不知怎么，李精白一变而同阉党暗中勾结，三四年之内就做到山东巡抚。天启末年，全国到处为魏忠贤建立生祠。李精白首先与漕运使郭尚友在济宁为魏阉建昭忠祠，随后又在济南建隆喜祠，所上奏疏，对魏忠贤歌功颂德，极尽谄谀之能事，确实无耻得很。当时谄事阉党，不仅地主阶级的读书人都认为无耻，连一般市民也很憎恨。一年前阉党以天启皇帝名义派锦衣旗校到苏州逮捕人，曾激起数万市民骚动，狠打锦衣旗校，当场打死一人。至于替魏忠贤建立生祠，更被人们认为是“无耻之尤”。当李精白在山东替魏忠贤建生祠时候，李信住在杞县乡下，得知这事，立刻给父亲写信苦谏，劝父亲以千秋名节为重，赶快弃官归里。但是李精白的大错已经铸成，不能挽回。李信气得哭了几天，避不见客，恨不得决东海之水洗父亲的这个污点。魏忠贤失败之前，升李精白为兵部尚书衔，以酬谢他首建生祠之功。由于李信苦谏，李精白称病返乡，同时和阉党的关系也稍稍疏远。不久崇祯登极，诛除阉党，因知李精白与阉党交结不深，将他从轻议罪，判为徒刑三年，“输赎为民”了事。李信在二十岁那年，中了天启七年丁卯科举人，由于家庭关系，绝意仕途，不赴会试。明末士大夫间的门户成见和派系倾轧，十分激烈。李信尽管有文武全才，却因为他父亲名列阉党，深受地方上缙绅歧视。特别是杞县离商丘只有一百多里，本县缙绅大户不少与商丘侯家沾亲带故，互通声气。侯家以曾经名列东林，高自标榜。凡是与侯家通声气的人，更加歧视李信。李信愈受当权缙绅歧视，愈喜欢打抱不平，周济穷人，结交江湖朋友和有才能的“布衣之士”。歧视他的人们因他立身正派，抓不到什么把柄，又因他毕竟是个举人，且是富家公子，更有些有力量的亲戚朋友，对他莫可如何。李信见天下大乱，很爱读“经世致用”的书。他对国家治乱的根本问题看得愈清，愈讥笑那班只知征歌逐酒、互相标榜的缙绅士大夫，包括侯公子方域在内，不过是“燕雀处于堂上”[①]罢了。如今他因周济了一群逃荒难民，被人恶言讥评，揭出他父亲是阉党这个臭根子，使他十分痛苦和愤怒，但也无可奈何。

从宋门去禹王台要从大校场的东辕门前边过，这条路也就是通往陈留、杞县、睢州、太康和陈州等地的官马大道。现在有成群结队的难民在这条路上走着，也有倒卧路旁的。李信触目惊心，不愿多看，不断策马，一直跑到禹王台下停住。一个仆人已经在这里张望多时了。

禹王台这个地方，相传春秋时晋国的音乐家师旷曾在此审音，所以自古称做古吹台。到了明朝，因将台后的碧霞元君庙改为禹王宫，所以这地方也叫做禹王台。禹王台的西边有一高阁，上塑八仙和东王公，名为九仙堂。这九仙堂背后有座小塔，塔后有井一眼，水极甘洁，名叫玉泉。围绕玉泉有不少房子，形成一座院落，称为玉泉书院。实际上并无人在此讲学，倒成了大梁文人诗酒雅集的地方。这时重阳已过去十天了，西风萧瑟，树叶摇落，禹王台游人稀少。道士们因为今日是杞县李公子和陈留陈举人在此约朋友饮酒做诗，一清早就把玉泉书院打扫得一干二净，不让闲人进去。

李信因宋献策才从江南回来，原想今日同他在后乐堂中畅谈天下大事。后因晚上陈子山同几位社友去找他，一定要在今天来禹王台补行登高，他不好拒绝，只好同意。这几个社友除陈子山是个举人外，还有两个秀才和三个没有功名的人。这班朋友有一个共同之点，就是深感到国事不可收拾但又无计可施，在一起谈到国事时徒然慷慨悲歌，甚至常有人在酒后痛哭流涕。李信喜欢同他们亲近，加入他们的诗社。但有时心中也厌烦这班人的空谈无用。当李信随着仆人走进玉泉书院时，社友们已经等候不耐，停止高谈

---

① 燕雀处于堂上——这是《孔丛子》中一个著名的比喻，原文是：“燕雀处堂，子母相哺，煦煦然其相乐，自以为安矣。灶突炎上，栋宇将焚，燕雀颜不变，不知祸之及己也。”

阔论,开始做诗填词。

陈子山一见他就抱怨说:“伯言,汤府里什么事把你拖住了?你看,已经快近中午,我们等不着你,已经点上香,开始做诗。今日不命题,不限韵,不愿做诗的填词也行,可必须有所寄托,有‘兼济天下’之怀,不可空赋登高,徒吟黄花,寄情闲适。目今天下溃决,沧海横流,岂‘悠然见南山’之时耶?……快坐下做诗!什么事竟使你姗姗来迟?”

李信赔笑说:“汤母偶感不适,弟前去问安。谁知她老人家因官军两月前在罗猴山给张献忠打得大败,总兵张任学已经问罪;左良玉削职任事,戴罪图功;熊文灿也受了严旨切责,怕迟早会逮京治罪。舍内弟在襄阳总理衙门做官,也算是熊文灿的一个亲信。汤母很担心他也会牵连获罪,十分忧虑,所以弟不能不在汤府多留一时,设法劝慰。来的时候,在宋门外又被一群逃荒的饥民围住,其中有不少是咱们陈留、杞县同乡,少不得又耽搁一刻。劳诸兄久候,恕罪恕罪!”

陈子山说:“你快坐下来做诗吧,一炷香三停已经灼去一停了。”

“子山别催我急着做诗,先让我同宋先生谈几句话。怎么,宋先生何在?”

“宋先生同我们谈了些江南情形,令人感慨万端。他过于谦虚,不肯做诗,找老道士闲谈去了。”

李信立刻去禹王台找到宋献策,携手登九仙堂,凭栏眺望一阵,说道:

“献策兄,我本来想同足下畅谈天下大事,恭聆高见,可惜诸社友诗兴正浓,且此间亦非议论国事地方,只好下午请移驾寒斋赐教。昨日兄云有一事须弟帮忙,可否趁此言明,以便效劳?”

献策笑着说:“大公子有一乡试同年,姓牛名金星字启东,可还记得?”

“自从天启七年乡试之后,十二年来我们没再见面。去年弟来开封,遇到一个卢氏县人,听说他同人打官司,坐了牢,把举人功名也弄丢了。上月听说他怎么投了李自成,下在卢氏狱中,判了死刑,详情却不知道。一个读书人,尽管郁郁不得志,受了贪官豪绅欺压,也不应该去投流贼。足下可知道他犯的是不赦之罪么?”

“弟知道得很清楚。牛启东从北京回来,绕道西安访友不遇,转回卢氏。李自成对他十分仰慕,且对他的遭遇十分不平,趁他从商州境内经过,出其不意,强邀而去。牛启东费了许多唇舌,才得脱身回家。地方士绅对启东素怀忌恨,知县白楹又想以此案立功,遂将启东下狱,判成死罪,家产充公。可惜启东一肚子真学问,抱经邦济世之志,具良、平、萧、曹①之才,落得这样下场!”

“我也知道他很有才学,抱负不凡,不过我听说他确实投了李自成,回来窃取家小,因而被获。”

献策笑一笑,说道:“且不论公子所听说的未必可信,即令确实如此,弟也要设法相救。目今四海鼎沸,群雄角逐,安知启东的路子不是走对了?”

李信大惊:“老兄何出此言?”

献策冷静地回答说:“公子不必吃惊。弟细观天意人事,本朝的日子不会久了。”

“天意云何?”

“天意本自人心,公子何必下问?”

“不,此处并无外人,请兄直言相告。”

“弟只知近几年山崩地震、蝗旱风霾,接连不断。加之二日摩荡,赤气经天,白虹入于紫微垣,帝星经常昏暗不明。凡此种种,岂是国运中兴之兆?况百姓水深火热,已乱者不可复止,未乱者人心思乱。大势如此,公子岂不明白?”

李信心思沉重地说:“弟浏览往史,像山崩地震之类灾害,在盛世也是有的,不足为怪。弟从人事上看,也确实处处尽是亡国之象,看不出有一点转机。不过,今上宵衣旰食,似非亡国之君。”

① 良、平、萧、曹——佐刘邦定天下的张良、陈平、萧何、曹参。

"这是气运,非一二人之力可以挽回。况今上猜忌多端,刚愎自恃,信任宦官,不用直臣,苛捐重敛,不惜民命。国事日非,他也不能辞其咎。如今国家大势就像一盘残棋,近处有卧槽马,远处有肋车和当头炮,处处受制,走一着错一着。今上头疼医头,脚疼医脚,心中无主,步法已乱。所以败局已定,不过拖延时日耳。"

李信毕竟是世家公子,尽管他不满现实,同地方当权派有深刻矛盾,但是他和他的家族以及亲戚、朋友,同朱明皇朝的关系错综复杂,血肉相连。因此,他每次同朋友谈到国事,谈到一些亡国现象,心中有愤慨,有失望,有痛苦,又抱着一线希望,十分矛盾。现在听了宋献策说出明朝亡国已成定局的话,他的情绪很受震动,默然无言。过了一阵,他才深深地叹口气,说:

"天文,星变①,五行之理,弟不很懂,也不十分信。古人说:'天道远,人道迩。'②弟纵观时事,国势危如累卵。诚如老兄所言,目前朝廷走一着错一着,全盘棋越走越坏。国家本来已民怨沸腾,救死不暇,最近朝廷偏又加征练饷七百三十万两,这不是饮鸩止渴么?目前大势,如同在山坡上放一石磙,只有往下滚,愈滚愈下,势不可遏,直滚至深渊而后已。皇上种种用心,不过想拖住石磙不再往下滚,然而不惟力与愿违,有时还用错了力,将石磙推了一把。石磙之所以愈滚愈下者,势所必然也。以弟看来,所谓气运,也就是一个积渐而成的必然之势,非人力所能抵拒。老兄以为然否?"

献策点头说:"公子说气运即是一个必然之势,此言最为通解。但星变地震,五行灾异,确实关乎国运,公子也不可不信。弟与公子以肝胆相照,互相知心,故敢以实言相告。倘若泛泛之交,弟就不敢乱说了。"

李信虽然也看清楚明朝已经如"大厦将倾",但是他的出身和宋献策不同,既害怕也不愿亲眼看见明朝灭亡。沉默片刻,他忧心

---

① 星变——星星的不平常现象。这类不平常现象在今天很容易用科学道理解释,在古代却看做是上天所给的某种预兆和警告。

② 天道远,人道迩——意思是"天道"是渺茫难信的,"人道"(人事)是近在眼前,容易懂得的。

忡忡地说：

“献策兄，虽然先父晚年有罪受罚，但舍下世受国恩，非寒门可比。眼看国家败亡，无力回天，言之痛心。……就拿弟在敝县赈济饥民一事说，也竟然不见谅于乡邦士绅，背后颇有闲言。”

献策问：“这倒是咄咄怪事！弟近两三年萍踪无定，对中州情形有些不大清楚。大公子在贵县赈济饥民的事，虽略有所闻，却不知有人在背后说了什么闲话。”

李信勉强一笑，说：“弟之所以出粮救灾，有时向大户劝赈，不过一则不忍见百姓流离失所，饿死道路，二则也怕穷百姓为饥寒所迫，铤而走险。如今世界，好比遍地堆着干柴，只要有一人放火，马上处处皆燃，不易扑灭。可恨乡邦士绅大户，都是鼠目寸光，只知敲剥小民，不知大难将至，反说弟故意沽名钓誉，笼络人心，好像有不可告人的心思。可笑！可笑！从朝廷官府到乡绅大户，诸般行事都是逼迫小民造反，正如古人所说的，‘为渊驱鱼，为丛驱雀’！”

宋献策低声说：“是的，朝野上下，无处不是亡国之象。目前这局面也只是拖延时日而已。”

李信叹口长气，深锁眉头，俯下头问：“你看，还可以拖延几年？”

“不出十年，必有大变。”

李信打量一下献策的自信神色，然后凭栏沉思。国事和身家前途，种种问题，一古脑儿涌上心头，使他的心头更加纷乱，更加沉重。过了一阵，他重新望着献策，感慨地说：

“既然本朝国运将终，百姓涂炭如此，弟倒愿早出圣人[①]，救斯民于水深火热之中。”他把声音压得很低，凑近宋献策的耳朵问道：“那么，新圣人是否已经出世？”

宋献策微微一笑，说：“天机深奥，弟亦不敢乱说，到时自然知道。”

李信正要再问，忽然有人在楼下叫道：“伯言！伯言！”他吓了

① 圣人——古人把皇帝也称做圣人。此处系指开国君主，救世主。

一跳，把要说的话咽下肚里，故意哈哈大笑。陈子山随即跑上楼来，说道：

"伯言，香已经剩得不多了，大家的诗词都交卷了，你今日存心交白卷么？快下楼吧，咱们诗社的规矩可不能由你坏了！"

"子山，我今天诗兴不佳，向你告个假，改日补做吧。我同献策兄阔别多日，有许多话急于要谈。"

"旧雨[①]相逢，自然会有许多话要谈。但此刻只能做诗，按时交卷，别的社友不做诗尚可，你不做诗，未免使今日诗酒高会减色。做了诗，晚上回去，你可以同献策兄做通宵畅谈，岂不快哉？走吧，香快完啦！"

李信和宋献策都确实有很多话要谈，特别是关于牛金星的事献策急于得李信帮助，才仅仅提个头儿。他们都觉得陈子山来得不是时候，但也无可奈何，只好相视一笑，随陈子山一同下楼。

一炷香果然只剩下四指长，日影已交中午了。李信把社友们的新作看了看，最后拿起李侔的五言排律，感到尚不空泛，随手改动了几个字。他平日本来就忧心时势，苦恼万分，刚才宋献策的话又给他的震动太大，使他一时不能够静下心来。他走到院中，背着手走来走去。别人都以为他在为诗词构思，实际上他是想着天下大势和他的自身前途。明朝可能亡国，这问题他早有所感。方才同宋献策在九仙堂楼上短短交谈，使他更加相信明朝的"气运将终"。此刻他不禁心中自问："既然天下大乱，明室将亡，我是世家公子，将何以自处？既不能随人造反，也无路报国，力挽狂澜，难道就这样糊糊涂涂地坐待国亡家破么？"然而他又不甘心这样下去。想了一阵，越想心中越乱，经陈子山又催促一次，他才把心思转到做词上，选了《沁园春》的词牌子，开始打腹稿。不过片刻就想好了上半阕。正在继续想下半阕，他看见汤府的一个老家人由他自己的仆人带领着走进院来。恰巧他的下半阕也冒出几句，于是赶快

① 旧雨——老朋友。

一摆手，不让他们把他的文思打断。李侔看出来汤府可能有重要事情，把来的老家人叫到二门外，悄悄询问。李信没有听见他们说什么话，但是他从李侔进来时的脸上神色看出来事情大概很重要。他已经把腹稿打成，没有急着问李侔，缓步走回上房，看大家已经把作品题在墙上，便提笔展纸，先写出《沁园春》一个题目，又写了一个小序：

崇祯己卯，重阳后十日，偕弟德齐与知友数人出大梁城，登古吹台，诗酒雅集，借抒幽情。时白日淡淡，金风瑟瑟；篱菊欲谢，池水初冰。极目平原，秋景萧索；饥民络绎而哭声惨，村落残破而炊烟稀。感念时事，怆然欲泣！诸君各有佳作题壁，因勉成《沁园春》一阕，聊写余怀。

李信停笔看了一遍。社友全在围观，有人点头，有人摇头晃脑地小声诵读，有一个人在背后评论说："寥寥数语，实情实景，读之深有同感。"李信没有注意，继续写出全词，只在两三个地方停顿一下，略加斟酌。写完以后，他又改动了三个字，但不满意，仍在推敲。陈子山抓起稿子说："这就很好，何用多事推敲！"他一手拿稿子，一手拈胡须，摇着脑袋，慢声吟哦：

登古吹台，
极目风沙，
万里欲空。
叹平林尽处，
烟村寥落，
田畴如赭，
零乱哀鸿。
我本杞人①，
请君莫笑，

① 杞人——《列子》中说："杞国有人忧天地崩坠，身无所寄，废寝食者。"杞县即西周时杞国所在地。

常怕天从西北倾。
凭谁去，
积芦灰炼石[①]，
克奏神功？

英雄未必难逢，
且莫道人间途已穷。
幸年华方壮，
气犹吞牛；
青萍夜啸[②]，
闪闪如虹。
应有知已，
弯弓跃马，
揽辔中原慷慨同。
隆中策[③]，
待将来细说，
羽扇从容。

大家纷纷说好，催李信赶快题壁。李信把稿子要回，重看一遍，怅然一笑，撕得粉碎，投在地上。大家都吃一惊，有的似乎猜出了李信撕稿的一点原因，有的尚在莫名其妙。宋献策的心中完全明白，只是微笑点头不语。李信望着几位社友说：

"今日弟因事迟到，仓促提笔，又加心绪不静，故未能完成一篇，甘愿罚酒三杯。"随即他转向李侔问道："方才汤府来人何事？"

李侔回答说："方才汤府来人说，现在各衙门纷传杨武陵受任督师辅臣，出京后星夜赶行，今日午后将至开封，只停半日，明日一

① 积芦灰炼石——上古神话：天倾西北，地陷东南，洪水横流。女娲氏炼五色石以补天，积芦灰以止淫水。淫水就是平地出水。
② 青萍夜啸——宝剑也不甘寂寞，夜间自动地发出啸声。青萍是古宝剑名。
③ 隆中策——诸葛亮隐居襄阳隆中，刘备第三次来访时，他提出了如何争取"三分天下"的大计。

早起程，要在月底前赶到襄阳。开封各衙门大人与众乡绅已去北门外恭迎，府、县官直迎至黄河岸上。汤母派家人请哥做过诗以后速去汤府一趟，说是有要事商量。”

这消息完全出众人意料之外，登时议论开了。如今秋征已经开始，陈子山等人平日常在私下议论练饷是祸国殃民之策，只能把不反的老百姓也逼去造反，但他们还是认为在几个辅臣中，杨嗣昌毕竟算得是较有魄力和才干的人。因此，大家尽管常骂杨嗣昌，但是对他的出京督师都十分重视。大家认为倘非皇上万不得已，决不会让杨嗣昌离开朝廷。陈子山等都认为杨嗣昌到了襄阳，必定一反熊文灿的所作所为，会使“剿贼”军事有些转机。李信轻轻摇头，不多说话。大家问宋献策有什么看法。献策说：

“朝廷军国大事，实非山人所知。且此处也不是妄谈国事的地方，我们还是赶快吃酒吧。”

在吃酒时候，李信的杞县家中差一个仆人骑马跑来，呈给他一封书信。这是他的夫人汤氏的一封亲笔信，告诉他“草寇”袁老山率领几千人马从东边过来，将要进入县境，声言将进攻县城和各处富裕乡寨，催他火速回家去捍卫乡里。这封书子使李信兄弟都心中焦急，也使社友们都无心再猜枚饮酒。按照往例，每次诗酒雅集都要费时一天，下午吃过晚饭才散，但今天李信既要赶快去汤府，还要准备连夜赶回杞县，而别的社友都急于回城打听新闻，所以这酒宴也吃得不痛快，集会草草收场。

在进城的时候，李信故意不骑马，拉宋献策同坐一辆轿车上。他因车上没有外人，而赶车的把式又是家中两代使用的老伙计，便向献策问道：

“献策兄，可惜弟今晚要星夜回乡，不能再畅聆教益。牛启东的事，你要我如何帮忙？”

献策回答说：“牛启东的事，弟已与抚、按各衙门中朋友谈过几次，将死罪改轻不难。倘能改为流、徙，拖延一时，过此数月之厄，自有‘贵人打救’。只是，这些衙门中朋友吃的是官司饭，没有银子是不肯认真帮忙的。弟是寄食江湖的卖卦山人，一时从哪里筹措银子？因此只得不揣冒昧，向大公子求将伯之助①，不知公子肯慷慨解囊否？”

“不知要用多少？”

“大约需得半千之数。”

“好吧，兄需用之时可到菜根香柜上去取。弟拟将德齐暂留此间，如有不足，请随时与德齐言明。兄将此事办成后，务请到杞县舍下小住，愈早愈好。”

“弟一定遵命趋候。公子如此慷慨仗义，使弟感激难忘！”

“都是为救朋友，老兄何出此言？”李信停了一下，又说：“弟处境不佳，易遭物议，请不要对别人说这银子是我出的。”

献策唯唯答应，随即问道：“今日公子将佳作撕毁，不使之流传人间，正是公子谨慎之处。像‘常怕天从西北倾’一句，深触朝廷忌讳，万一被别人看见，徒以贾祸。”

李信说：“与兄在九仙堂谈话下来，弟心思如麻，胡乱写成一阕《沁园春》，颇失检点。后来一看，不觉大惊。不要说‘常怕天从西北倾’会触忌讳，那‘隆中策’的典故也用得不当。诸葛亮的隆中对策出于群雄割据之时，亦为割据之主而谋。今日天下一统，草莽之臣即欲向朝廷建言，亦不能用隆中策相比。一时糊涂，几至贾祸！”

献策笑着说：“确实用这个典故不妥。不过以公子文武全才，这样埋没下去也实在可惜。三年前常听公子说过，大乱已成，专恃征剿不足以灭贼，必须行釜底抽薪之策以清乱源，即均田减赋，抑制兼并，严惩贪官豪强鱼肉小民。公子曾欲写为文章，呼吁当道，如今尚有意乎？”

李信笑一笑，感慨地说：“那不过是一时胡想耳。河南一省，藩封甚多，亲王就有七个，郡王以下宗室不知多少。单以洛阳的福藩说，有良田两万多顷；卫辉的潞王原赐庄田四万顷，现在实数不详；

---

① 将伯之助——将，请求；伯，长者。请求长者帮助。指别人对自己的帮助。语出《诗经·小雅·正月》：“载输尔载，将伯助予。”将，音 qiāng。

开封的周藩有一万余顷。他们的庄田连赋税尚且不出，岂能是均得了的？各县缙绅豪右[①]，上结朝廷，下结官府，他们的田是均得了的？目今空写文章，有何用处？即使向皇上上书，也是白搭。天门九重[②]，呼之不应，说不定还将因妄言获罪！"

"目前国家病入膏肓，神医束手；均田减赋，确是空谈。不过公子是杞县右姓，倘若中原溃决，豫东糜烂，公子将作何计较？"

"尚无良策。今日弟尚能率乡丁捍卫乡里，只怕一旦天下分崩，大乱蔓延豫东，这个家欲捍卫也不易了。"

宋献策见李信心思沉重，不好再谈下去。过了一阵，他又问道：

"红娘子出了什么事？怎么说与归德侯家有关？"

李信一笑，说："侯方域的一个堂兄弟见红娘子尚有姿色，调戏不从，竟叫商丘知县诬称红娘子暗通白莲教，将她们一干人等拘押起来。你说可笑不可笑？我托朋友给归德府去封书子，这事已经了了。"

轿车到了菜根香酱菜园门口。李信跳下车来同宋献策拱手相别，并叫赶车把式把献策送回鹁鸽市。他到后乐堂换件衣服，骑马前往汤府。

晚饭后，宋献策在下处接见了刘体纯。体纯作普通商人打扮，坐下之后从怀中掏出两个金锞子，欠身双手奉上，赔笑说：

"一路上官军乡勇搜查，土寇杆子也多，十分难走。小弟想许多办法带来这两个金锞子，聊作晋见薄礼，借表敝东家一点仰慕之意。"

宋献策早已决定不受李自成一个钱以抬高自己身价，所以毫不迟疑地拱手谢绝：

"请兄台赶快收起，听山人一言。"

---

① 豪右——封建社会的富豪家族、世家大户又称为右姓。因为秦汉尚右，封建地主和奴隶主等大户住在闾的右边，隶农和奴隶住在左边，所以古代称大户为右姓，富豪为豪右。

② 天门九重——天国有九重门，叫不开，这话出自屈原作品。此处比喻向皇帝上书困难。

体纯不肯，说："请先生收下之后，有何吩咐，小弟洗耳恭听。"

"不，你先把锞子放回怀中，山人方好开口。如其不然，山人就无话奉告。"

刘体纯见献策不像是假意推辞，很觉奇怪，只好收回怀中。献策接着赔笑说：

"山人脾气一向如此，请兄台不要见怪。"

"岂敢，岂敢。"

"山人半生书剑飘零，寄食江湖，结交天下豪杰，全靠朋友为生。该要钱处，开口便借，三百两五百两不以为多；如不当要，虽一毫而莫取。闻知宝号近两三年生意不佳，目下仍甚艰难，故决不受宝号礼物。贵东盛情美意，山人心领拜谢。"献策说到这里，拱手一笑。不待体纯开口，又接着说道："牛先生的事，山人奔走数日，已有眉目，使用数百两银子，可以设法改判。只要能改为流、徙，拖上几个月，案情一松，还可以再花费一点银子，来个因病保释。"

体纯大喜，忙问："不知一共需用多少银子？"

"大约六七百银子足矣。"

"既然如此，弟星夜赶回西安，将银子汇给先生。"

"不用，西安距汴梁一千二百里，来回颇费时日，岂不耽误了事？区区之数，山人尚可向朋友张罗，不用兄台费心。"

"这个……"

献策突然小声问："杨嗣昌出任督师辅臣，正在星夜驰赴襄阳，足下听说没有？"

"已经听说。"

"杨嗣昌深受今上宠信，权高威重，且又精明干练，与熊文灿大不相同。此去襄阳，必然要整军经武，大举进剿。商洛山中，恐也免不掉一场血战。兄台可以速速回去，不必在此多留。"

"既然见到先生，牛举人的事也有眉目，小弟明日就动身回去。"

宋献策略微询问了一下商洛山中情形，又说道："听说近来郑崇俭又调集不少官军，商洛山被围困得更紧，你们回去怕十分困难了。”

刘体纯欠身说：“多谢先生关心。我们只要到了西安，那一段路程敝东家有妥善安排，出进都不困难。”

献策会心一笑，站起来说：“德洁兄，今日相晤，大慰平生。”

体纯赶快站起来说：“小弟不便多坐，就此告辞。”

献策把体纯送出大门，见左右无人，又小声说道：“你的那个小伙计相貌不凡，武艺甚佳，颇为难得。”

体纯笑着说：“他名叫王四。在我们那里，像这样的孩子很有一些。”

“了不得！了不得！”

这一夜，宋献策想了许多问题，睡得很不安稳。第二天早饭后他正要出门，一个年轻人提着一包点心找他。他仿佛不认识，心中发疑，赶快让进屋中。来人坐下说道：

“卖膏药的刘大哥今日天不明就率领伙计们动身了，没有前来辞行，请先生恕罪。他叫小人送上点心一盒，聊表寸心，望先生笑纳。”

献策恍然想起来他就是前天玩猴子的后生，连忙低声问道：“你也是他们的人？”

后生微微一笑，站起来说：“小人今天也要返回家乡，就此告辞。”

宋献策把后生送走，回到屋中，望望点心盒，掂一掂沉重，心中狐疑，打开一看，果然在点心中发现一个红纸包儿，内包金锞两个。正在这时，从院里传来他的居停主人的苍哑声音：

“献策，要不是皇上万不得已，决不肯钦差杨武陵出京督师。你看，他能够把流贼剿灭么？”

宋献策赶快把金锞子藏进怀中，向外回答说：“这个，等我闲的时候替他卜一卦看看。”

主人又说：“这可是轰动朝野的一件大事，今天汴梁城满城人都在议论！”

第十九章

崇祯天天盼望着湖广和陕西两方面的官军在他的严旨切责下会有所振作，不日就会有捷奏到京。但是一直到了八月中旬，只知道两处都在"进剿"，而捷报仍然渺茫。他天天怀着希望和恐惧，心情焦灼，夜不成寐。中秋节过后两天，他在平台召对阁臣，谈到用兵遣将，事事失望，不禁深深地叹口气，怀着一腔愤懑说：

"朕不意以今日中国之大，竟没有如关云长、岳武穆一流将才！"没等到阁臣回话，他又接着说："朕早已看出来熊文灿没有作为，剿抚无方，敷衍时日，致使张献忠盘踞谷城，势如养虎。但以封疆事重，朕不肯轻易易人。谷城之变，朕还是不肯治他的罪，仍望他'失之东隅，收之桑榆'。没想到因循至今，三月有余，军事尚无转机，深负朕望！"

阁臣们见崇祯怒形于色，一个个十分惶恐，不敢抬头。杨嗣昌赶快跪下说：

"熊文灿剿抚乖方，致有谷城之变，贻误封疆，辜负圣上倚畀之深。臣当时无知人之明，贸然推荐，实亦罪不容诛。但目前鄂西与商州两处大军云集，正在进剿，日内想可有捷报到来。恳陛下宽心等待，不必过于忧虑。"

崇祯沉默片刻，说道："好吧，且等着两处捷报。"

回到乾清宫，他像热锅上的蚂蚁，坐立不安。他已经决定惩办熊文灿，但是差谁去襄阳主持"剿贼"军事呢？遍想满朝大臣，竟没有一个适当的人。他知道，从才干说，杨嗣昌要比熊文灿高出许多倍，但中枢也不能缺少他这样的人。两年来有些机密大计，特别是对满洲的议和问题，崇祯连首辅也不让知道，只同杨嗣昌秘密商议和暗中进行，而杨嗣昌也完全执行他的主张，任劳任怨。像这样君臣契合，很不易得。倘若把杨嗣昌派去湖广，有谁到中枢来代替他？同满洲议和的事由谁担当？倘若不派他去，“剿贼”军事不但决难于短期收效，甚且将不可收拾。左思右想，没有主意。后来他忽然想道：“何不到大光明殿抽个签问一问军事顺利与否，再做决定？”主意拿定，他就缓步走往坤宁宫，同周后闲话一阵，然后告诉周后：他想明天带她和田、袁二妃去大光明殿烧香求签，要她准备。周后只见他每日为国事心情郁郁，寝食不安，前天的中秋节又传免了百官和命妇朝贺，很担心长此下去会损伤身体。现在一听皇上说要去大光明殿烧香求签，她就趁机说道：

“大光明殿是嘉靖皇爷修炼的地方，想来那里的签一定很灵。明日陛下前去降香，定能得到好签。今年春天，因陛下心绪欠佳，没有去西苑游幸，白白辜负了湖光春色。眼下西苑中秋景如画，天气也很清和。明日陛下何不率领臣妾与田、袁二妃于烧香抽签之后，顺便游玩几个地方？”

“也好，你就给她们传旨吧。”

周后十分高兴，立刻命宫女们分头去承乾宫和翊坤宫向田、袁二妃传旨，叫她们今晚斋戒沐浴，准备明天随驾到大光明殿烧香，并在西苑游玩一天。她又命一长随太监传谕尚膳监，要御膳房早点准备，明日做几样皇上平日最喜欢吃的菜肴送到瀛台，同时也要甜食房预备甜食和糕点，特别嘱咐不要忘记皇上最喜欢吃的虎眼窝丝糖。她又吩咐坤宁宫管事太监明日一早派人骑马去西郊玉泉山取新鲜泉水，以便在西苑为皇上沏茶。

第二天上午，崇祯率领周后和田、袁二妃，在大群太监和宫女的簇拥中，乘辇出玄武门，顺着护城河北岸的御道西去。坐在辇上，他还在想着湖广和陕西方面的军事，盼望着今天能得到捷报。走到团城旁边时，他命一个长随奔回紫禁城中对司礼监掌印太监王德化传旨：倘若湖广和陕西方面的捷报到来，立即到瀛台向他奏明，不必等他回宫。

一到金鳌玉蛛桥，左右太液池水波荡漾，蒲苇瑟瑟，一片清秋景象。一阵凉风吹来，崇祯的头脑猛然一爽。他望望琼华岛，心想今日没有工夫登琼华岛，等去大光明殿降过香以后不妨先来团城休息一阵，一览西苑全景，然后再去瀛台用膳。于是他向一个随辇侍候的长随轻声说：

"降香后先来团城上吃茶休息。你去传谕王德化：如有湖广捷报，可送到团城上来。"

过了玉蛛牌坊，大光明殿已经不远了。这是一座富丽巍峨的建筑，坐落在西安门内，如今府右街的西边。那个享尽人间安富尊荣的嘉靖皇帝，妄想长生不死，几十年不理朝政，在这里从道士陶真人炼丹修仙。当年不知花去了多少搜刮的钱粮，耗费了多少人力，在这里建成一大片壮丽宫殿，而大光明殿耸立在这一建筑群的正中间，里边供着玉皇大帝的七宝云龙牌位。从嘉靖以后，历代皇帝都每年正月初九、十二月二十五，亲来烧香。但在另外的日子，如果有特别原因，或由于皇上的一时高兴，也会来此祈祷，或起个醮坛闹腾几天。

昨天得了司礼监的通知，道士们连夜做好了一切准备。从金鳌玉蛛桥的西头经玉熙宫①前边继续往西，直到大光明殿，一路打扫得特别干净，有些稍嫌低洼的地方还铺了黄沙。当四乘龙凤辇经过玉熙宫前边时，三百多名在此学习官戏②的大小太监在执事太监的率领下跪在御道旁边接驾，口呼"万岁"。四乘龙凤辇一过酒醋局胡同南口，就看见道官和方丈带领全体上百名道士都跪伏在大光明殿的山门外，恭迎圣驾。

崇祯和后妃们下了辇，进去稍作休息，就去玉皇牌位前依次拈香。一时钟鼓齐鸣，玉磬丁冬，既热闹而又肃穆。但见七宝云龙牌位前蜡烛辉煌，香烟缭绕，焚化的青词和黄表冉冉上升，飞近彩绘

---

① 玉熙宫——如今的北京图书馆老馆就是玉熙宫的旧址。

② 官戏——明代宫中的所谓官戏，包括院本、水嬉、过锦戏三种。水嬉又写作"水戏"，是水上的傀儡戏。

绚丽的承尘。崇祯先拈香，虔诚地跪在黄缎拜垫上叩了头，默祷一阵，然后轻声说："签来！"跪在一边侍候的方丈赶快从神几上双手捧起景泰蓝盘龙签筒，重新跪下，对着皇帝把签筒摇了三下。崇祯从里边抽出一根签，交给方丈，然后站立起来。白须垂胸的老方丈把签筒放回原处，照签号取了一张用黄麻纸印的签票，跪下去，捧呈崇祯。崇祯怀着惴惴不安的心情接到手中，看见"第二十六签 中平"一行字，始而感到失望，继而感到有些放心了。这时，只要不是下等签，他就会感到一些满意，何况这比"中下"还略胜一筹。当皇后和二妃分别拈香时，他退出圆殿，站在一株白皮松的下边展视神签，细琢磨签中诗句，不禁心头又沉重起来。

皇后和两位妃子烧过香，走出大殿，看见崇祯的手中拿着签票，在松树下边徘徊，眉头上堆着心事。周后害怕他抽到坏签，赶快走到他的面前，小声问道：

"皇上，那签上怎么说的？"

崇祯没有回答，把签票装入袖中，向太监们吩咐：

"往团城上看看！"

一会儿工夫，四乘龙凤辇重过了金鳌玉蛛桥，在团城旁边停下。崇祯和后妃们从左边的洞门磴道上了团城。团城上面在明末只有一座圆殿叫承光殿，是就元朝的仪天殿加以重修。承光殿前原有三株大松树，是金朝栽植的，已经有几百年了。崇祯初年将两株枯死的连根挖去，铺为平地。现在太监们就在剩下的一株古松下摆了桌子和皇帝、皇后的临时御座，旁边还有替田妃和袁妃摆的椅子。崇祯本来是要在团城上看西苑全景的，只因签上的诗句很不如意，使他欣赏湖山秋色的兴趣没有了。他颓然坐在御座上，叫周后也坐下，注目云天，若有所思，脸色阴沉。周后的心中七上八下，小声问：

"皇上，签上到底是怎么说的？"

崇祯从袖中掏出签票，递给皇后，说："你自己看看，有几句不大好解。”

周后拿着签票，见上面是一首七言律诗：

春回大地草芊芊，
又见笙歌入画船。
关塞天寒劳戍卒，
江山日暖尚烽烟。
玉楼辜负十年梦，
宝镜空分孤影妍。
莫怨深宫音问少，
一声清唳雁飞还。

自来签上的诗句，多半是若即若离，在似可解与似不可解之间。大光明殿是专为宫中的需要而建的。七八十年以前，那些有学问的道士们在编制签文时为着适合宫中的情形，特别花费了一番心血。就以上边这首签诗说：首联二句非常空洞；颔联二句与国家大事有关，但是和前后的诗句的意思并不连贯；颈联和尾联四句又转到宫怨上，似乎对那些失宠的妃嫔们和不得出头的宫女们表示同情，可是又不至于触犯忌讳。民间的签文在诗后一般都附有“解曰”，用三字句或四字句的散文明白地告诉抽签人科举能否得中，谋事能否得成，做官是否顺利，婚姻如何，出外吉利否，做生意是赔是赚，病情是吉是凶，打官司胜负如何，等等。宫里的签上没有“解曰”，因为像上边这些问题，在皇帝、后妃、皇子、皇女、宫女和太监身上大部分都不适用。虽然有些太监暗中做生意，有些妃子想得到皇上恩宠，有些宫女想知道有没有出头之日，但这些问题都不好在签诗上明白回答，只能让抽签人凭着一首涵义朦胧的律诗瞎猜。

周后将签诗看了一阵，觉得后几句分明有点不吉利，也不免心上凄然。田妃和袁妃都站在周后背后，共看签诗。田妃是一个十分聪明的人，看完后心上也觉沉重。但是宫廷中自古来充满着勾心斗角，纵然是夫妇间也没有多的实话，做妃子的惟一的希望是固

宠,惟一的职责是想法儿使皇帝心头高兴。她故意嫣然一笑,说:

“请皇上、皇后两陛下宽心,这个签虽不很好,倒也不坏。依臣妾看来,玉皇指示甚明:从此国运当有转机了。”

崇祯说:“卿试解释一下,让朕与皇后听听。”

“万一臣妾解释得不是,请皇上和皇后两陛下恕臣妾无知妄言,不要见罪。”

“你快坐下解释吧,”周后微笑说,“都是一家人,没有外人听见,你就是解释错了,皇上也不会怪你。袁妃,你也坐。今日陪皇上来西苑游玩,但求愉快舒畅,用不着过分拘礼。”

田妃谢了座,双手接过签诗,坐下说:“依臣妾猜详,这第一句所说的‘春回大地’,乃是指国运有了转机。春为万物复苏与生长之季,百虫惊蛰,草木向荣。这样诗句,问病则主病愈,问国运则主国运渐次转佳。请陛下试想,这第二句的‘又见笙歌入画船’可不是指的天下重见太平景象么?从崇祯初年以来就没有这种太平景象,如今又将有了,所以用‘又见’二字。”

崇祯频频点头,说:“这头两句朕也是这般猜详,不会有错,只是下边的几句话不像是吉利的。”

“请陛下放心。其实这后几句也没有什么不吉利。这第三句的意思只是说塞外尚有虏警,却没说虏势猖獗,风声紧急。第四句比较好,是说国运已有转机,几处战乱也快要荡平了。”

“是这样解释么?”

“是的,陛下,这‘江山日暖’四字照应第一句的‘春回大地’,确实指国运已渐转佳。‘尚烽烟’只是说尚有烽烟未靖,可见既非烽烟遍地,也非战乱方兴未艾。本来么,国家好像害了一场大病,如今病势回头,就要渐渐痊愈,可是尚有一些毛病,需要继续医治。”

崇祯又不禁微笑点头说:“解得好,解得好。”随即又急着问:“这五六两句呢?”

“陛下十余年来宵旰忧勤,盼望天下早日太平,万民安业,但天下太平尚未到来,所以这第五句说‘玉楼辜负十年梦’。陛下为千古尧舜之君，具恫瘝[1]万民之怀，可惜……”

“你只管大胆直说，不用顾虑。”

“可惜文武臣工不能替陛下分忧，也不能体念陛下孜孜求治的苦心。陛下好像一个绝世佳人，对镜自怜，不免有形单影只之感，所以这第六句是‘宝镜空分孤影妍’。”

崇祯和周后不约而同地含笑点头，称赞她解说得好。她又接着说：

“皇上身居九重，心怀万里，日日夜夜都在盼望着好的消息，好比妃嫔和都人们想知道家乡亲人的音信。皇上所盼望的好消息会很快来到，所以这签上最后两句说：‘莫怨深宫音问少，一声清唳雁飞还。’”

崇祯苦笑说：“我看这后两句诗分明说盼望消息也是枉然。来的不是好消息，只是孤雁一声，岂非盼望落空了么?”

田妃说：“请陛下不要过虑。以臣妾愚昧之见，这最后一句诗用的是鸿雁捎书的典故，所以‘雁飞还’就是有消息到来。皇上盼望的是什么消息？是军情捷报。有此一句诗，可知捷奏马上就会来到。”

周后连忙说：“但愿照你所解的这样！”

崇祯的心头上稍稍地开朗起来。遗憾的是神签上并没有告诉他派杨嗣昌督师如何，使他仍不能赶快决定。他站起来，凭着女墙，向西南望去，金海中确是湖山如画。北边的蕉园，南边的瀛台，丹桂盛开，古木参天。有许多假山奇石，亭台楼阁，离宫别殿，曲槛回廊，黄瓦红墙，倒影入水，如真似幻。但崇祯看着看着，思想离开了眼前风景，转到对张献忠和李自成的军事上去。正在这时，一个司礼太监送来了一封郑崇俭的飞奏，说他已从西安到了商州，召集诸将面授进兵方略，激励将士杀“贼”立功。又说：商洛山中士民一闻大军“进剿”，莫不暗中响应，争相联络，愿助官军杀“贼”。奏疏最后说，他今夜就动身前往武关，亲自督率将士进剿，商州方面由

① 恫瘝——病痛、疾苦。古代帝王常用以表示对百姓疾苦的关怀。

抚臣丁启睿指挥，直逼“闯逆”老营；蓝田方面，官军同时出动，使“流贼”首尾不能相救。崇祯看完这封飞奏，登时高兴起来，抬头向西南天上望去，神驰疆场，仿佛看见万山重叠的商洛山地区处处是官军旗帜，一队一队的官军正在分头前进。凝思片刻，他低下头来，看看郑崇俭拜发[①]奏疏的日期，计算一下。他是一个平日对公文非常留心的人，从商州来的飞奏需要多少天，他都清楚。他一看拜发奏疏的日期是七月十八日，知道这一飞奏在路上耽搁了十来天，不禁有点生气，但随即又在心中原谅说，路上遇着大雨，山路桥梁冲断，稍有耽误也是难免的。他继续想道：既然这封飞奏在路上有耽搁，倘若郑崇俭进剿顺利，今天应该有奏捷的文书到了。

遥想着将士们在沙场鏖战，崇祯忽然动了骑马的兴致。那些伺候他的太监们，每天揣摩他的脾气，惟恐有伺候不到的地方。今天秋高气爽，他们就猜到他可能会一时高兴，同田妃驰马消遣，所以把他较喜爱的四匹御马鞴好鞍子，牵在北海大门外的一株槐树下伺候。崇祯凭着城垛向左边的大槐树下望一眼，轻声说：“晴秋试马，亦乐事也！”随即面带十分稀有的微笑，走下团城。

崇祯的四匹御马都是外表骏美，脾性温驯。当日御马监的太监们按照这两个条件替他从上千匹马中仔细挑选，选出这四匹御马，每日也只训练它们如何跑得平稳，顺从人意，既不训练它们跳越障碍，也不训练它们听到炮声和呐喊而镇静如常。崇祯替这四匹马起了四个十分别扭但他认为是十分典雅的名字：太平骝、玉龙媒、吉良乘、璇台骏。平日他偶然在宫中骑马，总是骑璇台骏，但现在他为要取个吉利，却命太监把吉良乘牵到面前。他踏着朱漆描金楠木马杌，跳上吉良乘，从太监手中接过玉柄马鞭，沿着中南海和护城河之间的驰道南去，开始是缓辔徐行，随后抽了一鞭，让吉良乘平稳地奔驰起来。跑了一个来回，在团城下勒住了马。尽管他是一个蹩脚的骑手，但太监们和宫女们都向他齐呼万岁。一名

---

① 拜发——奏疏誊好以后，供在案上，焚了香，上疏的官员跪下叩头，然后发出。所以上疏又叫做拜疏，奏疏发出叫做拜发。

御前太监扶着他下了马，躬身说：

“皇爷骑术如此精绝，真是英武天纵！”

在太监们和宫女们的欢呼万岁声中，崇祯偶然望见附近一株古槐上有一个乌鸦窝，窝里蹲着一只乌鸦。他叫一个替他照管弹弓的太监赶快把弹弓和盛泥丸的黄缎小口袋递给他。他掏出泥丸，对准乌鸦弹去。只听弓弦一响，泥丸从乌鸦窝的旁边飞过，乌鸦惊飞，同时几片半黄色的干槐树叶飘然下落。一个太监起初把槐树叶错当成被弹子打落的乌鸦羽毛，欢呼万岁，所有团城上下的大群太监和宫女也跟着欢呼。站在崇祯背后的一个太监首先看清楚那飘落的只是树叶，怕皇上不高兴，赶快说道：

“皇爷的弹弓打得真准，弹子紧挨乌鸦的头飞过去，相差不过二指！”

崇祯把弹弓和弹子囊交给太监，兴致致地步上团城，命田妃下去骑马。在他的妻妾中，周后对玩耍的事情都不大喜欢，也不会骑马。袁妃勉强可以骑马，但不熟练。其他妃嫔，很少有机会陪侍崇祯游玩，今天都没有来。田妃是一个多才多艺的人，也会骑马。听了崇祯吩咐，她赶快躬身说声：“领旨！”又向皇后两拜，便在承乾宫的女官和贴身宫女们的簇拥中下了团城。她心中非常机灵，刚才见皇帝不骑璇台骏而骑吉良乘，就猜到皇帝的心思，于是她也不骑别的马而要了太平骗。崇祯有点不放心，凭着城垛问道：

“卿往年随朕驰马总是骑的玉龙媒。玉龙媒最为老实，今日何以不骑它了？”

田妃在黄缎绣鞍上欠身回答：“臣妾想着李自成与张献忠不日即将被官军扑灭，天下从此太平，故今日特意骑太平骗取个吉利。”

崇祯心中喜悦，连声说好，又回头望望周后和袁妃。周后虽然不高兴田妃为人太乖觉，但是她笑着对崇祯说：

“但愿剿贼顺利，早见捷报，应了贵妃[①]的话。”

田妃的母亲原是妓女出身，弹唱骑马都会，所以田妃在幼年时

---

① 贵妃——田妃当时已经晋封贵妃。

候学会了骑马和弹琵琶,进宫后曾随驾来西苑骑过多次,只是她将入宫前会骑马这一点一直瞒着崇祯。近来她风闻她父亲田宏遇做了不少坏事,皇帝因她的缘故隐忍着不曾治罪,所以她要趁此机会,不顾危险买得皇帝高兴,稳固宠爱。宫廷中的斗争她非常明白,万一她有一天失了宠,那些平日争风吃醋的人们趁机在皇帝面前进谗言,献媚倾轧,不但会使她和她的一家立时失去了富贵荣华,连性命也难保全。现在她不用宫女搀扶,踏上马杌,体态轻盈地纵身上马,扬鞭向西华门疾驰而去。跑着跑着,她照着太平骗的屁股上抽了一鞭,使太平骗四蹄腾空,飞奔起来。她的两耳边风声呼呼,心中暗暗抱怨她的父亲说:"唉!你只知道自己是皇亲国戚,在京城胡作非为,怎知道我在宫中是在刀尖底下生活!"过了西华门,马蹄渐慢,她把左边的黄丝缰轻轻一拉,右手中的鞭梢一扬,太平骗立即转回,重新平稳地奔跑起来。回到团城下边,她扶着宫女下马,登上团城,向崇祯和周后躬身说:

"臣妾两年不曾来西苑骑马,控驭不灵,恳皇上同娘娘陛下恕罪。"

崇祯说:"卿入宫后方学骑马,竟能如此娴熟,虽老手不及!"

周后接着说:"今日皇上骑的是吉良乘,难得你又挑选上太平骗,都很吉利,看起来真的会来捷报了。皇上,是么?"

崇祯点点头:"说不定今日就有陕西的捷奏到京。"他因为眼前出了些吉利兆头,游兴突然变得很浓,不等田妃坐下休息,就对左右的太监说:"起驾到瀛台去!"

四乘龙凤辇和大群太监、宫女过了西华门,然后向西转,约走两三百步,入西苑门,过一道朱栏板桥,走不远又过一道桥,便登上瀛台。这儿三面临湖,有一些蓼渚芦港。荷叶已经开始凋残,在西风中瑟瑟打颤,而岛中的梧桐树也不住地有干枯的叶子向地上和水面飘落。这种萧条秋意,在远处是望不清的。崇祯同后妃们到了涵元殿吃茶休息,随后命宫女们将棋盘摆在昭和殿前边的澄渊亭上，要同田妃下棋。

尽管周后不喜欢他对田妃过分宠爱，但是难得见他出来玩耍散心，生怕他闷坏了身体没法照管这八下起火的江山，今天反而希望他单独同田妃玩个痛快。她向崇祯说明她要去大高玄殿[①]降香，就拉着袁妃起身走了。

周后和袁妃带着几个贴身宫女和小答应，坐着有黄缎凉篷的凤头凤尾御舟走在前边，其余的宫女和太监分坐在后边的两只船上。御舟上有四名小太监拿着划桨，在船头两旁划船，一个年纪较大的在船后掌舵。他们都是训练有素、专门在西苑太液池上伺候游幸的。两年多来，崇祯因国事不遂心，不曾前来，皇后和几位妃子自然也都没来。驾船的小太监每天没事可干，找别的太监一起赌博；那个掌舵的太监有一个“菜户”[②]也在西苑的某一宫中，每天除赌博外就同自己的“菜户”吃酒玩耍。他们平日闲得十分不耐，如今见皇上和皇后带着田、袁二位娘娘来到西苑，好像遇到了一件天大的喜事，用心伺候，将御舟划得又快又稳。一位坤宁宫的随侍女官见周后心情郁悒，跪在船头奏道：

“启奏皇后娘娘陛下，难得陛下与袁娘娘乘舟游湖，又值天朗气清，丹桂飘香。后船上都人们带有几色乐器，要不要命她们奏乐助兴？”

周后一心想着签上的诗句，哪有闲心听宫女奏乐？但为着取个吉利，便轻轻地点一下头。这个女官立刻走到船尾，望着后边的一只船上大声传谕。司乐女官跪下领旨之后，随即吩咐掌乐女官奏乐。这位掌乐女官向众宫女眼波一转，在鼓架上拿起鼓槌，轻敲三下，登时奏起来一派细乐。周后对袁妃笑一笑，说：

“这可不是‘又见笙歌入画船’么？”

袁妃说：“臣妾也正在思忖，果然应了签上的话。”

---

① 大高玄殿——清代因避康熙帝讳，改名大高元殿。

② 菜户——太监与宫女结成假夫妻，俗称菜户。这种事起自汉朝，在明朝宫中也是合法的。

周后叹口气说:“但愿田贵妃猜详得不错,国运从此有了转机,好似春回大地一般。”

“依臣妾看来,田娘娘的猜详不会有错。请娘娘陛下放宽心怀,不必为国事担忧。”

“唉,我这些年也不清楚外边到底闹腾成什么样儿,只见皇上总是劳心焦思,寝食不安,我的心也跟着不得一日舒展!”

御舟在金鳌牌楼的附近靠岸。太监们把用一只空船载来的两乘大小不同的凤辇放在皇后的御舟船头,抬皇后和袁妃往大高玄殿。这个庙宇也是嘉靖皇帝常来修炼的地方,建筑也十分壮丽。因为它在煤山与团城中间,距离玄武门不远,所以崇祯也时常带着皇后和妃子们前来祈祷。周后去年特下了一道懿旨,命在道经厂①学习法事的宫女们在这里建醮禳灾。这几十个宫女都穿着鹤氅,长期同女道士们一起念诵道教经咒。每逢初一或十五,倘若风顺,天色将明,更漏未歇,大内寂静,钟磬和铙钹声会飞越紫禁城头,隐隐约约地传入坤宁宫。

周后为表示自己的虔心敬意,命凤辇在大高玄殿的大门外停下。这里,面向护城河有一座牌楼,东西也各有一座。她抬起头来看看东边牌楼上所写的“孔绥皇祚”和西边牌楼上所写的“弘佑天民”。嘉靖时候由奸相严嵩所写的这八个大字又经过一番油漆,焕然一新。往日周后来此降香,对这八个字都只是泛泛看一眼,不很注意,但今天却给她一些特殊感觉,仿佛这真是对于国运的吉利预言。

女道士和穿着鹤氅的宫女们都跪在大门外边接驾,山呼万岁。周后偕袁妃缓步走进山门,在庙院中小立片刻,欣赏着高大的松柏和左右两座十分精巧玲珑的、宫中俗称为九梁十八柱的琉璃亭,又看看左右钟鼓楼和东西配殿。在坤宁宫闷久了,来到这庙院中竟然也使她感到新鲜。等接驾的女道士和学道的宫女们回到正殿跪下以后,她才同袁妃继续走,踏上白玉台阶,进入正殿,依次在三

① 道经厂——宫中太监的一个机构,专掌道教念经、建醮、祈禳等事。

清[1]像前烧香，祝祷国泰民安，皇上万寿无疆。正殿背后另有一进院落，正中间是五间雷坛殿，东西各有一座配殿。再往后又是一院，神殿是两层楼，上圆下方，象征古人想象中的“天圆地方”。上层圆殿悬一匾，题“乾元阁”；下层方殿悬一匾，题“坤贞宇”。圆殿中有一圆形高台，上有朱漆神龛，中坐玉皇大帝塑像，长须垂胸，庄严肃穆，此是为皇帝和皇后祈雨之处。周后常听说河南、陕西、山东和畿辅连年大旱，但灾情严重到什么情形，她不清楚，只知道这事很可怕，往古有许多朝代的末梢年都是天灾与人祸交至，最后土崩瓦解，不可收拾。现在她特意同袁妃来到这最后一进院落，偕袁妃在方殿中拜过后土之神，要登上圆殿。虽然太监和宫女们认为楼梯又窄又高，劝她不必上去，但皇后怀着为国祈福的诚心，一定要上去礼拜玉皇。从方殿后边登上圆殿，没有一个窗户，梯道里十分黑暗。宫女们前后打着羊角宫灯，周后和袁妃扶着事先擦得干干净净的红漆扶手，又有宫女前后搀扶，转了半圈，微喘着登上乾元阁，在钟磬声中点焚表，向玉皇跪下叩头，祈祷甘霖。礼毕，走出圆殿，凭着栏杆，默默地伫立片刻，不知道自己的诚心能不能感动上苍。

她们重新乘御舟回到瀛台时，崇祯与田妃刚刚下完一盘棋。周后看见他面有喜色，低声问：“皇上赢了？”

崇祯笑着说：“朕国事鞅掌[2]，棋艺生疏，勉强赢了田妃一棋，好不容易。”

田妃赶快说：“皇上胸富韬略，谋虑深远，步步有法，臣妾望尘莫及。”

周后对着田妃会心地微微一笑，说：“你的棋艺在宫眷中虽然十分出众，但怎能比得皇上高明？”

崇祯由于他的皇帝身份，从来没有可能同北京城中的高手下棋。就是大臣中有几个会下棋的，限于君臣间界限森严，他也不能

---

① 三清——道教的三个神，即所谓玉清元始天尊、上清灵宝道君、太清太上老君。
② 鞅掌——繁忙。

召什么人进宫对弈。像这样事，他连一个念头也不曾起过。偶尔奉召和他对弈的只有皇后、妃嫔们，还有一两个如王德化之流的大太监。太监同他下棋时只能跪着。从皇后到太监，人人都希望使他愉快，谁敢使他输棋？崇祯是一个非常主观自信的人，从来没有想到别人在他的面前输棋都是故意的，反而以为自己天生聪明，虽不经常下棋，棋艺却高明非凡。他还常把下棋比做用兵，认为自己胸有韬略，所以棋艺无敌。有时他也心中感慨：倘若武将们如同棋子一样听话，依照他的方略“剿贼”，张献忠和李自成等早该扫荡净尽了。这时他的棋兴未尽，命袁妃同他下盘象棋。宫女们立刻撤去围棋盘，换上一个嵌金线的沉香木象棋盘和一副象牙棋子。刚才他同田妃下棋时也不曾忘掉对张献忠和李自成的军事，现在他叫太监点一支香，说他要在香灼完之前杀败袁妃。在举起棋子之前，他暗中向神灵默祝：如果他能在香灼完之前赢了袁妃的棋，陕西和湖广就会有捷报飞来。

袁妃先跪下谢恩，然后请崇祯先走第一步。不管在围棋上或象棋上，她都比田妃差得远，但是比不常有时间下棋的崇祯还是高明一些。她开始时故意让崇祯吃去一个炮，然后认真下棋，一步不让，不大一会儿就逼得崇祯由攻势转为守势，并且渐渐地不能支持。周后有点发急，心中责备袁妃过于老实，频频向袁妃递眼色，无奈袁妃全不理会。左右的宫女们也都捏了一把汗，只怕皇上输了棋会影响今天的愉快游玩。倘若是皇后同袁妃下棋，田妃看见皇后招架不住，常常会代皇后出几个鲜着，转危为安，转败为胜。但崇祯下棋正像他处理军国大事一样，独断专行，刚愎自用，最忌别人提出来与他不同的高明意见，因此田妃站在一旁干着急，不敢做声。她们都不知道崇祯在开始走棋前心中默祝的话，倘若她们知道，简直会吓坏了。

短香只剩下二指长了。崇祯的棋势仍无起色。他自己十分焦急，眉头紧皱，脸色难看。他不仅不能容许别人赢了他的棋，而且他害怕一输棋就真的得不到湖广和陕西方面的捷报。周后又气袁妃，又怕她惹出大祸，却想不出使袁妃聪明让棋的办法。恰好有一只小猫走来，她赶快向田妃使个眼色。田妃会意，赶快将小猫抱到膝上，准备一旦到皇上快输时就将小猫放出，蹬乱棋盘。但她和周后又担心这样做也可能使皇上更加恼怒。她们正在无计可想，忽见袁妃一步疏忽，把一个最得力的肋车给皇上吃了，整盘棋势陡然大变，对袁妃十分不利。又过片刻，袁妃又一疏忽，丢掉了一个沉底炮，接着，一个过河卒也被吃了。袁妃勉强支撑一阵，终于败在崇祯手里。周后的心中猛一轻快，暗暗叫道："袁妃也够聪明！"她揩去了鼻尖上急出的汗珠，同田妃交换了一个含而不露的微笑。田妃将膝上的小猫放手，那小猫轻轻地跳到地上跑了。

经过苦战，转败为胜，使崇祯特别高兴，何况又想着很快会接到战事捷报！这双重的高兴，使崇祯这样经常郁郁寡欢的人突然放声大笑，望着周后和田、袁二妃说：

"袁妃的棋艺大有长进，但在朕的手下毕竟不行！"

田妃说："陛下是中兴圣主，旷古稀有，天生英武，挽回国运尚且不难，况此棋艺小道，何足挂齿！"

崇祯更加高兴，吩咐立刻传膳。尚膳监的太监们将酒宴早已准备好了，一声传呼，便由太监和宫女们摆好在澄渊亭上。这儿有人工设计的自然景色：附近有竹篱、茅舍、几片水田；湖岸上立着桔槔，晾着鱼网。偏偏凑巧，这时水边卧着一对鸳鸯，浅水中有一只白鹤用一条腿静静地立着，一动不动。崇祯从生下来到现在，向远处只到过昌平皇陵，没见过南方农村景色，而皇后和妃子们自从进宫以后也没有出过紫禁城。他们都感到十分新鲜和有趣。为着不惊动水鸟，不扰乱"田园"的幽静，他在进膳前传免了照例的奏乐。

午饭后，稍作休息，崇祯带着后妃们离开金海，乘辇到玉熙宫看戏。他平日最爱看的是过锦戏。这种戏每一出都很短，大概有一百多个剧目，雅俗皆备。雅的来自院本[1]，且不去谈。俗戏取材

① 院本——金、元两代流传下来的剧本。院是行院的缩语。金、元时代同行的聚处叫做"行院"，类似后来的梨园公会。

于市井生活，扮演骗子如何行骗，嘲笑笨拙的婆娘，痴呆的丈夫，或扮演狡猾的商贾，刁赖的泼皮，民间词讼和行贿，以及各种杂耍。雅俗相较，俗戏节目较多，也较有趣。宫中扮演这种俗戏，原有三种用意：第一是要皇帝和皇子们看了戏知道一些民间的风俗人情和所谓"民间疾苦"，第二是寓讽谏于娱乐之中，第三是逗引皇帝和后妃们快活一笑。因为有这三种目的，所以钟鼓司的太监们和教坊的艺人们有时将一些与现实政治有关的主题或题材编成短剧。

这一天艺人们先演了两出比较高雅的院本，然后演了一出《双骗案》，引得崇祯和周后不住微笑。接着演了一出新编的小戏，是凭空杜撰湖广官军大捷，擒住了张献忠，农民军全部消灭。这个戏是连夜编排成的，希望博得崇祯的高兴。崇祯看过后果然大为高兴，立即命赏赐十两银子。尽管就一个皇帝说这样的赏赐实在太少，但是全体艺人们还是跪下叩头谢恩，山呼万岁。

天下事常常出现巧合，必然的事件通过偶然的形式表现出来。三个月前，当崇祯带着皇后和田、袁二妃正在南宫降香时，张献忠谷城起义和李自成重树大旗的警报飞进宫中。今天当他在西苑同袁妃下棋刚刚获胜时，十几封十万火急的军情奏报送到司礼监设在养心殿内边的值房。其中最使王德化和王承恩等几个值班的秉笔太监震惊的是熊文灿和郧阳巡抚分别奏报官军在房县以西的罗猴山进军失利，死伤了一两万人，军需遗弃很多，豫军著名的战将罗岱被俘，左良玉仓皇溃退。另外的重要军情是郑崇俭和丁启睿分别奏报向商洛山进剿失利。不过，官军因为在商洛山没有损失大将，李自成的义军一时也无力突围，所以战败的实际情形被大大地隐瞒了。其他军情奏报是关于革里眼、左金王和老回回等在皖西、鄂东和豫南一带的活动，以及豫东、皖北和山东境内的"土寇蜂起"，到处攻城破寨。王德化不敢立即到西苑奏闻，直到探知皇帝和后妃们已经用毕午膳，才只带着熊文灿的一封急奏来到玉熙宫，而吩咐王承恩把其余的紧急奏疏和塘报都放在乾清宫的御案上。

崇祯正在高兴，偶一回头，看见王德化神色不安地立在背后，不禁心中吃惊，忙问："有什么紧急军情？"

王德化走到他的身旁，躬着身子，把奏疏双手呈上。崇祯略微一看，登时脸色灰白，起身向里走去。周后大惊，忙同田妃和袁妃离座，跟了进去。

戏停演了。大家面面相觑。玉熙宫中变得死一般的寂静。过了一阵，从玉熙宫的内殿中传出崇祯的一句谕旨：立即起驾回宫。

在回宫的路上，崇祯认真地考虑差杨嗣昌去湖广督师的问题，但仍然不能决定。在澄渊亭上同田、袁二妃下棋连胜，在玉熙宫看活捉张献忠的过锦戏，这些愉快的事虽然才过去不久，却好像已经隔了多时了；又好像做了两场离奇的短梦，现在从梦中惊醒了。他在心中痛苦地自嘲说：

"朕在棋盘上同二妃连战皆捷，在疆场上竟一蹶不振！"

他下决心要改变目前湖广和陕西的军事状况，把张献忠消灭在川、陕、楚交界地方，把李自成消灭在商洛山中。但是他认为，要改变不利的军事状况，就得把杨嗣昌放出京去，把统帅各省"剿贼"军事的重担全交给他。他反复考虑，心中矛盾，向自己问道：

"现在就放杨嗣昌出京么？"

第二十章

从西苑回来的第二天，崇祯下旨，将熊文灿削职，听候勘问，将总兵左良玉贬了三级，将另一个总兵张任学削籍为民。这天下午，他在文华殿召见杨嗣昌密商大计。

近几天来，杨嗣昌看出来皇帝有意派他去湖广督师，又想留他在朝廷“翊赞中枢”。他自己也把这问题考虑再三，拿不定最后主意。他很明白自己近几年身任本兵，对内对外军事上一无成就。几个月前因清兵入塞，破名城，掳藩王，损主帅，皇上为舆论所迫，不得已将他贬了三级，使他戴罪视事。不料如今熊文灿又失败了，而文灿是他推荐的。若不是皇上对他圣眷未衰，他也会连累获罪。春天，他建议增加练饷[1]每年七百三十万两，随田赋征收，以为专练民兵之用，遭到朝廷上多人反对。如今练饷马上就要开征，必然会引起举国骚乱。可是编练数十万民兵的事，决难实施。倘若练饷加了之后而练兵的事成了泡影，他就不好下台。近一年来，朝野上下骂他的人很多，他很清楚。虽然他全是遵照皇上的旨意办事，但是一旦皇上对他的宠信减退，朝臣们对他群起抨击，皇上是决不会替他担过的。如其到那时下诏狱[2]，死西市，身败名裂，倒不如趁目前皇上宠信未衰时自请督师。他相信自己的做事练达和军事才能都比熊文灿高明得多，加上皇上的宠信，更加上以辅臣之尊，未出师就先声夺人，成功是有指望的。但是他也想到目前将骄兵惰，兵饷两缺，加上天灾人祸弄得人心思变，大江以北几乎没一片不乱土

① 练饷——崇祯十二年六月，朝廷以练新兵为名，决定在已经很重的田赋上增加七百三十万两银子，名为练饷。

② 诏狱——即由皇帝下诏令逮捕入狱。见第一卷二十三章此注。

地。万一出师无功，将何以善其后呢？

形势急迫，不管对崇祯说，对杨嗣昌说，这个问题都必须赶快决断。在文华殿召对时候，双方都在揣摩对方心思。崇祯先问了问军饷问题，随即转到湖广和陕西军事方面，叹口气说：

“朕经营天下十余年，用大臣大臣渎职，用小臣小臣贪污，国家事遂至于此，可为浩叹！如今决定拿问熊文灿，置之重典，以为因循误事、败坏封疆者戒。洪承畴尚能做事，但他督师蓟辽，责任艰巨，无法调回。举朝大臣中竟无可以代朕统兵剿贼之人！”

杨嗣昌赶快跪伏地上说：“熊文灿深负陛下倚任，拿问是罪有应得，就连微臣亦不能辞其咎。至于差何人赴湖广督师，请陛下早日决断。倘无适当之人，臣愿亲赴军前，竭犬马之力，剿平逆贼，借赎前愆，兼报陛下知遇之恩。”

崇祯点点头说：“倘先生不辞辛劳，代朕督师剿贼，自然甚好。只是朝廷百事丛脞[①]，朕之左右亦不可一日无先生。湖广方面究应如何安排，倘若先生不去，谁去总督诸将为宜，须要慎重决定，以免偾事。先生下去想想，奏朕知道。”

杨嗣昌回家以后，把崇祯的话仔细体会，认为这几句话既是皇上的真实心情，也未必不含有试试他是否真心想去督师的意思。他找了几位亲信幕僚到他的内书房中秘密计议。幕僚们都认为既然皇上有意叫他前去督师，不如趁早坚决请行，一则可以更显得自己忠于王事，二则暂且离开内阁，也可以缓和别人的攻击。至于军事方面，幕僚们是比较乐观的。他们认为官军在数量上比农民军多得多，像左良玉和贺人龙等都是很有经验的名将，问题只在于如何驾驭。熊文灿之所以把事情弄糟，是因为既无统帅才能，使诸将日益骄横，又一味贪贿，受了张献忠的愚弄。在这些方面，熊文灿实不能同杨嗣昌相提并论。他们认为，杨嗣昌以辅臣之尊前往督师，又有皇上十分宠信，只要申明军纪，任何骄兵悍将都不敢不听从指挥。只要战事不旷日持久，能够在一年内结束，国家还是有办

① 丛脞——烦杂、零乱。

法供应的。听了幕僚们的怂恿，杨嗣昌的主意完全拿定。他比幕僚们高明一点，不一味想着顺利成功，也想着战事会旷日持久，甚至失利。他想，目今国势艰难，代皇上督师剿贼是大臣义不容辞的事，万一不幸军事失利，他就尽节疆场，以一死上报皇恩。不过这种不吉利的想法，他没有告诉任何一个幕僚知道。

两天以后，崇祯见到了杨嗣昌的奏疏，情词慷慨，请求去湖广督师剿贼。他仍然因中央缺少像杨嗣昌这样的大臣，将无人负责同满洲秘密议和，犹豫很久。直到八月底，又接到湖广和陕西两地军事失利的奏报，他才下最后决心，命司礼监秉笔太监替他拟了一道给杨嗣昌的谕旨。他提笔改动几句，再由秉笔太监誊写在金花笺纸上，当天发了出去。那谕旨写道：

> 间者，边陲不靖，卿虽尽瘁，不免为法受罚①。朕比因优叙，还卿所夺前官。卿引愆自贬，坚请再三，所执甚正，勉相听许。朕闻《春秋》之义：以功覆过②。方今降徒干纪，西征失律③；陕寇再炽，围师无功。西望云天，殊劳朕忧！国家多故，股肱是倚；以卿才识，戡定不难。可驰驿往代文灿，为朕督师。出郊之事，不复内御④。特赐尚方剑以便宜诛赏。卿其芟除蟊贼，早奏朕功！《诗》不云乎："无德不报⑤。"贼平振旅⑥，朕且加殊锡焉⑦。

杨嗣昌接到圣旨是在八月二十八日上午，下午就上疏谢恩并请求召对。第二天晚上，崇祯在平台召见了杨嗣昌和首辅薛国观，

---

① 为法受罚——指几个月前清兵入塞，破名城，掳宗藩，损上将，崇祯在舆论压力下将杨嗣昌贬了三级，戴罪视事。但这一句措词含义，实际上为杨嗣昌开脱，指出这次受罚不完全是真正有罪，而是因为他当时任兵部尚书，按法不得不然。

② 以功覆过——拿功劳掩盖罪过。

③ 方今……失律——前一句是说张献忠谷城起义，后一句是说往西追剿的官军在罗猴山打了败仗。

④ 不复内御——等于"不从中制"。

⑤ 无德不报——在此处的意思是有功就有奖赏。这句诗出于《诗经·大雅》。

⑥ 振旅——班师。

⑦ 且加殊锡焉——将给予不一般的奖赏。

吏部尚书谢升，户部尚书李待问，新任兵部尚书傅宗龙，讨论调兵和筹饷等问题。他面谕兵、户二部尚书，必须按照杨嗣昌所提出的需要办理，不得有误，又问谢升：

“杨嗣昌此行，用何官衔为宜？”

吏部尚书回奏：“臣以为用‘督师辅臣’官衔为宜。”

崇祯觉得这个官衔很好，点头同意，随即把杨嗣昌叫到面前，声音低沉地说：

“朕因寇乱日急，不得已烦先生远行。朕实不忍使先生离开左右！”

杨嗣昌跪在地上，感激流泪说：“微臣实在很不称职，致使寇乱、虏警，接连不断，烦陛下圣心焦劳。每一念及，惶悚万分。蒙皇上赦臣不死之罪，用臣督师，臣安敢不竭尽驽骀之力，继之以死！”

崇祯听到“继之以死”几个字，不觉脸色一寒，心上登时出现了一个不吉的预感，默然片刻，慢慢地说：

“卿去湖广，既要照顾川、楚，也要照顾陕西，务将各股流贼克期歼灭。闯贼于溃败之余，死灰复燃。虽经郑崇俭将他围困于商洛山中，却未能将他剿灭，陕西事殊堪忧虑。听说闯贼行事与献贼大不相同，今日不灭，他日必为大患。卿目前虽以剿献贼为主，但必须兼顾商洛。对闯贼该进剿，该用间，卿可相机行事。总之不要使闯贼从商洛山中逸出。倘若万一闯贼从商洛山中窜出，亦不要使彼与献贼合股或互相呼应。不知先生对二贼用兵有何良策？”

杨嗣昌回答说：“使二贼不能彼此呼应，更不能使二贼合股滋扰，十分要紧。陛下所谕，臣当钦遵不忘。兵法云‘亲而离之’①，况闻二贼素来彼此猜忌，实不相亲。目前用兵，也就是要将他们分别围剿，各个歼灭。至于应如何迅速进兵，方为妥当，臣今日尚难预度。容臣星夜驰至襄阳，审度情势，然后条上方略，方合实际。”

崇祯说：“先生驰赴襄阳，对剿灭献贼之事，朕不十分担忧。朕方才所谕，是要先生对闯贼内部用间。倘能使闯贼内部火并，诱使

① 亲而离之——语见《孙子·计篇》。意思是说：敌人若内部团结，就设计离间他们。

其手下大头领叛闯反正或杀闯献功，此系上策。不然，闯贼善于团结党羽，笼络人心，凭险顽抗，而秦军士老兵疲，何日能剿灭这股凶贼？要用间，要用间。”

杨嗣昌赶快说：“皇上英明天纵，烛照贼情。臣至襄阳，当谨遵皇上所授方略，对闯贼部下设计用间。目前也只有这着棋，能致闯贼死命。至于如何用间，臣已有了主意。”

“先生有何好的主意？”

“闯贼原有一个总管名叫周山，前年反正，颇具忠心，时思报效朝廷，现在曹变蛟军中，驻防山海关附近。俟臣到襄阳之后，如就近无妥人可用，即檄调周山去襄阳。臣询明贼中实情，面授机宜。”

崇祯点头说：“好，好。卿还有什么需要？”

杨嗣昌奏道：“从前贼势分散，故督饷侍郎[①]张伯鲸驻在池州[②]，以便督运江南大米。今官军云集于川、楚交界与陕西南部，距离池州甚远。请命督饷侍郎移驻湖广用兵之地，方好办事。”

“卿说得是，即叫兵部办理。”崇祯说毕，向傅宗龙望了一眼。

杨嗣昌又说：“左良玉虽然战败，但其人有大将之才，他麾下的兵也还可用。乞皇上格外施恩，封他为‘平贼将军’[③]，以资鼓励。”

崇祯对左良玉本来很不满意，甚至暗中怀恨，但是他立刻表示同意说：“可以，就封他为‘平贼将军’，以资鼓励。”

杨嗣昌又提出些关于调兵遣将的问题，凡是他所请求的，崇祯无不同意。多少年来，崇祯对督师大臣从没有像这样宠信，言听计从。杨嗣昌最后说：

“臣闻古者大臣出征，朝闻命夕即上道。一应随从、厩马、铠仗等项，均望各主管衙门从速发给，俾微臣不误启程。”

---

① 督饷侍郎——明末朝廷因军事需要，专设一兵部侍郎，负责督运军饷，称为督饷侍郎。

② 池州——今安徽贵池县。

③ 平贼将军——明朝总兵官是武一品，在官阶上不能再提升。如作重大奖励，或封侯、伯等爵位，或荫其子孙，或给予某种将军称号。某种将军称号虽非爵位，也不能世袭，但因为不易获得，所以被视为特殊荣誉。“平贼将军”称号在正德七年（公元1512年）给过仇钺一次。

崇祯十分高兴地说:“卿能如此,朕复何忧!所需一切,朕即谕各有司即日供办。”

这时已经有二更多天。诸大臣向崇祯叩了头,由太监提着宫灯引导退出。崇祯把新的希望寄托在杨嗣昌身上,含着微笑,乘辇往坤宁宫去。

崇祯心头上的一股欣慰情绪并没有持续多久。尽管他还不到三十岁,但治理国家已经有十二年了。十二年中无数的挫折给了他相当多的痛苦经验,使他对任何事不敢抱十分希望,现在对杨嗣昌的督师也是如此。在坤宁宫坐下以后,他一面同周后说话,一面继续想着杨嗣昌的受命督师,于欣慰中不免发生了疑虑和担忧。可是不指望杨嗣昌又能够指望谁呢?

过了一天,崇祯下旨恢复杨嗣昌原来的品级,赐他精金百两,做袍服用的大红纻丝表里①四匹,斗牛衣②一件,赏功银四万两,银牌一千五百个,纻丝和绯绢各五百匹,发给“督师辅臣”银印一颗,饷银五十万两。宫廷和主管衙门办事从来没有像这样迅速,崇祯本人也很少像这般慷慨大方。杨嗣昌深深明白皇上对湖广和陕西军事有多么焦急,而对他的期望是多么殷切。他当天就上疏谢恩和请求陛辞,并于疏中建议七条军国大计。

崇祯对他的建议全部采纳,当晚派遣太监传旨:明天中午皇上在平台赐宴,为他饯行。

第二天是九月初四。

午时一刻,杨嗣昌由王德化引进平台后殿,在鼓乐声中随着鸿胪寺官的鸣赞向皇帝行了常朝礼。光禄寺官在殿中间摆了两席:一席摆在御案上,皇帝面向南坐;一席摆在下边。杨嗣昌又一次跪下叩头谢宴,然后入席,面向北坐。崇祯拿着自己面前的玉斝举一举,表示向督师辅臣敬酒。杨嗣昌离开座位,跪在地上,双手捧着

---

① 纻丝表里——纻丝就是缎子。表里指袍面子和袍里子。
② 斗牛衣——补子上绣着斗、牛两星宿图案的蟒袍。

自己的酒杯，毕恭毕敬地送到唇边，轻轻地咂了一下，不敢认真喝下去，却把酒浇在地上，哽咽说："谢万岁皇恩！"音乐停止了。崇祯问了几句关于他启程的话，又吩咐太监敬他三次酒。王德化望望皇帝，转向鸿胪寺官使个眼色。鸿胪寺官走出殿门，说声"奏乐！"随即殿庑下又奏起来了庄严的音乐。

杨嗣昌不知为什么又突然奏乐，赶快站立起来，离席垂手躬身而立。

一个小太监双手捧着一个很大的黄绫云龙长盒，走到他的面前站住，用眼睛向他示意，王德化尖声说：

"杨嗣昌赶快谢恩！"

杨嗣昌忽然明白，赶快跪下去叩头谢恩，山呼万岁，然后捧接锦盒。

崇祯说："先生出征，朕写诗送行，比卿为周之方叔①、汉之亚夫②。愿先生旌麾所指，寇氛尽消，不负朕的厚望。"

杨嗣昌又一次叩头谢恩，山呼万岁，用颤抖的双手打开锦盒，取出御制诗。旁边的太监替他捧住锦盒。他将一卷正黄描金云龙蜡笺展开，上有崇祯亲题七绝一首，每字有两寸见方，后题"赐督师辅臣嗣昌"七个字，又一行字是"大明崇祯十二年己卯九月吉日"。蜡笺上盖有"崇祯御笔"和"表正万方之宝"两颗篆体阳文朱印。杨嗣昌颤声朗诵：

盐梅③今去作干城，
上将威严细柳营。
一扫寇氛从此靖，
还期教养遂民生。

---

① 方叔——周宣王时的大臣，曾经平了荆蛮（长江流域的一个部族）的叛乱。

② 亚夫——即周亚夫，西汉名将，文帝时防御匈奴，驻军咸阳细柳地方，称为细柳营。景帝时他又带兵平七国之乱。

③ 盐梅——上古时调味品很简单，主要靠盐和梅子。在醋发明之前，想吃酸味，就加点梅子进去。据说殷高宗命傅说为相时就拿盐和梅两种东西比贤相的重要。

朗诵毕，杨嗣昌一边拜，一边流泪，却哽咽得说不出一句话来。

赐过御诗后，赐宴的仪式就算完毕，撤去酒肴。光禄寺和鸿胪寺的官员们首先退了出去。随即崇祯挥一下手，使太监们也退出去。他叫杨嗣昌坐近一点，声调沉重地说：

“目今万不得已，朕只好让先生远离京城。剿贼成败，系于先生一身。不知先生临行前还有何话要对朕说？”

杨嗣昌站起来说：“臣以庸材，荷蒙知遇，受恩深重，惟有鞠躬尽瘁以报陛下。然臣一离国门，便成万里；有一些军事举措，因保机密，难使朝廷尽知，不免蜚语横生，朝议纷然，掣臣之肘。今日臣向陛下辞行，恳陛下遇朝议掣肘时为臣做主，俾臣得竭犬马之力，克竟全功。”

“本朝士大夫习气，朕知之最悉。先生可放心前去，一切由朕做主。”

杨嗣昌又说：“兵法云：‘兵贵胜，不贵久。’‘夫兵久而国利者，未之有也。’然以今日情势而言，欲速胜恐不甚易。必须使官军先处于不败之地，而后方可言进剿，方可言将逆贼次第歼灭。”

“如何方能使官军先处于不败之地？”

“目前官军将骄兵惰，如何能以之制贼？微臣此去，第一步在整肃纪律，使三军将士不敢视主帅如无物，以国法为儿戏，然后方可以显朝廷之威重，振疲弱之士气，向流贼大举进剿。”

崇祯点头说：“正该如此。”

杨嗣昌又奏：“襄阳控扼上游，绾毂数省，尤为豫楚咽喉，故自古为军事重镇，为兵家所必争。万一襄阳失，则不惟豫、楚大局不堪设想，甚且上而川、陕，下而江南，均将为之震动。臣到襄阳后，必先巩固此根本重地，然后进剿。总之，目前用兵，志欲其速，步欲其稳，二者兼顾，方为万全。至于其他详细安排，俟臣到襄阳后再为条陈。”

“先生说的很是。以目前剿贼军事说，湖广的襄阳确是根本重地，十分要紧。”崇祯用手势使杨嗣昌坐下，停一停，又说：“得先生坐镇襄阳，指挥剿贼，朕稍可放心。只是东虏势强，怕他不待我剿贼成功，又将大举入犯。”

“是，臣所虑者也正在此。”

“倘若东虏入犯，如何是好？”

“辽东各地，北至黑龙江外，皆祖宗土地，满洲亦中国臣民。只因万历季年，朝廷抚驭失策，努尔哈赤奋起为乱，分割蚕食，致有今日。以臣愚见，抚为上策。只有对东虏用抚，羁縻一时，方能专力剿贼。俟流贼剿除，国家再养精蓄锐，对满洲大张挞伐不迟。”

“我看傅宗龙未必能担此重任。”

“臣之所以荐傅宗龙任本兵，只是因为他熟知军旅，非为议抚着想。若将来对东虏议抚，陈新甲可担此重任。陈新甲精明干练，实为难得人才。”

“卿当时何不荐陈新甲担任本兵？”

“陈新甲资望较浅，且非进士出身，倘若即任本兵，恐难免招致物议。现新甲已任总督，稍历时日，皇上即可任他做本兵了。”

崇祯点头说：“过些时朕用他好了。至于东虏方面，朕以后相机议抚。望先生专意剿贼，不必分心。流贼为国家腹心之忧，千斤重担都在先生肩上。”

杨嗣昌离开座位，跪下叩头说：“臣世受国恩，粉身不足为报。此去若剿贼奏捷，则朝天有日；若剿贼无功，臣必死封疆，决不生还。”

这“必死”二字说得特别重，连站在殿外的太监们都听得清楚。崇祯的脸色灰白，又一次在心上起了个不吉的预感。停了片刻，他说：

“已令大臣们明日在国门外为卿饯行。朕等待卿早日饮至[①]，为劳旋之宴。”

杨嗣昌辞出以后，崇祯命太监把今日御宴上所用的金银器皿统统赐他，另外还赐他宫中所制的御酒长春露和长寿白各一坛。

---

① 饮至——古时皇帝慰劳将帅凯旋归来的隆重典礼。详见第一卷第五章此注。

如今他把“剿灭流贼”、拯救危局的希望全放在杨嗣昌的身上了。

赐宴的次日清早，杨嗣昌进宫陛辞，随即带着大批僚属、幕宾、卫队、奴仆，前呼后拥地启程。文武百官六品以上由首辅薛国观率领着在广宁门外真空寺等候。这座寺庙虽然算不得十分壮丽，但在明代后期也大有名气。世宗嘉靖皇帝从湖广钟祥来北京继承皇位，群臣就是在这里接驾。供嘉靖临时休息的黄缎帐殿设在寺的西边。万历六年六月，大学士张居正由故乡回京，皇帝在寺内赐宴。今天文武大臣奉旨郊饯督师辅臣，仍用这个有历史意义的地方，使人特别感觉着皇恩隆厚，意义重大。因为文武大臣人数众多，在偌大的一座寺院中临时搭起了布棚，摆满了桌椅。寺门外，车、马、轿子、各色执事人等，兵丁和奴仆，像赶会似的，沿大路两旁两三里长的地方填得满满的。杨嗣昌的轿子一到，三品以下官在寺门外半里远的地方躬身肃立迎接，首辅、众阁臣、六部尚书和侍郎，都察院左右都御史以及所有三品以上官都在山门外边迎接。杨嗣昌距寺门半里远，在三声礼炮和鼓乐声中下轿，对那班三品以下官拱手还礼，以示谦逊，然后重新上轿，直抬到山门外边。

因为是钦命百官为他饯行，所以杨嗣昌在寺院中先向北叩头谢恩，然后入席就座。他说了几句逊谢的话，就由薛国观等大臣率领全体文武同僚敬酒三杯。从今天郊饯仪式的隆重和所到文武大臣人数的众多，充分表现出朝廷对杨嗣昌此行特别重视，好像国运能否中兴都系于他的一身。尽管有人对他的成功不敢完全相信，但在此时此地也只能举起杯来向他说几句恭维的话。为着杨嗣昌王命在身，酒宴并没有拖延多久。他望着北京城“叩谢天恩”，然后向大家辞别，上轿登程，向卢沟桥方向奔去。

此处属宛平县境，所以宛平知县事先赶来，率领城中士绅，在东门外道旁跪接，俯伏在地，不敢仰视。杨嗣昌在轿中没有理会，只隔着亮纱窗向他们瞟了一眼。等他的幕僚们骑着马跟着他的轿子都过去以后，这一群地方官绅才从飞腾的黄尘中站立起来。他们平生第一次看见以内阁辅臣之尊出京督师，想着大概在军事上会有转机了。

几百幕僚、家人和护卫兵丁簇拥着督师辅臣的绿呢八抬大轿，像一阵风似的穿城而过。到了卢沟桥上，杨嗣昌吩咐停轿。一个家人趋前一步，替他打开轿帘。他从轿中走出，靠着栏杆，把右手放在一只石狮子头上，遥望西山景色。他是很迷信风水的，不免感慨地在心中问道："看，这一道龙脉从山西奔来，千里腾涌，到北京结了穴，郁郁苍苍，王气很盛，故历金、元和本朝都以北京为建都之地，难道如今这王气竟暗暗消尽了么？不然何以国运如此不振？"向西山一带望了一阵，他把头转过来，怀着无限的依恋心情，向北京的方向望去，在树色和尘埃中，似乎隐隐约约地望见了北京城头，还有一个在远树梢上耸出的雄伟影子，大概是广宁门的城楼。这些灰暗的影子后边是几缕白云。他想象着紫禁城应该在白云下边。忽然想到自己出来督师"剿贼"，也许永远不能再回京师，不能再看见皇上。想到这里，他不禁满怀凄怆，随即向身旁的家人吩咐：

"伺候上轿！"

杨嗣昌沿路不敢耽搁，急急赶路。轿夫们轮流替换，遇到路途坎坷的地方他就下轿乘马。每日披着一天星星启程，日落以后方才驻下。每隔三天，他就向朝廷报告一次行程。自来宰相一级的大臣出京办事，多是行动迟慢，沿途骚扰，很少像他这样。所以单看他离京以后"迅赴戎机"的情形，满朝文武都觉得他果然不同，就连平日对他心怀不满的人也不能不认为他到襄阳后可能把不利的军事局面扭转。至于崇祯，他平日就认为杨嗣昌忠心任事，很有作为，如今每次看见杨嗣昌的路上奏报，感到很大欣慰。

当时从北京去襄阳的官道是走磁州、彰德、卫辉、封丘、开封、朱仙镇、许昌、南阳和新野。他在开封只停留半天，给地方长官们发了一道檄文，晓谕朝廷救民水火的"德意"，勉励大家尽忠效力。二十九日夜间到了襄阳，以熊文灿的总理行辕作为他的督师辅臣行辕。在他从开封奔赴襄阳的路上,他用十万火急的文书通谕湖广巡抚、郧阳巡抚以及在荆、襄、郧阳和商州一带驻防的统兵大员,包括总兵、副将和监军,统统于九月底赶到襄阳会议,并听他面授机宜。这些火急文书都交给地方塘马以接力的方法日夜不停地飞马传送。宁可跑死马匹,文书不许在路上滞留。这些被召集的文官武将,除少数人因驻地较远和其他特殊原因外,接到通知后都不敢怠慢,日夜赶路,奔赴襄阳。一般的都能够提前到达,来得及在樊城东郊十五里的张家湾恭迎督师。从这件事可以看出来杨嗣昌以辅相之尊,加上为天子腹心之臣,出京后先声夺人,说出的话雷厉风行。

倘若是别的大臣,经过二十多天披星戴月的风尘奔波,到襄阳后一定要休息几天。但是杨嗣昌不肯休息,到襄阳的第二天就召见了湖广巡抚和其他几个大员,详询目前军事和地方情形,并且阅览了许多有关文书。仅仅隔了一天,他就在行辕中升帐理事。从他到襄阳的这一天起,明朝末年的国内战争史揭开了新的一章。

第二十一章

按照古老风俗，十月初一是一个上坟的节日。襄阳家家户户，天色不明就焚烧冥镪、纸钱和纸剪的寒衣。城内城外，这儿那儿，不时发出来悲哀哭声。但是督师行辕附近，前后左右的街巷非常肃静。自从杨嗣昌到了襄阳，这一带就布满岗哨，不许闲人逗留，也不许有叫卖声音。今天因为要召开军事会议，更加戒备森严，实行静街，断绝行人往来。那些靠近行辕的居民，要出城扫墓的只好走后门悄悄出去；想在家中哭奠的，也不敢放声大哭。

辕门外，官兵如林，明盔亮甲，刀枪剑戟在平明的薄雾中闪着寒光。一对五六丈高的大旗杆上悬挂着两面杏黄大旗，左边的绣着“盐梅上将”，右边的绣着“三军督司”，这都是在一天一夜的时间中由裁缝们赶制成的。另外，辕门外还竖立着两行旗，每行五面，相对成偶，杆高一丈三尺，旗方七尺，一律是火焰形杏黄旗边，而旗心是按照五方颜色。每一面旗中心绣一只飞虎，按照所谓五行相生的道理规定颜色，例如代表东方的旗帜是青色，而中间的飞虎则绣为红色，代表南方的则是红旗黄飞虎，如此类推。这十面旗帜名叫飞虎旗，是督师行辕的门旗。这一条街道已经断绝百姓通行，连文武官员的马匹也都得离辕门左右十丈以外的地方停下。

咚咚咚三声炮响，辕门大开。从辕门到大堂，是深深的两进大院，中间一道二门。二门外站着八个卫士；从二门里到大堂阶下，宽阔的石铺甬路两旁也站着两行侍卫。两进院子里插着许多面颜色不同、形式各别的军旗，按照五行方位和二十八宿的神话绣着彩色图案。二门外石阶下，紧靠着左边的一尊石狮子旁树了一面巨大的、用墨绿贡缎制成的中军坐纛，镶着白绫火焰形的边；旗杆上杏黄缨子有五尺长，上有缨头，满缀珠络为饰；缨头上露出银枪。大纛的中心用红色绣出太极图，八卦围绕，外边是斗、牛、房、心等等星宿。大堂名叫白虎堂，台阶下竖两面七尺长的豹尾旗①，旗杆头是一把利刃。这是军机重地的标志。门外竖了这种旗子，大小官员非有主将号令不许擅自入内，违者拿办。在明朝末年，主帅威令不行，军律废弛，成了普遍情形。所以杨嗣昌今天开始升帐理事就竭力矫正旧日积弊，预先指示僚属们认真做了一番布置，以显示督师辅臣的威重，使被召见的文官武将们感觉到这气象和熊文灿在任时大不相同，知所畏惧。

第一次鸣炮后，文武大员陆续进入辕门，在二门外肃立等候。郧阳巡抚和商洛地区的驻军将领都因路远没有赶到，如今来到的只有驻在二百里以内的和事先因公务来到襄阳的文武大员。第二次炮响之后，二门内奏起军乐。杨嗣昌身穿二品文官仙鹤补服，腰系玉带，头戴乌纱帽，在一大群官员的簇拥中从屏风后缓步走出。他在正中间围有红缎锦幛的楠木公案后边坐下，两个年轻而仪表堂堂的执事官捧着尚方剑和"督师辅臣"大印侍立两旁，众幕僚也分列两旁肃立侍候。承启官走到白虎堂前一声传呼，二门内应声如雷。那等候在二门外的文武大员由湖广巡抚方孔昭领头，后边跟着监军道、总兵、副将和参将等数十员，文东武西，分两行鱼贯而入。文官们按品级穿着补子公服，武将们盔甲整齐，带着弓箭和宝剑。文武大员按照品级，依次向杨嗣昌行了报名参拜大礼，躬身肃立，恭候训示。

杨嗣昌没有马上训话，也没让大家就座。因为今天是十月朔日，他先率领全体文武向北行四拜贺朔②礼，然后才命文武官员就座。军乐声停止了。白虎堂中和院中寂静异常。杨嗣昌拈拈胡须，用炯炯目光向大家扫了一遍，随即慢慢地站起来。所有文武大员都跟着起立，躬身垂手，屏息无声，静候训示。杨嗣昌清一下喉

---

① 豹尾旗——长条形，上绣花纹，像豹子尾巴一样。

② 贺朔——文武官员，逢每月初一向皇帝行礼致贺，叫做贺朔。

咙，开始说话，他首先引述皇帝的口谕，把大家的剿贼无功训诫一顿，语气和神色十分严峻，然后接着说：

“本督师深荷皇上厚恩，畀以重任，誓必灭贼。诸君或世受国恩，或为今上所识拔，均应同心戮力，将功补过，以报陛下。今后剿贼首要在整肃军纪，有功必赏，有罪必罚。如有玩忽军令、作战不力者，本督师有尚方剑在，副将以下先斩后奏，副将以上严劾治罪，决不宽贷！”

众将官震惊失色，不敢仰视。杨嗣昌又训了一阵话，无非勉励大家整饬军纪，为国尽忠，救百姓于水火之中，成国家中兴之业，等等。关于今后作战方略，他只说为机密起见，随后分别训示。全体到会的文武大员都对杨嗣昌的辅臣气派和他的训话留下深刻印象，感到畏惧，也感到振奋。训话毕，杨嗣昌又用威重的眼光向大家扫了一遍，吩咐大家下去休息，等候分别传见，然后离开座位，向大家略一拱手，在幕僚们的簇拥中退回内院。众文武大员躬身叉手相送，等他走了以后才从白虎堂中依次肃然退出。大家不敢离开督师行辕，等候传见。过了片刻，只见承启官走出白虎堂高声传呼：

“请湖广镇总兵左大人！”

总兵左良玉是辽东人，今年三十九岁，体格魁梧，紫铜色面皮。十年以前，他在辽东做过都司，因在路上劫了国家运往锦州的军资，犯法当斩。同犯丘磊是他的好朋友，情愿牺牲自己救活他，独自把罪案承担下来。左良玉由主犯变为从犯，挨了二百军棍被革职了。过了很久，无事可做，他跑到昌平驻军中做了一名小校。由于他的武艺、勇敢和才干样样出众，渐渐地被驻守昌平的总兵官尤世威所赏识。崇祯四年八月，清兵围攻大凌河[1]很急，崇祯诏昌平驻军星夜赴援。当时侯恂[2]以兵部侍郎衔总督昌平驻军，守护陵

① 大凌河——指大凌河城，在辽宁锦州东北数十里处，为明朝山海关外的军事重镇。

② 侯恂——河南商丘人，字若谷，即侯方域的父亲。

寝，并为北京的北面屏障。接到上谕后，侯恂苦于找不到一个可以胜任率兵赴援的人。只有尤世威久历战阵，但昌平少不得他。他正在无计，尤世威向他保荐左良玉可以胜任，只是左良玉目前是个小校，无法统率诸将。侯恂说："如果左良玉真能胜任，我难道不能破格替他升官么？你去告他说，就派他统兵前去！"

当天夜里，尤世威亲自到左良玉住的地方找他。他一听说总兵大人亲自来了，以为是逮捕他的，大惊失色，对自己说："糟啦，一准是丘磊的事情败露啦！"他想逃走已经来不及，慌忙藏到床下。尤世威用拳头捶着门，大声说：

"左将军，你的富贵来啦，快拿酒让我喝几杯！"

左良玉觉得很奇怪，从来不曾梦想到有朝一日会有人称他将军。开门以后，尤世威把事情的经过对他说了，他仍然手足无措，颤栗不止，过了片刻才稍稍镇定下来，扑通跪到尤世威面前。尤世威也跪下去一条腿，把他搀起来。恰在这时，侯恂亲自来了。

第二天早晨，侯恂在辕门内大集诸将，当着众将的面以三千两银子给左良玉送行，又赐他三杯酒，一支令箭，说道：

"这三杯酒是我以三军交将军，给你一支令箭如同我亲自前去。"他又望着出征的将领说："你们诸位将军一定要听从左将军的命令，他今天已经升为副将，位在诸将之上。我保荐左将军的奏本，昨夜就拜发了。"

左良玉出辕门时向侯恂跪下去，用头叩着石阶，发誓说："我左良玉这次去大凌河倘若不能立功，就自已割掉自已脑袋！"

他率领几千将士驰赴山海关外，在松山和杏山①打了两次胜仗。不过一年多的时光，他从一个有罪的无名小校爬上总兵官的高位。最近几年他一直在黄河以南和长江以北的广大中国腹地同农民军作战，尤其河南和湖广两省成了他主要的活动地区。自从曹变蛟随洪承畴出关以后，在参加对农民军作战的总兵官中，以他的兵力最强，威望最高。因此，尽管平素十分骄横，军纪很坏，扰害

① 松山、杏山——松山指松山堡，在锦县南。杏山指杏山驿，在锦县西南。

百姓,杀良冒功,两个月前又在罗猴山打了败仗,贬了三级,但杨嗣昌仍不得不把希望指靠在他的身上,所以离京前请求皇上封他为“平贼将军”,而今天首先召见的也是他。

承启官引着左良玉穿过白虎堂,又穿过一座大院,来到一座小院前边。小院的月门外站着两个手执宝剑的侍卫,刚才插在白虎堂阶前的豹尾旗已经移到此处。从月门望进去,竹木深处有一座明三暗五的厅堂,虽不十分宏敞,却是画栋雕梁,精致异常。堂前悬一朱漆匾额,上有熊文灿手书黑漆“节堂”二字。左良玉对于自己的首被召见,既感到不胜宠荣,又不免提心吊胆。在熊文灿任总理时,这地方他来过多次,但现在来竟异乎寻常地心跳起来。忽听传事官传报一声:“左镇到!”随即从节堂中传出一声“请!”一位中军副将自小院中迎出,而另一位侍从官赶快打起节堂的猩红缎镶黑边的夹板帘。左良玉紧走几步,一登上三层石阶就拱着手大声禀报:“湖广总兵左良玉参见阁部大人!”进到门里,赶快跪下行礼。

杨嗣昌早已决定要用“恩威兼施”的办法来驾驭像左良玉这样的悍将,所以对他的行大礼并不谦让,只是站起来拱手还礼,脸孔上略带笑容。等左良玉行过礼坐下以后,杨嗣昌先问了问近来作战情况,兵额和军饷的欠缺情况,对一些急迫问题略作指示,然后用略带亲切的口气叫道:

“昆山[①]将军!”

左良玉赶快起立,叉手说:“不敢,大人。”

“你是个有作为的人,”杨嗣昌继续说,也不让左良玉坐下,“所以商丘侯先生拔将军于行伍之中,置之统兵大将之位,可谓有识人之鉴。不过自古为大将者常不免功多而骄,不能振作朝气,克保令名于不坠。每览史书,常为之掩卷叹息。今日正当国家用人之时,而将军亦正当有为之年。日后或封公封侯,名垂青史,或辜负国恩,身败名裂,都在将军自为。今上天纵英明,励精图治,对臣工功过,洞鉴秋毫,有罪必罚,不稍假借,想为将军所素知。罗猴山之

① 昆山——左良玉的字。上级长官称部属的字,表示亲切和客气。

败，皇上十分震怒，姑念将军平日尚有战功，非其他怯懦惜死的将领可比，仅贬将军三级，不加严罚，以观后效。本督师拜命之后，面奏皇上，说你有大将之才，兵亦可用，恳皇上格外降恩，赦免前罪，恢复原级，并封你为平贼将军，已蒙圣上恩准。在路上本督师又上疏题奏，想不久平贼将军印即可发下。将军必须立下几个大功，方能报陛下天覆地载之恩，也不负本督师一片厚望。"

左良玉跪下叩头说："这是皇上天恩，也是阁部大人栽培。良玉就是粉身碎骨，也难报答万一。至于剿贼的事，末将早已抱定宗旨：有贼无我，有我无贼。一天不把流贼剿灭干净，末将寝食难安。"

"昆山请起。请坐下随便叙话，不必过于拘礼。"

"末将谢座！"

杨嗣昌接着说："将军秉性忠义，本督师早有所闻。若谷先生不幸获罪，久系诏狱。听说昆山每过商丘，不避嫌疑，必登堂叩拜太常卿碧塘老先生[①]请安，执子弟礼甚恭。止此一事，亦可见将军忠厚，有德必报，不忘旧恩。"

左良玉回答说："倘没有商丘侯大人栽培，末将何有今日。末将虽不读诗书，但听说韩信对一饭之恩尚且终身不忘，何况侯府对末将有栽培大恩。"

杨嗣昌点点头表示赞许，拈须微笑说："本督师与若谷先生是通家世交。听说若谷先生有一位哲嗣名方域，表字朝宗，年纪虽轻，诗文已很有根柢。昆山可曾见过？"

"三年前末将路过商丘，拜识这位侯大公子。"

"我本想路过河南时派人去商丘约朝宗世兄[②]来襄阳佐理文墨，后来在路途上听说他已去南京，殊为不巧。"停了片刻，杨嗣昌忽然问道："据将军看来，目前剿贼，何者是当务之急？"

"最要紧的是足兵足饷。"

---

① 碧塘老先生——侯恂的父亲名执蒲，字碧塘，天启时官太常卿，因忤魏忠贤罢归。

② 世兄——明清时期，士大夫对通家子侄的客气称呼。

杨嗣昌又问:“足兵足饷之外,何者为要?”

“武官不怕死,文官不爱钱。”

杨嗣昌明白左良玉所说的文官爱钱是对熊文灿等有感而发,轻轻点头,说:“昆山,你说是‘武官不怕死,文官不爱钱’,确是十分重要,但还只是一个方面。依我看来,目前将骄兵惰,实为堪虑。倘若像今日这样,朝廷威令仅及于督抚,而督抚威令不行于将军,将军威令不行于士兵,纵然粮饷不缺,岂能济事?望将军回到防地之后,切实整顿,务要成诸军表率,不负本督师殷切厚望。倘能一扫将骄兵惰积习,使将士不敢以国法为儿戏,上下一心,戮力王事,纵然有一百个张献忠,一千个李自成,何患不能扑灭!”

当杨嗣昌说到“望将军回到防地之后”这句话时,左良玉赶快垂手起立,心中七上八下。等杨嗣昌的话一完,他赶快恭敬地回答说:

“末将一定遵照大人钧谕,切实整顿。”

“将军年富力强,应该趁此时努力功业,博取名垂青史。一旦剿贼成功,朝廷将不吝封侯之赏。”

左良玉听了这几句话大为动容,诺诺连声,并说出“誓死报国”的话。他正等待杨嗣昌详细指示作战方略,却见杨嗣昌将茶杯端了一下,说声:“请茶!”他知道召见已毕,赶快躬身告辞。杨嗣昌只送到帘子外边,略一拱手,转身退回节堂。

回到公馆以后,左良玉的心中又欣喜又忐忑不安。他知道朝廷和杨嗣昌在剿贼一事上都得借重他,已经封他为“平贼将军”,并且杨阁部特别提到与商丘侯家是通家世谊,显然是表示对他特别关心和亲近的意思,这一切都使他感到高兴。但是他同时想到,杨嗣昌与熊文灿确实大不相同,不可轻视,而自己的军队纪律不好,平日扰害百姓,杀良冒功,朝廷全都晓得,倘再有什么把柄落在阁部手里,岂不麻烦?他吩咐家人安排家宴庆贺受封平贼将军,却没有把自己的担心流露出来。

左良玉离开节堂以后,杨嗣昌匆匆地分批召见了巡抚方孔昭,几位总兵、监军、副将和十几位平日积有战功的参将，其余的大批参将全未召见。午饭后，他稍作休息，便坐在公案边批阅文书。传事官在节堂门外踌躇一下，然后掀帘进来，到他的面前躬身禀道：

“方抚台同各位大人、各位将军前来辕门辞行，大人什么时候接见?”

杨嗣昌嗯了一声，从文书上抬起头来，说：“现在就接见，请他们在白虎堂中稍候。”

这班来襄阳听训的文武大员，从前在熊文灿任总理时候也常来襄阳开会和听训，除非军情十分紧急，会后总要逗留一些日子，有家在此地的就留在家中快活，无家的也留在客馆中每日与同僚们召妓饮酒，看戏听曲，流连忘返。有些副将以下的官在襄阳玩够了，递手本向总理辞行，熊文灿或者不接见，或者在两三日以后传见。由于上下都不把军务放在心上，那些已经辞行过的，还会在襄阳继续住几天才动身返回防地。杨嗣昌一到襄阳就知道这种情形，所以他在上午分批接见文武大员时就要大家星夜返防，不得任意在襄阳逗留。

全体文武大员由巡抚方孔昭率领，肃静地走进白虎堂，分两行坐下等候。他们根据官场习气，以为大概至少要等候半个时辰以上才能够看见杨嗣昌出来，没想到他们刚刚坐定，忽然听见一声传呼：“使相①大人驾到!”大家一惊，赶快起立，屏息无声。杨嗣昌身穿官便服，带着几个幕僚，仪态潇洒地从屏风后走了出来。就座以后，他嘱咐大家固守防地，加紧整顿军律，操练人马，以待后命。话说得很简单，但清楚、扼要、有力。随即他叫左右把连夜刻版印刷成的几百张告示拿出，分发众文官武将带回，各处张贴。这份告示的每个字几乎有拳头那么大，内容不外乎悬重赏擒斩张献忠和李自成，而对于罗汝才则招其投降。众将官接到告示，个个心中惊奇和佩服。一退出白虎堂，大家就忍不住窃窃私语，说阁部大人做事

① 使相——唐、宋两朝，皇帝常派宰相职位的文臣出京作统帅或出镇一方，称为使相。“使”是节度使的简称。明朝官场中也沿用使相这个词称呼那些以辅臣身份督师的人。

真是雷厉风行，迅速万分。等他们从行辕出来，看见各衙门的照壁上、十字街口、茶馆门外、城门上，已经到处粘贴着这张告示，老百姓正在围观。

杨嗣昌回到节堂里同几个亲信幕僚研究了襄阳的城防问题，日头已经平西了。他决定趁着天还不晚，也趁着襄阳百姓还不认识他的面孔，亲自去看一看襄阳城内的市容，看一看是否有许多散兵游勇骚扰百姓，同时也听一听百姓舆论。幕僚们一听说他要微服出巡，纷纷劝阻。有的说恐怕街巷中的秩序不很好，出去多带人暗中护卫则不机密，少带人则不安全。有人说他出京来一路上异常劳累，到襄阳后又不曾好生休息，劝他在行辕中休息数日，以后微服出巡不迟。但是杨嗣昌对大家摇头笑笑，回答说：

“嗣昌受恩深重，奉命督师剿贼，原应鞠躬尽瘁，岂可害怕劳累。《诗》不云乎？‘王事靡盬，不遑启处。’[①]今日一定要亲自看看襄阳城内情形，使自己心中有数。”

他在家人服侍下脱去官便服，换上一件临时找来的蓝色半旧圆领湖绉绿绵袍，腰系紫色丝绦，戴一顶七成新元青贡缎折角巾，前边缀着一块长方形轻碧汉玉。这是当时一般读书人和在野缙绅的普通打扮，在襄阳城中像这样打扮的人物很多。只是杨嗣昌原是大家公子出身，少年得志，加上近几年又做了礼、兵二部尚书，东阁大学士，位居辅臣，这种打扮也掩盖不住长期养成的雍容、尊贵与威重气派。他自己对着一面大铜镜看一看，觉得不容易遮掩百姓眼睛，而亲信幕僚们更说不妥。他们在北京时就风闻熊文灿任总理时候，襄阳城内大小官员和地方巨绅都受了张献忠的贿赂，到处是献忠的细作和坐探，无从查拿，所以他们很担心杨嗣昌这样出去会露出马脚，万一遇刺。杨嗣昌随即换上了仆人杨忠的旧衣帽，把这一套衣帽叫杨忠穿戴。他们悄悄地出了后角门，杨忠在前他在后，好像老仆人跟随着年轻的主人。杨忠清秀白皙，仪表堂堂，

---

① 王事靡盬，不遑启处——语出《诗经》，意译就是：“君王的差事没办完，忙得我起坐不暇。”盬，音 gǔ。

顾盼有神，倒也像是个有身份的人。中军副将和四名校尉都作商人打扮，暗藏利刃，远远地在前后保护。杨忠也暗藏武器。杨嗣昌走过几条街道，还走近西门看了一阵。他看见街道上人来人往，相当热闹。虽然自从他来到后已经在重要街口加派守卫，并有马步兵丁巡逻，但街上三教九流，形形色色，仍很混杂；有一条巷子里住的几乎全是妓女，倚门卖俏，同过往的行人挤眉弄眼；城门盘查不严，几乎是随便任人出进。这一切情形都使杨嗣昌很不满意。他想，襄阳是剿贼根本重地，竟然如此疏忽大意，剿贼安能成事！

黄昏时候，杨嗣昌来到了襄阳府衙门前边，看见饭铺、茶馆和酒肆很多，十分热闹，各色人等越发混杂，还有不少散兵游勇和赌痞在这一带鬼混，而衙门的大门口没有守卫，二门口只有两个无精打采的士兵守卫，另外有两个吊儿郎当的衙役拿着水火棍。他的心中非常生气，叹息说："熊文灿安得不败！"他决定赶快将老朽无能的现任知府参革①，在奉旨以前就便宜处置②，举荐一位年轻有为的人接任知府，协助他把襄阳布置得铁桶相似。他一边这么想着，就跟在杨忠的背后进入一家叫做杏花村的酒馆。当他们走到一张桌子边时，杨忠略微现出窘态，不知如何是好。杨嗣昌含着微笑使个眼色叫他大胆地坐在上首，自己却在下首坐定，向堂倌要了酒菜和米饭。随即，作商人打扮的中军副将和校尉们都进来了。中军副将单独在一个角落坐下，四个校尉分开两处坐下。杨嗣昌是一个十分机警的人，一坐下就偷偷地用眼睛在各个桌上瞟着，同时留心众人谈话，饮酒吃饭的客人几乎坐满一屋子，有的谈官司，有的谈生意，有的谈灾荒，而更多的人是谈阁部大人的来到襄阳督师和今天张贴出来的皇皇告示。大家都说，皇上要不是下了狠心也不会钦命杨阁部大人出京督师，又说阁部大人来襄阳后的一切作为果不寻常，看来剿贼军事从此会有转机。杨嗣昌听到人们对他的

---

① 参革——上本参奏（弹劾），给以革职处分，叫做参革。

② 便宜处置——按正常程序，知府任免须要通过吏部衙门，并在形式上要经皇帝批准。此处写杨嗣昌决定一面弹劾旧官一面举荐新官接事，这叫做便宜处置，是皇帝给的特权。给尚方剑也象征这种特权。

评论，暗暗感到高兴。他偶一转眼，看见左边山墙上也粘贴着他的告示，同时也看见不少人在注意那上边写的赏格，并且听见有人说：

“好，就得悬出重赏！你看这赏格：活捉张献忠赏银万两，活捉李自成赏银也是万两……”

这杏花村酒馆是天启年间山西人开的。自从熊文灿做了“剿贼总理”，驻节襄阳，杏花村生意兴隆，财源茂盛，前后整修一新，成为襄阳城内最大的一个馆子。这馆子里的大小伙计多是秦、晋两省的人。它的管账先生名叫秦荣，字华卿，是延安府安塞县人，年纪在四十五岁上下，来到此地已经十几年了。自从张献忠驻扎谷城以后，他同献忠就暗中拉上了乡亲瓜葛，这店中的堂倌中也有暗中替献忠办事的。东家一则因秦、晋二省人在外省都算同乡，二则处此乱世，不得不留着一手，所以他对秦华卿等人与献忠部下暗中来往的事只好佯装不知。当晚生意一完，关上铺板门，秦华卿就将一个年轻跑堂的叫到后院他住的屋子里，含着世故的微笑，小声问：

“今晚大客堂中间靠左边的一张桌子上曾来了两位客人，上首坐的人二十多岁，下首坐的不到五十，你可记得？”

跑堂的感到莫名其妙，带着浓重的陕北口音说：“记得，记得。你老问这两位客人是什么意思？”

秦华卿只是微笑，笑得诡秘，却不回答。跑堂的越发莫名其妙，又问：

“秦先儿，你到底为啥直笑？”

“我笑你有眼不识泰山，怠慢了要紧客官。”

“我的爷，我怎么怠慢了要紧客官？”

“你确实怠慢了要紧客官。我问你，你为什么对下边坐的那位四十多岁的老爷随便侍候，却对上首坐的年轻人毕恭毕敬？”

跑堂的笑了，说：“啊，秦先儿，你老是跟我开玩笑的！”

“我怎么是跟你开玩笑的?”

“你看,那坐在上首的分明是前日随同督师大人来的一位官员,下边坐的是他的家人。咱们从来没有看见过他们来过,所以决不是总理衙门的人。据我看,这年轻官员的来头不小,说不定就是督师大人手下的一位重要官员或亲信幕僚,奉命出来私访。要是平时出来,一定要带着成群的兵丁奴仆,岂肯只带着一个心腹老仆?就这一个老仆人,他为着遮人眼目也没作仆人看待,还让他坐在同一个桌子上吃酒哩!”

秦华卿微微一笑,连连摇头,小声说:“错了,错了!完全错了!”

跑堂的感到奇怪:“啊?难道我眼力不准?”

“你的眼力还差得远哩!”秦华卿听一听窗外无人,接着说:“今晚这两个客官,坐在上首的是个仆人,坐在下边的是他的主人,是个大官儿,很大的官儿。如果我秦某看错,算我在江湖上白混了二十年,你将我的双眼挖去。”

跑堂的摇摇头,不相信地笑着问:“真的么?不会吧。何以见得?”

“你问何以见得?好,我告诉你吧。”秦华卿走到门口,开门向左右望望,退回来坐在原处,态度神秘地说:“他们一进来,我就注意了,觉得这二位客人有点奇怪。我随即看他们选定桌子后,那年轻人迟疑一下。那四十多岁的老爷赶快使个眼色,他才拘拘束束地在上首坐下。这就叫我看出来定有蹊跷。你跑去问他们要什么菜肴,吃什么酒。那年轻人望望坐在下边的中年人,才说出来一样菜,倒是那中年人连着点了三样菜,还说出要吃的酒来。这一下子露出了马脚,我的心中有八成清楚了。等到菜肴摆上以后,我一看他们怎样拿筷子,心中就十成清楚了。我是久在酒楼,阅人万千,什么人不管如何乔装打扮,别想瞒过我的眼睛!”

跑堂的问:“秦先儿,我不懂。你老怎么一看他们拿筷子就十分清楚了?”

秦华卿又笑一笑,说:“那后生拿起筷子,将一双筷子头在桌上蹾一下,然后才去夹菜,可是那中年人拿起筷子就夹菜,并不蹾一下,这就不同!”

“我不明白。”

“还不明白?这道理很好懂。那后生虽然衣冠楚楚,仪表堂堂,却常常侍候主人老爷吃饭,侍候筵席,为着将筷子摆得整齐,自然要将筷子头在桌上轻轻蹾一下,日久成了习惯。那中年人平日养尊处优,给奴仆们侍候惯了,便没有这个习惯。再看,那后生吃菜时只是小口小口地吃,分明在主人面前生怕过于放肆,可是那中年人就不是这样,随随便便。还有,这两位客人进来时,紧跟着进来了五个人,都是商人打扮,却分作三处坐下,不断抬头四顾,眼不离那位老爷周围。等那位老爷和年轻仆人走时,这五个人也紧跟着走了。伙计,我敢打赌,这五个人分明是暗中保镖的!你想,那位四十多岁的官员究竟是谁?”

跑堂的已经感到有点吃惊,小声问:“你老的眼力真厉害,厉害!是谁?”

秦华卿说:“这位官员虽说的北京官话,却带有很重的常德口音。这,有八成是……”他凑近青年堂倌的耳朵,悄悄地咕哝出几个字。

跑堂的大惊,对他瞪大了眼睛:“能够是他么?”

“我猜有八成会是他。他要一反熊总理的所作所为,要认真做出来一番大事,好向皇上交差,所以他微服出访,亲眼看看襄阳城内情形,亲耳听听人们如何谈论!”

“啊呀,真厉害!看起来这个人很难对付!”

秦华卿淡淡一笑,说:“以后的事,自有张敬轩去想法对付,用不着你我操心。此刻我叫你来,是叫你知道他的厉害,决非熊文灿可比。听说他今天白天召见各地文武大员,十分威严。你再看,他已经悬出赏格:捉到张敬轩赏银万两,捉到李闯王也赏银万两。趁着督师行辕中咱们的人还在,你要杀一杀他的威风。你做得好,日后张敬轩会重重赏你。”

“你要我如何杀他的威风?”

秦华卿本来是成竹在胸,但是为着他的密计关系十分重大,万一考虑不周,事情败露,会使许多人,包括他自己在内,死无葬身之地,所以低下头去,紧闭嘴唇,重新思索片刻,然后对着后生的耳朵悄悄地咕哝一阵。咕哝之后,他在后生的脊背上轻拍一下,推了一把,小声说:

“事不宜迟,趁着尚未静街,去吧!”

杨嗣昌回到行辕,在节堂里同几位亲信幕僚谈了很久,大家对军事都充满乐观心情。幕僚辞出后,杨嗣昌又批阅了不少重要文书,直到三更才睡。

天不明杨嗣昌就起了床,把昨晚一位幕僚替他拟的奏疏稿子看了看,又改了几个字,才算定稿,只等天明后命书吏誊清,立即拜发。他提起笔来给内阁和兵部的同僚们写了两封书信,告诉他们他已经到了襄阳,开始视事,以及他要“剿灭流贼”以报皇上厚恩的决心。他在当时大臣中是一位以擅长笔札出名的,这两封信写得短而扼要,文辞洗炼,在军事上充满自信和乐观。写毕,他把昨天张贴的告示取两份,打算给兵部和内阁都随函附去一份。他暗暗想着,悬了如此大的赏格,也许果然会有人斩张献忠和李自成二人的首级来献。他正在这么想着,又提起笔来准备写封家书,忽然中军副将进来,神色张皇地把一张红纸条放在他的面前,吃吃地低声说:

“启禀大人,请看这个……”

杨嗣昌一看,脸色大变,心跳,手颤,手中的京制狼毫精品斑管笔落在案上,浓墨污染了梅花素笺。中军拿给他看的是一个没头招贴,上边没写别的话,只用歪歪斜斜的字体写道:

有斩杨嗣昌首级来献者赏银三钱

他从没头招贴上抬起眼睛,直直地望着中军,过了片刻,略微

镇定,声色严厉地问道:

“你在什么地方揭到的?”

“大堂上、二堂上、前后院子里、厨房、厕所,甚至这节堂月门外的太湖石上,到处都贴着这种没头帖子。”

杨嗣昌一听说这种没头帖子在行辕中到处张贴,心头重新狂跳起来,问道:

“你都撕掉了么?”

“凡是找到的,卑职都已撕去;粘得紧,撕不掉的,也都命人用水洗去。如今命人继续在找,请大人放心。”

杨嗣昌惊魂未定,面上却变得沉着,冷笑说:“这还了得!难道我的左右尽是贼么?”

“请大人不必声张,容卑职暗查清楚。”

“立刻查明,不许耽误!”

“是,大人!”

“你去传我口谕:值夜官员玩忽职守,着即记大过一次,罚俸三月。院内夜间守卫及巡逻兵丁,打更之人,均分别从严惩处,不得稍存姑息!”

“是,大人!”

中军退出后,杨嗣昌想着行辕中一定暗藏着许多张献忠的奸细,连他的性命也很不安全,不胜疑惧。他又想着这行辕中大部分都是熊文灿的旧人,不禁叹口气说:

“熊文灿安得不败!”

一语刚了,仆人进来禀报陈赞画大人有紧要公事来见。杨嗣昌说声“请”,仆人忙打起帘子,一位姓陈的亲信幕僚躬身进来。杨嗣昌自己是一个勤于治事的人,挑选的一些幕僚也都比较勤谨,不敢在早晨睡懒觉。但是幕僚像这样早来节堂面陈要事,却使他深感诧异。他不等这位幕僚开口,站起来问道:

“无头帖子的事老兄已经知道了?”

“知道了,大人。”

“可知道是什么人贴的?”

“毫无所知。”

“那么老兄这么早来……?”

幕僚走近一步,压低声音说:“阁部大人,夜间三更以后,有几个锦衣旗校来到襄阳。”

杨嗣昌一惊:“什么! 要逮熊大人么?”

“是的,有旨逮熊大人进京问罪。”

“何时开读[①]?”

“卑职一听说锦衣旗校来到,当即赶到馆驿,请他们暂缓开读。熊公馆听说了,送了几百两银子,苦苦哀求暂缓开读。他们答应挨延到今日早饭后开读。夜间因阁部大人已经就寝,卑职未敢前来惊动。不知大人对熊大人有何言语嘱咐,请趁此刻派人前去嘱咐;一旦开读,熊大人便成罪臣,大人为避嫌起见,自此不再同熊宅来往为宜。皇上是一个多疑的人,不可不提防别人闲言。”

杨嗣昌出京前就知道熊文灿要逮京问罪,但是没想到锦衣旗校在他出京之后也跟着出京,而且也是星夜赶程。他想着皇上做得如此急速,足见对熊文灿的“剿抚两失”十分恼恨,逮进京城必斩无疑。杨嗣昌对这事不仅顿生兔死狐悲之感,而且也猜到皇上有杀鸡吓猴之意,心中七上八下,半天没有做声。熊文灿是他举荐的,如今落此下场。如果他自己将来剿贼无功,如何收场?他到襄阳之后,曾同熊文灿见过一面,抱怨熊弄坏了事,现在没有别的话可再说的。过了一阵,他对幕僚说:

“皇上圣明,有罪必罚。我已经当面责备过熊大人贻误封疆,如今没有什么要嘱咐的话。”

等这位亲信幕僚退出后,他拿起那张没头帖子就灯上烧毁,决意用最迅速的办法整肃行辕,巩固襄阳,振作士气,打一个大的胜仗,以免蹈熊文灿的覆辙。

---

① 开读——锦衣旗校逮捕官吏时对着被捕的人宣读圣旨,叫做开读。被捕者要跪着听旨,还要叩头谢恩。

第二十二章

三个多月以后，到了崇祯十三年正月下旬。已经打过春十多天了，可是连日天气阴冷，北风像刀子一样。向阳山坡上的积雪有一半尚未融化，背阴坡一片白色。

一天清晨，尽管天气冷得老鸹在树枝上抱紧翅膀，缩着脖子，却有一队大约五十人的骑兵从太平店向樊城的方向奔驰，马身上淌着汗，不断从鼻孔里喷出白气。这一小队骑兵没有旗帜，没穿盔甲，马上也没带多的东西，必要的东西都驮在四匹大青骡子上。队伍中间的一匹菊花青战马上骑着一位不到四十岁的武将，满面风尘，粗眉，高颧，阔嘴，胡须短而浓黑。这时战马一个劲儿地用碎步向前奔跑，他却在马鞍上闭着眼睛打瞌睡，魁梧的上身摇摇晃晃。肩上披的茄花紫山丝绸斗篷被风吹开前胸，露出来茶褐色厚绒的貉子皮，也不时露出来挂在左边腰间的宝剑，剑柄的装饰闪着金光。

六天以来，这一队人马总在风尘中往前赶路，日落很久还不住宿，公鸡才叫头遍就踏着白茫茫的严霜启程。白天，只要不是特别崎岖难行的山路，他们就在马上打瞌睡，隔会儿在马屁股上加一鞭。从兴安州[①]附近出发，千里有余的行程，抬眼看不尽的大山，只是过石花街以东，过了襄江，才交平地。一路上只恐怕误了时间，把马匹都跑瘦了，果然在今天早晨赶到。有些人从马上一乍醒来，睁开困倦的眼睛看见襄、樊二城时，瞌睡登时散开了。那位骑在菊花青战马上的武将，被将士们的说话声惊醒，用一只宽大而发皴的手背揉一揉干涩的眼皮，望望这两座夹江对峙的城池和襄阳西南

① 兴安州——今陕西安康。

一带的群山叠嶂，不由地在心里说：

"他娘的，果然跟老熊在这儿时的气象不同！"

几个月前，当左良玉在罗猴山战败之后，这位将军曾奉陕西、三边总督郑崇俭之命来襄阳一趟，会商军事。那时因军情紧急，他只在襄阳停留了两个晚上。回去后他对郑崇俭禀报说：虽然襄樊人心有点儿惊慌，但防守的事做得很松。现在他距离这两个城市还有十里上下，可以看见城头上雉堞高耸，旗帜整齐，远远地传过来隐约的画角声，此伏彼起。向右首瞭望，隔着襄江，十里外的万山上烟雾蒸腾，气势雄伟。万山的东头连着马鞍山，在薄薄的云烟中现出来一座重加整修过的堡寨，雄踞山头，也有旗帜闪动。马鞍山的北麓有一座小山名叫小顶山，离襄阳城只有四里，山头上有一座古庙。他上次来襄阳时，曾抽空儿到小顶山上玩玩，看了看山门外大石坡上被好事者刻的巨大马蹄印，相传是刘玄德马跳檀溪后，从此经过时的卢马留的足迹。现在小顶山上也飘着旗帜，显然那座古庙里也驻了官军。从小顶山脚下的平地上传过来一阵阵的金鼓声，可惜傍着江南岸村落稠密，遮断视线，他看不见官军是在操演阵法还是在练功比武。

这一些乍然间看出来的新气象，替他证实了关于杨嗣昌到襄阳以后的种种传闻，也使他真心实意地敬佩。但是他实在困倦，无心多想下去，趁着离樊城还有一段路，又朦朦胧胧地打起瞌睡。过了一阵，他觉得他的人马停住了，面前有争吵声，同战马的喷鼻声和踏动蹄子声混在一起。随后，争吵声在他的耳边分明起来，原来有人向他的手下人索路引或公文看，他的中军和亲兵们回答说没路引，也没带别的公文，不叫进城，互相争吵。他完全醒了，虎地圆睁双眼，用米脂县的口音粗声粗气地对左右说：

"去！对他们说，老子从来走路不带路引，老子是从陕西省兴安州来的副将贺大人！"

守门的是驻军的一个守备，听见他是赫赫有名的陕西副总兵贺人龙，慌忙趋前施礼，赔着笑说：

“镇台大人路上辛苦！”

贺人龙瞪着眼睛问：“怎么？没有带路引和正式公文就不叫老子进城？误了本镇的紧急公事你可吃罪不起！”

“请镇台大人息怒。大人不知，自从阁部大人来到襄阳，军令森严，没有路引或别的正式公文，任何人不准进襄、樊二城，违者军法不饶。倘若卑将连问也不问，随便放大人进城，不惟卑将会给治罪，对大人也有不便。”

贺人龙立刻缓和了口气说：“好家伙，如今竟是这么严了？”

“实话回大人说，这樊城还比较松一些，襄阳就更加严多了。”

“怎么个严法呢？”

“自从阁部大人来到之后，襄阳城墙加高了三尺且不说，城外还挖了三道壕堑，灌满了水，安设了吊桥。吊桥外安了拒马叉，桥里有箭楼。每座城门派一位副总兵大人把守，不验明公文任何人不许放进吊桥。”

“哼，几个月不来，不料一座襄阳城竟变成周亚夫的细柳营了。”贺人龙转向中军问：“咱们可带有正式公文？”

“回大人，出外带路引是小百姓的事，咱们从来没带过什么路引。这次是接奉督师大人的紧急檄令，星夜赶来请示方略，什么文书也没有带。”

贺人龙明白杨嗣昌非他人可比，不敢莽撞行事，致干军令。沉吟片刻，忽然灵机一动，从怀里掏出来副总兵官的大铜印对站在马前的守备连连晃着，说：

“你看，这就算我的路引，可以进城么？”

守备赶快回答说：“有此自然可以进城。卑将是奉令守此城门，冒犯之处，务恳大人海涵。”

贺人龙说：“说不上什么冒犯，这是公事公办嘛。”他转向随从们：“快进城，别耽误事！”

从后半夜到现在已经赶了九十里，人困马乏，又饥又渴，但是贺人龙不敢在樊城停留打尖。他们穿过一条大街，下到码头，奔过浮桥。一进到襄阳城内，他不等人马的驻处安顿好，便带着他的中军和几名亲兵到府衙前的杏花村漱洗和早餐。他上次来襄阳时曾在这里设宴请客，整整一天这个酒馆成了他的行馆，所以同这个酒馆的人们已经熟了。现在他一踏进杏花村，掌柜的、管账的和一群堂倌都慌了手脚，一句一个“大人”，跟在身边侍候，还有两个小堂倌忙牵着几匹战马在门前遛。尽管他只占了三间大厅，但是整个酒馆不许再有闲人进来。贺人龙一边洗脸一边火急雷暴地大声吩咐：

“快拿酒饭来，越快越好！把马匹喂点黄豆！”

当酒饭端上来时，贺人龙自居首位，游击衔的中军坐在下首。闻着酒香扑鼻，他真想痛饮一番，但想着马上要晋谒督师大人，只好少饮为妙，心中不免遗憾。看见管账的秦先儿亲自在一旁殷勤侍候，他忽然想起来此人也是延安府人氏，十年前来湖广做买卖折了本，流落此间，上次见面时曾同他叙了同乡。他笑着问：

“老乡，上次本镇请客时叫来侑酒的那个刘行首①和那几个能弹会唱的妓女还在襄阳么？”

“回大人，她们都搬到樊城去了。”

“为什么？”

“自从杨阁部大人来到以后，所有的妓女都赶到樊城居住，一切降将的眷属也安置在樊城，襄阳城内五家连保，隔些日子就清查一次户口，与往日大不同啦。”

贺人龙点点头说：“应该如此。这才是打仗气象。”

“不是小的多嘴，”秦先儿又低声说，“从前熊大人在此地时太不像样了。阁部大人刚来的时候，连行辕里都出现无头帖子哩。”

贺人龙在兴安州也听说这件事，并且知道后来竟然没查出一个奸细，杨嗣昌怀疑左右皆贼，便将熊文灿在行辕中留下的佐杂人员和兵丁淘汰大半，只留下少数被认为“身家清白”的人。但是像这样的问题，他身为副总兵，自然不能随便乱谈，所以不再做声，只

① 行首——班头，多指妓女。行，音 háng。

是狼吞虎咽地吃着。秦先儿不敢再说话，同掌柜的蹑手蹑脚地退了出去。

过了一阵，贺人龙手下的一名小校面带惊骇神色，从外边走了进来。贺人龙已经吃毕，正要换衣，望着他问：

“有什么事儿?”

“回大人，皇上来有密旨，湖广巡抚方大人刚才在督师行辕被逮了。”

贺人龙大惊：“你怎么知道的?”

“刚才街上纷纷传言，还有人说亲眼看见方抚台被校尉们押出行辕。”

“你去好生打听清楚!”

从行辕方面传过来三声炮响和鼓乐声，贺人龙知道杨嗣昌正在升帐，赶快换好衣服，率领着中军和几个亲兵，骑马往行辕奔去。这是他第一次来晋谒权势烜赫的督师辅臣，心情不免紧张。

今天是杨嗣昌第二次召集诸路大将和封疆大员大会于襄阳。预定的升帐时间是巳时三刻，因为按五行推算，不但今日是黄道吉日，而这一刻也是一天中最吉利的时刻，主大将出师成功。三个多月来，他已经完成了一些重要工作，自认为可以开始对张献忠进行围剿了。倘若再不出兵，不但会贻误戎机，而且会惹动朝中言官攻讦，皇上不满。特别是这后一点他非常害怕。近来，有两件事给他的震动很大：一是熊文灿已经在北京被斩，二是兵部尚书傅宗龙因小事违旨，下入诏狱，传闻也将处死。这两个人都是他推荐的，只是由于皇上对他正在倚重，所以不连带追究他的责任。他心中暗想，虽说他目前蒙皇上十分宠信，但是他已远离国门，朝廷上正有不少不懂军事的人在责备他到襄阳后不迅速进兵，万一再过些天，皇上等得不耐，圣眷一失，事情就不好办了。所以他在十天前向各处有关文武大员发出火急的檄文，定于今天上午在襄阳召开会议，面授进兵方略。

升帐之前，他派人把方孔昭请到节堂，只说有事相商。方孔昭是桐城人，对杨嗣昌说来是前辈，在天启初年曾因得罪阉党被削籍为民，崇祯登极后又重新做官，所以在当时的封疆大吏中资望较高。他从崇祯十一年春天起以右佥都御史衔巡抚湖广，一直反对熊文灿的招抚政策，在督率官军对农民军的作战中得过胜利，这样就使他对熊文灿更加鄙视。杨嗣昌来到襄阳督师，他虽然率领左良玉等由当阳赶来参见，心中却不服气。一则他认为熊文灿的招抚失败，贻误封疆，杨嗣昌应该负很大责任；二则他一向不满意杨嗣昌在朝中倚恃圣眷，倾轧异己。杨嗣昌见他往往不受军令，独行其是，也明白他心中不服，决心拿他开刀，替别人做个榜样。恰巧一个月前方孔昭在麻城和黄冈一带向革里眼和左金王等义军进攻，吃了败仗。杨嗣昌趁机上本弹劾，说他指挥失当，挫伤士气，请求将他从严治罪。同时，他举荐素以“知兵”有名的宋一鹤代方孔昭为湖广巡抚。崇祯为着使杨嗣昌在军事上能够得心应手，一接到他的奏本就准，并饬方孔昭交卸后立即到襄阳等待后命。崇祯自认为是一位十分英明的皇帝，其实从来对军事实际形势都不清楚，多是凭着他的主观愿望和亲信人物的片面奏报处理事情，所以他只要听说某一个封疆大吏剿贼不力就切齿痛恨。他把方孔昭革职之后，隔了几天就给杨嗣昌下了一道密旨，命他将方孔昭逮送京师。杨嗣昌接到密旨已经两天，故意不发，要等到今天在各地文武大员齐集襄阳时来一个惊人之笔。

方孔昭已经上疏辩冤，但没有料到皇上会不念前功，把他逮入京师治罪。杨嗣昌把他请进节堂，让了座，叙了几句闲话，忽然把脸色一变，站起来说：“老世叔，皇上有旨！”方孔昭浑身一跳，赶快颤栗跪下。杨嗣昌从袖中取出密旨，宣读一遍，随即有两名校尉进来把方孔昭押出节堂。杨嗣昌送到节堂门外，拱手说：“嗣昌王命在身，恕不远送。望老世叔路上保重。一俟上怒稍解，嗣昌自当竭力相救。”方孔昭回头来冷冷一笑，却没说话。杨嗣昌随后吩咐家人杨忠取五百两银子送到方孔昭在襄阳的公馆里作为他的人情。

三声炮响过之后，奏起鼓乐。杨嗣昌穿好皇上钦赐的斗牛服，在幕僚们的簇拥中离开节堂，到白虎堂中坐定。白虎堂没有多少变化，只是飞檐下多了一个黑漆金字匾额，四个字是“盐梅上将”。屏风上悬挂着用黄绫子装裱的御制诗，檀木条几上放着一个特制的小楠木架，上边插着皇帝钦赐的尚方剑。白虎堂前一声吆喝，众将官和监军御史在新任湖广巡抚宋一鹤的率领下由二门外鱼贯而入，行参见礼。熊文灿的被斩，傅宗龙的下狱，方孔昭的革职，本来已经给大家很大震动，明白皇上在军事上下了最大决心。不到半个时辰前方孔昭被突然逮京治罪，更使大家十分惶恐。因此，虽然今天督师行辕的仪卫比上次并未增加，可是在大家的感觉上，气氛似乎更为严重。

第一个进白虎堂报名参见的是宋一鹤。他的年纪不到四十岁，身穿四品文官①云雁补子红罗蟒袍，头戴乌纱帽，腰系素金带。这个人以心狠和谄媚为熊文灿所信任，现在又以他的“知兵”受到杨嗣昌的重用。说到心狠，他曾经有一次用毒药毒死了一千多个被骗受抚的义军将士。自从杨嗣昌到襄阳后，为要避嗣昌父亲杨鹤的讳，他每次呈递手本总把自己的名字写成宋一鸟。如今宋一鹤躬身走进白虎堂，在离开杨嗣昌面前的公案约五尺远的地方跪下，高声自报职衔：

“卑职右佥都御史、湖广巡抚宋一鸟参见阁部大人！”

杨嗣昌点头微笑，说声“请起”。站立在左右的幕僚们和随侍中军全都心中鄙笑，暗中交换眼色。特别是江南籍的幕僚们因“鸟”字作屌字解释，读音也完全一样，在心中笑得更凶。宋一鹤叩了个头，站起来肃立左边。看见杨嗣昌和他的亲信幕僚们面带微笑，他的心中深感荣幸。

等众将官和监军等参拜完毕，杨嗣昌正要训话，忽然承启官走进白虎堂，把一个红绫壳职衔手本呈给中军。中军打开手本一看，

---

① 四品文官——明朝的巡抚未定品级，一般挂佥都御史衔，故为正四品文官。清朝巡抚地位较高，定为从二品，挂侍郎衔的为正二品。

赶快向杨嗣昌躬身禀道：

“兴汉镇[①]副总兵官贺人龙自兴安赶到，现在辕门外恭候参见。”

杨嗣昌喜出望外，略微向打开的手本瞟了一眼，说了声“快请！”中军随着承启官退出白虎堂，站在台阶上用洪亮的声音叫：

“请！”

“请！！”二门口几个人齐声高叫，声震屋瓦。

咚，咚，几下鼓声，雄壮的军乐重新奏起来。

贺人龙全副披挂，精神抖擞，大踏步走进二门，在两行肃穆无声、刀枪剑戟闪耀的侍卫武士中间穿过，向大厅走去。他见过朝廷的统兵大臣不少，并且在洪承畴手下几年，可是看见像这样威风的上司还是第一回。他一边往里走一边心中七上八下，暗暗地说：“好大的气派，不怪是督师辅臣！”等他报名参拜毕，就了座，杨嗣昌于严肃中带着亲切的微笑问：

“兴安距均州是七百里，距此地千里有余，山路险恶，将军走了几天？”

贺人龙起立回答：“末将接奉钧檄，即便轻骑就道。一路星夜奔驰，不敢耽搁，一共走了六天。”

“将军如此鞍马劳累，请下去休息休息。”

“末将不累，听训要紧。听训后末将还有陕西方面的剿贼军情面禀。”

杨嗣昌心中高兴，点点头说：“也好，将军只好多辛苦了。”

看见贺人龙千里赴会，又对答如此恭顺，杨嗣昌不由地想起左良玉来。上次左良玉从当阳来会，他曾用心笼络，想使这位骄横成性的大将能够俯首帖耳地听他驱使，为朝廷效劳。没想到左良玉调到郧西一带，恢复原级，由朝廷加封为“平贼将军”，颁给印绶之后，竟然又骄横如故。这次他召集诸路大将来会，左良玉不愿以櫜

---

① 兴汉镇——陕西兴安州和汉中府在明末曾暂时划为一个军区，称为兴汉镇。

鞬礼晋见[①]，借口军情紧急，竟然不来，只派他手下的一位副将前来。一个要扶植和依靠贺人龙的念头就在这一刻在他的心上产生了。

杨嗣昌向全场扫了一眼，开始训话。所有文武大员都立即重新起立，垂手恭听。他首先说明，三个月来之所以没有向流贼大举进剿，一则为培养官军锐气，二则为准备粮饷甲仗，三则为使襄阳这个根本重地部署得与铁桶相似，使流贼无可窥之隙。如今诸事准备妥善，官军的锐气也已恢复，所以决定克日进兵，大举扫荡，“上慰皇上宵旰之忧，下解百姓倒悬之苦”。说到这里，杨嗣昌又向大家扫一眼，声色俱厉地接着说：

“可是，三个月来，诸将与监军之中，骄玩之积习未改；藐视法纪，违抗军令，往往如故。本督师言之痛心！岂以为尚方剑无足轻重耶？如不严申号令，赏罚分明，将何以剿灭流贼！”

众将军和监军御史们惊惧失色，不敢仰视。杨嗣昌特别向左良玉派来的副将脸上扫了一眼，然后把含着杀气的眼光射在一位四十多岁的将军脸上，厉声喝问：

“刁明忠！本督师命你自随州经承天[②]赴荆门，你何故绕道襄阳？”

副将刁明忠两腿颤栗跪下说：“回阁部大人，末将有老母住在襄阳，上月染病沉重，所以末将顺路来襄阳探亲。”

“不遵军令，律当斩首。左右，与我绑了！”

不容分辩，立刻有几个武士将刁明忠剥去盔甲，五花大绑，推出白虎堂。全体武将和监军御史谁身上没有许多把柄？都吓得面色如土，不知所措。总兵陈洪范资望最高，年纪最长，已经须发如银，带头跪下求情。跟着几位总兵、副将，大群参将，也都跪下，连贺人龙也不得不随着大家跪下。杨嗣昌本来无意杀刁明忠，害怕

---

① 以櫜鞬礼晋见——古代武将晋见上司行礼，应该全身披挂，才算十分尊敬。不但要戴着盔，穿着铠甲，还要背着弓箭。用这套装束行礼叫做“櫜鞬（gāo jiān）礼”。櫜是盛箭的，又叫做箙；鞬是盛弓的，又叫做弢。

② 承天——今湖北钟祥县。

会激变他手下的亲信将士投入义军,然而他并不马上接受大家的求情,狠狠地说:

"数年来官军剿贼无功,多因军纪废弛,诸将常以国法为儿戏。如不振作,何能克敌制胜!斩一大将,本督师岂不痛心?然不斩刁明忠,将何以肃军纪,儆骄玩?非斩不可!"

陈洪范叩头说:"目今出师在即,临敌易将,军之大忌。万恳使相大人姑念刁明忠此次犯罪,情有可原,免其一死,使他戴罪图功。"

"哼!汝等只知刁明忠来襄阳原为探母,情有可原,却忘记军令如山,凡不听约束者斩无赦。为将的若平日可以不遵军令,临敌岂能听从指麾,为朝廷甘尽死力!今日本督师宁可挥泪斩将,决不使国法与军威稍受损害。诸君起去!"

宋一鹤正在一旁察言观色,忽然瞥见杨嗣昌身边的一位幕僚向他以目示意,他赶快向杨嗣昌躬身叉手说:

"阁部大人!刁明忠身为大将,干犯军令,实应斩首。昔孙子[①]三令五申之后,吴王有宠姬二人不听约束,斩之以徇,然后军令整肃。大人代皇上督师,负剿贼重任,更非孙子以妇人小试兵法可比。刁明忠不遵军令,实属可恨,按律该斩。但恳大人念他平日作战尚称勇敢,不无微劳,贷其一死,使他戴罪立功。倘不立功,二罪俱罚。千乞大人开恩!"

"请大人开恩!"全体监军和幕僚一齐叉手说。

杨嗣昌沉默片刻,说:"好吧,姑念他是初犯,准诸君所请,法外施仁,免他一死。重责一百鞭子,革职留用,戴罪效力。诸位将军请起!"

刁明忠挨过鞭子以后,被架回来跪下谢恩。杨嗣昌望着他问:

"刁明忠,你以后还敢藐视军令么?"

"末将永远不敢。"

---

① 孙子——名武,春秋时齐国人,在吴国为将,所著《孙子》(又称《孙子兵法》、《兵法》)十三篇为我国古代兵法的不朽名著。

“下去!”杨嗣昌的眼光转向文官班中:“殷太白!”

“卑职在!”兴山道监军佥事殷太白惊魂落魄地从班中走出,跪到地上。

杨嗣昌问:“殷太白,你两次违反军令,该当何罪?”

殷太白叩头说:“卑职误干军令,前已陈明原委,不敢有一毫欺饰……”

“不许狡辩！绑出去!”

“求阁部大人恩典！求阁部大人恩典!”

“立斩!”

众文武大员一则已经替刁明忠讲过情,二则看见杨嗣昌正在盛怒,都不敢出班讲话。尤其几个监军御史各人自顾不暇,只有筛糠的份儿,哪有说话的勇气？等殷太白被武士褫去衣冠,推出白虎堂以后,杨嗣昌对众文武宣布了殷太白两次违反军令的罪款。其实二条罪款都不是多么了不得的大事,在当时官军中比这些更严重几倍的罪行天天发生,杨嗣昌心中尽知,只是因为殷太白是文官,手中无兵,可以借他的一颗头替自己树威罢了。他离开座位,向北拜了四拜,从楠木架上请下来尚方剑,脱去黄绫套,露出来镂金的沙鱼皮鞘和镀金剑柄,向一位随侍亲将说:

“接剑!”

青年亲将跪下去,双手接了尚方剑,捧出大堂。过了片刻,他捧剑回来,跪下禀道:

“禀大人,殷太白已在辕门外斩讫!”

中军代接了尚方剑,插入黄绫套,放回原处。杨嗣昌望望大家,声音低沉地说:

“本督师并非好杀,实不得已。我深知殷太白是一个有用人才,罪亦不重。但今日非承平之世,不可稍存姑息,所以只得忍痛斩他。倘若死者有灵,九泉下必能谅我苦衷。”说到这里,他的眼泪簌簌地滚落下来,回头吩咐中军,将殷太白的尸首用好的棺木装殓,对其在襄阳的妻子儿女好生抚慰,资助还乡。吩咐毕,他向湖广巡抚宋一鹤望了一眼,不再做声。

宋一鹤明白杨嗣昌为什么望他一眼,尽管他心中认为殷太白死非其罪,却赶快欠身说道:“没有霹雳手段,不显菩萨心肠。使相大人执法从严,不过为早日剿灭流贼,佐皇上中兴之业,救斯民于水火耳。为国为民苦衷,昭如天日。昔孔明挥泪斩马谡,马谡死而不怨。陈寿《三国志》称孔明:‘善无微而不赏,恶无纤而不贬。……邦域之内,咸畏而爱之,刑政虽峻而无怨者,以其用心平而劝戒明也。’大人实为今日之诸葛武侯,敢信殷太白九泉下必无怨言。”

听了宋一鹤的阿谀话,杨嗣昌的心中感到舒服。他向宋一鹤点点头,又向全体文武扫了一眼,等待别人说话。众人看透了杨嗣昌滥用斩刑,想借殷太白的头颅树威,既心中不平,也兔死狐悲,都不肯像巡抚那样说话,一个个低头不语。一个监军道从刚才的震栗失色中恢复了镇静,在心中说:

“可惜你不是诸葛武侯,殷太白并非马谡!”

杨嗣昌不再等待,又向大家扫了一眼,接着训话:“去年十月间,革、左诸贼掠叶县,陷沈丘,焚项城四关,又犯光山。副将张琮与刁明忠率禁旅剿贼,斩首一千余级。本督师立即称诏颁赏,如今刁明忠藐视军令,即予严惩,决不宽贷。这就是有功必赏,有罪必罚。望诸君以殷太白、刁明忠为戒,恪遵军令,努力杀贼,勿负朝廷厚望,勿负国恩!”

众文武肃立,齐声回答:“谨遵钧谕!”

杨嗣昌向中军瞟了一眼。中军会意,立即挥手使那些侍立在白虎堂中和飞檐下的校尉、武士和仆人等全体回避,连阶下的武士也退后几丈以外。杨嗣昌开始指示进兵方略,虽然声音不高,但十分清晰。他首先说明当时农民军分为四大支:张献忠势力最强,在楚、蜀与陕西交界处屯兵养锐;曹操和过天星等数股人马较多,散布在南漳、房县、远安、兴山四县之间的广大区域,与献忠互相呼应;革、左数营从大别山中出来,出没于随州、应山、麻城、黄冈一带,目的在从后边牵制从襄阳西进的官军;李自成人数最少,且大半都在病中，被围于商洛山中。杨嗣昌说明了四大支农民军的分布情形以后，接着说：

“在这四股逆贼之中，最可虑者是献、闯二贼。献贼狡黠慓悍，部伍整齐，且有徐以显等衣冠败类为之羽翼，实为当前心腹大患。古人云：‘擒贼先擒王。’只须用全力剿灭献贼一股，则曹贼可不战而抚。革、左诸贼，素无远图，不过是癣疥之疾耳。至于闯贼，虽两年来迭经重创，目前又陷于四面被围，然此人最为桀骜难制，不可以力屈，亦不可以利诱，观其行事，可算得是群贼中之枭雄。望诸君万勿以此贼力弱势穷而忽之。倘不将此贼扑灭，则必为国家大患。故目前用兵方略：对献贼是全力围剿，务期一鼓荡平。对闯贼是加紧围困，防其逃逸，用计诛之。倘不能用计诛之，当俟荡平献贼之后，再移师扫荡商洛。至于曹操、革、左诸贼，暂且防其流窜，一旦献、闯授首，彼等即无能为矣。对此作战方略，诸君有何高见？”

众人唯唯称是，确实佩服这个集中兵力，先献后闯的作战方略。杨嗣昌见无人提出不同意见，就更进一步说出对张献忠的用兵计划。他说：

“献贼虽有数万之众，但真正精兵不过两万人。献贼与闯贼，狡黠慓悍相似，但深浅大不相同。自从罗猴之战以后，献贼骄气横溢，视官军如无物。凡用兵，将骄则备疏，轻敌则易败。本督师已严檄蜀抚邵捷春将入蜀各处隘口严密防守，断献忠入蜀之路；檄秦督郑崇俭沿汉水设防，断其入秦之路；湖广大军自东面促之，使之不得回头逃窜。此为圆盘围剿，点滴不漏之计。左总兵与贺副将当乘献贼骄而不备之际，突然进兵，直捣巢穴。至于详细用兵机宜，本督师将另行分别指示。诸君立大功，成大名，在此一举，本督师有厚望焉。今午敬备水酒，一为诸位洗尘，二为预祝成功。在入席之前，请各位去看看军需武库。”

杨嗣昌说毕，退入节堂休息。全体文武大员等他走后才从白虎堂鱼贯退出，由他的中军和一位幕僚引导，参观了粮食和武库。大家看见杨嗣昌在短短的三个月中调集的粮食和甲仗堆积如山，足供防守襄阳数年之用,不能不十分惊佩,同时对于打仗也增强了胜利信心。参观毕,回到白虎堂中赴宴。杨嗣昌在鼓乐声中几次向大家举杯劝酒,目的是要大家既畏其威,也怀其德。他还单独向贺人龙敬一杯酒,慰劳他一个月前在川、陕交界处打了一个小胜仗。贺人龙感到说不出的荣幸,心中十分激动,但在使相面前,不敢放怀痛饮。杨嗣昌看见诸将感奋,脸上露出满意的微笑。

所有到会的文武大员,或单独,或分批,都按照杨嗣昌的幕僚们排好的次序,由他在节堂召见,面授机宜。在接见时,他对有的人确实提出些具体指示,而对有的人也仅仅询问了一些情况,勉励几句。他深知做官人们的心理:只要被他督师辅臣召见,给点好颜色,再给几句慰勉的话,就会受宠若惊,愿意出力做事。他事先叫人把皇帝赠他的御制诗用双钩影摹法刻版印刷了很多张,都用黄绫装裱,檀木为轴,每一个被召见的文武大员都送给一幅,外加新从北京运到的兵部职方司刊本《练兵实纪》①一部。

杨嗣昌把召见贺人龙的时间安排在第二批,而且是单独召见,以表示特别看重。自从到襄阳以来,他遍观诸将,能够有些作为的实在很少,贺人龙虽然有许多缺点,毕竟还是一员战将,手下有不少降兵降将,实力仅次于左良玉。一个多月前,贺人龙在兴安州境内遇到张献忠派出来的小股打粮部队,截住厮杀,获得小胜,作为一次大捷报功。杨嗣昌明知贺人龙报功不实,但是正要利用他的战功上奏朝廷。贺人龙畏威怀德,所以在兴安州一接檄召,便星夜奔来襄阳。

在节堂中接见贺人龙时,杨嗣昌的态度特别亲切,同上午相比,如同两人。他像同世交子弟闲话一样,问了问贺人龙的家庭情形,"投笔从戎"②的经过,然后才问到部队人数和粮饷情形。当贺疯子说到部队欠饷三个月时,他立即答应催秦督郑崇俭照发。关

① 《练兵实纪》——戚继光著,共九卷,附杂集六卷。
② 投笔从戎——贺人龙是以秀才从军发迹的。

于如何向张献忠进攻的问题，他做了一些补充指示，无非是要贺人龙在兴安、平利一带凭险防守，使献忠不能逃入陕西境内，并分兵协同左良玉深入扫荡。他因贺人龙是米脂人，与李自成同里，又打过多年仗，所以对李自成的情形问得特别详细。后来他又问道：

“贺将军，依你看来，目前秦军将商洛山紧紧围困，除感到兵力不足外，还有何项困难？为何不能将闯贼一鼓荡平？”

贺人龙恭敬地欠身回答：“末将愚见，除兵力不足外尚有三点困难。”

“哪三点？”

“第一，李自成盘踞之地，四面有崇山峻岭，易守难攻。第二，李贼在商洛山中打富济贫，笼络人心，故山中军事机密不易探明，且有从贼百姓助他作战。第三，李贼平日粗衣恶食，与士卒同甘苦，故能上下一心，至死不散。”

杨嗣昌拈须微笑，说：“闯贼在商洛山中确实防守严密，也能笼络人心，不过我已经有制闯之策了。”

“大人神机妙算，自然有擒闯之策。敢请明示方略。”

“你专力对付献贼，不必为剿闯军事分心。商洛山中不日定有捷报。”

贺人龙心中半信半疑，但偷看杨嗣昌的神情，分明对胜利很有把握。他忽然想起来曾听说降将周山在一个半月前自山海关外曹变蛟的军中回来，奉杨嗣昌之命去到商州，莫非这个人快要建立惊人之功么？他只能胡乱猜想，不敢多问；又谈了一阵，起身告辞。杨嗣昌把贺人龙送出节堂，拍拍他的肩膀说：

“贺将军，戮力杀贼，不要辜负朝廷。俟将军再打几个胜仗，我一定保奏将军如左帅一样。”

贺人龙赶快转过身来躬身叉手说：“感谢大人栽培！”

回到住处，贺人龙立刻叫亲兵们拿来热酒佳肴，拉两位亲将陪他痛饮，并赏给每一个随侍左右的亲兵一大杯酒。正饮到三分酒意，忽然笑着骂道：

“他妈的，今日本镇十分高兴，可惜没有个弹唱侑酒的人！”

一个亲兵赶快说：“大人，方才我到杏花村要酒菜，陈掌柜悄悄告我说，那位刘行首今日午后回襄阳来探亲戚，晚上没有走。她听说大人在此，十分高兴，只恨不能前来伺候。”

贺人龙瞪大眼睛：“怎么，她回到襄阳来了？”

“是的，大人，她今晚未出襄阳。”

“可知她在什么地方？”

“杏花村的陈掌柜知道。”

“快去，趁静街以前，叫一乘小轿把她抬来。”

“怕的是督师大人知道了……”

“咱不敲锣打鼓，他又深居行辕，如何得知？”

“怕的是他下边耳目众多。”

“他手下人同本镇素无嫌怨，谁管这种屁事，招惹麻烦？快去，用轿子把那个姓刘的抬来助兴！”

这天晚上，贺人龙过得非常快活。他对杨嗣昌一方面暂时“畏威怀德”，一方面却开始暗中破坏着他的纪律。第二天，他吩咐亲将们把带来的贵重礼物分送给杨嗣昌的左右亲信，并在襄樊置办了一些苏杭绫罗绸缎，时兴物品，准备带回送人。下午，杨嗣昌的一位亲信幕僚前来看他，对他说阁部大人对他十分倚重，决定即日拜本上奏，保他升任总兵；如果他再打一个大胜仗，阁部大人将奏请皇上将左良玉的“平贼将军”印夺来给他。他听了后又振奋，又感激，巴不得插翅飞回防地，使出全力打一胜仗，不使杨嗣昌失望。因为明天五鼓就要启程回防，申时以后他去督师行辕辞行。杨嗣昌留他吃晚饭，又说了些勉励的话，并说保他升任总兵的题本已经拜发。看来杨嗣昌今天的心情十分愉快，对未来军事胜利确有把握。在贺人龙临走时，杨嗣昌对他含笑说：

“商州方面，今日有密报前来，大约不出一月，就有人将李自成、刘宗敏等人首级送到襄阳。剿灭献贼之事，单看将军与左将军努力了。”

第二十三章

从谷城起义以后，有半年时间，张献忠的处境很顺利，和李自成的遭遇完全不同。五月下旬，他同曹操在房县境内会师，推动曹操重新起义，联合攻破房县。七月间，当李自成在商洛山中面临着惊涛骇浪的时候，张献忠在房县西边的罗猴山大败明军，杀死了明朝的大将罗岱，几乎俘虏了左良玉，歼灭了明军一万多人。张献忠的这一胜利，使崇祯不得不下决心叫杨嗣昌出京督师，而将熊文灿逮进北京斩首。正当杨嗣昌在北京受命督师的时候，献忠在竹溪县西北的白土关又打了一个胜仗。

一遇顺境，打了胜仗，张献忠就骄傲起来。从屯兵谷城的时候起，他的左右就来了一群举人、秀才和山人之类的人物，一方面使他的眼界洞开，懂得的事情更多，一方面大大助长了他原有的帝王思想。谷城起义时虽然半路上逃走了举人王秉真，可是监军道张大经和他的左右亲信幕僚却被迫参加了起义。破了房县，又有一些穷困潦倒而没有出路的读书人参加了他的义军。这班读书人，一旦背叛朝廷，无不希望捧着张献忠成就大事，自己成为开国功臣，封侯拜相，封妻荫子，并且名垂青史。阿谀拍马的坏习气在献忠的周围本来就有，如今变得特别严重。

白土关胜利之后，徐以显的头脑比较清醒，他一再对献忠指出目前正是兢兢业业打江山的时候，不应使阿谀奉承之风滋长下去，劝献忠学唐太宗“从谏如流”，杜绝谄媚。献忠听了，想了一下，忽然拍着军师的肩膀说：

“嗨，你说得对，对！老子好险给他们这群王八蛋的米汤灌糊涂啦！老徐，你放心，老子要找个题目整整他们！”

当日晚饭后，张献忠同老营中的一群文武随便聊天。谈到新近的白土关大捷，有人说不是官军不堪一击，而是大帅麾下将勇兵强，故能所向无敌；还有人说，单是大帅的名字也足使官军破胆。献忠在心中说："龟儿子，王八蛋，看咱老子喜欢吃这碗菜，连着端上来啦。"他用一只手玩弄着略带黄色的大胡子，把双眼眯起来，留下一道缝儿，从一只小眼角瞄着那些争说恭维话的人们，微微笑着，一声不做。等大家说了一大堆奉承话之后，他慢慢地睁开一只眼睛，说：

"打胜仗，不光是将士拼命，也靠神助。不得神助，纵然咱们的将士有天大的本领也不行。"

一个人赶快说："对，对。大帅说的极是。大帅起义，应天顺人，自然打仗时得到神助。倘非神助，不会罗猴山与白土关连战皆捷。"

另一个人赶忙接着说："靖难之役①，永乐皇帝亲率大军南征，每到战争激烈时常见一位天神披发仗剑，立在空中助战。那剑尖指向哪里，哪里的敌军纷纷败退。事成之后，想着这在空中披发仗剑的必是玄武神，故不惜用数省钱粮，征民夫十余万，大修武当山，报答神佑。"

献忠问道："咱也听说永乐皇帝大修武当山是因为玄武神帮助他打败了建文帝，我看这话不过是生编出来骗人的。即使果然有神在空中披发仗剑，怎么就知道是玄武真君？不会是别的神么？"

"大帅问的有道理。永乐当时认为他受封燕王，起兵北方，必是北方之神在天助战。夫玄武者，北方之星宿也，主武事，故知披发仗剑之神必是玄武。"

献忠觉得这解释还说得过去，又问："咱老子出谷城以后连打胜仗，你们各位想想，咱们应该酬谢哪位神灵？"

人们提出了不同意见。有人说献忠也是起兵北方，也必是得

---

① 靖难之役——公元1399年秋，明燕王朱棣（即明成祖）起兵反叛，宣称他的军队是"靖难之师"。经过三年内战，朱棣打到南京，夺得皇位，史称这一次战争为靖难之役。

玄武真君护佑。有人说玉皇姓张，大帅也姓张，必是玉皇相佑。献忠自己是十分崇拜关羽的，想了想，摇摇头说：

"我看，咱们唱台戏酬谢关圣帝君吧。他是山西人，咱是陕西人，山西、陕西是一家，咱打胜仗岂能没有他冥冥相助？玉皇自然也看顾咱，不过他老人家管天管地，公事一定很忙，像白土关这样的小战事他老人家未必知道。这近处就有一座关帝庙，先给关帝唱台戏，等日后打了大胜仗，再给玉皇唱戏。"

众人纷纷附和，都说献忠"上膺天命"，本是玉皇护佑，但玉皇事忙，差关帝时时随军相助，极合情理。还有人提议：在给关帝爷唱戏时最好替张飞写个牌位放在关公神像前边，因为他同献忠同姓，说不定也会冥冥相助。献忠听众人胡乱奉承，心中又生气又想笑，故意说：

"中啊，就加个张三爷的牌位吧。他姓张，咱老子也姓张，要不是他死了一千多年，咱老子要找他联宗哩。你们各位看，戏台子搭在什么地方好？"

几个声音同时说："自然是搭在庙门前边。"

献忠摇摇头，说："不行。庙门前场子太小，咱的将士多，看戏不方便。我看这庙后的地方倒很大，不如把戏台子搭在庙后。"

片刻沉默过后，开始有一个人说好，跟着第二个人表示赞成，又跟着差不多的人都说这是个好主意，使将士们看戏很方便。还有人称赞说：像这样的新鲜主意非大帅想不出来，也非大帅不敢想。张献忠把胡子一甩，眼睛一瞪，桌子一拍，大声骂道：

"你们全都是混账王八蛋，家里开着高帽店，动不动拿高帽子给老子戴，不怕亏本！老子说东，你们不说西；老子说黑的是白的，你们也跟着说黑的是白的。自古至今，哪有酬神唱戏把戏台子搭在神屁股后？老子故意那么说，你们就对我来个老母猪吃秫黍——顺杆子上来了。照这样下去，咱们这支人马非砸锅不成，打个屁的天下！从今日起，以后谁再光给老子灌米汤，光给老子戴高帽子，老子可决不答应！"

看见左右几个喜欢阿谀奉承的人们有的脸红,有的害怕,有的低下脑壳,献忠觉得痛快,但又不愿使他们过于难堪,突然哈哈大笑,把尴尬的局面冲淡。他又说:

“本帅一贯不喜欢戴高帽子,巴不得你们各位多进逆耳忠言,不要光说好听的。咱们既然要齐心打江山,我就应该做到从谏如流,你们就应该做到知无不言。这样,咱们才能把事情办好。对吧?”

大家唯唯称是。每个人都重新感到张献忠待部下平易、亲切、胸怀坦率,同时大家的脸上重新挂出轻松的笑容。有一个叫做常建的中年人,原是张大经的清客,恭敬地笑着说:

“自古创业之主,能够像大帅这样礼贤下士,推诚待人的并不罕见,罕见的是能够像大帅这样喜欢听逆耳忠言,不喜欢听奉承的话。如此确是古今少有!我们今后必须竭忠尽虑,看见大帅有一时想不到的地方随时进言,辅佐大帅早定天下,功迈汉祖、唐宗。”

献忠捋着大胡子,微微点头。虽然他立刻意识到常建的话里也有阿谀的成分,但是他觉得听着还舒服,所以不再骂人。他站起来,在掌文案的潘独鳌的肩上一拍,说:

“走,老潘,跟我出去走走,有事商量。”

自从谷城起义以来,潘独鳌参与密议,很见信任,自认是张良、陈平一流人物,日后必为新朝的开国功臣。他喜欢做诗,马鞍上挂着一个锦囊,做好一首诗就装进去。遇到打仗时候,他将诗囊系在身上,在任何情况下都不使遗失。现在张献忠带着他看过关帝庙前搭戏台子的地方以后,就拉他在草地上坐下,屏退左右,小声问道:

“老潘,杨嗣昌到襄阳以后,确实跟老熊大不一样,看来他等到襄阳巩固之后,非同咱们大干一仗不可。伙计,你有什么好主意?”

潘独鳌回答说:“此事我已经思之熟矣。杨嗣昌在朝廷大臣中的确是个人才,精明练达。倘若崇祯不是很怕大帅,决不肯放他出京督师。但是别看他新官上任三把火，到头来也是无能为力。”

“怎见得？”

“大势是明摆着的，不用智者也可以判断后果。第一，朝廷上大小臣工①向来是党同伐异，门户之见甚深。杨文弱纵有通天本领，深蒙崇祯信任，也无奈朝廷上很多人都攻击他，遇事掣肘。尽管那班官僚们也痛恨义军，可是对杨嗣昌的督师作战却只会坐在高枝上说风凉话，站在岸上看翻船。如此一个朝廷，他如何能够有大的作为？第二，崇祯这个人，目前焦急得活像热锅台上的蚂蚁一样，加上性情一贯刚愎急躁，对待臣下寡恩。别看他目前十分宠信杨文弱，等到一年两年之后，杨文弱劳师无功，他马上会变为恼恨，说罚就罚，说杀就杀。第三，近年来明朝将骄兵惰，勇于殃民，怯于作战，杨文弱无术可以驾驭。时日稍久，他们对这位督师辅臣的话依样不听，而杨也对他们毫无办法。他的尚方剑只能够杀猴子，不能吓住老虎。还有第四，明朝的大将们平日拥兵自重，互相嫉妒，打起仗来各存私心，狼上狗不上。有此以上四端，所以我说这战事根本不用担忧，胜利如操在掌握之中。”

张献忠沉吟说：“你说得很有道理。徐军师也是这么看的。不过，伙计，目前杨嗣昌这王八蛋调集人马很多，左良玉和贺人龙等一班大将暂时还不敢不听从他的调遣，我们用什么计策应付目前局势？”

潘独鳌说：“目前我们第一要拖时间，不使官军得手；第二要离间他们。既要离间杨嗣昌和几位大将不和，也要离间左良玉同贺疯子不和。总之，要想办法离间他们。”

“好！……怎样离间这一群王八蛋们？”

“我正在思索离间之策。一俟想出最善之策，即当禀明大帅斟酌。”

“好。咱们都想想。老潘，近来又做了不少诗吧？”

---

① 臣工——即群臣百官。

“开春以来又做了若干首，但无甚惬意者，只可供覆瓿①而已。”

献忠笑着说：“伙计，你别对我说话文绉绉的。你们有秀才底子的人，喝的墨汁儿多啦，已经造了反，身上还带着秀才的酸气。”

“大帅此话何指？”

“你不明白我指的什么？比如，你要想谦虚说自己的诗做得不好，你就直说不好，何必总爱说什么‘覆瓿’？咱们整年行军打仗，哪有那么多坛坛罐罐儿叫你拿诗稿去盖？瞎扯！哈哈哈哈……”掀髯大笑之后，献忠又说道：“伙计，快念一首好诗叫咱听听。你别看我读书不如你们举人秀才多，别人做了好诗我还是能听得出来。”

“请大帅不要见笑。我去年秋天做的一首五律，这几天又改了一遍，现在拿出来，敢乞大帅指疵。”

潘独鳌从腰里解下锦囊，取出一卷诗稿，翻到《白土关阻雨》一首，捧到献忠面前，让献忠看着诗稿，然后念道：

秋风白雨声，
战客听偏惊。
漠漠山云合，
漫漫涧水平。
前筹频共画，
借箸待专征。
为问彼苍者，
明朝可是晴？

献忠捋着胡子，没有做声。虽然像“前筹”、“借箸”这两个用词他不很懂得，但全诗的意思他是明白的。沉默一阵，他微微一笑，说：

“老潘，你虽然跟咱老张起义，一心一意辅佐我打江山，可是你同将士们到底不一样啊！你说我说得对么？说来说去，你是个从

① 覆瓿——古人说自己的著作无足重视便说只可覆瓿。瓿是盛酱的瓦罐儿，音 bù。

军的秀才，骨子里不同那班刀把儿在手掌上磨出老茧的将士一样！”

“大帅……”

“去年九月间，在白土关下过一场大雨之后，第二天咱们狠狠地杀败了官军。将士们头一天就摩拳擦掌，等我的令一下，你看他们多勇猛啊！喊杀声震动山谷，到处旌旗招展，鼓声不绝，把龟儿子们杀得尸横遍野，丢盔弃甲。可是你这首诗是大战前一天写的，一点儿鼓舞人心的劲头也没有。你的心呀，伙计，也像是被灰云彩遮着的阴天一样！诗写得很用心，就是缺乏将士们那种振奋的心！还有最近做的好诗么？请念首短的听听。”

潘独鳌本来是等待着献忠的夸奖，不料却受到“吹求”，心中有一些委屈情绪。他很不自然地笑一笑，又念出一首七绝：

三过禅林未参禅，
纷纷羽檄促征鞭。
劳臣岁月皆王路，
历尽风霜不知年。

献忠听完，觉着音调很好听，但有的字还听不真切，就把诗稿要去自看。他看见这首诗的题目是《过禅林寺》，又把四句诗念了一遍。由于他是个十分颖悟的人，小时读过书，两年来他的左右不离读书人，所以这诗中的字句他都能欣赏。他把诗品味品味，笑着说：

“这首诗是过年节写的，写得不赖，只是也有一句说的不是真话。”

“请大帅指教，哪一句不是真话？”

“这第一句就不真。咱们每次过禅林寺，和尚们大半都躲了起来，你去参个屌禅。再说，你一心随俺老张打江山，并不想‘立地成佛’，平日俺也没听说你多么信佛，这时即使和尚们不躲避，你会有闲心去参禅么？”

潘独鳌替自己辩解说：“古人做诗也没一字一句都那么认真

的，不过是述怀罢了。”

“伙计，这第三句怎么讲？”献忠故意笑着问。

“这句诗中的‘劳臣’是指我自己，意思是说，辛劳的臣子为王事奔波，岁月都在君王的路上打发掉了。”

“君王是谁？”

“自然是指的大帅。”

“咱的江山还没有影子哩。”

“虽然天下未定，大帅尚未登极，但独鳌既投麾下，与大帅即有君臣之谊。不惟独鳌如此，凡大帅麾下文武莫不如此。”

潘独鳌的这几句话恰恰打在献忠的心窝里。他在独鳌的脸上看了一阵，将独鳌的肩膀一拍，哈哈地大笑起来，随即说：

“还是你们读书人把有些道理吃得透！”

从潘独鳌的这一首七绝诗里，可以看出来在献忠建立大西朝的前三四年，他的左右亲信，特别是一些封建地主阶级出身的读书人，已经在心理上和思想感情上同他形成了明确的君臣关系。由于形成了这种关系，当然更会助长献忠的骄气和他周围的阿谀之风。当张献忠正在陶醉于连续胜利和周围很多人的阿谀之中时，杨嗣昌已经将向他包围进攻的军事部署就绪了。

杨嗣昌第二次在襄阳召集诸将会议过了十几天，左良玉的军队和陕西的官军各路齐动，要向张献忠进行围攻。献忠事先得到住在襄阳城内的坐探密报，知道了杨嗣昌的作战方略和兵力部署，但没有特别重视。他对左右亲信说：

“老左是咱手下败将，他咬不了咱老子的屌！”

尽管张献忠瞧不起左良玉，但还是做些准备。闰正月下旬，献忠将人马拉到川、陕交界的太平县（今万源）境内，老营和三千人马驻扎在玛瑙山①，各营分驻在周围两三个地方，为着打粮方便，相距都有二十里以上。这儿是大巴山脉的北麓，山势雄伟，地理险要，

① 玛瑙山——在四川万源县西北七十里处，靠近陕西镇巴县境。

而太平县又是从陕南进入川北的一个要道。献忠暂时驻军这里，避开同左良玉作战，一面休息士马，一面收集粮食，打算伺机从太平县突入四川，或沿着川、陕边界奔往竹溪、竹山，设法重新与曹操会师。陕西、三边总督郑崇俭在汉中和兴安驻有重兵，所以他无意奔往汉中一带。

他刚到玛瑙山几天，探得左良玉的追兵已经由湖广进入陕西，在平利按兵不动。多数将领和谋士们都认为左良玉被杨嗣昌催促不过，做一个前来追剿的样儿给朝廷看看，未必敢真的冒险深入。纵然有几个人认为左良玉可能向玛瑙山追来，但在张献忠的面前都不敢多说。一种骄傲和麻痹的气氛笼罩着献忠的老营。有一天在晚饭后闲谈中间，军师徐以显提到须要在一些险要路口派兵把守，以防官军偷袭。张献忠笑着说：

“老徐，你不用过于担心。左良玉这龟儿子，自从罗猴山那一仗吃了大亏，几乎把他的老本儿折光，听到咱老张的名字就头皮发麻。倘若他再像那样惨败一次，不只是受崇祯严旨切责，给他一个降级处分，只怕他的前程也难保啦，说不定还会送了他的狗命。虽说朝廷轻易不敢杀手握兵权的大将，可是，伙计，杨嗣昌在军中，找机会杀个大将为朝廷树威，还怕无机可寻？依我看，老左这家伙，只好在平利按兵不动，不敢冒险深入。如今朝廷大将，谁不是只想着保持禄位。他们的上策是拥兵观望，下策是实打硬拼。老左可没有鬼迷心窍！”

张大经频频点头，说道：“大帅所言极是。俗话说：一年被蛇咬，三年怕草绳。左昆山在罗猴山受过教训，不过半年多一点时间，前事记忆犹新，决不敢再一次贸然深入。”

徐以显摇头说：“不然，不然。左昆山久历戎行，也知道胜败乃兵家常事，断不会因吃了一次败仗就惊魂落魄，不敢再战。听说朝廷对他的拥兵骄横颇为不满，杨嗣昌实想找机会夺他的‘平贼将军’印交给贺疯子，这事他也知道。如今老左进到平利，贺疯子等人率领的秦军也从兴安州向我们逼近，都想寻觅机会建功，而老左更想赶快打一个胜仗给杨嗣昌看看。打仗的事儿,总要有备无患,免得临时措手不及。"

张献忠哈哈大笑,在徐以显的肩上一拍,说:"我的好军师!如今是闰正月,高山上还很冷,你这把鹅毛扇子偏扇冷风,不扇热风!你全不想一想,从罗猴山一战之后,咱们的士气旺盛,官军更加怯战,老左何必来玛瑙山向老虎头上搔痒?他一向同贺人龙各怀私心,尿不到一个壶里,如何能同心作战?你放心吧,他们谁也不敢往玛瑙山来。咱们的粮食不多,每天派小股人马四出打粮要紧!"

潘独鳌接着说:"大帅料敌,可谓知己知彼。目前不怕官军前来,但怕缺粮。应该多派出一些人马打粮,打粮多者有赏,打不到粮食的受责。只要我们军中粮足,何患官军前来!"

左右一些从谷城和房县投入义军的文职人员都附和献忠的看法,说军师虽然足智多谋,却没有看清左良玉实无力量前来作战。徐以显轻轻摇头,仍是放心不下,但是怕触献忠恼怒,不愿多说了。

张献忠随即命亲兵叫来一群担任打粮的大小头目,因为打粮的成绩不好,将他们臭骂一顿,威胁说以后谁如果打不到粮食回来,轻则五十军棍,重则砍头。大家本来想说出来在这人烟稀少的大巴山中打粮的种种困难,但看他正在雷霆火爆地发脾气,都低着头不敢吭声。献忠虽然对着打粮的头目们骂得很粗鲁,但心中也明白大家确实有困难,所以忽然收了怒容,走到一个只有二十出头年纪的小头目面前,扯着他的耳朵问道:

"春牛,你这个小王八羔子,咱老子平日很喜欢你是个能干的小伙子,怎么今日率领两百人出去两天,连一颗粮食子儿也没打到?"

青年小头目疼痛地歪着脑袋,大胆地说:"大帅,请你丢了我的耳朵让我回禀。你的手狠,快把我的耳朵扯掉啦。"

献忠放了他的耳朵,亲切地骂道:"好,你龟儿子说清楚吧。"

小头目望着他说:"大帅!方圆几十里内,只要是有人住的地方,有粮食的人们都逃走啦,有的人家没逃走,也给我们将粮食搜光啦。如今要想打来粮食,非到一百里以外不行。可是,大帅你限定只能两天在外,时间限得太紧,我能够屙出粮食?你就是砍了我的头,只流血,流不出一颗粮食子儿!”

献忠问:“来去限三天如何?”

“至少得宽限三天,五天最好。”

献忠捋着长须想一想,说:“好,刘春牛,只要你龟儿子能够打到粮食,三天回来行,五天回来也行。可是至迟不能超过五天。”他望着全体打粮的头目说:“老子把话说在前头,你们哪个杂种倘若在五天内仍是空手而回,休想活命!大家还有什么话说?”

大家纷纷回答没有别的话说,准定在三天以外,五天以里,带着粮食回来。献忠高兴起来,大声喊叫:

“老营司务!给他们每个小队发两坛子好酒,两只肥羊。今日虽然打粮不多,有的空手回来,可是既往不咎,下不为例。念弟兄们天冷辛苦,发给他们羊、酒犒劳。”

大家齐声欢呼:“谢大帅恩赏!”

献忠回到屋中,向火边一坐,同那些围坐在火边的文武人员谈论着打粮的事。人们有的称赞他对部下有威有恩,明日出去打粮的各股将士定能满载而归;有的说他今年正交大运,一时军粮困难无碍;另有的说他自去年破房县以后,威名更震,左良玉实不敢前来寻战,不妨在此休军半月,然后转往兴归山中[①]就粮,湖广毕竟要富裕一些;还有的建议他在玛瑙山得到一点粮食之后,突然杀往平利,出左良玉不意,杀他个落花流水;并且说,自从罗猴山一战之后,左兵听到献忠的名字就胆战心惊,西营大军一到,左兵必将惊慌溃逃。献忠对各种阿谀奉承的话已经听惯,既不感到特别喜欢,也不感到厌恶,有时还忍不住含笑点头或凑一二句有风趣的骂人话,然后哈哈一笑。后来他靠在圈椅上,拈着长须,闭着眼睛,听大家继续谈话,听着听着就朦胧入睡了。

---

① 兴归山中——漫指湖北省兴山和秭归一带山中。

张献忠完全没有料到,左良玉指挥的官军已经分几路向玛瑙山逼近,更没有料到刘国能已经从郧阳调来,任为左军前锋,他的一支人马已经进到离玛瑙山只有几十里的地方,埋伏在深谷密林之中,偃旗息鼓,不露炊烟,正在等待向玛瑙山突然扑来。

刘国能是延安人,与李自成、张献忠同时起义,自号射塌天,在早期起义首领中也算是有名人物。在崇祯十年秋天农民革命战争转入低潮时候,这个自号射塌天的人物开始动摇,不想再干了。到崇祯十一年正月初四日,他首先在随州投降,无耻地跪在熊文灿的面前说:"国能是个无知愚民,身陷不义,差不多已经十年,实在罪该万死。幸蒙大人法外施恩,给小人自新之路,湔洗前罪,如赐重生。国能情愿率领手下全部人马编入军籍,身隶麾下,为朝廷尽死力!"熊文灿大为高兴,说了些抚慰和勉励的话,给他个署理守备官职,令他受左良玉指挥。他小心听从良玉约束,毫无二心。在一年多的时间里,他确实做了朝廷的忠实鹰犬,屡立"战功",又招诱了闯塌天李万庆等首领投降,遂由署理守备破格升为副总兵。他的官职升得越快,越想多为朝廷立功,也对左良玉越发奉命惟谨。

他一到这里就探知张献忠派小股人马四出打粮的情形,在一个山路上设下埋伏。今天上午,当刘春牛率领弟兄们带着粮食转回玛瑙山时,刘国能的伏兵突起,截断去路,喊叫投降。刘春牛不肯投降,率众突围,勇猛冲杀,身负重伤。他的手下弟兄一部分当场战死,部分受伤,部分被俘。凡是没有死的人和牲口、粮食,都被押到刘国能的驻地,由他审问俘虏。刘春牛因流血过多,已经十分衰弱。刘国能问他玛瑙山寨的防守情形,守寨门的人数和头目姓名,以及打粮小队在夜间叫寨门规定的暗号。刘春牛一句不答,只是望着刘国能破口大骂,口口声声骂他是无耻叛贼。刘国能命手下人将春牛斩了,继续审问别人。半个时辰以后,他骑马向左良玉的驻地奔去。

左良玉由于杨嗣昌连来羽檄并转来崇祯手诏,催他进兵,十万火急,他不得已于几天前暗暗地将大军向玛瑙山附近移动,而在平利县城内虚设了一个镇台行辕的空架子，装做他仍在平利县境按兵未动。他是昨天来到紫阳县南的一个山村驻下，行踪十分诡秘。因为玛瑙山一带地势很险，他深怕再蹈半年前罗猴山大败的覆辙，不敢贸然深入。他向杨嗣昌飞禀他已到玛瑙山下，将献忠包围，逐步攻杀前进，不断斩获献忠的小股游骑，而实际按兵不动，等待机会。他正在心中焦急，刘国能来了。

刘国能将他俘虏了张献忠的一支打粮小队和得到的情况向左良玉当面禀报之后，又献了一个袭破玛瑙山寨的计策。左良玉心中大喜，忘记他平日的威严和挂"平贼将军"印的崇高地位，从椅子上霍地站起，将刘国能的肩膀一拍，大声说：

"刘将军，你立大功的日子到了！"

刘国能赶快起立，恭敬地说："国能自从反正以来，无时不想报效朝廷，以洗前罪。如此次能袭破玛瑙山寨，也全是大人指挥调度之功，国能不过是在大人前效犬马之劳罢了。"

左良玉忽然感到不放心，问："张献忠十分狡猾，万一有备奈何？"

刘国能说："张献忠虽然狡猾，但是一胜利便骄傲，一骄傲便疏忽大意，他这个老毛病我知道得最清。如今正是他骄傲自满时候，最容易利用他疏忽大意，袭破他的老营，将他擒获。"

"他有一个军师叫徐以显，会提醒他做好戒备。"

"张献忠半年多来，连胜几仗，志得意满，纵然徐以显会提醒他，他也只会当做耳旁风，不会听从。"

左良玉默思片刻，认为刘国能的计策确实可行，又问：

"将军愿做前锋？"

刘国能说："请大人立即下令，职将愿做前锋，准能成功。"

"好，你快去准备吧。我立刻就向众将下令，随你前进。万一此计不成，献贼已有防备，在玛瑙山发生混战，我军也必须有进无退，苦战破贼。你我既食君禄，就当以身许国，宁可战死疆场，不可死于国法。"

“是，是。请大人放心。倘若献贼已有防备，国能纵然粉身碎骨，决不后退一步。”

刘国能不待吃午饭，奔回驻地。左良玉在他退出后，立刻召集诸将，面授机宜。未时未过，刘国能先带着自己的两千人马和俘获的打粮小队迅速出发，秘密进军，而左营精兵紧紧地跟随在后。另外，左良玉派出两千人马奔往砖坪村①附近埋伏，占据险要地利，截断张献忠向湖广东逃之路；又以三千人为后援，以防张可旺等奔救玛瑙山。他又派出飞骑，檄催秦军贺人龙和李国奇两支人马从西北向玛瑙山包围，不使张献忠向汉中方面逃跑。他不担心张献忠会从太平县逃入四川，因为他知道不仅大巴山高处的路径被大雪封断，而且各隘口都有川军防堵。他自己在申时以后从驻地起身，追赶奔袭玛瑙山的部队，以便亲自督战。他骑在马上想，倘若此战大捷，不惟一雪罗猴山之耻，而且使杨嗣昌不敢再操心夺去他的“平贼将军”印。临近黄昏，他在马上将鞭梢一扬，对中军参将吩咐：

“替我向前传令：加速前进，不得我的将令不许停下来休息打尖！”

在二月初七日，玛瑙山一带像近几天一样，在黎明时候就开始起雾。在白雾和曙色的交融中，山寨寂静，只偶尔有守寨士兵的询问声，不见人影。寨门上边仍有灯笼在冷风中摇动，也很朦胧。山寨中绝大多数将士们还在酣睡，既没有黎明的号角声，也没有校场中的马蹄声和呼喊声。实际上，这里地势险峻，寨内外没有较为宽阔平坦的地方可做校场，所以将士们都乐得好生休息，不再在寒冷的霜晨操练。

突然有一个守寨门的士兵听见从一里外的浓雾中传来了马蹄声，警觉起来，赶快叫醒坐在火堆旁打盹的两个弟兄，一起走出窝铺，凭着寨垛下望。但是什么也看不见，只觉马蹄声更加近了。一

① 砖坪村——今陕西岚皋县城所在地。

个弟兄向旁边问：

"不会是官军来劫营的吧？"

"不会。一则老左在罗猴山尝过滋味，眼下还不敢来自讨没趣，二则咱们在山脚下还扎有一队人马，官军如何能飞过来？"

第三个弟兄说："没事儿。我看，准是又一队打粮的弟兄们回来啦。不信？老子敢打赌！"

第一个弟兄说："对，对，又一队打粮的回来啦。不管怎么，把小掌家的叫起来再开寨门。"

守寨门的小头目从被窝里被叫醒了，边揉着惺忪睡眼边打哈欠，来到寨门上，凭着寨垛下望。几个刚惊醒的弟兄簇拥在他的背后。他听见了众多的脚步声，喘气声，向寨门走来，并且看见了走在最前边的模糊人影，他完全清醒了，向寨下大声问：

"谁？干啥的？"

寨外拍了两下掌声。寨上回了两下掌声。

"得胜？"寨上问。

"回营。"寨外答。

"谁的小队？"

一个安塞县口音回答："刘春牛的打粮小队。啊，王大个，你在寨上？对不起，惊醒了你的回笼觉[①]。"

寨上的头目说："啊呀，春牛，是你，恭喜回来啦！打的粮食很多吧？"

"这一回打到的粮食不少，自家兄弟背不完，还抓了一百多民夫，来去正好五天。紧赶慢赶，没有误了限期。别的打粮队都回来了没有？"

"伙计，只剩下你这一队啦，大家都在为你担心哩。"

说话之间，打粮的队伍来到了寨门下边，在晓雾中拥挤着，站了很长，队尾转入山路的弯曲地方，看不清楚。那绰号叫做王大个的小头目吩咐快开寨门，他自己也下了寨墙，同一群弟兄站在门洞

① 回笼觉——五更时候，睡醒了重又矇眬入睡。

里边，迎接这最后满载而归的打粮队。当他看见进来的弟兄们每两三个人夹着几个衣服破烂的民夫，都背着粮食口袋，夹在队伍中的马背上也驮着粮食，他高兴地说：

“各位弟兄辛苦啦，辛苦啦。你们打这么多粮食，大帅定有重赏！”

伪装的刘春牛怕自己被认出是假，一直停在寨门外，好像忙着照料打粮队伍进寨。另一个伪装的小头目进寨后停留在王大个的身边没动。

一个没有背粮食口袋的大汉夹在队伍中间，来到王大个的面前，忽然将眼睛一瞪，带着不怀好意的笑容问：

“你认识我么？”

王大个忽然感到不妙，抓住剑柄，回答说：“我想不起来，好像在哪儿见过。你是谁？”

“我是射塌天！”

王大个刚刚拔出剑来，已经被刘国能一脚踢倒，接着被刘的一个亲兵一剑刺死。站在城门洞里的西营弟兄们措手不及，登时都被砍倒。刘国能率领手下人呐喊杀奔献忠老营，乔装民夫的那一部分人都把农民的破袄脱掉，露出明兵号衣，新降的打粮士兵都遵照事先规定，一边呐喊带路，一边在左臂上缠了白布。其中有些人不愿投降，在混乱中将身边敌人砍死，四散奔窜，大声狂呼：“官兵劫寨啦！官兵劫寨啦！”在各寨墙上的弟兄们都敲起紧急锣声，大叫：“官兵劫寨啦！”同时向奔跑的人群射下乱箭。

刘国能一路上只担心混不进玛瑙山寨，如今一进了寨门，他像一头凶猛的野兽一样直向献忠的老营奔去。他自己的两千人马像潮水般向寨中涌进，一部分紧跟在他的后边，一部分占领了寨墙，从背后包围献忠的老营，防止献忠出后门逃走。左良玉开来玛瑙山的部队有两千人跟着刘国能的部队一起进寨，其余的部队在山下分为三支，截断要道，要使张献忠纵然能逃出玛瑙山寨也逃不出山下大军的手心。

这天早晨,起得最早的是张献忠的第四个养子张定国和军师徐以显。张定国住在老营右边不远的一个院落里,他的士兵有二百人同他住在一起,另外还有三百人驻在别的两座院落里,相距不远。他为人勤谨,每天早晨听见鸡叫二遍就起床,在院中舞剑,等候士兵们起床练功。这时他已经舞了一阵剑,练了一阵单刀,退立到台阶上看他的亲兵们练功,而住在同院中的弟兄们正在集合站队。另外三百名弟兄也在别的院中集合站队。徐以显带着三十名亲兵住在老营另一边的一个小院中;加上马夫、火夫和其他人员,同住的大约有五十余人。他昨夜同献忠商量了一个奇袭平利的方略,准备天一明就离开玛瑙山往张可旺的驻地,所以他的亲兵们都已经穿好衣服,正在匆匆漱洗,而马夫们正在从后院中牵出战马。

一听到呐喊声,张定国立即拔出宝剑往外跑,同时大叫一声:"全跟我来!"他的亲兵们紧跟在他的身边,而那两百名正在站队的士兵也拔出刀剑随着奔出。定国一看进来劫营的敌人已经扑到了老营的大门口,而守卫的弟兄们正准备关闭大门,已经来不及了,有的在混战中被敌人砍倒,有的仍在拼死抵抗。定国将宝剑一挥,又说声:"跟我来!"冲进敌人中间,勇不可挡。刘国能正要冲进献忠老营院中,冷不防从右边冲出一支人来,在他的背后猛杀猛砍。他只好回头来对付这一股没命的勇士,不能够冲进老营院中,尽管那大门是敞开的,守门兵已经死尽,院里的将士尚未来得及奔出大门口进行抵抗。

徐以显一听到呐喊声就奔出小院大门,看见官兵进寨的多如潮水,前队正在猛扑老营。他立刻退回,将大门关闭,吩咐人们从里边用石头顶牢,同时率领亲兵们首先爬上房坡。院中连少数妇女在内,全都跟着上了房坡。他们向敌人成堆的地方用弓、弩不停地射箭,没有弓和弩的人便用砖瓦投掷,使敌人登时受到损伤,不得不分兵应付。

张献忠的老营是并排两座大宅院连在一起,驻有三四百人,其中妇女有几十人。他的第三个养子张能奇住在里边,专负守卫老营的重任。他刚起床，正在扣衣服，听见呐喊声就提剑奔到院中，一边呼叫一边向大门奔去。他的亲兵们和其他将士有的已经起床，有的刚被惊醒，有的是听见他的呼叫才醒来，几乎是出于本能，都拿着兵器向大门奔去，并没有畏缩不前或打算自逃性命的。有许多人来不及扣衣扣，敞着怀奔了出来，甚至有的人赤膊奔出。当能奇奔近大门时，守门的弟兄们已经死伤完了。有人在他的身边急促建议："关大门！关大门！"他没有理会，稍停片刻，看见身边已经有一百多人，其余的继续奔来，他命令一个小校率领二十名弟兄死守大门，随即将刀一挥，大声呼叫：

"弟兄们，跟我来，杀啊！"

在老营前边的打谷场上进行着激烈的混战。在最激烈的中心反而不再有呐喊声和喊杀声，只有沉重的用力声，短促的怒骂声，混乱的脚步声，刀剑的碰击声，以及狼牙棒猛然打在人身上和头部的闷响声。战斗的人群在不断移动，好像激流中的漩涡，有时有人流加进去，有时又有负伤者退出来。那处在激流和漩涡中的人们，不断地踏着血泊，踏着死尸和重伤的人，前进，后退，左跳，右闪，有时自己倒下去，被别人践踏。除老营大门外是主战场之外，寨中有许多地方都发生混战，战斗的方式各有特色。

当呐喊声刚起时，张献忠在敖夫人的房里突然惊醒，从床上一跃而起，迅速穿好衣服，顺手摸了一把大刀（那把"天赐飞刀"昨日放在丁夫人的床头，未曾带在身边），奔到院中。他听一听，果然是官军进到寨内，大门外正在厮杀。转眼之间，他的身边已经聚集了一群刚穿好衣服的亲兵亲将，有的一边穿衣服一边向他跑来。他沉着地低声说："走，将龟儿子们赶出寨去！"便向大门奔去。当他穿过两进院子跑到大门口时，分明各处寨墙都被官军攻占，有几个地方已经起了火。他听见从东西南北传过来呐喊声和带着胜利口气的呼叫：

"不要叫张献忠逃走了！不要叫张献忠逃走了！……"

第二十四章

老营大门外的一阵白刃混战完全出官军将领们意料之外。按照左良玉和刘国能事前估计，官军一旦大队拥进玛瑙山寨，义军惊恐失措，纵有抵抗，也必定是零零星星，一触即溃，四散逃命。没有料到，正要杀进张献忠老营时候，突然从左边附近院落中冲出的一小股人竟是那样勇猛顽强，宁死不退。刘国能亲自指挥众人围攻这一小股人，不期看见张定国正在狂呼奋战，左冲右突。他隔着一些人，向定国大声招呼：

“宁宇侄，不认识你刘叔么？赶快投降，愚叔保你不死！”

张定国连劈死扑到身边的两个敌人，才有机会看是谁向他呼唤。一看见是刘国能，对于山寨如何被劫的事，心中恍然清楚。他冲到刘国能面前，骂了一句：“叛贼休逃！”猛向国能刺去。刘国能用刀格开他的宝剑，转身便走，却由他的将士们将定国等几个人围住厮杀。

当张能奇率领一起人奔出老营大门时，定国身边的弟兄们已经伤亡殆尽，他自己也带了两处轻伤，退到老营大门的台阶下，但是他仍旧鼓励左右奋力杀贼，不使敌人顺利地杀进老营。一看见能奇出来，他格外勇气百倍，随在这一起生力军中向敌人猛烈冲杀，同时对能奇大声说：

“三哥，刘国能在这里，莫饶他！”

转眼之间，张献忠也率领一起人杀奔出来，同两个养子会合，竟将多于他们几倍的敌人赶出了打谷场，还救出了定国手下的几十名弟兄，那是驻扎在另外两座院落中的三百名经过混战仅存的勇士，大半都挂了轻重不同的彩。

天已经大亮了。拥进玛瑙山寨的官军已经占据了各个路口、各处寨墙和重要宅院。徐以显的宅子已经被官军点着,火光与浓烟冲向天空。老营的后门已被攻破,双方继续在院中混战,一部分人从大门奔出,一部分人爬上房去向院中的敌人射箭和投掷砖瓦。敌人从四面向献忠围了上来,大呼要“捉活的”。徐以显已经带伤,身边只剩下五六个人,杀开一条血路奔到献忠身边,大声说:

“大帅快走!不可迟误!”

献忠说:“走,杀出去!”

张定国在前开路,献忠和徐以显在中间,能奇在后,一边同敌人厮杀一边向西撤退。西寨上已有官军占领,人数虽不很多,却是左良玉的精锐部队,奉命等在这里。他们中间没有刘国能的士兵,所以不认识张献忠。他们拦住了登城的路,为首的军官大声威胁说:

“快投降!你们已经跑不脱了。倘若有献贼混在你们里边,赶快交出投降!”

张献忠将定国向旁一推,昂然上前,举刀大叫:“八大王来了!”那军官猛一惊骇,同时举刀一挡。只见两道白光同时一闪,碰在一起,铿然一声。献忠因见手中的大刀折断,虚砍一刀,一跃上寨,迅速飞起一脚向敌将裆中踢去。敌将向旁一闪,随手一刀砍来。献忠刚用半截刀格开,敌将就被张定国一剑刺死。寨上的官兵在片刻间大部分被杀死,剩下的惊慌逃散。张献忠看看半截断刀,见刃上带着几处缺口和血迹,说声:“去你妈的!”抛到寨下;弯腰拾起来敌将的宝刀,拿眼一看,满意地点点头,随即又解下敌将的刀鞘挂在自己腰间。这时差不多有七八百官军从三个方面包围上来,距离在一箭之外,呼叫着活捉献忠。献忠向敌人扫了一眼,嘴角闪出一丝嘲讽的微笑。

三天以后,张献忠辗转到了名叫水右坝的小镇上驻下来,身边有一千六七百人,大部分是从玛瑙山溃散出来的,陆续集合到他的身边，只有五百人是张可旺派来为他护驾的。虽然玛瑙山老营被劫，但西营的主力由献忠的两个养子张可旺和张文秀率领，驻军距玛瑙山有二十里以上，未受损失。献忠的重要军需、金银珍宝也多在可旺和文秀营中。他们当时因隔着大山，不知老营被劫；等天明以后很久，才得消息，已经来不及出兵援救。第二天，左良玉、刘国能、贺人龙和李国奇的人马在玛瑙山附近集结得很多，使张可旺和张文秀无力向官军进攻，而官军也无力消灭他们。双方在紧张的局面中保持着停战状态。

张献忠在水右坝驻军两天，对于他在玛瑙山的损失才大体清楚。偏裨将领有曹威等十六人阵亡，另有偏将扫地王张一川和小校三百多人被俘或投降。骡马损失一千多头。他的九个妻妾，随老营守卫将士突围逃出的只有二人，高氏和敖氏等五人被俘，其余一个姓张的被杀于乱军之中，还有一个是新野丁举人的妹妹，抱着不满两周岁的、曾被王又天称为“贵不可言”的婴儿，在逃上寨墙后因被追兵包围而投崖自尽。张大经在突围时被官军杀死。潘独鳌突围后不知下落。献忠当时只带着二百多将士翻过玛瑙山寨，趁着晨雾未散，潜行于崖谷密林之中，脱险出围。官军搜山三天，没有搜到他，反以为他已经死了。

为要安定军心、鼓舞士气，并决定今后去向，张献忠在水右坝小镇上召开军事会议。张可旺、张文秀、白文选、马元利等重要将领都从驻地赶来参加。他不许将领们多谈玛瑙山的失败，特别是不愿听到有谁提到他的几个妻妾的被俘和死亡。虽然他心中为这次挫败感到痛苦，但是他用满不在乎的口气说：

“他妈的，这点损失算得鸡巴大事！别说是这点损失，就是全部打光了，老子也要从头再来！”他随即换成了嘲笑的口吻接着说：“哼哼，我以为左良玉王八蛋有多大本领，原来是用叛贼刘国能赚开寨门！老子在山下设的那道关，派三百人把守，也是上了刘国能的当，没有动一刀一枪给王八蛋龟儿子们吃掉啦。咱这一回亏吃得好，有意思。咱老子一向惯使人扮作官军赚城劫寨，这一回却叫别人学咱的拳路捣咱的心窝。吃过这回亏,下回就学乖啦。这次输,下次赢,胜败兵家之常嘛。”

正在商议时候,细作回营禀报:左良玉和刘国能的人马进到玛瑙山寨之后,除全部杀死因负伤不能逃出的西营将士外,寨中原来留下的百姓,十二岁以上和五十岁以下的妇女都被轮奸,有的因轮奸致死,有的奸淫后被掳入营中带走,有的被杀,青壮年男子都被杀光。山中本来人烟稀疏,未逃走的百姓几乎被杀光了。左良玉上报“斩贼”三千三百多级,请监军道检验。有的首级下颏溜光,耳垂上带有小孔,明是妇女首级,但无人敢说破。张献忠听到这里,骂道:

“哼,明朝将军们都有一个传家本领:拿老百姓的首级邀功!”

细作又接着禀报说:“听说左良玉和刘国能两家将士为抢夺玛瑙山老营妇女和财物,互相打架,杀伤了二十几个人。刘国能及时赶到,把自己的将士喝退,将抢到的一颗金印、八面令旗和八支令箭、两个卜卦金钱和一根镂金缠龙棒,还有大帅常用的那口‘天赐飞刀’都献给左良玉,才算没事。要不的,左良玉还要怪罪他哩!”

献忠骂道:“操他娘,射塌天投降以后的日子也不好过。奴才不是好当的!”他转望着徐以显笑着说:“老徐,这个刘国能你不认识,他王八蛋替自家起个诨名叫射塌天,却总想受朝廷招抚。我当面骂过他:‘老刘,咱老张看你不会射塌天,迟早会落进人家的裤裆里!’瞧瞧,老子的话应验了吧!”

徐以显向细作问:“你探听出潘先生的下落么?究竟是被俘了还是死了?”

细作回答:“回禀军师,潘先生的下落仍然不明。人们都猜他并没有死但不知他逃出后藏匿到什么地方。”

命细作退出以后,张献忠继续同众将商议军事。这时明朝的湖广军张应元和汪之凤两部正在向水右坝靠近,川军老将张令的部队在川、楚交界处把守隘口。献忠的西营将士陆续集结在水右坝一带的约有两万人,力量仍然雄厚。献忠想着倘若打张应元和汪之凤两军,左良玉必然会前来相救,不如专力杀败张令,打开一条入川之路。他命令张可旺和张文秀先走,白文选和马元利护卫老营后行。徐以显、张能奇和张定国都在玛瑙山负伤未愈,随着老营医治。

十七日,明军到水右坝时,献忠已经退走,殿后部队与明军发生战斗,小有损失。十九日,献忠的前锋部队在川、楚交界处的岔溪和千江河一带与川军张令的部队相遇,小有接触。时天色已晚,互相不知虚实,各自后退。张令一面发塘马向督师辅臣和四川巡抚报捷,一面退守靠近四川的重要市镇柯家坪。

闰二月二十七日,西营大军突然向柯家坪发起猛攻,弥山漫野,将张令全军包围。另一个川军将领方国安在张令的后边,一看义军势盛,没法抵御,便扔下张令,从艰险的小路逃脱。七十多岁的张令在当时是一位有名的悍将,手下的五千川军也很能打仗,没路可逃,战斗得非常顽强。柯家坪缺少泉水,也缺乏溪流,恰巧下了一场大雨,解决了被围川军的吃水问题,并使义军的进攻增加了困难。献忠将张令围困了十二天,到了三月初八,眼看就要攻破柯家坪,官军数路援军齐到,只好解围而去。第二天,献忠的一部分人马同官军在寒溪寺相遇,双方都略有伤亡。初十日,献忠在盐井打个败仗,损失了一千多人。跟着,献忠又向木瓜口和黄墩进攻,都未得手,白折了一些人马。他怕受秦、楚官军合力包围和追击,打算转移到兴归山中度夏,休息士马,收集散亡,补充军需,和驻扎在巫山和大昌境内的曹营靠近。

秦、楚、川各路明军集结在三省交界处的虽然有六七万人,但经过玛瑙山战后,被献忠放在眼中的只有左良玉一军人马。他知道川军以保境为主,不会远出川境以外;秦军也只想保境,不肯入湖广作战;至于楚军,只有左良玉是真正战将,实力也比较雄厚。听说杨嗣昌正在催促良玉进兵,而左营人马也确实在日夜向平利集中。他担心左良玉奉杨嗣昌之命追赶不放,使他在兴归山中休息士马的打算落空。于是他在竹溪县境内同徐以显、张可旺和马元利密商之后,把一个离间敌人的计策决定了。

当晚，献忠叫徐以显替他写一封给左良玉的信。写成之后，献忠仔细听听，摇摇头说：

“老徐，这样写不行。咱老张没学问，他老左不识几个字，更不如咱。给他的书子，不要太文，也不要太长。太文啦他听不懂，还得旁人讲解；太长啦他不耐心听，反而会漏掉要紧的话。咱们把书子写得简短一些，没有闲话，不绕弯子，槌槌打在鼓点上，句句话的意思都很明白，叫他龟儿子把咱的话细细嚼，品出滋味。伙计，你说对么？”

徐以显笑着点头说：“甚是，甚是。还是大帅所见英明。”

“来，老徐，我的好军师，你虽然是秀才出身，可是这封书信的大意你得听我说。我说出来的话，你把字句稍微弄顺就行啦。书信的头尾都用你刚才写的那个套套子，中间的话用我的。来，咱俩写吧。”

徐以显挑大灯亮，把纸摊好，膏好羊毛笔，按照献忠口授的大意将书子写成，略加润色，自己先看一遍，忍不住微笑，频频点头，心中越发佩服献忠的聪明过人。他添了一个漏字，抬起头来问道：

“我念给大帅听听？”

“念吧，念吧。连你那前后套套子都念出来！”

徐以显随即念出了书信，全文如下：

> 西营义军主帅张献忠再拜于昆山将军麾下：玛瑙山将军得胜，已足以雪罗猴山之耻，塞疑忌将军者之口。不惟暂消杨阁部夺印之心，且可邀朝廷之厚赏。将军目前可谓踌躇满志矣。然有献忠在，将军方可拥兵自重，长保富贵；献忠今日亡，则将军明日随之。纵将军十载汗马功高，亦难免逮入京师，斩首西市，为一贯骄玩跋扈、纵兵殃民者戒。故献忠与将军，貌为敌国，实为唇齿。唇亡齿寒，此理至明，敬望将军三思，勿逼献忠太甚。且胜败兵家之常，侥幸岂可再得？倘将军再战失利，能保富贵与首领乎？不尽之意，统由马元利代为面陈。谨备菲仪数事①，伏乞哂纳。倚马北望，不胜惶恐待命之至！张

① 数事——数件。

献忠顿首。

献忠听过之后，又自己看了一遍。看到那句“不胜惶恐待命之至”，笑了笑，心中说：“咱老子惶恐个屌！”但是他懂得这是文人书信中的一句“成套”，没有叫军师改掉。

当下，马元利赶快将随行士兵和一应需要带的东西和伪造的文书准备好，四更以后，同随行将士们饱餐一顿，悄悄地出发了。同一天，张献忠将人马分成数股，偃旗息鼓，向兴归山中开去。尽管他断定马元利去见左良玉无危险，但有时仍不免在心中自问：

“老左这龟儿子会不会对他下毒手？”

张献忠在谷城屯兵时候，曾仿刻和仿制了湖广巡抚衙门的关防、印信、笺纸、封套，以备使用。这些东西同另外一些重要文件和贵重军需都放在张可旺营中，尚未运往玛瑙山，所以未曾损失。如今马元利乔扮做官军偏裨将官，随带一名亲信小校和二十几名弟兄，一色穿着湖广巡抚标营的号衣，骑的马也烙有“湖广”二字。这些战马和号衣，都是过去在战争中获得的。马元利的身上带着伪造的湖广新任巡抚宋一鹤致左良玉的一封紧急文书，一封致巴东守将的文书，还有一个文件是证明他去左良玉军前和巴东、荆州一带军前“公干”，类似近代的所谓护照。前两封文书所用的封套都有一尺二寸长，六寸宽。由于他们的装扮和文件都十分逼真，加上马元利仪表堂堂，遇事机警、沉着，应对如流，所以在路上穿城过卡，常遇官军盘查，都没有露出马脚。

在玛瑙山胜利之后，左良玉把人马驻扎在兴安州和平利、紫阳两县境内，对张献忠并不追赶，一则由于张可旺和张文秀、白文选等所率领的义军精锐并未损失，使他不敢穷追，二则他同杨嗣昌有矛盾，不愿意为朝廷和杨嗣昌多卖力气。现在杨嗣昌一再催促进军，他只好赶快集中人马，并把自己的老营移到平利城内，以便随时前进。马元利在一天下午到达了平利县城，把带来的弟兄们安顿一个地方，便带着亲随小校寻找左良玉的承启官。当张献忠屯兵谷城时，马元利曾奉差去左良玉军中一次，给左良玉本人和他的左右亲信送过贿赂，所以知道在左良玉的老营中什么人能够帮忙。因为他假充是湖广巡抚衙门来的急差，又是一位将军，所以很快就见到了承启官。承启官一见他，吓了一跳，带他到一个僻静地方，小声问道：

“你如何来到此地？”

马元利神色自若地笑一笑，回答说：“无事不登三宝殿……”

承启官截住他的话，低声警告说：“这里不是三宝殿，是龙潭虎穴，不是随便可以来的。你真大胆！”

“谢谢阁下关心。在下是奉张帅之命，前来晋谒镇台大人，商议投降之事。敬恳鼎力相助，设法引见。小弟带有些许薄礼，请阁下笑纳。”随即取出两锭元宝和两个金锞子塞进对方手里，接着说：“这只是聊表微意，请阁下莫嫌礼薄。一俟大事告成，另当重谢。事情很急，成与不成，我都不能在此多停，务乞费心通融，就在今晚引见。”

承启官想了想，说：“马将军，我劝老兄赶快回去，不要在此停留。阁部大人严令，如曹操等一切头领都可招抚，惟独不许招抚你家八大王。我家镇台大人受阁部大人节制，如何敢违命受降？”

马元利又笑了一笑，说：“老兄所见差了。第一，官府做事，向来是虎头蛇尾，变化不定。杨阁部说惟独对我们张帅不赦，我看也不过是那么说说罢了，何必对这句话看得认真？第二，左帅大人只是朝廷一个总兵，我们张帅如果投降，也只能向朝廷投降，由杨阁部代朝廷受降。我们只是想请求左帅大人探探阁部口气，并非径向左帅大人投降。此事倘若不成，对左帅大人无损；倘若成了，也可说是左帅大人玛瑙山一战之功。况且我家张帅差我给左帅大人带了些贵重礼物，不管左帅肯不肯在杨阁部前探探口气，我都须将礼物当面呈上，方好回去销差。”

“你们给镇台大人带来些什么礼物？”

元利从怀中取出一张红纸礼单，请承启官看看。承启官不看则已，看罢之后，脸上露出笑容，将礼单藏在自己怀中，说：

“老马，咱们是熟人，请不必瞒我。你们张帅行事十分诡诈，这是否是一个缓兵之计？”

“我们张帅行事该诚则诚，该诈则诈。”

“此话怎讲？”

“倘若他没有一片诚心待人，为什么几万将士肯生死相随？至于打仗，自古‘兵不厌诈’，哪有那么老实的。倘若你们也老老实实打仗，就袭不破我们玛瑙山老营了。小弟这次奉命来见左帅大人，确实十分诚意，不惟为我们自己，也为使左帅长保富贵。”

“老马，你别胡扯啦。你们想投降，怎么说也为着我们镇台大人长保富贵？”

“朝廷上的事你我都很清楚。有些机密话须要见了镇台大人时方能面陈。”

“好吧，我替你传禀传禀。只是如今朝廷耳目甚多，我们行辕中也有不少人认识你的，万一被人识破，诸多不便。我马上替你找个地方住下，千万不可随便露面。”

“多谢老兄。随小弟来的还有二十几名弟兄，请仁兄安置在一个地方。另外，还有什么事在下该注意的，什么人小弟该见的，请仁兄指示。”

“你同我们中军大人刘将军不是认识么？”

“认识。小弟此来，也给刘将军带了一点薄礼，请仁兄费心引见。”

承启官一听说有礼物带给刘将军，马上点头说：“好，这容易。应该请他帮忙。我只能替你传禀上去，倘若镇台大人不肯见你，我也没有办法。刘将军是镇台大人面前红人，只要他说话，镇台大人没有不听从的。像这样机密大事，非要他……”

承启官话未说完，他手下的一个传事小校匆匆地找了来，告他说由督师辅臣衙门来了紧急机密文书，要他立即呈到镇台大人面前，不能迟误。承启官略微有点吃惊，担心这个小校会认出马元利来，赶快说：

“我马上就去。请他们吃茶休息。”等传事小校走后，承启官向马元利说：“如今风声正紧，老兄此来，真是太冒风险！杨阁部已经来了几道火急文书，催促我们镇台大人进兵。方才来的，准定又是催促进兵的文书。在目前这样节骨眼上，镇台大人未必肯传见老兄。在这平利城中，杨阁部大人的耳目不少，可不是好玩的！”

马元利微微笑着，神色安闲地说：“小弟急欲拜见中军参将刘大人，请老兄早一点费心引见。另外，为着避免众人耳目，请老兄替我安排一个僻静下处，停留一晚。”

“我马上就去找刘中军，将你带来的礼物送上。似此大事，你非仰仗他在镇台大人面前说话不可。请你在此稍候片时，我马上吩咐一个可靠人带你去找一个僻静下处休息。你的随从们也都要万分小心，不可上街走动。”

马元利连声称谢，同时心里说：“只要你不出卖我就好了。”

当时平利城里城外，驻满军队，一片乱糟糟的。左良玉的承启官命自己的手下心腹人在城角一个僻静地方替马元利等人找一个落脚地方。他又在黄昏以后，请左良玉的中军刘参将同马元利见了面。这位刘将军受了重礼，答应尽力帮忙，嘱咐马元利安心等候消息。

一更过后，承启官见左良玉的身边没有别人，只有他的中军参将侍立身旁，便趁机将张献忠差马元利前来乞降的事悄悄禀明，并将礼物单呈上。左良玉因为杨嗣昌不断催促进兵，今日黄昏前又接到火急檄文，正在不知如何应付。他不想接见张献忠的秘密使者，但看承启官摆在他面前案上的礼单，又不免有点犹豫，轻轻骂道：

“操他娘，不知八贼又捣的什么鬼！”

刘中军躬身小声说：“不管八贼捣的什么鬼，这一份重礼不妨收下，马元利不妨许他来叩见大人。肯不肯受降，是朝廷和杨阁部大人的事。大人是否可以探一探阁部大人的口气,等见过马元利再做决定。"

左良玉点点头,对承启官说:"把礼单念给我听听。"

张献忠的礼单上开着纹银三千两,黄金一百两,另有珍珠、玛瑙、古玩、玉器等宝物十件。左良玉听毕,又轻轻点点头,问道:

"马元利来到这里可有外人知道么?"

承启官说:"回大人,并无外人知道。"

"好吧,你们先把礼物抬进来,随后引他来见。今夜天不明就叫他离开此地,不可大意。"

当礼物抬进来时,左良玉亲自看了一遍,拿起来一个一尺多长的碧玉如意看了又看,不忍放手。他因为自己名良玉,所以每得到一件美玉就认为是吉利之兆,何况这又是一个如意,象征事事如意。过了一阵,他吩咐将礼物收起来,问道:

"马元利来了么?"

承启官回答说:"现在外边等候。"

"带他进来。"

不过片刻,马元利被悄悄地带了进来。平时镇台行辕中的威风,仪注,一切不用,更无大声禀报和传呼。承启官只小声向左良玉禀道:"马元利叩见大人!"跟着,马元利小声说道:"末将马元利叩见镇台大人!"便跪下行礼。左良玉听马元利自称"末将"感到刺耳。马元利既不是朝廷将领,又不是敌国武官,而是一个"流贼"头目,怎么能在堂堂"平贼将军"面前自己谦称"末将"?但是他已经接受了对方重礼,加之马元利气宇轩昂,举止大方,左良玉心上的不舒服感觉只一刹那就过去了。他略为欠身还礼,并叫元利坐下。元利表示谦逊,谢坐之后,侧着身子就座。左良玉态度傲慢地问:

"是张献忠差你来乞降么?"

马元利恭敬地欠身回答说:"回大人,末将并非前来乞降。敝军全军上下深恨朝廷无道,政治败坏,弄得天怒人怨,百姓如在水深火热之中,所以誓为救民起义,绝无乞降之意。"

左良玉不禁愕然。承启官已经退出，站在帘外窃听。中军刘将军侍立在左良玉身边。帘内帘外同时吓了一跳。左良玉一脸怒意，瞪着马元利问道：

“你不是对本镇的中军参将和承启官说过你是奉张献忠之命，要见本镇乞降么？”

“请恕末将托辞请降之罪。倘非末将这样托辞，未必能谒见大人。况如今朝廷耳目众多，万一风声传出，有人知道我奉命前来乞降，大人不允，朝廷也不会怪罪大人。倘若末将随便吐露真实来意，对大人实有不便。”

中军和承启官听了这几句话放下心来。左良玉的圆瞪着的眼睛恢复常态，怒意消失，又问：

“不是乞降，来见本镇做甚？”

“末将特来面呈张帅书信一封，敬请钧览。”

马元利从怀中取出张献忠的书信，双手呈上。刘中军替左良玉接住，拆开封套，对着左良玉小声读了一遍。左良玉在片刻中没有做声，思索着书中意思。这封书子因写得很短，字句浅显，所以他一听就完全明白，而且觉得有几句话正好说中了他的心思。但是，那“唇亡则齿寒”一句话又有点刺伤了他，使他恼怒不是，忍受也不是，只好心中苦笑，同时暗暗骂道：“哼，我是朝廷大帅，拜封平贼将军，会同你贼首张献忠‘唇亡齿寒’，什么话！”由于他养成了一种大将的威严，这心中的苦笑流露到脸上就化成了一股严峻的冷笑。马元利注意到左良玉脸上的冷笑，略微有点担心。他不等左良玉开口，欠身赔笑说：

“大人，这封书信的意思不仅是为着敝军，也是为着大人的富贵前程。杨阁部一方面看来很倚重大人，请求皇上拜封大人为‘平贼将军’，一方面却对大人心怀不满。今年闰正月，杨阁部曾想夺大人的‘平贼将军’印交给贺疯子，此事想大人已经听说。倘若大人没有玛瑙山之捷，此‘平贼将军’印怕已经保不住了。所以张帅书子中的话，务请大人三思。”

左良玉阴沉着脸色说："你这些话都不用再说，本镇胸中自有主见。十天以来，督师大人不断羽檄飞来，督催本镇进兵。今日黄昏，又有檄文前来，督催进兵火急。本镇为朝廷大将，惟知剿贼报国，一切传闻的话，都不放在心上。你是前来替张献忠这狡贼做说客的，休要挑拨离间，顺嘴胡说。你走吧，不然我一旦动怒，或者立刻将你斩首，或者将你绑送襄阳督师行辕。"

马元利不亢不卑地赔笑说："末将来到平利，好比是闯一闯龙潭虎穴，本来就将生死置之度外。但既然大人不许末将多言，末将自当敬谨遵命，此刻只得告辞。"他从椅子上站起来，微微流露一丝冷笑，跟着又恭敬地说："可惜末将有一句十分要紧的话，就只好装在肚里带回去了。"

左良玉问："有什么要紧的话？"

马元利说："常言道，当事者迷，旁观者清。就旁人看来，大人或是长保富贵，以后封伯封侯，或是功名不保，身败名裂，都将决定于近一两月内。就末将看来，不是决定于两月之内，而是决定于今天晚上。"

左良玉心中一惊，故作冷笑，问："你这话是什么意思？"

马元利问："大人允许末将直言不讳么？"

左良玉用眼色示意叫元利坐下，虽然不再说话，却目不转睛地望着元利的脸孔。元利坐下，恭敬地欠着身子说：

"今晚大人如能听毕末将率直陈言，仔细一想，就可以趋吉避凶，常保富贵，不日还会封伯封侯，荫[1]及子孙，否则前程难保。请大人不要怪罪，末将方好尽言。"

"你说下去。说错了我不怪罪你。"

马元利接着说："目前我们张帅已入兴归山中，与曹操大军会师。此去兴山、秭归一带，数百里尽是大山，山路崎岖险恶，处处可以设伏，也处处可以坚守。敝军将士人人思报玛瑙山之仇，士气十分旺盛。大人向兴归山中进兵，倘若受了挫折或劳师无功，那一颗

① 荫——由于立了功勋，子孙被朝廷恩赐官职或功名，叫做荫。有的荫官是世袭的。

‘平贼将军’印还能够保得住么？大人今日的大帅高位和威名能够保得住么？反过来看，今日大人暂时按兵不动，在此地休养士马，既不会稍受挫折，也不会被杨嗣昌加以逗留不进之罪。十余年来，朝廷对于巡抚、总督、督师、总理等统兵大臣，说撤就撤，说逮就逮，说下狱就下狱，说杀就杀，但对于各地镇将却尽量隐忍宽容，这情形不用末将细说，大人知之甚悉。那些倒霉的统兵大臣，不管地位和名望多高，毕竟都是文臣，朝廷深知他们自己不敢造反，他们的手下没有众多亲信将士会鼓噪哗变，所以用他们的时候恩礼优渥，惹朝廷不满意时就毫不容情。当今皇上就是这么一个十分寡恩的人！他对于各地镇将宽容，并非他真心宽容，而是因为他势不得已，害怕激起兵变。去年罗猴山官军战败，大人贬了三级，戴罪任职，但朝廷不敢将大人从严治罪，过了三个月反而将大人拜封为‘平贼将军’。为什么？因为大人有重兵在手，朝廷害怕激变。官军罗猴山之败，河南镇总兵张任学责任不大，却削籍为民，一生前程断送。为什么？因为张任学是个文官做总兵，莅事不久，对手下将士并无恩信，朝廷不害怕对他严厉处分会激起兵变。在当前这种世道，做大将的，谁手中兵多，谁就可以不听朝廷的话，长保富贵；谁的兵少，无力量要挟朝廷，谁就得听朝廷任意摆布，吉凶难保。……”

左良玉轻声说：“你不必兜圈子，朝廷上的事我比你清楚。你还有什么话，简短直说吧。”

马元利接着说：“打仗的事，胜败无常。大人用刘国能赚入玛瑙山寨，只能有一，不会有二。目前倘若大人进兵过急，贸然赶到兴归山中，敝军与曹营以逸待劳，在战场上不肯相让，使贵军不能全师而退，使大人手下的亲兵爱将死伤众多，朝廷还能对大人稍稍宽容么？我想恐怕到了那时，轻则夺去‘平贼将军’印交给贺疯子，成为大人终身之耻，重则……那就不好说了。末将今晚言语爽直，不知忌讳，恳乞大人三思，并恳恕罪！”

左良玉沉默一阵，问：“你还有别的话要说么？”

马元利立刻又接着说:"目前朝廷的心腹大患是我们张帅;皇上最害怕的也是我们张帅。正是因为这样,皇上才钦差杨阁老来到襄阳督师。在朝廷看来,只要将敝军剿灭,将张帅擒获或杀死,其他各股义军不足为虑,天下也大致可以太平了。不知大人是否知道朝廷的这种看法?"

左良玉轻轻地点头,但不做声。

马元利笑一笑,接着说:"请恕末将直言。按今日大势,敝军绝无被轻易剿灭之理。退一万步说,倘若敝军一旦被剿灭,大人马上就会有大祸临头。因为有张帅在,朝廷才需要大人。何况当今皇上疑忌多端,大人在他的眼中另有看法,所以说,有张帅在,大人可以拥兵自重,长保富贵,封伯封侯;张帅今日亡,大人明日就变成朝廷罪人,大祸跟着临头。"

左良玉微微一笑,说:"你很会说话,不怪在谷城时张敬轩差你几次到襄阳办事,还差你到北京一趟。目下阁部大人催战甚急,日内大概就会有皇上催促进兵的圣旨到来。你回去禀告你家张帅,本镇对进兵事自有主张,不烦你们替本镇操心。你在此不可久留,今夜就离开吧。"

"多谢大人。末将告辞,今夜就出城上路。"

马元利行礼退出,一块心事放下了。当他到前院向承启官告辞时,承启官拉着他的手小声问道:

"你们那里有一位管文案的潘秀才,可知道他的下落?"

元利问:"老兄可晓得什么消息?"

承启官说:"他呀,听说他从玛瑙山逃出以后到了大坪溪,随身带的贵重东西都丢光了,只腰里系着一个锦囊,装着诗稿,饿得走不动路,藏在树林中不敢出来,被秦将郑嘉栋手下人搜了出来。"

元利忙问:"他如今死活?"

承启官笑着说:"眼下没事,在襄阳狱中。他被捉到后假称是黄冈刘若愚,愿见督师言事,请莫杀他。有人认出他是潘独鳌,就将他解到襄阳。听说他进到督师行辕,很是沉着,还摆着八字步哩。他对阁部大人说：‘难生怀抱经世之学，有治平天下之策，不幸陷入贼中。逃出玛瑙山后，故意向西北方向走去，费了多日才走到大坪溪附近，原是存心自拔归来，愿为朝廷使用。区区苦衷，实望大人谅鉴。’”

元利心中骂道：“不是东西！”随即又问：“杨阁部如何说？”

“阁部大人说：‘尔之才学已为张献忠用尽，尚有剩下的供朝廷用么？况且张献忠识字不多，你替他草飞檄辱骂朝廷，直斥皇上，实系死有余罪！’阁部左右都劝早日杀他。阁部不肯，将他暂且押在狱中。”

“为什么不肯杀他？”

“听说阁部大人想等到捉获你们西营主帅，连同高氏、敖氏、潘独鳌与其他人等，送往京城献俘。这姓潘的，近一年来也算是你们那里的红人儿，如何会轻易就杀？”

马元利用鼻冷笑一声说：“他算个屌！”

辞别了承启官，马元利次日五更就率领从人离开平利城，向兴山的方向奔去。

张献忠把老营驻扎在兴山县城西六十里远的白羊山，大半精兵都驻扎在白羊山下，拱卫老营，其余人马分驻在兴山和秭归两州、县的重要市镇。明朝在巴东、夷陵（今宜昌）、当阳、安远、南漳、房县等地都驻有人马，归州和兴山两城池也在官军手中，对张献忠形成包围形势。但因为左良玉在陕西境的兴安和平利一带按兵不动，别处官军也就不敢贸然进攻。

在玛瑙山被打散的西营将士又陆续回来一些。有一两个同罗汝才联合的义军首领投降朝廷，他们的部下不肯投降，也跑来献忠麾下。献忠严禁部下扰害百姓，向山中百姓购买粮食、草料、油、盐等一应必需物资，平买平卖，这就和官军的扰民害民恰好相反。兴归山中的老百姓同西营义军安然相处，远近官军只要有一点动静，他们就立刻自动地报给义军。有些山寨财主，一则恨官军素无纪律，二则受了张献忠的收买，身披两张皮，时常斩一些零星土匪的首级向官府报功,却把官军的动静密告义军。到了四月中旬以后,献忠的兵力又振作起来了。

有一天,献忠想着应该趁现在不打仗,将谷城起义以来的阵亡将士祭一祭,怕一旦有了战事,就没有工夫做这件事了。祭奠阵亡将士,献忠起义以来搞过多次,供物都用整猪整羊,有时还用几颗官军人头。他在祭奠的时候常常嚎啕痛哭,感动全军。因为死的将士多不识字,从来不用祭文,他说那种文绉绉的东西死的弟兄们没法听懂。但是今年的祭奠略有不同。今年阵亡的有张大经,原是明朝的文官,应该单另给他写个祭文才是,要不,那些跟着张大经起义的人们会心中不舒服。如今虽然潘独鳌没有了,可是献忠的身边并不缺少能够动笔的读书人。张大经带来的就有几个。他叫两个人共同斟酌写了一篇祭文,听了听很不满意:第一把张大经的被迫起义捧得过火;第二废话太多;第三太文,好像故意要写得叫人听起来半懂不懂才算文章好。他对军师徐以显说:

"老徐,你劳神动动笔,写短一点,对死人也说老实话,别奉承得叫人听了肉麻。你写,我等着。唉,可惜王秉真这个不识抬举的王八蛋半路逃走了!"

徐以显是比较懂得献忠的心思和喜爱的,提笔写了篇措词简单而通俗的祭文,读给献忠听听。献忠的脸上露出喜色,频频点头。他接过去看了一遍,推敲推敲,仍然觉得不很满意。这篇祭文虽不似别人写的长,但约略估计也有七八十句,替死人戴高帽子的话仍有一些。他口中不说,心中却想:"给张大经写祭文用这么长,那么给我的有汗马功劳的将士写祭文岂不得用几千句,几万句?"徐以显看见他仍不满意,问道:

"大帅,你说应该怎么写?"

献忠笑着说:"你们摇惯了笔杆子,咱老张要惯了刀把子,各人的路数不同。打仗不是绣花,同敌相遇,二马相交,三两下子就要结果敌人,没有让你摇头晃脑细细端详的工夫。老徐,莫见怪,咱老张是在战场上滚出来的,看不惯你们这样像裹脚布一样又臭又长的文章。打仗,一刀子砍出去就得见红,可不能拖泥带水,耽误时间。拿笔来,让咱亲自动手改改。改不好,你们这班喝惯墨汁儿的朋友们不要见笑。”

一听说献忠要亲自动笔改祭文,徐以显和帐下文武都感到十分新鲜,都围在附近看他怎么改。尽管他们熟知献忠粗通文墨又极其聪明,但是不相信他能把祭文改好。有些从谷城参加起义的读书人,尽管在旁边垂手恭立,实际上暗中抱着几分看笑话的心理。献忠把徐以显的稿子大笔涂抹,越改越所剩无几,后来连他自己也觉得看不清楚,干脆不改了,要了一张白纸,用核桃大的字体写出来自己编的祭文。这祭文的开头仍用众人用的老套子,但不用“大明崇祯”纪年,而是这样写的:“维庚辰四月某日,西营义军主帅张献忠谨具猪羊醴酒,致祭于张先生之灵前而告以文曰。”照抄了这个套子,他抬起头来向头一次起稿的两个人问道:

“醴酒是什么酒?”

这两位随着张大经起义的师爷平日读书不求甚解,只见别人写祭文用“醴酒”二字,实际不明白醴酒是什么东西,人云亦云地胡乱搬用。经献忠这一问,二人瞠目相望,脸色发红,讷讷回答不出。到底还是徐以显根底较深,见二人发窘,从旁答道:

“醴酒是一种甜酒,也就是如今人们常喝的糯米酒,老糟酒。”

献忠笑了,说:“幸而我问了一句!咱们张先生原是海量,好汾酒两斤不醉。像这样给婆婆妈妈和小孩子们喝的糯米甜酒,怎么好用来祭奠张先生?”他向一旁问:“总管,明天用什么好酒祭奠?”

“禀大帅,前天买到几坛子泸州大曲,明天可以拿大曲祭奠。”

“好!泸州大曲也算得是美酒,阵亡将士们和张先生一定高兴。”

他随即将“醴酒”改为“美酒”,接着写道:

> 我困谷城,得识先生。义旗西征,先生相从。风尘崎岖,先生与同。大功未就,竟失先生。呜呼哀哉!

献忠写毕,重看一遍,想起来许多阵亡将士,觉得心中凄楚。他放下笔,向左右问道:

“咱老张的祭文就写得这么长,像兔子尾巴一样短。你们说行么?”

那几个读书人和那些认识字的亲将们纷纷赞不绝口。将领们都是真心称赞,徐以显也是真心佩服献忠聪明过人,这祭文简而有味,措词得体,但也有个别读书人觉得这不像祭文,心中暗笑。献忠见左右一味称赞,骂道:

“老子同张先生肝胆相照,所以祭文上有啥说啥,不说一句假话,哪像你们读书人一动笔就说假话。管它行不行,就用这个老实祭文吧。你们休再说好,老子可不高兴戴高帽子!难道白土关酬神唱戏那件事你们忘了?”

那个暗笑的人赶快赔笑说:“大帅放心。我们的称赞都是出自肺腑,实无一字面谀。大帅天纵英明,洞照一切。自白土关被大帅责骂之后,谁也不敢再给大帅戴高帽子了。”

献忠一时没解开这也是一顶高帽子,听了后心中舒服,笑了一笑,说:

“老子就知道你们不敢再给老子戴高帽子!”一语方了,忽见白文选匆匆走来,献忠忙问:“文选,打探清楚了么?”

“回大帅,已经派人打探清楚,确实是李闯王的人马向咱们这边来了。”

“好家伙,果然是来投奔咱的!离这儿还有多远?”

“还有七八十里。”

“他带了多少人马?”

“连眷属不过一千多人。”

“赶快派人再探!”

“是!”

献忠把李自成的前来看做是一件大事,他把徐以显的肩膀一拍,说:“老徐,同我出去骑马走走!”便同以显走出老营了。

第二十五章

一场春雪过后，商洛山中天气骤暖。桃花已经开放；杏花已经凋谢；杨柳冒出嫩叶，细长的柔条在轻软的东风中摇曳。

自从去年七月下旬官军的几路进犯受挫以后，再没有组织力量进犯，只是用重兵将四面的险关和隘口封锁，防止李自成突围出去，与张献忠互相呼应，并想将李自成困死在商洛山中。李自成的将士们经过一个秋天和冬天，瘟疫已经过去了，不但没有如郑崇俭所期待的军心瓦解，反而士气更旺，大家急不可待地要杀出山去，大干一番。新近传来些不好的战争消息，说张献忠在玛瑙山大败，几乎被俘；又说杨嗣昌限期三个月剿灭献忠，已经调集了几省的十几万大军云集在川、陕、鄂交界地区，重新对张献忠布置好严密包围。李自成不相信张献忠就会给官军消灭，但是也不能不考虑万一献忠不幸被消灭了怎么好呢？到那时，杨嗣昌岂不立刻将大军移到商洛山来？他决计在最近突围出去，决不坐等杨嗣昌腾出了双手向他猛扑。

他已经派出了不少细作，打探官军在商洛山周围的部署情况，以便决定一个巧妙的突围办法。李自成由于自己的人马很少，希望不经艰苦血战就能够突围成功。可惜，像这样的突围机会，似乎很难出现。他已经决定，倘若在一两个月内找不到便宜机会，他拼着折损一部分将士也要突围出去。再留在商洛山中不仅是等待挨打，而且粮食和布匹都十分困难，士气也会因长期坐困而低落。

每天，他一面用各种办法探听周围的官军动静，一面抓紧时间苦苦练兵，准备随时抓机会血战突围。

今天早饭后，他像往日一样，骑马出老营山寨，观看将士操练，但是他挂心着今天的一件大事。他早已知道,崇祯和杨嗣昌一时没有兵力将他打败或困死在商洛山中,已经将叛贼周山从山海关调回襄阳,由杨嗣昌召见一次,派来商州城中,设计诱降他的手下将领,首先差人暗见袁宗第。宗第遵照他的密计,故意与周山暗中勾搭,已有十数日了。昨天夜间,宗第悄悄地来老营见他,谈了话就赶快回马兰峪去。当自成观看将士操练时候,心中等待着从马兰峪来的消息。他虽然平日对宗第的武艺、胆气和机警都很信得过,但是也怕宗第过于蔑视敌人,可能一时粗心,出现“万一”。于是他悄悄地吩咐一个亲兵,飞马往马兰峪去。

去年秋后,袁宗第病好以后,仍旧坐镇马兰峪,与商州的官军相持。刘体纯从开封回来以后,在老营休息几天,仍回马兰峪做袁的助手。今天早饭后,袁宗第把防守马兰峪的责任交给刘体纯,率领五十名骑兵向商州方面奔去,要同叛贼周山在约好的地方会面。

周山和宗第是小同乡,在周山投降官军之前,二人关系较密。周山从关外调回以后,除设法勾引李自成部下的小头目外,在宗第的身上下了最大的赌注。经过许多曲折,他好不容易同宗第挂上了钩,近半月来不断有密使往还。周山同他约定在今日会面,对天盟誓。袁宗第答应在盟誓后三天之内将李自成夫妇和刘宗敏诱至马兰峪,一齐杀害,将三颗首级送往商州,而杨嗣昌同意保奏袁宗第做副总兵,以为奖赏。

他们约会见面的地方离马兰峪有十五六里,那儿山势较缓,有一片丘陵地带,中间横着一道川谷。在大山中住得久的人,一到这里,会感到胸襟猛一开阔,不禁叫道:“呀!这儿天宽地阔!”据说在一千年前,这川中终年有水,原是丹江的主要河源。后来陵谷变迁,这附近地势抬高,河流改道,就成了一道干涸的川谷,长不过十里,宽处在一里以上,而窄处只有几丈。官军和农民军有个默契,双方暂以这道川谷为界,倘有一方面的游骑越过这个界线时就发生战斗。离川谷两边十里以内,因地势不够险要,双方都没驻兵,只有游骑活动。

他们事前约定，为提防泄露机密，来川中会面时各自的身边只许带一个亲随，其余的亲兵不能超过二十人，而且要离开半里以外。周山原是极其狡猾的人，他既希望袁宗第真心投降，也防备自己上当。在今早他正要出发赴会的时候，突然有一个被他勾引的小头目自马兰峪逃来，告诉他袁宗第决非真降，要他小心。他顿时改变办法，派出一支伏兵，等待在会面时活捉宗第。宗第从马兰峪出发时尚未发现寨中逃走一个小头目，没料到事情已经起了变化。他仍按原来计策，在会见地点还有两里远就叫四十名骑兵留下，不使周山看见，到必要时出来接应。在离会面地点半里远的地方，他遵照约定把另外九名弟兄留下来，只带了一名亲兵去见周山。他想，原来约定各人可以带二十名亲兵停在半里外，他现在留在半里外的还不足十个人，大概可以使周山格外放心。他很相信自己的勇力和武艺，也相信自己的好战马，压根儿不把周山放在眼里。周山虽然也只带一个亲兵立马在川中等他，但二十名挑选的骑兵在相距不到百步的地方一字儿排开，弓上弦，刀出鞘，如临大敌。另外五十名骑兵和二百名步兵埋伏在不到半里远的山窝树林中，一百名步兵埋伏在川谷的两边，只等一声锣响就从林莽中跳出来截断宗第的退路，将他活捉过来向朝廷献功。

一到川里，袁宗第就看清楚周山有赚他就擒的诡计。这时如若他把手一招，那留在背后的九名亲兵就会立刻策马追上他，但是他没有这么做，而是毫无畏惧地向周山缓辔走去。在李自成的老八队中，袁宗第不但是一员了不起的骁将，而且以孤胆英雄出名。在起义之初，他在自成的部下还不大为人所知，一次在作战时单鞭独骑冲入官军阵中，手擒敌将而归，获得全队上下的尊敬。在甘肃真宁县湫头镇歼灭朝廷名将曹文诏一军的著名战役中，曹文诏虽然已被包围，但厮杀了半天还没有结果。前闯王高迎祥非常焦急，问谁能斩了曹文诏的掌旗官，夺得大旗回来。高闯王一语刚了，袁宗第飞骑而出，背后连亲兵也不带一个。曹文诏所率领的是几千名关宁铁骑，虽然死伤惨重，但士气未衰，在土冈上布成一个圆阵，轮番休息，以待洪承畴的援军赶来。曹文诏下马坐在圆阵中央，正与几个亲信将领计议，忽然听见一阵喧嚷之声，猛抬头，只见一员敌将手使铁鞭，已经冲入营门，挡者披靡，马快如飞，一瞬间冲到面前。曹文诏大惊，立即上马迎战。但他刚上马，袁宗第已经一鞭将他的掌旗官的脑袋同头盔一齐打碎，夺得大旗，回马而去。袁宗第刚杀出官军营门，官军从背后炮箭齐发，把宗第射下马来。曹文诏追到，来不及伤害宗第性命，刘宗敏大吼一声赶到，截住曹文诏厮杀，同时高迎祥和李自成督率两三万骑兵从四面发动猛攻，冲开了官军圆阵。曹文诏左冲右突，不能杀出重围，眼看就要被俘，在慌急中自刎而死。他的全军也被歼灭。战役结束后，高迎祥摆宴庆功，亲自敬袁宗第三杯酒，拍着他的肩膀说："汉举，你真是一员虎将！"从此，袁宗第在高迎祥统率的联军中就以虎将出名。如今他看看周山背后的几十名骑兵，从鼻孔里轻轻地冷笑一声。

周山左手揽辔，右手提鞭，目不转睛地注视着缓辔而来的袁宗第。他看见宗第头戴铜盔，身穿铁甲，外罩紫羔皮猩红斗篷，左腿边挂着竹节铁鞭，背上插着宝剑，另外带有弓、箭，实在威风凛凛。他虽然看见宗第把不上十名的亲兵留在半里外，只带一名亲兵来川中同他会面，一面暗中感到高兴，一面仍不免心惊胆战。两马相距不到十步，周山勉强赔笑拱手说：

"汉举哥，一年多不见，你近来好呀！嫂子也好吧？"

宗第拱手还礼，笑着说："彼此，彼此。子高，你带来这么多人站在背后，弓上弦，刀出鞘，吹胡子瞪眼睛的，什么意思？看样子你不是来同我会面私谈投降的事，是赚我'单刀赴会'，好捉我去献功吧，是不是？"

周山的心中怦怦乱跳，哈哈大笑，回答说："汉举哥把我周子高看成了什么样人！请千万不要多心。古人说，有文事者必有武备。弟虽无害兄之意，但也不得不防备兄有害弟之心。倘若你确有投降诚意，就请在此歃血为盟，对天发誓，共擒自成夫妇和刘宗敏，为国除害。”

“公鸡、白酒可曾预备?”

“已经预备齐全。”

周山向后一招手,从那二十名骑兵中走出两骑,一人仗剑提酒,一人拿刀提鸡,来到他的左右。站在他背后的亲兵也一手仗剑,一手擎着盘子,催马来到前边。这是按照周山的预定计策,看周山举杯为号,同周山一齐动手,活捉宗第;如不能活捉,就趁他措手不及时将他杀掉。这三个人都是从许多人中挑选的彪形大汉,武艺出众。袁宗第一看见这种情形,心中暗暗骂道:“好小子,原来玩的是这个诡计!”他对自己背后的一名亲兵使个眼色,便催马向前几步。他的亲兵也催马向前,紧靠他的左边,手握双刀,圆睁怒目,注视敌人。袁宗第的马头同周山的马头相距不过三尺,勒马立定,故意装做不曾在意,说道:

“快拿血酒!”

立刻,周山的亲兵们就马鞍上斩了白公鸡头,将鸡血洒在酒中,捧到他和周山的两个马头的中间。就在这大家紧张得要停止呼吸的片刻,那个捧着盘子的亲兵平日深知袁宗第是李闯王手下的有名虎将,禁不住双手震颤。宗第微微一笑说:

“别害怕,今日我们是结盟嘛,又不是打仗。子高,请举杯,我同你对天明誓!”

周山也说声“请”! 刚伸出一只手端起杯子,袁宗第的手已经像闪电似的从盘子上离开,拿起十二斤重的竹节铁鞭打死了周山的一个亲兵。第二个刚到身边,又一鞭打下马去,脑浆开花。宗第的亲兵在同时冲上前去,砍翻了一个敌人。周山举刀向宗第砍来,宗第用铁鞭一格,只听当啷一声,那把鬼头大刀飞出一丈开外。他正要策马逃跑,被宗第追上,用左手一抓,擒了过来。但一瞬之间那十八名骑兵已经冲到,将宗第团团围住,要夺回周山。同时,锣声急响,周山埋伏在一里外山坳中的步兵和骑兵发出一声呐喊,齐向川中奔来。

近来，李自成利用商洛山平静无战事，将各营将士轮番抽调来老营操练，凡没有轮到抽调的都在驻地加紧操练。每次抽调来老营的只有三百人，同老营的部分将士混合一起，操练五天。在五天里边，不但操练骑射和诸般武艺，更着重操演阵法，目的是要将士们养成听金鼓和看令旗而左右前后进退的习惯，在战斗中部伍不乱。

今天当闯王来到演武场时，操练刚开始不久。李过站在将台上，手执令旗，正在指挥骑兵变化队形，由圆阵变为方阵。自成站在将台上观看，觉得还是不够迅速和整齐。近两三年，老的战马死伤太多，新添的战马平素缺乏训练，只惯于腾跃奔驰，飞越障碍，不习惯列队整齐，随金鼓声进退有序。骑兵操演毕，李过下令叫大家全都下马步操，让将士们熟悉金鼓和旗号。果然，改成步操，在变化队形时就整齐多了。自成叫双喜和随他来的亲兵们都参加队伍步操，重新从闻鼓前进和闻锣而退这一个最基本的动作开始。李过手中的令旗一挥，数百人的部队变成了一字长蛇阵。令旗又一挥，将台下鼓声大震，数百人整整齐齐地大步前进，并无一人左顾右盼。除刷、刷、刷的脚步声外，一点儿人语声和轻轻的咳嗽声都没有。这一批人是三天前才调来操练的，其中有少数是新弟兄，已经有这么好的成绩，使闯王满心高兴。

校场的尽头是一道干涸的小河床，每当山洪暴发时就成了洪流，一到干旱时就滴水不见，只有大大小小的无数乱石。近来西北风连吹几天，把附近高处的积雪吹到了干河床上，加上打扫校场时也把雪抛了进去，所以如今河床中看不见乱石，只见白雪成垄成堆。当横队走到校场尽头时，李过手中的令旗一挥，鼓声突止，锣声代起，横队转身而回。他手中的令旗又向上连挥两下，向左右摆了三摆，横队变成三路纵队，继续在鼓声中向着将台前进。当纵队进到校场中心时，李过向李闯王问道：

“要他们停下来变化阵法么？”

闯王问：“除圆阵和方阵以外，还学会了什么阵法？”

“会三叠阵，还不很熟。”

“不用操演阵法，令他们转身前进吧。”

李过又将令旗连挥两下，纵队重新变成一字横队；令旗又一挥，横队迅速后转。当横队又进到校场边时，李过正要挥动令旗，却被闯王用手势阻止，因而司锣的小校不敢鸣锣，而司鼓的小校只得继续擂鼓。旗鼓官心中惶惑，频频偷看李过眼色。李过明白叔父的意思，用严峻的眼色瞥旗鼓官一眼，说道：“用力擂鼓！”旗鼓官马上从司鼓的小校手中夺过鼓槌，拼命擂得鼓声震天。

谷可成是这三百人的领队将官，手执小令旗走在前边。当他面朝着将台时，他随时依照李过手中的旗号指挥部队；当他背朝着将台时，便根据锣鼓声指挥部队。这时听见鼓声继续催赶前进，他同将士们都疑惑李过也许没看见已到了校场边沿，不能再前。人们互相望望，有的人还回头望望，原地踏步，等待可成下令。可成回头连望两次，看见李过的令旗对他一扬，他恍然明白，也把令旗一扬，大声喊出口令：“向前走！不许回顾！”横队举着明晃晃的武器走进河床，踏上雪堆。这些雪堆一般有半人深，浅处也有膝盖深，下边是大小不等的乱石。部队走过去相当困难，不断地有人跌倒，但跌倒了就立刻爬起来继续前进。因为鼓声很紧，而谷可成又高举着令旗走在前边，所以没有人敢再回头望或左顾右盼。横队过了河床，一边走一边整好队形，继续向高低不平的荒原前进，直到听见锣声，才向后转。回来时，因为河床上已经踏出雪路，没人再跌跤，队形也较为整齐。随着李过的令旗挥动，横队又变成三路纵队，直到将台前边停下。

闯王脸色严峻，走下将台，先把双喜从队伍中唤出，狠狠地踢他一脚，喝令跪下，随即又喝令谷可成和他手下的几名亲随校尉一齐跪下。他对双喜和谷可成等一干受责罚的将校看了一眼，然后望着全体参加操练的将士说：

“自古常胜之师，全靠节制号令。节制号令不严，如何能临敌取胜？平时练兵，不但要练好武艺，也要练好听从号令。人人听从号令,一万个人一颗心,一万人的心就是主将的心,这样就能够以少胜多,无坚不摧。岳家军和戚家军就是因为人人听号令,所以无敌。临敌作战时倘若鼓声不停,前面就是有水有火,也得往水里火里跳;若是鸣锣不止,前面就是有金山银山,也要立刻退回。在擂鼓前进时,若是有人回顾,就得立刻斩首。当大小头领的回顾,更不可饶。为什么要立即斩首呢?因为正当杀声震天、矢石如雨的时候,有一人回顾,就会使众人疑惧,最容易动摇军心。特别是你们做头领的,弟兄们的眼睛都看着你们,关系更为重要,所以非斩不可。"他又看着谷可成等人说:"今日只是操练,不是临阵打仗,再说我事前也没有三令五申,所以我不予重责。以后操练时只要擂鼓不止,再有回头看的,定打军棍。起来吧,继续操练!"

李自成跳上乌龙驹,准备回老营。那马近来特别有精神,也特别调皮,现在一经主人骑上,便振鬣嘶鸣,前腿腾空,后腿直立,好像要腾入云霄而去。闯王左手勒紧辔头,右手用力抽了两鞭,才使它倔强地打个转身,落下前腿,但还要在地面上刨着前蹄,不断地昂首喷鼻,声如狮吼,过了片刻才安静下来。自成让马头对着将士们,又说道:

"总之一句话,你们要练成习惯,在战场上只看旗号,只听金鼓。倘若旗号和战鼓催你们前进,就是主将口说要你们停止也不许依从,就是天神口说要你们停止也不许依从。大家肯依照旗号金鼓进退,就是大家共一双眼睛,共一双耳朵,共一个心。能够操练到这等地步,不论官军如何众多也不是我们敌手,纵然被包围得铁桶相似也能冲破,比武关险要十倍的地方咱们也闯得过去。大家不要只看见咱们眼前被困在商洛山中,只有几千人,马匹不全,有些马还不是战马。只要度过这一段苦日子,一切都会有办法。不要几年,我们会有几十万精兵,一个精兵会有两三匹好战马,轮番休息。可是光有人有马也不行,还要训练成节制严明的部队。日后遇到像汉水和淮河这样大河,对岸有敌兵防守,不用浮桥,不用船只,只要令旗一展,战鼓一擂,万骑争渡,没一骑敢踟蹰不前。

高闯王在世时候，我们常常谈论有朝一日一定要操练成这样精兵，可惜他死得太早了。今后我们要是不能继承高闯王遗志，不能练成这样一支精兵，我们还有什么出息？打的什么江山？说什么救民水火？连我这个‘闯’字旗也就别打了！”

自成说毕，勒转马头，把鞭子一扬，乌龙驹向山寨奔去。双喜的肚子里含着委屈，同亲兵们策马跟随。回到老营，自成命李强立刻点齐三十名亲兵，随他出发。高夫人觉得诧异，问道：

“有什么事，这样紧急？”

他说：“汉举今日上午要活捉周山，到如今不得马兰峪消息。我怕他恃勇吃亏，亲自去看看。”

高夫人没再说话，赶快把他的绵甲取来，帮他穿上。

袁宗第用左手把周山按在马鞍上，右手挥舞铁鞭，打得敌人纷纷倒下。他的九名亲兵已经飞驰来到，同敌人展开混战。敌人虽然没有了周山指挥，但他们多是周山的死党，拼命要夺回周山，并且仗恃人多，眨眼间大队援军就会赶到，所以厮杀得非常凶猛。宗第的目的在擒周山，趁着大队官军未到，大吼一声，连打死两个敌人，对左右亲兵们说了一声“随我来！”自己在前开路，挡者不死即伤。他的马快，四蹄腾空而去。敌人因顾虑保全周山，不敢施放乱箭。周山虽然也是个大个子，自幼练过武艺，但被袁宗第一只左手按在马鞍上，动弹不得。他向宗第恳求说：

“汉举哥，难道就不念昔日的交情么？”

宗第回答说：“老子今日只论公事，对你这个该死叛贼，还有什么私交可讲！”

过了川谷已经半里路了。这时，袁宗第身后的十名亲兵死伤殆尽，几百敌人猛追不放。因为左手在按着周山，他不能取弓箭射杀追兵。他的留在一里外的四十名骑兵被周山埋伏的二百名步兵截住，正在混战，不得过来。他想着只要能杀开一条血路再走不远，自己的人马赶来接应，他就可以将周山交别人送回山寨，回头来杀退官军。但是他的战马正在飞奔，突然中箭，狂跳起来，转个身栽倒下去，把他和周山都抛到地上。周山趁势在地上打个滚身，滚出一丈开外。袁宗第迅速从地上跳起，追赶的骑兵已经冲到相距只有三十步远。为首的是一员敌将，手执长枪，伏着身子，准备马到跟前便一枪将他刺死。袁宗第从地上跳起来的时候本有意追上周山，将他一鞭打死，但就在同一个刹那之间，他知道来不及了，便以快得像闪电般的动作取出弓箭，把敌将射下马去，又连着两箭射死了两个敌人。敌骑惊骇，踟蹰不前。前边的三匹战马因无人收住缰绳，已奔到宗第身边。他抓住一匹战马飞身骑上，大喝一声，举起铁鞭，向敌骑丛中冲去。

袁宗第的那四十名骑兵经过一阵恶战，已经杀散了伏兵，剩下的不到一半，由小校白旺率领，奔救宗第。虽然袁宗第单人独骑，但是他杀起了性子，勇气百倍，简直不把官兵放在眼里。刚才因为左手用力按着周山，没法痛快厮杀；现在他一手使鞭，一手使剑，猛不可挡。他一路挥舞着鞭和剑直穿敌军而过，到了川里，救出了两个身负重伤、仍在同一群敌人死斗的亲兵。他带着他们，重新杀回，恰遇着白旺所率领的骑兵杀到，会合一起。他向白旺问：

"你剩下多少弟兄？"

"还剩下十七个人，派了一个人回去搬兵，十六个人跟在身边。"

"好，随我来，縻住[①]敌人，不让他们跑掉！"

在宗第想来，这时候如果他率领左右人突围出去，奔回马兰峪，当然十分容易，但是这样就太便宜了敌人。他决定拖住敌人，等候援兵。估计自己的大队骑兵在半个时辰内就会赶到，撑过这一阵，胜利稳在手心。由于他自己的人数很少，又全是骑兵，只利在开阔地方流动作战，于是他在前开路，又杀回川中。

官军的步骑兵都集中在川中，那一股被白旺杀退的步兵也回到川中，企图把袁宗第四面围定，将他捉到。宗第率领着他的一小

① 縻住——用绳子拴住牲口不使跑掉。此处作"拖住"解。

队骑兵在敌人中穿来穿去，使敌人只能呐喊逞威，不能近身。他拿眼睛到处寻找，多么希望再看见周山，然而却寻找不到！片刻间，周山又出现了。骑着马，带着大约三百名生力军回到战场。原来他从袁宗第的手中逃脱以后，骑着马回去调兵，走不到二三里，遇到一位守备带着一营步兵前来增援。他的胆子壮起来，勒马而回。已经有点疲困的官军见了援军来到，士气复振，喊声震天，鼓声动地，从四面向袁宗第的小股人马紧围上来。宗第一眼看见周山，眼睛一瞪，差点儿眼眶瞪裂，胡须戟张，大骂一声，正要杀开官军直取周山，却听见白旺在背后说道：

"将爷，莫大意。咱们人马太少，快出水吧。"

袁宗第向左右一看，看见这一刻又损失了几个弟兄，而余下的也多半挂彩，便打消了再捉周山的想法，回答说：

"好吧，随着我撤到那边小土岭上，麇住龟孙们。沉住气，咱们的人马快到啦。"

说毕，他在前，白旺在后，率领着十几个骑兵杀开一条血路，突围出去，撤到不远的小土岭上。官军尾追不放，呐喊着向小土岭上进攻。这里地势狭窄，敌人的人马拥挤，互相妨碍，登时被宗第等射死射伤了十几个人。但周山和几个敌将看袁宗第的身边已经只剩下十来个骑兵，多半挂彩，他们督战更凶，并且悬出重赏，鼓励将士们活捉宗第。宗第等的箭已快射完，惟一的好办法是冲下土岭，再次突围，把官军引向马兰峪近处。他们正要行动，闯王到了。

李自成率领着双喜和三十名亲兵疾驰了二十里路，来到了马兰峪。刘体纯正在命令一百名骑兵站队，看见闯王来到，慌忙禀报：

"闯王，我汉举哥去会见周山，怕要吃亏了。"

"你怎么知道他会吃亏？"

"真糟，我们营中有一个人不见了，我想他一定是逃往周山那里。"

“逃走的是什么人?”

“一个叫薛治国的小头目。前几天他做事犯了错,挨了袁将爷一顿鞭子。今早天刚明他带七八个弟兄出寨砍柴,他自己追赶一只獐子进树林深处,随即不见了。”

自成的心中一惊,忙问:“你是什么时候知道的?”

“我是刚刚知道的。弟兄们打完柴,到处找不到他,想着他说不定是给大虫吃了,赶快回来向我禀报。我想,既然说看见獐子,山上就不会出现老虎,这婊子养的准定是逃走了。我现在赶快点齐一百骑兵,前去接应汉举,免得他吃了周山这小子的亏。”

闯王的浓眉一皱,心中全明白了。两年前在千军万马中他同这个小兵(那时还不是头目)见过一次面。问过姓名和家乡居址,如今并没有忘记。他知道薛治国是周山的邻村人,断定他是挨打后怀恨在心,逃往周山那里去,把袁宗第假意愿降的实情泄露。按他逃走的时间算,距此刻已经有两个时辰。而到官军驻守的山口不会用一个时辰。闯王这么一想,更替宗第担心,又向体纯问道:

“汉举去的时候带多少人马?”

“只带了五十个人。”

“二虎,你多带一点人马,随后赶来。我先去了。”

李自成匆匆说毕,对乌龙驹狠狠地抽了一鞭,飞奔出马兰峪。才跑了大约五里路,忽然东北风送过来战鼓声和喊杀声,分明有几百人厮杀,使他大吃一惊。他在乌龙驹的臀部又猛抽一鞭,跟着骂道:

“他妈的,果然上当了!”

随即又遇见了那个回来搬兵的骑兵,问明情况,闯王更加替宗第担心,继续挥鞭飞驰。离开官军有两百步远,李自成勒住乌龙驹,拔出花马剑,用眼睛将整个战场扫了一遍。他看出来袁宗第虽然身边人马所剩无几,却杀得敌人不敢近身,暂时并无危险。他要等待着刘体纯的大队骑兵赶到,所以不急于投入战斗。“双喜!”他叫了一声,回头对养子吩咐了几句,使他飞马而去。尽管他的心中又愤怒又激动，而乌龙驹也急得喷着响鼻，刨动前蹄，但是他勒紧缰绳，注目战场，脸上的神色异常镇静。那些距他较近的官兵虽然从来没有看见过他，但是他一出现，大家望见那匹高大的旋毛深灰战马，那位身穿蓝色粗布箭袍，敞开胸襟，露出绵甲，头戴农民们常戴的旧毡帽，气宇不凡的魁梧大汉，就断定他必定是闯王无疑，登时引起来一阵恐慌。随即距离较远的周山和他的一伙人都听说了，仔细张望，看明白果然是李闯王和他的乌龙驹，这恐慌就更大了。自从杨嗣昌到襄阳督师，对湖广、四川、陕西和河南各地官军严申军令，凡临敌畏缩者，副将以下斩无赦，副将以上参劾治罪，所以周山只好硬着头皮立马在几百将士的背后督战，没有立刻逃避。另外的一群官军将校，虽然久已被闯王的威名所震，但是一则怕违反军律，二则眼见闯王的身边只有二三十个人，仗恃他们的人马众多，希望侥幸一逞，取得朝廷重赏，所以决定对袁宗第围而不攻，并力来进攻自成。战鼓擂得震耳欲聋，原来是呐喊"活捉袁宗第"，忽而变成"活捉李自成"了。袁宗第和左右的人一看见闯王来到，大为振奋，高声欢呼。白旺和弟兄们都急着要冲下土岭同闯王会合，但宗第一摆头，不许大家动。凭着跟随闯王作战的丰富经验，他一看闯王并不杀过来接他突围，而是派双喜飞马离开战场，心中全明白了。他对左右的人们说：

"不要急，待会儿叫你们杀个痛快。"

李自成立马路上，巍然不动，只对背后的亲兵们嘱咐说："看见后边尘土起时立刻禀我！"官军拥拥挤挤地向他呐喊，叫嚣，却不敢一直向他冲去。他们小心谨慎地前进几步又停下来，看看他没有动，再试着前进几步。当官军小心地进到一百二十步以内时，闯王的亲兵们都急着想射死敌人，但是他命令说："敌人不到五十步以内不许放箭！"大家只好怒目注视敌人，引满不发。李自成的巍然不动，使敌人增加了畏惧和惊奇。在前边的一位敌将特别不放心，生怕闯王纵马冲来，他自己逃避不及，于是他和他的左右亲兵一齐对着闯王射箭。但因为有的人气力不够，箭射不到，有的人虽然勉强射到，箭力却减弱了。只见闯王不慌不忙，花马剑在阳光中频频闪动，将速度减慢了的流矢打落地上。敌人震骇，停止射箭，既不敢前进，又不肯后退，迟疑一阵，决定从侧面包围自成。这时李强小声对闯王禀道：“已经望见尘土起了。”自成吩咐说：

“前进十步，每人射出一箭！”

弟兄们立刻同闯王催马前进，射倒了拥挤在前边的一批敌人。敌人的前边队伍拥挤着惊慌后退，冲动后边的敌人站立不住，纷纷后退。倘若李自成乘机进攻，敌人就会陷于混乱，互相践踏。但是自成乘机挥队退走，转过山脚，把袁宗第等撇在小土岭上。官军十分诧异，随即想着李自成准是因自己人数太少，不敢久留，所以射出一阵乱箭，掩护逃脱。于是他们的勇气陡增，狂呼追赶。追了半里多路，转过小山脚，看见闯王和他的二三十个亲兵立马等候，大家又疑惧起来，相距百步以外不敢再向前进，只是擂鼓呐喊。自成嘱咐亲兵们，听见背后的马蹄声立即禀报。没过片刻，李强告诉他已经听见了马蹄声，而他自己也隐约地听见了。

李自成张弓搭箭，对敌将虚拟一下。敌将估计自己距自成在一百二十步外，他的前边还有很多人，并不十分在意，只顾鼓励士兵前进，不料闯王手中的箭已射出，中箭落马而死。自成乘着敌人惊慌，接着又射一箭，从那个走在前边的小校的喉头穿过，小校登时倒下马去；那箭又射到路旁的岩石上，砰的一声，火星乱迸，有巴掌大的一块石片飞落两尺以外，箭也从岩石上跳回来一尺多远。敌阵登时大乱，前边的将士争路奔逃，互相拥挤，互相践踏；后边的将士立脚不住往后拥退，不可禁止。自成又连射几箭，恰好刘体纯率领着一百名骑兵奔到，于是他收起弓箭，把花马剑向空中一举，那乌龙驹不等催促，狂嘶一声，腾跃向前，冲入敌人的乱军里边。他的亲兵和刘体纯率领的骑兵一声喊杀，紧紧跟着他冲入敌军，无情地砍杀起来。袁宗第在小土岭上看得清楚，大声喝彩说：“好啊！这才杀得痛快哩！”他把铁鞭一挥，率领着弟兄们冲下土岭，一路往敌人的后边砍杀，活捉周山去了。

周山一看见刘体纯率领的援兵赶到，闯王开始进攻，知道官军的溃败已不可免，不等袁宗第杀到面前就带着死党策马而逃。在他后边的官军一哄而散，跟他逃命。他们逃过川去不到一里远，被李双喜分率的一支骑兵截住去路，杀得四散，有的又奔回川中。周山带着几个人落荒而逃。双喜离开大队，认定周山盔上的红缨死追不放，他的背后也只有几名骑兵跟随。这一带尽是丘陵和丛林，地形复杂，对逃跑的人比较便利。双喜在追赶中射死了三名敌人，但周山的马快，骑术精熟，总是追赶不上。后来周山的死党死的死，散的散，只剩下他单人独骑逃命，而双喜身边的骑兵有一人中箭，几个人因马力不济落后，只剩下两骑相随。在跳越一道一丈多宽的山沟时，周山稍微迟疑一下，转瞬间双喜赶到。双喜大叫：

“周山小子休想逃命！”

周山并不答话，回射一箭，正当双喜向鞍上俯身躲箭的一刹那，他趁机策马跃过山沟，然后一边绕着山脚逃跑一边回头说道：

“双喜儿，回去告诉闯王说，我永远不会落在你们手里！”

话刚落音，他的战马突然跳起，倒了下去，把他摔到地上，摔伤了一只胳膊和脸孔。他赶快爬起来，顾不得伤疼和脸上流血，窜进树林逃命。双喜策马跳过深沟，追到死马旁边时，已经看不见周山了。双喜下了战马，从死马的身上拔出他的箭，插入牛皮箭袋，留下一人看守三匹战马，带着一人进树林寻找周山。为着提防周山躲在树背后射出暗箭，他们分开走，相距几丈远，耳听八方，眼观四面，慢慢前进。搜索了两座小山包，不见周山的踪影，正在奇怪，忽然看见一棵大树后露出来盔尖上的红缨。双喜用剑尖一指，同他的亲兵从两边悄悄前去。相距只剩几丈远，他一个箭步纵身向前，同时大喝一声：“不许动！”谁知大树那边并没有人，而是周山施的狡计，把他的盔放在一块石头上。双喜看见石头上有用指头蘸血留下“来日算账”四个字，才知道周山带着伤逃脱了，又恨又失望。

从远处传过来一阵锣声，又仿佛听见有人在呼唤。双喜带着亲兵走出树林，看见刘体纯正带着一群骑兵来找他。体纯叫他说：

“双喜,快回去,已经鸣锣收兵啦。”

“不,二虎爹,周山这小子还没有找到哩!”

“没找到也只好拉倒,赶快归队!”

双喜不敢坚持,随着大家策马而去。过了一阵,恨恨地骂出一句:

“唉,真他妈的狡猾!”

战场上死尸枕藉,兵器扔得到处都是。几匹倒在血泊中的战马尚未死讫,有的企图挣扎着站起来却又倒下。义军死伤的有四十多人,而几百官军只有少数逃走,大部分都被歼灭了。其中有跪下投降,哀恳饶命的,但因为义军正杀得火起,又加上痛恨周山,不分青红皂白地把他们多数杀掉。

袁宗第的两手和两袖溅满鲜血,斗篷被刀剑和枪尖划破几处,还被箭射穿了三个窟窿。战争一结束,他就同闯王下了马,分头寻找自家的死伤将士。他们吩咐弟兄们把已经死去的弟兄抬到一处,凡是尚未断气的就吩咐人抱上战马,立即送回马兰峪山寨医治。在死尸堆中,宗第找到了一个叫做钱照新的亲兵,身上带了十几处伤,但还在出气和呻吟。他的周围躺着十来个敌尸,有一个敌尸压在他的腿上,显然在他负了重伤之后又同这个敌人扭打,使敌人跌倒在他的身上,最后被他杀死,而他自己也死过去,隔了许久才苏醒转来。宗第不待左右动手,立即跪下一条腿,把钱照新从血泊中抱起来,放在膝上,连声呼唤:“小钱!小钱!”听见答应,袁宗第赶快撕开官军抛下的旗帜替他裹住流血的伤口,并脱下自己的斗篷将他包裹,派人将他送回马兰峪。

等受伤的弟兄们运走之后,袁宗第下令将全体阵亡弟兄的尸首驮在马上,把敌人大小军官的首级割下,连同敌人的武器和盔甲搜罗一起,运回山寨。因为粮食和物资艰难,那些已经死的和受了重伤的战马也都剥了皮,肉和皮全都带回。但是他的五花马是个例外。他吩咐十来个弟兄用大刀在川中刨一个坑,把它埋葬。本来应该赶快整队凯旋，就为要埋葬五花马，耽搁了时间。闯王很能体会宗第的心情，也不催促。临大家出发时，宗第又亲自割下来两颗敌人首级，摆在马坟前边，折了三棵草插在沙土中权当烧香，然后才上马而去。

从去年七月以后，半年来同官军不断有小战斗，但像今天这样一次痛快地歼灭敌人几百人却是少有。当人马凯旋进马兰峪山寨时，寨门外点着鞭炮，响着鼓乐，将士和百姓夹道欢迎，争看带回的俘虏和首级。李自成派人立刻回老营报捷，并吩咐由老营传知全军。他自己留在马兰峪，抚慰伤号，赶在黄昏前亲自同袁宗第督率众人把战死的弟兄们埋葬在山坡上，并把敌人的几十颗首级摆在坟前祭奠。宗第因为死了许多老弟兄，在胜利的欢乐气氛中一直心情很沉重，这时再也忍耐不住，对着弟兄们的新坟墓痛哭失声。闯王虽然一向遇事冷静，但今天阵亡的多是随他出生入死多年的老弟兄，也不禁挥泪不止。祭奠完毕，他带着双喜和亲兵们返回老营去。

马兰峪是闯王平日常来的地方，每次离开这里都不让袁宗第送他，顶多送到寨门而止。今天宗第送他出寨很远，他却不说叫他“留步”。约摸走了三里多路，到一个转弯的地方，自成勒住乌龙驹，宗第也停住了。宗第总想着自成会狠狠地责备他，一直等候着这一时刻的来到，所以一停下来，他就挥退了跟随的人，不等自成开口就抢先说：

“李哥，我没有听从你的话，粗心大意，损伤了不少人马，没有捉到周山。你骂我吧，你不管怎么罚我都行！”

闯王苦笑一笑，说：“我本来要狠狠责备你的，不过既然你自己也明白不该粗心大意，我就不再多说了。吃一堑，长一智，今后知道遇事三思就好。幸而今天没有把你自己的老本儿赔上；要是赔了你的老本儿，那关系可就大啦。”看见宗第噙着愧悔的眼泪不做声，他接着问：“汉举，你不会料到就在今日早晨你手下有人投奔周山吧？今后得小心啊！”

“我做梦也没有料到。我日后逮住他狗日的,活剥他的皮!”

闯王同袁宗第又谈了几句话就分手了。一进老营寨内,他就命人将他平日备用的一匹枣骝骏马立刻给宗第送去。老营将士因今天打了胜仗,十分高兴,蜂拥出来迎接他。可是他不像将士们那样高兴。他一则为损伤了一批老弟兄心中难过,一则暗想:杨嗣昌用周山这一计既然不灵,下一手是不是向商洛山大举进犯呢?

第二十六章

马兰峪战斗之后，李自成一方面准备迎击官军大举进犯，一方面加紧准备，等待机会突围。到了三月将尽，突然发现驻守桃花铺的敌军撤走了。他立刻派人占领了桃花铺，并且派游骑进到离武关不远的地方，侦察官军的另外动静。据百姓传说，张献忠和罗汝才都在鄂西山中，杨嗣昌正在调集大军将他们分别包围，限期歼灭，并说驻守武关的官军也准备撤走，调往鄂西，武关寨内的许多粮食和各种军需已经开始在夜间运走。李自成的游骑捉到了一个出武关砍柴的官兵，问了口供，同老百姓传说的基本相同。这事使李自成的心中捉摸不定，不相信官军会放弃武关天险。他越发多派人打探武关虚实，准备在时机到来时突然夺取武关，冲杀出去。

过了几天，四月上旬，果然官军在一夜之间从武关撤净了。李自成本人已经进驻桃花铺，一得到消息，立刻命高一功率领五百精兵占领武关，继续探明官军去向。他早就有一个离开商洛山的方案，只等待查明官军撤离武关的真正意图和去向，他就立即行动。如今第一步他已经不费一矢而夺到武关，官军再想占据武关，将他合围，很不容易。

高一功进驻武关以后，派出许多细作去侦探官军踪迹，同时用官军遗弃的粮食周济武关城内城外百姓。百姓常受官军祸害，纷纷将官军的撤走情况向义军报告。当李自成等来到武关时候，高一功已经汇集了义军探子和百姓的许多报告，把官军的诡计弄清了。

原来杨嗣昌到襄阳以后，暂时只能专力对张献忠用兵，对商洛山的军事很指望周山能够勾引李自成的部下叛降，不费多大力量而使义军全军瓦解,将自成等或擒或斩。后见周山诱降袁宗第失败,对商洛山中的义军无能为力,他重新考虑很久,给郑崇俭写了封亲笔书信,内中说道:

> ……秦军二万,久屯商洛之外,据隘而守,既不能进,亦不能退,劳师糜饷,殊非长策。况师老则疲,锐气易于消磨;困兽犹斗,强寇岂肯坐毙?倘闯贼乘间蹈隙,豕突而出,则合围之势,顿成溃决;欲亡羊而补牢,岂不晚乎?兵法云:"围师必缺[①]。"为今之计,莫若空武关一路使贼逸出,而以伏兵邀之,则贼可歼焉。

郑崇俭正苦于无计可施,一接到督师辅臣的手札便邀集幕僚密议,一致认为杨嗣昌的计策可行;即令此计无效,朝廷追究罪责,也由杨嗣昌顶缸。大家认为,李自成一旦出了武关,只有两条路可走:或者往河南省的南阳一带"奔窜",或者奔往湖广省的郧阳一带,转入兴归山中与张献忠会合。出武关往东,有一个险要地方叫瓦屋里,可以直趋内乡、镇平、南阳;往东南有一个险要地方叫吴村,可以直趋淅川,再出淅川而至邓州、内乡和镇平;或者从吴村到党子口折向南去,可以奔向郧阳府,进入湖广。郑崇俭判断李自成平日与张献忠不和,况且鄂西一带官军云集,决不会往西,所以火速调集重兵,埋伏在向东方和向东南方两条路上,等候李自成落入陷阱。

闯王在武关同刘宗敏、高一功、田见秀和李过等一商量,决定乘机从武关突围。商定了突围的办法以后,李自成把刘宗敏和田见秀留在武关,自己驰回白羊寨,召集全军大小将领开会,讲明官军的诡计和他撤离商洛山的办法。他只率领包括孩儿兵和老营妇女在内不到两千人马退出商洛山,其余的人马交给谷英叔侄和刘体纯率领,和那些原是杆子和地方豪杰率领的起义部队(如今统归黑虎星指挥),留在商洛山牵制官军。

---

① 围师必缺——见第一卷二十五章此注。

将近十个月来，宋文富一直被拘留在老营寨内，作为人质，使宋家寨不惟不敢死心倒向官军，还得暗中替义军做事。但现在闯王要率领义军的主力离开商洛山了，留下这个人迟早会是祸害。李自成命人把他带到白羊寨，告他说要带他突围，日后放他回家，并叫他将这事写一封书子留下，闯王派人替他把书子送到他的家中。他将家书写了以后，闯王吩咐黑虎星带几个亲兵暗暗地将他拉出武关寨外一个人迹罕至的地方杀掉，将尸首埋了。他将宋文富的亲笔家书交给谷英和黑虎星，悄声嘱咐几句。

那些应该撤走的义军，因为困在商洛山中一年多，如今忽然有机会突围出去，一个个精神鼓舞，喜笑颜开。那些留下的，一部分原是商洛山周围的杆子，一部分原是山中百姓，本来多数不愿意远离本乡本土，被留下正合心愿。还有一部分虽然是高迎祥和李闯王的旧部，但多数是病后或伤后身体尚未复原的，也有些年岁较大的，不适宜随着闯王日夜不停地长途奔波，都明白闯王把他们和他们的眷属留下来是有心照顾。而且不管是本地的或是外来的义军将士，都明白留下来拖住官军不能够追赶闯王，使官军和乡勇不能够随便血洗商洛山，这两层意义有多么重要。他们还坚信闯王少则半年，多则一年，总之迟早会转回来的，等闯王一旦转回，局面就大不同了。

在启程之前，惟一使闯王感到有点作难的是尚炯和郝摇旗。尚神仙新近患病，不能骑马，坐轿子也经不起长途颠簸，而且打起仗来很不好办。自成同大将们商量以后，决定将他留下，叫谷英用心照顾。郝摇旗自从智亭山战事以后，闯王严厉地责备他几次，一直不肯再重用他，不给他兵带。他闲住老营，在义军中的地位似有若无。李过建议把他留下，可是闯王明白，他从前根本不把黑虎星和谷英放在眼里，留下他谁能驾驭？郝摇旗自己决不愿留下来，见闯王恳求说：

“李哥，这半年多，你把我郝摇旗只喂草料，不让我套磨。从前大小战事都没少过我郝摇旗，这几个月我成了盐罐儿里装个鳖，咸圆(闲员)一枚。这日子咱过不惯,还不如你把我杀了好。”他忽然眼睛一红,难过地说:“李哥,李哥,不看金面看佛面,你看在死去的高闯王面子上,派我在前边开路好不好?我别的没能耐,猛冲猛打倒自来不胆怯。李哥,我的好闯王,给我点活儿做做,派我带少数人马在前边替你开路吧。要是我再出纰漏,你砍我这个,这个,”他拍着自己的后脑勺,“我决不说一字怨言。你不砍,我就自己砍下来捧到你面前。李哥,我只求你这一次,请你念着咱们旧日情分,也看在咱们高闯王的面子上答应我吧!”

自成沉默片刻,说道:“好吧。我本来已经派汉举断后,他平日同你还合得来,你就跟他一起吧。我另外拨给你一百弟兄,走在汉举后边,听从他的指挥。我们选择的道路出乎郑崇俭的意外,想着不会有什么追兵。万一看见追兵,你千万不要恋战。你一恋战,大队转瞬走远,你就赶不上了。”

“李哥,你放心,我决不恋战,只不让狗日的扰乱咱们行军就拉倒。”

遵照闯王命令,要撤出商洛山的义军从各处火速向武关集中,留下的义军一步一步地放弃许多险要去处,只保留从智亭山到武关一条线。凡是马上放弃的地方,必先敲锣传知百姓逃避。谷英叔侄先率领一支人马出武关往东,占领几个山村,又派出斥候部队向吴村方面活动,迷惑官军,使郑崇俭误以为李自成果然决定向河南突围。黑虎星的老营设在桃花铺。当高夫人率领老营眷属从白羊寨动身路过桃花铺时,黑虎星和丁国宝一直把她送到武关。

山影突兀。星光灿烂。戍楼上闪着灯光,敲着木梆。武关城门洞开,大队人马匆匆出城,却既没灯笼,也没火把。星光下黑影移动,接连不断,马蹄声和兵器的碰击声不绝于耳。李自成、高夫人、黑虎星、丁国宝,还有双喜、张鼐、大群男女亲兵,都牵着马立在城内道旁。自成对黑虎星说:

“贤侄,我走之后,这商洛地带的事儿全交给谷子杰和你主持啦。我不久还要回来,你不必挂念。你们在这里不要同官军纠缠。

等我走远了,你们赶快分成小股,使官军寻找不到。官军一走,你们再聚成大股。或分或合,相机行事,总以不轻易折损人马为主,也要使官军和乡勇不敢在商洛山中任意残害百姓,不敢到处横行。”

黑虎星回答说:“我一定遵照你的吩咐做,等候你率领着十万大军回来。”

闯王又说:“铁匠师傅包仁,弓箭师傅曹老大,我因为他们年纪大,所以把他们留给你。你们不管转往何处,务必把他们带在身边。倘有可以隐藏的安稳地方,送他们暂住一时。”

“这事请闯王放心,我一定记在心上。”

闯王夫妇同黑虎星等在武关的城门外分了手,插进队伍中间,一同出关。黑虎星等望着他们下山,但因为夜色昏暗,只见他们走了十几丈远便望不清楚了。黑虎星和丁国宝返回关内,登上城头,望着黑魆魆的人马影子同夜色和山影融化一起,什么也看不见了,马蹄声也渐渐模糊了,但他们和许多将士仍在城头凝望,依依不舍。许多双眼睛都暗暗红了。

直到李自成出武关三天以后,郑崇俭才得到确实探报,但李自成已经率主力走得无影无踪了。他正在巡视兵营,突然一惊,几乎跌下马背,瞪着眼睛,过了片刻,连说:“怪事!怪事!摆好的陷阱他竟然不跳!”他首先想的是如何向皇帝奏报,尽量替自己开脱责任,诡称李自成确实出武关后陷入伏中,经过血战,李自成的人马死伤将尽,几乎被擒,趁黑夜率少数死党逃逸,他已经飞檄贺人龙等将截堵,务期歼灭,以释皇上“宸忧”。又将类似瞎话写成文书,飞报督师辅臣。他同幕僚们分析当时军事情势,判断李自成必将渡过汉水,前往兴归山中与张献忠、罗汝才等合流。于是他一面发出几封十万火急塘报,通知郧阳、白河、平利等处官军截击李自成,严防李自成渡过汉水往南,务期在汉水以北将自成包围歼灭,一面限令官军夺回武关,并从几个方面向商洛山中进犯。

黑虎星和谷英叔侄在武关凭险坚守,杀得官军在关下积尸累累,支持五天,想着闯王已经离开八天了,这才放弃武关,退守桃花铺,与驻守白羊寨的刘体纯连成一气。商州和龙驹寨两路官军并力进攻智亭山,遇到窦阿婆、丁国宝和黄三耀三个人率义军顽强抵抗,本地百姓组成的义勇营又不断从侧翼和背后扰乱官军,使官军寸步难进。又过三天,谷英因见镇安和山阳的官军已经从西边过来,蓝田的官军也从北边过来,他们在白羊寨召集大小头领开会,把人马分做五大股,即刘体纯一股,设法越过商州以东,到豫、陕边境一带活动;他自己和谷可成一股,在整个商洛山地区流动,剿杀入山的官军和乡勇;丁国宝、窦开远和黄三耀为一股,向山阳和蓝田之间活动,牵制北路和西路官军;牛万才和白鸣鹤(白旺早已跟了袁宗第突围走了)率领的本地义勇百姓为一股,以麻涧为中心,在方圆三十里内,保境安民,有事打仗,无事耕田;第五股是黑虎星,保护留下的伤病人员和义军眷属,并帮助谷英,协调各股进止。闯王留下的粮食和银子,按照各大股人马多少分用。

这一天,有一支官军开始从武关北犯。谷英和可成赶快率领人马开到桃花铺南面,设下埋伏,准备好迎头痛击。黑虎星在白羊寨老营中杀了一匹受伤的战马,款待前来议事的窦阿婆等大小头领。他端起来酒碗说:

“我黑虎星蒙闯王重看和各位兄弟抬举,将商洛山中的事儿嘱咐我帮助谷子杰将爷来管,担子很重。我自幼没喝过墨汁儿,拙口笨舌,说不好什么话。我说,我说,咱们喝下这碗酒,誓同生死,共保闯王,不许有三心二意。谁他妈的有三心二意,天诛地灭,鬼神不容!来,喝干!”

大家端起面前酒碗,纷纷起誓,喝干了酒。黑虎星接着说:

“各位兄弟条子①熟,各人自想办法把人马带往指定的地方,或是夜聚明散,或是同官军打转转,听凭各位看情形自便。只许打富济贫,除暴安良,不许苦害百姓。必须尽力剿杀官兵、乡勇,不许坐

① 条子——路。土匪黑话。

视他们到商洛山中来奸掳烧杀。等到闯王要咱们聚齐，听到传知，立刻带人马到我指定的地方会合。谁要是对闯王不忠不义，我操他八辈儿，休想我会饶了他！丑话说头里，免得到时候怪我黑虎星的宝剑无情！”

酒席一散，各位头领匆匆离开。有一个义勇军头领以为黑虎星必然知道闯王消息，悄悄问道：

“黑大哥，闯王如今在哪里？”

黑虎星回答说：“已经同张献忠见面啦。”

这个头领一离开，黄三耀赶快走到他身边问道：“大哥，闯王真的已经同八大王见面了么？”

黑虎星笑着说：“你问我，我问谁？”

李自成率领义军主力出了武关之后，由武关百姓做向导，折向西行，走一条很少人走的小路，奔入山阳县境。再折向西南，奔向白河县，打算找渡口偷渡汉水。这条路都是高山峻岭，十分艰险，往往走一天看不见一处人烟，所以义军的行踪也就不容易被官军侦知。

李自成断定郑崇俭必然会飞檄郧阳和陕西各地官军截击，所以不管黑夜和白天，督促人马不停地前进，饿时吃点干粮，渴时饮点涧水，遇不到水时就只好渴得喉咙冒火。这支部队是骑兵和步兵混合的，很多地方骑兵都得下马，小心地牵着牲口。尽管牵着牲口走，也有少数牲口跌进谷中。这支突围部队虽然是闯王的精兵，但是去年大疫，又经过几次战斗，多数害过病或负过伤，加上商洛山中长期粮食不足，很多人的身体受不住长途折磨。另外还有不能不带着突围的两百多眷属，走路更是困难。出发五天以后，人们的体力消耗更其可怕。有的人正在走着，忽然头一晕，眼一黑，咕咚一声栽到路旁。倘若路旁是道深谷，栽下去也就完了。有的人正走着向路旁一坐，原来只打算休息片刻，定定心，喘喘气再走，谁知一坐下去就再也起不来，头一歪，靠在石头上或树根上睡着了，有的人就这样睡一觉再也赶不上队伍了,有的人就这样坐下去不再醒了。有些弟兄是在商洛山中新投奔闯王不到一年的,对官军作战相当勇敢,但没有经过长途奔波的锻炼,出武关三天后就有掉队的。等奔到白河县境时,清点人数,白白地少去了两百多人。

走到离白河县城五十里的地方,时已黄昏,义军在一座山脚下停住休息。从老百姓口中得到消息,白河是贺人龙的防地,城内的官军只有三四百人,大部分官军在白河的西乡到平利一带,还有一部分驻在郧西,防备张献忠的残部折回头向陕西逃跑,贺人龙本人也驻在平利附近。李自成见将士们疲惫万分,决定在这里休息到二更时候再继续动身,赶在天明时候出敌人不意攻占白河县城,补充一点粮食,渡过汉水。将士们一听到传令休息,都立刻躺在草上睡去,有牲口的人都把缰绳拴在自己的胳膊上,让马在身旁吃草。不睡觉的只有少数巡逻骑兵,还有各队的火头军没有休息,赶快打水、砍柴,埋锅造饭。一则将士们几天来没有吃过一顿热饭,二则明早攻城时还要有一场战斗,所以闯王传令各哨趁机做饭,使将士们饱餐一顿。

历史上最杰出的军事天才也会有失误的时候。李自成前年十月间进入潼关南原的包围圈中,致使全军覆没,是一次失误;如今在这里停下休息,也是一次失误,使义军失去占领白河县城的机会,还不得不付出较大的代价才能够强渡汉水。他向两个当地老百姓打听的消息实际在半日来已经起了变化,只是因为山中交通阻塞,新情况尚无人带到乡下。一天前,贺人龙已经得到了李自成逃出武关往西来的塘报。由于李自成走的是最艰险的山路,往往为攀登一座大山或越过一道山涧不得不花费很多时间,过山阳后又向北绕了个大圈子,所以尽管他在出武关三天后才被郑崇俭发现,但是十万火急的塘报却赶在他的前边飞到了贺人龙的手里。贺疯子立刻亲自率领人马奔救白河,截击闯王。驻扎在山阳境内参加围攻商洛山的官军得到塘报更快,抽出两千人轻装追赶。所幸的是,奉命追赶的两千官军震于李自成和这支义军的威名,害怕吃亏，总是故意同义军相距一天的路程。快进入白河境时，他们相信白河县城必会有官军拦截，就胆大起来，加紧前进，企图在白河县附近夹击义军。在今天黄昏时，这一支追兵离义军不到三十里了。

当将士们休息时候，李自成处理了几项重要军务，因心中有事，仅仅朦胧片时，便一乍醒来，不再入睡。后来他从一棵树下站起来，在宿营地走了一遍。正走着，他听见附近大石后的火光红处有王长顺的声音在说：

“老弟，你是商洛山中人，投闯王不到一年，见过的世面太小。这算什么苦？算个屌！崇祯八年正月间，冰雪盖野，天寒地冻，我们随着高闯王从河南荥阳动身，一路往东打，不到半个月就打破凤阳。要说苦，那才真算苦，可是大家一心想着打胜仗，一心想着去破皇陵，谁也没想到苦。十一年春天，俺们随李闯王退出四川。因为洪承畴堵住剑门，俺们只好走松潘小道，翻过雪山，才到了阶州境内。后来又到了西番地，整整一个月一边走一边同曹变蛟打仗，人不解甲，马不卸鞍，找不到粮食就杀马充饥。离青海湖只剩下几天路程了，闯王带着俺们折往北去，才把官军甩掉。后来我们从嘉峪关附近出了长城，游荡了半个月，没有东西吃，又从兰州附近进长城。那才真叫苦。这几天的行军算个屌！”停一停，王长顺又接着说：“你年纪太轻，投闯王以前是一个庄稼汉，只知道跟在牛屁股后从地这头走到地那头，上街赶回集好像出远门儿，懂得什么叫走路？见过什么世面？那样活到老也是白活。趁年轻，随着闯王山南海北地跑一跑，说不定你们日后会立下汗马功劳，成个气候。即使你成不了大气候，老啦在儿孙面前也有闲话可说。要不儿孙们围着你听古今，你捋捋胡子，不念不念嘴，有什么好说的？”

火边发出来两个小伙子的嘻嘻笑声。随即一个小伙子的声音说：

“王大伯，你这么一说，把我的瞌睡也说跑了。”

自成转过大石那边，看见王长顺在帮助两个年轻的火头军烧火做饭，饭已经做熟了。他叫声“长顺！”等王长顺和两个小伙子转过头来，他接着问：

“你为什么不睡一会儿？”

长顺连忙回答说：“今天下午路不险，我在马上晃呀晃地，睡过一大阵。再说人过四十以后，瞌睡没有那么多，刚才同这两个弟兄一说话，就把瞌睡混跑了。”

“你还是睡一阵好。年纪大了，又挂过多次彩，这几天日夜奔波，也够呛。”

“闯王，你放心，我这把穷骨头越老越硬，累不垮哩。再说，如今已经快二更啦，还睡个什么呢？”

闯王望望北斗星斜垂的勺把子，便不再做声，转身走了。王长顺追在闯王背后说：

“闯王，我看说不定在白河县会同贺疯子打一仗……”

闯王截住问：“你怎么知道明天会同贺疯子在白河打仗？”

“我担心咱们出武关这些天，贺疯子会知道咱们的行踪，在白河县迎接咱们。”

闯王点点头：“我刚才也想到这一层。可是听说贺疯子驻在平利西边，纵然他知道咱们行踪，他也不一定会来得这么快。”

“不管明天看见看不见贺疯子，反正得把咱们的战马先喂饱。刚才我替你的乌龙驹、夫人的玉花骢、总哨刘爷的雪狮子全都喂了黑豆。还剩下一捧黑豆喂了黑妞儿——啊，你看我，又叫她从前的小名儿！——喂了慧剑的大青骡。这姑娘年纪小，也不像慧梅们行军惯了，这几天瘦得很多，眼眶绽大了，我看着就心疼，所以也给大青骡喂点黑豆。”

“乌龙驹和玉花骢都有马夫，刘爷的雪狮子也有马夫，各有专责，你如今是老营的马夫头，告马夫们说一声就是了，何必你亲自喂？你总爱在路上找活干，不歇歇！”

“几个马夫都是年轻人，让他们多睡睡吧。我年纪大，瞌睡少。”

自成转往别处，迎面遇见中军吴汝义，就吩咐中军派人传呼将士们赶快起来吃饭，准备出发。寂静的山脚下登时不寂静了。

义军为不使火光被远处看见，埋锅造饭的地方都是在大石背后，密林深处，或比较隐蔽的山沟中。追击的官军只晓得农民军早就过去，连夜奔向白河，没料到李自成会在这个山脚下从黄昏前停留到二更时候。他们黄昏后稍作休息，吃点干粮，继续追赶。官军不像李自成部队一贯行动诡秘，纪律森严。他们为着走路方便，灯笼火把齐点，走在荒山中远望像一条蜿蜒曲折、断断续续的火龙。

李自成坐在一块石头上，正在吃饭。一个骑马巡逻的小校来到面前，向他禀报说后边来了追兵，离此地七八里路，人马众多，灯光望不到头。自成三口两口把饭吃完，告诉几位大将整队动身，还按照原计划袭占白河，只把袁宗第和郝摇旗的断后部队留下。并命人赶快将所有土灶和火堆弄灭，但不得用水浇湿，也不得显出用脚践踏的痕迹。他带着袁宗第和郝摇旗登上一个高处，瞭望一阵，下来对他们说：

“官军灯光零乱，行进很慢，看来一定都是步兵，十分疲惫，部伍不整。这儿不适宜骑战，你们把马匹留在别处，汉举率领三百弟兄埋伏在这附近树林中，摇旗率领二百弟兄往东走一里路，在路旁的树林中埋伏好。官兵到此处必会停下来。等大部分官军来到此地，乱哄哄的，汉举突然一声呐喊，猛砍猛杀。摇旗听见汉举这边动手，也立刻杀出，截断官军尾巴。这样准可以少胜众，把王八蛋杀得溃不成军。你们杀散官军之后，立刻追赶大队，千万不要恋战，不要拾取官军辎重。我担心贺人龙在白河有了准备，咱们必须越快越好，拼全力杀败老贺，渡过汉水。”

宗第问：“要是官军在这儿不停下休息，继续追赶，我把狗日的拦腰斩断好不好？”

“要是那样，你就放过前队，拦腰斩断，摇旗斩尾，我另外派人拦头痛击。不过，我看他们八成会在这儿停下。”

他微微一笑，叫亲兵找块白布，从土灶中取根桴炭，写了八个大字：

前有伏兵　万勿追赶

写毕，他亲自用石头将白布压在小路中间，带着亲兵们上马走了。

大队人马正在前进，被一道几丈深的山沟阻住。沟上原有独木桥，已经半朽，不但骑兵没法通过，连步兵也不好走。别处更无路越过这道深沟，只好伐木架桥，越快越好。偏偏近处没有树林，刘宗敏和李过亲自同一大群弟兄到一里外砍伐树木。李自成下了乌龙驹，默不做声，立在马头边等候，听着丁丁的伐木声，李自成心急如焚，只觉得树木伐得太慢。几次他想派人去催，但又想着既然捷轩和补之都亲自去了，还以不必催促为是。

全队将士都很焦急。他们对追兵不大在意，而是担心这么一耽误，黎明前再快也没法赶到白河，天色一亮，被敌人发觉，想袭占城池和渡口就困难了。幸而他们还没有想到贺人龙抢先一步到了白河，而担心这一层的只有闯王、高夫人和少数几位大将。高一功提着马鞭子走到闯王身边，小声说：

“这可是上水船偏遇着顶头风。”

高夫人咕哝一句：“是遇着一个浅滩。”

李自成没有做声。他觉得这样耽搁下去，他的根根头发和胡子都会急白。

人群中不断有低语声，听不清楚，后来听见王长顺的声音稍微大一点，说：

“都别担心，只要有咱们闯王同几位大将率领着，大白天抢渡汉水也不困难。咱们这些大将，哪个不是天上的星宿下界？贺人龙算个屌！同他不止交战过三次两次了。我不是吹的，咱们总哨刘爷大喝一声，准叫他浑身打颤，抱不住马鞍桥。你们别笑，我说的全是实话。咱们总哨刘爷在睡梦中打个喷嚏还吓死一只老虎，这可是我亲眼见的！”

一个商州的口音问:“怎么打个喷嚏会吓死老虎?”

长顺接着说:“这是前年夏天的事。那时我们进入长城,冲过洮州,奔到阶州东南略阳、宁强一带的大山里休息过夏。闯王令全军分成许多股,分散盘踞,分头打粮,官军来少啦就收拾它,来多啦就让开,同它在山中推磨。总哨刘爷没有随着老营一道,盘的地方离老营大约有一百多里。这天他有事来老营,一时大意,只带了十几个亲兵。不料路上遇到一百多官兵,恶战一场,杀死了很多官兵,刘爷的身边只剩下三四个人,马匹也都死伤完了。好则天色晚,又无月色,黑漆漆的,他就趁机摆脱官军,摸黑路往老营走。走了大半夜,实在困乏,肚子又饿,就在离老营十来里的地方坐在山路上休息,不想一坐下就往路上一倒,仰面朝天,呼呼睡熟。几个亲兵也跟着睡下,睡得像死人一样。这时忽起一阵怪风,树枝刷刷摇晃,有一只老虎从山坡上下来……”

有一个苍哑的声音问一句:“为什么老虎出来要刮风?”

长顺回答说:“古话说:‘云从龙,风从虎’嘛。”

苍哑的声音说:“我们在野人峪的山上也赶过老虎,可没有看见刮风。”

另一个声音说:“别打岔,让王大伯说完。”

长顺接着说:“老虎是不随便吃人的。它吃活人不吃死人。它走到刘爷身边,不知道刘爷是活人还是死人,用鼻子挨近刘爷的脸上闻闻,它的又长又硬的胡子有两根插进刘爷的鼻孔里边。老虎一闻是活人,正要张大血口去吃刘爷,不料刘爷在梦中鼻子痒得难受,猛打一个喷嚏,把老虎吓得跳起几尺高。老虎落下来时偏了一点,落到路旁十来丈深的山沟里,活活地摔死啦。”

听众中迸出来忍抑不住的笑声。慧剑站在大青骡子旁边,靠着鞍子一边矇眬睡觉一边听长顺说话,大家的笑声把她惊醒,前额碰在鞍子上,睁开眼睛,含糊地小声问:

“王大伯,可是真的?”

王长顺说:“怎么不真?老虎出来时刮风不刮风,那是我说顺了口，随便加的，可是刘爷打个喷嚏送了一只老虎的命却是千真万确的。刘爷打过喷嚏后一乍醒来，自己也吓一跳：乖乖，夜里怎么没看清，糊里糊涂睡在这个要命的地方，一边靠山，一边是悬崖峭壁！他到了老营一说，我们去了十几个人，把老虎找到，抬回老营。老虎皮给刘爷做了马鞍鞴，肉给大家吃了，骨头给尚神仙做虎骨酒，还熬了膏药。这都是千真万确的！"

听众里有人又快活又敬佩地笑着点头，有人发出来啧啧声，瞌睡都没有了。王长顺又说道：

"老虎为什么不能吃总哨刘爷？为什么刘爷不早不晚，恰在老虎张大嘴的时候像打雷似的打个响喷嚏？这就是因为咱们刘爷和许多将爷都是天上的星宿下凡来保闯王的，老虎顶多只能闻闻，不能伤害。贺疯子算什么？他能够拦住咱们从白河县过汉水么？你们这些新弟兄还没有见过刘爷在战场上多么厉害。到白河要是遇到官军拦路，你们瞧瞧！"

高夫人望着闯王微微一笑，小声说："长顺比年轻人身体差，这些日子把他的马跑瘦得露着骨头，他自己也眼窝塌下去，可是你瞧他多快活，还常常说笑话替别人解乏！"

突然从背后几里外传过来喊杀声，使全体将士都转过头去倾听。李自成派亲兵把李友叫到面前，命令说：

"你带一百骑兵去看看，帮他把追兵收拾了。杀败追兵之后，你们大家赶快回来，不要耽搁时间。"

刘宗敏和李过把树木运回来了。他们对于背后的喊杀声好像全不放在心上，只是看着弟兄们迅速架桥。农民军对架桥是有经验的。他们不砍大树，因为大树砍断费事，砍去枝子费事，抬运困难，并排放下时中间缝子太大。他们一律选择碗口粗的小树。今天恰好遇到杉树林，就砍了十几棵杉树抬回来，并排架好，每端两边各钉一根橛子，以防散开，又割了捆草铺在上边。不到片刻工夫，大军开始过桥了。

李自成命吴汝义派一个小校带十名弟兄看守木桥，多预备干草和干树枝子，只等杀败追兵的将士们回到桥这边，便放火把桥烧毁。为着等候袁宗第等的战报，他走在老营人马的后边，边走边听着远处的呐喊声。过了不久，背后的喊杀声就听不见了。人马匆匆赶路，从前头向后传着一个口令："传！不许说话！步兵叉子放开[①]！"这声音传到李自成这里，他也像将士们一样重复一遍。他的亲将和亲兵接着把这个口令向后传去。

又过了不到一个更次，袁宗第等率领着几百得胜的骑兵追上大队。原来当追兵到了义军埋锅造饭的山下时，看见土灶中灰烬已冷，想着义军必然已经走得很远，没法追上。大家十分疲困，本来就心中怨天怨地，渴望休息，这时见这里比较平坦，又背风，且有李自成留下的现成土灶，便纷纷坐下去，吵嚷着要在此处宿营。偏在这时，有人在小路上发现了李自成留下的那块白布，看了上边的八个字，越发不愿再向前追。人们说李自成留的话是实话，前边必有埋伏，咱不追就各不相犯，咱要追就对咱不客气，这叫做先把话说明白，明人不做暗事。虽然也有少数人怕李自成在近处确有埋伏，但是他们的话多数人都不愿听。大家有坐下的，有躺下的，有开始点火，准备取水做饭的，乱哄哄地等候主将。袁宗第的人马突然呐喊杀出，郝摇旗随即从后边杀出，把官军杀得落花流水，四散奔逃，几乎把主将活捉到手。李友赶到时，战事已经结束。他们又杀了些藏在树林中和荒草中的人，便上马追赶大队。这一仗，义军的死伤微不足道，而追兵却完全溃散。

胜利的消息立刻由老营传遍全军，激励了全军将士，精神为之振奋，加快前进。

天色渐渐亮了，又渐渐大亮了。离白河渡口还有五六里路。李自成要在拂晓前过汉水袭占白河县城的打算已经吹了。他正在后悔昨晚不该停下休息过久，忽然得到斥候骑兵报告，说白河城上旗帜稀疏，静悄悄的，城外也很静，看不见老百姓进城赶集，听百姓说，五更时城中城外有人喊马嘶之声，不知何故。闯王一听，心中

---

① 叉子放开——土匪黑话。叉子指两条腿。把两条腿放开即是迈开大步的意思。

猜想，必是有大队官军开到白河，做了准备，说不定贺人龙也亲自赶到。他同几位大将在马上一商量，退回去另找渡口也不好办，只好拼力夺取白河渡口，强渡汉水。于是他同刘宗敏和李过率领着骑兵主力，向白河渡口飞奔而去。

连日早晨有雾，而今日早晨却没有雾，万里无云，天空碧蓝。高夫人在马上望望天色，忽然产生了一个奇怪的念头：这么晴朗的天气，天空湛蓝湛蓝的，真不像双方就要杀得人仰马翻！

贺人龙接到总督郑崇俭的十万火急塘报，料想李自成可能从白河县渡过汉水。当时因防备张献忠杀回陕西，他的部队分驻在陕、鄂交界的一片地方，白河县城也是他的防地。他同李自成作战是有经验的。平日对李自成有些害怕，但现在他认为李自成的兵力甚微，且系长途奔波的饥疲之众，他只要能够抢先到白河县，以逸待劳，以众御寡，可以稳操胜券。他那个夺取“平贼将军”印的念头虽因左良玉新近有玛瑙山之捷，已经打消，但是他希望能够在这一次堵截李自成之战中建立奇功，获得朝廷的优厚封赏。另外，他希望这一战除能够捉获或杀死李自成和他的几个主要将领外，也可以夺得李自成的全部战马和其他军需。他的部队在急切中不易集中，而他又害怕贻误战机，所以只率领八百骑兵和一千五百步兵往白河县奔来。加上白河县城中原来驻守的人马，他可以堵截李自成的将士有三千多人。另有一支一千五百人的后续部队将在一天之内赶到。

到了白河县城，贺人龙得到确实探报：李自成的人马疲惫，正在向白河奔来，后边有一支官军追赶，估计天明时可来到白河渡口。白河县是一座弹丸小城，离汉水南岸二里。贺人龙担心李自成一旦渡过汉水就没法堵截，会绕开白河县城向南逃去，也担心李自成看见南岸人马众多，戒备严密，不敢强渡，折往别处逃跑。不管出现哪一种情况，都会使他围歼李自成建立大功的心愿落空，甚至会落个“纵贼他逸”的罪名，受到朝廷和督师辅臣的责备。他已经胸有成竹，故意向左右问："怎么办方能取胜？"左右将领们建议将重兵埋伏在汉水南岸，"待其半渡而击之"，必获全胜。贺人龙摇头一笑，说：

"你们想得倒美，可惜李自成不是笨蛋！"

他叫将士们赶快饱餐一顿，然后留下一部分兵勇守城，将五百名将士埋伏在汉水南岸，他亲自率领两千二百步骑兵迅速渡河。一等渡河完毕，他就下令大小船只都划到南岸，免得被义军夺去。同农民军作战，贺人龙有丰富经验，心中深知道李自成的厉害。他认为李自成率领的虽然是饥疲之师，人数只有一千多人，但也不可轻视。前年冬天潼关南原大战时李自成部队的勇猛善战，贺人龙记忆犹新。他让开李自成奔占渡口的大路，却将人马埋伏在离渡口不远的小山背后，打算在李自成的人马刚刚下到水边正在抢渡时候用全力突然猛攻，将一部分逼下水去淹死，一部分在岸上消灭。他那等候在南岸的五百名将士占据有利地势，专候截杀泅过汉水的少数义军。一切布置就绪，贺疯子坐在一块大石上，等候捉拿李自成夫妇和刘宗敏等。

李自成原想着贺人龙已经派将士扼守渡口，准备用骑兵一阵冲杀将敌人赶跑。不料竟毫不费力地占了渡口，没有遇到一个敌人，也没有见到一只船，几只船都停在汉水南岸。隔河望望白河县城，城门紧闭，城头上静悄悄的，使他深觉奇怪。这时将士们看见离渡口不远的小山背后有旗帜影子，并且望见了南岸上有不少伏兵。李自成恍然猜到了敌人的诡计，将骑兵在江岸上列好阵势，派马世耀和李弥昌两个小将率领三百骑兵往小山坡上搜索敌人，又命李过率领二百骑兵涉水过江占领南岸，并将船只都送过江来。他自己立马岸上，准备迎击贺人龙的伏兵突然杀出。

马世耀等的骑兵冲上山坡，四五百官军步骑混合，略作抵抗，有秩序地往后边退去。马世耀正在追赶，听见江岸上传来锣声，立即退回。李过挑选了二百骑兵，加上他自己的二十名亲兵，来到水边，挥鞭一呼："随我来！"首先跃马下水，二百多骑兵毫不踌躇，策马竞渡。南岸的敌人原以为这里水流急,水又很冷,农民军不到溃败逃命时候决不会骑马下水,如今看见这种情形,大吃一惊。一个将领把小旗一挥,鼓声大作,同时五百伏兵一齐跃起,奔到水边,齐向江心放箭。由于义军的队形散开,只有很少的人马中箭。过了江心的激流以后,李过一箭射倒敌将,官军登时大乱。弟兄们一面加紧策马前进,一面大呼:“上岸啦！上岸啦!”李过首先跃马上岸,连砍杀十来个人。弟兄们跟着纷纷登岸,向正在溃乱的官军乱冲乱砍。官军立时死伤满地,有一部分跪下求饶,另有一部分抛掉兵器,落荒而逃。李过不许追赶,一面防备另有官军从城中杀出,一面赶快派一批识水性的弟兄,将大小船只一齐撑往对岸。

隔着树林,贺人龙窥见李自成在江岸上列阵严整,又看见一个将领率领大约两百左右骑兵向南岸策马竞渡,竟无一人踌躇,使他心中大惊:这哪像饥疲之师！平日惧怕李自成的心理突然恢复了,胜利的信心动摇了。但是他一则害怕受朝廷责罚,二则还希望趁李自成的人马尚未全到,能够侥幸一逞。于是他下令擂鼓,指挥伏兵杀出,而他自己也迅速跃上战马,拔出宝剑,率领最精锐的镇标亲军,呐喊杀出。

义军后边的步、骑兵全到了。李过在江南岸夺得的大小船只也撑到北岸了。李闯王一声令下,眷属和步兵开始渡江,驮在骡马身上的辎重也都卸下来放在船上。有很少数骑术不精的人也乘船,只让空马渡江。

贺人龙突然从树林中杀出,同时伏兵齐起,向江岸上的义军三面包围而来。李闯王骑在乌龙驹上,立于通向江岸的路口,稳如泰山,左右的亲兵亲将都张弓搭箭,引满待发。贺人龙和官军将士不敢逼近,只在相距两箭之地擂鼓呐喊,虚张声势,一则要恫吓义军,二则为自家壮胆。有一个将领缺乏同李自成作战的经验,立功心急,勒马到贺疯子面前说:

“大人,李自成人马不多,且江岸不利于他的骑兵作战,请赶快下令进攻,机不可失。”

贺人龙看他一眼，说："不许急躁！兵法说：'穷寇莫追，归师莫遏。'让他的人马过江，'待其半渡而击之'，必获大胜。"

义军分批渡江，队伍一直不乱。贺人龙已经打消了活捉李自成的妄想，只希望不折老本，等闯王的人马过得差不多时，截断队伍尾巴，杀伤一些，俘虏一些，夺得一些战马甲仗，然后向杨嗣昌和郑崇俭夸张战果，报成大捷。

李闯王和大部分人马都已经过江了，北岸只剩下三百多骑兵和二百多步兵。这骑兵是袁宗第和郝摇旗率领的断后部队，另外还有刘宗敏带着一群亲兵也未渡江。当刘宗敏带着亲兵们来到水边，正要策马渡江时，但又觉不放心，勒住马头，稍作等候。江水碧蓝。白马的影子映在水中，十分鲜明可爱。水中，马头边有一片白云飘过。刘宗敏抬头望望天，天比江水还蓝。

贺人龙认出来那个骑白马的大汉是刘宗敏，顿时产生了活捉或杀死刘宗敏建立大功的念头，赶快将令旗一挥，所有围观义军渡江的官军都喊杀向前。由于贺疯子亲自督战，又悬了重赏，官军将士尽管被射杀几批，仍然向前进攻。刘宗敏回马登岸，举刀大声命令：

"步兵等船过江，骑兵一齐迎战，收拾贺人龙这个狗日的！"

袁宗第等冲向前去，同敌人在江岸附近展开混战。贺人龙在官军中也是一员猛将，且有多年的战争阅历，如今仗恃人多，就一面包围袁宗第等，一面分兵夺取渡口，使李自成无法回救。刘宗敏猜到贺人龙会有这一着，一直立马江岸未动，见一支官军杀来，用刀向背后一招，大叫："步兵随我来！"他率领亲兵和步兵杀退这股官军，看见几条船已经拢岸，即令步兵赶快上船，由他率领亲兵掩护。步兵一离岸，宗敏见宗第负伤，和郝摇旗正被一千左右步骑兵围攻，他大吼一声，冲入敌军垓心，直取贺人龙。贺人龙见是刘宗敏，故意且战且退，想把宗敏引过一座小山包，远离江岸，以便捉到活的。宗敏追了一段路，识破诡计，拨马而回，率领袁宗第和郝摇旗以及余下的不足二百骑兵退回江岸。他叫宗第赶快上船，一部分骑兵先渡江，由他自己和郝摇旗带着几十名骑兵在岸上掩护。

贺人龙见自己的计策不灵，反身杀回，大军像潮水般涌到江岸。郝摇旗一则杀得性起，二则要保护刘宗敏，大骂道："贺疯子不要逃走！"冲入敌人中间厮杀起来。宗敏怕摇旗吃亏，也杀了过去。他们每个人身边只有三四十个骑兵，在敌人中间左右驰突，杀伤敌人很多，差一点夺到了贺人龙的大旗，但自己身边的人很快减少。后来他们被敌人隔开，各自为战。宗敏杀了一阵，不知摇旗在什么地方，又杀往江岸，寻找摇旗。江岸已被官军占定，人马密如墙壁，箭像雨点般地向他射来。他想着摇旗不是阵亡，便是被俘，而自己从这个渡口过江也不可能，于是他勒转马头，狂呼乱砍，杀开一条血路，向下游寻找可以渡江的地方。

所有的道路都被官军截断。离渡口二三里有一个小村庄正在燃烧，几个没有逃走的百姓已被杀死，横尸路边。一个十二三岁的小姑娘被官军捉到，正要强奸，刘宗敏带着几名亲兵奔到。官军始而一惊，随即蜂拥扑来，拦住去路，大喊着要刘宗敏赶快投降，却不敢十分逼近。宗敏看见官军又在肆意烧杀和奸淫，怒不可遏，策马直冲敌人，挥刀砍死为首的敌军小校，其余的四散奔逃。那个小姑娘趁机要往火中扑去，却被刘宗敏俯身抓到，轻轻一提，放到鞍上。看见背后大队官军追来，他将白马抽了一鞭，跳出大火燃烧的小村子，向汉水岸上奔去。

由于地势不熟，刘宗敏陷入绝地。这儿濒临汉水，有三四丈高的悬崖峭壁。江水在此转弯，水色黑绿，大约有几丈深，三十丈宽。宗敏身边只剩下三个亲兵，都已挂彩，打算带他们继续向下游走，却被深谷阻断去路。他看见数百官军已经快要追到，而自己已陷绝地，既不能前进，也不能后退，便立马在一株高大的古松下边，将小姑娘放到地上，吩咐她躲在松树背后，不许乱动。他手握双刀，瞋目向敌，等待敌人来近。这时他听见渡口两岸响着紧密战鼓，喊杀不断，知道自成想强渡汉水，过来救他。但是他心中明白，地形不利，船只又少，想在大敌前强行登岸不惟会死伤惨重，而且很难

成功。他向亲兵们瞟了一眼,命令说:

“把你们余下的箭统统给我!”

三个亲兵都把箭交给了他。他命令他们趁敌人未到面前,赶快抛弃马匹,找地方滚下江边,泅水过江。三个亲兵立刻跳下战马,却环立在他的雪狮子旁边不动,等他下马。宗敏命令说:

“快离开我滚下江边,老子来对付这些狗日的!”

亲兵们才知道宗敏要独自留下,一齐要求他先逃走,由他们抵挡官兵。这时官军相距不过一百二十步,宗敏很急,厉声说:

“快离开,违令者斩!”

三个亲兵先用鞭子将战马赶下深谷,宁肯忍心叫他们的战马跌死摔伤,决不让敌人得到一匹。然后他们又一次恳求宗敏先走。宗敏第二次回头对他们将双眼一瞪,目眦欲裂,厉声喝令:“快走!”他们迟疑片刻,无可奈何地互相望望,哭着离开。但是有一个受伤较重的亲兵走了几步又折转回来,藏在一棵松树背后,没有让宗敏看见。

宗敏向后退一步,紧靠松树,张弓搭箭,怒目横扫着呐喊而来的敌人,特别想看看贺人龙是否来到,古铜色的脸孔上挂着轻蔑的微笑。他没有看见贺人龙,略微感到遗憾。尽管官军看见他只剩下单人独骑,大喊着要他投降,却不敢贸然走近。只要有敌人来到百步以内,宗敏箭无虚发,总叫为首的敌人中箭而亡。敌人吃了几次亏,不再打算活捉他,也对他乱箭射来。流矢从宗敏的头上和身边不断地嗖嗖飞过,但是他连动也不动,依然含着轻蔑的冷笑,不断地射杀企图走近的敌人。

官军看见刘宗敏的箭完了,又打算活捉他向北京献俘,不再射箭,向他蜂拥扑来。宗敏想着他的三个亲兵大概已经过了江,也决定自己赶快离开,免得落入敌手。他的战马不知是懂得他的心意还是因看见敌人逼近,忽然奋鬣扬尾,萧萧狂嘶。雪狮子的鸣声未止,刘宗敏大吼一声,山鸣谷应,挥刀向敌人杀去。官军突然听见他的怒吼,又见他挥刀杀来,震栗失措,纷纷奔退,互相拥挤践踏。

宗敏趁机勒转马头，俯身抓起来小姑娘放到鞍上，奔到悬崖，猛抽一鞭。只见那匹雪白的战马像闪电一样从悬崖上腾空而起，纵入蓝天，在两丈外向下落去，沉入江底，溅起来的水花闪着银光。

江北岸，人人惊骇。江南岸，人们的心随白马沉落江中。两岸上突然间停了战鼓，也停了呐喊和说话。天地静悄，将士屏息，四周重叠罗列的青山寂寂，一切都在等待着白马的消息。

过了片刻，白马驮着刘宗敏和小姑娘从碧绿的深潭中浮出。江上仍然很静。水中映着蓝天、白云。浪花似银，在灿烂的日光下闪动明灭。白马喷喷鼻子，昂着头，划开绿波，冲着浪花，在激流中向下游的南岸泅去。

官军蜂拥着奔上悬崖。有一个头目举弓就射，箭未离弦，却有一个左臂负了重伤的人从草中一跃而起，剑光一闪，将他砍倒。这个人连砍死几个敌人，自己也被砍倒。悬崖上一片混乱。官军为杀死这个人耽误片刻，才开始向江面上乱箭射去。但刘宗敏的白马已在激流中飘然远去，敌人的乱箭都在他的白马背后噗、噗、噗地落入水中。后来当地百姓把这个悬崖起名叫马跳崖，把刘宗敏曾经立马一旁的大松树叫做百箭松，因为据传说，官军从树身上拔掉的箭足有百支以上。

李自成派一只小船顺流而下，接救宗敏。等小船飞驶到江湾，宗敏已经离南岸不远，策马走上了阳光闪耀的白沙碎石江滩（这地方，后人称做白马坡）。他心中杀气未消，一身水，满面怒容，回到了闯王那里。自成高兴万分，但听说郝摇旗下落不明，又觉难过。宗敏的亲兵一个也没有回来，除一个跳崖跌死和一个因负伤在江心淹死之外，都在北岸战死了。

高夫人将小姑娘通身打量一眼，知道一家人只剩了她一个人被刘爷救出，不免暗暗心酸。她立刻吩咐慧琼带她到树林中将衣服拧干，给她一点干粮充饥，又叫王长顺将多余的骟马给她一匹。

义军立刻整队起程，绕过白河县城向南奔去……

第二十七章

强渡汉水以后，李自成把人马拉到房、竹大山中休息，并且分成小股，以便寻找粮食和避免官军追赶。他派出几路细作，探听官军的部署和动静，同时也探听张献忠的消息。张献忠贿赂和离间左良玉的事是非常机密的，他当然探听不到，但是他看见左良玉把人马驻扎在陕西境内，贺疯子也逗留在陕西和湖广交界地方，与其他官军都不乘胜急追，判断出杨嗣昌的尚方剑对这班骄兵悍将也没有多大用处，迟早会一筹莫展。如今跟着他的虽然只有一千多人，而且粮食十分困难，银钱也缺，但是他的心情十分敞朗，坚信只要度过这段困难日子，局势就会好转，任自己龙腾虎跃。他经常同将士谈闲话，替大家鼓气。这一支小部队在房、竹大山中休息了一个短时期，士气又旺盛起来。

官军只晓得李自成逃到鄂西一带的大山中，却弄不清他到底在什么地方。杨嗣昌虽然明白李自成与张献忠之间平素有矛盾，但是他担心他们在目前困难境遇中会暂时合作。他想，以献忠的用兵狡诈，自成的善于笼络人心和沉毅坚强，曹操的人马众多，三个人一旦合伙，对官军的进剿很为不利。原来以罗汝才为首的所谓房均九营[①]中有一营的首领名叫王光恩，诨名花关索，不愿意跟随罗汝才重新起事，准备投降朝廷，留在房、均境内。杨嗣昌差人带着他给李自成的谕降檄文来到王光恩的营里，密谕他务必将李自成找到，倘若能劝说自成投降，就算他为朝廷建一大功。王光恩得到督师辅臣的密谕，想着他过去同李自成和高一功曾有一面之缘，并无恶感，而自成也正在困难之中，劝降事不无希望，便派他的

---

① 房均九营——即农民军的九股人马。详见第一卷第九章“九营”注。

胞弟王光兴带领一小队人马和一些礼物，往郧阳以南的大山中明察暗访，务期找到自成。

张献忠在十天以前就听说李自成在白河县附近强渡汉水来到鄂西的事，猜想着自成别无地方可去，准是要来投奔他。但后来自成的消息寂然，他想着大概是因为李自成别有去处，不会来了。今天忽然知道李自成已来到兴山境内，离他屯兵的白羊寨只有几十里远，这就使他不能不赶快决定如何处置自成前来投奔的问题。他看出来，杨嗣昌出京来督师是崇祯放出了最后一炮，这一炮放过之后，朝廷上就没有第二个杨嗣昌可派。近来他比李自成更清楚，杨嗣昌对左良玉和贺人龙等的指挥已经有一半不灵，要不了多久就会完全不灵，和熊文灿差不多一样的无能为力。如今义军中兵力较大的罗汝才很听从他的意见，回、革等五营没有多大出息，将来也会听他号令，惟独李自成不肯屈居在他的大旗之下。一旦他把杨嗣昌打败，三四年内时机来到，他就要按照徐以显和潘独鳌等原先商定的主意称王称帝，可是像李自成这样的人一则素有大志，二则继高迎祥称了闯王，决不会在他的面前低头称臣。可是他不愿在目前趁李自成来投奔他的机会将自成除掉，正如同他在谷城时的想法一样。但是李自成是一个有很大声望的义军领袖，到底应该如何处置？

献忠屏退从人，把徐以显带到一棵松树下边，坐在一块磐石上，把右腿搭在左腿上，叫徐以显坐在对面，然后捋着大胡子，眼睛里含着微笑说：

“老徐，你瞧，李自成给官军撵得无处存身，来投咱们啦。怎么样，和尚不亲帽儿亲，把他留在咱这儿，让他喘喘气儿，长好羽毛再飞走吧？嗯，我的赛孔明，你说怎办？”

徐以显早已胸有成竹，只是见献忠的眼睛里含着狡猾的微笑，他就故意望着献忠笑而不言。

“老徐，你怎么装哑巴了？……你想，把他留下好么？”

徐以显反问道：“大帅以为明朝的江山还有多久？”

“我看它好像是快要熟透的柿子,在枝上长不长了。”

“既然这柿子长不长了,大帅想自家摘下来吃呢,还是等着让别人摘去吃?”

“你说的算个鸡巴!老子出生入死,南征北战,打了十几年天下,凭什么快到手中的果子让给别人吃?”

“那么大帅是否想分给人吃?”

“果子可以同别人分吃,江山没有同别人分坐的道理。”

“既然大帅明白明朝的日子不长,又不愿将快到手的江山拱手让人或与别人平分,何不趁机将后患除掉?”

“你要我趁这时除掉自成?”

“是,机不可失。”

“还是你同可旺在谷城的那个主意?”

“还是那个主意,但今日更为迫切。”

“怎么说更为迫切?”

“从杨嗣昌到襄阳督师,到如今已经七八个月了。官军在玛瑙山侥幸一胜,并未损伤我军根本。今日杨嗣昌对左良玉等骄兵悍将渐渐无术驾驭,只要我们小心提防,玛瑙山之事不会再有。依我看,不出一年,杨嗣昌必败,不死于我们之手,即死于崇祯之手,如同老熊一样。今后数月,杨嗣昌必全力对付我军,双方还有许多苦战。李自成已逃出商洛山,他必定趁着咱们同杨嗣昌杀得难分难解,因利乘便,坐收渔人之利。等我们打败了杨嗣昌,我们自己也必十分疲惫,那时李自成已经兵强马壮,声威远震,大帅还能够制服他么?”

献忠心中一动,但故意摇摇头说:“他如今只剩下一千多人,能够成得什么气候!”

“大帅不要这么说。汉光武滹沱河之败①,身边只剩下几个人,后来不是剪灭群雄,建立了东汉江山?李自成今日虽败,比汉光武

① 滹沱河之败——公元24年,刘秀奉更始命北徇蓟(今在北京德胜门外),王郎称帝于邯郸,蓟城响应。刘秀仓皇南逃,在今河北省献县境内逃过滹沱河,身边只剩数骑。

在滹沱河的时候还强得多哩。”

献忠拧着胡子沉吟片刻，说：“前年冬天，自成在潼关南原全军覆没，到谷城见我，我赠他人、马、甲仗，也算够朋友。他这次来，我留他同我一起，好生待他，也许他不会做对不起我的事。”

徐以显冷笑说：“大帅差矣！刘备败于吕布，妻子被虏。曹操救刘备，杀吕布于下邳，夺回刘备妻子，接刘备同还许昌，表为左将军，礼之愈重，出则同舆，坐则同席。可是刘备何尝感曹操之德？曹操独对刘备心软，对关公心软，致使天下三分，未能成统一大业。后来关公攻樊城，水淹七军，中原震动，吓得曹操几乎从许昌迁都。李自成比刘备厉害得多，终非池中之物，大帅怎能用小恩小惠买住他的心？他的手下战将，如关、张之勇的更不乏人。”

“可是，老徐，李自成没有什么罪名，咱们收拾了他，对别人怎么说呀？”

“欲加之罪，何患无辞！”

“嗯，怎么说？”

“我们可以宣布他暗通官军，假意来投。”

“可是自成不是那号人。说他暗通官军，鬼也不信。”

徐以显站起来说：“大帅！自古为争江山不知杀了多少人，有几件事名正言顺？唐太宗是千古英主，谁不景仰？可是为争江山他杀死了同胞兄弟。南唐二主并无失德，在五代干戈扰攘之际，江南轻徭薄赋，与民休息，有何罪过？可是宋太祖还是派兵伐南唐，说：‘卧榻之侧，岂容他人鼾睡！’就以明朝来说，陈友谅未必不如朱洪武，张士诚比洪武更懂得爱惜百姓，可是姓朱的为要坐江山，就兴兵消灭他们……”

献忠不等军师说完就摇摇头，睁起一只眼睛，闭起一只眼睛，用嘲笑的神气望着徐以显。徐以显有时觉得他完全可以掌握献忠的脾气和心思，有时又觉得献忠的心思和喜怒变化不测。现在被献忠这样一看，感到跼蹐不安，犹如芒刺在背，笑着问道：

“大帅，难道我说得不对？”

献忠说："老徐，我笑你这个人很特别，在读书时总是只看见歪道理，把正道理丢到脑后。咱老子读书少，可是也听别人谈过古人古事。五代十国，把中国闹得四分五裂。赵匡胤是个真英雄，才收拾了那个破烂局面。南唐小朝廷割据一隅，比起统一中国的重要来，算他个屌！元朝末年，群雄割据，元鞑子还坐在北京。朱洪武斩灭群雄，赶走了元朝的那个末代皇帝，把中国统一了，干得很对，不愧是有数的开国皇帝。你老徐比我读书多，却又把道理看偏了。你从书本上只学会如何赶快收拾别人，别的你都不看。眼前，咱西营在玛瑙山新吃了败仗，他闯营也是刚刚从商洛山中突围出来，大家都没有站住脚步，同群雄割据不能相比。如今就对李自成下毒手，不是时候！"

徐以显听熟了张献忠的嘲讽和谩骂，从口气里听出来献忠并没有完全拒绝收拾李自成，赶快争辩说：

"大帅，不是我读书只看见歪道理，是因为自古争天下都是如此。我是忠心耿耿保大帅建立大业，要不，我何必抛弃祖宗坟墓，舍生入死，追随大帅？大帅如不欲建立大业，则以显从此他去，纵然不能重返故乡，但可以学张子房隐居异地，埋名终身，逍遥一世。天下之大，何患我徐以显无存身之处？"

张献忠尽管有时也嘲笑徐以显，但实际上他很需要这个人做他的军师，也赞赏他的忠心。他没有马上说话，望着军师微笑，心里说："你小子，巴不得咱老子日后坐江山，你也有出头之日！"徐以显见他笑而不语，又用果决的口气说：

"我们今日做事，只问是否有利于成大事，建大业，其他可以不问。"

献忠终于点头，说："老徐，这样吧，咱们对自成先礼后兵。等他来到，我治酒席为他接风，也邀请他那里全体将领。酒席筵前，我劝他取消闯王称号，跟咱合伙。他要是答应，咱们留下他们，不伤害他们性命，免得叫曹操也害怕咱们。"

"要是他不答应呢？或者是假意答应？"

“你去跟可旺商量商量，让我也多想一想。”

“这样好，这样好。据我看，李自成今晚就会来到，我们要在他来到前拿定主意。”

徐以显离开献忠，跳上马，赶快奔往张可旺的营盘去了。

李自成在当天夜里把部队开到离白羊寨大约二十多里的一个地方，扎下营盘。第二天早晨，他派袁宗第代他去见张献忠，说明他从商洛山前来会师，共抗官军的意思，也顺便看看献忠对他的态度如何。王吉元原是献忠手下的小校，要回到献忠那里住几天，和亲戚朋友们团聚团聚。他向闯王请了假，带四名亲兵同袁宗第一起往白羊山去。

自从闯王来到兴山境内，他的部队行踪随时有探子禀报到白羊寨。袁宗第一到，献忠迎出老营，不让宗第行礼，猛一把抓住他的手腕，先不说话，用一只手狠拍袁宗第的脊背，然后亲热地大声说：

“老袁，龟儿子，什么风把你吹来了？你们的人马驻扎在什么地方？为什么不开到白羊寨来？自成呢？嗯？捷轩他们呢？都好吧？尚神仙也来了吧？”

宗第笑着说：“敬帅，你噼里啪啦问了一大串，叫我一口也回答不完。”说毕，哈哈地大笑起来。

献忠也哈哈大笑，又用拳头捶捶宗第的脊背，说：“走，进里边谈话去。好家伙，日子真快，咱们从凤阳一别就是四年多啦！”他忽然转回头，问道：“你是王吉元？在闯王那边还好吧？闯王待你不错吧？”

“回大帅，闯王待我很好。”

“你是回‘娘家’走亲戚么？好吧，你龟儿子住在白羊寨玩耍几天吧，没有零用钱，去问咱们老营总管要，就说你已经见过老子啦。”

“谢谢大帅！”

袁宗第同献忠携手进入上房，坐下之后，先回答了献忠所问的话，接着说道：

“我们在商洛山中拖住了两万多官军，使郑崇俭不能派大军进入湖广。近来听说敬帅在玛瑙山吃了点亏，我们也怕长久留在商洛山会坐吃山空，所以闯王就带着一部分人马从武关突围出来，到这里来同敬帅会合。咱们同曹操三股儿拧成一根绳，齐心合力对付杨嗣昌准能取胜。敬帅，你的力量大，我们以后诸事多仰仗你啦。”

“什么话，什么话。我同你们都不是外人，如今水帮鱼，鱼帮水，说什么仰仗！伙计，自成为什么不同你一道来？”

“自成本来今天要亲自来的，因为路途劳顿，身上偶觉不适，临时只好命我前来拜谒，说明前来会合之意，并问大家朋友们好。自成今日稍作休息，明日就亲自来了。”

“既然自成身上有点不舒服，让他好生休息，咱老张今天就去看他。一两年没见他，真是想念！”

献忠问了问商洛山中的困守和突围经过以及沿途情形，随即把总管叫来，命他赶快派人向闯王的驻地送去二十石大米和一些油盐，还有几只猪、羊。袁宗第对献忠的慷慨热情，代闯王表示感谢。献忠手下几个同宗第熟识的将领都来老营看他，互相问长问短。袁宗第虽然留心察言观色，但是看不出献忠和他的左右将领怀有什么恶意。

午宴一毕，袁宗第向献忠告辞。献忠本来准备同宗第一道去看闯王，因曹操派人送来一封密书，他只好让宗第先走，说：

“汉举，你回去告诉自成，就说我把一件事情办毕就去看他和众位朋友。黄昏前我一定赶到，在你们那里谈谈话，夜里回白羊寨。”

袁宗第替李自成一再谦谢，请献忠不要亲自前去，但献忠哪里肯听，说道：

“老弟，你知道咱老张的脾气。咱没有事还在屋里坐不住，何况是自成同众位朋友来啦。我说今天下午去就一定去，没有二话！”

把袁宗第一送走，张献忠立刻把徐以显叫到面前，秘密计议。因为今天中午忽然得到罗汝才派人前来下书，说他已经从大昌动身，将在一二日内赶到白羊山同献忠计议军事，所以献忠对昨天晚上徐以显和张可旺向他建议如何处置李自成的事改变了主意。他不愿把这事做得过急，想等曹操到后，请曹操劝自成取消闯王称号，归到他的大旗下边。徐以显听献忠说出这个打算之后，马上摇摇头说：

“大帅差矣。曹帅遇事老谋深算，狡诈异常，岂肯听大帅随便摆布，随便指示？他近一年半以来虽常以大帅之‘马首是瞻’，然而他不是大帅部将，也不会屈居人下。今日有李自成的闯王名号在，他的曹营、自成的闯营和我们的西营可以成为鼎足之势。他深知一旦闯营没有了，下一步就会吞并他的曹营，他怎肯替大帅劝说李自成撤销‘闯’字旗号？除掉闯王的事，贵在神速。等曹帅来到，锣鼓已罢，他想替自成说话也来不及了。”

“他看见咱们并未同他计议就吃掉闯营，岂不寒心？”

“他自然会感到寒心。然而木已成舟，他自己势孤力单，怕他不俯首帖耳？目前官军势大，他不得不与我营共进退，奉大帅为盟主。等将来打败了官军，他肯效忠大帅就留下他，否则就收拾了他。自古马上得天下者，无不剪灭群雄。只知除暴政，伐昏主，而不知剪灭群雄，徒为别人清道耳，何能得天下！”

献忠拧着大胡子默默不语。李自成确实不是一般义军领袖，劝他取消闯王称号已经不是一件小事，倘若不幸劝说不成，将他与刘宗敏、李过、高一功等一齐杀掉，各处义军将会如何看法？难道不太早么？这些问题到今天仍使他踌躇不决。徐以显打量一下献忠的神情，又说：

“请大帅不要因曹帅将到而忽生犹豫。我熟读史册，留心历代兴亡之迹，深知凡创业之君与有为之主，必有其所以成功之道。……”

献忠截住说：“我知道，不外乎收买民心，延揽英雄，这话你不说咱也知道。在谷城屯兵时秋毫无犯,专整土豪大户,如今到这里仍然是秋毫无犯,这不是收买民心是个屌？咱们这儿兵多将广,连你这种有本事的人也请来做军师,能说咱老张不延揽英雄?”

“我所要说的并不在此。收买民心与延揽英雄为自古建大业者成功之本,自不待言。然除此外必须辅之以三样行事,即心狠、手辣、脸厚。这三样行事我无以名之,姑名之曰‘成大功者的六字真言[①]’。当心狠时必须心狠,当手辣时必须手辣。大帅一听说曹帅将至而忽然心软手软,何能成就大事?”

张献忠虽然常同徐以显谈心腹话,都认为有时很需要心狠手辣,但是自来没听到徐以显谈脸厚也是成功立业的一个法儿。他心中不以为然,笑着骂道:

“你说的算个鸡巴。老子从没有听说过成大事立大业的人还必须脸皮子厚！瞎扯,滚你的‘六字真言’!”

徐以显不慌不忙地说:“大帅,越王勾践兵败之后,立志报仇,奴颜婢膝地服侍吴王,还尝过吴王的大便,算不算脸厚?”

献忠点点头,拈着长须说:“这倒真是脸厚,可是他不得已,只好施用小计,保性命,图恢复。还有么?”

“还有,还有。”

徐以显从秦、汉说下来,举出了许多历史人物来作例证。张献忠哈哈大笑,但心中骂道:“这狗日的,平日看书看邪啦,一肚子歪心眼儿,在老子手下只可用你一时,久后必成祸害!”他隐藏着对徐以显的蔑视,亲切地骂道:

“你们这号读书人,死后一定下拔舌地狱！伙计,这‘六字真言’是你自家读书想出来的?”

“不是。我从前有个老师,是一个很有才学的举人,几次会试不第,不曾做官,满腹牢骚,在谷城南山中隐居教书。他喜读史鉴,得出这‘六字真言’。我认为很有道理。”

献忠又笑着骂道:“哈哈,你们这班举人、秀才,喂饱了孔、孟的

① 真言——真诀、秘诀的意思。

书,并不是满腹装着仁义道德,倒装着你们的‘六字真言’!”

徐以显说:“大帅,这才叫善于读书。细看孔圣人一生行事,也是按照这‘六字真言’。只是他老人家光做不说,所以没有经弟子们记在《论语》里边。”

献忠忍不住纵声大笑,几乎连吃的酒饭都喷出来了。笑过一阵之后,他虽然思想上接受了徐以显的一些影响,但还是用嘲讽的眼神瞧了军师片刻,然后说:

“老徐,这可是你们举人、秀才揭了你们祖师爷的老底儿!”又笑一阵,他接着说:“算啦,少扯废话。收拾李自成的事,要不要等曹操来了以后再做决定?”

“依我说,大帅,要在曹帅来到之前办完这事。”

张献忠把大胡子往下一捋,站起来说:“好,依你的,就按照你同可旺的主意行事!”

徐以显走后,张献忠把徐所说的“六字真言”想了一下,忽然联想到自己在谷城那段“伪降”和用跪拜大礼迎接林铭球的事,不禁感到脸上热辣辣的,自认为在这种地方不如李自成宁折不弯。又过片刻,他的思想才重新转到李自成的身上。他毫不犹豫,率领一群亲兵亲将出发了。

张献忠一行人马离闯王的营盘还有三里远,李闯王已经得到了在山头上放哨的士兵飞报,赶快率领几十位大小将领走出营盘,到半里外的山口外边迎候。相距十来丈远,张献忠就跳下马,一边向前走一边向闯王和大家连连拱手,大声说:

“好家伙,你们抬起老窝子来迎我,俺老张可折罪不起!”不等闯王开口,他抢前几步,拉住了迎上来的闯王的手,热情地叫道:“李哥,咱弟兄俩又会合到一起啦!怎么样?咱老张说在去年端阳节动手反出谷城,没有食言吧?说话算数吧?”说毕,哈哈地大笑起来。这笑声是那么洪亮,把藏在三十丈外深草中的一对野鸡惊得扑噜噜飞往别处。随即他望着刘宗敏和田见秀说:“老刘、老田,四年不见了,龟儿子才不想你们!一听说你们全到了,把我老张喜得一跳八丈高。”

刘宗敏和田见秀同声回答:“我们也常在想念八大王。”

张献忠用滑稽的眼神瞅着他们,说:“好,我想念你们,你们也想念我,咱弟兄们到底是一条心!”又是一阵大笑。随即抓住高一功问:“高大舅,听说你前年在潼关挂彩很重,如今不碍事吧?”

高一功回答说:“托敬帅的福,没有落什么残疾。”

“好,好。俗话说,‘吉人自有天相’。”献忠又转向刘宗敏:“捷轩,听说你那匹好马在潼关大战时死了,如今可有好马骑?”

“我又弄到一匹,虽不如原来的那一匹,也还将就可用。”

“我那里有几匹好马,你随便去挑一匹吧。在战场上,像你这样的虎将没有一匹得力的牲口可不行。”

“谢谢敬帅。我的这匹马还算得力。倘若不是这匹马,我还过不来汉水哩。”

对跟在闯王身旁的每个大将,张献忠都亲热地寒暄几句,然后由闯王等众人陪着往前走。几十名二级以下的将领早已由吴汝义领队,分作两行,夹道恭立,迎接献忠,十分整肃,鸦雀无声,但见眉宇间喜气洋溢。这喜气确是他们的真情流露。经过几年苦战,谁对今天的会师不感到衷心的高兴和振奋呢?当献忠走近恭立道旁的众将时,吴汝义躬身叉手,代表大家说:

“恭迎敬帅!”

大小将领同时跟着叉手行礼,十分整齐。献忠望望两行众将,又回头望望闯王,笑着说:

“怎么,还来这一套?嗨,你们真是多礼!”他忙向众将拱手还礼,说:“算了,算了。咱老张是个粗人,到你们这儿又不是外人,用不着这一套。再说,你们还缺少鼓乐哩。”

吴汝义说:“回敬帅,我们的乐队在前年打光了。下次迎接敬帅,一定要放炮,奏乐。”

献忠在汝义的肩头上重重一拍,大声说:“好啊,小吴!你倒一点儿也不泄气！"

他从路两旁恭迎的将领中间走过时，不断地同认识的将领打招呼，甚至开句把玩笑，使大家深感到他对人亲热、随便，没有架子。走到双喜和张鼐面前时，他伸手捏住双喜的下巴，把他的脸孔端起来，叫着说：

"好小子，老子一年多没见你，你往上猛一蹿，差不多跟老子一般高，长成大人了。怎么，双喜儿，箭法可有长进么？"

双喜的脸红了，恭敬地回答说："小侄不断练习，稍有长进。"

"好，有工夫时老子要考考你。真有长进，老子有赏。"献忠放下双喜，用两个指头拧着张鼐的一只耳朵，拧得张鼐皱着眉头。"小鼐子么？长这么魁梧了？还想家不想？"

"回敬帅，小将不想家。家里没有人啦。"

"小龟儿子，说话也真像个大人一样！"献忠又拧着张鼐的脸蛋儿揉了揉，好像想知道他脸上的肌肉瓷实不瓷实。"你瞧，在凤阳时老子看见你，你才这么高，"他用手在胸前一比，"是一个半桩娃儿。前年在谷城看见你，你呀，他妈的顶多到老子下颏高。可是转眼不见，你就像得了雨水的高粱，往上猛一蹿，长得同老子一般高啦。哼哼，嘴唇上还生出一些软毛哩！"他转向闯王问："怎么样，他打仗还有种？"

自成回答说："倒还勇敢。"

献忠拍着张鼐的肩膀说："小鼐子，你同咱老子都姓张，不如跟老子当儿子吧。哈哈哈……"笑过之后，他对闯王说："别害怕，我不会夺走你的小爱将。咱是说着玩儿的。"

自成笑着说："敬轩，你要是喜欢小鼐子，我可以把他送给你，不过，得把你的马元利或张定国换给我。"

"好家伙，你一点儿不肯吃亏！"

大家都快活地大笑起来，倒把张鼐笑得怪不好意思的，脸颊也红了。

从两行恭迎的众将中走过以后，张献忠在闯王和几位大将的陪伴下往营盘走去。他一边走一边说：

“可惜老神仙没有来，倒是怪想念他的。”

自成说：“要不是他正在发高烧，我绝不会把他留在商洛山中。”

“听说郝摇旗不知下落，会不会完蛋了？”

“一点消息也没有，生死很难说。”

“这小子有点浑，倒是一员战将，也是宁死不会投降的好汉子。”

“所以他常做些不冒烟儿的事，我还是原谅了他。高闯王亲手提拔的战将，如今剩下的没几个了。近来为着他下落不明，我心中很不好受。”

献忠说：“你也不必心中难过。勤派人探听消息，说不定他还活着。”

李自成的老营设在一座古庙里。庙周围有七八家人家，都是破烂的茅庵草舍。他的部队都住在庙中和帐篷内，把一个塆子填得满满的。营地四面皆山，旁临一道山溪。因为周围没有战事，离开大股官军在一百五十里以上，也不打算在此地长久驻扎，所以没有在周围布置寨栅，只是在山头上和山路上派兵把守，严密警戒。李自成住在古庙大殿中的神龛旁边，地上摊着干草算作卧铺，好歹找到了一张矮方桌和几个凳子、草墩子，摆在大殿的门槛外。张献忠走进山门，看见高夫人站在庙院中迎接他，连忙拱拱手，大声说：

“哎呀，嫂子！你真是有办法，竟然在崤函山中牵着几千官军团团转！要不是你前年冬天在豫西拖住贺疯子，俺李哥在商洛山中还站不住脚跟哩。”

高桂英笑着说：“敬轩，你可不要相信那些谣言。要不是明远同弟兄们齐心协力，我一个妇道人家有什么办法！”

“别过谦。你这个妇道人家可是不凡，讲斗智斗勇，许多男将也得输你一着棋。”

“瞎说！几年不见你八大王，你倒成了高帽贩子啦。”

大家说笑着，把张献忠让到大殿的前檐下坐下，他的亲兵和几名亲将都坐在山门下吃茶，有的出去找熟人闲话。闯王这边，只留

下几位大将相陪,其余的也都散了。献忠口渴了,咕咚咕咚喝了半碗茶,抬头问道:

“李哥,今后有什么打算?”

闯王说:“我自己兵力单薄,特来投靠你,打算跟你在一起抵抗官军。一到这里,你就派人送来了粮食、油、盐接济,还送来几只猪、羊。你这份厚情,我们全营上下都十分感激。好在咱们是好朋友,多的感激话我就不说啦。”

“嘿,这一点小小接济算得什么,不值一提!你们来得正好,我正盼望你来助我一臂之力,给杨嗣昌一点教训。快别说你是来投靠我。咱们是足帮手,手帮足。”

“如今你的人马比我多得多,自然是我来投靠你。”

“虽说我的人马较多,可是今年春天我的流年不利,在玛瑙山也吃了亏,人马损失了一两千,军需甲仗也失去不少。”

自成说:“我们在商洛山中听谣传说你在玛瑙山吃亏很大,还说你的精锐损失快完了,只剩下千把人。我们很焦急,直到过了汉水,才知道所传不实,放下心来。”

献忠哈哈地大笑起来,说:“见他娘的鬼!官军惯会虚报战功,不怕别人笑掉牙齿。不是我的精锐损失殆尽,倒是我的九个老婆丢掉了七个是真的。左良玉把她们得了去,送给杨嗣昌,关在襄阳监中。”

田见秀啊了一声,又连着啧啧两声。献忠满不在乎地望着他笑笑,说:

“玉峰,你不用咂嘴。只要我张献忠的人马在,丢掉几个老婆算不了什么。只要咱打了胜仗,还怕天底下没有俊俏女人?”

高夫人正在东庑檐下同姑娘们一起替将士们补衣服,听到献忠的话,忍不住抬起头来笑着说:

“敬轩,你的五个老婆下在监里你也不心疼,你太不把女人当人啦。难道女人在你们男人眼里不如一件衣服么?”

献忠赶快拱手说:“啊呀,没想到这话给嫂子听见啦。失言,失言。哈哈哈哈……”笑过以后,他郑重其事地问闯王:“自成,你真愿意同我合伙么?”

“不真心打算同你合伙,我们也不会来到这儿。”

田见秀接着说:“今后诸事得仰仗敬帅。”

刘宗敏也接着说:“大敌当前,咱们只有拧成一股绳儿,才能够打败官军。”

自成又说:“说老实话,今后什么时候需要冲锋陷阵,敬轩,只要你嘴角一动,我们决不会迟误不前。”

献忠转着大眼珠慢慢地把大家瞅了一遍,伸伸舌头,把手中的胡子一抛,哈哈大笑几声,随即说:

“乖乖!你们是怎么了?说话这么客气干吗?把俺老张当外人看么?”

李过说:“并非把敬帅当外人看待,我们确实是一片诚意仰仗敬帅。”

献忠说:“噶,我老张能吃几个蒸馍,你们还不清楚?你们越说客气话越显得咱们之间生分了。照说,弟不压兄,应该请自成哥总指挥两家人马才是正理。可是怕手下人意见不一,多生枝节,我就不提这个话了。李哥,你比我多读几句书,比我见识高。我有想不到的地方,请你随时指点。咱弟兄们风雨同舟,齐心向前,别的话全不用讲。”

大家听了他的话,一面点头称是,一面还是说一定要请他遇事多做主,方好协力作战。张献忠站起来说:

“老哥老弟们,补之老侄,客气话都快收起吧。今日蒙你们大家不弃,肯来找我老张,咱张献忠磕头欢迎。”他向大家作了一个罗圈揖,接着说:“为着表一表咱张献忠的一点诚意,我来的时候已经嘱咐安排明日的酒宴,为你们大家接风。务请你们这边大小将领赏光,明日上午去白羊寨敝营赴宴,两家人在一起痛快一番。这个接风酒宴也算是庆贺咱弟兄们拢家①。”

当献忠站起来时,大家也都站起来。听献忠邀请明日去赴宴,

① 拢家——分开的家庭重新合起来叫做拢家。

李自成说：

“敬轩，你的盛情我们一定领，不过明日用不着我们一窝子都去，只我同捷轩、玉峰去就够啦。”

“不，那你是不抬举我，不给面子！常言道，治席容易请客难，真不假。反正，俺老张是一片诚意，赏不赏面子看你们。另外，请你们明天把人马开到白羊山下边扎营。我已经命将士们把李家坪让出来给你驻扎，一则那里房子多，二则同我的老营很近，有事好随时商量。明天一吃过早饭就开去好不好？”

自成笑着说：“你真是个火烧脾气！明天上午又请我们去吃酒，又叫我们移营，怎么这样急？”

献忠说：“要是你们觉得明天前半晌移营太急促，午饭后移营也好。”

大家同献忠重新坐下。闯王同刘宗敏和田见秀交换一点意见，随即对献忠说：

“既然你把李家坪腾出来，我们决定明日下午移营。如今初到此间，一切尚未就绪，营中不可疏忽大意，必须有将领主持。还是我刚才说的办法：我同捷轩、玉峰明天中午去吃你的酒席，别的人一概不去。”

“怎么，你替我节省？这可不成！酒席已经准备啦，你叫我怎么办？客人请不到，你叫我在将士们面前怎么下台？我能把脸装进裤裆里？李哥，一句话，至少你们去二十位将领，不能再少！”

自成同大家互相观望，既怕辜负了张献忠的一片诚意，又不愿去的将领太多，使营中空虚，万一有紧急事故不好应付。自成想了一下，说：

“敬轩，这样吧，在座的几位大将全去，其余将领一个不去，照料移营。你看，这样好吧？”

张献忠无可奈何地说：“唉，只好如此吧，咱们一言为定，请不要等我催请。你们明天前半晌早点动身，我派可旺同元利在半路迎接。”

这时天色已近黄昏。张献忠因为在晚饭后还要回白羊山,催着拿饭。高夫人已经丢下针线活,在厨房中帮忙做菜,探出头来笑着说:

“敬轩,你别催,菜还没有炒好哩。”

“哎,嫂子,我知道你们过日子一向俭朴,很少动腥荤。其实如今用不着替我炒菜,只用筷子蘸清水在桌上画一盘子红烧猪肉就行啦。”

大家被他的这句话逗得哄然大笑。

晚饭桌上,宾主谈得十分融洽。除谈些两年来的打仗情形和各地义军消息,也谈到罗汝才。但献忠却隐瞒了曹操即将来到的消息,说道:

“曹操在大宁和大昌一带,想渡过大宁河①入川,却被母将秦良玉挡住,苦没办法,派人来向我求援。咱们在这儿再休息十天半月,一同入川吧。大宁河算得什么?它能挡住曹操挡不住咱们。不管它水流多急,老子立马河边,有畏缩不前的立即斩首,看谁敢不舍命抢渡。别说是大宁河,大海也能过去!”

晚饭毕,张献忠同亲兵们动身回白羊山。闯王同众位大将把客人送出一里以外,望着他们的灯笼火把走远了才转回营盘,到古庙大殿中闲谈一阵。大家虽然都明白同张献忠不容易长久相处,但决没有想到他目前就起了吞并的心。把明天移营的事商量一下,各自休息去了。

深夜,张献忠的一起人马仍在崎岖的山路上走着,快到白羊寨了。徐以显同张可旺带着一群亲兵在路上迎他。回到老营,张献忠屏退从人,小声对他们说:

“明天上午自成同他的几位大将前来赴席,其余的将领率领人马在下午移营。看样儿不会变卦,你们快去暗中准备。务要机密,万不能走漏消息!”

---

① 大宁河——由西北向东南流,经大宁(巫溪)、大昌二县境,至巫山城东边注入长江。

第二十八章

王吉元回到张献忠的老营,同一些亲戚朋友都见了面。大家对他十分亲热,连着请他吃酒。夜间,他同一个在张献忠老营中当小头目的把兄弟同榻而眠。这个人带着七分酒意,悄悄地告他说,明天中午老营中设宴替闯王接风,恐怕不是好宴,嘱咐他明天躲一躲,不要同闯王带来的亲兵亲将们混到一起。王吉元听了这话,猛吃一惊,酒意全消,问道:

“怎么不是好宴?”

“我看见大少帅同徐军师咬耳朵小声商量,分明是商量明日迎接闯王的事,不像是怀着好心。还有,今日大少帅一面传令把李家坪腾出来给闯王的人马驻扎,却暗暗地把两三千精兵调到李家坪周围埋伏起来。看样儿,闯王明天来赴宴凶多吉少。闯王为人光明磊落,顾全大局,可惜他不防我们这里要做他的黑活!你好在原是咱们西营的人,不干你的事。只要他们动手时你不在场,血不会迸到你身上。咱们八大王如今正在需要人的时候,你回来了,大家十分高兴,一定会得到重用。”

“哥,他们为啥要对闯王下毒手?”

“咱们八大王很嫉恨姓李的称闯王,行事又不一般,怕他将来成大气候。俗话说,一个槽上拴不下俩叫驴,就是这个道理。你莫怕,不干你的事,睡吧。”

王吉元不敢多问,但是怎么能睡得着呢?他的拜兄鼾声雷动,他却睁着双眼想心事。他随着张献忠起义两年,原来把献忠看成个了不起的大英雄,曾下定决心永远赤胆忠心地跟着献忠打江山。前年冬天,献忠赠送给闯王一些马匹、甲仗,还送了一百名弟兄。

他是一个小头领，也随着这一百弟兄送给闯王。当时他的心中很难过，认为自己这一生是完了。虽然他听说李自成也很不凡，但是他不信李自成能赶上献忠。从光化县到商洛山中的路上，他留心观察，开始对闯王的平易近人，关心百姓疾苦，与部下同甘共苦——这三样长处感到惊奇。在初到商洛山中时，他还打算将来重回献忠旗下。住了半年之后，尽管生活上比谷城苦得多，但是他再也不想离开闯王的大旗了。住得越久，越增加他对闯王的爱戴和忠心。经过那次犯了罪闯王不曾杀他，反被重用，他时时想着粉身碎骨报闯王。如今知道张献忠对闯王起了黑心，他感到非常气愤，在心里说：

“你八大王不久前在玛瑙山吃了败仗，连几个小老婆都丢啦。李闯王从商洛山突围出来，经过白河血战，奔到这儿，诚心实意要跟你合力对付官军。眼下官军势大，你俩合起手来作战，该多好哇！你八大王也是吃五谷杂粮长大的，竟然如此无情无义，不顾大局，起了黑心，真是岂有此理！”

反复思忖，王吉元下了铁心，要将这消息禀报闯王，愈快愈好。为着怕一觉睡失误，他不敢认真合上眼皮。他知道，没有口号和令箭，夜间想走出白羊山寨是万不可能的，只能等待天明后立即脱身。但是能不能逃过关卡和巡逻的盘查，顺利逃回闯王驻地，毫无把握。他想，只要能走出寨门，沿途纵然有刀山剑树，他也要舍命闯一闯。后来，一个不甚妥当的脱身之计想出来了……

天色麻麻亮，王吉元见拜兄一乍醒来，披衣起床，赶快闭上眼睛，微微扯着鼾声。拜兄向他叫了两声。他翻转身子，含糊答应，随即用手背揉着眼睛。拜兄问道：

“你夜里睡得还好？”

“睡得挺好，连身子也没翻过。”

拜兄凑近他的枕头悄声叮咛：“我现在有事要到徐军师那里听令，不能陪你。你今天千万不要出去走动。你那四个亲兵也别乱动。都知道你如今是闯王的人，倘若动手时你在场，连你也会给收拾了。”

吉元一边慌忙起床一边问道：“我今天暂且离开白羊寨躲一躲，岂不更好？”

“你要躲到什么地方去？”

“到白将军的营盘里探望几个同乡，在那里玩耍一天，行么？”

“行，行。”拜兄心中对献忠的行事也不满，猜到他有意逃回闯营报信，嘱咐说：“要走你早走，路上小心在意。”

王吉元装做不知道白文选驻扎在什么地方，故意向拜兄打听。拜兄说：

“白将爷扎营的地方离此地十八里，离闯王扎营的地方有十几里。不走你们昨天来的那条路，另外有一条羊肠小路。从白将爷的营盘到闯王那里也有路，翻过两个山梁就到。”

“哥，你派个弟兄给我引路好么？”

“中，中。”

王吉元的拜兄立刻唤来一个弟兄，嘱咐他早饭后带吉元到白文选将军的营中，说毕就匆匆走了。吉元想着，如果马上出发，也许还能来得及救闯王，等到早饭后出发就万万来不及了。他用好话同担任带路的弟兄商量，说他急于到白将军营盘看一个小同乡，打听打听老娘的音信，中午前赶回来迎接闯王，要求立刻动身，赶到白将军的营盘吃早饭。而且他只请这个弟兄引一段路，并不要他一直引到白文选的营盘。这个弟兄因见他是头目的把兄弟，又对人十分亲热，欣然答应。吉元立刻唤醒自己的四个亲兵，命他们赶快备好马匹，就趁着天色刚亮，寨门刚开的时候出寨了。

昨天早晨他同袁宗第从闯王的驻地动身之前，他们向老百姓问明白来白羊寨有两条路：一条是近路，就是昨天来时所走的那一条；另一条要多绕六七里，从白文选驻扎的营盘附近通过。他判断如今仍走昨天来时走的那条路一定盘查很严，很难走过，所以他决定走这条比较偏远的路逃回闯营。他明白，即令这条比较偏远的路能够走通，等他奔回闯王驻地，闯王十之八九已经动身许久了。

但是他除此以外更无别法可想。他一边策马赶路,一边在心中暗暗祝祷:

“苍天在上!求你保佑我一路平安,赶在闯王动身前回到闯营!”

离开白羊寨走了十里左右,王吉元在一座山头上问清楚方向和路径,便打发向导转回,并说他自己一定在午前回来。然后,他策马前行,只要能够勉强奔驰的地方他就不顾危险地策马奔驰。亲兵们都奇怪他为什么这样心急,但是他暂不说明。中途遇到一个卡子,拦住盘问。王吉元仗恃他自己原是张献忠老营中人,对老营中的情形非常熟悉,诡称奉军师之命有急事去见白将军,对答如流。幸而那时各家农民军的服装大致相同,又没有建立腰牌制度,王吉元毫不困难地混过盘查。过了这道卡子又跑一阵,已离白文选驻扎的小寨不远。吉元到这时才把要赶回老营救闯王的事对亲兵们说明,并且说:

“咱们活着是闯王的人,死了是‘闯’字旗下的鬼。如今闯王中计,咱们只有舍死回营报信,才算有忠肝义胆。你们瞅,这半山腰有个岔路口,往右转是进白文选驻扎的寨子,往左去这条路通往咱们闯营,大约还有十五六里。咱们如今奔往闯营,白文选的寨中必会疑心,派人追赶,前边也一定会有人拦截。你们有种的跟我来,冲回闯营报信;没种的我不勉强,留在这里,等我走之后快去向白文选那里投降。”

亲兵们同声说:“舍命相随!宁死也要在闯王的旗下做鬼!”

“好,好。还有,咱们五个人,不管谁逃回闯营,都要记清一句话,请闯王万勿到西营赴宴,火速拔营快走!”

吩咐一毕,他冲到前边,策马驰过岔路口,顺左边的小路飞奔而去。白文选的一小队在寨外巡逻的骑兵果然一见大疑,一边狂呼他们停住,一边纵马追赶。这里山路稍平坦,王吉元等拼着把马跑死也要甩掉他们。他们跑了几里,看看后边的巡逻队追赶不上了,前头突然从林莽中走出一群士兵,拦住去路。带队的小校挥刀喝道：

“站住！不许过！”

王吉元略提丝缰，使马匹稍慢，大声说：“闪开路！我奉大帅之命前往李闯王营中办事，你们怎敢拦我？滚开！”

“既是奉命，有无令箭？”

“有令箭。”

“拿出查验。”

王吉元已来到小校面前，说声“给令箭”，举剑猛劈。小校心中有备，用刀架住，同时几个人一齐来杀吉元。吉元刺倒一个士兵，同时双脚狠踢马腹，使战马趁势向前冲去，来势极猛，又冲倒一个。那个小校一边截住王吉元背后的亲兵厮杀，一边分出一部分人追赶，同时敲响铜锣。前边半里外树林中埋伏的十几个人突然跳出，拦住去路。后边的那一小股骑兵巡逻队也已经赶到。吉元本来希望亲兵们会阻挡一下追兵，但是回头一看，没有看见一个亲兵跟来，明白他们都完了，便不顾一切地向前冲去。俗话说：一人拼命，众人莫敌。一则王吉元要以必死的决心杀开血路，二则他的马匹得力，经过极其短促的砍杀，竟被他冲了过去。尽管他的左腿上中了刀伤，血流如注，但是他自己却不知道。他在前边加鞭飞奔，巡逻的骑兵在后边猛追不舍，不断射箭。吉元突然觉得有什么东西在他的脊背上猛敲一下，使他的身子向前一栽，几乎落马。他心里说：“不好！中箭了！”这话刚说毕，他又连中两箭，身子完全倒在鞍子上，脸孔擦着湿润的马鬃。剑从他的手中落掉。鞭子仍挂在手上。他用最后的一点力气将战马抽了几鞭，这只右胳膊就像折断的树枝一样垂下去，再也抬不起来了。他用左手紧抱鞍桥，闭上眼睛。根据耳边的呼呼风声和身子感觉，他知道自己的战马继续在四蹄腾空飞奔。他尽管已经开始神志不清，但是对逃回去这一个愿望却没忘掉，也没放弃，在喉咙里喃喃地说：

“只要……马不中箭，老子……死也要……回到营里，营里！……”

过了一阵，风声在他的耳边减弱了。马跑得慢了。他又清醒一些，想抬起头回望一下是否有人仍在追赶，却抬不起来。头滚在马的脖颈上，脸孔擦着又热又湿的短毛。他半睁开眼睛，朦胧地看见马蹄仍在跑。随即他的眼皮又闭拢了，觉得像做梦一样，又像在腾云驾雾。但是这两种感觉很快地模糊起来了。

早饭以后，闯王按照昨夜张献忠走后的会议决定，将高一功和李过留下，帮助高夫人在营中照料。关于移营的事，等他们回来决定。他同刘宗敏、田见秀、袁宗第等几位大将，内穿铁甲，带着两百名亲兵往白羊山寨。双喜和张鼐等几个小将也盔甲整齐，随同前往。几个亲兵头目都奉到严令：到张献忠老营之后，弟兄们不许散开，只在献忠的老营院中休息，吃饭时不许滴酒入唇。倘若西营将士甚至是张献忠自己要招待他们到别处休息，或者为他们设宴劝酒，他们要一概拒绝，只说闯营素来军令森严，没有闯王的命令不敢擅自行事。在酒宴时候，闯王和每个大将的身后或近处要有两名亲兵随侍，都是挑选的勇力出众和特别机警的人。李双喜要时时随侍闯王左右。张鼐要时刻同那二百亲兵在一起，见机而作，不可稍有疏忽。

山势险峻，一线羊肠小路十分崎岖，大部分地方只能够容下单骑。因为时间宽裕，他们并不急于赶路，一边走一边观看山景。如今初夏，山花烂漫，草木葱茏，风光特别好看。走上一座山头，大家立马四顾。田见秀不禁赞说：

“果然是出昭君的地方，风景多么秀丽！”

闯王笑一笑，说：“只是山多地少，老百姓穷得没有裤子穿。”

正说话间，有一个小校率领几个骑兵来到，见闯王慌忙下马，站在路边叉手行礼。自成问：

“你们是来迎接我么？”

“回闯王，小的不是来迎接闯王，是奉命来替贵营带条子，移驻李家坪。我们大少帅和马将军在半路上恭迎闯王大驾。”

闯王点点头，同一行人众继续前行。不知不觉离开营盘已经有十几里远，来到一个地方，山势特别雄伟。靠左边弯了进去，有座古庙。庙前是小片平地，下临深谷，水声和松涛声响成一片。庙后靠着悬崖，崖上又有高峰插天。这儿地势高，可以清楚地望见张献忠驻扎的白羊山寨，地形险恶，旗帜很多。离白羊寨几里处也有营盘，但没寨墙，只见一座座帐篷点缀在青山、白云和绿树中间。李自成自从走出武关以来，难得像今日心情安闲；看见这里的风景特别好，又看离晌午还早，便叫大家在这儿休息一阵。他自己首先下马，把缰绳交给亲兵，背着手向山门走去。几位大将也下了马，跟随在他的背后。他站在山门外的台阶上，转回身举目四顾，欣赏山景。望见远处有两座山峰有点像商洛山中的熊耳山，只是这儿的两座高峰要秀丽得多，树木茂盛得多。他忽然想起来留在商洛地区的将士们和老神仙，消息隔绝，十分挂念。但是他没有流露出悬念商洛山的心情，弯腰看一看躺在荒草中的一通断碑。断碑上苍苔斑斓，文字剥蚀，朝代和年号看不清楚。闯王离开断碑，登上石级，走进山门。山门内左右两尊天王塑像毁损很重：色彩古暗，头上和身上带着几道雨漏痕。庙院中一片荒芜，两边房屋多已倾毁。一株秃顶的古柏的干枝上筑着一个老鸹窠，上月有大蛇吃掉雏鸦，老鸹飞往别处，如今窠是空的，有时有一两片羽毛从窠中飘然落下。大雄宝殿中处处是尘土、蜘蛛网、鸟粪和破烂瓦片。殿顶有几处露着青天，神像也损坏很重。有些匾额抛在地上，木板裂开。闯王在大殿门外看了看，没有进去，顺着廊檐转往殿后。从大殿后再登上二十多级台阶，是一座观音堂，已经倒塌。旁有石洞，洞门上刻有“琴音洞”三个字。闯王走到洞口，见洞中深而曲折，十分幽暗；洞顶滴水，洞底丁冬，恍若琴声。料想洞中有泉，但不能看见。他拾起一块石头投了进去，不意吐噜一声惊起来十几只大蝙蝠，飞到洞口又一旋入内。自成等始而一惊，继而哈哈一笑，离开洞口。

回到山门外，闯王站在一棵两人合抱的松树下边，感慨地说：

“天下离乱，民不安业，神不安位。这个庙的景致很好，地方又很幽静，可惜兵燹天灾，百姓自顾不暇，没人修理，任它倒塌，连和尚也不见一个！”

田见秀近一年多来常常在军务之暇焚香诵经，每到一个风景幽美的深山佛寺便禁不住幻想着将来若干年后，天下重见升平，他自己决不留恋富贵，功成身退，遁入空门，做一个与世无争的人。这时他听了闯王的话，也有同感，不觉点头。默然片刻，随即笑着说：

“闯王，等咱们打下江山之后，我但愿有这样一个地方出家，逍遥自在。”

自成一向不赞成田见秀的出世思想，但也不愿多浇他冷水。如今他正在心事重重，望着见秀苦笑一下，叹息说：

“玉峰，咱们如今还在‘弃新野，奔樊城’，说不定还会走几年坏运，重见升平的日子远着哩！你要常想着老百姓在水深火热之中，不可想着日后出家的事。”

刘宗敏在田见秀的背上拍一下，说：“嘿，田哥，你真是没出息！咱们拼死命跟着闯王打江山，一则为救民水火，二则为建功立业。打下江山之后，咱们下半辈子还应该治天下，事儿多着哩，你想出家！要你住在北京城里享福也不愿？”

田见秀说：“捷轩，叫我看来，要是有一个山明水秀的地方种几亩田，不受官吏与豪强欺压，赋税很轻，不见刀兵，率家人日出而作，日入而息，自耕自食，别说比做官舒服，比神仙也舒服。可是我起义以来，老婆儿子都死了，就怕到那时一个孤老儿做庄稼也很不便，倒不如找一个幽静的所在出家，自由自在地打发余年。”

“瞎扯！你现在才三十多岁，只要你现在想娶老婆，还不容易？娶了老婆，还怕她不替你生儿育女？”

田见秀笑着摇头说：“还是我那句老话：天下未定，要什么家啊！”

袁宗第走到田见秀的身边说：“玉峰哥，等咱们打下江山，只要闯王让你出家，你就出家好啦。到那时，你顶好不要到深山野庙去，请闯王把北京城里顶大的庙宇赐你一个，岂不方便？闯王想你时就随时宣你进宫，我们大家想你时就去你的庙里看你，岂不比你一个人孤孤单单地住在深山野庙里好得多？”

刘芳亮接着说：“你日后不出家则已，要出家还是在京城出家，免得我们见不到你，想得慌。”

刘宗敏又说：“玉峰，咱们得先讲好，你出了家，自己吃素，俺们不管。俺们到庙里看你，你一定得用大酒大肉待我们，不能叫我们跟着你吃斋。”

大家哄然大笑，连闯王也大笑起来。这一群生死伙伴正在说笑当儿，张献忠派来相迎的一起人马已经来近，相距不到二里远了。由于庙前边山路曲折，林木茂盛，所以直到听见马蹄声才被发现。双喜眼尖，用鞭子指着山腰说：

“爸爸，看，来迎接的人们已经到了。”

大家顺着双喜的鞭子一望，果然看见张可旺和马元利率领约二百名骑兵出现在半山腰的小路上。闯王说：“要不是这儿的风景太好，咱们会多走五六里，免得让人家迎接这么远。”他正要同几位大将到路口迎候张可旺和马元利，忽然张鼐禀报说：

“闯王，等一等，背后有马蹄声跑得很急！”

从背后来的马蹄声确实很急，而另外分明有大队骑兵随在后边。闯王和众人都十分诧异，立刻离开庙门，转过山包，看是怎么回事。只见吴汝义一马当先，后跟几名亲兵，奔到面前，另外二三百骑兵随后奔到。闯王忙问：

“子宜，什么事？”

汝义说：“闯王，快回，中计啦！”

“什么?!”

“刚才王吉元从白羊寨逃回，身中三箭，腿中一刀，逃回营盘时已经昏迷。救了一阵，他只说出来几个字就断气了。夫人命我率领三百骑兵来追闯王与诸位大将，请你们速速回营，不可迟误。”

“王吉元说出来几个什么字?”

“他只说出‘闯王中计’四个字,就把眼闭上啦。”

“一功和补之呢?”

“他们怕张献忠袭劫营盘,率领将士和全营老少男女准备迎战。”

这意外的消息使大家既十分震惊又十分愤慨。因为张可旺和马元利已经很近,全体将士一齐拔出刀剑,准备厮杀。自成挥手使大家把刀剑插入鞘中,对袁宗第和刘芳亮说:

“你们两位率领一百名弟兄暂留一步,等候张可旺和马元利,对他们说,我们的营中出了急事,我同几位大将只好转回去看看。今天爽约,万分抱歉,改日见敬轩请罪。”他跳上乌龙驹,扬鞭欲走,又回头叮咛一句:“你们把话说过之后,立刻回营,不可在此多留。”

双喜和张鼐等几位小将和众多亲兵们虽都上了马,却憋着一肚子气,向已经来到半里以内的张可旺投了一眼,又不约而同地望着刘宗敏。闯王看出来大家的意思,对宗敏说:

“捷轩,咱们走吧。”

刘宗敏脸色铁青,胡须戟张,双眼圆睁,望着闯王说:“就这样便宜他们?不行!张敬轩不顾大局,实在混蛋!咱们不能让张可旺和马元利这两个小杂种活着回去!”

自成的心中也很气愤,脸色也是铁青的,但是竭力镇静自己,说:“捷轩,不要这样。咱们同敬轩的账以后算;如今忍耐一时,不要撕破脸皮。”

“还不撕破脸皮?他八大王既然无情,咱们也照他的样儿行事!”

闯王说:“他无情,咱们不能无义。如今到底是怎么回事儿,咱们还不很清楚。二虎相斗,必有一伤,正中杨嗣昌的心怀。在目前应以大局为重,同张敬轩能够不撕破脸皮就不撕破脸皮。算啦,赶快跟我回营,不可耽误!”

刘芳亮说:“闯王,我看不如把张可旺、马元利二人擒住,一则给敬轩一点教训,二则作为人质,使他不敢派兵追赶。”

闯王摇头说:“不要撕破脸皮。有我在,敬轩就不敢贸然来追。一旦撕破脸皮,就没有回旋余地了。”

田见秀在一旁说:“此时要以大局为重,不可造次。”

宗敏忍下一口气,把大手一挥,愤愤地说:“好吧,以大局为重,这笔账日后再算!”

闯王同众人刚离开,张可旺等已经到庙门前了。见此情形,他们知道所设的圈套已经走风,不禁大惊。张可旺害怕自己吃亏,并不下马,向袁宗第拱手问道:

“汉举叔,闯王仁伯怎么见小侄来到突然走了?”

袁宗第拱手还礼,说:“实在对不起。敝营中出了急事,闯王同捷轩、玉峰二位只好赶快转去。请贤侄回去代闯王拜复敬帅:不恭之处,务乞海涵,改日前来谢罪。”

张可旺又恨又愧,瞠目结舌,不知说什么话好。马元利在一旁笑着说:

“真是凑巧!贵营中出了什么事儿,这样紧急?”

刘芳亮回答说:“现在还不清楚。只知事情很急,非闯王速回营中不可。空劳你们两位远迎,实非得已,万望不要见怪。”

张可旺冷笑说:“奇怪!奇怪!”

袁宗第对刘芳亮使个眼色,又对张可旺和马元利一拱手,说声“对不起,对不起”,率领众人策马而去。

李自成回到营盘时,营中所有的帐篷都已拆掉,各种军需都收拾好了,放在骡子身上,全体将士和眷属都做好了随时可战可走的准备。山口守兵很多,各执弓矢火铳在手。高一功、李过同高夫人立马山口,等候闯王。闯王问道:

“到底是怎么回事?”

高夫人回答说:“王吉元回来只说出‘闯王中计’四个字,别的话没说出就断气了。据山头上望风的弟兄禀报,近处山谷中似有人马移动。看来敬轩定有吞并之意，给吉元知道了。既然这样，此地不可久留，速走为上。”

闯王愤愤地叹一口气，决定赶快拉走，保全老八队留下的这点根子不被吃掉。刘宗敏等有些人忍不住骂张献忠，他没做声。在站队当儿，他走到庙前看王吉元的尸首，心中十分难过。十二年来，多少贫苦出身的小伙子，怀着忠肝义胆，随他起义，在他的眼前洒尽了热血死去，吉元又是一个！闯王左右的亲兵亲将都怀着满腔悲愤，含着眼泪，默默地望着死者。片刻过后，自成叹息说：

“吉元虽死，重于泰山！”

双喜和几个小将不约而同地说：“我们定要替吉元报仇！”

闯王回顾左右，轻声说：“要学吉元的榜样，不光是想着报仇。”

他知道王吉元的宝剑已经在路上失落，只好吩咐将吉元的剑鞘摘下，交给高夫人保存，作为“念物”，然后命人赶快挖个坑，将死者埋葬。等袁宗第和刘芳亮回到营中，闯王立刻率领全营人马动身。

当时向东、南两方都驻有张献忠的西营人马，李自成只能从原路向西北拉走。但是房县、竹山、竹溪各县城内和重要乡镇关隘都扎有官军，沿四川省边界各隘口也扎有官军。李自成的部队人数既少，又加四面皆敌，只能逃往房县以西荒无人烟的大山里边。在出商洛山以后曾天天盼望同张献忠会师，共御官军，打破杨嗣昌的“围剿”部署，没想到刚刚见到献忠，竟几乎遭了毒手，不得不仓皇离开。

为怕献忠追赶，部队不停地赶路，直到第二天上午，已经逃出二百里以外，才在荒山中扎营休息，并等候一部分掉队的步兵。下一步怎么办，李自成和亲信大将们商议结果，只有一个上策，就是把人马分散开，既躲官军，又躲献忠，保住部队不被消灭，以后待机而动，重新大干。

在这里休息两天，人马尚未分开。掉队的步兵只有一部分找回来，其余的不知去向。第三天上午，出去巡逻的骑兵回营禀报，说十里外出现了一支官军，共有四五十人，正向这边走来；官军的四个骑兵在前探路，离小队相离三里以上。李自成想着这队官军背后可能有大队官军，命全营立刻准备打仗或转移地方。他亲自带着李过、吴汝义、双喜和张鼐，还有大批亲兵，策马奔往几里外的小路上察看敌情。

李自成转过一个山包，同四个在前探路的官军相遇。相隔不到二百步。那四个人吃了一惊，略一犹豫，继续策马前进。张鼐取弓要射，李过赶快用手势制止。四个人奔到闯王面前五六丈远时，翻身下马，为头的小校赶快趋前几步，跪下说道：

“闯王！我家帅爷特命二大人来见闯王，寻找多日，今日方才寻到。小的给闯王请安！”随即伏地叩头。

自成害怕中计，既不下马，也不还礼，神色冷峻，说：“起来吧，不用行礼。你家帅爷是谁？你怎么知道我是闯王？”

小校站起来躬身叉手回答：“闯王虽不认识小的，小的却在荥阳大会时见过闯王。我家帅爷姓王，从前是十三家的一个首领，如今驻兵均州。”

闯王恍然明白，说道：“啊，你是不敢称你家帅爷的名讳！他可是王光恩么？”

“是，闯王。”

“二大人是谁？是光兴么？”

“是，闯王。”

自成用鼻孔冷笑一声说：“哼，你们一投降朝廷，连称呼也变了！从前你们向光兴叫二掌盘子的、二掌家的，又叫二帅，如今叫二大人！”

“回闯王，如今也叫他二大人，也叫他二帅。”

“光兴现在哪里？”

“马上就到。”

“他来见我何事？”

“小的只听说我家帅爷命他带上书信一封并有密话面谈，其他一概不知。”

“你们来了多少人？”

“一共五十个人。”

“是不是大队人马尚在后边？”

“请闯王休要疑心，确实并无别的人马。”

自成望着李过说：“你带着弟兄们往前去迎，我回营中等候。”

闯王说罢，就带着吴汝义、双喜和张鼐以及亲兵们转回营去。不到一顿饭的时候，王光兴来到了。闯王用冷冷淡淡的态度站在帐篷外边，刘宗敏等重要将领都各回帐中，暂不与他见面周旋。王光兴是一个二十三岁的青年，一见自成就满脸堆笑，赶快作揖叫着：

“李哥，你盘在这个僻静地方，叫小弟好找！小弟本打算回均州去了，昨日忽然听到百姓说你盘在这儿，小弟才有缘前来拜谒。李哥近来可好？”

“托福，一切还好。令兄可好？”

“托闯王大哥的福，他也很好，诸事尚称顺遂。”

闯王笑一笑，说：“是的呀，你们都做了官，自然诸事顺遂，不像我们这样日夜提防官军，不得安生。”

王光兴没有听明白自成说这话含有挖苦意味，赶快说：“家兄命小弟来见李哥也正是为着这事，想使李哥与贵营全体将士从今后不再东西奔窜，不得安生。”

“啊？……请，请到帐中叙话。”

“请稍等一下，李哥。”王光兴向他的亲兵一招手，说道：“把礼物送这边来！”

登时有人牵骡驮子，有人牵马，来到闯王面前。王光兴笑着说：

“我来的时候，家兄知道李哥困难，特意叫小弟带来几石杂粮，几十匹绸缎，还有五百两银子，都驮在骡子上，另外还给李哥一匹战马。这实在不成敬意，只算是千里敬鹅毛，望李哥笑纳。”说毕，深深地躬身作揖。

闯王还礼，说道："承令兄不弃，命贤弟远来相看，愚兄已是感激不尽。又蒙厚赐，更不敢当。不过我这里确实困难，贤弟既然远道送来，我就权且收下，改日定要重谢。"

闯王随即吩咐老营总管将粮、银等物收下。他把王光兴让进帐中，坐下之后，笑着问道：

"老弟此来，有何见教？"

王光兴先不说话，取出王光恩的书信和杨嗣昌的谕降书递给闯王。自成看过，哈哈大笑，把王光恩的书子和杨嗣昌的手谕当面撕毁，投在地上，收敛了笑容说道：

"子盛，我原来听说杨嗣昌到处张贴告示，说人人都可招安，只不许我同敬轩投降，我认为他很知道我李自成的为人。如今他却改变主意，命令兄劝我投降，实在可笑。自成是甚等之人，难道你弟兄们也不知道么？"

"李哥，请你不要见怪。家兄同小弟一则是奉督师之命前来，二则也是出于一片好意，想替朋友帮忙。自从你于崇祯十一年春天离开四川以来，奔波逃窜，历尽艰险。从前跟着高闯王的那几股子，有的灭亡了，有的降了，只剩下你这一股。潼关南原一战，你只剩十八个人逃出重围。去年五月间你在商洛山中重树大旗，很快又陷入重围，无路可逃。上月官军一时疏忽，你从武关逃出，身边只剩下一千多人。三年来你一败再败，一度全军覆没，至今一蹶不振，苟延时光。可见天意人事，对你都很不利。李哥虽系硬汉，这样硬干下去，自取灭亡，有甚好处？"

自成冷笑着问："你还有别的话么？"

王光兴竭力装作毫无惧色，继续说道："三天前听说你已经到兴山境内同敬轩合伙，我本来打算转回均州复命，不必再见李哥。昨天忽听老百姓说你从兴山逃回，盘在这里，使小弟不能不急来相见。请恕小弟直言，你如今的处境十分不妙。目前湖广、陕西、四川的官军云集附近十余县，总数在十万以上。你既要逃避官军，又要逃避敬轩，处处陷阱，随时可亡，如其坐等灭亡，何如早日投诚，不失高官厚禄？俗话说，‘识时务者为俊杰’，望李哥三思！”

自成虎地站起，一手按着剑柄，说道：“我兵困潼关南原的那天晚上杀大天王高见的事，大概你也听说过。你弟兄背叛义军，投降朝廷，为虎作伥，同大天王实是一类的人。今日你来见我，本应将你斩首，以为叛变投降者戒。姑念你们原不是高闯王的人，暂留下你的一颗头颅，记在账上，让你回去向你的大哥复命。望你告诉令兄，务必将我的话转告杨嗣昌老狗：他不要得意过火，我断定他的下场不会比他的老子杨鹤①好。也告诉你们老大说：我李自成继高闯王高举义旗，顶天立地，打不垮，压不扁，吓不倒，拉不转，同你们这班软骨头货压根儿不是一类人，走的不是一条道。你们自己贪生怕死，希图富贵，顿忘起义宗旨，向杨嗣昌摇尾乞怜，做了朝廷鹰犬，别梦想我李自成会照着你们的样儿学。你们自己把脸面装进裤裆里，头朝下走路，别人怎么也会那样呢？你们自己不知羞耻，竟还有脸来向我劝降。哼，可笑！你回去，告诉王光恩：你们甘心做朝廷的小鹰犬决无好下场！”

王光兴被骂得脸红脖子粗，不敢发怒，勉强笑着说：“李哥！咱们各行其是，请不要这样骂我。”

“各行其是？你说得倒美！忠奸不同，黑白各别，怎么能够把是非混为一谈？咱们既然起义兵，诛强暴，救世救民，凡是不畏艰险，一心走这条路的才算是，倒过头投降朝廷的就是非，就是不忠。说什么各行其是！”

王光兴被骂得无地自容，喃喃地说：“投降朝廷的不光是我们兄弟，连敬轩和曹操也都投降过。”

自成说：“对，连敬轩和曹操也都投降过。不管他们的投降是真是假，都不光彩，都是终身之耻。不过，人家如今又在剿杀官军，

---

① 杨鹤——杨鹤于崇祯二年以兵部右侍郎衔任陕西、三边总督。他兼用剿、抚两手对付陕西农民起义。到崇祯四年，陕西农民起义已成燎原之势，朝廷将他下狱，谪戍袁州。崇祯七年死于戍所。

高举义旗，你们哩？你们哩？你们驻扎均州，时时准备替朝廷打义军，做了朝廷的鹰犬！你们在今天不能够同他们相比！”

“李哥，敬轩想害你死，想吞并你的人马，你难道不恨他么？”

“怎么，你想挑拨离间？实话告你说，尽管敬轩有时很混蛋，也比你们死心塌地投降朝廷的强似万倍！”

“请李哥不要忘记，家兄是见李哥目前的处境十分艰难，才命小弟来面见李哥的，是出于一片好意。”

“好意？你们是乘人之危，来勾引劝说我做一个寡廉鲜耻的人，这叫做鸡巴好意！倘若你们真有好意，帮我忙的办法有的是，你们肯做么？”

“请李哥吩咐，只要我们能办得到的，无不照办。”

“能办得到，能办得到。”自成坐下去，接着说：“据我看，不出两个月，杨嗣昌必然督催湖广与陕西边境诸营官军向兴归山中进犯，追赶敬轩和曹操。请你们到时候杀了郧阳巡抚，重树义旗。你们能够这样么？”

王光兴苦笑说：“李哥，我们已经投降朝廷，决不能再背叛朝廷，反复无常。你既然不听从好言相劝，小弟也不敢再多说了。以后倘有好歹，请勿后悔。”

自成冷笑说：“你放心，我决不后悔。既然敢起义，就不惧担风险。我看官军把我奈何不得。即令官军奈何得我，你知道我的秉性脾气，宁肯在马上战死也不会跪地乞降，苟全性命，像你们王家兄弟一样。”

王光兴又说：“李哥既然把话堵死，小弟就不敢再多言了。只是小弟来时，家兄还有一句话叫小弟转告李哥。家兄说：倘若李哥不肯受招安，我们同李哥仍是朋友。俗话说得好：井水不犯河水。请李哥放心，我们决不会乘李哥在困难之中，背后插刀。”

自成轻蔑地一笑，回答说：“谢谢你们老大！请你对他说：我李自成从来不在乎别人照我的背上插刀。说实在的，今日你们人马不多，没有力量来拣我的便宜，只好发誓赌咒说不向我的背上插刀。既然投降了朝廷，另走一条路，这样的义气话不值半文钱。你们说，咱们今后井水不犯河水。不，事情决不会如此下去。除非你们兄弟回头，发誓不做朝廷鹰犬，跟着大家起义的马蹄往前走。否则，任何一家义军都可以除掉你们。除掉你们是除掉败类，除掉叛贼，并非不讲义气。”

王光兴的身上冒出汗珠，说：“老兄的这几句话我记在心中，回去转告我们老大。既然如此，小弟告辞。”

“你走吧，恕不相留。”

王光兴赶快向李自成拱手辞别，带着从人上马而去。他的心中慌乱，又十分懊丧，既害怕会被李自成的手下将领们追出杀掉，又遗憾劝降不成，不能向杨嗣昌立一大功，也失悔白给李自成送来了不少礼物。等策马奔出几里之后，他回头一望，背后并无追兵，才觉放心。有一个问题他想不明白，在心中暗自说道：

“李自成啊李自成，你兵又少，粮又缺，四面皆敌，还要硬撑下去，岂不是自取灭亡？”

李自成同将士们蹲在一起，吃完用野菜和包谷糁煮的糊涂汤，忽得探马禀报，说看见一股骑兵从兴山方面过来，距此不过十里，因树木遮蔽，人数看不清楚，但估计有两三百人。自成吃了一惊，吩咐再探，并下令全军披挂，准备应付万一。他疑心张献忠派兵追来，被探子看见的是追兵前队。但是还没有探清楚，或走或战，他不能马上决定。他望望身边的几位大将，说：

“玉峰哥，你留在营中莫动。捷轩、汉举，我们到前边去看看。”

在十里左右出现的是张献忠的一股游骑，虽然它没有向这边继续前进就转回，但是李自成感到了很大威胁。他猜想张献忠可能对于他的去向已经知道了一些消息，所以派出小股游骑追踪查探。同时，他不能不考虑，当杨嗣昌向他招降的时候会准备另外一手，他不投降就会有一支官军前来追剿；说不定在王光兴来寻找他的时候，杨嗣昌已经将准备追剿的檄文下给郧阳巡抚和川、鄂交界地方的驻军了。他同几位亲信大将略作商量，立即下令全军火速收拾好帐篷和各项辎重，整好队伍，由驻地附近的贫苦百姓做向导，向北出发。

二更以后，这一支小部队在雄伟的万山丛中停下，埋锅造饭，让将士们饱餐一顿，就地露天宿营。但是闯王下令：人不许解甲，马不许卸鞍，只将捆好的帐篷和各种军需卸到地上，让驮载的骡马在这些东西的旁边休息和吃草料。

约摸四更时候，李自成带着李强等几个亲兵，将宿营地走了一遍。他明白将士们都很困乏，所以他有意使大家多睡一阵，然后叫醒双喜和中军吴汝义，命他们唤醒大小将领，准备起程。其实，高夫人和有些将领不等叫已经醒来，正在做出发准备。

在全营整队时候，李自成同三个做向导的贫苦百姓说了几句话，向他们道了辛苦，嘱他们再带半天路就各自回家。他又同几位大将密商一阵，然后集合全营大小将领和头目开会，由刘宗敏将今后如何分兵潜伏的决定向大家宣布。经过白河战斗和最近几天的掉队和死亡，如今连眷属和孩儿兵在内，总数不足一千二百人。在当时遍地农民起义和战争如麻的年代，像这样的小部队，一般说不会引起人们注意，但为着做到真正“销声匿迹”，按照闯王的意思将人马分作三股：闯王和刘宗敏、高一功、田见秀、刘芳亮率领一大股，包括老营和孩儿兵；袁宗第和李过各率领一小股。三股人马今夜三更之前出发，分头向西北走，到竹山和郧阳之间的大山中潜伏起来。那儿在目前官军较少，山高林密，地区广阔，容易隐藏。前年夏天，李自成的部队曾在汉中以南一带的大山中分散成小股活动，休息士马，前年冬天潼关南原大战之后，李自成也在商洛山中潜伏过一个短时期，所以他和他的将领们都有了不少经验。根据过去的经验，如今明确宣布今后如何相互联系，如何再进一步分散，以及遇有必要，如何迅速集合，等等。

人马快出发了，闯王立在乌龙驹的头左边，静静地听刘宗敏宣布完今后分散开潜伏活动的指示。刚才亲兵们为驱赶蚊子而在会场中心点燃的一堆半干柴草，此刻已经完全烤干了，不再冒烟，风吹火头，呼呼燃烧。在无边浓黑的荒山森林中，这一堆野火红得特别鲜艳。今日虽然已经是五月初一，但高山中的夜晚仍有点轻寒侵人，所以这一堆火也使周围的人们感到温暖和舒服。乌龙驹将头向火堆边探一探，然后抬起来，望望它的主人，头上的铜饰映照着火光闪闪发亮。大小将领们都把眼光移向闯王，等候他说话。他的沉着和冷静的脸孔，炯炯双目，以及他的花马剑柄，用旧了的牛皮箭筒，绵甲上的黄铜护心镜，都在暗沉沉的夜影中闪着亮光。他突然从嘴角流露出一丝微笑，然后用平静的声调说：

“我知道大家的心中很不舒服。大家不要光看着咱们又陷进困难里边，又好像受了挫折，其实，咱们一步一步都有胜利，好运道并不远了。去年五月间，咱们重新树了大旗以后，因为将士们十停有六七停染了时疫，所以被官军围困在商洛山中。郑崇俭两次想趁着咱们将士染病，进攻商洛山，都被咱们上下齐心，以少胜多，杀得大败。他们妄想将咱们困死在商洛山中，内里瓦解，也失败了。杨嗣昌想利用周山搞垮咱们，又失败了。他们最后一计是在出武关往东的路上埋伏重兵，诱我们跳进陷阱，反而使我们抓住机会，不费一刀一矢，从商洛山突围出来。这难道不是我军盼望了一年多的一次大胜利？”

山头上滚过一阵雷声。远处扯着闪电。闯王停一停，借着地上的熊熊火光，向将领们的脸上望了一圈。他看见有人在轻轻点头，有人的神色开朗起来。乌龙驹兴奋地踏着蹄子，扬起尾巴，似乎想昂头嘶鸣。闯王轻轻地将缰绳一扯，使它安静，然后继续说：

“贺疯子妄想以逸待劳，在汉水渡口将咱们杀得大败，使他立个大功。可是结果如何？我们抢渡汉水，杀败了贺疯子。虽说我们死伤了一些人，摇旗到今天下落不明，可是他的人死伤的比我们多几倍！我们原来想同张敬轩合力抵御官军，险些儿给他吃了，这也算不上什么挫折。吃一堑，长一智嘛。”

突然，从山下边传过一只猛虎的吼叫，非常愤怒、雄壮、深沉，在对面高山的峭壁上震荡着回声。乌龙驹侧耳倾听,分明受到了强烈刺激,当猛虎的吼声一停,它便高高地抬起头,发出一阵萧萧长鸣,引逗得附近三匹战马都应和着叫唤起来。等乌龙驹停止了嘶鸣,又喷了几下鼻,李自成才继续往下说。人们从声音中听出来他的感情激昂,再也没法保持刚才的平静。

“我们在商洛山中,”他说,“被围得铁桶相似,万分困难。为什么官军杀不进商洛山呀?为什么咱们能连得胜利?为什么郑崇俭这老狗不能够使咱们饿死在商洛山中呢?你们说,为什么?”

有一个声音回答:“因为有你闯王在,天大的难关也能过。”

闯王用鼻孔冷笑一声:“哼,我李闯王并没有三头六臂!是因为老百姓恨官军奸掳烧杀,咱们硬是剿兵安民,保护商洛山中百姓不受官兵之灾;百姓们一辈辈受够了土豪大户的盘剥欺压,咱们严惩土豪大户,为百姓伸冤报仇;老百姓痛恨官府催粮催捐,苛捐杂派多如牛毛,逼得老百姓活不下去,咱们不许官府派人到商洛山中征粮要款;年荒劫大,百姓们不是离家逃荒,流离失所,便是等待饿死,咱们破山寨,打富豪,弄到粮食就分一半赈济饥民。就凭着这些办法,我们才能够在商洛山中闯过一道一道难关,经历一次一次风险,最后平安地突围出来。我打了十几年仗,只是在商洛山中这一年多才认真地想了些道理,增长了在平日战场上没有过的阅历。从今往后,谁要想同我们联合,可以,但是凡事要听从我们的主张,以我们的宗旨为主。不然,滚他妈的!只要我们为百姓剿兵安民,严惩乡绅土豪,除暴安良,打开大户粮仓赈济饥民,并且使官府不能再向百姓横征暴敛,使百姓稍有喘息机会,只要我们坚决这样行事,还怕老百姓不跟咱们一心么?还怕咱们兵少将寡,力单势弱么?哼哼,恰好相反!我感谢张敬轩,他使我这几天重新回想了许多事,重新悟出了一些道理,长了学问。好,好。我感谢敬轩!”

他的话没有说完,因心中十分激动和愤怒,不得不停顿一下。差不多完全出于下意识,李自成突然腾身上马,仿佛立刻就要出征。众将领因未得他的命令,依然肃立不动,等候他继续说话。山头上又滚过一阵雷声。雷声未停,从近处又传过来一阵猛虎的深沉、威严、震撼人心的叫声,在四面山腰间回响。将士们在鄂西大山中不论是行军或宿营,常听见老虎的叫声、狼的叫声、野猪和猿猴的叫声,以及其他各种大小野兽的叫声,有时还从事围猎,但是这一阵虎叫声却特别引人注意,好像是有意替这一支小小的部队送行似的。虎声仅隔着几十丈外的一道深涧,涧底急流冲击巨石,发出像瀑布一般的响声,时与虎声混合。虎声未停,一阵凉爽的夜风吹过,群山上松涛汹涌澎湃,无边无涯,好像是几万匹战马在广阔的战场上奔腾前进,而乌龙驹和几匹战马一次又一次激动地萧萧长鸣。李自成勒紧马头,提高声音说:

“要做一番英雄事业,就得有一把硬骨头,不怕千辛万苦,不怕千难万险,不怕摔跟头,勇往直前,百折不挠。打江山不是容易的,并不是别人做好一碗红烧肉放在桌上,等待你坐下去狼吞虎咽。真正英雄,越在困难中越显出是真金炼就的好汉。这号人,在困难中不是低头叹气,而是奋发图强,壮志凌云,气吞山河。能在艰难困厄中闯出一番事业才是真英雄。困难中有真乐趣。我就爱这种乐趣。在安逸中找快乐,那是庸夫的快乐,没出息人的快乐。我们的困难不会长久了,闯过去这一段日子就会有大的转机。没有出息的可以随便离开我,我不强留;有出息的,跟随我到郧阳山中!”

他的面前突然起了一阵嗡嗡声。闯王明白大家都誓死跟随他到郧阳山中,使他深深感动,不禁在心中说:“有这样忠心耿耿的将士,在面前横着天大的困难我也不怕!”他重新向大家的脸上扫了一眼。大家肃立无声,注目望着他的脸孔。地上的火光已经暗了。大家仰头看着他骑在高大的乌龙驹上,一双眼睛在昏暗的夜色中闪光,而在他的头顶上,黑洞洞的远天上也有几颗星光闪烁。隔着深涧,又传过来一声虎吼。李闯王将鞭子一扬,发出命令:

“起程!”

火把照着崎岖险峻的羊肠小道。人马分三股出发,而李自成所在的一支人马走在最前。他在马上继续想了许多问题,从过去想到未来,从自己想到敌人,思绪飞腾,不能自止。他也想到住在北京的崇祯皇帝,心中说:“许多人只看见我们的日子困难,其实崇祯的日子也不好过;等我来日从郧阳山中杀出来,会使他的日子更难。会有这一天的!”一丝微笑,暗暗地从他的带着风尘与过分劳累的眼角绽开。

当曙色开始照到西边最高的峰顶时,他的人马还走在相当幽暗的群山之间。但是山鸡和野雉在路旁的深草中扑噜扑噜地舒展翅膀,公雉发出来嘶哑的叫声,而画眉、百灵、子规、黄莺和各种惯于起早的鸟儿开始在枝上婉转歌唱,云雀一边在欢快地叫着,一边在薄薄的熹微中上下飞翔。乌龙驹平日在马棚中每到黎明时候就兴奋起来,何况如今它听着百鸟歌唱,嗅着带露水的青草和野花的芳香,如何能够不格外兴奋?它正在一段稍平的山路上踏着轻快稳健的步子前进,忽然昂首振鬣,萧萧长鸣。许多战马都接着昂首前望,振鬣扬尾,或同时和鸣,或叫声此落彼起,全都精神饱满,音调雄壮,回声震荡,山鸣谷应,飘散林海,飞向高空,越过了苍翠的周围群山。

又过一阵,许多山峰都浸染了曙色,较高的山头上抹着橙红和胭脂色的霞光。大部分山谷中也渐渐亮了。首先从李闯王和将士们的剑柄上和马辔头的铜饰上闪着亮光。

人马已走了几十里路,来到一个地势平坦的山坳里,芳草鲜美,大树上挂着紫藤,青石上响着流泉。倘若在平时行军,遇着这样的好地方,应该命人马停下来休息打尖,然后再走。但是李自成决心早进入郧阳山中,看见吴汝义来向他请示,他用马鞭子向前一挥,一个字也没有说。吴汝义明白了他的意思,立刻对一个亲兵吩咐:

“传!人马不要休息,向前赶路!”

商洛山战争形势示意图

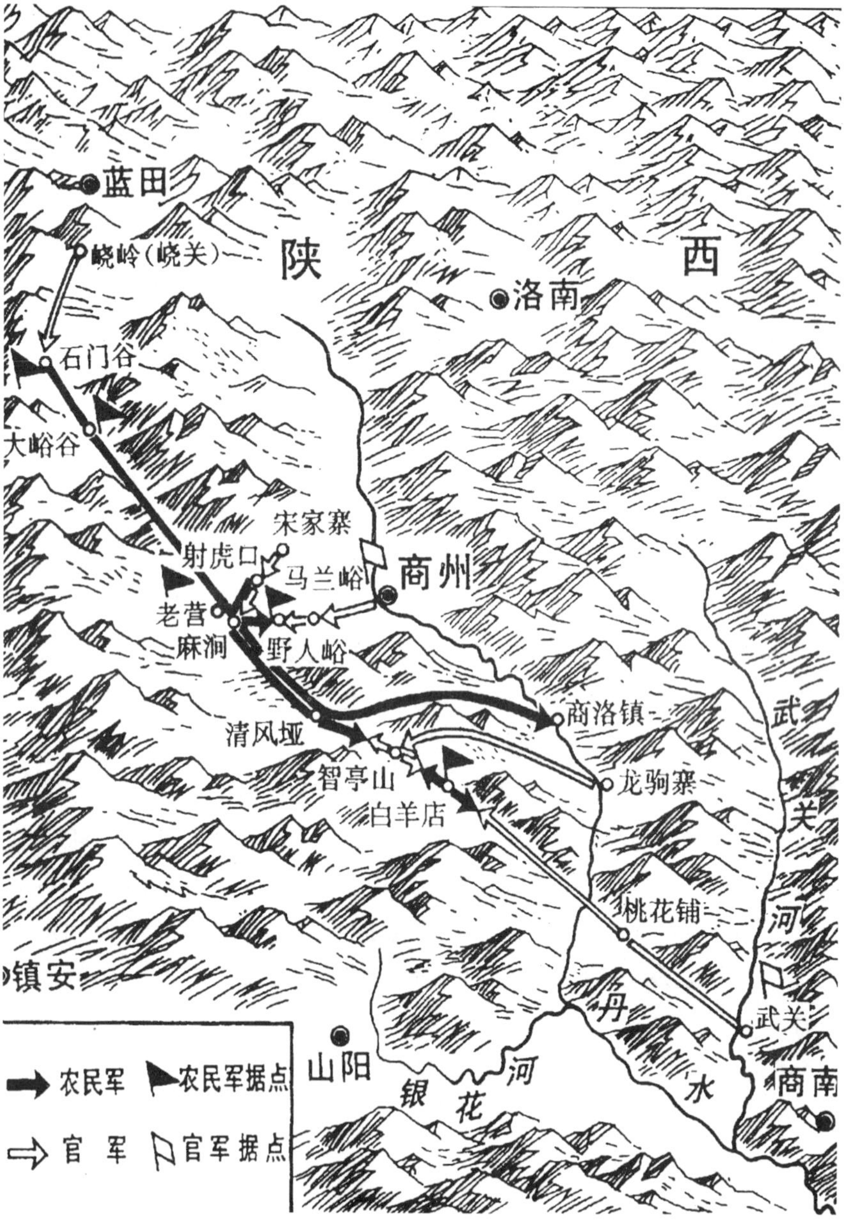
蓝田
峣岭（峣关）
陕
西
洛南
石门谷
大峪谷
宋家寨
射虎口
马兰峪
商州
老营
麻涧
野人峪
清风垭
商洛镇
智亭山
龙驹寨
白羊店
武
关
河
桃花铺
镇安
丹
水
武关
山阳
银
花
河
商南
农民军
农民军据点
官 军
官军据点

“新中国70年70部长篇小说典藏”书目

书 名	作 者
风云初记	孙 犁
铁道游击队	知 侠
保卫延安	杜鹏程
三里湾	赵树理
红 日	吴 强
红旗谱	梁 斌
我们播种爱情	徐怀中
山乡巨变	周立波
林海雪原	曲 波
青春之歌	杨 沫
苦菜花	冯德英
野火春风斗古城	李英儒
上海的早晨	周而复
三家巷	欧阳山
创业史	柳 青
红 岩	罗广斌 杨益言
艳阳天	浩 然
大刀记	郭澄清
万山红遍	黎汝清
东 方	魏 巍
青春万岁	王 蒙
许茂和他的女儿们	周克芹
冬天里的春天	李国文
沉重的翅膀	张 洁
黄河东流去	李 準
蹉跎岁月	叶 辛
新 星	柯云路
钟鼓楼	刘心武
平凡的世界	路 遥
第二个太阳	刘白羽
红高粱家族	莫 言
雪 城	梁晓声
浴血罗霄	萧 克
穆斯林的葬礼	霍 达
九月寓言	张 炜
白鹿原	陈忠实
长恨歌	王安忆
马桥词典	韩少功
抉 择	张 平
草房子	曹文轩
中国制造	周梅森
尘埃落定	阿 来
突出重围	柳建伟
李自成	姚雪垠
历史的天空	徐贵祥
亮 剑	都 梁
茶人三部曲	王旭烽
东藏记	宗 璞
雍正皇帝	二月河
日出东方	黄亚洲
省委书记	陆天明
水乳大地	范 稳
狼图腾	姜 戎
秦 腔	贾平凹
额尔古纳河右岸	迟子建
藏 獒	杨志军
暗 算	麦 家
笨 花	铁 凝
我的丁一之旅	史铁生
我是我的神	邓一光
三 体	刘慈欣
推 拿	毕飞宇
湖光山色	周大新
大江东去	阿 耐
天行者	刘醒龙
焦裕禄	何香久
生命册	李佩甫
繁 花	金宇澄
黄雀记	苏 童
装 台	陈 彦